키메라

Chimera

CHIMERA
by John Barth

세계문학전집 240

키메라

Chimera

존 바스

이운경 옮김

민음사

차례

두냐자디아드

1

　여기서 난 평소처럼 언니의 이야기에 끼어들었어요. "언니는 정말 이야기를 할 줄 알아, 셰헤라자데. 내가 밤마다 언니의 침대 발치에 앉아 언니가 왕과 사랑을 나누고 그분께 이야기를 해주는 모습을 지켜본 지 오늘로 천 일째야. 언니의 이야기를 듣고 있으면 마치 마신(魔神)의 시선과 맞닥뜨리기라도 한 듯 꼼짝없이 몰입하게 돼. 만약 동쪽에서 새벽 첫닭이 우는 소리가 들려오지 않았다면, 그리고 왕께서 동 트기 전에 조금이라도 수면을 취하셔야 하는 게 아니라면, 정말이지 난 결말을 바로 앞에 두고 이런 식으로 끼어드는 일일랑 꿈에서라도 하지 않았을 거야. 내게도 언니와 같은 재능이 있다면 얼마나 좋을까."

　그리고 평소와 마찬가지로 셰리가 대답했죠. "너야말로 이야기를 제대로 들을 줄 아는 아이잖니, 두냐자데. 하지만 이건 아무것도 아니란다. 내일 밤 네가 들을 결말은 더욱 흥미진진할걸! 늘 그렇듯 상서로운 왕께서 이 서른세 달 하고도 열흘 동안 그래 왔던 것처럼 아침 식사 전에 나를 죽이시지 않는다고 가정할 때의 얘기지만."

샤리알이 "흠." 하고 말했어요. "그대의 평자가 내놓은 호평을 당연한 것으로 여기지 말라. 머지않아 내가 거기에 다른 평을 내놓을 수도 있으니. 하지만 그대가 풀어 놓는 이야기가 훌륭하다는 점에선 그대의 동생과 같은 생각이다. 그럴싸한 거짓말들이며, 다양한 인물 군상의 흥망성쇠며, 다른 세계로 이동하는 이야기며. 대체 어떻게 그대가 그 모든 것을 창작해 내었는지 알 수가 없구나."

"예술가들은 각자 나름대로 비결을 가지고 있는 법이지요." 셰리가 대답했어요. 그런 뒤 우리 셋은 서로에게 잘 자라는 인사를 했어요. 모두 합쳐 여섯 번의 밤 인사였죠. 아침이 되자 당신의 형은 셰리의 이야기에 미혹된 채 어전으로 갔어요. 아버진 겨드랑이 밑에 수의를 낀 채 딸의 목이 떨어졌다는 소식을 예상하며 왕궁에 들어오셨어요. 오늘로 천 일째였죠. 아버지는 다른 면에서는 언제나 훌륭한 대신이었지만, 삼 년 동안 계속된 불안과 긴장으로 인해 이 한 가지 특별한 면에서는 얼빠진 사람이 되었어요. 그와 더불어 머리도 하얗게 새어 버린데다 홀아비 신세가 되어 버렸고요. 처음 오십 일 정도의 밤이 지나자, 샤리알은 헛기침을 한 뒤 이렇게 말하곤 했죠. "알라의 이름을 걸고, 그녀가 해 주는 이야기의 결말을 들을 때까지는 그녀를 죽이지 않을 것이다." 그래서 셰리와 나는 그냥 안심하고 지냈어요. 하지만 아버진 여전히 매일 아침 깜짝 놀라곤 하셨죠. 그는 평상시와 같이 넙죽 엎드려 감사를 표했고, 왕은 평상시와 마찬가지로 접견실에 들어가 흔히 말하듯 남자들의 세계에서 윤허하고 불허하며 하루를 보냈어요. 그가 자리를 뜨자마자 나는 침대로 올라가 셰리와 함께 누웠고, 우리는 평소처럼 잠을 자기도 하고 사랑을 나누기도 하며 우리의 하루를 보냈어요. 서로의 혀와 손가락을 충분히 만끽한 뒤 내시와 시녀와 노예와 애완견과 원숭이 등을 불러들였고, 셰리의 요술 주머니 속에 든, 바그다드에서 입수한 작은 인조 고환이며 에보니 섬과 브라스라는 도시에서 사 온 인조 음경을 가지고 노는 것으로 유희를 마무리했지요. 난 나만의 맹세를 지키기 위해 바소라산(産) 라크* 깃털로 몸을 간지럽히고 말았지만, 셰리는 아랫도리도 거리낌 없이 만졌어요. 언니가 가장 좋아하는 이야기는 결혼식을 앞둔 처녀를 그 전날 밤에 납치해 간 돼지 같은 정령에 관한 것이었어요. 정령은 처녀를 일곱 개의 강철 자물쇠가 달린 작은 보물 상자 안에 넣고, 그 상자를 다시 큰 수정 궤에 넣은 뒤, 그것을 바다 밑바닥에 가라앉혀 두었지요. 자기 외엔 아무도 그녀를 가질 수 없게 하려고요. 그는 그 궤를 물가로 끌어내어 일곱 개의 열쇠로 자물쇠를 열고 그녀를 꺼내 강간한 뒤엔 어김없이 그녀의 무릎을 베고 잠이 들곤 했어요. 그러면 그녀는 그의 곁에서 몰래 빠져나가 마침 지나가던 남자들과 정을 통함으로써 그에게 보기 좋게 복수했죠. 그리고 그때마다 그들의 인장 반지를 증표로 받아 냈어요. 이야기가 결말에 다다를 때쯤, 그녀는 인장 반지를 572개나 갖게 돼요. 그런데도 그 어리석은 정령은 자기가 여전히 그녀를 소유하고 있다고 생각하죠! 이와 똑같은 방식으로

---

* 아라비아 전설에 나오는 큰 괴조(怪鳥).

셰리는 하루에도 백 번이나 당신 형에게 오쟁이를 지웠어요. 지금쯤 약 십만 번으로 늘었겠네요. 그리고 매일 그녀는 마지막까지 그 보물 열쇠를 쓰지 않고 아껴 둬요. 그녀의 이야기는 그 열쇠와 함께 시작하고 끝나죠.

삼 년 하고도 넉 달 전, 샤리알 왕이 매일 밤 숫처녀를 강간한 뒤 다음 날 아침에 죽이는 일을 반복할 무렵, 알라께서 왕조 전체를 내쳐 주시기를 백성들이 간절히 기도하고 있을 무렵, 수많은 부모들이 자신들의 딸을 데리고 나라 밖으로 도망을 치는 바람에 인도의 섬들과 중국 전역에서 잠자리를 같이하기에 적합한 젊은 여자가 거의 씨가 마를 무렵, 나의 언니는 바누 사산 대학에서 예술과 과학을 전공하는 학부생이었어요. 언니는 동창회 여왕이자 졸업생 대표이자 우수한 대학 대표 운동선수일 뿐만 아니라, 천 권에 달하는 장서를 보유하고 있었고, 캠퍼스 역사상 가장 높은 학점을 기록한 재원이었죠. 동부에 있는 모든 대학원에서 장학금을 주겠다며 서로 그녀를 데려가려 난리였어요. 그러나 나라 돌아가는 꼴에 섬뜩해진 언니는 마지막 학기를 남겨 두고 학교를 중퇴하고 말았어요. 샤리알이 우리의 자매들을 전부 죽이고 나라를 파멸로 몰아넣는 것을 막을 수 있는 방법을 찾아내는 데 모든 시간을 투자하기 위해서였죠.

그녀가 처음으로 살펴본 건 정치학이었어요. 수확이 전혀 없었죠. 샤리알의 권력은 절대적이었어요. 그는 군부 장교나 (우리 아버지와 같은) 주요 대신 들의 딸은 건드리지 않고 주로 지식인 계급과 다른 소수파 가족들 가운데서 희생자를 골랐기 때문에 군대와 내각이 무력 정변을 도모하지 않을 정도의 충성심은 확보할 수 있었거든요. 혁명은 불가능해 보였어요. 왜냐하면 그의 여성 혐오증은 유난스럽긴 하나 우리의 모든 전통과 관습이 얼마간 조장해 온 것이기도 했고, 게다가 그가 살해하는 처녀들이 전반적으로 상류 계급 출신인지라 게릴라 전쟁을 일으킬 만한 대중적인 토대 또한 부족했으니까요. 마지막으로, 그가 사마르칸트에 있는 당신의 도움에 의지할 수 있는 한, 외부의 침략이나 빤한 암살 시도 역시 그리 좋은 방책이 아니었죠. 셰리는 당신이 그에 대해 보복을 하려 든다면 기존의 하룻밤 한 처녀 정책보다 상황이 더 악화될 거라고 판단했어요.

그래서 우리는 정치학을 포기하고(나는 언니에게 책을 가져다주고 언니를 위해 깃촉을 뾰족하게 갈고 차를 만들어 주고 색인 카드를 알파벳 순으로 정리했어요.) 심리학으로 방향을 틀었어요. 역시 결과는 막다른 골목이었죠. 일단 언니는 아내의 간통에 대한 당신의 반응이 격노와 살인으로 시작해 절망으로 이어지고 급기야는 왕국의 포기로 귀결된 반면 샤리알의 반응은 그 반대였다는 점에 주목해서, 그것이 당신들의 나이 그리고 비밀을 알게 된 순서의 차이 때문이라는 가설을 세웠고, 관련된 병리학적 증상이 무엇이건 간에 그것은 당신들의 정신에 어떤 특정한 장애나 그 비슷한 것이 있어서가 아니라 특정한 문화의 영향이자 절대 군주라는 당신들의 신분에서 기인한 것이라는 결론을 내렸어요. 그러니 무슨 할 말이 더 남아 있겠어요?

날이 갈수록 그녀의 절망감은 커져만 갔어요. 순결을 짓밟힌 뒤 목이 잘린 이슬람교도 처녀들의 시체가 통산 900구를 넘어섰고, 아버지도 이제 더는 왕께 바칠 처녀를 구하지 못할

지경에 이르렀죠. 당신도 짐작하겠지만 셰리는 자신에 대해서는 특별히 걱정하지 않았어요. 설사 왕이 자기 대신(臺臣)과 언니의 재예에 대한 존중심에서 언니를 살려 둘 거라고 추측하지 않았다 해도, 언니는 걱정하지 않았을 거예요. 하지만 전반적으로 끔찍한 상황이라는 걸 차치하고도, 언니는 특별히 나를 염려했어요. 내가 태어난 건 셰리가 대략 아홉 살 때였는데, 그날부터 언니는 마치 내가 자신의 아이인 양 나를 아꼈어요. 부모님이나 마찬가지였죠. 언니는 나와 한접시에다 먹었고, 한침대에서 잤어요. 아무도 우리를 갈라놓을 수가 없었죠. 장담컨대 열두 해 동안 살면서 단 한 시간도 언니와 떨어져 본 적이 없어요. 하지만 나는 언니의 훌륭한 외모나 처세술 같은 건 결코 닮을 수가 없었어요. 게다가 난 가족 중 가장 어렸죠. 젖가슴도 자라고 있었고 이미 생리도 시작했어요. 언제라도 아버지가 셰리를 지키기 위해 절 희생해야 할지도 모르는 일이었죠.

그래서 아무것에서도 효과를 보지 못하자 언니는 최후의 수단으로 (그리 가망이 있어 보이진 않았지만) 자신의 첫사랑, 그러니까 신화와 민담을 뒤져 보았어요. 그리고 파낼 수 있는 모든 수수께끼/불가사의/비밀 주제 들을 연구했죠. "우리는 기적이 필요해, 두니." 언니가 말했어요.(언니가 그동안 적어 둔 것들을 천 번째로 되짚어 보는 동안 전 그녀의 머리를 땋아 주고 목을 안마해 주었어요.) "그리고 내가 지금까지 만나 보았던 마신들은 모두 무어인의 반지나 유태인의 램프가 아니라 이야기 속에 있었어. 마법은 다름 아닌 말로 되어 있지. 아브라카다브라니, 열려라 참깨니, 뭐 이런 것들 말이야. 하지만 어떤 마법의 주문이 어느 이야기에서 효험이 있었다고 해서 다른 이야기에서도 그런 건 아니거든. 진짜 마법은 어떤 말이 언제, 그리고 무엇에 효과가 있는지를 이해하는 거지. 비결을 알아내는 것이 바로 비결이라고나 할까."

이 마지막 말은 우리의 필사적인 조사가 진행되는 내내 언니의 좌우명이었고 심지어 강박 관념이 되기까지 했어요. 갖고 있던 자료에 대한 조사가 막바지에 이를 무렵, 그리고 샤리알에게 바칠 처녀가 동이 날 무렵, 언니는 자신의 원칙이 옳다는 것을 더더욱 확신하게 되었어요. 그러면서도 이 세상에 존재하는 이야기의 저장고 어디에도 언니의 원칙을 뒷받침하거나 문제를 해결하기 위해 그 원칙을 어떻게 사용해야 하는지를 알려주는 것이 없어 애가 달았죠. "보물들에 대한 이야기를 천 개나 읽었는데, 보물을 여는 열쇠를 찾은 사람은 아무도 없어. 우리는 열쇠는 갖고 있는데 정작 보물을 찾을 수가 없구나." 언니가 내게 말했어요.

난 그녀에게 설명을 부탁했죠. "이 안에 모두 들어 있어." 난 그녀가 잉크병을 의미하는 건지 아니면 그 잉크병을 가리키는 데 사용한 깃펜을 의미하는 건지 분간이 되지 않았어요. 더 이상은 그녀의 설명을 이해하기 힘들었죠. 위기가 커져 감에 따라, 언니는 책을 읽는 대신 공상을 하기 시작했고, 깃펜을 가지고 세계 문학 속에서 마법의 열쇠라는 주제와 관련된 사례들을 찾아 기록하는 일보다는 우리의 문자를 되는 대로 끼적이거나 자신의 몸을 간질이는 일이 잦아졌어요.

"귀여운 두니야." 그녀가 꿈꾸듯이 말했어요. 그리고 내게 키스했어요. "이 모든 상황이 우리가 읽고 있는 어떤 이야기의 플롯이고, 너와 나와 아버지와 왕은 모두 가상의 인물들이라고 가정해 보렴. 이 이야기 속에서 셰헤라자데는 여자들에 대한 왕의 생각을 고쳐서 그를 상냥하고 사랑스러운 남편으로 바꿀 방법을 찾지. 그런 이야기를 상상하는 건 어렵지 않아, 그렇지? 자, 그녀가 어떤 방법을 찾든지 간에(그것이 마법의 주문이든 혹은 내용 속에 해답을 담고 있는 마법의 이야기든 아니면 마법의 무엇이든) 그것은 우리가 읽고 있는 이야기 안의 특정한 말들로 귀결될 거야, 그렇지? 그리고 그런 말들은 우리의 문자로 만들어져 있어. 우리가 이 펜을 가지고 그릴 수 있는 이, 삼십여 개의 구부러진 선들 말이야. 이것이 바로 열쇠야, 두니. 그리고 보물이기도 하지. 우리가 그것을 손에 넣을 수만 있다면 말이야! 그것은 마치…… 마치 보물을 여는 열쇠가 바로 보물인 거나 마찬가지란다!"

언니가 이 마지막 말을 입 밖에 낸 순간 난데없이 마신 하나가 우리가 있던 서재의 서가 어딘가에서 나타났어요. 그는 셰리의 베갯머리 이야기에 나오는 어떤 마신과도 비슷하지가 않았어요. 우선 그는 이상하게 생긴 건 사실이지만 무서운 인상은 아니었어요. 마흔 정도 되어 보이는, 피부가 흰 사내였는데, 깨끗이 면도한 얼굴에 라크의 알처럼 대머리였죠. 옷차림은 간소했지만 이국풍이었어요. 키가 컸고, 건강해 보였으며, 눈 위로 테를 만들어 끼고 있는 이상한 렌즈를 제외한다면 충분히 호감 가는 얼굴이었죠. 그는 우리만큼이나 깜짝 놀란 것 같았어요. 셰리가 손에 쥐고 있던 펜을 떨어뜨리고 치마를 모아 쥐는 모습을 당신도 봤어야 해요! 하지만 그는 우리보다 훨씬 더 빨리 놀란 가슴을 진정시켰고, 언니와 나, 그리고 자기 손가락 사이에 끼고 있던 작고 땅딸막한 마술 지팡이를 차례로 쳐다보더니 친절한 미소를 짓더군요.

그가 물었어요. "당신이 정말로 셰헤라자데입니까? 이렇게 선명하고 실감나는 꿈은 정말이지 처음이군! 그러면 당신은 동생인 두냐자데겠군요. 두 사람 모두 내가 상상했던 그대로야! 겁내지 말아요. 이렇게 당신들을 마주 보고 당신들에게 말을 하는 것이 내게 어떤 의미인지 말로 다 표현할 수가 없을 정돕니다. 비록 꿈속이지만 꿈이 실현된 셈이죠. 당신들은 영어를 이해하나요? 난 아라비아 말이라고는 단 한 마디도 모르는데. 오, 이런. 이런 일이 진짜로 일어나다니, 정말이지 믿어지지가 않아!"

셰리와 나는 서로를 쳐다봤어요. 그 마신은 위험해 보이지는 않았어요. 우리는 그가 언급한 언어들에 대해선 아는 바가 없었어요. 하지만 그의 입에서 나오는 단어는 모두 우리의 언어로 되어 있었죠. 마신이 셰리의 펜에서 나온 것인지 아니면 그녀의 말에 불려 나온 것인지를 물었을 때, 그 역시 질문을 이해하는 것 같았어요. 하지만 답을 알진 못했죠. 그는 자신이 세계의 다른 편에 있는 땅에 사는 이야기 작가(전직이지만 어쨌든 이야기 작가)라고 말했어요. 그의 말을 종합해 보면, 그 나라 사람들은 한때 독서를 좋아했지만, 요즘 들어선 픽션을 깊이 있게 읽는 사람들은 기껏해야 비평가나 작가, 학생 들에 불과하고, 그나마도 학생들은 그리 내켜서 읽는 게 아니며 그들의 선택에 맡겼다면 이야기보다는 음악이나 그림 쪽을 택했을 거라나요. 그의 펜은(그 마술 지팡이요, 그게 사실은 안에 잉크 통이 들어 있는 마술 깃펜이었어요.) 이제 거의 말라 가고 있었어요. 하지만 나중에 셰리와 내가 그날 밤에 나눈 이 첫 번째 대화를 재구성해 봐도 그가 픽션을 포기한 건지 픽션이 그를 포기한 건지는 알 수가 없었어요. 우리의 마음속에서든 혹은 그의 마음속에서든 수많은 위기들이 어지럽게 뒤엉킨 상태였기 때문이죠. 샤리알의 삶과 마찬가지로 그 마신의 삶도 혼란스러운 상태였어요. 하지만 그는 그런 이유로 여성에게 적의를 품기는커녕 오히려 새로 사귄 애인 두 명과 무분별한 사랑에 빠졌고, 최근에 들어서야 그들 가운데서 선택을 할 수 있게 되었다는 거예요. 그의 일 역시, 만약 그가 선택할 만한 어떤 길을 찾아낼 수 있었다면 기꺼이 전환점이라고 불렀을 그런 공백기에 다다랐어요. 그는 과거의 성취를 부정하는 것도, 그렇다고 그것을 반복하는 것도 바라지 않았어요. 과거의 성취를 넘어 그것이 어울려 들어가지 않는 어떤 미래를 향해 가면서도 동시에 모종의 마법에 의해 서사의 원천으로 되돌아갈 수 있기를 열망했죠. 샤리알의 문제를 해결할 길이 우리에게 뚜렷이 보이지 않았던 것처럼, 그 역시 이것을 이뤄 낼 방법을 찾기가 쉽지 않았어요. 자신이 갖고 있는 어려움 중에서 과연 어느 정도가 스스로의 한계, 즉 자신의 나이와 단계, 그리고 개인적인 부침 탓인지, 어느 정도가 그가 사는 시대와 장소에서 문학이 전반적으로 쇠퇴한 탓인지 그리고 어느 정도가 그의 나라가(그리고 그가 주장하기에 인류 전체가) 처해 있는 다른 위기들, 그러니까 우리가 처해 있는 문제와 같다고 그가 공언하는 절망적이고 해결하기 어려운 위기들, 위대한 예술 작품을 창작하기 위해 필요한 집념이나 그 작품들을 이해하기 위해 필요한 평온함을 저해하는 그런 위기들 탓인지를 판단할 수 없었기 때문에 더욱 그랬죠.

오로지 이러한 문제들에만 몰두하다 보니, 그의 일과 삶과 그 밖의 모든 것들은 정체 상태에 빠져 버렸어요. 그는 친구들과 가족, 직장에(그는 문학 박사였어요.) 작별을 고하고 오직 그에게 가장 헌신적인 애인들만이 내키지 않은 걸음이나마 해 주는 습지로 들어가 외로운 은둔 생활을 시작했죠.

　그가 우리에게 말했어요. "내 계획은 내가 지금까지 걸어온 길을(우리가 걸어온 길을) 검토함으로써 지금 어디에 서 있는지 판단하고, 또 그럼으로써 앞으로 가야 할 길을 알아내는 것입니다. 메릴랜드의 습지에는 달팽이 한 종류가 있는데(어쩌면 내 상상 속의 산물인지도 모릅니다만.) 그 달팽이는 가는 길에 마주치는 것은 무엇이든 분비액으로 몸에 붙여서 자신의 껍질로 만듭니다. 동시에 본능적으로 껍질을 만들기에 가장 적당한 재료들이 있는 곳을 향해 길을 잡죠. 그는 자신의 등에 자신의 역사를 지고 있어요. 자신의 역사 안에서 살면서, 동시에 성장하는 과정에서 현재 얻어 낸 새롭고 더 큰 나선 모양의 껍질을 그 역사에 더하는 거죠. 그 달팽이의 전진 속도가 나의 전진 속도가 되었어요. 그러나 나는 내 꼬리를 따라가며 제자리를 뱅뱅 돌 뿐이죠. 나는 읽는 것도 쓰는 것도 다 그만두었어요. 나 자신이 누구인지도 더 이상 알 수 없게 되었죠. 나의 이름은 그저 글자들을 뒤섞어 놓은 것뿐입니다. 문학 전체가 그렇죠. 일련의 글자들과 빈 공간들이 늘어선 일종의 암호 같은 것인데 난 그 암호를 풀 수 있는 열쇠를 잃어버렸어요." 그는 엄지손가락으로 그 이상한 렌즈들을 콧마루 위로 치켜 올리고는(그가 그럴 때마다 어찌나 웃음이 나오던지.) 씩 웃었어요. "글쎄요, 거의 전체가 그렇다고 봐야죠. 열쇠 얘기가 나왔으니 말인데, 내가 이곳으로 올 수 있게 된 건 그 열쇠 때문이 아닌가 싶군요."

셰리는 그가 자신의 깃펜에서 솟아난 건지 아니면 자신의 말에서 나온 건지를 물었고, 그는 이렇게 답변했어요. 자신의 연구는 언니의 연구와 마찬가지로 난관에 봉착했으며, 손을 뻗으면 바로 닿을 수 있는 곳에 새로운 픽션의 보물 창고가 어렴풋하게 놓여 있지만 그것의 열쇠를 찾아야 보물을 꺼낼 수 있을 거라고 느꼈다더군요. 이 비유에 대해 한가하게 끼적이며 생각해 보던 와중에, 그는 그동안 자신이 끼적여 온 방대한 양의 메모들에다(그는 어느 순간 자신이 그 늪과 같은 메모들 속에 빠져 옴짝달싹 못하게 되었다고 느꼈죠.) 자기가 찾고 있는 보물을 여는 열쇠가 바로 보물이라는 것을 어찌어찌 깨닫게 되는 남자에 관한 개략적인 이야기를 추가했어요. 그는 그 남자가 정확히 어떻게 그런 깨달음을 얻게 되는가에 대해서는 (그리고 그를 둘러싸고 있는 모든 문제들을 어떤 식으로 극복하고 그 이야기를 해 나갈 것인지에 대해서는) 고민해 볼 기회가 없었어요. 왜냐하면 종이 위에 '보물을 여는 열쇠가 바로 보물이다.'라는 말을 적는 순간, 그의 눈 앞에 우리가 나타났거든요. 얼마나 오랫동안 여기 있을지, 혹은 어떤 목적으로, 어떤 수단에 의해서인지는 그도 알지 못했어요. 다만 이 세상의 모든 이야기꾼들 가운데 자신이 가장 좋아하는 이야기꾼이 다름 아닌 셰헤라자데였다는 것뿐.

"나 좀 보게, 이렇게나 지껄여 대다니!" 그가 행복해 보이는 얼굴로 말을 마쳤어요. "날 용서해요!"

언니는 잠시 생각을 하더니 최근 자신의 공상과 그의 공상이 동시에 그들을 똑같은 비밀 공식으로 이끌었고, 틀림없이 이 놀라운 우연의 일치가 마신이 자신의 서재로 이동해 온 일과 관계가 있을 거라는 의견을 내놓았어요. 그녀는 만약 최악의 사태가 올 경우 나를 불행에서 감쪽같이 빼내기 위해 반대 방향으로 이동할 수도 있는지 실험해 보는 것도 기대가 된다고 말했어요. 하지만 그녀 자신에 관해 말하자면 아무리 호기심이 동한다 해도 나라를 파멸로 이끄는 여인 학살의 현장에서 한가하게 도망칠 공상이나 하고 있을 시간도, 그럴 필요도 없다고 말했어요. 이런 마법 같은 일이 아무리 신기하고 놀랄 만한 일이라고는 해도, 이것이 그가 지닌 문제와 연관이 없는 것처럼 자신의 문제와도 그다지 관련이 없는 것 같다고도 했죠.

"하지만 우리는 해답이 바로 여기 우리 손에 쥐어져 있다는 걸 알고 있어요!" 마신이 외쳤어요. "우리는 둘 다 이야기꾼입니다. 당신은 틀림없이 나만큼 강렬하게 느낄 겁니다. 그 해답은 보물을 여는 열쇠가 바로 보물이라는 사실과 연관이 있다는 것을요."

언니가 콧방울을 좁히고 숨을 훅 들이마시며 말했어요. "당신은 두 번이나 나를 이야기꾼이라고 불렀어요. 하지만 난 평생 누군가에게 이야기를 들려준 적이 없어요. 잠자리에 누워 두냐자데에게 해 준 적은 있지만요. 그나마도 내가 직접 지어낸 게 아니라 사람들이 다들 하는 이야기였죠. 유일하게 내가 지어낸 이야기라곤 방금 말한, 보물을 여는 열쇠에 대한 거예요. 비록 난 그걸 제대로 이해하지 못하고 있지만……."

"맙소사!" 마신이 외쳤어요. "그러니까 당신 말은 당신이 아직 천 일하고도 하룻밤의 이야기를 시작하지도 않았다는 이야긴가요?"

셰리가 엄격한 표정으로 고개를 저었어요. "내가 알고 있는 유일한 천 일 밤은 우리의 돼지 같은 왕이 순결한 이슬람의 딸들을 죽여 온 시간이에요."

그 말에 우리의 안경 낀 방문자는 너무도 흥분해서는 한동안 전혀 말을 잇지 못했어요. 그러다 곧 덥석 언니의 손을 잡더니 자신은 평생 동안 언니를 흠모해 왔다고 고백을 하더군요. 그의 갑작스러운 고백에 우리는 아연해진 채 볼을 붉혔어요. 그가 말하길, 수년 전 자신이 대학 도서관 서고에서 책 수레를 밀며 학비를 마련하던 돈 한 푼 없는 고학생이었을 때, 그는 셰헤라자데가 샤리알 왕을 속여 넘기는 이야기들을 처음 읽고 그녀에게 열정을 품었으며, 그 열정은 그 이후로도 전혀 사그라지지 않아서 그녀에 대한 열정과 비교하면 다른 '현실 속' 여인들과의 연애가 그에게는 오히려 비현실적으로 보일 정도였고, 그의 이십 년간의 결혼 생활도 셰헤라자데에 대한 장기적인 배반 행위가 아닌가 싶었으며, 자신의 픽션들은 그저 흉내 내기이거나 그녀의 『천일야화』라는 진짜 보물의 시시한 위작(僞作)에 지나지 않아 보였다고 하더군요.

"왕을 속여 넘기는 이야기라니!" 셰리가 말했어요. "나도 그런 생각을 해 본 적은 있어요! 샤리알은 기실 나라가 결딴나기 전에 자기가 하고 있는 일을 그만두고 싶어 하지만, 자기 동생에게 체면을 잃지 않고 자신의 맹세를 깨뜨릴 구실이 필요한 거라고 아버진 믿고 계시죠. 나는 그에게 몸을 허락한 뒤 일을 치르고 나면 그에게 흥미로운 이야기를 들려줘 볼까 생각했어요. 그리고 당일 밤에는 이야기의 결말을 들려주지 않은 채 다음 날 밤까지 미루는 거예요. 그가 나를 너무 잘 알게 되어 차마 죽일 수 없을 때까지 그런 식으로 반복하는 거죠. 심지어 그와 그의 동생보다 더한 고난을 겪고도 앙심을 품지 않은 왕들, 혹은 부정을 저지르지 않은 연인들, 혹은 자기 자신보다 아내를 더 사랑했던 남편들에 대한 이야기를 일부러 슬쩍 흘려 볼까 생각도 했어요. 하지만 그건 너무 허황된 얘기잖아요! 어떤 이야기가 효과가 있을지 누가 알겠어요? 특히 처음 며칠 밤 동안요! 아마도 하루나 이틀쯤은 기분 전환 삼아 날 살려 둘 수도 있을 거예요. 하지만 이내 자신의 맹세를 스스로 깨뜨린 것에 내심 반발할 것이고 다시 예전 정책으로 돌아갈 거예요. 그래서 그 발상을 포기했죠.”

마신이 미소를 지었어요. 그가 무슨 생각을 하고 있는지 나 역시 알겠더군요. “그러고 보니 당신은 방금 그 책을 읽었다고 말했죠! 그렇다면 당신은 분명 그 안에 어떤 이야기들이 어떤 순서로 나와 있는지를 기억하겠군요!” 셰리가 외쳤어요.

“굳이 기억할 필요도 없어요.” 마신이 말했어요. “내가 글을 쓰는 세월 내내, 당신의 책이 내 작업대에서 벗어나 있던 적은 단 한 번도 없으니까요. 나는 그것을 천 번쯤 이용했을 겁니다. 그저 그 책이 거기 놓여 있는 것만으로도 내겐 도움이 되었죠.”

셰리는 그렇다면 자기가 했거나 혹은 하게 될 이야기들이 혹시 그가 직접 지어낸 것인지 물었어요. “어떻게 내가 그럴 수 있겠어요?” 그가 웃었어요. “내가 태어나기 천이백 년도 더 전의 일인데요! 그렇다고 당신이 지어냈다는 말도 아닙니다. 당신 말마따나 그것들은 ‘누구나 이야기하는’ 옛날이야기니까요. 뱃사람 신드바드라든지 알라딘의 램프라든지 알리 바바와 사십 인의 도둑이라든지…….”

“또 뭐가 있죠?” 셰리가 소리쳤어요. “어떤 순서로 되어 있나요? 알리 바바 이야기라니, 그런 이야기가 존재한다는 것조차 모르고 있었어요. 지금 그 책을 가지고 있나요? 그 책을 손에 넣을 수 있다면 내가 가진 걸 전부 당신에게 주겠어요!”

마신이 대답했어요. 자기가 그 마법의 말을 쓸 때 마침 그는 그 책을 손에 들고 그녀를 생각하고 있었는데 자신만 그녀의 서재로 이동하고 책은 이동하지 않은 걸 보니, 설사 그 마법을 반복할 수 있다 해도 그녀에게 책을 가져다줄 수는 없을 것이라 짐작한다나요. 하지만 그는 그가 틀 이야기라고 부르는 것을 분명하게 기억하고 있었어요. 아내의 간통 사실을 알게 된 샤 자만이 아내를 죽인 뒤 사마르칸트 왕국을 버리고 인도와 중국의 섬들로 와서 그의 형 샤리알과 함께 살게 되었대요. 샤리알의 아내 역시 똑같이 부정을 저질렀다는 사실을 알게 된 형제는 황야로 은거해 들어갔다가 그 정령과 그가 납치한 처녀를 우연히 만나요. 그녀를 보고 여자는 모두 거짓말쟁이라는 결론을 내린 그들은 매일 밤 숫처녀의 순결을 빼앗고 다음 날 아침에 그녀를 죽이리라 맹세하며 각자의 왕국으로 돌아가죠. 그러다 어느 대신의 딸 세헤라자데가 이 대학살에 종지부를 찍기 위해 아버지의 바람을 완강히 거스르며 처녀 공양에 자원하는데, 그녀는 여동생 두냐자데(언니와 왕이 관계를 가진 후 잠을 청하기 전 사이의 결정적인 순간에 언니에게 이야기를 부탁하고 새벽녘에 이르러 이야기가 막 절정에 다다르려 할 때 끼어들어 그것을 중단시킴으로써 왕의 궁금증과 긴장감을 유지하는 역할을 하죠.)의 도움으로 샤리알의 여인 학살을 일시적으로 멈추게 만들어요. 그렇게 어느 정도의 시간이 흐르면서 그녀는 결국 샤리알의 마음을 얻어 그의 분별력을 회복시키고 나라를 파멸로부터 구하게 되죠.

나는 언니를 포용했고, 바로 그런 방식으로 내가 그녀를 돕게 해 달라고 간청했어요. 그녀는 고개를 저었죠. "오직 이 마신만이 내가 하기로 되어 있다는 그 이야기를 읽었어. 그리고 그는 그걸 기억하지 못하지. 게다가 그는 벌써 희미해지고 있어. 보물을 여는 열쇠가 보물이라 해도, 우린 아직 그것을 손에 넣지 못했단다."

그는 정말로 희미해져 가고 있었어요. 거의 사라질 참이었죠. 하지만 셰리가 그 마법의 주문을 반복하자 그는 다시 뚜렷한 모습으로 나타났어요. 이전보다 더욱 환하게 미소를 지으면서요. 그리고 이렇게 말하더군요. 그의 눈앞에서 우리의 모습이 희미해지더니 주변에 자신의 작업실이 다시 나타나기 시작하려는 그때 우리와 동시에 똑같은 말을 생각하고 있었다는 거예요. 그것으로 보아 그와 셰리가 보물을 여는 열쇠가 보물이라고 동시에 상상하면 그런 현상이 요술처럼 일어나는 거였죠. 추정컨대 그 두 사람은 세계 역사상 그 말을 상상해 낸 유일한 사람들일 거예요. 더군다나 그가, 말하자면 '깨어나서' 아메리카의 습지로 다시 돌아가 있는 것을 발견한 순간, 그는 마침 펼쳐져 있던 『천일야화』 제1권의 목차를 일별했고, 틀 이야기 다음의 첫 번째 이야기가 '상인과 마신'이라고 불리는 이야기 모음이라는 걸 확인할 수 있었대요. 만약 그의 기억이 정확하다면, 그것은 한 격분한 마신이 어떤 촌로(村老)들의 이야기를 다 들을 때까지 죄 없는 상인의 죽음을 유예시킨다는 내용이었죠.

셰헤라자데는 그에게 고맙다고 인사하고 첫 번째 이야기의 제목을 기록하더니 엄숙하게 펜을 내려놓았어요. "당신에겐 나의 자매들과 이 나라를 구할 힘이 있어요. 그리고 왕도요. 저대로 내버려 두면 그 역시 광기로 인해 자멸하고 말 테니까요. 당신이 해야 할 일은 과거에서 유래한 이 이야기들을 미래로부터 내게 전달해 주는 거예요. 하지만 당신 역시 마음속으로는 여자들에 대한 왕의 견해를 공유하고 있을 테죠."

"전혀 그렇지 않아요!" 마신이 따뜻하게 말했어요. "만약 그 열쇠 마법이 실제로 효과가 있다면, 나는 기꺼이 당신에게 당신의 이야기들을 들려줄 겁니다. 오히려 내겐 영광스러운 일이니까요. 우리가 해야 할 일은 동시에 마법의 주문을 적을 시간을 정하는 겁니다."

저는 박수를 쳤어요. 하지만 셰리의 표정은 여전히 냉담했죠. "당신은 남자예요. 나는 여자가 필요로 하는 어떤 보물의 열쇠를 갖고 있는 남자라면 누구나 기대하는 것을 당신 역시 기대할 거라고 생각해요. 이번 사안의 성격상, 나는 샤리알에게 처음으로 내 몸을 허락할 거예요. 하지만 당신이 다음 날 밤에 할 이야기를 내게 들려준다면 그 이후엔 매일 저물녘에 당신과 함께 그의 뒤통수를 치겠어요. 만족스러운가요?"

나는 그가 화를 낼까 봐 두려웠어요. 하지만 그는 그저 고개를 젓더니 상냥한 어조로 다음과 같이 단언했어요. 그녀에 대한 그의 오래된 사랑에서, 그리고 이야기꾼의 상황 중 그가 알기로 가장 심오한 이미지를 그려 낸 그녀에 대한 감사의 마음에서, 그는 말로 표현할 수 없을 정도로 기쁘게 셰헤라자데의 이야기 안에서 무슨 역할이든 수행할 것이며 더 이상의 보상은 꿈도 꾸지 않는다, 게다가 자신의 방침은 자신과 서로 교감을 하지 않는 여성과는 결코 잠자리를 같이하지 않는 것이며 자신은 천 일보다 더 많은 밤들을 그 방침에 따라 살아왔다, 마지막으로 (셰헤라자데와의 어떤 유사성 때문에 그의 마음을 사로잡은) 그의 새로운 젊은 애인은 자기에게 굉장한 기쁨을 주기 때문에 그녀가 자기를 기쁘게 해 주는 만큼 자기도 그녀에게 기쁨을 주고 싶다, 자기는 근친상간이나 남색과 마찬가지로 부정을 저지르는 일에 전혀 흥미를 느끼지 않는다 운운. 셰헤라자데에 대한 그의 동경은 변함없이 강력했어요. 아름다운 그녀의 모습을 실제로 만난 지금은 그러한 감정이 배가되었죠. 하지만 그것은 소유욕을 느끼는 성질의 것은 아니었어요. 그리스 시인들이 뮤즈에 대해 그런 것처럼 오직 영감의 원천으로서만 그녀를 갈망했다고 하더군요.

셰리는 깃펜을 가볍게 두드리고 만지작거렸어요. "당신이 언급한 그 시인들에 대해 나는 아는 바가 없어요." 그녀가 날카롭게 말했어요. "이곳 우리 나라에서는 다른 모든 것들과 마찬가지로 사랑도 그렇게 독점적이지 않아요. 한편으로는 비빈(妃嬪)들로 가득 찬 샤리알의 후궁을, 다른 한편으로는 그의 아내가 그에게 똑같이 되갚아 준 방식을 생각할 때, 그리고 내가 알고 있는 이야기들 대부분의 줄거리를 생각할 때(특히 젊은 애인들을 거느리고 있는 나이 많은 남자들에 대한 이야기들이요.) 나는 당신이 좋게 말해 약간 세상 물정을 모르는 게 아닌가 하고 의문을 갖지 않을 수가 없군요. 내가 헤아려 보건대 당신 역시 과거에 누군가에게 기만을 당한 적이 있고, 또한 의심할 여지없이 당신 역시 누군가를 기만하기도 했을 터인지라 특히 더 그런 생각이 드네요. 설사 그렇다 해도 당신의 위치를 성적으로 이용하는 데 관심이 없다는 것은 다소 자존심이 상하긴 해도 기분 좋은 충격이군요. 당신 혹시 고자인가요?"

나는 다시 얼굴을 붉혔어요. 하지만 마신은 이번에도 전혀 기분 상한 기색 없이 자기는 갖출 건 다 갖추고 있다고 우리에게 장담했어요. 그리고 여자 친구에 대한, 필설로 다 표현할 수 없는 그의 사랑은 변함없이 순수하지만 결코 순진하지는 않음을 강조했어요. 사랑이 쉬어 버릴 수도 있음을 경험한 그는 오히려 그러한 경험 때문에 시간과 함께 단련되고 향상되는 사랑을 더욱 소중히 여기게 되었다나요. 지구상의 어떤 광경도 머리가 하얗게 셀 때까지 여전히 서로를 아끼며 해로하는 노부부의 보기 드문 광경만큼 과거의 열정과 좌절로 벼려진 그의 심장을 즐겁게 만드는 건 없대요. 만약 사랑이 죽는 것이라면 결국 죽을 것이나, 살아 있는 동안에는 영원히 살게 하라, 어쩌고저쩌고. 어떤 픽션들은 사실보다 훨씬 더 가치가 있어서 드물지만 픽션이 지닌 아름다움이 픽션을 실재하는 것으로 만드는 경우가 있다고 그는 주장했어요. 세상에서 유일무이한 바그다드는 마법의 주문으로 융단이 날아다니고 마신이 튀어나오는 『천일야화』의 바그다드이며, 우리는 아무런 대가 없이 자기를 그러한 융단이나 마신처럼 부릴 수 있다더군요. 만약 누군가 자기에게 나타나 세 가지 소원을 들어준다고 한다 해도 그는 두 가지 밖에 요구할 수 없을 거라고 했어요. 자신의 첫 번째 소원, 그러니까 자기가 가장 그리고 오랫동안 사랑해 온 이야기꾼과 생생하게 대화를 나누는 일이 이미 이루어졌으므로.

셰리가 이번에는 미소를 지으며 다른 소원 두 개는 무엇이냐고 그에게 물었어요. 그는 이렇게 대답했어요. 두 번째는 지금 습지의 은둔처에서 서로를 소중히 여기며 살아가는 자신과 여자 친구가 더 이상 서로를 아끼지 않게 되는 날이 혹시라도 온다면, 그런 일이 있기 전에 자기가 죽었으면 하는 거래요. 세 번째는 (현재 그가 그의 생활에 완전히 만족하지 못하는 유일한 이유인데) 자신이 죽기 전에 문명화된 즐거움들이 담긴 보편적인 보고(寶庫)에 작지만 솜씨 있게 만든 장신구 한두 개를 더하는 것인데, 그 보고를 여는 열쇠는 다름 아닌 선의와 주의력 그리고 적당히 배양된 감수성이라더군요. 그는 예술의 보고를 의미했던 거예요. 그것은 설사 인류 역사에 나타난 야만적 행위들을 만회하거나 우리로 하여금 삶과 죽음의 공포에서 벗어나게 해 줄 수는 없다 하더라도, 적어도 그 고통스러운 길을 가는 내내 우리의 영혼을 부양하고 북돋우고 고상하게 하고 비옥하게 한다나요. 그는 이미 인쇄해 출간한 자신의 잡문들은 그러한 품위를 지니고 있지 않다고 생각했어요. 그러므로 만약 지금 꾸고 있는 셰헤라자데에 대한 이 달콤한 꿈에서 깨어나기 전에 죽는다면, 세 번째 소원은 실현되지 못할 거라고 했죠. 그러나 설사 두 번째와 세 번째 소원이 허락되지 않는다 해도(사실 그러한 혜택은 분명 보물 열쇠만큼이나 희귀한 것일 테니까.) 첫 번째 소원을 이룬 걸로 행복하게 죽을 수 있을 거라더군요.

이 말을 듣자, 셰리는 마침내 경계하던 태도를 버리고 이방인의 글 쓰는 손을 꼭 쥐더니 자신의 무례한 언행을 사과했어요. 그리고 이번에는 따뜻한 어조로 조금 전 그에게 했던 제안을 되풀이했어요. 만약 그가 목표를 달성하는 데 필요한 이야기를 충분히 제공해 준다면, 샤리알과 첫날밤을 보낸 후에는 원한다면 언제든지 비밀리에 몸을 허락하겠다고요. 혹은 (만약 누군가를 속이는 일이 그의 취미에 맞지 않는다면) 우리의 자매들을 학살하던 자가 죽은 다음 어떤 식으로든 자신을 그가 살고 있는 시공간으로 데려가는 건 어떻겠느냐고 물었죠. 그러면 그녀는 영원토록 그의 노예이자 첩이 되겠다고 했어요. 그와 그의 현재 애인이 그때쯤엔 서로에게 싫증이 나 있을 거라 가정하고 말이에요. 결국 사람은 현실적으로 생각할 수밖에 없는 거잖아요.

마신이 웃으며 언니의 손에 키스했어요. "노예도 안 되고 첩도 안 됩니다. 그리고 내 친구와 나는 영원히 서로를 사랑할 생각입니다."

"이건 신드바드의 이야기를 모두 합쳐 놓은 것보다 더욱 더 경이로운 일이군요." 셰리가 말했어요. "마신님, 나는 당신의 그런 바람이 이루어지기를, 그리고 당신의 세 번째 소원도 실현되기를 기도해요. 어쩌면 당신은 희망하던 일을 이미 이뤘을지도 몰라요. 시간이 지나면 알게 되겠죠. 하지만 만약 당신이 우리에게 약속한 이야기에 대한 보답으로 앞으로 당신이 이야기를 쓸 때 도움이 되는 방법을 무엇이든 찾아낼 수 있다면 (우리 자매들을 구하기 위한 방법을 탐색할 때 그랬던 것처럼 우리가 전력을 다해 끝까지 노력하리라는 걸 당신은 믿어도 될 거예요.) 두냐자데와 나는 설사 그것 때문에 죽는 한이 있더라도 그 일을 완수할 거예요."

언니는 그에게 자신을 대신해 그의 애인을 포옹해 달라고 했고, 그로부터 그렇게 하겠다는 약속을 받아 냈어요. 언니는 앞으로는 나를 사랑하듯이 그의 애인 또한 사랑하겠다고 맹세했죠. 그리고 그녀에게 줄 선물로(언니는 그 귀중한 책은 이동하지 못했지만 그것은 이동할 수 있기를 기도했어요.) 자신의 귓불에서 나선형의 고둥 모양으로 세공된 금 귀고리를 떼어 냈어요. 처음 그를 보고 고둥이 생각났다면서요. 그는 그것을 기쁘게 받았어요. 그리고 그것이 마치 수레바퀴 모양의 불꽃이나 회전하는 은하처럼 황금빛 픽션을 빗발치듯 자아낼 거라고 장담했죠. 그런 다음 그는 우리 둘에게 키스했고(아버지의 입술을 제외하고 내가 처음 느껴 보는, 그리고 당신의 입술을 경험하기 전까진 내가 경험한 유일한 남자의 입술이었죠.) 그리고 사라졌어요. 그의 의지에 의해서인지 혹은 다른 원인에 의해서인지는 판단할 수 없었지만요.

셰리와 나는 잔뜩 흥분해서 그날 밤 날이 새도록 서로를 얼싸안고 마신과 우리 사이에 오갔던 말들을 하나부터 열까지 되새겼어요. 나는 왕에게 몸을 바치기 전 일주일 동안 그 마법을 시험해 보라고 셰리에게 간청했어요. 그 마법이(그리고 미래에서 온 그녀의 동료가) 과연 신뢰할 만한가 확인하기 위해서였죠. 그러나 우리가 그렇게 웃으며 속삭이는 그 순간에도 또 다른 우리의 자매가 궁전에서 강간당한 뒤 목숨을 잃고 있었어요. 셰리는 아침에 일어나자마자 비탄에 젖은 아버지를 뒤로한 채 스스로를 샤리알에게 바쳤고, 저물녘에는 왕이 이끄는 대로 죽음의 침대로 가서 그의 희롱에 한동안 몸을 맡기다가 이내 우는 척을 했어요. 태어나 처음으로 나와 떨어진 게 몹시 슬프다면서요. 그러자 샤리알은 그녀에게 나를 데리고 들어와 침대 발치에 앉히라고 분부했죠. 나는 금방이라도 졸도할 것 같은 기분으로, 내가 언니를 위해 손수 뜨개질한 예쁜 잠옷을 그가 그녀의 손을 도와 벗기고 이어 그녀의 엉덩이 밑에 하얀 비단 쿠션을 놓고는 그녀의 다리를 부드럽게 벌리는 것을 지켜보았어요. 남자가 발기한 모습을 한 번도 본 적이 없던 나는 그가 자신의 옷을 젖혔을 때 나도 모르게 괴로운 신음 소리를 내고 말았죠. 그가 무엇을 가지고 그녀를 찌르려 하는지를 알게 되었으니까요. 털은 진주로 치장하고 자루는 회교 사원의 첨탑처럼 당초무늬로 장식했으며 머리는 마치 코브라처럼 일격을 가하기 위해 꼿꼿이 서 있었어요. 내가 놀라 토해 낸 신음 소리에 그는 낄낄 웃더니 그녀의 몸 위로 올라갔어요. 셰리는 그를 보지 않기 위해 눈물이 가득한 눈을 줄곧 내게 고정하고 있다가, 연구된 바 없는 불가사의한 일이 닥칠 때면 으레 그렇듯이 목에서 비명이 터져 나올 때, 그때에만 눈을 감았어요. 잠시 후, 그 쿠션이 그녀가 최근까지 순결한 몸이었다는 것을 입증하고 눈물이 그녀의 눈가에서 귀로 흘러내렸을 때, 그녀는 왕의 머리카락을 부여잡고 아름다운 다리로 그의 허리를 감싸고는 자신이 꾸민 일의 성공을 보장하기 위해 마치 대단한 황홀경에 다다른 것처럼 행동했어요. 나는 그 광경을 참고 지켜볼 수도 눈을 돌릴 수도 없었죠. 그 짐승이 기진해서 간헐적으로 몸을 떨 때(나는 그것이 부끄러움과 죄의식, 혹은 셰리의 기꺼이 죽고자 하는 태도에 대한 곤혹스러움 때문이길 바랐어요.) 나는 가능한 한 최선을 다해 평정을 회복하고 그녀에게 이야기를 해 달라고 부탁했어요.

"기꺼이." 언니가 말했어요. 언니의 목소리에는 여전히 충격의 기운이 가득 남아 있어서 듣는 내 마음을 찢어 놓았죠. "만약 이 신앙심 깊고 상서로운 왕께서 허락하신다면 말이야." 당신 형의 허락이 떨어지자, 셰리는 떨리는 목소리로 상인과 마신 이야기를 시작했어요. 그리고 그 틀 이야기 안에서 첫 번째 촌로의 이야기를 꽤 많이 들려주었어요. 이야기를 하면 할수록 셰리의 목소리에는 더욱 확신이 생겼죠. 나는 적당한 순간에 끼어들어 이야기를 칭찬한 뒤, 동쪽에서 수탉이 우는 소리가 들린 것 같다고 말했어요. 나는 마치 왕의 방침에 대해서는 전혀 아는 바가 없다는 듯이 왕에게 이렇게 물었어요. 동트기 전 우리가 눈을 좀 붙이고, 그 이야기의 결말은 내가 훨씬 더 좋아하는 세 개의 사과 이야기와 함께 내일 듣는 게 어떻냐고요. "오, 두니!" 셰리가 짐짓 꾸짖는 척 말했어요. "난 그보다 더 재미있는 이야기를 열두 개나 알고 있어. 흑단색 말 이야기는 어때? 혹은 바다에서 난 줄나르 이야기는? 마법에 걸린 왕자 이야기는 또 어떻고? 하지만 왕께서 이미 취할 대로 취하신 터라 이제 더 이상 이 나라엔 그분이 취할 만한 젊은 여자가 남아 있지 않은 것처럼, 세상에 존재하는 이야기란 이야기는 모두 왕께서 이미 물리도록 들어 보셨을걸. 내가 왕께 사랑을 나누는 새로운 방식을 보여 드릴 수 있다고는 아무도 기대하지 않듯이, 내가 새로운 이야기를 들려 드리는 일 역시 가능하지 않을 거야."

"일단 내가 들어 보고 판단하도록 하지." 샤리알이 말했어요. 그래서 우리는 서로를 얼싸안고 두려움과 긴장감에 땀을 흘리며 하루를 보냈죠. 그리고 저물녘에 그 마법의 열쇠를 시험했어요. 우리의 마신이 싱글거리며 나타나 안경을 밀어 올린 뒤 우리에게 두 번째와 세 번째 촌로 이야기를 암송해 주었을 때, 우리가 얼마나 안도했는지 당신도 상상할 수 있을 거예요. 그는 서사가 가진 무궁무진함과 대담함을(적어도 촌로들의 관대함에 상응하는 통의 크기를) 시범적으로 보여 주기 위해 결정적으로 중요한 둘째 날 밤에 촌로들의 이야기가 차례대로 완성되어야 한다고 생각했어요. 반면 다른 한편으로는 왕의 유예가 대단히 불확실한 상황에서, 끝나지 않은 이야기들 속 이야기들을 끝나지 않은 상태로 계속 두는 건 안 되는 일이었죠. 게다가 이야기 속 마신은 동이 틀 때까지는 대놓고 꾸짖지 않고도 이야기에 담긴 교훈적 요소를 전달할 수 있을 만큼 충분히 전체적인 줄거리가 드러나는 조건으로 상인의 목숨을 살려 둔다나요. 그는 또한 그 고둥 모양의 귀고리가 본래 모습 그대로 잘 이동했다고 행복하게 덧붙였어요. 그의 애인은 기쁘게 그것을 하고 있으며, 그가 그녀에게 마법의 열쇠에 대한 놀라운 이야기를 해 줘도 될 만큼 그녀가 동시대의 경쟁자들에 대한 기억을 지우고 그의 사랑에 보다 자신감을 갖게 되면 그녀 또한 셰리의 포옹을 기쁘게 돌려줄 거라고 확신하더군요. 그는 상냥한 목소리로 세헤라자데의 경우 처녀성을 상실한 경험에 대해, 그리고 나의 경우 그러한 광경을 지켜봐야 했다는 사실에 대해 전적으로 불쾌하게 생각하지 않았으면 좋겠다는 바람을 토로했어요. 만약 왕이 사랑의 힘 덕택에 진정으로 여성혐오증에서 벗어난다면 앞으로 열정적인 밤이 많이 놓여 있게 되는 데다, 세헤라자데의 전략뿐 아니라 그녀의 정신을 위해서라도 그 열정적인 밤들 속에서 얼마간 쾌락을 경험할 수 있다면 좋을 거나요.

"아뇨, 절대!" 언니가 단언했어요. "내가 그 침대에서 취하는 유일한 기쁨은 나의 자매들을 구하는 데서 얻는 즐거움과 자매들을 죽인 그 사람에게 오쟁이를 지우는 데서 얻는 통쾌함 뿐이에요."

마신은 어깨를 으쓱하고 사라졌어요. 샤리알이 들어와 우리에게 저녁 인사를 하고 셰리에게 키스를 퍼붓더니 더욱 친밀하게 애무했어요. 그런 다음 그녀를 침대 위에 누이고는 여인들의 기교 총서에 나오는 이야기에서처럼 다양한 체위로 그녀의 몸을 장난스럽게 탐구하기 시작했어요. 나중에는 그녀의 비명 소리가 고통 때문인지, 놀라움 때문인지, 아니면 (이런 생각 자체가 제정신이 아닌 것처럼 보일지는 몰라도) 그녀 스스로도 자각하지 못하는 어떤 쾌락 때문인지 분간이 되지 않을 정도였죠. 나로 말하자면, 비록 남자에 대해서는 무지했지만 셰리의 서재에서 사랑에 관한 입문서나 성애를 다루는 이야기를 몰래 읽은 적이 있어요. 하지만 그것들은 작업실에서 홀로 작업하는 외로운 작가들의 엉뚱한 상상력의 소산이며 셰리가 요즘 부쩍 재미 들인, 깃펜으로 스스로를 간질럼 태우는 장난 같은 것이라고 생각했죠. 다름 아닌 내 언니가 그런 믿을 수 없는 일들을 그런 이상한 자세로 하고 있는 모습을 보면서도, 내가 목격하는 것이 책에 나오는 삽화가 아니라 진짜로 내 눈앞에서 벌어지고 있는 일이라는 걸 완전히 깨닫기까지는 적잖은 밤이 필요했어요.

"이야기를 계속하라." 일을 치른 뒤 샤리알이 명령했어요. 셰리는 처음엔 불안정하게 시작했지만 이내 전날 밤보다 더욱 나은 목소리로 상인과 마신 이야기를 이어갔어요. 나는 내가 목격한 광경 때문에 여전히 아랫도리가 촉촉이 젖어 있는 것을 느끼고 굴욕감이 든 나머지 하마터면 적절한 시점에 끼어드는 걸 잊을 뻔했죠. 다음 날 셰리는 나를 부둥켜안은 채로 왕 본인은 언제나 그렇듯 끔찍하지만 그가 자신에게 하는 짓들은 더 이상 고통스럽지 않을뿐더러 심지어 즐길 만한 것 같다고 인정했어요. 아마 그도 그렇게 느끼겠지요. 언니는 또한 만약 그가 잠자리 상대라면 우리의 마신이 잠자리 상대를 소중히 여기는 것처럼 자신도 소중히 여길 수 있을 거라고도 했어요. 더 정확히 말하자면, 일단 첫 경험에 대한 공포와 다음 날 아침으로 예정된 죽음에 대한 두려움이 가시기 시작하자, 정작 혐오스러운 것은 부인할 수 없이 정력적이고 잘생긴 사십 대의 남성이자 훌륭한 기교를 자랑하는 연인인 샤리알 본인이라기보다 여자들을 학살한 그의 전적이라는 걸 깨달은 거죠. 하지만 그의 살인 전적은 아무리 큰 매력과 부드러운 애무로도 지워 버릴 수가 없었어요.

"전혀요?" 해 질 녘에 신호에 따라 나타난 우리의 마신이 물었어요. "친절하고 상냥한 사내가 있다고 합시다. 그런데 어떤 마녀가 나타나 그의 마음을 어지럽히는 주문을 걸어 놓은 뒤에 그가 흉악한 짓들을 저지르게 되었다고 가정해 봐요. 그리고 어떤 젊은 아가씨가 그의 광기에도 불구하고 그를 사랑한다면 그가 치유될 수 있다고 역시 가정해 보는 겁니다. 그녀는 그 주문을 풀 수가 있어요. 왜냐하면 그녀는 그것이 그의 진짜 본성이 아니라 주문이라는 것을 인식하고 있으니까……."

"그것이 오늘 밤에 내가 할 이야기가 아니길 바랄게요." 셰리가 냉담하게 응수했어요. 그러면서 샤리알은 옛날 옛적 애정 깊은 남편이었던 시절에도 친구들에게 순결한 노예 소녀들을 나눠 주었고, 그 자신 역시 집 안 가득 후궁을 거느렸으며, 이십 년간 혼자서 정절을 지켜 온 아내가 애인을 취했다는 이유만으로 그녀를 반 토막 냈다는 점을 지적했죠. "그리고 어떤 마법도 죽은 소녀 천 명을 되살리거나 강간당한 몸을 순결하게 되돌릴 수 없어요. 이야기나 계속해요."

"당신은 당신의 연인보다 더 냉혹한 비평가군요." 마신이 불평하더니 어부와 마신 이야기의 도입부를 암송해 주었어요. 그는 그 단순한 도입부가 사흘째 밤 이야기의 진행 속도를 전략적으로 조정하는 역할을 할 거라고 여겼어요. 특히 그것이 나흘째 밤과 닷새째 밤에 암송할 이야기들 속의 이야기들 속의 이야기들이라는 복잡한 서사로 이어지기 때문에 더욱 그렇다고 했죠. 그는 그것을 경탄하는 듯한 어조로 '동양적'이라고 묘사하더군요.

그렇게 해서 달이 가고 해가 갔어요. 밤에는 샤리알의 침대 발치에서, 낮에는 세헤라자데의 침대 안에서, 나는 사랑을 나누는 기술과 이야기하는 기술에 대해 내가 알게 되리라 상상한 것보다 더욱 많이 배우게 되었죠. 예를 들어 마법에 걸린 왕자 이야기는 왕자 자신이 (검은 돌로 만든 궁전 안에) 갇혀 있는 것처럼 어부와 마신 이야기라는 틀 이야기 속에 담겨 있다는 점, 또한 그렇게 틀 속에 담긴 이야기의 문제가 해결되자 그것을 담고 있는 틀 이야기의 문제 역시 해결된다는 점이 우리의 마신을 기쁘게 했어요. 그는 이러한 은유적인 구성이 '단순한 플롯 기능'(그러니까 우리의 목숨을 보전하고 왕을 제정신으로 회복시키는 일이죠!)보다 더욱 뛰어난 기교라고 판단했어요. 셰리 자신의 삶이라는 이야기에서 그녀가 한 어부 이야기와 나머지 이야기들은 바로 그러한 기능을 가지고 있었죠. 하지만 이 '단순한 플롯 기능'은 틀 안 이야기와 틀이 되는 이야기 사이의 기교랄 것도 없는 자의적인 관계보다는 우월했어요. 이러한 관계는(내게는 그것이 이야기의 내용과 주제보다는 덜 중요하게 느껴졌지만) 그들 두 사람에게 대단히 흥미를 불러일으켰어요. 마치 셰리와 샤리알이 사랑의 정도나 성격보다는 자신들이 밤마다 섭렵하는 쾌락이나 자신들이 구사하는 다양한 체위의 세련됨에 매혹된 것과 마찬가지였죠.

셰리가 내게 키스한 뒤 말했어요. "그 둘은 너무 당연하거나 혹은 전혀 먹혀들지 않는 것이란다. 사랑을 나누거나 이야기를 하거나 두 경우 모두 기교(technique) 이상의 무엇이 필요해. 하지만 우리가 말할 수 있는 것은 오직 기교에 대한 것만이야."

마신이 동의했어요. "노련한 기술(skill)이 없어도 진심에서 비롯된 거라면 나름의 매력이 있어요, 두냐자데. 마음이 담기지 않은 것이라도 노련한 기술을 구사하면 역시 나름대로 매력이 있죠. 하지만 당신이 원하는 것은 열정적인 예술적 기량(passionate virtuosity)이겠죠." 그들은 상상할 수 있는 문제들, 이를테면 한 이야기와 내부로부터 틀이 지어질 수 있는지, 그래서 담는 이야기과 담긴 이야기 사이의 통상적인 관계가 뒤집어졌다가 역설적으로 또다시 뒤집힐 수 있는지, 그리고 (아마도 나를 위해서) 그러한 이상한 구조를 인간의 어떤 상황에 유용하게 적용할 수 있는지를 끝없이 고찰했어요. 혹은 흔히 있는 이야기 속의 이야기, 심지어 우리의 마신이 언젠가는 보탬이 되기를 희망한다는 그 문학적 보고에서 몇 가지 사례가 발견된 바 있는 이야기들 속의 이야기들 속의 이야기들 속의 이야기들을 넘어서서, 마치 연달아 터지는 폭죽이나 샤리알이 때때로 언니에게 안겨 주는 오르가슴의 연쇄처럼 가장 내부의 절정이 다음 이야기의 절정을 촉진하고, 그것이 그다음 이야기의 절정을 촉진하는 식으로 이어지도록 배열된 일련의, 예를 들어 동일한 중심을 가진 일곱 개의 이야기들 속 이야기들을 구상할 수 있는지에 대해서도요."

그들이 가장 선호하는 것이었던 이 마지막 비유*는 서사와 성적인 기술 사이의 질문들 십여 개로 이어지곤 했어요. 그들은 서로의 의견에 적극적으로 반대하기도 하고, 또한 똑같이 적극적으로 찬성하기도 했죠. 마신은 단언했어요. 그가 살고 있는 시대와 장소에는 정열을 연구하는 사람들이 있는데, 그들은 한편으론 언어 자체가 '다양한 형태로 도착(倒錯)된, 유아의 전성기기(前性器期)적 성애 충만'에서 비롯된다고 주장하고, 다른 한편으론 의식적 관심이란 '성적 충동의 과다 집중'이라고 한다더군요. 그런 마술 같은 용어들로 그들이 말하고자 하는 것은, 읽기와 쓰기 혹은 말하기와 듣기가 문자 그대로 사랑을 나누는 방식이라는 거죠. 정말로 그런지는 그에게도 셰리에게도 전혀 관심 밖의 일이었어요. 하지만 그들은 마치 그런 것처럼 (이 역시 그들이 즐겨 쓰는 말이었죠.) 말하는 것을 좋아했어요. 그리고 그것을 가지고 발단, 행위의 고조, 절정, 그리고 대단원으로 이어지는 관습적인 극의 구조와 전희에서 시작해 교접을 통해 오르가슴과 사정에 이르는 성교의 리듬 사이에 보이는

---

* 오르가슴의 연쇄.

유사성을 설명했어요. 그들은 바로 그렇기 때문에 사랑이(동일한 동전의 다른 쪽, 더 어두운 면인 전쟁과 마찬가지로) 이야기의 주제로, 연인들의 포옹이 그 이야기의 절정으로, 그리고 성교 후의 나른함이 그 이야기의 자연적인 배경으로 인기가 있는 거라고 믿었어요. 하루가 끝나 갈 무렵이야말로 사랑을 나눈 후 침대에서(혹은 전투나 모험 후 모닥불 주위에서, 혹은 하루 일을 마친 후 굴뚝 모퉁이에서) 연인 간의, 전우 간의, 동료 간의 친목을 나타내고 다지기 위해 이야기를 나누기에 가장 좋은 시간 아니겠어요?

셰리가 말했어요. "세상에서 가장 긴 이야기인『이야기의 바다』는 칠십만 개의 이행연구*로 구성되어 있는데, 원래 시바 신이 그의 배우자 파르바티에게 낭송해 준 것이었어요. 어느 날 밤 그녀가 자신과 사랑을 나눈 것에 대한 선물이었죠. 음유시인이 매일 저녁 그것을 암송한다 해도 다 하려면 오백 일은 족히 걸릴 거예요. 하지만 그녀는 그의 무릎 위에 앉아 그의 낭송을 끝까지 만족스럽게 들었죠."

이 말에 마신은 매우 기뻐하면서 우리에게는 익숙하지 않은 몇 가지 예를 거기에 덧붙였어요. 예를 들어『오디세이』라 불리는 위대한 서사시가 있는데, 주인공은 이십 년 동안 기나긴 전쟁과 방황을 겪은 후 집으로 돌아와 그의 충실한 아내와 사랑을 나눈 뒤, 침대에서 그녀에게 그간에 겪었던 모험들을 자세히 들려줘요. 신들은 그를 위해 밤의 길이를 연장해 주죠.『데카메론』이라 불리는 또 다른 작품이 있는데, 거기선 궁

---

* 2행으로 이루어진 시구.

정 귀족과 귀부인 열 명이 도시를 덮친 페스트를 피해 시골 별장으로 피난을 와서는 매일 밤 해가 질 무렵 서로 이야기를 들려주며 즐거운 시간을 보내요.(그 가운데 일부는 다름 아닌 셰리에게서 빌려 온 것들이고요.) 어찌 보면 그것은 사랑을 나누는 행위의 대체물이자, 그들이 이룬 작은 사회의 인위적인(artificial) 성격에 어울리는 교묘한 솜씨(artifice)예요. 그리고 마신이 읽고 있다고 주장하는 셰리에 관한 그 책은, 그의 견해로는 화자와 청자의 관계가 본질상 성애적(性愛的)이라는 것을 보여 주는 가장 훌륭한 실례랍니다. 그가 느끼기에 화자의 역할은 그 사람의 실제 성별과 관계없이 본질적으로 남성적이고, 청자 혹은 독자의 역할은 여성적이며, 이야기는 그들의 성교를 위한 매개체라나요.

"그 말대로라면 내가 이상한 사람이 되잖아요." 셰리가 항의했어요. "당신도 혹시 여성 작가를 동성애자라고 생각하는 그런 저속한 부류의 남자인가요?"

"전혀 그렇지 않아요. 당신이 이야기를 하기 전에 당신과 샤리알은 보통 제1체위로 사랑을 나누죠. 그리고 연인들은 두 번째에는 체위를 바꾸고 싶어 해요." 마신이 그녀를 안심시켰어요. 그는 좀 더 진지하게, 독자라는 지위가 갖고 있는 '여성성'이 유순하거나 열등한 상태를 의미하지는 않는다고 말했어요. 예를 들어, 등대가 수동적으로 신호를 보내면 선원들이 열심히 능동적으로 수신하거나 해석하죠. 그의 애인처럼 열정적인 여성은 그의 품안에 있을 때에도 어쨌든 그녀를 품고 있는 그만큼이나 적극적이에요. 좋은 독자라면 교묘한 이야기를 읽으면서 그 이야기를 쓴 작가만큼이나 부지런히 자신의 방식대로 해석을 합니다. 그 외에도 여러 가지가 있어요. 간단히 말해, 이야기는(여기서 그들은 다시 완전하게 생각이 일치했어요.) 애정 관계이지 강간이 아니라는 거죠. 이야기의 성공은 독자의 동의와 협조에 달려 있어요. 독자*는 어느 순간이든 그것을 보류하거나 철회할 수 있죠. 이야기의 성공은 또한 그 기획을 위해 자신의 경험과 재능을 결합하는 독자의 능력 그리고 독자의 흥미를 불러일으키고 유지하고 만족시키는 저자의 능력에 달려 있으며, 셰헤라자데의 실제 목숨과 마찬가지로 저자의 은유적인 목숨 역시 분명히 그러한 저자의 능력에 달려 있다는 거예요.

어느 날 오후에 그가 이어서 말했어요. "그리고 모든 애정 관계가 그런 것처럼 그것은 두 사람 모두에게 잠재적으로 풍부한 수확을 가져다줍니다. 당신이라면 찬성할 방식으로요. 왜냐하면 그것은 남성이니 여성이니 하는 개념을 넘어서니까요. 독자는 종종 자신이 새로운 이미지를 잉태한다는 것을 깨닫습니다. 샤리알이 여성에 대해 새로운 이미지를 품게 되기를 당신이 희망하는 것처럼요. 그러나 이야기꾼** 역시 자신이 무언가를 잉태했음을 발견할 수도 있죠……."

내 머리론 그들이 주고받는 대화의 많은 부분을 이해할 수 없었지만, 이 마지막 말을 듣자 나는 셰리를 꼭 껴안고 그것이 그들이 말하는 또 하나의 '가상 설정(as if)'이 아니기를 알라께 기도했어요. 삼백여드레째 밤에 그녀의 이야기를 방해한 것은 아니나 다를까 내가 아니라 알리 샤의 탄생이었어요. 비록

---

* 여기서 독자는 she, her 등 여성형으로 지칭되고 있다.
** 이야기꾼 혹은 작가는 남성형으로 지칭되고 있다.

샤리알을 닮은 아이였지만, 나는 그 아이가 세상에 나온 그 순간부터 내가 단지 그가 세상에 나오도록 돕기만 한 것이 아니라 마치 직접 낳기라도 한 것처럼 품에 꼭 끌어안았어요. 마찬가지로 어린 가리브가 활기차게 세상으로 나온 육백스무나흘째 밤에도, 어여쁜 자밀라-멜리사가 태어난 구백쉰아홉째 밤에도 마찬가지였죠. 그녀의 가운데 이름은 마신이 사는 나라의 이국적인 언어로는 '꿀처럼 달콤하다'라는 뜻을 가지고 있었는데, 우리는 우리의 친구가 여전히 사랑하는 그 애인에게 경의를 표하는 의미로 그 이름을 골랐어요. 여자와 남자가 인간으로서 함께할 수 있는 경우가 있을지는 몰라도 아내와 남편은 결코 그럴 수가 없다는 셰리의 견해에도, 그는 자신의 애인과 결혼할 생각이라고 말했죠. 마신은 두 연인 사이에 이루어진 서약이 아무리 완전하고 독점적이고 영원하다 해도, 그것은 정신적인 진지함과 공적인 책임감 면에서 부족한 점이 있다고 생각한대요. 그런데 그러한 부분은 오직 결혼만이 예로부터의 맹세와 상징들, 의식 그리고 위험 부담과 함께 제공할 수 있는 거라나요.

"그것은 지속될 리가 없어요." 셰리가 성마르게 말했어요. 마신은 그의 약혼녀가 자신과 이름이 같은 딸을 둔 어머니*에게 주는 선물을 셰리의 손가락에 끼워 주고는(그것은 숫양의 뿔과 조개의 무늬를 새긴 금반지였는데, 마신과 그의 약혼녀는 결혼식 날 그것과 똑같은 반지를 교환할 계획이라더군요.) 이렇게

---

* 셰헤라자데를 가리킨다. 셰헤라자데는 마신의 약혼녀 이름을 따서 딸의 이름을 지었다.

대답했어요. "아테네도 영원하지 않았어요. 로마 역시 영원하지 않았죠. 잠시드*의 영광도 모두 마찬가지였어요. 하지만 우리는 그것이 영원할 수 있으며 영원할 것이라고 생각하면서 살아야 합니다."

"흠." 셰리가 말했어요. 언니는 몇 년간 당신의 형과 함께 살면서 그의 버릇이 몸에 많이 익었죠. 그 역시 언니의 버릇을 몸에 익혔겠지만요. 하지만 언니는 그들을 축복해 주었어요. 나 역시 그 위에 어떠한 유보 조항이나 '가상 설정' 없이 축복을 얹었죠. 언니는 그가 사라진 후 반지를 램프 불빛에 오랫동안 비춰 보았어요. 마치 반지의 디자인을 유심히 살펴보기 위해서인 양 그것을 다른 손과 다른 손가락들에 한 번씩 끼워 보았죠.

그렇게 해서 우리는 천 일째 밤, 천 일째 아침과 오후를 맞이했고, 셰리는 천 번째로 깃펜을 잉크에 적시고 마법의 열쇠를 불러냈어요. 그리고 천한 번째로, 우리의 마신이 지난 사십일 동안 그래 왔던 것처럼 반지를 손가락에 낀 채, 아주 오래전 우리 서가에 처음 모습을 드러냈을 때보다 훨씬 더 밝아 보이는 미소를 지으며 우리 앞에 나타났어요. 우리 셋은 언제나처럼 서로 포옹했어요. 그는 아이들과 왕의 안부를 물었고, 언니는 늘 그랬던 것처럼 그가 자신의 이야기를 꺼내 왔다고 주장하는 그 보물 창고에 얼마나 다가갔는지 물었어요. 우리와 처음 만났을 때보다 그 주제에 대해 할 말이 많아진 그는 셰

---

* 이란 전통 문화의 신화적인 인물로, 카야니야 왕조의 네 번째 왕이자 가장 위대한 왕으로 전해진다.

헤라자데의 영감 덕분에, 그리고 사랑하는 아내의 큰 위로 덕분에 자신이 빠져 있다고 느꼈던 상상력의 수렁에서 나오는 길을 찾은 것 같다고 기쁘게 말했어요. 그 새로운 작품의 장점이 무엇이건 간에, 그는 마치 우기(雨期)에 소달구지를 모는 사람이나 좌초된 배의 선장처럼 뒤로 물러남으로써 앞으로 나아갔어요. 다름 아닌 이야기의 뿌리와 근원지를 향해 간 거죠. 그는 세헤라자데처럼 전적으로 현재의 목적을 위해 알파벳보다 더 오래된 서사적 유물과 방법으로부터 수용한 재료들을 이용하여 셰리가 처녀성을 잃은 후의 시간 동안 세 편의 노벨라, 즉 다소 긴 듯한 이야기들로 이루어진 기획 연작 가운데 두 편을 썼다더군요. 그 세 편의 노벨라들은 그와 셰리가 논의한 적이 있는 방식들 가운데 몇 가지 방식으로 각각 서로가 서로에게 의미를 부여할 것이며, 만약 그것들이 성공적인 결과를 낳는다면(여기서 그는 나를 보고 미소를 지었어요.) 진지하게, 심지어 열정적으로, 어떤 것들에 관한 것이 될 수도 있을 거라고 했어요.

그가 결론 삼아 말했어요. "내가 완성한 두 편은 진실이든 거짓이든 신화적 영웅들과 관련이 있어요. 세 번째 것은 이제 막 중간 부분에 들어갔죠. 그 이야기들이 얼마나 좋은지 혹은 얼마나 나쁜지는 아직 말할 수 없어요. 하지만 나는 그것들이 옳다고 확신해요. 당신은 내 말이 무슨 뜻인지 알 거예요, 세헤라자데."

그녀는 그의 말뜻을 이해했어요. 나 역시 이해하는 것 같은 느낌이 들었죠. 우리는 다시 행복하게 포옹했어요. 그때 셰리가 중간이라는 얘기가 나왔으니 하는 말이라면서 자기는 그날 밤 구두장이 마아루프 이야기의 결말을 지으려고 하는데, 그 뒤를 이을 이야기가 무엇이든 간에 적어도 도입 부분은 필요하다고 했어요.

마신이 고개를 저었어요. "내 사랑, 이제 더 이상은 없어요. 당신은 해야 할 이야기를 다 했어요." 그 말에 나는 그 일이 가져올 결과가 예상되면서 갑자기 우리가 있던 방이 눈앞에서 빙글빙글 도는 느낌이 들었어요. 금방이라도 기절할 것 같았죠. 하지만 잔인하게도 그는 전혀 아무렇지도 않아 보이더군요.

"더 이상은 없다니! 언니는 어떻게 하고요?" 내가 외쳤어요.

그가 조용히 말했어요. "샤리알이 자기를 죽이고 당신에게도 손을 뻗치는 꼴을 보지 않으려면 아마도 당신의 언니는 책에 있지 않은 무언가를 지어내야 할 겁니다."

"나는 지어내지 않아요." 셰리가 그에게 강조했어요. 그의 목소리만큼이나 그녀의 목소리에도 동요가 없었어요. 하지만 (그녀의 표정을 살필 만큼 충분히 정신을 차리고 보니) 그녀의 표정에는 수심이 가득했죠. "난 단지 이야기를 들려줄 뿐이에요."

"그 보물 창고에서 무언가를 빌려 와요!" 내가 그에게 간청했어요. "엄마가 없으면 아이들은 어떻게 하죠?" 방이 다시 빙글빙글 돌기 시작했어요. 난 내가 가진 용기를 모두 짜내어 말했어요. "우리를 버리지 말아요, 친구. 지금 당신이 만들고 있는 이야기를 셰리에게 들려줘요. 그 대가로 당신이 날 어떻게 해도 좋아요. 만약 당신에게 아이가 있다면, 내가 당신의 아이들을 키우겠어요. 당신 아내 멜리사의 발도 씻겨 줄게요. 무엇이든 하겠어요."

마신이 미소를 지으며 셰리에게 말했어요. "우리의 어린 두냐자데도 여자가 되었군요." 그러고는 그가 예전에 셰헤라자데에게 그랬던 것처럼 나의 제안을 고맙게 여기지만 받아들일 수 없다고 공손히 거절했어요. 이전에 그를 감동시켰던 것과 똑같은 이유에서만이 아니라, 보물 창고에 남아 있는 이야기 중 샤리알이 즐거워할 만한 이야기래 봤자 셰리가 들려주는 이야기를 수없이 흉내 내고 개작한 이야기들뿐이라고 확신하기 때문이었어요.

"그렇다면 나의 천 일하고도 하룻밤은 끝났군요." 셰리가 말했어요. "우리의 친구에게 배은망덕하게 굴지 말거라, 두니. 모든 일에는 끝이 있는 법이야."

나는 언니의 말이 옳다고 수긍하면서도 눈물을 흘리며 기도했어요. 내가, 그리고 내가 언니만큼이나 끔찍이 사랑하는 알리 샤, 가리브, 어린 멜리사가 행복한 결말이란 오직 이야기들 속에만 존재하는 세상에서 벗어날 수 있기를, 하고요.

마신이 내 어깨에 손을 얹고 말했어요. "내 관점에서 보자면(성가시고 지루하기 짝이 없는 기술적인 관점이죠. 인정합니다.) 우리가 다가가고 있는 건 바로 이야기의 결말이에요. 그점을 잊지 맙시다. 당신의 언니가 왕에게 들려주었던 그 이야기들은 단순히 그녀 자신의 이야기의 중간 부분에 불과해요. 그녀 자신의 이야기라는 건, 그러니까 그녀의 이야기이자 당신의 이야기이죠. 그리고 샤리알의 이야기이기도 하고 그의 동생 샤 자만의 이야기이기도 합니다."

난 이해가 가지 않았어요. 하지만 셰리는 이해하는 것 같았죠. 그리고 내 다른 쪽 어깨를 꼭 쥐고 그에게 조용히 물었어요. 지루한 기술적인 문제에 대해 말하자면, 틀 이야기를 위한 행복한 결론을 창작할 수도 있느냐고요.

"『천일야화』의 저자는 창작하지 않아요." 마신이 그녀에게 상기시켰어요. "그는 이런 이야기를 들려줄 뿐이죠. 구두 수선공 마아루프의 이야기를 끝낸 후, 셰헤라자데가 왕의 침대에서 일어나 그 앞에서 바닥에 입을 맞춘 뒤, 천 일하고도 하루 동안의 여흥에 대한 보답으로 한 가지 부탁을 해도 되느냐고 대담하게 물어요. '말하라, 셰헤라자데.' 왕이 이야기 속에서 대답하죠. 그러자 당신은 두냐자데를 보내 아이들을 데리고 들어오게 해요. 그리고 아이들이 엄마 없이 자라지 않도록, 그들을 위해 당신을 살려 달라고 간청하죠."

내 심장이 마구 뛰기 시작했어요. 셰리는 조용히 앉아 있었죠. 마신이 말했어요. "나는 당신이 이야기를 계속하기 위해 살려 달라고 하지 않는 점에 주목해요. 당신은 또한 샤리알에 대한 당신의 사랑이나 당신에 대한 그의 사랑을 들어 살려 달라고 하지도 않죠. 그것은 훌륭한 수법이에요. 만약 그가 당신의 소망을 윤허하기로 결정할 경우 그의 뜻대로 다른 근거들에 이유를 돌릴 수 있는 여지를 남겨 주니까요. 나는 또한 당신이 오직 당신의 목숨만을 간청했다는 점에서 당신의 기지를 존경해요. 그렇게 해서 그는 자신의 정책을 뉘우치고 당신과 결혼할 도덕적인 주도권을 넘겨받았어요. 나라면 그런 생각을 해내지 못했을 겁니다."

"흠." 셰리가 말했어요.

"그리고 형식상으로도 훌륭하게 대칭을 이루고 있죠……."

내가 외쳤어요. "대칭 따위는 아무래도 좋아요! 그것이 성공하나요, 못 하나요?" 나는 그의 표정에서 그것이 성공하리라는 걸 읽었어요. 그리고 셰리의 표정에서 이 계획이 그녀에게 전혀 생소한 것이 아님을 알 수 있었죠. 나는 두 사람을 포옹했고, 너무도 기뻐서 (마신의 말에 의하면) 잉크가 넘쳐흐를 정도로 울었어요. 그리고 셰리에게는 결혼한 후에도 지금까지 그래 왔던 것처럼 그녀와 아이들 곁에 머무르게 해 달라고, 그리고 영원히 그녀의 침대 발치에 앉아 있을 수 있게 해 달라고 간청했어요.

"너무 앞서 가지 마, 두니. 내가 정말 그 이야기를 그런 식으로 끝내고 싶은지는 아직 결정하지 못했으니까."

"그러고 싶지 않다고?" 나는 다시 두려움을 느끼며 마신을 쳐다보았어요. "만약 책에 그렇게 나와 있는 거라면, 반드시 그렇게 해야 하는 것 아닌가요?"

이번엔 그도 당황한 것 같았어요. 그는 셰리의 얼굴을 살피더니, 자신이 이 환상과 꿈에서 우리의 상황에 대해 보았던 모든 것이 책에 나온 이야기와 정확히 일치하지는 않는다는 점을 인정했어요. 왜냐하면 그 이야기는 마신이 환상을 보거나 꿈을 꾸지 않는 시간에 그와 우리 사이를 갈라놓는 시간적 거리, 공간적 거리 그리고 언어의 차이를 거쳐 자신에게 전달된 것이니까요. 예를 들어 그가 읽은 번역서에서는 아이들 세 명이 모두 남자아이였고 이름도 나와 있지 않아요. 그리고 책의 결론 부분에 이르기까지 비록 셰헤라자데가 샤리알을 사랑한다는 말은 나오지 않지만, 분명히 그녀가 그를 경멸한다든지, 나와 그밖에 다른 사람들과 함께 얼마간 그를 성적으로 배신한다든지 등에 관한 언급도 전혀 없다더군요. 무엇보다 그 자신이 이 플롯에 전혀 등장하지 않는다는 점은 말할 필요도 없었죠. 하지만 그는 자신이 알고 있는 이야기대로 언니가 플롯을 마무리하기를 기도했어요. 두 번의 결혼이 있고, 그러니까 그녀와 당신의 형, 그리고 나와 당신의 결혼 말이에요. 그리고 환락을 멸하고 사귐을 끊고 기타 등등을 하는 자*가 우리를 덮칠 때까지 행복하게 살아가는 거죠.

나에 관한 이 놀라운 소식에 익숙해지려고 노력하는 동안, 셰리는 미소를 지으며 마신이 말하는 '그가 알고 있는 이야기'라는 것이 우리를 돕기 위해 참조한 『천일야화』인지, 아니면 그가 한창 창작 중인 그 이야기인지를 물었어요. 왜냐하면 그녀는 우리의 교제가 자신에게만 이득이 된 건 아니며 어떤 식으로든 그녀와 나와 우리의 상황이 그의 현재 목적을 달성하는 데 유용하다고 여겨지는 '고대의 서사적 자료들' 가운데 일부라고 상상하고 싶어 했고, 또한 그렇기를 진심으로 바랐으니까요. 그러고는 그가 쓰는 이야기는 어떻게 끝나는지 물었죠.

마신은 잠시 눈을 감고, 엄지손가락으로 안경을 제자리로 올리더니 자신은 아직도 그 연작 가운데 세 번째 노벨라의 중간 부분을 쓰고 있다는 말만 반복했어요. 절정과 대단원의 밑그림을 그리기는커녕 아직 대략적인 줄거리조차 제대로 못 잡고 있다나요. 그러고는 나를 보더니 그 이야기의 제목은 「두냐자디아드」이며, 중심인물은 언니가 아니라 바로 나라고 하더군요. 그는 '결혼 전날 밤'의 내 상황이 갖고 있는 이미지가 그와 같은 시간과 장소에 있는 이야기꾼들의 흥미를 끈다고 생각했대요. 언니의 상황이 일반적인 서사 예술가들의 흥미를 끄는

---

* 죽음.

것처럼요. 난 정말 놀라지 않을 수가 없었죠.

　그가 외쳤어요. "침대 발치에서 보낸 그 수많은 밤들이라니, 두냐자데! 그럼으로써 문학적 전통 전체가 당신에게 전해졌어요. 성애적 전통도 전부요! 당신이 들어 보지 못한 이야기는 없어요. 당신은 남녀가 사랑을 나누는 방식이란 방식은 모두 반복해서 목격했어요. 작은 누이여, 나는 당신이 그 두 가지 측면에서 숫처녀라고 생각해요. 그토록 순진하면서 그토록 박식하다니! 그리고 이제 당신 차례가 왔어요. 샤리알은 젊은 샤 자만에게 자신의 훌륭한 애인에 대해 말했어요. 자기는 그녀를 무척 사랑하며, 그것은 그녀의 이야기 때문이기도 하지만 그녀 자신의 매력 때문이기도 하다고 했죠. 그는 그녀에게 들은 이야기들을 동생에게도 전해요. 두 형제는 두 자매와 결혼하죠. 때는 당신의 결혼식 날 밤이에요, 두냐자데……. 하지만 잠깐! 내 얘길 들어 봐요! 셰헤라자데를 만나기 전, 샤리알은 천 일 동안 하룻밤에 처녀 한 명씩 강간하고 죽였죠. 샤 자만 역시 똑같은 일을 해 왔어요. 그러나 그가 셰헤라자데에 관해 알게 된 것은 지금에 와서, 즉 천 일하고도 하루가 지나서의 일이죠. 그것은 그가 자신의 아내를 죽인 이후 적어도 이천 하고도 두 명의 젊은 여자들을 강간하고 죽였다는 걸 의미해요. 그리고 그 가운데 단 한 사람도 두 번째 밤을 보내고 싶다는 마음이 들게 할 만큼 그를 만족시키지 못했다는 걸 의미하죠! 그를 즐겁게 하기 위해 당신은 무엇을 할 작정인가요, 작은 누이여? 더욱 흥미를 끄는 새로운 방식으로 사랑을 나누는 것? 그런 건 없어요! 셰헤라자데처럼 이야기를 들려주는 것? 그가 이미 다 들은 얘기죠! 두냐자데, 두냐자데! 누가 당신이 할 이야기를 알려 줄 수 있을까요?"

엄습한 공포감에 사색이 된 나는 언니에게 매달렸어요. 언니는 마신에게 부디 날 놀라게 하는 일을 그만둬 달라고 간청했어요. 마신은 진심으로 사과를 하며 자신이 묘사하는 것은 『천일야화』의 틀 이야기가 아니라(그것은 이런 끔찍한 일들에 대한 언급 없이 행복하게 끝나니까요.) 자신이 쓰고 있는 노벨라이고 순전한 픽션이라며 우리를 안심시켰어요. 그러면서 자신의 노벨라에서도 그가 나에 대해 품고 있는 애정에 부합하는 결론을 찾아내기 위해 진심을 다해 노력할 거라더군요. 셰리 역시 마신이 묘사한 내 처지에 대해 오랜 시간 고민해 왔으며 내 결혼식 날 밤을 위해 세워 놓은 계획이 없지 않다고 말했죠. 그제야 나는 한시름 덜었죠. 그녀는 우리의 친구에 대한 마지막 호의로서 그 계획에 관해 기록을 해 두었다더군요. 계획이 성공하든 안 하든, 그가 자신의 글을 쓰는 데 그것을 유용하게 사용했으면 하는 바람에서요. 하지만 내게는 당분간 보여 주고 싶지 않다고 말했어요.

마신이 생각에 잠겨 말했어요. "그렇다면 당신 역시 내가 느끼는 대로 우리가 다시는 서로 만나지 않게 되리라는 것을 감지하고 있군요."

셰리가 고개를 끄덕였어요. "당신은 이제 다른 이야기들을 해야 해요. 나는 내가 할 이야기들을 다 했어요."

그는 이미 희미해지기 시작했어요. 그가 말했어요. "내 최고의 이야기도 당신의 최악의 이야기만 못할 겁니다. 그리고 나는 언제나 당신을 사랑할 겁니다, 셰헤라자데! 두냐자데, 날 당신의 오빠로 여겨 줘요! 잘 자요, 자매들이여! 안녕히!"

우리는 키스했어요. 그는 셰리의 편지와 함께 사라졌어요. 그때 샤리알이 우리를 부르러 사람을 보내왔어요. 나는 여전히 몸을 떨면서 침대 발치에 앉았어요. 셰리는『아난가란가』와『카마수트라』의 후반부에 나오는 체위들을 배합하여 그와 일을 치른 후, 구두장이 마아루프 이야기를 했어요. 이야기를 마친 그녀는 마신이 가르쳐 준 대로 일어나서 바닥에 입을 맞추고 은혜를 간청했어요. 나는 이제 혼자서도 곧잘 걸어 다니는 알리 샤와 아직 기어 다니는 가리브, 그리고 젖도 안 나오는 내 젖을 마치 자기 엄마의 젖인 양 빨곤 하는 자밀라-멜리사를 데리고 들어왔죠. 셰리는 탄원했어요. 샤리알은 눈물을 흘리더니 아이들을 껴안고 이미 오래전에 그녀를 용서했노라고 말했어요. 신이 여성에게 느꼈던 모든 환멸감이 잘못이었다는 것을 그녀를 통해 깨달았대요. 그러고는 그녀를 여성의 구원자로 임명한 알라를 찬미했어요. 그는 혼인 계약을 입안하기 위해 아버지를 부르러 사람을 보냈고, 셰헤라자데와 그녀의 이야기에 대한 소식을 들려주기 위해 당신을 불러오라며 역시 사람을 보냈어요. 당신이 내게 청혼했을 때, 셰리는 우리 계획의 2부를 들어 반대했어요.(그것의 3부에 대해서는 나는 여전히 모르는 상태였죠.) 그러니까 그녀와 내가 헤어지는 일이 없도록 당신이 사마르칸트를 포기하고 우리와 함께 살아야 한다는 것이었어요. 또한 당신은 형과 왕위를 공유하고, 당신의 왕위는 삼 년 동안 겪은 정신적 고통에 대한 보상으로 우리 아버지에게 넘겨주어야 한다고 했죠. 내 눈엔 당신이 샤리알보다 더 멋지고 더 무서워 보였어요. 난 언니에게 내 앞으로 어떤 길이 놓여 있는지 알려 달라고 간청했죠.

"이런, 멋진 결혼 축하연이지 뭐겠니, 바보 같은 두니야!" 그녀가 놀렸어요. "내시들이 우리의 욕조에 장미와 버드나무 꽃물, 사향 주머니, 침향, 용연향을 넣어 향을 낼 거야. 우리는 머리를 감고 머리카락을 자를 거고. 그들은 나를 태양처럼 입히고 널 달처럼 입히겠지. 그리고 우리는 신랑들을 자극하기 위해 옷 일곱 벌을 갈아 입으며 춤을 출 거야. 술과 음악이 끝날 때쯤엔, 그들은 거의 억제하지 못할 정도로 욕망을 느낄 거야. 우리들은 각자 서로에게 잘 자라는 키스를 할 거고, 모두 합쳐 열두 번의 키스를 하겠지. 그런 뒤 우리의 남편들은 우리를 각자의 신방으로 서둘러 데려갈 거야……."

"오, 셰리!"

"그때." 그녀가 갑자기 정색을 하더니 장난기가 사라진 목소리로 말을 이었어요. "바로 쾌락의 문턱에서 나는 멈춰 서서, 바닥에 입을 맞추고, 나의 왕이자 주인에게 말할 거야. '오, 해와 달과 조수(潮水) 등등의 왕이시여. 저와 천 일하고도 하루 동안 잠자리를 같이하시고 제게 세 아이를 잉태시켜 주시고 제가 속담과 우화, 연대기와 익살, 경구와 농담과 교훈적인 실례, 이야기와 일화, 대화와 역사와 애가와 풍자, 그리고 그밖에 무엇이든 알라신만이 아시는 것들을 가지고 당신을 즐겁게 하는 내내 경청해 주시고 마침내 저와 결혼해 주셔서 감사합니다! 저의 귀중한 여동생을 당신의 정력적인 동생에게 주신 것, 사마르칸트 왕국을 저희 아버지에게 주신 것에 대해서도 역시 감사드립니다. 아버지 또한 그에 대해 감읍할 것이며 그 마음이 부분적으로나마 그의 정신을 온전하게 회복시켜 줄 수 있기를 저희들은 바라옵니다! 그리고 무엇보다, 자비롭게도 매일 밤 처녀를 강간하고 살해하는 일을 멈춰 주신 것에 대해 감사드립니다. 그리고 샤 자만 역시 그 일을 그만두도록 설득해 주신 것도 감사드립니다! 이제 제겐 더 이상 당신에게 무언가를 부탁할 권리가 전혀 없으며, 당신이 저에게 싫증이 나서 다른 더 젊은 여자들을 취하기 위해 저를 죽이거나 혹은 저를 내치실 때까지 당신의 성적인, 혹은 다른 흥밋거리들을 위해 겸허히 기꺼운 마음으로 봉사할 것입니다. 그리고 저는 정말로 그렇게 할 준비가 되어 있습니다. 샤 자만을 위해 마찬가지로 준비가 되어 있을 두냐자데처럼요. 그러나 이미 증명되어 밝혀진 당신의 무한한 아량에 기대어, 저는 대담하게도 마지막 성은을 베풀어 주실 것을 간청합니다.' 만약 우리가 운이 좋다면 샤리알은 나를 미치도록 침대에 들이고 싶은 나머지 이렇게 말할 거야. '말해 보라.' 그러면 나는 그에게 천 가지 나쁜 일이 생겼을 때에도 벌어지지 않았던 일이 한 가지 행복한 일로 인해 일어나려 한다는 점을 지적할 거야. 즉, 아침이 올 때까지 너와 내가 헤어지는 일이지. 내가 알고 있는 남편이라면 분명 넷이서 해 보는 게 어떻겠느냐고 제안하겠지. 그 말에 나는 적당히 얼굴을 붉힐 것이고, 몇 시간 정도는 너와 떨어져 있어야 한다는 사실에 결국은 익숙해질 것이라고 단언할 거야. 그리고 너와 네 신랑이 신방으로 들어가기 전에 삼십 분 정도만 사적인 대화를 하게 해 달라고 간청할 거야. 생애 처음으로 첫날밤을 치르는 모든 신부가 알아야 할 몇 가지 사항들을 네게도 알려 주어야 한다면서 말이야. '그 방면에 관해서라면 우리가 하는 것을 수백 번도 더 보지 않았느냐?' 너의 섬세한 형부가 묻겠지. 나는 이렇게 대답할 거야. '본다고 그대로 할 수 있는 건 아닙니다. 예를 들어 저 자신은 꽤 격렬한 성 경험을 가지고 있습니다. 하지만 오직 한 남자에 대해서만이지요. 아마 당신이 아닌 또 다른 남자와라면 여느 숫처녀들만큼이나 두려움을 느낄 것입니다. 샤 자만은 아마도 육체적인 식견 면에서는 이 세상 누구보다도 박식할 테지요. 하지만 어느 여자에 대해서도 오랫동안 축적된 깊은 지식을 갖고 있지는 못하죠. 우리 네 사람 가운데 오직 당신, 시대의 왕이자 다른 모든 것의 왕이신 당신만이 두 가지 종류의 경험을 모두 자랑할 수 있습니다. 당신은 이십 년간의 결혼 생활 동안 충실히 잠자리를 해 왔고, 천 일하고도 하룻밤 동안 각기 다른 여자들을 상대했으며, 서른세 달 하고도 열흘 동안 저와 밤을 보냈습니다. 그밖에도 하렘에 있는 후궁들과의 색다른 시간은 말할 것도 없고요. 하지만 어린 두 여자데는 간접 경험 외에는 아무런 경험이 없습니다.' 그 약삭빠른 대답에 그는 그저 '흠'이라고 반응할 거야. 그리고 그 문제를 샤 자만에게 넘기겠지. 그러면 샤 자만은 자신의 통찰력을 한껏 동원해 숙고한 후 요컨대 이렇게 말할 거야. '좋다. 하지만 짧게 끝내도록.' 그들은 물러날 거야. 너와 내가 지금껏 전율하며 바라보았던 것 가운데 가장 커다랗게 물건을 세운 채로 말이야. 그러면 그때 나는 3부에서 무엇을 해야 할지 네게 말해 줄 거야. 그 후 우리는 서로에게 잘 자라는 키스를 한 후 각자의 남편이 있는 방으로 들어가 그것을 하는 거야. 알겠니?"

"무엇을 하라는 거야?" 나는 외쳤어요. 그러나 그녀는 자기가 묘사한 대로 모든 일이 진행될 때까지는 더 이상 아무 말도 하지 않으려 했죠. 그러니까 결혼 잔치에서 우리가 춤을 추고, 각자의 방으로 들어가고, 그녀가 일을 중단시킨 뒤 간청하고, 지난 오 년 반 동안 당신에게 처녀성과 목숨을 잃은 그 불행한 이천 명의 여자들 가운데 그 누구보다 나로 인해 더욱 흥분한 당신이 우리의 의논 시간이 짧아야 한다는 조건으로 그것을 허락한 일 등이요. 당신들 둘은 물러났어요. 당신의 바지 앞섶은 한껏 앞으로 튀어나온 상태였죠. 침실 문이 닫히는 순간, 셰리는 당신들이 지나간 자리에 침을 뱉고 내 손을 자신의 손 안에 꼭 쥐었어요. 그리고 말했죠. "동생아, 지금껏 주의 깊게 들었다면 이번에도 잘 들으렴. 남자와 여자가 죽을 때까지 서로를 보물처럼 소중히 여길 수 있다고 말하다니, 의도는 좋을지 몰라도 우리의 열쇠 마신은 거짓말쟁이거나 바보다. 그들의 수명(壽命)이 살해된 우리 자매들의 그것처럼 짧지 않은 한 있을 수 없는 일이지! 두냐야, 삼천 명 하고도 세 명이 죽었단다! 또 다른 천 명이 비참한 신세에 빨리 종지부를 찍는 것을 면하게 해 준 것 외에 너와 나와 그 모든 픽션들이 성취한 것이 무엇이란 말이냐? 그들을 구해 줘 보았자 무슨 소용이 있느냔 말이야? 어차피 아버지나 남편, 연인 들의 손에 겪는 고통이 좀 더 연장되는 것뿐일 텐데. 당분간은 우리의 주인들이 기꺼이 자기들의 정책을 누그러뜨렸다지만, 가부장제는 변하지 않아. 나는 심지어 우리의 마신이 살고 있는 시공간에서도 그것이 존속할 거라 믿는다. 설사 그와 그의 소중한 멜리사의 관계가 진실로 그가 묘사한 대로이며 그의 소망이나 상상의 산물이 아니라고 해도, 그것은 오직 그 불쾌한 규칙을 입증하는 예외일 뿐이야. 그렇게 해서 우리는 여기 서 있어. 그리고 넌 이제 곧 누워서 다리를 벌리고 나머지 우리들처럼 그것을 받아들이려고 하지! 알라께 감사하게도 너는 내가 그랬던 것처럼 색다름의 덫에 걸릴 리가 없고, 음탕한 곡예와 이야기를 가지고 우리를 학대하는 자들의 기분을 전환시켜 우리 같은 여성들을 위해 작은 승리를 얻어 낼 생각도 하지 않겠지. 승리 같은 건 없어, 두니. 오직 불공평한 보복만 있을 뿐이야. 이제는 우리가 재주(trick)에서 속임수(trickery)로, 이야기에서 거짓말로 방향을 전환할 시간이란다. 이제 너의 호색적인 남편이 있는 방으로 들어가렴. 나는 내 남편이 있는 방으로 들어갈 테니. 그가 네게 키스하고 애무하고 옷을 벗기고, 널 거칠게 더듬고 꼬집고 핥고, 널 침대에 눕히도록 내버려 둬. 하지만 그가 네 몸속을 꿰뚫고 들어오려 할 때, 그의 몸 밑에서 미끄러져 나와 그의 귀에 이렇게 속삭이는 거야. 굉장한 성 경험을 자랑하는 당신조차도 맛보지 못한, 가장 성감을 돋우는 성행위 방법 한 가지가 남아 있어요. 그것은 언니와 제가 지난 밤 알라께 너무도 비범한 남편들을 즐겁게 해 드릴 방법을 알려 달라고 기도했을 때 마신이 나타나 저희들에게만 가르쳐 준 비법으로, 당신도 샤리알 왕께서도 알지 못하실 겁니다. 이 마신의 체위는(우리는 그걸 그렇게 부를 거랍니다.) 너무도 경탄스러워서 마치 숫처녀들을 아침 식사용 달걀처럼 먹어 치워 온 남자라도 새롭게 다시 태어난 것 같은 느낌이 든답니다. 게다가 그것은 여자가 모든 것을 하고 그녀의 주인은 자신이 지금껏 알아 왔거나 꿈꿔 왔던 것보다 더 엄청난 쾌락에 몸을 맡기는 것 말고는 아무것도 할 필요가 없는 체위입니다. 당신은 그저 침대 위에 사지를 펴고 누운 채로 그녀가 침대 기둥에 비단 끈으로 당신의 손목과 발목을 묶도록 두기만 하면 된답니다. 때

이른 기쁨에 경련을 일으켜 천국과 같은 절정에 채 다다르지 못하는 일을 미연에 방지하기 위해서죠. 이런 식으로 말이야. 그런 다음엔, 동생아, 옷을 벗고 뒤로 반듯이 누워 군침을 흘리는 그를 묶어 놓은 후에, 네 일곱 번째 가운의 왼쪽 주머니에서 내가 미리 그곳에 숨겨 놓은 면도용 칼을 꺼내렴. 그때 나 역시 내 주머니에서 칼을 꺼낼 테니. 그리고 그 짐승을 거세하는 거야! 그의 연장을 잘라 피범벅인 그것을 입에 틀어넣어 그를 질식시켜 버려. 나 역시 샤리알에게 그렇게 할 거야! 그런 다음 우리의 목에도 구멍을 내야 해. 남자들이 더욱 극악하게 복수하기 전에 우리 자신을 지키려면 다른 도리가 없단다. 안녕, 나의 두니! 우리가 그니 그녀니 하는 게 존재하지 않는 세상에서 함께 깨어나기를! 안녕히."

나는 대답을 하려 입술을 움직여 보았지만 움직여지지가 않았어요. 그리고 마치 무언가에 홀린 것처럼 당신에게 왔어요. 그리고 당신이 내게 키스하는 동안 주머니에서 차가운 칼날을 더듬어 찾았죠. 나는 마치 꿈속인 양 당신이 내 옷을 벗기고, 어떤 남자도 손 댄 적 없는 내 몸을 만지고, 나를 가지려고 내 몸 위로 올라타도록 내버려 두었어요. 그러고는 꿈속인 양 당신에게 더 진귀한 쾌락을 위해 잠깐 멈춰 주기를 간청하고 당신을 마신의 체위로 유혹한 뒤 손에 칼을 쥔 채 날 선 어조로 당신이 현재 이렇게 묶이게 된 경위를 설명하는 내 목소리를 들었어요. 당신의 형은 이미 그곳이 잘렸을 거예요. 언니도 죽었겠죠. 이제 우리가 그들과 합류할 시간이에요.

2

"그것이 그대 이야기의 결말인가?"

두냐자데가 고개를 끄덕였다.

샤 자만은 침대 옆에서 면도용 칼을 쥔 손을 부들부들 떨며 알몸으로 서 있는 자신의 신부를 주의 깊게 바라보았다. 그러고는 헛기침을 하여 목청을 가다듬었다. "만약 그대가 정말로 그 칼을 사용할 생각이라면, 부디 그걸로 먼저 날 죽여 줘. 결후(結喉)를 가로질러 제대로 힘줘서 베면 그대가 목표한 바를 달성할 수 있을 거야."

처녀는 몸서리를 치더니 고개를 저었다. 젊은 남자는 묶인 몸으로 할 수 있는 한도 내에서 어깨를 으쓱했다.

"한 가지 질문에만 대답해 줘. 도대체 어째서 이 평범하지 않은 이야기를 내게 해 준 거지?"

두냐자데는 여전히 시선을 피한 채 생기 없는 목소리로 설명했다. 자신의 언니가 계획한 복수의 한 측면은 이렇게 (마신이 이해한 대로) 화자와 청자의 성별이 전도되는 것은 물론 그들의 상황 또한 전도되는 것이다. 보시다시피 지금은 청자의 목숨이 화자의 마음(mercy)에 달려 있으므로.

"그대야말로 자비심(mercy)을 좀 갖지 그래!" 왕이 다급하게 권했다. "그대 자신을 위해!" 두냐자데가 올려다보았다. 자신의 처지에도 불구하고 샤 자만은 진주로 꾸민 턱수염 위로 마신처럼 미소를 짓더니 이렇게 단언했다. 사랑이 덧없다고 한 셰헤라자데의 생각은 옳다, 그러나 삶도 그에 못지않게 덧없다, 사랑과 삶이 달콤하게 느껴지는 것은 바로 그 때문이다, 하지만 그것들은 마치 영원할 것처럼 향유할 때 더욱 달콤하다. 그는 계속 말을 이었다. 불공평한 운명에도 불구하고 수천 명의 여성들이 사랑을 귀중히 여긴다, 그들의 연인들도 마찬가지이다, 그 증거를 원한다면 멀리 갈 것도 없이 셰헤라자데의 이야기를 보면 된다, 만약 그대가 사형 선고를 받은 한 죄수(그는 자신을 바로 그렇게 보았는데, 왜냐하면 그는 자신이 만약 거세될 경우 칼이 손에 들어오는 대로 목숨을 끊을 작정이기 때문이었다.)에게 마지막 요청을 할 수 있는 기회를, 다름 아닌 나 자신도 아침마다 그 전날 밤 내가 범한 상대에게 허락했던 마지막 요청의 기회를 허락한다면, 나의 소망은 그대가 나를 성 불능으로 만들기 전에 내 아름다운 처형자에게 성의 즐거움을 가르쳐 주는 일이 될 것이다.

"말도 안 되는 소리. 난 그걸 다 봤어요." 두냐자데가 짜증스럽게 쏘아붙였다.

"보는 것만으로 느낄 순 없지."

그녀는 그를 노려보았다. "그렇다면 나는 내가 배우고 싶을 때 배울 거예요. 손에 피가 덜 묻어 있는 선생으로부터, 비록 서투를지는 몰라도 내가 사랑하는 누군가로부터 배울 거라고요." 그녀가 고개를 돌렸다. "내가 그런 남자를 만날 수 있기나 하면 말이죠. 하지만 아마도 그렇게 되지는 않을 거예요." 심란한 기분으로 그녀는 자신의 가운 안으로 미끄러져 들어갔다. 그리고 왼손에 면도용 칼을 어색하게 쥔 채 고리를 채웠다.

"누군지 정말 운 좋은 놈이군! 그렇다면 그대는 날 사랑하지 않는 건가, 어린 아내여?"

"물론이죠! 당신은 내가 상상했던 괴물은 아니에요. 그건 인정해요. 그러니까, 외모상으로는요. 하지만 당신은 내가 전혀 모르는 사람인 데다, 당신이 소녀들에게 한 짓을 생각하면 구역질이 날 지경이에요. 당신의 마지막 순간을 괜히 시답잖은 헛소리로 낭비하지 말아요. 당신은 내 마음을 바꿀 수 없어요. 이제 곧 죽을 테니 마음의 준비나 단단히 하는 게 좋을 거예요."

"나는 꽤 준비가 되어 있어, 두냐자데." 샤 자만이 침착하게 대답했다. "나는 처음부터 준비가 되어 있었어. 그렇지 않았다면 어째서 내가 호위병을 불러 그댈 죽이게 하지 않았겠어? 내 형도 오래전에 셰헤라자데에게 그리 했을 거라고 확신해. 만약 그녀가 정말로 당신을 부추겨 하게 만든 일을 직접 하려 했다면 말이야. 육 년 전 바로 첫 번째 날 밤에 이런 일이 있으리라고 예상하지 못했다면 샤리알과 나는 정말 엄청난 바보였을걸."

"난 당신을 믿지 않아요."

왕이 눈썹을 치켜 올리더니 이 사이로 휘파람을 불었다. 그와 동시에 크고 억센 노예 병사 두 명이 잠시드의 고리 일곱 개 달린 컵이 그려진 태피스트리 뒤에서 성큼 걸어 나오더니 두냐자데의 손목을 붙잡고 입을 막으며 그녀의 손에서 날을 빛내고 있는 면도용 칼을 빼앗았다.

샤 자만은 그녀가 몸부림을 칠 때 아무렇지도 않게 대화를 이어가듯 말했다. "공평하든 그렇지 않든, 현재 그대가 어떤 힘을 지니려면 내가 그 힘을 그대에게 주기로 결정해야만 가능한 일이야. 그리고 공평하든 아니든, 나는 힘을 주는 쪽을 선택하겠어." 그가 미소를 지었다. "그녀에게 칼을 다시 돌려주게, 친구들. 그리고 이 밤의 나머지 시간 동안은 쉬도록 해. 내가 처음부터 일부러 그대의 손에 나를 맡긴 거라는 걸 믿지 않는다 해도, 어쨌든 지금은 내가 그렇게 하고 있다는 걸 그대도 부인하지 못할 거야, 두냐자데. 내가 그대에게 요구하는 건, 그저 이야기 한 자락을 할 수 있도록 허락해 달라는 것뿐이야. 그대가 내게 해 준 이야기에 대한 보답으로 말이지. 내가 이야기를 끝내고 나면, 그때 가서 그대가 원하는 대로 하면 되잖아."

노예 병사들이 마지못해 그녀를 놓아 주었다. 그러나 여전히 알몸으로 묶여 있는 샤 자만이 아까의 명령을 반복한 뒤에야 방을 떠났다. 두냐자데는 탈진해서 방석 위에 주저 앉았고, 손목을 문지르고 흘러 내린 머리칼을 핀으로 꽂아 올린 뒤 가운을 더욱 단단히 여몄다.

"별로 감동적이지 않군요. 만약 내가 저 면도용 칼을 집어 들면 그들이 내 몸을 화살로 꿰뚫겠죠." 그녀가 말했다.

"미처 그 생각은 못했군." 샤 자만이 인정했다. "그렇다면 그대는 나를 좀 더 신뢰해야 할 거야. 내가 그대를 신뢰하고 있듯이 말이야. 그걸 집어 들어. 제발 내 말대로 해."

"당신 말대로 하라고!" 두냐자데가 쓰게 말했다. 그녀는 칼을 집어 들더니 손을 방석 옆에 힘없이 떨어뜨리고 울기 시작했다.

"어디 보자." 왕이 생각에 잠겼다. "우리가 어떻게 하면 그대가 절대적으로 유리해질 수 있을까? 저 호위병들은 매우 빨라. 그리고 충성스럽지. 만약 그들이 정말로 곁에 있다면 그대의 악의 없는 움직임을 잘못 해석하고 화살을 날릴까 봐 걱정이야."

"그래 보았자 무슨 차이가 있는데요?" 두냐자데가 비참하게 말했다. "가엾은 셰리!"

"옳지! 이리 와서 내 옆에 앉아. 제발 내가 시키는 대로 해! 이번엔 칼날을 정확히 그대가 겨누려 한 곳에 놓아. 그래야 혹시 누군가가 활시위를 당겨 쏘기 전에 그대가 먼저 움직일 수 있지 않겠어? 그런데 다른 쪽 손으로는 나를 붙들고 있어야 할 거야. 놀라서 힘이 다 빠졌거든."

두냐자데가 울었다.

"이리 와 봐." 왕이 고집했다. "이것이 내가 지금 진지하다는 걸 그대에게 납득시킬 수 있는 유일한 길이야. 아니, 아니, 목을 바짝 겨눠야 한다니까. 그대가 의도한 바를 순식간에 달성할 수 있으려면 말이야. 휴, 거기 돋은 소름은 결코 꾸며낸 게 아니야! 정말 대단한 상황이 아닌가! 자, 이봐, 이런 유리한 상황에서도 그대가 마음이 괴로운 건, 내가 생각하기에 이 상황이 그대가 주도적으로 취한 것이 아니라 수동적으로 주어진 것이라서 그럴 거야. 여전히 남자가 여자를 유도하는 상황 어쩌고 하던 거 말이지. 거기에 대해선 지금 현재로서는 어쩔 수가 없어. 게다가 그대도 알다시피 두 사람 사이의 관계에서, 내 말은 이를테면 그대와 그대의 언니 사이의 관계에서 그대가 수동적인 역할을 맡는 것은 가부장제 때문이 아니야. 그 얘기긴 관두지. 여기 땀 흘리는 걸 좀 보라고! 자, 자, 무엇이 우선 사항인가 하는 문제에 있어서는 나는 그대들의 마신과 의견이 같아. 그리고 부탁인데, 내가 이야기를 하는 걸 허락해 달라는 것도 그렇지만, 우선 나와 사랑을 나눠 주면 좋겠어."

두냐자데는 눈을 감고 고개를 거세게 저었다.

"그대 마음대로 해. 나는 그대에게 결코 강요하지 않을 거야. 내 이야기를 듣게 되면 그대도 이해하겠지만. 이야기를 해도 될까?"

두냐자데가 관심 없다는 듯 머리를 움직였다.

"좀 더 바짝. 그 면도칼 조심하라니까!"

"그것 좀 내려가게 할 수 없어요?" 처녀가 쉰 목소리로 물었다. "역겨워요. 자꾸 신경도 쓰이고. 토할 것 같다고요."

"그대의 작은 젖가슴보다 더 신경 쓰이게 하지는 않을걸. 아니면 그대의 그 작은 손가락이라든지……. 아니, 제발, 그대에게 유리한 패를 계속 손에 쥐고 있는 게 좋을 거야! 내 이야기는 짧아, 약속해. 그리고 내 목숨은 그대의 손에 달려 있어. 그러니 제발. 그럼 시작할까."

육 년 전만 해도 나는 살아 있는 남자들 가운데 가장 행복한 삶을 누리고 있다고 생각했어. 왕자로서 어린 시절을 보냈고, 대학 시절은 즐거움 그 자체였지. 이력도 출중해서 스물다섯의 나이에 마흔 살의 샤리알이 다스리는 왕국만큼이나 번창하는 왕국을 다스렸어. 합리적이고 정직하게 국가를 경영했고, 다양한 권력 집단들 역시 합리적으로 장악했어. 그밖에도 여러 가지가 있지. 모든 왕들과 마찬가지로, 나는 사람들의 눈을 의식해 후궁들이 거처하는 하렘을 가지고 있었어. 그러나 그들은 대개 국빈을 위한 접대용이었어. 나는 개인적으로 내 신부 외에는 어느 누구도 원하지 않았거든. 그녀의 이름이 무엇이었는지는 신경 쓰지 마. 어쨌든 나는 일 년을 꽉 채운 결혼 생활 후에도 내가 지금껏 알아 온 어느 여인보다도 그녀를 더 사랑했어. 공식 접견실에서 윤허하고 불허하는 등의 하루 일과가 끝나면, 저녁을 먹기 위해 곧장 뛰어 들어오곤 했지. 그리고 우리는 바구니 안에 있는 한 쌍의 새끼 고양이들처럼 밤새도록 놀곤 했어. 우리가 시도해 보지 않은 사랑의 기술은 없었어. 신과 님프의 신화란 신화는 모조리 다 흉내 내 보았지. 하렘의 여자들과 잠자리를 같이할 때도 있었지만, 그때마다 그저 내가 아내를 얼마나 좋아하는지 새삼 깨달을 뿐이었어. 가끔은 행위 도중에 그들을 물리치고 아내를 불러 마무리를 한 적도 있다니까.

　형이 처음 이곳에 한번 왔다 가라며 나를 불렀을 때, 그를 보고 싶은 마음이 굴뚝 같았던 나는 할 수 없이 신부를 남겨 둔 채 떠났어. 우리는 처음으로 작별 인사를 했지. 그런데 가는 도중에 내가 샤리알의 왕비에게 선물하려고 준비한 다이아몬드 목걸이를 깜박 잊고 가져오지 않은 걸 깨달은 거야. 나는 너무나 기뻤고, 아내 역시 나 못지않게 기뻐할 거라 여겼어. 그래서 사람을 보내는 대신 내가 직접 궁전으로 서둘러 돌아갔어. 떠나기 전에 한 번 더 그녀와 사랑을 나눌 생각이었지. 그녀는 우리의 침대 위에 있었어. 그런데 수석 요리사 위에 걸터앉아 있더군! 그녀의 마지막 말은 '다음번엔 나를 초대해요.'였어. 바보처럼 아내의 부정을 모른 체하는 남편으로 보이고 싶지 않았던 나는 그들 두 사람을 둘로 갈라 네 조각으로 만들어 버렸지. 그런데 이곳으로 와서는 형수 또한 흑인인 사드 알딘 사우드와 함께 형한테 오쟁이 지우고 있는 걸 목격하게 된 거야. 그는 나무에서 뛰어 내려와 침을 흘리며 알아들을 수 없는 말을 지껄이더니 대단한 물건을 과시했어. 그의 것에 비하면 내 물건은 그대의 작은 손가락처럼 보일 정도였지. 왕 노릇을 때려 친 샤리알과 나는 뒷문을 통해 왕궁을 떠나 만약 이 불행이 우리에게만 닥친 특수한 것이라면 지구상에서 가장 비참한 바보로서 자살을 하리라 결심했어. 그러던 어느 날, 우리가 영혼이 피폐해질 정도로 고민하며 인간의 발길이 닿지 않는 습지를 방황하고 있는데, 만에서 물기둥처럼 보이는 것이 솟아오르는 거야. 우리는 안전을 위해 테다소나무 위로 올라갔지. 그런데 알고 보니 그것은 그대 언니의 이야기에 나오는 그 유명한 정령이더군. 그는 커다란 궤짝에서 철제 금고를 꺼내 일곱 개의 열쇠로 일곱 개의 자물쇠를 땄어. 그러더니 결혼식 날 밤에 훔친 처녀를 꺼내서 정사를 벌이고는 그녀의 무릎 위에서 잠이 들었어. 그러자 여자가 우리더러 내려오라고 손짓하더니, 우리 둘에게 그 자리에서 즉시 자신과 사통할 것을 요구하는 거야. 남자는 강요당할 수 없다고 누가 말했어? 우리는 최선을 다했고, 그녀는 이미 수집해 놓은 570개의 반지에다 우리의 반지를 더했어. 우리는 그때 이해했지. 아무리 여자를 청동 탑에 가둬 놓아도 남자와 배 맞는 일을 막을 수는 없다는 것을 말이야.*

* 뒤에 「페르세이드」에서 청동 탑에 갇힌 다나에가 황금비로 변한 제우스와 교접하는 사건을 암시한다.

그렇게 된 거지. 지난번 내가 처음 아내에게 배신당한 이야기를 형에게 털어놓았을 당시, 그는 자기가 내 처지였다면 천 명의 여자를 죽이기 전까지는 두 다리 뻗고 잠을 자지 않을 거라고 큰소리쳤지. 그는 나와 함께 왕궁으로 돌아가 왕비와 후궁들 그리고 그들의 연인들을 모조리 죽여 버렸어. 그리고 우리는 또다시 여자에게 기만당하는 일이 없도록 하루에 한 명씩 숫처녀를 강간한 뒤 죽이기로 엄숙하게 맹세했지. 나는 사마르칸트의 집으로 돌아왔어. 우리의 절망이 어떤 식으로 변해 왔는지, 그러니까 개인적인 재앙이 어떤 식으로 국사에 영향을 미쳐 보다 보편적인 재앙을 가져오는지에 놀라워하면서 말이야. 나는 여성에 대한 복수보다는 바로 이 동기 때문에 왕국이 멸망하거나 분노한 민중들이 들고 일어나 나를 처단할 때까지 우리의 잔인한 정책을 고수하기로 결심했어.

하지만 샤리알과 달리 나는 대신에게 처음엔 아무 말도 하지 않고 그저 내가 밤을 함께 보낼 아름다운 숫처녀를 데려오라고 말했어. 내가 다음 날 아침에 그 여자를 죽일 생각이라는 걸 알 리 없는 그는 다름 아닌 자신의 딸을 데려왔어. 그녀는 내가 잘 알고 있고 오랫동안 흠모하던 처녀였지. 사마르칸트의 셰헤라자데라고나 할까. 나는 그가 출세를 위해 뚜쟁이 노릇을 하고 있다고 짐작했어. 그리고 그들을 함께 죽여야겠다고 마음먹으며 속으로 웃었지. 하지만 그 여자의 말을 통해, 그녀의 동기는 그대 언니의 동기와는 달리 단순한 사랑임을 알게 되었어. 나는 그녀의 옷을 벗기고 몸을 더듬기 시작했어. 그런데 그녀가 울더군. 나는 무엇 때문에 괴로워하느냐고 물었어. 그녀가 눈물을 흘린 이유는 동생과 헤어지게 된 슬픔 때문이 아니라 마침내 나와 단둘이 있게 되었기 때문이라더군. 그녀의 평생 꿈이 실현되었다나. 이 말에 나는 매우 감동받았어. 그런데 놀랍게도 발기가 안 되는 거야. 나는 시간을 좀 벌어 보려는 마음에 그녀에게 그러한 꿈들이 결국 악몽이 될 수도 있다고 말했어. 그러자 그녀가 나를 조심스럽게 껴안고는 하는 말이, 자기가 개인적으로 알고 좋아하던 내 아내와 그녀의 정부가 죽은 게 애통하다더군. 비록 환멸로 인한 나의 격노에는 그녀도 대체적으로 공감하지만 나를 배신한 아내의 동기 역시 이해하기 때문이라나. 그녀가 보기에 아내의 동기는 본질적으로 이야기 속 정령의 처녀와 완전히 다르다고는 말할 수 없다는 것이었어. 나의 화난 표정에도 그녀는 용감하게 말을 이었어. 그녀는 개인적으로 성별과 기질에 대해 비관적이라 할 만한 견해를 갖고 있었어. 그러니까 남성과 여성 사이의 완벽한 평등이 성별 문제에서 유일하게 옹호할 만한 가치이긴 하지만, 그것을 달성할 수 있다고 생각하지는 않는다는 거야. 더 나아가 성미에 맞지 않게 그것을 열렬히 추구하게 되면 십중팔구 사랑을 통해 행복을 얻을 수 있는 기회를 망칠 가능성이 높다나. 그런데 일단 누군가가 그것을 분명히 이상적으로 여기게 된 상황에서는 그것을 아예 추구하지 않는다 해도, 의심할 여지없이 똑같은 결과를 낳게 된다는 거지. 그녀 자신에 관해 말하자면, 그녀는 개개인에서든 제도에서든 불공평한 상황을 개탄했고, 연인들이 애정을 기울여 평등이라는 목표에 도달하려고 애쓰는 것을 지지했어. 아무리 그들의 상황이 살아온 생애나 기질 등으로 인해 평등에 훨씬 못 미친다 하더라도 말이야. 하지만 그녀는 자신이 자립이라는 것에 적합하지 않다는 것을 알고 있었어. 본성에 의해서든 양육에 의해서든, 그녀는 자신보다 더욱 사모하고 존경하는 남자의 그늘 아래에서만 행복한 사람이기 때문이었지. 그녀는 나의 결점들이나 내가 스스로의 결점에 대해 자각이 없다는 것을 모두 알고 있다고 단언했어. 하지만 그와 동시에 나를 너무도 흠모해서 만약 내가 자기를 단 하룻밤만이라도 사랑해 준다면 자신의 삶이 완전해졌다고 생각할 것이며, 어린 샤 자만을 낳아 남은 생애를 다 바쳐 양육하고 싶다는 소망 외에는 더 이상 아무것도 바라지 않는다고도 했어. 아니, 설사 내가 여성에 대해 가진 환멸이 너무도 극심해서(그녀는 나의 표정을 보고 어떤 신비한 직감으로 짐작한 것 같았지.) 자기와 결혼하거나 하렘에 후궁 한 명을 추가하기 위해서가 아니라 단지 자신의 처녀성과 목숨을 빼앗기 위해 자신을 나의 침대로 데려온 것이라 해도, 자기는 기꺼이 처녀성과 목숨을 내놓겠다는 거야. 단지 그녀는 내가 그 두 가지를 빼앗을 때 상냥하기만을 기도했어.

이 마지막 말에 나는 더욱 어쩔 줄 모르는 심정이 되었어. 왜냐하면 죽은 아내가 결혼식 날 밤에 언급했던 무언가가 생각났거든. 아내는 설사 자기가 내 손에 죽는다 해도 다른 사람의 손에 의해 사는 것보다 더 달콤할 거라고 말했었지. 그녀를 얼마나 혐오하고 원망하고 그리워했는지! 마치 내 자신이 둘로 잘린 것처럼, 예전에 그랬듯이 그녀를 간절히 안고 싶었어. 하지만 그녀가 부활한다 해도 나는 이미 반으로 잘린 그녀의 피투성이 몸뚱이들을 다시 반으로 잘랐을 거야. 침대 위에는 나의 새로운 여자가 알몸으로 조용히 누워 있었어. 나는 그녀의 무릎 사이에 무릎을 꿇은 자세로 몸을 세우고 있었지. 그녀보다 앞서 그 자리에 있었던 이의 아름다움과 기만, 나 자신의 무지와 잔인함 그리고 남성과 여성 사이에서 사랑이 실체 없는 환영이 되고 질투와 권태와 원한이 통례가 되는 비참한 상황 때문에 너무도 비탄에 젖은 나머지 당장은 사내구실을 할 수도 본심을 속일 수도 없었어. 나는 그녀에게 사마르칸트를 떠났다가 돌아오는 사이에 벌어진 모든 일들, 내가 형과 함께 다짐한 맹세, 그리고 사람들 눈에 겁쟁이나 바보처럼 보이지 않기 위해 그 맹세를 지키리라 결심한 일에 대해 말해 주었어.

"그렇게 보이지 않기 위해서라니요!" 그녀가 소리쳤어. "하렘과 살인, 그 모든 것들이 겉치레(seeming)를 위해서라니!" 그녀는 두려워하면서도 빈정대는 말투로 내게 요구했어. 맹세를 지킬 뜻을 품었다면 그것을 지키라고, 그렇지 않을 거라면 자신의 목을 자르기 전에 혀부터 잘라 내라고 말이야. 만약 자기를 안지도 않은 채 단두대로 보낸다면, 자기는 현장에 있는 모든 사람들에게, 설사 그곳에 오직 사형 집행자만 있다 해도, 내가 단지 거죽으로만 남자이며 사실은 아니라고 선언할 것이고 그 증거로 자신의 처녀성을 그에게 바치겠다는 거야. 그녀의 용기는 그녀가 한 말만큼이나 나를 깜짝 놀라게 했어. 나는 그녀에게 맹세했어. "알라에 걸고, 먼저 그대를 위해 내 남성을 세우기 전엔 그대를 죽이지 않을 것이다." 그런데 그대의 왼손 안에 있는 그 가련한 녀석이 말이야. 이전엔 결코 단 한 번도 날 실망시킨 적이 없고, 게다가 지금은 마치 바보 병사처럼 적국에 떨어진 주제에 베어 눕혀지기를 갈망하는 것처럼 한껏 몸을 곤추세우고 있는 그놈이 말이지, 그때는 어떻게 된 일인지 나를 완전히 배신하는 거야. 내가 알고 있는 비결이란 비결은 다시도해 보았지만 헛일이었어. 더군다나 나의 제물이 될 여자가 자진해서 내 지시에 따랐는데도 말이지. 물론 그 자리에서 직접 그녀를 죽일 수도 있었어. 하지만 단 한 순간이라도 그녀의 눈에 위선자로 보이고 싶지 않았어. 게다가 그녀를 숫처녀로 죽게 하고 싶지도 않았어. 아니, 결국 스스로 인정한 사실이지만, 나는 환락을 멸하는 자 어쩌고 하는 것이 다른 사람에게도 그렇듯 그녀를 덮치기 전에는 그녀를 결코 죽게 내버려 두고 싶지가 않았어. 이레 밤 동안 우리는 뒤엉켜 나뒹굴면서 애무하고 키스하고 농탕쳤어. 그녀는 이번엔 빈정거리지 않고 진심으로 비명을 질러댈 만큼 익숙하지 않은 쾌락에 한껏 열이 올라서, 내가 그저 내 육체의 칼로 그녀를 찌르려는 시늉만 했어도 그녀는 나의 강철 같은 그것에 아무런 불평 없이 목까지 내밀었을 거야. 일곱 번째 날 밤에, 침대에 누워 좌절이 담긴 땀을 흘리며 가쁜 숨을 몰아쉬고 있을 때, 나는 그녀에게 내 단검을 건네면서 나를 위해서도 사마르칸트를 위해서도 단번에 나를 죽여 주는 친절을 베풀어 달라고 부탁했어. 맹세를 지키지 못하는 사람으로 보이느니 차라리 죽는 편이 나았거든.

그러자 그녀가 내게 부드럽게 말했어. "당신은 그 맹세를 지킬 수가 없어요. 당신이 태어나면서부터 불능이라서가 아니라 당신은 원래 잔인한 사람이 아니기 때문이에요. 형에게 가서 당신이 심사숙고해 본 결과 그와는 다른 결론에 도달했다고 말한다면, 당신은 마치 마법처럼 치유될 거예요." 그런데 실제로, 마치 정말 마법에 의한 것처럼, 그녀가 한 말은 구구절절 옳은 것이어서 바로 그 말에 내 심상과 연장을 한꺼번에 짓누르던 무게가 일제히 사라졌어. 마침내 나는 감사하는 마음으로, 그리고 부드럽게 그녀의 몸속으로 들어갔어. 우리는 기쁨으로 비명을 질렀고 동시에 절정에 도달했고, 서로의 팔 안에서 잠이 들었지.

그 이후엔 샤리알의 전례를 따를지에 대해서는 의문의 여지가 없었어. 반면에 다음 날 아침 내 상태를 말하자면, 그에게 내 마음이 변했다는 말을 전하고 그 역시 마음을 바꾸라고 종용할 만큼의 용기는 아직 생기지 않은 상태였지. 그렇다고 다시 결혼을 무릅쓸 만큼 대신의 딸과 사랑에 빠진 것도 어쨌든 아니었어. 그녀 자신도 결혼에 대해선 잘해 봐야 불확실한 정도로 여겼지.

내가 이런 얘기들을 털어놓자 그녀가 말했어. "당신이 저와 결혼할 거라 기대한 적은 결코 없어요. 비록 당신이 그러기를 제가 꿈꾸고 기도하지 않았다고 말한다면 그건 거짓말이겠지만 말이에요. 제가 진정으로 바랐던 것은 오직 당신과 사랑을 나누는 일이고, 그것을 기억할 수 있는 아기였어요. 설령 아기가 생기지 않는다 해도 전 당신과 사랑을 나눴어요. 당신은 지난밤에 저를 진정으로 사랑해 주셨어요."

사실 그랬어. 그리고 그 이후로도 많은 밤 동안 그렇게 했지. 하지만 마지막 단계로 나아갈 만큼은 아니었어. 그대의 마신이 결혼에 관해 했던 말은 내 입에서도 그대로 나올 수 있을 거야. 만약 내게 그런 말재주가 있다면 말이야. 도덕적인 이해력을 가진 사람이라면 누구나 남성과 여성 사이의 관계 중에서 결혼만이 진실로 진지한 것이라고 생각할 거야. 그러나 그와 똑같은 생각 때문에 결혼이 꺼려졌어. 그리고 나는 형이 내심약함에 관한 소문을 듣게 될까 봐 두려웠지. 나는 뚱해지고 성말라졌지. 변함없이 직감이 뛰어났던 나의 애인은 단번에 그 이유를 추측해 냈어. "당신은 맹세를 지킬 수도 깰 수도 없어요. 어쩌면 당신은 한동안 그 두 가지를 다 하는 게 좋겠어요. 당신의 길을 찾을 때까지 말이에요." 나는 어떻게 그러한 모순이 가능하냐고 물었어. "마법의 말인 가상 설정에 의해서죠. 겉치레에 만족하는 사람에게 그것은 이야기 속의 온갖 마신들보다 더욱 강력하답니다." 그녀가 대답했어.

그러더니 그녀는 놀라운 제안을 내놓았어. 전설에 의하면 사마르칸트에서 서쪽으로 멀리 떨어진 곳에 여자들만 사는 나라가 있다는 거야. 그 바로 옆에는 남자들로만 구성된 나라가 있대. 해마다 봄이 되면 그들은 두 달 동안 중립 지대에서 자유롭게 정사를 벌이는데, 그렇게 해서 임신을 하게 된 여자들은 집으로 돌아와 아이를 낳은 뒤 남자아이들은 이웃 부족에게 주고 여자아이들은 자신들의 일원으로 기른다고 하더군. 그런 공동체가 실제로 존재하든 안 하든, 그녀는 그것을 현재 상황에 대한 바람직한 대안이자 의심할 바 없이 죽음보다는 선호할 만한 것으로 여겼어. 그녀가 나를 아끼는 만큼 내가 그녀를 아끼지 못하니(하지만 그녀는 단 한 순간도 나의 부족함을 탓하지 않았지.) 내가 도와주기만 한다면 자기가 직접 그러한 대안 사회를 건설하겠다고 제안했어. 나더러 형의 정책을 나도 따르겠다고 포고하고 매일 밤 숫처녀를 침대로 데려가 아침이 되면 그녀를 처형했다고 선포하라는 거야. 하지만 실제로는 그들을 강간하고 죽이는 대신 그들에게 그녀의 대안 사회에 대해 말해준 뒤 백 명 정도씩 집단을 이루어서 비밀리에 사마르칸트에서 내보내는 거지. 그러한 사회를 건설하고 그곳에서 거주할 수 있도록 말이야. 만약 그들이 이 땅에서 떠나야 하는 자신의 운명을 알고도 사마르칸트에서의 마지막 밤을 나와 사랑을 나누며 보내기로 결정한다면, 그거야 그들이 선택한 거니까. 그녀는 이민보다 죽음을 선택할 사람은 아무도 없을 거라고 짐작했어. 게다가 만약 그 새로운 방식의 삶이 마음에 들지 않는다면 어느 누구라도 사마르칸트에 돌아올 수 있었어. 내가 정책을 바꾸는 날이 오면 말이야. 그 사이에 원한다면 다른 곳으로 이주할 수도 있지. 어떤 경우든 그들은 살아 있을 것이고 자유의 몸일 거야. 설사 그 선발대가 새로운 사회를 건설하기도 전에 야만인들에게 잡혀서 노예가 된다 해도, 그들은 이미 그러한 처지에 있는 수백만 명의 자매들보다 더 어려운 상황에 처하지는 않을 테지. 다른 한편, 지금은 여성과 남성이 분리된 사회라지만 중립 지대에서 자신의 의지에 따라 대등한 인간으로서 자유롭게 어울리는 과정을 통해, 먼 훗날 그러한 분리가 더 이상 필요치 않은 진정한 사회를 그들이 정말로 만들 수 있을지도 몰라. 그리고 그 동안에는 물론 좋든 싫든 간에 나는 마치 나의 끔찍한 맹세를 지키고 있는 것처럼 행세하라는 거지.

처음 그 말을 들었을 땐 지나치게 터무니없는 계획이라고 생각했어. 그런데 며칠 밤이 지나고 나자 그것이 그렇게 터무니없게만 보이지는 않더니, 심지어 어쩌면 실행에 옮길 수도 있겠다는 생각이 드는 거야. 그리고 일주일 동안 그녀와 모든 대안을 열렬하게 검토하고 난 후에는, 이것이 그 다른 대안들보다 그렇게 비합리적인 것으로 보이지도 않았어. 나의 천사인 그녀 본인은 자신의 비극적인 관점을 초지일관 고수하며 그 새로운 사회가 순진한 의미에서 성공적이지는 않을 거라고 예상했어. 지금까지 인간의 제도들이 해 놓은 꼴을 봐. 그것에는 장점과 함께 결함 역시 있을 터였어. 설사 약탈자나 강간자 들에 의해 초반에 싹이 잘리지 않는다 해도, 사회가 자라고 변하고 경직되면서 처음 설립자들이 가졌던 것과는 상당히 다른 형식과 가치로 변모할 수 있다고 하더군. 원래의 정신을 성문화하고 제도화하고 왜곡하면서 말이야. 그것은 어쩔 수 없다는 거였지.

지금껏 그러한 여자가 또 있었을까? 나는 그녀에게 존경의 마음을 담아 키스했어. 그런 다음 마지막으로 열렬한 키스를 나눴지. 아침에 최후의 정사를 벌인 후, 내 손이 그녀의 왼쪽 젖가슴을 배회할 때 그녀는 조용히 자신의 속내를 털어놓았어. 자신의 처녀 왕국에 도착하는 순간 상징적인 이유로 자신의 왼쪽 가슴을 절단할 것이며 동료들에게도 일종의 입회 의례로서 같은 일을 하도록 촉구하겠다는 거야. "우리는 그것에 대해 실용적인 핑계를 대야 할 거예요. 화살을 더 잘 당기기 위해서라는 둥, 뭐 그런 거요. 그러나 핵심은 우리가 한편으로는 여자이고 다른 한편으로는 전사라는 점이죠. 아마도 우리는 스스로를 '젖가슴 없는 사람들'*이라고 부르게 될지도 몰라요."

"너무 극단적인 것 같은데." 내가 논평했어. 그녀는 무언가 과격할 정도로 혁신적인 것이 살아남으려면 어느 정도의 극단주의가 필요한 법이라고 대답했지. 세월이 흘러 어떤 관습이 정착되어 활력을 잃게 되면, 후대 사람들은 고대의 관습을 야

---

* 아마존.

만적이라 여기게 되고, 설사 그것을 존중한다 하더라도 아마 장식 삼아 낸 상처나 미용을 목적으로 한 흉터 등 옛것과 비슷하지만 상징적인 방식의 유방 절제를 통해 관습의 상징성만을 기릴 거라나. 그녀는 별로 개의치 않았어. 모든 것은 사라져 없어지기 마련이니까.

우리 관계도 그랬어. 나는 내 눈을 뜨게 해 준 그녀에게 수없이 감사했고 그녀의 대담한 계획이 성공하기를 수없이 기원했으며 그 계획을 후원하기 위해 수천 디나르*를 챙겨 준 뒤 (그녀는 그것을 안전하게 가지고 다니기 위해 다이아몬드로 바꾸어 작은 약병에 담아 질 내부에 지니고 다녔지.) 그녀가 죽었다고 선포했어. 그녀의 아버지인 대신에게는 우리의 비밀을 알려 주고, 왕궁에서 멀리 떨어진 호숫가에 있는 내 시골 성 가운데 한 곳으로 그녀를 몰래 보낸 뒤, 표면상 내 새로운 정책의 희생자인 그녀의 동료들이 그녀에게 모여드는 동안 거기서 서쪽으로 탐험할 준비를 하게 했지. 대략 셋 가운데 하나는 자신의 운명에 대해 통고받고 처녀로 남기를 선택했어. 분개해서든, 슬퍼서든, 혹은 고마워서든. 나머지 3분의 2, 그러니까 어떤 마음에서든 처녀막이 없는 상태에서 새로운 사회로 가기로 선택한 여자들에게는 비슷한 보석 약병을 하사했어. 이들 가운데 반수에 가까운 여자들이 나와 밤을 보내면서 임신했다는 것을 알게 되었고, 그래서 이백 명의 선발대가 서쪽 사막을 가로질러 처음으로 이동하기 시작했을 때 그들의 실제 숫자는 약 260명에 이르렀어. 내가 이 정책을 거의 이천 일 동안 고수했

---

* 유고슬라비아, 이란, 이라크 등지의 화폐 단위.

으므로, 사마르칸트에서 서쪽으로 보내진 순례자들과 아직 태어나지 않은 아이들의 숫자는 다 합쳐서 거의 2600명에 육박했을 거야. 절반을 조금 넘는 정상적인 남아의 출생률, 통상적인 비율보다 다소 높은 유산 비율, 여행과 새로운 영토에 정착하는 과정의 혹독함으로 인한 산모와 유아의 사망률을 감안하면서도 한꺼번에 노예가 되거나 강간, 학살, 자연재해로 입을 피해 가능성을 무시한다면(누군가 자신의 논지를 유지하기 위해선 반드시 그래야 하니까.) 젖가슴 없는 사람들의 나라를 실제로 개척한 사람의 수는 적어도 그대의 언니에 관한 샤리알의 전언이 인도와 중국의 섬들로부터 도착할 때까지의 밤들의 수와 같을 거야.

그들 건국의 어머니들이 결국 성공했는지 혹은 실패했는지에 관해서는 아는 바가 전혀 없어. 혹시라도 내가 결국은 환락을 멸하고 사귐을 끊는 자에게 그들을 보낸 게 될까 봐 의도적으로 그쪽에는 완전히 관심을 끊고 살았거든. 사마르칸트의 백성들은 결코 내게 반기를 들지 않았어. 대신들 또한 샤리알의 대신들과는 달리 제물이 될 숫처녀를 모집하는 데 어려움을 겪지 않았지. 종국에는 내가 공표한 사망자 수가 형이 공표한 수의 두 배에 다다랐음에도, 처녀들 가운데 약 절반은 자원해서 들어왔어. 이 모든 상황을 종합해 볼 때 그들의 실제 운명은 공공연한 비밀이 되었다고 추론할 수 있었지. 어쩌면 나의 그 첫 번째 애인도 진정으로 여성 국가라는 걸 설립할 의도가 전혀 없었는지도 몰라. 그 제안 자체가 그저 계략이었을 수도 있지. 어쩌면 그들은 다시 몰래 입국하여 그 병에 담긴 보석을 지참금 삼아 내 코앞에서 공공연히 결혼해서 잘 살고 있는

지도 모르는 일이었어. 뭐, 그렇다 해도 상관없었어. 나는 밤마다 그들을 침대로 데려와 의사를 물었고, 그런 다음 우울하게 옷을 벗기고 그들의 몸속으로 들어가거나 그 밤을 순결한 잠과 대화로 보내거나 했어. 키가 크건 작건, 피부가 까맣건 하얗건, 몸이 말랐건 풍만하건, 잠자리에서 차갑건 뜨겁건, 머리가 영리하건 어리석건, 얼굴이 미색이건 박색이건 간에 나는 그들 모두와 한 침대에 누웠고, 그들 모두와 대화를 나눴고, 그들 모두를 취했어. 하지만 정작 날 사로잡은 건 절망뿐이었어. 새로운 경험은 매력을 잃었고, 그런 다음엔 그 새로움마저 사라졌지. 나는 생소함에 진저리를 치게 되었어. 어둠 속의 낯선 몸뚱어리, 생소한 접촉과 목소리, 끝없는 설명. 내가 갈구하는 것은 내 인생의 이야기를, 말하자면 우리의 인생을 함께 진척해 나갈 누군가였어. 사랑하는 친구, 사랑하는 아내, 보물처럼 소중히 여길 아내. 그래, 아내, 아내란 말이야.

형의 두 번째 전언은 육 년 전 그 파국을 불러일으킨 첫 번째 전언에 대한 기적과도 같은 보상이었어. 나는 왕국을 대신들에게 맡기고 즉시 출발했어. 그가 결혼하기로 마음먹을 정도로 그에게 구애하고 이야기로 그를 다시 삶의 길로 돌려놓은 이 셰헤라자데라는 여인을 반드시 만나리라 결심했지. "아마도 그녀에겐 여동생이 있을 거야." 나는 스스로에게 말했어. 만약 그렇다면 어떤 질문도 하지 않고, 어떤 이야기도 요구하지 않고, 어떤 조건도 달지 않고 내 인생을 그녀의 손에 맡길 것이며, 나를 그녀에게로 이끈 이천 일하고도 이틀 밤의 이야기를 그녀에게 전부 털어놓은 뒤 그녀가 원하는 대로 이 이야기의 결말을 지어 달라고 부탁하리라 마음먹었지. 우리 모두의 마지막 밤 인사로 끝내든지 아니면 (나는 그저 희미하게 마음속으로 그릴 수 있을 뿐인데) 어떤 선명하고 맑고 신선한 아침 인사로 끝내든지.

두냐자데는 하품을 하고 진저리를 쳤다. "도대체 당신이 무슨 말을 하는 건지 이해가 안 되는군요. 그 젖가슴 없는 순례자니 비극적인 관점이니 하는 터무니없는 사건들을 내가 믿을 거라고 기대하는 건가요?"

"그래!" 샤 자만이 외쳤다. 그리고 다시 머리를 베개 위로 떨어뜨렸다. "거짓말이라기엔 너무나 중요한 얘기잖아. 어쩌면 픽션인지도 모르지. 하지만 사실보다 더욱 진실에 가깝다고."

두냐자데는 면도용 칼을 든 손으로 눈을 가렸다. "당신은 내가 어떻게 하기를 기대하는 건가요? 당신을 용서하길 원해요? 사랑하길 원해요?"

"그래!" 왕이 눈을 번쩍이며 다시 외쳤다. "그 어두운 밤을 끝내자고! 남성과 여성 사이의 그 모든 격정과 증오, 불평등과 차이의 그 모든 혼란! 사랑에 대해 진정으로 비극적인 관점을 취하자는 얘기야! 어쩌면 그것은 정말 지어낸 이야기일지도 몰라. 그러나 그것은 모든 이야기 가운데 가장 심오하고 가장 나은 것이야! 날 소중히 여겨 줘, 두냐자데. 나도 당신을 소중히 여길 테니!"

"날 불쌍히 여긴다면 제발 그만해요!"

그러나 샤 자만은 열렬히 요구했다. "우리 포옹하자. 참자. 우리가 할 수 있는 한 오래 사랑하자, 두냐자데. 그런 다음 다시 포옹하고 참고 사랑하는 거야!"

"잘될 리가 없어요."

"뭐든 잘 되는 건 없어! 그러나 그 계획은 고귀해. 그것은 기쁨과 삶으로 가득 차 있어. 다른 길은 죽음과 진배없어. 우리, 동등한 인간으로서 정열적인 사랑을 나누는 거야!"

"마치 우리가 동등한 것처럼(as if), 이라는 뜻이겠죠." 두냐자데가 말했다. "당신은 우리가 그렇지 않다는 걸 알잖아요. 당신은 불가능한 걸 원하고 있다고요."

"당신의 심장이 느끼는 걸 무시하겠다고?" 왕이 압박했다. "설정(as if)이라도 좋아! 설정을 그 계획의 원리로 삼는 거야!"

두냐자데가 울부짖었다. "난 내 언니를 원해요!"

"그녀는 살아 있을 거야. 내 형도 마찬가지고." 샤 자만이 좀 더 침착한 목소리로 설명했다. 샤리알은 최근에 그의 동생에게 벌어진 일들과 동생의 견해에 대해 알게 되었고, 혹시라도 세헤라자데가 자신의 목숨을 빼앗을 시도를 한다면 자기 역시 비슷하게 처리를 하겠다고 맹세했다. 그러니까(그는 샤 자만보다 스무 살이 많고 더 보수적이기 때문에) 아내에게 자신을 죽일 힘을 부여하지는 않겠지만 그녀의 무기를 빼앗되 그녀를 죽이지는 않고 사람들의 이목이나 자신의 체면이 허락하는 한 그녀에게 왕과 필적하는 자유를 허락하겠다는 것이었다. 예컨대 원하는 대로 연인을 취할 수 있지만 반드시 비밀리에 해야 한다는 식으로.

"그대는 그대의 언니가 정말 천 일 밤 동안 노예들과 가짜 음경을 가지고 샤리알을 농락했다고 생각하나?" 샤 자만이 웃었다. "자기 하렘에서 무슨 일이 일어나고 있는지 모르는 남자는 오랫동안 왕위를 유지할 수 없는 법이야! 그리고 그대는 나의 형이 왜 그것을 허락했다고 생각하나? 그는 그만큼 그녀를 많이 사랑한 게 아닐까? 그리고 자신의 이전 정책에 너무도 염증을 느껴서 그녀를 죽이지 못한 게 아닐까? 그대의 언니는 확실히 그의 마음을 바꿔 놓았어. 하지만 결코 그를 속이진 못했지. 그는 모든 여성들은 신의가 없으며 자신이 배신의 고통을 면하는 유일한 길은 그들의 처녀성과 목숨을 빼앗는 일뿐이라고 믿었어. 그런데 이제 그는 모든 사람들이 신의가 없으며 자신이 배신의 고통을 면하는 유일한 길은 사랑하되 괘념치 않는 일이라고 믿고 있어. 그는 대등한 난교를 선택했어. 나는 대등한 정절을 선택했지. 우리 서로를 아끼며 살자, 두냐자데!"

그녀는 화가 났는지 혹은 자포자기의 심정이 되었는지 고개를 가로저었다. "말도 안 돼요. 당신은 그저 교묘한 말로 곤란한 상황을 모면하려고 애쓰는 것뿐이에요."

"물론 맞는 말이야! 물론 그건 말도 안 되는 소리야! 날 소중히 여겨 줘!"

"난 지쳤어요. 이 칼을 우리 둘 모두에게 사용하고 일을 끝내야 해요."

"날 소중히 여겨 줘, 두냐자데!"

"우리는 밤새도록 이야길 나눴어요. 수탉 소리가 들리는군요. 날이 밝고 있어요."

"그렇다면 아침 인사를 해야지. 안녕! 좋은 아침이야!"

3

알프 라일라 와 라일라(Alf Laylah Wa Laylah), 즉 『천일야화』
는 셰헤라자데에 관한 이야기가 아니라 그녀의 이야기들에 관
한 이야기에 관한 이야기이다. 실제로 그것은 이렇게 시작한다.
"『천일야화』라고 불리는 책이 있는데 거기에 다음과 같은 이
야기가 나온다. 옛날에 어떤 왕이 아들 둘을 두었는데, 그들의
이름은 샤리알과 샤 자만이었다." 그것은 샤리알이 죽고 오랜
세월이 흐른 뒤 어느 왕이 자신의 보물 창고에서 서른 권에 달
하는 『천 일하고도 하룻밤의 이야기들』을 발견하는 것으로 끝
난다. 책의 마지막 권 말미에서 샤리알과 셰헤라자데, 그리고
샤 자만과 두냐자데라는 왕실의 부부들은 결혼식 후 초야를
치른 뒤 각자의 신방에서 나와 따뜻한 아침 인사로(모두 합쳐
여덟 번의 인사로) 서로를 맞이하고 오랫동안 고통 받은 신부들
의 아버지에게 사마르칸트를 양도한 뒤, 후손을 위해 『천일야
화』를 기록한다.

만일 내가 그만큼 아름다운 이야기를 지어낼 수 있다면, 그것은 어린 두냐자데와 그녀의 신랑에 관한 이야기가 될 것이다. 그들은 어느 어두운 하룻밤 동안 천 일을 보내고 아침에 서로 포옹한다. 그들은 나란히 누워 서로 얼굴을 가까이 한 채 사랑을 나눈 뒤 새로운 삶의 아침에 언니와 형을 만나기 위해 방문을 나선다. 두냐자데의 이야기는 중간에서 시작한다. 그것은 내 이야기의 중간이기도 하다. 나는 이것의 결말을 쓸 수가 없다. 그러나 이 이야기는 모든 좋은 아침들의 종착지인 밤 동안에 끝나야 한다. 아랍의 이야기꾼들은 이 점을 이해하고 있었다. 그들은 자신들의 이야기를 '그 후로도 영원히 행복하게 살았다.'가 아니라 구체적으로 '이윽고 환락을 멸하고 거처를 황폐하게 하는 자가 그들을 덮쳤고, 그들은 전능하신 알라의 자비에 몸을 맡겼으며, 그들의 집은 무너져 내리고 궁궐은 황폐해졌으며 왕들은 그들의 재물을 물려받았다.'로 끝냈다. 샤자만은 누구보다도 이 점을 잘 알고 있다. 그러므로 그의 하반생은 앞선 절반의 삶보다 더욱 달콤할 것이다.

이 대단원을 기쁜 마음으로 온전히 수용한다면 분명 보물을 소유하게 될 것이다. 그리고 그 보물을 여는 열쇠는, 보물과 열쇠가 동일한 것임을 이해하는 것이다. 바로 거기에 (키스를 보냅니다, 어린 누이여.) 우리 이야기의 의미가 있어요, 두냐자데. 보물을 여는 열쇠가 곧 보물이랍니다.

페르세이드

1

잘 잤어(Good evening)?*

인간의 수명보다 이야기의 수명이 길고, 이야기의 수명보다 돌의 수명이, 돌의 수명보다 별의 수명이 긴 법이야. 하지만 우리 별들조차 살아갈 밤이 얼마 남지 않았고, 그들과 함께 이 도식처럼 반복되는 이야기도 오래전 수명이 다한 땅처럼 사라지겠지.

밤마다 잠에서 깨어 하늘의 별이 되어 있는 나를 발견하곤 해. 그때마다, 정신을 차려 보니 내가 어느새 하늘의 별이 되어 있었던 그날 밤을 돌이켜 보곤 하지. 나는 리비아에서 오랫동안 길을 잃고 헤맸어. 세상에서 버려져 아주 영락한 상태였지. 피투성이 고르곤의 머리를 들고 그 나라의 상공을 날아간 지

---

* 페르세우스는 별이므로 밤에 일어나 새벽에 잠이 든다. 매일 밤마다 이어지는 이야기를 반복하는 것이 그의 일상이다.

벌써 이십 년의 세월이 흐른 뒤였어. 그때 모래 언덕 위에 떨어진 핏방울이 모두 뱀으로 변했다더군. 나는 그 사실을 나중에야 알았어. 스무 살 나이에, 20킬로미터 상공에서 그걸 어떻게 알 수 있었겠어? 그랬던 내가 어느덧 나이 마흔이 되어 저 아래 지상에서 볕에 그을린 채 여기저기 찢긴 몰골을 하고 있었지. 군데군데 구멍 난 샌들 안으로 들어온 모래 알갱이 때문에 발에는 온통 물집이 잡히고, 과거에 나 때문에 생겨 난 뱀들이 사방에서 날 압박해 들어왔어. 하늘에 있는 모든 신들 가운데 나와 앙숙이었던 둘이 날 그 지경으로 만든 게 분명해. 나의 장모*가 추종하던 사막의 아몬 신**과 맥주의 신 사바지오스*** 말이야. 아몬은 애초에 안드로메다를 바위 위로 내몬 장본인이고, 사바지오스는 내가 신전을 지어 바칠 때까지 큰 소동을 일으켰던 자였어. 당시 나는 맥주 한 모금과 그걸 마실 그늘 한 점만 얻을 수 있다면 미케네****라도 내놓았을 거야. 심지어 그 악당들에게 기도까지 했어. 한데 아무 소용이 없었지. 내가 어디에 있었고, 어디로 가고 있었는지 생각해 낼 수가 없었어. 나에 대해 완전히 잊어버린 데다, 헛것까지 보이기 시작

---

* 카시오페이아를 가리킨다. 카시오페이아는 안드로메다의 어머니로 자신의 딸이 바다의 신 네레우스의 딸보다 아름답다고 자랑했는데, 이로 인해 성난 포세이돈이 바다 괴물을 보내 나라를 어지럽혔다. 이때 카시오페이아가 안드로메다를 제물로 바치라는 신탁을 받은 곳이 아몬 신전이다.
** 한때 신들은 기간테스, 즉 거인족을 두려워하여 여러 가지 형태로 변신하여 몸을 감춘 일이 있다. 제우스는 숫양의 형태로 모습을 바꾸었는데, 그 후 이집트에서는 그를 구부러진 뿔을 가진 아몬 신으로 숭배하였다.
*** 그리스 신화에서는 종종 주신(酒神) 디오니소스와 같은 신으로 취급된다.
**** 페르세우스는 미케네의 왕이다.

했지. 와. 하늘을 날아다니던 젊은 시절에, 추락했을 때 도움을 요청하는 법을 어디에선가 읽은 적이 있었어. 그래서 나는 모래 위에 엄청 크게 PERSEUS(페르세우스)라는 글자를 새겼는데, 그 와중에 내가 뭘 하고 있었는지 잊어버리고 말았지 뭐야. 글을 쓰다 보면 마음이 제멋대로 움직이는 법이거든. 문득 정신을 차리고 보니 모래 언덕을 가로질러 500미터에 걸쳐서 PERSEUS LOVES ANDROMED(페르세우스는 안드로메다를 사랑한다)라고 써 놓았더군. 의기소침한 와중에서도 마지막 세 글자에 흥분한 나머지 그 앞 글자들은 모두 내 마음속에서 사라져 버리고 말았어. USA를 덧붙이고 나서야* 다시 높은 곳에 올라가 뭐라고 썼는지 보았지. 애초에 정확히 무슨 말을 하려 했던 건지 영 혼란스러웠어. 나는 모래 언덕 꼭대기에서 잠시 더 내리쬐는 햇빛을 받으며 신경을 써 보려고 했어. 하지만 난 죽어 가고 있었고, 그런 상황에서 그 구조 요청 신호가 머리 둘 달린 뱀처럼 두 가지 의미를 가진 낙서로 저절로 변했다고 한들 뭐 어쩌겠어? 하지만 아, 나는 타고난 교정자였고, 죽는 순간까지 그러고자 했지. 내가 써 놓은 것을 다시 돌아다 보았을 때, 내가 이동하던 오른쪽 여백 뒤에서부터 신선한 동풍이 불어와서는 마침 내가 머물러 있던 마지막 A를 날려 버렸어. 나는 그것이 신호라도 되는 양 그 이름 전체를 지워 버렸고, 목적어와 동사 사이의 독사로 가득 찬 공간 속에서 길을 잃었고, 그래서 그저 지우는 일을 계속했고, 깡그리 지워 버리면서 이렇게 미친놈처럼 혼잣말을 했어. 이젠 더 이상 LOVES(사랑

---

* 메두사(MEDUSA).

한다)도, LOVE(사랑)도 없어. 과거의 일은 모두 청산하고 새 출발 하는 거야. 나도 마찬가지야. 지워 버려. 다 지워 버리는 거야. 하지만 그때쯤엔 내가 누구인지 잊어버렸고, 두 번째 공간, 그러니까 처음에 써 놓은 글*의 첫 번째 공간에서 다시 길을 잃고 말았어. 나는 주어의 마지막 S까지 엉금엉금 기어갔고, 입에 거품을 물고 기절했고, 결국 일곱 번째 철자** 뒤에서 스스로 무모한 줄표(—)가 되어 버렸지 —

"기억나는 건 그게 다예요?" 칼릭사가 물었어.

"그게 다야. 그러고는 내 인생의 이야기 도중에 이곳 하늘에서 깨어난 거지. 내가 그대의 배꼽에 다시 한 번 키스하면 그대의 기분이 좋아질까?"

"한번 해 보시든지요!" 나는 얼굴을 붉히고 그렇게 했어. 이게 어떻게 된 일인지 말해 줄게. 기억은 안 나지만 과거 어느 땐가 나는 내 이름을 가지고 상상한 대로 죽었던 거야. 그러고는 자줏빛 쿠션들이 놓여 있는 금빛의 사각 침상인지 제단인지 그 위에서 눈을 떴어. 침상은 대리석으로 된 방의 중간쯤에 있었는데, 그 방은 내 왼쪽 발치의 구석에서 시작해서 침상 부근까지, 다이달로스가 코칼로스를 위해 실을 꿰어 준 소라 고둥처럼 거대한 나선 모양이었어. 벽 위에는 얕은 부조로 일곱 장면을 둥글게 새겨 놓았는데, 각각의 장면들은 바로 이전 장면보다 폭이 1.5배 넓었고, 마지막 일곱 번째 장면 뒤로 방이 시야에서 굽이져 사라졌어. 완전히 의식을 되찾았을 때, 그 장

---

* PERSEUS LOVES ANDROMED.
** PERSEUS의 마지막 S.

면들이 내가 젊은 시절에 겪은 여러 사건을 하얀 석고로 묘사한 것임을 알게 되었지. 침상에 누워 그걸 보는데 기분이 좋더라고. 침상의 왼쪽 다리 부분에서 시작하는, 침상 너비만 한 첫 번째 장면에는 외할아버지인 아크리시오스가 청동 탑에 가둔 내 어머니 다나에의 모습이 그려져 있었어. 다나에가 낳은 아들이 자신을 살해하리라 어쩌고 하는 신탁 때문에 외할아버지는 어떻게든 어머니의 임신을 막아 보려던 건데, 다 헛일이었지. 저기 뒤쪽 탑 위에서는 황금의 비가 된 제우스가 벌거벗은 자기 딸의 몸 위로 흘러내려 바로 나라는 대박을 터뜨리고 있는데, 외할아버지는 그것도 모른 채 외할머니 아가니페와 함께 안마당에서 한가하게 말이나 손질하고 있었으니까. 기둥 하나가 이 벽화와 다음 벽화를 나눠 놓고 있었어. 그러니까 내 왼쪽 뒤편에 있던 벽화 말이야. 아크리시오스는 어머니가 이야기를 꾸며 냈다고 판단하고, 나를 자기 쌍둥이 동생*의 사생아라고 생각했어. 그러고는 놋쇠로 테두리를 단 궤짝에 산모와 젖먹이를 함께 실어 바다로 떠내려 보냈지. 이 두 번째 벽화의 무대는 세리포스 섬의 해변이었어. 그물을 가지고 낚시를 하던 젊은 딕티스가 우리를 건져 올려 궤짝을 열었는데, 뱃멀미에 시달렸음에도 아주 완벽한 자태로 상냥하게 아기를 어르고 있는 다나에를 보고 놀라 입을 벌리고 서 있는 모습이 그려져 있었지. 그 뒤로는 딕티스의 형인 폴리덱테스 왕의 궁전이 그럴 듯하게 모사되어 있었어. 내 제단 침상의 길이와 같은 너비인 세 번째 부조는 침상 바로 뒤에 있었고 사모스가 배경

___
* 프로이토스.

이었지. 홈이 파인 기둥과 함께 이십 년의 세월이 흘러간 거야. 다시 세리포스에서의 얘기를 하자면, 폴리덱테스 왕은 어머니를 욕심냈어. 그래서 내가 분별없는 십 대라는 걸 이용해 교묘히 덫을 놓았지. 만약 내가 그에게 결혼 선물로 메두사의 머리를 가져온다면 어머니 대신 다른 여자랑 결혼하겠다고 맹세하면서 말이야.

"그 탑 위에 있었던 사람이 어머니의 삼촌이 아니라 제우스였다는 걸 확신해요?" 나는 마지막으로 다나에에게 물었어. 왜냐하면 어머닌 일찍이 아크리시오스의 쌍둥이 동생 프로이토스에게 겁탈당했다는 걸 인정했거든.

어머니가 대답했어. "그때 내 나이 열여섯이었단다. 하지만 남자의 아랫도리에 달린 민달팽이와 황금의 비 정도는 구분할 줄 알았지." 어머니가 내게 장담한 바로는 외할아버지의 무릎 높이까지 황금에 푹 젖었다는 거야.

"그러면 어머니는 폴리덱테스 왕과 결혼하고 싶지는 않으신 거죠?"

"황금에 비하면 그자는 푼돈밖에 안 되잖니."

그래서 나는 딕티스에게 어머니를 맡기고는, 예술로부터 인생을 배우라는 이복누이 아테네의 조언에 따라 사모스를 향해 출발했어. 그녀의 신전 벽화에 묘사된 바로는(그리고 여기 내 신전에도 역시 그렇게 재현되어 있는데) 고르곤이 모두 세 마리 있었어. 그들은 뱀 머리칼에 멧돼지 이빨, 독수리 날개에다 청동 손을 하고 있었지. 이복누이가 지적한 바로는, 세 마리 가운데 오직 중간에 있는 것, 즉 메두사만이 인간의 생명을 가지고 있고, 목을 벨 수 있으며, 상대방을 돌로 만드는 능력을 갖고 있었어. 나는 전에 헤르메스가 빌려 준 견고 무비한 낫과 아테네의 잘 닦인 방패를 들고 서서 그녀가 단단히 당부하는 말을 들었어. 당시만 해도 내가 참 잘생긴 청년이었는데 말이야. 아무튼 그녀는 검과 방패로는 충분하지 않을 거라고 했어. 한 가지 일을 처리하기 위해선 다른 한 가지가 필요하다는 거야. 어머니를 구출하기 위해 메두사를 죽여야 하듯이, 메두사를 죽이기 위해서는 아테네의 전략처럼 에둘러 갈 필요가 있는 것은 물론, 그 밖에 다른 도구들도 필요하다는 거였지. 이를테면 나를 저 멀리 히페르보레오이에 있는 고르곤 마을로 데려다 줄 헤르메스의 날개 달린 샌들이랑 뱀 처녀 자매들에게서 탈출할 때 사용할 하데스의 투명 투구, 그리고 메두사가 죽고 난 후에도 다른 것들을 돌로 만들어 버리지 못하도록 그녀의 머리를 집어넣을 수 있는 마술 전대 같은 것들 말이야. 하지만 이런 보조 도구들은 스틱스 강*에 사는 님프들이 보관하고 있었고, 나의 기민한 누이조차도 그들이 사는 곳은 알지 못했어. 오직 험상궂은 백발의 그라이아이**들만이 알고 있는데, 그들이 그걸 순순히 말해 줄 리가 없었지.

그런 까닭에 나는 네 번째 부조에 선명하게 조각되어 있듯이, 첫 번째 임무를 수행하러 사모스에서 아틀라스 산으로 서둘러 갔어. 늘 붙어 있는 그 삼인조가 있는 곳이 바로 거기였

* 그리스 신화에 나오는 저승의 강.
** 바다의 신 포르키스와 그의 누이 케토 사이에서 태어난 세 자매, 즉 팜프레도, 에니오, 데이노를 가리킨다. 그라이아이는 그리스어로 '희다'라는 뜻이어서 백발 노파를 가리키는데, 이들이 태어날 때부터 백발에 주름투성이인 늙은 여자의 모습이었으므로 이런 이름이 붙여졌다고 한다.

거든. 그들은 자신들의 왕좌 위에서 정삼각형 모양으로 서로 등과 어깨를 맞댄 채 바깥쪽을 향해 앉아 있었어. 나는 상황을 파악하기 위해 산 정상에서 좀 거리를 두고 쩔레나무 덤불 뒤에 숨었어.(어쩌다 보니 무서운 데이노와 심술궂은 팜프레도 사이에 있게 되었지.) 그들이 눈 하나와 이 하나를 공유한다는 걸 염두에 두고 그들이 하는 양을 지켜보고 있자니, 곧 그들이 눈과 이를 공유하는 방식을 간파하겠더라고. 그들은 오른쪽에서 왼쪽으로, 그리고 눈 다음엔 이, 이 다음엔 빈손이라는 식으로 리듬을 타며 물건들을 돌려 썼어. 예를 들어 장님이자 벙어리 상태인 팜프레도가 손을 무릎 위에 놓고 앉아 있는 동안, 그녀의 오른쪽에 있는 데이노는 딱 자신의 구역을 세밀히 훑어볼 수 있을 만큼만 눈을 끼고 있고, 그녀의 왼쪽에 있는 에니오는 "이상 무."라고 말할 수 있을 정도만 이를 넣고 있지. 그런 다음 팜프레도는 자신의 오른손으로 데이노의 왼손에서 눈을 받아 제 자리에 급히 집어넣고 살펴보는 거야. 그와 동시에 데이노는 자신의 오른손으로 에니오의 왼손에서 이를 받아 입에 쑥 끼워 넣고는 "이상 무."라고 말했지. 이렇게 관찰 다음엔 보고, 보고 다음엔 묵상이 뒤따랐어. 다만 (내가 얼마 후 알게 된 바에 의하면) 조금이라도 경계할 만한 일이 벌어졌을 경우에는 예외적으로 이 백발 노파들 가운에 어느 누구라도 어깨를 두드려 다른 두 사람 중 어느 하나가 지니고 있는 걸 요구할 수 있었어. 나는 눈과 이의 순환 주기를 파악한 뒤, 신중하게 나선형으로 움직이며 그들에게 가까이 다가갔어. 관찰자의 눈에 띄지 않도록 말하는 이와 잠자코 있는 이 사이로만 이동하면서 말이야. 하지만 내가 자갈을 밟는 소리에 당시 눈도 없고 이도 없던 에니오가 오른손을 내밀어 팜프레도에게 눈을 달라고 요구했고, 반대 방향으로는 데이노의 어깨를 두드려 이도 가져왔어! 에니오가 이를 막 입속에 집어넣는 순간 나는 그녀의 오른쪽, 즉 팜프레도의 방향으로 돌진했지. 에니오가 이를 끼워 넣고 "뭔가 있다!"라고 소리를 지를 무렵, 팜프레도가 자기 발치에서 나는 인기척을 느끼고 에니오를 툭툭 쳐서 눈을 요구했고, 동시에 자신의 차례인 이를 받으려 오른손을 뻗었어. 에니오에게 이를 돌려주었다고 말할 수가 없던 데이노는 답변 삼아 양쪽 사람들의 어깨를 모두 툭툭 쳤어. 두 번이나 재촉을 당한 에니오는 양손을 교차시켜 팜프레도에게 눈을 주고 데이노에게 이를 주었지. 나는 그들이 앉아 있는 자리들 사이로 몸을 던져서 중심으로 뛰어들었어. 이젠 모두가 모두의 어깨를 두드렸어. 눈과 이가 반대 방향으로 건네지기 시작했지만, 그것들을 채 끼워 넣기도 전에 옆 사람으로부터 호출이 왔지. 나는 기회를 보다가 특정한 순간에 데이노의 오른손과 에니오의 왼손 사이로 내 오른손을 뻗어 능숙하게 눈을 가로챘어. 그런 다음엔 팜프레도가 그 무시무시한 이를 잇몸에 붙여 넣으려는 찰나 그저 그녀의 어깨 너머로 손을 뻗어 그것을 가로채면 그만이었지. 그 부조는 비탄에 젖은 그라이아이들이 마치 다리 한 짝을 못 쓰게 된 왜가리처럼 헛되이 두드리고 퍼덕거리고 울부짖는 모습과 그 앞에서 내가 의기양양하게 이와 눈을 높이 쳐들고 있는 모습을 보여 주었어.

내가 판단하기엔 그 뒤 스틱스 강에서 벌어진 일을 묘사해 놓은 장면은 예술적으로는 그리 수작이 아니었어. 그것은 8미터 너비의 그라이아이 장면과 비교해 침대 머리 뒤로 13미터 정도 굽이져 있었지만, 임무 면에서든 그것을 재현한 면에서든 훨씬 더 단순했거든. 그 격노한 삼인조로부터 스틱스 강 님프들의 소재지를 알아낸 이상(호전적인 팜프레도가 말을 할 수 있도록 부득이하게 이는 돌려주었지만, 백발 숙녀들이 혹 물어뜯기라도 할까 봐 눈은 내가 갖고 있었지.) 그곳으로 가서 그 여자들이 풍기는 냄새를 막기 위해 코를 쥔 채, 그드레게서 투구와 전대와 날개 달린 샌들를 가져가기만 하면 되는 이리어뜨니까.*

"그들의 냄새가 어땠는데요?" 칼릭사가 물었어.

"그대와 정반대의 냄새가 났지." 내가 말했지. "하지막 그대는 북사의 목이니막큼 내가 입 마추기 가장 좋아하늘 이곳에 그대가 만약 영월토록 고약한 따믐 붇비했거나** 내내 씻지도 않았다면……."

"전 스물넷이에요. 다음 주까지는요. 그것도 나름 괜찮아요."

하지만 나는 벽 위에 새겨진 저 쉬운 위업을 어디에서 달성했는지 그녀에게 말해 줄 수가 없었어. 보통 레테의 강물이 기억을 막게 하는 수단이라고 생각하는데, 내가 겪어 보니 스틱스 강 처녀들의 악취도 마찬가지로 냄새의 근원지를 잊어버리는 데 아주 특효더라고. 팜프레도는 나더러 눈을 감고 냄새를 따라가되, 코를 막아야 할 때가 오기 전까지는 눈을 뜨지 말라고만 했어. 저기 묘사되어 있는 장비들을 순식간에 몸에 장

---

* (……) 풍기는 냄새를 막기 위해 코를 쥔 채, 그들에게서 투구와 전대와 날개 달린 샌들을 가져가기만 하면 되는 일이었으니까.(냄새 때문에 코를 쥐고 말하는 것.)

** 하지만 그대는 불사의 몸이니만큼 내가 입 맞추기 가장 좋아하는 이곳에 그대가 만약 영원토록 고약한 땀을 분비했거나.

착하고 날아가 버렸으니까, 그곳이 어디냐고 묻지는 마.

"만약 여자에게 자신을 씻겨 줄 사람이 아무도 없다면, 스스로 자기 몸을 씻어야 해요." 칼릭사가 새침을 떨며 단언했어.

내가 있는 곳에서 완전히 오른쪽으로 치우친 곳에 있는, 끝에서 두 번째 부조는 묘사한 사건도 가장 많을 뿐만 아니라 내가 가장 좋아하는 부분이었어. 그것 자체가 전체 일화와 비슷한 비율로 일곱 부분으로 나뉘어져 있었는데, 그 첫 번째인 히페르보레오이 장면에서는 내가 고르곤의 무시무시한 머리를 높이 쳐들고 있었어. 고르곤이 졸고 있는 틈을 타 방패로 몸을 가린 채 접근해서는, 방패를 거울 삼아 그녀의 머리를 비추면서 목을 베어 버린 거야. 두 번째는 헤스페리데스*가 그려진 장면인데, 손님을 푸대접한 아틀라스**를 내가 돌로 만들어 버렸지. 세 번째와 네 번째, 그리고 다섯 번째 장면은 모두 요파에서 벌어진 일들을 다루고 있었어. 절벽에서 안드로메다를 위협하던 바다 괴물 케토스를 등 뒤에서 칼로 찔러 죽인 일, 그녀를 구출하고 난 뒤 카시오페이아의 항의를 무릅쓰고 올린 결혼식에서 하객들에게 내 이력을 들려준 일, 프로이토스가 다나에에게 그랬던 것처럼 안드로메다에게 욕정을 품은 나의 경쟁자 피네우스가 연회장에서 난동을 부려 벌어진 전투에

---

* 세계의 서쪽 끝에서 오케아노스의 강 가까이에 있는, 황금 사과가 열리는 나무를 지키고 있는 요정들.

** 티탄 신족의 하나로 일족이 제우스와 싸워 패한 후 천계를 어지럽혔다는 죄목으로 어깨에 천공을 떠받치는 벌을 받게 되었다. 페르세우스가 괴물 고르곤을 퇴치하고 돌아오는 길에 그를 찾아가 잠자리를 청하였다가 거절당하자, 화가 나 고르곤의 머리를 내보였고, 이를 본 아틀라스는 돌로 변했다고 한다.

서 얻은 빛나는 승리를 각각 묘사하고 있었지. 벽화는 조카를 사랑한 숙부와 그의 일당을 함께 돌로 만들어 버리는 모습을 보여 주었어. 일곱 부분 가운데 여섯 번째 쪽그림은 절정 중의 절정으로, 세리포스로 돌아간 내가 다시 한 번 나의 적을 이용해 어머니를 구하고 과제를 부여한 폴리덱테스를 돌로 만들어 버림으로써 임무를 마치는 것이었지. 일곱 번째 쪽그림에는 그 얼마 후 벌어진 단순하고 비교적 사소한 불운이 재현되어 있었어. 라리사의 육상 대회에서 내가 곧장 앞으로 던진 원반이 마침 지나가던 서풍에 휘어 관람석에 있던 외할아버지 아크리시오스에게 날아갔고, 결국 그를 저 밑의 하데스*에게 보내 버리고 말았지. 그 쪽그림은 내용에 비해 지나치게 긴 감이 있어. 나선형으로 굽이져 있는 전체 일화의 일곱 번째 부분이 그런 것처럼 말이야. 이 마지막 부조는 그 너비가 엄청난데도 (33미터하고도 좀 더 될걸.) 나와 아내가 아르고스의 왕위에 올라 페르세우스의 피를 물려받은 우리의 금빛 찬란한 아이들에 둘러싸여 있는 모습만 보여 줄 뿐이거든.

처음 엘리시온**의 침상에서 눈을 뜬 이래로, 나는 매일, 매시간 저 벽화들을 음미하고 또 음미했어. 그 벽화들은 내 이야기와 이야기에 나오는 몇몇 등장인물들을 정말이지 경이로울 만큼 충실하게 묘사해 놓았더군. 마치 어떤 조각가가 새겨 놓은 것이 아니라, 여섯 번째 부조에서 내 손에 높이 들려 있는 메두사 본인이 우리의 살과 피를 혈관까지도 생생하게 하얀 돌

---

* 그리스 신화에 나오는 명계(冥界)의 신.
** 그리스 신화에서 천국을 가리킨다.

로 변신시켜 놓은 것 같았어. 사실 그 이미지는 내게 가장 반가운 모습이었어. 온통 대리석처럼 단단한 금빛 근육질의 몸으로, 나는 영광스러운 스무 살 젊은이의 전형처럼 고르곤의 시체 위에서 옆모습을 보이며 서 있었지. 마술 샌들이 내 장딴지 바로 아래에 단단히 매여 있고, 내 왼쪽 무릎은 금방이라도 하늘로 뛰어 오를 것처럼 구부러져 있었어. 헤르메스의 휘어진 칼은 내 오른쪽 허벅지 뒤로 수평으로 쥐어져 있고, 내 무릎과 (아래로 늘어뜨려진) 음경과 눈은 그것과는 약간 비스듬한 각도로 기울어져 있었지. 내 눈이 비스듬히 아래쪽을 향한 것은 하데스의 투구 아래 비어져 나온 금빛 고수머리 사이로 메두사의 눈과 마주치지 않기 위해서였어. 나는 피가 뚝뚝 떨어지는 메두사의 머리를 왼손으로 높이 쳐들고 있었거든. 이 훌륭한 조각가가 사소하지만 두 가지 부분에서 고전적 사실주의로부터 벗어난 감이 있긴 해도(때가 때이니만큼 몸이 성적으로 반응할 일 따윈 없었다는 점은 나도 인정하지만, 아무리 그래도 그 조각가는 내 성기의 크기를 과소평가한 게 틀림없어. 게다가 메두사의 경우 납득하기 힘들게도 머리칼이 올올이 뱀인 것을 제외하고는 몹시 아름다운 여인의 얼굴을 하고 있더라고!) 그 벽화는 걸작 중의 걸작이었어. 내가 깨어났을 때 처음으로 눈길이 간 것도 그 장면이었고, 한참 후 나의 눈부신 간호사이자 님프가 일곱 번째 벽화 너머에서 나타나 마치 제단 앞에라도 있는 것처럼 내 침상 옆에서 미소를 지으며 무릎을 꿇을 때도 내 시선은 그것에 고정되어 있었어.

나는 모래 언덕에서 방황한 탓에 여전히 갈라져 있는 목소리로 말했어. "안녕?"

그녀가 속삭였어. "안녕하세요?" 누구냐는 내 물음에 그녀는 대답했지. "칼릭사예요. 당신의 신녀죠."

"아, 그렇군. 내가 신이 된 건가?"

내가 기억하기로 지상에서 보았던 어떤 눈보다 더 빛나는 눈을 들어 올리며 그녀가 열정적으로 말했어. "여기서 당신은 언제나 신이었어요, 페르세우스. 전 평생 동안 당신을 숭배해 왔죠. 아몬과 사바지오스와 함께요. 이렇게 당신을 만나 이야기를 나누는 게 제게 어떤 의미인지 당신은 상상도 못할걸요."

나는 얼굴을 찡그렸고, 짧게 자른 그녀의 검은 머리칼을 만지며 내가 어떻게 해서 죽게 되었는지 기억해 내려고 애썼어. 칼릭사의 피부는 내가 알고 있는 다른 님프들처럼 희지도, 에티오피아인 카시오페이아처럼 어두운 황갈색도 아니었고, 그렇다고 제6-C, 6-D, 6-E벽화, 그리고 제7벽화에 등장하는 나의 아름다운 미망인처럼 황금빛도 아니었어. 짧은 망사 팬츠 사이로 보이는 그녀의 피부는 젊은 운동선수처럼 구릿빛으로 그을려 있었고, 또한 그녀는 안드로메다의 농익은 여성스러움이나 포근해 보이는 풍만한 몸매에 비하면 청춘기의 아르테미스처럼 엉덩이가 작고 가슴이 빈약했어. 바로 그때, 나의 기억이 나의 남성성과 더불어 각성되면서 제6-A벽화가 거짓임을 입증했지. 그것만 아니라면 정말 완벽한 벽화인데 말이야.

"칼릭사, 이곳은 엘리시온인가, 아니면 올림포스인가?"

"여긴 천국이에요." 그녀가 이마를 내 엉덩이에 대며 대답했어.

아테네에게서든 내가 지난 십 년간 연구해 온 동료 영웅들의 여러 고사(故事)에서든, 나는 엘리시온에서도 발기가 된다는 얘긴 들어본 적이 없었어. 비록 올림포스의 신들은 늘 그들이 깔고 앉은 산 높이만큼이나 발기한 상태인 것 같지만 말이야. 그런데 그땐 정말 내 그곳이 한껏 일어서 있었다니까! 나는 발기 상태에 대해 고민하는 와중에도 내 착한 님프의 목덜미를 쓰다듬고 있었는데, 문득 다음과 같은 광경이 눈에 들어왔어. 벽화는 내 침상 기둥에서 시작되었지만, 그것이 그리는 나선형은 그렇지 않았고 대신 굽이져 올라가 내 왼쪽으로 머리통 너비만큼 떨어진 지점 바로 위의 천장에서 황금빛 나선형을 그리고 있더라고. 매력적인 칼릭사가 어디로 갔는지 보려고 몸을 일으켰을 때, 나는 침대 위에도 똑같은 나선형이 자줏빛으로 수놓아져 있는 것을 보았어. 그리고 (기적 가운데 기적이지!) 그 작은 요정이 민첩하게 튀어 올라와 바로 그 아래쪽 나선형 위로 몸을 쭉 피고는 나를 황홀하게 만드는, 햇볕에 탄 팽팽한 복부를 그것에 가까이 대었을 때, 나는 깨달았어. 그녀의 배꼽이야말로, 내가 가장 잘 알고 있는 다른 두 사람처럼 둘로 혹은 넷으로 나누어져 있는 것이 아니라, 그 자체로 퐈리조개처럼 나선형을 이루고 있으며, 다른 한편으로는 당시 내가 마음껏 탐하고 있던 유한한 육체 위쪽과 아래쪽으로 무한히 굽이져 들어오는 나선 모양을 복제하고 있다는 걸 말이야.

신이 된다는 건 꽤 괜찮은 일이었어. 하지만 내가 성 불능이라는 걸 발견하고는 두 배로 마음이 언짢았지. 두 배라는 것은, 우선 나는 그 자리에서 즉시, 그리고 그날 '오후'(나는 우리 불사의 신들에게도 태양이 지는 줄은 몰랐어.) 이렇게 두 번이나 칼릭사와 시도했거든. 그런데 그녀가 그 방면에서 비상할 정도로 노련했음에도, 아니, 어쩌면 그녀의 노련함 때문인지 두 번 다 주눅이 들어 실패하고 말았지. 둘째, 안드로메다와 칠

천 일의 밤을 보내면서도 단 한 번도 실패한 적이 없던 나이건 만, 고작 두 주 동안 함께 한 여자들 두 명과는 잘 되지 않았어. 이번이 그 두 경우 가운데 두 번째였지.(그러니까 이번이 두 번째라는 게 기억이 난 거야.) 님프와 함께할 영원을 앞에 둔 상황에서 참으로 걱정스러운 전망이 아닐 수 없었어.

"상관없어요." 달콤한 땀에 젖은 칼릭사가 강조했어. 그 뒤 며칠 밤낮이 이어지는 동안 실패로 끝날 때마다 그렇게 말하곤 했지. "그저 당신과 함께 있는 것만으로도 나는 너무 좋아요, 페르세우스. 내 꿈 가운데 하나가 정말로 실현된 거라고요."

한 가지 문제가 더 있었어. 나는 왕으로서, 그리고 신화적 영웅으로서 어지간한 존경에는 익숙했지만, 숭배에는 익숙지가 않았어. 그런데 매번 숭배자의 흠모하는 시선을 받으며 오줌을 누어야만 했지.(나는 신도 인간처럼 오줌을 누는지 몰랐어.) 그녀는 내가 원기를 회복하기 위해 먹은 음식 접시들을 문자 그대로 혀로 핥아 닦았고,(사실 암브로시아는 아니었고, 집에서 먹는 거랑 비슷한 대추야자, 무화과, 구운 양고기, 포도주 같은 거더라고. 나는 그녀에게 그것들을 나중에 닦으라고 요구했어.) 내 몸 역시 목욕을 시켜 주는 대신 마치 기분 좋은 고양이마냥 핥아서 씻어 주었으며, 자신의 머리칼을 수건 삼아 닦아 주었어.(그런 일에 사용하기엔 너무 짧았지만 말이야.) 장난을 할 만한 기분일 때는 그런 것도 충분히 오락거리가 될 수 있지. 칼릭사는 늘 어느 정도는 그런 기분인 것 같고. 하지만 그런 기분이 아닐 때는 그저 곤혹스러울 뿐이라고. 정말이지 내가 허락만 했다면 그녀는 분명 내 변기통도 신주 단지 모시듯 했을걸.(신들도 똥을 눌 거라곤 짐작도 못했던 일이야.)

"당신네 신들은 성교를 너무 심각하게 생각한다니까요." 내가 두 번째 시도에서도 부진한 뒤 욕설을 내뱉자 그녀가 나무랐어. 나는 그녀에게 너희 님프들은 너희들이 모시는 신들과 돌아가며 교접하는 게 습관이 되어 있을지도 모르겠다며 악의가 전혀 없지는 않은 말투로 말했지. 그리고 나는 원래 발기 불능과는 전적으로 상관이 없는 사람이며, 그러니 내가 왜 이러는지를 나도 설명할 수가 없다고 말했어. 어쩌면 좀 지나치게 반발했다고 할 수도 있고.

"오, 일단 제대로 달아오르면 천국에 온 기분이 들 거예요. 전 알아요." 그녀는 위로했어. 나도 결코 그녀의 잘못은 아니라며 그녀를 안심시켰지. 정말이지 안드로메다와 처음 잠자리를 같이한 이래로(정말 오래전의 일이지.) 그렇듯 생기 넘치고, 군살 없고, 팽팽한 처녀를 침상에 눕혀 본 적이 없었어. 게다가 (나는 기분 좋게 추억했어.) 안드로메다와 나는 서로 똑같이 미숙한 초보자로 시작해서 함께 사랑의 지식을 배워 나간 반면, 칼릭사의 기술은 이미 그녀가 앞서 많은 경험을 했다는 것을 증명해 주었지…….

그녀는 장난스럽게 나더러 투정은 그만 부리라고 말했어. "믿으실지 모르겠지만, 저도 스물두 살까지는 숫처녀였다고요." 그녀는 자신이 소녀 시절 내내 나와 사바지오스와 뿔 난 아몬을 너무도 흠모해서, 또한 그에 더해 운동과 공부에 너무도 마음을 빼앗겼던 터라 평범한 인간들이 그녀에게 손대는 건 허락하지 않았다고 명랑한 말투로 고백했어.(난 인간이 님프에게도 손을 댈 수 있다는 말은 들어본 적이 없는데 말이야.) 아무튼 그러던 어느 날 저녁 그녀가 내 신전, 맥주 녀석의 신전과 더불어 자기가 신녀 노릇을 하는 그 숫양 신의 신전을 청소하고 있는데(하늘에 신전이 있다고? 올림포스 산 위에 먼지가 있단 말이야?) 아몬 본인이 나타나서는 감격스럽게도 자기를 겁탈했다는 거야. 이 일을 계기로 그녀는 우리 세 신전을 돌보는데 그치는 게 아니라 기꺼이 신녀이자 창녀가 되기로 했다더군. 지상에서 그녀와 같은 직종에 종사하는 여자들의 명예로운 전통에 따라, 세 명의 신 가운데 둘에게 엉덩이를 대 주는 사이사이 우리 남성 구애자들 가운데 가장 진실한 자에게 자기 자신을 성스럽게 바치기로 한 거지.

"사바지오스하고도!" 나는 볼멘소리를 했어. 아몬이라면 지난 날 그가 카시오페이아에게 한 충고에 대해 불만이 좀 있긴 해도 그저 순수하게 질투하고 말 일이야. 요파에서 내가 본 적이 있는 그의 조상(彫像)으로 판단하건대, 그는 검은 고수머리 사이로 멋진 양 뿔이 돋아 있는 원기 왕성한 친구였으니까. 하지만 사바지오스는 옛날 아르고스 시절 내게 끊임없이 문제를 일으켰던 녀석인 데다, 그 늙은 호색한이 나의 단정한 님프 위에 올라타고 헐떡이는 모습은 상상만 해도 끔찍했다고.

그녀가 킥킥 웃었어. "스스로를 불능이라고 생각하다니요! 하지만 너무 심각하게 생각하지 말아요, 페르세우스!" 그녀는 수영과 도보 경주 말고 아몬과 자신의 인간 성행위 상대 가운데 한두 명이 자신에게 연속적으로 느끼게 해 주는 오르가슴보다 더 좋아하는 쾌락은 거의 없다고 솔직하게 인정했어. 다른 한편 사바지오스와는 맥주를 마시며 대화를 나누거나 트림을 하거나 구강성교를 즐기면 되는 일이었지. 길고 친밀한 대화와 짧지만 달콤한 구강성교도 아몬과의 격렬하고 광폭한 성행위만큼이나 나름대로 그녀를 만족시켰다더군.

"당신은 지나치게 걱정이 많아요" 그녀가 두 번째 날 밤에 내게 말했어. 다시 한 번 그곳이 흐물흐물해지자, 속상한 마음에 그녀에게 날 버리고 아몬주의로 되돌아가라고 충고했을 때였지. "첫째, 전 한 번도 아몬 숭배자를 그만 둔 적이 없어요. 앞으로도 절대 그럴 일은 없을 거고요. 사바지오스 숭배 역시 마찬가지예요. 비록 그들 둘 다 더 이상 제게 연락하진 않지만요." 그녀는 내가 자신의 만신전에 모시는 유일한 신이 아님을 부드럽게 상기시켰어. 또 한편으로는, 나의 제단 침상 위에서 나와 함께 있다는 사실이 상상할 수 없을 정도로 자신을 행복하게 한다고도 말했지. 자신의 신(자기가 개인적으로 모시는 세 명의 신 가운데 어느 누구라도)을, 그녀의 말을 빌리자면 '조각상의 받침대에서 벗어난', '따뜻한 피가 흐르는 인간으로서' 알게 된다는 것 말이야. 게다가 마치 풋내기 소년처럼 사랑의 행위를 그저 오랫동안 삽입하고 있는 것과 동일시할 만큼 정말 내가 그렇게 순진한 거냐고 묻더군.

그래. "난 영웅이잖아!" 나는 양각된 나의 영광들을 한번 죽 가리키며 말했어. 그날 그녀는 그 중 첫 번째 부분을 내게 보여주었지. "대가다운 성취(performance)야말로 내가 가야 할 길이잖아!"

그녀는 내 오른손을 치웠어. 단순히 의무감 때문에 하는 소심한 애무는 허락하지 않는다는 그녀의 신조는 신들에게도 적용되는 것이었거든. 그녀는 내게 충고했어. "성행위를 성취라고 생각하면 할수록, 밤마다 이루어지는 공연에서 당신은 더더욱 무대 공포증에 시달리게 될 거예요. 자, 그냥 날 꼭 껴안고 내가 오늘 당신에게 보여 준 것에 대해 자세히 설명이나 해 줘요."

나는 한숨을 쉬고는 나의 현명하고 귀여운 교사가 정오에 소개해 주었던 신전의 두 번째 나선부가 첫 번째 나선부를 소라 모양으로 감싸듯 그녀를 뒤에서 감싸 안고서 이야기를 했어. 내가 바라고 상상한 것처럼, 페르세우스의 일대기를 묘사한 양각화와 제단 위에서 행하는 나의 감상은 내가 안드로메다와 함께 왕좌에 앉는 장면에서 끝나지 않았어. 두 번째 벽화 시리즈가(벽화들의 상대적인 비율은 첫 번째 시리즈와 일치했지만 뒤로 갈수록 점점 더 커지는 나선형의 규모에 맞게 폭은 훨씬 더 넓었지.) 그 바로 뒤를 이어, 나의 왼쪽 발치의 침대 기둥과 칼릭사의 배꼽과 나란히 있는 저 멀리 떨어진 벽 위의 기둥에서 시작되었으니까.

내가 말했어. "어떻게 된 일인지 그대도 알잖아. 아이들은 자라서 방황하기 시작했고, 안드로메다와 나는 완전히 다른 사람이 되어 우리의 결혼 생활은 위기를 맞았지. 왕국은 혼자서도 잘 굴러갔고, 내 명성도 흔들림이 없었어. 하지만 하나둘씩 빠지는 내 금빛 머리카락과 함께 나도 빛을 잃었어. 메두사의 목을 벤 후 이십 년의 세월이 흘렀어. 체중은 20킬로그램이나 불고 권태롭기 짝이 없었지. 아직 살날이 반이나 남았는데도, 다나에의 자궁과 청동 궤짝과 폴리덱테스의 과제에 변함없이 묶이고 갇혀 있는 느낌이었어. 사실 (얼굴 좀 똑바로 하고 있어 봐.) 나는 내가 돌처럼 굳어 가고 있다고 확신하게 되었어. 그래서 혹시 예전에 메두사에게 노출되었던 일이 뒤늦게 증상을 나타내는 게 아닌지 어의에게 물었어. 그 바보 녀석은 '나이가 들어 관절이 노쇠해진 것뿐입니다.'라고 말하더군. 물론 옳은 말이긴 하지. 그리고 내게 고르곤에 대해 잊고, 우조*도 끊고, 운동이나 좀 더 하라고 말했어. 하지만 토끼 사냥 따위를 괴물 퇴치와 비교할 순 없는 법이거든. 나는 너무 늦게 잠자리에 들었고, 너무 많이 술을 마셨으며, 때마침 운 나쁘게 걸려든 청중에게 매일 밤 부끄러운 줄도 모르고 권위를 이용하여 내 인생 이야기를 지루할 정도로 장황하게 늘어놓았어. '그러면, 어디 다른 곳으로 가서 기분 전환을 해 보세요. 바다 여행을 하시는 것도 전하게 아주 이로울 겁니다.' 어의는 심지어 한쪽 눈을 찡긋해 보이기까지 하더군. '왕비 전하도 모시고 가세요. 제2의 신혼여행을 즐기시는 겁니다.'"

"어떨 땐 저도 의사들에 대해 정말로 의구심이 들어요." 칼릭사가 말했어.

"나 역시 그래. 하지만 어쨌든 나는 안드로메다에게 여행을 제안했고, 그녀는 지체 없이 좋다고 했어. 아이들을 아르고스에 두고, 배를 타고 요파로 가서 자기 부모를 방문하자더군. 케페우스와 카시오페이아를 본 지 이십 년이나 되었다면서 말이야. '내가 생각하고 있는 것과는 전혀 다르군.' 내가 그녀에게 말했어. '기회가 되면 그곳에 들를 수도 있을 거야. 하지만 일단 계획대로 가자고. 우선 세리포스 섬의 딕티스 왕을 방문하고, 사모스 섬의 아테네 신전에 들러 인사를 올린 뒤, 내가 그라이아이 사이에 끼어들어 그들을 골탕 먹였던 아틀라스 산으로 갔다가(당신은 아틀라스 산을 한 번도 본 적 없잖아.) 당신의 목숨을 구하기 전에 목을 축이러 잠깐 지상으로 내려왔던

---

* 그리스 술의 일종.

나일 강변의 케미스에 잠깐 들르는 거야.' 그건 그렇고, 칼릭사……." 나는 벽을 따라 감겨 있는 일화들을 눈으로 좇기 위해 웅크리고 있던 몸을 폈어.

"제발 멈추지 말아요." 그녀가 간청했어. 나는 그녀의 말을, 그녀의 방침에도 굴하지 않고 이야기와 더불어 하고 있던 내 한가한 손장난을 멈추지 말라는 것으로 알아듣고, 다시 시작했어.

"그렇게, 출발할 때부터 전쟁이었어. 요파에서 별도로 일주일을 보내고 테살리아의 라리사를 잠깐 둘러볼 수 있도록 여행 일정에서 스틱스 강 님프들의 마을과 히페르보레오이와 헤스페리아를 뺐는데도 말이지. 안드로메다는 '요파로 가요. 그걸로 논의 끝내요.'라더군."

"그녀가 억지를 부렸던 것 같네요."

나는 헛기침을 했어. "글쎄, 그게, 어쩌면 좋았던 젊은 시절을 다시 한번 더듬어 보고 싶은 허영심이 내게 얼마간 있었는지도 몰라. 하지만 단지 허영심만은 아니었어. 밤에 이야기할 거리를 찾는 것도 아니었고. 그 길 어디에선가, 나는 무언가를 잃어버렸던 거야. 길을 잘못 들었고, 뭔가 요령을 잊어버린 거지. 그게 뭔지는 나도 모르겠지만 말이야. 만약 그 길을 찬찬히 주의 깊게 되짚어 보면 뭔가 패턴을 발견할 수도, 열쇠를 찾을 수도 있을 것 같았어."

"조금만 위로, 당신 왼쪽으로 좀 움직여 봐요." 칼릭사가 속삭였어. 하지만 난 이야기에 완전히 정신이 팔려 있었지. 내가 말했어. "그대의 친구 사바지오스와 부딪힌 이후로 나와 안드로메다 사이는 예전 같지 않았어." 나는 그녀에게 어떻게 해서

디오니소스라는 가명을 사용하는 그 배불뚝이 맥주 신이 새로 맞이한 아내 아리아드네와 함께 낙소스에서부터 내내 엄청나게 먹고 마시며 아르고스로 들어오게 되었는지 말해 주었어…….

그러자 칼릭사가 고백했어. "지난번에 마지막으로 그를 만났을 때 내게 그녀에 대해 말해 주더군요. 처음엔 질투로 미칠 것 같았지만, 그가 너무나 행복해했고 그녀는 상냥했어요……."

"모든 사람들이 미쳤지. 특히 나이 든 여자들이 그랬어. 마시고, 마시고, 또 마셨지. 그리고 내가 주점을 폐쇄하려 하자 사바지오스는 내가 무릎을 꿇을 때까지 그들을 꼬드겨 자기들의 어린 자식을 잡아먹게 만들었어. 정말이야. 나는 얼마간 저항을 계속했어.(그대는 어딘가에 선을 그어 놔야 해.) 하지만 안드로메다는 내가 참을 수 없어 하는 건 그의 명성이라고 주장했지……." 사실을 말하자면 어디서 갑자기 툭 튀어나온 신 하나가 그렇게 많은 추종자들을 거느린다는 점이 눈꼴시긴 했어. 내가 영웅 노릇을 포기하고 아르골리스를 질서 정연하게 통치하는 일을 선택한 이후 내 자신의 영광은 제자리걸음이라 더더욱 그랬지. 다른 한편, 나도 그렇게 점잔 떠는 인물은 아니었지만(명심해!) 그래도 질서와 규준과 자기 규율을 믿었고, 유아 식육은 물론이고 주부들의 무분별한 유흥도 반대했어. 비록 신은 아닐지라도(어머니가 인간이었으니까.) 제우스의 아들이라는 점에서 내가 사바지오스보다 못할 건 없었어. 게다가 나는 금빛 머리칼에 힘겨운 과업을 성취한 영웅이라는 이력을 갖고 있었던 반면, 사바지오스는 내가 지금껏 보아 온 바로는 온종일 진탕 마시고 흥청망청 놀기만 했다고…….

"'들이붓는다'는 표현이 더 어울릴 거예요." 칼릭사가 위로

하듯 말했어. 그리고 자신 또한 유흥에는 별로 취미가 없다고도 했지. 아몬, 사바지오스, 그리고 나같이 특별히 소중한 친구들 사이에서는 육체적으로든 그밖에 다른 방식으로든 그들을 존경하는 만큼 헌신한다는 자신의 평소 방침만 아니라면 말이야. 그럼에도 그녀는 그 포동포동한 친구를 위해 자신이 선호하는 것을 포기하고 혼음 파티, 난교 파티, 집단 성교, 그리고 다른 변태적인 행위들에 동참했다더군. 이를테면 그녀에게 선택권이 주어졌다면 이따금 가벼운 야자수나 마시고 정상위로 관계를 가질 것을, 아몬과 함께 있을 때는 대마를 피우고 후배위로 성행위를 했다는 거야. 두 가지 경우에서, 그들의 방식을 통해 그녀가 얻은 쾌락은 그녀가 본래 선호하는 방식 이상으로 그녀를 만족시켰을 뿐만 아니라(그녀의 관점에서 보자면, 순전히 순교에 대한 보상이라고나 할까?) 그러한 상황에서만큼은 그 행위 자체가 확실히 기분 좋게 느껴졌다더군. 요컨대 그녀도 사바지오스의 결점을 전혀 모르는 바는 아니었으나, 그렇다고 해서 그녀의 숭배하는 마음이 줄어들거나 하지는 않았다는 거지. "우린 정말로 이런저런 이야기를 나누곤 했죠. 그와 저 말이에요."

그러다 갑자기 그녀에게 물어볼 게 생각이 났어. 만약 앞에서 이야기한 게 사실이라면, 내가 그녀의 배꼽에 입 맞춰도 되냐고 물었을 때 어째서 그녀는 앞선 한 문단에서는 내 손을 치우고, 다른 한 문단에서는 웃음을 터뜨려 내 기를 꺾어 놓았느냐고 말이야. 그녀의 대답은 내게 에누리 없이 분명한 신호가 되는, 조용하고 짧고 진지한 키스였어. 내 아랫도리가 그녀의 궁둥이를 향해 아몬의 발기한 남근에 가까운 크기로 불끈 일어섰다가, 그 '아몬'이라는 이름에 기가 죽었는지 이내 움츠러들었어. 나는 그녀를 다시 감싸 안고 이야기를 계속 이어 갔지.

"나도 사바지오스는 그런대로 괜찮다고 봐. 내게 문제를 일으킨 건 사실이지만 말이야. 일단 주부들이 계속 행복할 수 있도록 그에게 신전을 지어 주기로 한 다음엔, 그가 떠나기 전까지 함께 술잔도 많이 비웠다고. 하지만 그 이후론 안드로메다와 평온할 일이 없었어. 그녀는, 이번에는 내가 약해 빠져서 굴복한 것이거나 올림포스의 비위를 맞춘 거라고 주장했어. 여론에 영합하고, 자식을 잡아먹는 시위대에게 굴복하고, 얼빠진 마흔 살 중년처럼 제어가 안 되는 게 아니냐는 거야. 그녀는 명성과 왕좌가 나를 바꿔 놓았다고 단언했어. 바꿔 놓긴 했는데 더 좋은 식으로가 아니라나 뭐라나."

"이렇게 말씀드려 죄송한데요. 전 페르세우스 부인이 별로 맘에 안 들어요. 지금 당신이 그녀를 지지하고 변호하는 걸 보고 있자니 말이에요."

글쎄, 내가 그러긴 했지. 이 불쾌한 비난들은 모두 나름의 진실을 담고 있었으니까. 내가 그 비난들에 대해 날 변호하려고 하지 않을 때는 그게 보였어. 날 변호하려고 할 때는 비난들이 전혀 근거 없는 것으로 보였지만 말이야. 하지만 어떤 식으로 해석하고 합리화해도 한 가지 사실만은 피할 수가 없었지. 한때 잘 나가던 영웅 페르세우스는 이제 사라지고 없으며, 페르세우스 왕은 자존심을 삼키고 적과 타협하더니 심지어 그에게 굴복하기까지 했던 거야.

"그 이후론 완전히 내리막길이었지. 고함치고 싸우고, 시시덕거리다가는 또 비난하고, 애정을 회복하는가 싶으면 또 싸

움이 재발하고……. 휴, 같은 이야기 반복하지 말자고. 그대
도 다 아는 이야기잖아. 저기 저 마지막 부조하고 오늘 본 부
조 사이의 기둥에 다 나와 있는 내용인걸 뭐." 그러니까 나랑
안드로메다가 어린 왕자들과 공주에 둘러싸여 왕좌에 나란히
앉아 있는 그림하고, 잔뜩 성이 난 왕비는 오른쪽 멀리, 부루
퉁한 표정의 나는 왼쪽 멀리 떨어져 앉아 있고 이제 다 자란
아이들이 그 사이에서 우왕좌왕하고 있으며 대리석으로 된 전
경에는 출항 준비를 마친 배가 있는 그림 말이야.

칼릭사가 말했어. "한번은 아몬 님과 함께 나일 강 하구의
파로스 섬으로 주말여행을 간 적이 있어요. 우리는 오랫동안
수영을 했죠. 물속에서 관계를 가진 건 그때가 처음이자 마지
막이었죠."

"사실 그렇게 좋진 않았을걸, 안 그래?" 나는 그녀의 기분을
맞추면서 이렇게 말했어. 그와 동시에 과거의 추억을 더듬었지.
"천연 윤활제가 물에 씻겨 나가서 말이야, 그러면 좀 아프거
든. 내가 알기로 한번은 이 바다 님프가……."

"어쨌든 전 좋았어요." 칼릭사가 말했어.

다음 날 밤에도 역시, 신전 벽에 펼쳐진 벽화 감상에 비해
우리 사이엔 별로 진전이 없었어. "차라리 메두사가 그 부분만
돌로 만들어 버렸다면 좋았을 텐데!" 내 신녀가 한숨을 쉬며
말했어. 하지만 자신이 방금 한 말이 지당하다든지, 내가 마치
풋내기 병사처럼 사격 명령이 제대로 떨어지기도 전에 발포한
것은 기교가 뛰어난 사랑을 경험해 보지 못한 탓이 아니라 새
로운 상대자들을 경험해 보지 못한 탓이라는 점을 내 입으로
되풀이하게 내버려 두진 않더군. 언젠가 한번 그녀가 단언한

적이 있지. "당신은 마치 주말 관광객 같아요. 집에서는 대담하고 뻔뻔스럽게 행동하다가 이곳에만 오면 얌전을 떨며 조심스럽게 구는 사람들 말이에요."

그때 나는 그녀에게 말했지. 내가 진정한 영웅 페르세우스였던 시절, 히페르보레오이에서 헤스페리아까지 세상 사람들에게 알려진 세계 방방곡곡을 날아다녀 봤는데, 신들의 나라에 다녀갔다는 관광객에 관한 이야기는 들어본 적이 없다고 말이야. 칼릭사는 매일 아침, 점심 그리고 저녁마다 제우스에게서 들었다는 엄격한 주의 사항을 남기고 신전 외부의 소용돌이들 속으로 사라지곤 했어. 무엇이든 그녀가 마지막으로 내게 보여 준 벽화 이상은 추적해서는 안 된다는 거였지. 대체 어디에 갔던 거야? 그때야 나는 그녀에게 물었어. 뭘 했어? 아몬이나 사바지오스 녀석이랑 몰래 빠져나갔던 거야, 아니면 내 신성한 구역 안에서 관광객이랑 뒹군 거야?

그 말에는 별 반응이 없던 그녀는 정작 내가 주제넘었다며 (즉시) 사과를 하자 기분이 팍 상한 것 같더군. "성마르게 굴 거면 그렇게 하세요. 괜히 한 걸음 내디뎠다가 두 걸음 뒤로 물러나지 마시고요."

나는 내가 사과한 것에 대해 사과했어. 내가 지나치게 유순해진 건 집에서 너무나 오랫동안 안드로메다에게 길이 들여진 탓이고, 거슬러 올라가자면 그녀의 아버지가 카시오페이아에게 눌려 산 탓이라고 변명했지. 동시에 그와는 반대로 다음과 같은 사실은 인정했어. 그러니까 안드로메다 본인이 사바지오스 사건 당시 날 비난했던 대로, 더 나은 남자라면 애초에 절대 —

"그만해요!" 칼릭사가 외쳤어. 나는 그렇게 했고, 사과하기 시작했고, 사과하던 것을 그만뒀고, 잠시 곰곰이 생각했고, 그녀에게 이렇게 단언했어. 만약 태도나 생각, 남자구실 면에서 내가 실망스러우면 그대가 굳이 내 시중을 들 의무는 없다, 하지만 내 곁에 머무를 생각이라면 내 방식대로 나를 받아들여라, 그리고 그건 좋든 싫든 (아마도 사바지오스나 아몬의 방식과는 달리) 내가 그녀를 그녀의 방식대로 받아들이는 것을 포함한다 운운. 동전에는 반드시 양면이 있는 법이지. 내 생각에 안드로메다는 나를 거의 거세하다시피 했지만, 나는 그녀로부터 대부분의 남자들이 알지 못하고, 영웅들은 더더욱 알기가 쉽지 않으며, 신들은 결코 알 수 없는 것을 배웠어. 즉, 여자는 타고난 독립적인 권리를 갖고 있으며, 그런 이유로 천상의 가장 빛나는 영웅이라도 여자를 존중하지 않으면 안 된다는 거였지. 만약 내가 색다른 경험에 익숙하지 않은 것처럼 내 발랄한 신녀가 평등에 익숙하지 않다면, 우리는 서로 상대방에게 가르쳐 줄 무언가를 갖고 있는 셈이었어.

칼릭사가 일어나 앉더니 무릎걸음으로 내게 다가왔어.(우리는 이런 대화들을 모두 성행위 후에, 뭐 어쨌든 절정이 지난 후에, 침상에 누워서 했거든.) 하지만 내가 그녀에게 들은 말이라곤 "당신, 당신! 당신은 뭔가 빠뜨리고 말을 안 하고 있어요."였지.

"나도 어쩔 수 없어."

"그 편지들 말이에요, 페르세우스. 그녀가 뱃전 너머로 던져버린……"

나는 신음 소리를 냈어. 나는 항해 역사상 우리의 여행처럼 시작은 그렇게나 삐걱거리고, 결과는 그날의 벽화에 영원히 새겨진 것처럼 그렇게나 비참한 바다 여행이 있었냐고 물었어. 답이 뻔히 보이는 질문이었지. 아무튼 우리는 봄이 여름에게 자리를 내어 줄 무렵에 출항했어. 우리 중 누구도 서로에게 양보하지 않은 채였지. 안드로메다는 곁가지 여행 없이 곧장 요파로 가야 하며, 그렇지 않으면 이제는 짐이 되어 버린, 한때 그녀의 영웅이었던 작자를 내팽개치고 가겠다고 소리를 질러 댔고, 나는 나대로 만약 그녀가 주인이 아니라 하인을 원했던 거라면 애초에 숙부인 피네우스와 결합했어야 했다고 맞고함을 쳤어. 이렇게 우리는 항구를 벗어나는 내내 서로에게 미친 듯이 화를 내고 악담을 퍼부었지. 나는 우리의 문제가 이족 간의 혼인 탓인 것 같다고 했어. 아르고스인과 에티오피아인은 기름과 식초 같아서 적정한 비율로 섞어 놓으면 맛있을지는 몰라도 결코 진정으로 섞이는 법은 없다고 말했지. 그녀는 흥, 하고 코웃음을 치더군. 애초에 결혼이란 남자와 여자와의 결합이니만큼 결혼은 혼합일 수밖에 없다는 거야. 하지만 페르세우스의 몫을 셋으로, 안드로메다의 몫을 하나로 생각한다는 점에서 역시 참을 수 없는 나의 이기적인 자아가 드러난다고 했어. 사실을 말하자면, 내가 그리도 우쭐댈 수 있게 된 그 명성을 만들어 준 것은 다름 아닌 괴물 케토스로부터 자신을 구출한 일이었는데도 말이지. 자기는, 말하자면 나를 유명하게 만들어 주기 위해 목숨을 걸었다는 거야! 그에 대해 나는 우리 이야기를 노래하는 음유 시인들조차도 그녀를 내 수고의 원인이자 그에 대한 보상이라고 부르곤 한다던데(뭐, 여기까진 그리 부당한 말은 아니었어.) 하지만 그건 어디까지나 미화해서 표현한 거고(여기서부턴 그녀에게 좀 억울한 감이 있지.) 만약 내가 요파를 아예 지나쳤다면 나는 두 번의(즉, 케토스 및 불청객 피네우스 일당들과의) 힘겨운 전투를 면하는 것은 물론 최근 몇 년 동안 우리 둘 사이에 지속된 소모전도 피하고, 어디 다른 곳에서 좀 더 내 성미에 맞는 공주를 배필로 맞아들였겠지만 반면에 그녀는 물고기 밥이 되었을 거라고 응수했지. 그녀는 이 말에 언제나 폭발하곤 했어. 그녀는 고함을 질렀어. 자기가 애초에 사슬에 묶인 건 내 선조들 때문이었고, 나는 그 사슬에서 자기를 해방시킨 것뿐이라더군.(그녀는 포세이돈 숙부를 말한 거였어. 카시오페이아가 거들먹거리네 어쩌네 하며 질투심 많은 네레이스들이 그에게 불평하자, 그가 아몬에게 말을 해서 자기를 절벽에 묶어 놓았다는 거지.) 그러니 자기는 내게 빚진 것이 전혀 없다는 거야. 특히 내가 자기를 사슬에서 풀어 준 대신 허영심 가득한 폭군의 노예로, 단순한 잠자리 상대이자 내 명성의 부속품 정도로 만들어 버렸다는 거지. 그녀의 관점에서 보자면, 그것은 단지 족쇄가 돈으로, 강철 수갑이 황금으로 바뀐 것뿐 다를 건 없다는 거야. 나는 언제나 이 말에 폭발하곤 했지. 이쯤 되자 나도 그녀에게 부당하게 퍼부어 댔어. 물론 시인들의 노래를 나도 익히 잘 알고 있지만 그들은 틀렸다, 안드로메다가 아니라 어머니 다나에를 구하는 것이 내 임무였다, 빼앗긴 내 왕국을 되찾는 것, 쌍둥이이기 때문에 이미 자궁 속에서부터 시작된 아크리시오스와 프로이토스 사이의 해묵은 원한을 그 두 사람 모두를 죽임으로써 해결하는 것이 내가 해야 할 일이었다, 이 목적 하에서는 바다 짐승인 케토스가 아니라 메두사가 내 진정한 적이자 최고의 동맹자였다, 케토스와 싸울 때는 아예 메두사를 이용하지도 않았다, 그놈을 해치우는 데는 내 믿음직한 칼과 약간의 교란 작전으로 충분했으니까, 간단히 말해, 요파에서 벌어진 사건들은 모두 매력적일지는 몰라도 내 인생을 그린 벽화에서, 말하자면 하위 그림 몇 개에 불과할 수도 있는 것이다, 내 진정한 영웅적 과업의 막간극이거나, 다시 말해 곁가지라고나 할까? 운운.

그러자 안드로메다가 소리를 질렀지. "그놈의 다나에, 다나에! 아예 당신 어머니랑 결혼하지 그랬어요!"

칼릭사가 혀를 찼어. "당신들 둘 다 정말 갈 데까지 갔군요, 안 그래요?"

나는 새삼 달아오른 얼굴로 동의했어. "그녀가 선미루에 있던, 청동 테를 두른 궤짝에 달려든 건 바로 그 때였어." 내가 말했지. "여행 가방이라면 많이 있었어. 하지만 나는 이 여행을(내 여행을) 제대로 해 보리라 결심했지. 그래서 사십 년 전에 외할아버지가 나를 넣어 바다에 띄워 보냈던 옛날 바로 그 궤짝에다 내 짐들을 꾸렸던 거야. 우선 세리포스 섬에 사는 딕티스가 그걸 다시 보면 기뻐할 거라고 생각했거든. 그래서 그 안에 내 모든 기념품들을 담아 두었지. 그가 해안에서 우리를 건져 올렸던 그물이랑 헤르메스의 낫을 집어 넣는 초승달 모양의 칼집, 돌이 돼 버린 거인 아틀라스에게서 나온 바위 몇 개, 요파에서 가져온 양치류 모양의 산호.(케토스에게 칼을 꽂는 동안 메두사의 머리를 해초 위에 놓아두었거든.) 안드로메다의 다리를 묶었던 족쇄, 라리사에서 던졌던 원반, 그리고 편지 같은 것들 말이야."

"그 편지들 말인데요, 페르세우스······." 나는 왼쪽 옆구리를 침상 위에 대고 비스듬히 누워 있었어. 내 궁둥이 근처에서 팔꿈치를 세워 상반신을 지탱한 채 엎드려 있던 장난꾸러기 칼릭사는 내가 말하는 동안 풀 죽은 내 연장을 펜 삼아 자신의 이마 위에 알(R), 에스(S), 어쩌고, 피(P) 등의 대문자들을 쓰며 놀고 있었지. 내 이름을 언셜체*로 뒤섞어 놓은 것이었어.

내가 말했어. "대부분 팬레터였지. 추종자들의 편지, 사기 편지, 초대장, 들어 본 적도 없는 여성들로부터 온 구혼 편지 등 신화적인 영웅들의 우편함에 매일 당도하는 그런 편지들 말이야. 맹세하건대 안드로메다가 주장하는 것처럼 허영심에서 모아 둔 것은 아니야. 거의 답장 한 번을 안 했는걸."

"음."

"그건 부분적으로 버릇 같은 거였어. 나는 거의 병이다 싶을 정도로 정리정돈에 집착했거든. 그것들을 심지어 '익명(Anonymous)'부터 시작해 알파벳 순서로 정리해 놓았다니까. 그리고 부분적으로는 위안거리 삼아 그런 거였지. 기분이 가라앉을 때면 다시 기운을 되찾고, 내가 한때는 가치 있는 일을 몇 가지 했던 사람이라는 걸 스스로 상기하기 위해서 말이야. 하지만 정말 맹세컨대 주된 이유는 연구를 하기 위해서였어. 내가 전에 한번 언급했지, 왜. 특별히 내가 읽고 또 읽은 어떤 편지들이 있었다고 그랬잖아. 이집트의 케미스에 사는, 머리가 좀 이상한 어떤 여자애에게서 온 건데 여섯 통이 좀 넘을 거야. 그것이 연애편지라는 건 나도 인정해. 하지만 영웅 숭배와 더불어 빛나는 지성과 생기 넘치는 문체, 그리고 마치 그

---

* 고대의 대문자 서체.

녀가 논문을 쓰고 있는 게 아닌가 싶을 만큼 심도 깊고 구체적인 질문들이 수없이 담겨 있었어. 스틱스의 님프들은 몇 명이나 있었죠? 메두사는 처음부터 고르곤이었나요? 당신이 돌이 되지 않도록 막아 준 건 정말로 아테네의 방패에 비친 그녀의 모습이었나요, 아니면 메두사가 눈을 감고 있었다는 사실이었나요? 그리고 만약 후자라면, 어째서 당신은 방패가 필요했던 거죠? 어째서 당신은 투명 헬멧을 다른 고르곤들로부터 달아나는 데만 사용하고 애초에 그들에게 접근할 때는 사용하지 않았던 거죠? 메두사를 본 모든 것이 돌로 변하는 건가요, 아니면 메두사가 본 모든 것이 돌로 변하는 건가요? 만약 전자라면, 애초에 시각이라는 게 없는 해초가 돌로 변한 사실을 어떻게 설명할 건가요? 만약 후자라면, 그녀의 목이 잘린 마당에 어떻게 그게 평소처럼 효과가 있을 수 있나요? 케토스 일화에서 당신이 견고 무비한 낫과 교란 작전만을 이용한 것은 스스로 정한 전략이었나요, 아니면 아테네의 지시였나요? 만약 전자라면, 그것은 마법을 이용하지 않고 능숙한 솜씨와 용맹함만으로 안드로메다에게 깊은 인상을 주려는 의도가 있었던 건가요? 그리고 만약 후자라면, 이유가 뭔가요? 초승달처럼 굽은 칼, 그라이아이들에게 사용한 속임수, 메두사와 케토스의 배후에서 접근한 점, 멀리 도망갈 수 있게 해 주는 헤르메스의 샌들, 심지어 아크리시오스를 죽인 원반이 휘어져 날아간 점까지 고려해 볼 때, 회피와 에두름이야말로 당신의 의식적인 전법이라고 일반화해도 무리가 없을까요? 그리고 만약 그렇다면 그건 당신 성격의 특징인가요, 아니면 아테네의 지시에 의한 건가요? 마찬가지로, 다나에가 갇힌 청동 탑, 바다에

띄운 궤짝, 폴리덱테스가 부과한 터무니없이 무리한 과제, 그에게 매여 있던 다나에의 처지, 안드로메다를 묶은 사슬 등을 한쪽에 두고, 당신이 아틀라스, 피네우스, 폴리덱테스, 그리고 나머지들을 돌로 만들어 버린 일을 다른 쪽에 두고 생각할 때, 당신 스스로의 목표와 다른 사람들을 위한 선물은 속박 상태 (immobility)로부터의 해방이라는 전형적인 형태로 나타나고, 당신의 처벌은 (메두사의 머리를 보고 돌이 된 당신의 예전 적들과 최근 들어 옴짝달싹 못하게 된 당신의 상태를 두고 판단할 때) 그 반대라고 말할 수도 있지 않을까요? 등등. 오, 칼릭사, 이 이름 없는 여자애는 말이지, 이런 통찰력 있는 질문들을 끝도 없이 갖고 있었어! 나는 이 벽화를 보고 그랬던 것처럼 그 질문들을 곰곰이 숙고하고 또 숙고했지. 할 수 있다면 그 질문들의 의미가 무엇이고 그것들이 어디를 가리키며 내가 잃어버렸던 게 무엇인지 발견하기 위해서 말이야. 내가 메두사를 퇴치하고 난 후의 나날들을 영웅적 모험에 걸맞은 전형적인 패턴의 실례로 느끼는지 아니면 하나의 예외로 느끼는지라는 이 한 가지 질문만으로도 수년 간 비교 연구에 매달리기에 충분했지. 그 패턴이란 게 무엇인지 그리고 그 위에서 현재 내가 어디에 서 있는지를 알기 위해서 말이야. 그렇게 해서 나는 이렇게 내 이야기를 끝없이 반복하고 있는 거야. 나는 주인공이자 작가로서, 말하자면 내 지나간 인생의 페이지들을 검토한 뒤 이것을 바탕으로 현재 내가 위치한 문단을 따라잡을 생각이었어. 그리고 이렇게 방향이 잡히고 나면 침착하게 미래의 문장을 향해 나아갈 작정이었던 거야. 이러한 시도에서 내가 가장 신뢰해 마지않는 조력자는 바로 숭배하는 마음으로 가득한 동시에 통찰력으로 빛나는 그 일곱 통의 편지였어. 그걸 쓴 사람과 하룻밤을 보낼 수 있다면 난 많은 걸 내줄 수도 있었을 거야! 그랬기 때문에 화가 나서 어쩔 줄 모르던 안드로메다가 히드라 바로 근처에서 궤짝 뚜껑을 뜯어 열고는 편지들을 그 바다뱀에게 던져 버렸을 때, 나는 분노로 거의 제정신이 아니었지. 평생 처음으로, 그녀에게 손찌검을 했어."

그 이중의 기억으로 내 눈에 눈물이 가득 고였어. 그러자 칼립사가 나를 둥글게 감더니 내 소금기 어린 눈물을 자신의 배꼽에 가득 담더군. 나는 이야기를 계속했어. 그렇게 안드로메다를 때린 후, 나는 유일하게 안드로메다와 주고받았던 편지들을 그 궤짝에서 꺼냈어. 젊은 시절 라리사를 여행하는 동안 그녀에게 썼던 연애편지였지. 그리고 그것들을 다른 편지들과 함께 아르골리스 만에다 던져 버렸어. 그러자 안드로메다가 완전히 격분해서는 궤짝 안에 들어 있던 내용물을 전부 물고기 밥으로 줘 버리더군. 마치 가축상이 황소를 거세하듯 내게서 용맹스러웠던 과거를 모두 빼앗아 버린 거지.

"당신처럼 말하는 사람의 이야기라면 밤새도록 들을 수 있을 것 같아요." 칼립사가 말했어.

"우리는 서로에게 분노를 퍼부어 대느라 바빴어." 나는 이야기를 계속했어. "선원들과 노 젓는 노예들 역시 우리의 격렬한 싸움에 완전히 넋을 잃은 나머지 아무도 진짜 태풍이 다가오는 걸 알아채지 못했지. 태풍이 마치 신의 주먹이라도 되는 양 배의 고물을 강타할 때까지 말이야. 아버지 제우스가 안드로메다를 때린 것에 대해 엄청난 보복을 하는 것 같았지. 모든 다툼은 돛대와 키 손잡이가 부러지면서 끝장이 나고 말았어.

배가 부서졌고, 배에 타고 있던 사람들은 순식간에 물에 빠져 익사하고 말았지. 아내와 나만 빼고 말이야. 우리는 다시 빗장이 걸린 궤짝의 잔해를 두고 여전히 씨름하면서 궤짝을 부여잡고 그 안에 들어 있던 물건들이 쓸려 간 방향으로 떠내려갔어. 궤짝은 텅 빈 채 떠다녔지. 처음엔 안간힘을 써서 매달려 있던 것이 나중에는 그저 붙잡는 정도가 되었고, 폭풍은 지나가고 상어들은 느긋해졌어. 그대의 그림에 나와 있는 것처럼, 우리는 칸디아 해(海)에서 서로 드잡이하고 말다툼하며 이틀 동안 동쪽 방향으로 조수에 휩쓸려 갔지. 셋째 날, 우리는 마치 되풀이되는 꿈에 붙잡힌 것처럼, 준수한 젊은 어부가 던진 그물에 걸려 해안으로 올라갔어. 그는 황금 같던 젊은 시절의 나를 내 아들들보다도 더 닮았더군. 그는 우리가 폭풍에도 살아남은 것을 축하하고 바닷물에 젖은 안드로메다의 아름다움을 칭찬했어. 그러고는 자신을 딕티스의 아들 다나오스라고 소개한 뒤 그날 자기가 잡은 다른 것들과 함께 우리를 세리포스 섬으로 인도했지.

칼릭사가 나를 꼭 안았어. "제가 당신 누이의 설명을 듣고 조각가를 위해 밑그림을 그릴 때, 당신과 안드로메다가 그 궤짝 위에서 서로 껴안고 있었을까 봐 두려웠어요."

놀란 내가 추궁하자 그녀는 당황해서 신전의 벽화는 모두 자신의 밑그림을 바탕으로 제작되었다는 사실을 인정하더군. 수년에 걸쳐 아테네가 이따금씩 보내오는 심부름꾼을 통해 지시 사항을 꼼꼼히 전달받은 후에 말이지. 당시 그녀는 하녀이자 신녀이자 그녀가 모시는 신들과 신전들과 신도들의 정부일 뿐만 아니라, 그 신들의 경력을 그림으로 기록하는 사람이기도

했다는 거야! 나는 사바지오스와 아몬 역시 비슷한 방식으로 신전에 모셔졌는지 묻고 싶은 걸 꾹 참고 그녀의 예술적 재능을 몹시 칭찬했어.

"전 뭐 예술가라고 할 수도 없어요." 그녀는 내 말에 동의하려고 하지 않았지. "어쨌든 전 제 자신한테는 관심 없다고요."

하지만 나는 그녀가 이대로 적당히 빠져나가도록 내버려 둘 수가 없었어. 그래서 진심으로 감사한다는 의미로 그녀의 머리 끝에서 발끝까지 키스를 퍼부었더니, 그녀는 몸을 활처럼 휘며 즐기더군. 나는 그녀에게 벽화의 내용이 어디까지 이어지는지 말해 달라고 졸랐어. 다음 벽화 몇 개가 어떤 내용을 담고 있을지는 나도 예견할 수 있었지만, 내가 죽기 바로 직전 사막에서의 이상하고 어두운 격정에 대한 기억과 내가 죽은 방식은 여전히 희미해 보였거든.

그녀는 고개를 저었어. "어쩌면 내일이나 그다음 날 밤에요. 그때까지도 당신이 짐작해 내지 못한다면 제가 말씀드릴게요." 그녀의 어조가 점점 심각해졌어. "다음 벽화는 뭐가 될 거라 생각해요?"

아마도 세리포스 섬의 그 유명한 '조형 박물관'을 묘사했을 거라는 게 내 짐작이었지. 이제는 섬의 주요 관광 명소가 된 그곳을 그 얼마 후 안드로메다와 다나오스, 딕티스, 나, 이렇게 넷이서 둘러보았거든. 딕티스 왕은 나이든 건강이든 쇠퇴 일로에 있었지만, 자신의 신분을 상승시켜 준 원천이자 원인을 다시 음미할 기회가 생겨 매우 기뻐했어. 몸에서 소금기를 씻어내고 원기를 회복한 안드로메다는 다섯 살은 어려 보였고 몸무게도 5킬로그램쯤 바다에 버리고 온 듯한 모습이었지. 그렇다 해도 여전히 자신보다는 젊은 은인이 은근히 애정 공세를 펼치자 그것을 마음껏 즐기고 있었어. 물론 그 유명한 조형들은 실물과 흡사하게 조각된 것이 결코 아니라, 폴리덱테스와 그의 신하들이 돌로 변해 만들어진 것이었지. 내게 모욕과 욕설을 퍼붓는 도중에 내가 고르곤의 머리를 쳐들자 그 모습 그대로 영원히 굳고 말았거든. 중앙에는 그 거짓말쟁이 왕 본인이 내가 했던 그 수고로운 모험은 모두 나를 쫓아내기 위한 자신의 계략이었을 뿐이고, 자신은 황금 허리띠를 두른 내 어머니 말고는 어느 누구와도 잠자리에 들 의도가 결코 없으며, 딕티스와 함께 자신을 피해 달아난 어머니는 지금 아테네 신전에서 굶고 있을 거라고 지껄일 때의 그 득의양양한 표정을 한 채 앉아 있었어. 그것이 그의 마지막 말이었어. 그 모습에 매료되어, 나는 내 동행들에게 그의 혀가 여전히 아테네 신전(Ναῷ Ἀθήνης)의 세타(θ)를 발음하기 위해 이빨 끝에 닿아 있으며, 그다음 철자인 에타(ή)에는 영원히 도달하지 못할 거라고 했지.

"놀랍군요." 젊은 다나오스가 동의했어. 그리고 폴리덱테스처럼 혀를 이빨 끝에 댄 채 놀리듯이 이 말을 덧붙이더군. "만약 당신이 폴리덱테스 백부를 돌로 만들었을 때 그분의 나이가 마흔이었고, 이십 년 동안 한결같이 세타만을 혀짧배기소리로 발음하고 있었다면, 당신과 그는 지금쯤 얼추 같은 나이겠는데요."

그러자 안드로메다가 몇 달 만에 처음으로 유쾌하게 웃음을 터뜨렸어. 이때 약삭빠른 다나오스가 돌이 된 자신의 선조들보다 덜 지루한 구경거리를 찾아보자고 제안하자 그녀가 선뜻 따라 나서더군. 딕티스와 나는 내 아내가 자신과 동행한 청년이 내민 팔을 기쁘게 잡고 가는 모습을 잠시 지켜보았어. 그러고는 그 화창한 아침부터 반나절 동안 나머지 조형들을 둘러보았지. 생각에 잠긴 채 그들의 성과 이름을 불러 보면서 말이야. 마침내 우리는 이제는 시원하게 그늘을 만들고 있는 폴리덱테스 곁으로 돌아와, 히포크레네의 샘물을 은제 컵에 담아 마시면서 서로 고민을 주고받았어.

딕티스가 말했어. "아들 녀석을 다루는 게 힘에 부쳐. 저 녀석이 한 번도 어머니라는 걸 가져 본 적이 없어서 그런가 봐. 그리고 나 역시 나라를 운영하느라 너무 바빠서 제대로 아비 노릇을 못했지."

나는 점점 더 엇나가는 내 아들들을 생각하며 그를 위로했어. 그리고 딕티스의 왕비는 누구냐고 물었지. 이 질문에 그가 그저 헛기침만 해 대는 걸 보고 젊은 다나오스는 사생아려니 짐작했지. 나는 내심 만족스러워하며 그 이야기는 더 이상 언급하지 않았어. 딕티스는 그들의 밀담을 중단시켜야 한다고 말했지만, 나는 대신 포도주나 더 달라고 청했지. 그리고 술을 두 잔 정도 마셨을 무렵, 나는 그에게 내 집안 문제들이며 내가 돌처럼 굳어 가고 있다는 확신에 대해 털어놓았어.

딕티스는 고개를 저었어. "그저·뼈가 굳어 가고 있는 것뿐이 겠지. 우리 모두가 그런 것처럼 말일세." 그는 안드로메다의 일은 유감이라고 말했어. 그리고 그런 만큼 자신이 유일하게 평생 동안 사랑한 여인과 결혼하지 않은 것이 다행이라고 했어. 그런 감정이 세월의 마모를 견딘다는 게 얼마나 드문 일인가를 아니까 말이야. 그 밖의 것은 인력으로 어떻게 할 수 있는 일이 아니니, 그냥 체념하고 애정 없는 결혼 생활과 노쇠해 가는 육체를 감당하라고 충고하더군. 사모스든, 요파든, 혹은 내가 원하는 어디든 배로 태워다 주겠지만, 모든 여행은 이르든 늦든 똑같이 어두운 항구에 닿으며 끝나게 되리라는 점을 일깨워 주기도 했어.

"그렇다면 더 늦게 도달하는 편이 낫지 않겠습니까?" 내가 말했어. 그리고 저녁 식사를 위해 모인 일행들에게 내 과거 족적을 되밟는 일을 재개하기로 결심했다고 선언했지. 만약 안드로메다가 나와 동행할 마음이 없다면…….

그녀의 눈이 번득였어. "요파로 가요. 난 더 할 말 없어요."

"적어도 아테네 님과 상의는 하게." 딕티스가 내게 간청했어.

"그럴 겁니다." 내가 말했어. "제가 예전에 아테네 님의 조언을 들었던 사모스의 신전에서요."

"저 양반이 예술로부터 인생을 배운 곳이지요." 안드로메다가 내 말을 흉내 내며 말했어. "그녀의 신전 벽화에 묘사된 바로는 고르곤이 모두 세 마리 있고, 그들은 뱀 머리칼에 멧돼지 이빨, 독수리 날개에다 청동 손을 하고 있는데, 어쩌고저쩌고. 나도 다 외울 지경이죠. 난 여기서 머물 거예요."

젊은 다나오스가 미소를 지으며 자기 앞에 놓인 접시를 만지작거렸어. "이런 얘길 들었는데 말입니다." 그가 말했어. "당신이 마지막으로 메두사의 머리를 이용한 뒤, 아테네가 그녀의 머리를 다시 몸통에 붙였다고 하더군요. 다만 한 가지 다른 점이 있다면, 요즘엔 육체를 돌로 변화시키는 게 아니라 돌을 다시 육체로 변화시킨답니다. 나이 든 사람들을 회춘시킨대요.

당신과 아버진 그녀를 찾아봐야 해요."

그의 이 무례한 언사에 좌중은 일순 침묵했고, 내가 그저 아무렇지도 않은 듯한 말투로 그런 정보를 알려 줘서 고맙다고 치하하자 모두들 안도하는 분위기였지. 다음날 나는 안드로메다에게 만약 나와 함께 가는 걸 거절한다면 내가 돌아올 때까지 딕티스의 보호 아래 세리포스에 머물러 있어야 하며, 호위도 없이 여행하도록 내버려 두진 않겠다고 말했어. 그러자 그녀는 자기 일은 자기가 알아서 하며 무엇이든 자기가 하고 싶은 대로 할 거라고 대답하더군. 나는 그 말은 잘 알아들었지만, 독립에도 한계가 있으며 우리 각자의 성격과 과거를 고려할 때 그녀가 점점 더 자기를 주장할수록 그만큼 내 입지가 좁아진다는 점을 지적했지.

"아멘."* 안드로메다가 말했어. 요파식 표현이었지.

"그렇게 해서 나는 혼자 가게 된 거야." 내가 칼릭사에게 말했어. "그리고 짐작건대, 내일 보게 될 벽화에는 우리가 석상들이 있는 홀 안에 있는 장면이 묘사되어 있을걸. 다나오스는 싱글거리고, 안드로메다와 나는 서로를 잡아먹을 듯 노려보고, 딕티스는 혀를 차며 고개를 젓고, 폴리덱테스는 여전히 불분명한 발음으로 아테네 신전을 말하고 있는 모습 말이야."

나의 예술가는 내가 다음 날 보게 될 장면뿐만 아니라(내가 방금 이야기한 내용은 모두 기둥에 담겨 있었어.) 양성평등의 성격에 대해서도 잘못 알고 있다고 말했어.

나는 그녀의 말을 오해하고 한숨을 쉬며 말했지. "나도 알

---

* '부디 그렇게 되기를'이라는 뜻.

아. 안드로메다가 옳았어."

"그런 뜻이 아니에요!" 칼릭사가 몸을 벌떡 일으키더니 무릎으로 앉았어. "예를 들자면, 저를 보세요. 저를 독립적인 사람이라고 생각하시나요? 난 외롭든 아니든 내 방식대로 살자는 주의예요. 제가 지금껏 결혼하지 않았던 것도 그 때문이고요. 그런데 제가 무슨 말을 하려는 건지 모르시겠어요?"

"그래."

그녀는 내 축 처진 음경을 손가락으로 튕겼어. "맹세코, 당신에게 그림을 하나 그려 줘야겠군요."

그 대신 그녀는 다음 날 그림을 하나 보여 주었어. 아테네 신전 안, 친숙한 고르곤들이 조각된 프리즈* 밑에서 두건을 쓴 여자와 상의하고 있는 내 모습과 신전 밖에서 날개 달린 페가수스가 풀을 뜯고 있는 모습이 그려져 있었지.

"놀랍군! 이렇게나 닮았다니……." 나는 부조로 조각된 나의 동료를 유심히 바라보았어.

칼릭사가 말했어. "두건을 쓰고 있어서 제대로 알아보기 힘들지만 만약 저 여인이 아테네 여신 본인이라면, 그분이야말로 수년에 걸쳐 이 모든 장면들에 대한 지침을 제게 전달하고 마침내 당신을 사막에서부터 이곳까지 직접 데려와 준 사람이에요. 그녀는 늘 저를 예우하지만, 결코 그 그림들에 대해 설명하는 법이 없죠."

"그녀가 아테네라면 나도 기쁘겠어. 처음엔 나처럼 탄원하러 온 사람인 줄 알고……."

---

* 건축물의 외면이나 내면에 붙이는 띠 모양의 장식물.

하지만 칼립사는 관계를 가진 다음에야 설명을 하기로 한 우리의 작은 규칙을 상기시켰어. 우리는 일찌감치 잠자리에 들었고, 나는 이번엔 좀 더 분발해서 그녀의 몸속에 꽤 많이 들어갔어. 비록 내가 지상에서 영웅이던 시절보다는 못했지만. 나는 한숨을 쉬다가 칼립사에게 핀잔을 들었지. 그녀는 아름다운 다리로 내 몸을 얽어매고는 말했어. "아프로디테도 나도 여자예요. 그렇다고 내가 그녀와 동등해질 수 있을까요?" 칼립사의 관점에서 보자면, 안드로메다의 오류는 동등(equality)이라는 용어가 갖고 있는 모호함에 있다는 거야. 칼립사는 자기 자신을 수없이 많은 점에서 수많은 남자와 여자 들보다 우월하게 여긴다고 솔직하게 말했어.

"나 역시 그대가 우월하다고 생각해."

"제발 지금은 입에 발린 말 따윈 하지 말아요. 난 진지해요." 그녀의 검은 눈은 의심할 여지없이 진지했어. 나는 그녀의 몸 위에서 내려오고 싶었어. 우리가 동등하다는 것을 더 잘 보여 주려면 그녀 옆에 나란히 있어야 한다고 생각했거든. 하지만 그녀는 비상한 힘으로 내 몸을 얽어매고 있었지.

"내 말은, 그들은 인간이잖아. 그대는 님프고." 내가 힘없이 말했어.

"그건 중요하지 않아요." 그녀가 단언하기를, 자기 생각엔 남성과 여성이 동등하다고 말하는 것은 아무 말도 하지 않는 것과 같다는 거야. 자기로 말하자면 어떤 분야에서든 탁월한 것을 존경한다더군. 그녀는 천성적으로 노예근성과는 거리가 멀 뿐 아니라 스스로도 자신이 뛰어나다는 것을 알고 있었어. 보기 드물게 지적이고, 재치 있고, 건강하고, 운동 잘하고, 언변

좋고, 용감하고, 그리고 몇 가지 다른 형용사들…….

"예쁘지." 내가 의견을 냈어. "성적으로 능숙하고……."

그녀가 내 말을 끊었어. "하지만 어쩌다 이 모든 것들에서 저보다 더 뛰어난 남자와 여자 들을 알게 되면, 전 그들과 동등하다고 생각하는 일은 꿈도 꾸지 않을 뿐만 아니라 그들을 저나 제 동류들보다 더 좋아하게 돼요. 언젠가 제게 당신이 신화적 영웅이라는 사실을 일깨워 준 적이 있죠. 하지만 당신 스스로 그 사실을 자꾸 잊어버리는군요. 당신은 원래 심리적 성욕이 약했던 건가요, 아니면 안드로메다가 그렇게 만들어 놓은 건가요?"

난 정말 그녀의 몸 위에서 내려오고 싶었어. 그리고 적어도 근력 면에서는 그녀에게 뒤지지 않았기 때문에 결국 그렇게 할 수 있었지. 그녀는 싱긋 웃더니 내 팔뚝에 입을 맞췄어.

내가 말했어. "어떤 남자도 자신의 아내에게는 신화적인 영웅이 될 수 없는 법이야." 하지만 칼릭사는 흥분해서 맞받아쳤어. 그녀는 아마 여자도 마찬가지로 자신의 남편에게 꿈의 님프로 남아 있지 못할 거라고 했어. 하지만 어떤 면에서든 진정한 탁월함이란 비교당하고 오래되어 익숙해지고 다른 점에서는 평범하여 다소 바래진다 하더라도 여전히 탁월해야 한다더군. 지속적인 관계가 열정에 치명적이라는 점은 아마도 피할 수 없겠지만, 그리고 자기는 차라리 정열적으로 사랑하는 편이 낫다고 생각하기 때문에 결코 결혼 따윈 하지 않을 생각이지만, 사랑했던 사람들이 자신을 부당하게 대우한 적이 있다 하더라도 그들의 탁월함을 존경하는 마음이 결코 흔들리지 않는다는 사실을 알고 있다는 거야. "아몬은 종종 진짜 개자식처럼 굴었죠. 하지만 그가 부탁한다면 전 당장이라도 그를 위해 죽을 수도 있어요. 저는 우수해요. 하지만 그는 위대하죠. 안드로메다는 자신을 누구라고 생각할까요?"

나는 그런 비난을 더 이상 듣고 싶지 않았어. 그래서 말했지. "아테네에게 묻고 싶었던 질문은 내가 과연 누구냐는 거였어. 나는 적당한 희생 제물을 올리고 그녀가 나타나 어떻게 하면 내가 돌처럼 딱딱하게 굳어 버리지 않을 수 있는지 조언해 주기를 기도했어. 만약 새로운 메두사라는 게 존재한다면, 새로운 페르세우스가 다시 낫과 방패와 샌들 등으로 재무장하고 한 번 더 메두사의 목을 베어 다시 영웅으로 거듭날 수 있게 해 주십사 하고 말이야. 이제 구조를 원하는 것은 어머니 다나에가 아니라 다나에의 아들이지."

칼릭사는 애정을 담은 속상한 표정으로 내게 편안하게 기대 왔어. 나는 이야기를 계속 이어 갔지. 내가 아테네에게 고민을 털어놓고 있을 때, 고깔 모양 두건을 쓴 젊은 여자가 내 옆에 나타났는데, 곁눈으로 그녀의 눈에서 나오는 광채를 보기 전까지는 그녀를 나 같은 탄원자라고 생각했어. 사실 신전 안이 어두워서 그녀의 눈은 얼굴의 다른 부분과 마찬가지로 제대로 보이지 않았지만 말이야. 그리고 그녀가 내게 "당신 동생의 말이 맞아요. 새로운 메두사는 정말로 존재하죠."라고 말했을 때, 나는 그 목소리가 인간의 것이 아님을 알아차렸어. 아테네가 평소 습관대로 탄원자의 모습으로 가장하고 내게 온 거라 짐작했지. 나는 그녀에게, 내겐 그녀와 같이 제우스가 수많은 잠자리 상대를 임신시켜 낳은, 신성(神性)을 가진 이복형제나 누이만 있을 뿐, 인간 형제는 한 명도 없다는 점을 지적했어.

그녀는 내 팔을 가볍게 건드리더니 부드러운 목소리로 내 미망을 깨우쳐 주었어. "딕티스와 다나에는 당신에게 구출되기 전 오랫동안 세리포스의 신전에 갇혀 있었어요. 하지만 페르세우스, 폴리덱테스가 무슨 말을 하고 있었는지 다시 한번 생각해 봐요. 그것은 아테네 신전($N\alpha\hat{\omega}\ \acute{A}\theta\eta\nu\eta\varsigma$)의 세타($\theta$)가 아니라 아프로디테 신전($N\alpha\hat{\omega}\ \acute{A}\varphi\rho o\delta\iota\tau\eta\varsigma$)의 시그마($\varphi$)였답니다. 그는 실제로 혀짤배기소리로 발음했던 거고, 당신의 어머니가 몸을 피한 곳은 지혜가 아니라 사랑이었던 거죠……."

그녀의 말인즉슨, 간단히 말해 내 생명의 은인이자 연적인 젊은 다나오스가 다름 아닌 나의 이부동생이라는 거였지! 그리고(그녀는 나의 경악과 분노를 자제시키려는 듯 즉시 말을 이었어.) 딕티스 왕과 내 어머니가 아테네의 신전이 아니라 아프로디테의 신전을 피난처이자 밀통 장소로 선택한 것은 다행스러운 일이라더군. 아테네라면 그들을 신성 모독으로 심하게 벌했을 테니까 말이야. 그녀 말로는 그게 바로 (나는 분노의 날을 세울 수가 없었어!) 죄 없는 메두사의 원죄였지. 그러고는 메두사가 고르곤으로 변하게 된 상황을 알고 있는지 묻더군.

나는 모른다고 했어.

"저 역시도 그래요." 칼릭사가 말했어.

그 고깔 두건을 쓴 환영은 다음과 같이 말을 이었어. 원래 메두사는 아름다운 소녀였대. 바다의 신 포르키스의 딸로, 험상궂은 백발 노파들의 어린 여동생이자, 아름다운 네레이스들과는 사촌 간이기도 했지. 어머니 케토의 손에서 훌륭하게 자라난 그녀는 몸가짐이 방정하고 4월의 달처럼 어여뻤으며, 신전에도 규칙적으로 다니고 물에 빠진 사람을 살갑게 위로하는 등 사실상 바다에서 헤엄치는 여느 님프들과 마찬가지로 훌륭한 바다 님프였어. 그녀의 유일한 결점이라면(만약 결점이라고 부를 수 있다면 말이야.) 처녀로서의 자긍심과 이제 막 싹이 트고 있는 자신의 아름다움에 대한 관심이었어. 특히 바다의 소금기도 견뎌 내는 그녀의 자연스러운 고수머리는 너무도 탐스럽고 아름다워서 해신(海神), 즉 그녀의 삼촌 포세이돈의 열정에 불을 지르고 말았지……

"삼촌들이란, 정말이지." 칼릭사가 말했어. "이 이야기에 셋*이나 등장하네요. 그리고 그 가운데 둘이 머리카락과 관련되어 있죠. 제가 상고머리에다 고아라서 얼마나 다행인지 몰라요."

"어느 날 아침 그녀는 아테네 여신에게 희생 제물을 바치려고 이 신전에 왔어요." 아테네가 말을 이었어. 이상하게도 자기 자신을 삼인칭으로 표현하더군. "그런데 여신의 방패에 비친 자신의 모습이 눈에 들어오자, 제의를 잠시 중단하고 머리카락을 틀어 올려 핀으로 고정했죠. 그런데 다음 순간 어디선가 해초 냄새가 났어요. 젖은 입술이 그녀의 목덜미를 지그시 누르더니, 어느새 포세이돈이 그녀의 몸에 올라탔죠. 충격을 받은 아테네는 고개를 돌렸고, 메두사 역시 그랬어요. 하지만 나의, 아니, 그녀의 눈은 방패에 비친 모습에 고정되어 있었어요. 파란 눈의 가리비가 탐욕스러운 불가사리에 저항하지만 결국에는 억지로 열려 게걸스럽게 먹히듯이, 그렇게 그녀는 근육질의 신이 자신의 옷을 벗기고 자신을 범하는 모습을 지켜

---

* 다나에의 삼촌 프로이토스, 안드로메다의 삼촌 피네우스, 메두사의 삼촌 포세이돈을 가리킨다.

보았어요. 그가 일을 치른 후, 그녀는 눈물을 흘리며 성폭행당한 모습으로 좀 더 적절하게 보이기 위해 머리를 다시 헝클어 뜨렸어요. 그러고는 아테네에게 복수해 달라고 간청했죠. 하지만 여신은 현명하게도 그 죄악을 저지른 사람 대신 희생자를 처벌했어요. 그녀는 나를, 아니, 메두사를 그녀의 자매들과 함께 추운 히페르보레오이로 추방했죠. 그러고는 그녀들을 뱀 머리의 괴물로 만들어 버렸어요. 메두사의 구혼자들이 그녀에게 접근했다가 그들을 보기만 해도 돌로 변해 버릴 만큼 무시무시한 모습으로요. 정말이지 너무도 끔찍한 시절이었죠."

"잠깐만." 내가 끼어들었어.

"저도 의아해하고 있던 참이에요." 칼릭사가 말했지.

"나도 알아요." 내 누이의 대리인이 말했어. "하지만 그때 당시 메두사는 몰랐죠. 당신도 알다시피 그들이 있던 돌로 된 동굴 안에는 거울이 없었어요. 그리고 그녀의 언니들이 돼지 이빨로 낼 수 있는 소리라곤 툴툴대는 소리밖에 없었죠. 그렇게 몇 년 동안 자신이 눈길을 주는 족족 예비 남자 친구들이 돌처럼 굳어 가는 걸 본 후, 그녀는 결심했어요. 애초에 연인이라는 걸 가지려면, 아테네 신전에서는 가장하지 않았던 것을 여기 동굴에서는 가장해야겠다고요. 즉, 누군가 접근하는 걸 모르는 척하는 거죠. 하루는 돌로 변한 그녀의 구혼자들 위에 내려앉은 갈매기들이 그녀에게 다름 아닌 페르세우스가 그녀에게 날아오고 있다고 알려 주었어요. 황금빛 꿈이었죠. 그녀는 자신이 배운 뱀 주술 노래로 자장가를 불러 언니들을 재우고는 자신도 자는 척했어요. 그는 뒤에서부터 조용히 기어 올라왔어요. 그녀는 몸 전체가 달아올랐죠. 포세이돈의 손만큼 강한 그의 손이 그녀의 목덜미 위 머리칼을 움켜잡았어요. 그녀는 여전히 눈을 감은 채 그의 키스를 받기 위해 고개를 돌렸죠……."

"와. 저 무슨 생각이 드는지 아세요?" 칼릭사가 말했어.

"내가 그때 어떤 느낌이 들었는지는 알고 있어." 내가 말했지. "하지만 내가 어떻게 알았겠어?"

"그런 줄 알았다면 좋았을 텐데." 나는 부끄러운 얼굴로 두건을 쓴 여자에게 말했어. 그러자 그녀는 상관없다고 대답했지. 만약 메두사가 자신 역시 언니들처럼 고르곤이라는 사실을 알았다면 자기가 나서서 머리를 베어 달라고 애원했을 거라나. 어쨌든 영웅 페르세우스가 과업을 마치고 장비들을(페르세우스에게 선물로 주어진 그 초승달 모양의 칼집과 리비아 위를 비행할 때 불행하게도 트리톤 호수에 떨어뜨린 그라이아이의 눈을 제외하고는) 모두 반환하자, 헤르메스는 그 견고한 낫은 자신이 갖고 이는 원한에 찬 그라이아이들에게 돌려주고 투구와 샌들과 전대는 스틱스 강의 님프들에게 돌려 보냈어. 아테네는 자신의 빛나는 방패를 회수했고, 그 한가운데에 고르곤의 머리를 붙여 놓았지.

"그렇다면 새로운 메두사는 존재하지 않는다는 겁니까? 방금 전엔 있다고 하지 않았소?"

"있어요." 그녀가 말했어. "아테네는 그만하면 소녀를 충분히 벌했다고 판단했어요. 그래서 그녀의 머리를 본래대로 몸통에 다시 붙여 그녀를 소생시킨 뒤 원래 모습을 회복시켜 주었어요. 거기에 덧붙여, 일종의 보상 차원에서 그녀에게 약간이나마 운신의 자유를 허락했고, 무엇보다도 그녀의 눈에서 상대방을 돌로 만드는 힘을 제거했어요. 단 그녀가 어떤 엄격한 조건을 지키는 한에서……."

"그런 건 다 필요 없소. 내가 돌이킬 수 없을 정도로 굳어 버리기 전에 그녀가 나를 원래대로 회복시켜 줄 수 있겠소?"

그녀는 머뭇거렸어. "아마도요. 아주 특정한 어떤 조건만 충족된다면요……."

하지만 나는 어떤 단서나 조건도 들으려 하지 않고, 오직 이전처럼 장비를 갖추게 해 달라고 그리고 다시 살아난 적의 머리를 베는 방법을 알려 달라고 간청했어. 나는 당장이라도 길을 떠나고 싶어 안달하며 신전 주변을 서성댔어. 나는 벌써 젊어진 것 같았고, 오히려 십여 년 전보다 더욱 페르세우스가 된 것 같은 느낌이었어. 그녀가 내게 상황이 변했다고 말해도 소용이 없었지. 나는 새로운 남자였어. 방패와 낫이 다시 내 손에 들어오기만 한다면, 내가 제일 먼저 베어 버리고 싶은 것은 십 년 동안 내 안에 자리 잡은 석화된 내 모습이었어. 그리고 메두사의 머리를 베어 또 다른 십 년을 사라지게 하는 거였지. 그런 다음 벼락출세한 다나오스의 머리를 벤 뒤, 안드로메다 앞에 그녀를 처음 벌거벗겼을 때보다 더 잘난 페르세우스로 나서는 거지.

그러자 "그게 정말로 당신이 원하는 일인가요?" 하고 두건을 쓴 여자가 내게 물었고, 나중에 똑같은 시점에서 칼릭사 역시 그렇게 물었어. "그게 정말로 당신이 원하는 일인가요?"

나는 두 사람 모두에게 그렇다고 대답했지. 붙잡을 수 없는 과거에 대한 얘기는 할 필요가 없었어. 나는 그때쯤 두 신전 모두에서 젊어지고 있었으니까. 아테네의 신전에서는 기대로, 내 신전에서는 그때의 상황을 다시 이야기함으로써.

두건을 쓴 나의 조언자는 잘 알겠다며 이전처럼 내게 조언하겠다고 말했어. 하지만 상황이 정말 변한지라 장비와 접근 방식 또한 달려져야 한다고 했어. 그러고는 내 음경이 제대로 발기되었을 때의 길이와 꼿꼿함을 가진 황금빛 단검을 망토 밑에서 꺼내 놓더군. 나는 낙담했어. 그 정도의 물건이라면 사랑을 할 때는 결코 지지 않을지도 모르지만, 전쟁에서는 절대 이길 수 없을 테니까.

"견고한 낫은 없소?"

"이것뿐이에요. 그리고 당신의 맨손이 있죠." 그녀가 말했어.

"전 당신의 맨손이 좋아요." 칼릭사가 말했어. "하지만 당신 말의 요점을 알겠어요."

그녀의 말인즉슨, 내가 이번에는 무장을 갖추지도 가장을 하지도 않은 채 일을 진행해야 한다는 거였어. 그녀는 나더러 어째서 하데스가 젊은 시절 사용하던 투구를 더 이상 사용하지 않는지 생각해 본 적이 있느냐고 묻더군. 사람이 일단 어느 정도의 명성을 얻고 나면, 투구든 다른 어떤 주문이든 자신을 보이지 않게 하는 힘은 더 이상 발휘하지 못한다는 거였지. 그 윤이 나는 방패의 경우에는, 그 자체로 변화를 겪어서 예전에 고르곤이 갖고 있던 힘을 보유하게 되었다고 하더군. 그래서 그것은 이제 신전에 두지 않는다는 거야. 사람들이 그것을 보고 돌이 되어 버리면 안 되니까.

"마법의 전대는?" 나는 낙심하여 물었어.

"그건 아마도 유용할 거예요." 그녀가 말했어. "하지만 새로운 메두사의 머리를 집어 넣는 용도로는 아니죠. 왜냐하면 당신은 머리를 잘라 내지 않을 거니까……."

"잘라 내지 않는다고!" 하지만 마침 나는 메두사가 고르곤의 모습에서 벗어났기 때문에 그 마법의 전대는 필요하지 않으리라는 점을 기억해 내고 이렇게 말했어. "그녀가 나를 보기만하면 내가 다시 스무 살이 되는 거요, 아니면 그녀를 바라보는누구든지 그렇게 되는 거요? 나는 옛 메두사에 대해 그런 질문을 받은 적이 있소. 이집트의 케미스에 사는 한 소녀가 보낸편지에서……."

"그렇게 간단한 문제가 아니에요, 페르세우스." 내 조언자가경고했어. 그리고 내 신녀가 말했지. "당신은 그 질문에 대답하지 않았어요."

나는 그녀 역시 그 질문에 대답하지 않았다고 말했어. 그녀는 다만 새로운 메두사의 시험 조건들은 예전처럼 석화가 일어날 수 있는 특수한 상황과 그 정반대의 일이 발생할 수 있는상황, 뿐만 아니라 불멸성 비슷한 것까지 얻을 수 있는 상황을낳을 수 있다고 했을 뿐이야. 그리고 첫 번째 상황이 발생했을 때에 대비해 나더러 다시 한 번 그 전대를 빌리라고 조언했어. 물건을 넣을 가방이 아니라 가리개로 사용하기 위해서 말이야. 나를 만나면 메두사 본인이 설명해 줄 거라고 했지. 나는칼릭사에게 말했어. "그리고 나는, 그대의 벽화 제2부의 제6-A쪽그림에서 내가 그녀를 만날 때 설명해 주겠어." 그다음에 내가 아테네에게 물은 것은 그 백발의 노파들을 이번에는 어떻게다룰 것인가에 관한 것이었어. 그들은 비록 눈을 갖고 있지 않지만, 내 예전 수법에 대해 장님은 아니니까 말이야. 아니면 아예 그들을 건너뛰고 내 후각을 따라가면 님프들의 쉰내 나는영지에 도달할 수도 있을까? 어떤 경우든 일단 히페르보레오이로 날아가려면 헤르메스의 신발을 다시 빌려야겠지. 그렇지 않으면 애초에 메두사에게 닿기도 전에 내가 늙어 죽을 테니.

여자는 고개를 저었어. "아테네 님께서는 당신 말고도 뒤를 봐줘야 할 다른 친척들이 있다는 사실을 명심하세요. 그분이 오늘 여기서 직접 당신에게 이야기하지 못하는 것도 바로 그 때문이죠. 그녀는 벨레로폰이라는 당신 사촌을 대단히 마음에 들어 하거든요……."

"그에 대해선 들어 본 적이 없는데." 내가 말했어. 그리고 칼릭사가 말했지. "전 들어 봤어요. 사람들이 말하길 그가 대단하다더군요." 내가 그에 대해선 신경 쓰지 않는다고 하자, 두건을 쓴 여자가 말하더군. "이제 곧 신경 쓰게 될 거예요. 당신의 누이는 그를 위해 큰 계획을 갖고 있어요. 그녀의 말을 정확히 옮기자면 이래요. '나는 언제나 소중한 페르세우스를 염두에 둘 것이다. 하지만 반드시 그에게 일깨워 줘라. 그가 그리스의 유일한 황금빛 영웅은 아니라고.' 미안해요."

"저도 미안해요." 칼릭사가 말했어. "어째서 아몬과 사바지오스에 관한 일이 당신을 언짢게 했는지 이제야 알겠어요. 당신에게 질문 한 가지만 할게요……."

"잠깐만 기다려. 내 얘긴 거의 끝났으니까." 그녀는 기다려 줬지. 그 두건 쓴 전령은 마당에 있던 페가수스를 불러 애지중지하는 아이를 대하듯 그 어여쁜 짐승을 쓰다듬으며 얼렀어. 그러면서 솔직하게, 그리고 때때로 사과하듯이 아테네의 새로운 명령과 지시 사항을 전달했지. 나는 그 날개 달린 말을 빌릴 수 있었어. 하지만 엄격히 말해 대기자 자격으로서였지. 왜냐하면 페가수스에 대한 우선권은 벨레로폰에게 있고, 그는 어느 때라도 그 말을 요구할 수 있었으니까. 나는 곧장 아틀라스 산으로 가지 않고 먼저 리비아의 트리톤 호숫가로 날아가, 무력한 상태지만 내 머리를 물어뜯기에 충분한 원한을 가진 그라이아이를 찾아야 했어. 하지만 나는 솔직하게 내 신분을 밝힌 뒤 인내심을 가지고 그들의 위협과 모욕을 참아야 하며, 만약 그들이 내게 스틱스 강의 님프들에게 가는 길을 다시 일러 준다면 직접 자맥질해 들어가 오래전에 잃어버린 그들의 눈을 찾아 주겠다고 제안해야 한다더군. 그녀의 결론인즉슨, 이 두 번째 기획의 작전 양식은 내 첫 번째 기획과 반대가 되어야 한다는 거야. 한편으로는 간접적이 아니라 직접적이어야 했어. 즉, 에두름이나 핑계, 반사, 책략은 안 된다는 거였지. 그리고 다른 한편으로는 능동적이기보다는 수동적이어야 했어. 즉, 어떠한 지점을 넘어서면 내가 무언가에 과감하게 다가가는 게 아니라 그 무언가가 내게 오게끔 해야 한다는 거였지.

벨레로폰에게 밀렸다는 것에 여전히 속이 쓰려서, 나는 정면 승부와 수동성은 내 방식이 아니라고 항변했어. 그때쯤엔 내가 있던 신전에도, 그리고 당시 아테네 신전에도 이미 땅거미가 져 있었어. 나는 칼릭사만큼이나 내 동행 여성도 분명하게 알아볼 수가 없었지. 하지만 그녀의 대답에서 느껴지는 어떤 울림은(그녀는 앞서 말한 어떤 지점 이전에는 주도권이 내게 있다고 말했지.) 이 새롭게 경험하는 낙담과 오래 길들여진 사내의 습관을 이용해 이상하게 나를 자극했어. 나는 내게 동정적이고 어쨌든 아테네가 아닌 아마도 매력적인 젊은 여성과 어둠 속에 홀로 있다는 사실을 깨달았을 뿐만 아니라 수년 동안 내가 나 자신에게 그러한 깨달음의 기회를 주지 않았다는 것 역시 깨달았어. 나는 그녀를 덥석 안았어. 그 갑작스러운 행동에 페가수스가 재빨리 달려 나갔고, 그녀 역시 깜짝 놀랐어. 그리고 그녀가 저항을 하지도 나를 밀어내지도 않자, 어떤 이유에서인지 나도 놀랐지. 그녀는 그저 뻣뻣하게 굳었어. 나 역시 그랬지. 그녀의 조언에 대해 감사한다 어쩐다 뭐라고 중얼거리며 그녀의 방어막을 걷어 버릴 준비를 하고 있는데, 그녀는 오히려 자기가 누군가에게 포옹을 당한 게 얼마나 오랜만인지 중얼거렸고, 그러자 도리어 내 방어막이 풀려 버렸어. 나는 손을 그녀의 옷 아래로 넣어 격렬하게 움직였어. 그녀는 몸을 뺐지만 기분이 상한 것 같지는 않더군. 그러고는 자신의 가슴에서 가벼운 금빛 고삐를 꺼내며 말했어. "이건 페가수스를 제어할 때 사용할 물건이에요." 그리고 미소를 지으며 나를 신전 앞마당으로 이끌었어. 그녀는 그곳에서 몸을 돌려 내게 가까이 와서는 우리가 방금 있던 곳은 아프로디테 신전이 아니라 엄숙한 아테네 신전이라는 점을 내게 상기시켰어. 그녀는 고깔 모양의 두건을 벗으려 하지 않았어. 수줍음 때문이라고 했지. 하지만 내가 그녀를 땅에 눕히고 그녀의 암갈색 옷을 하얀 어깨 위까지 올리는 것은 허락해 주었어. 광파짐한 엉덩이에 아담한 젖가슴을 가진 풍만하고 부드럽고 젊은 육체가 드러났어. 밤공기는 따뜻했고, 빈 앞마당의 포석도 따뜻했어. 하지만 나는, 그래, 나는 언뜻 다나오스를 연상시키는 말*에 흥분이 가라앉고 말았어……

* 다나오스는 아테네 신전이 아닌 아프로디테 신전에 갇혀 있던 다나에와 딕티스가 사통하여 낳은 자식이다.

"그리고 색다른 경험을 앞두고 또 긴장한 거겠죠." 칼릭사가 말했어. "또한 당신이 그녀를 두고 발기하지 못할지도 모른다는 것에 대해 두려웠기 때문이기도 하고요. 물론 당신은 결국 세우지 못했겠죠. 팡파짐한 엉덩이에 어쩌고저쩌고한 풍만한 젊은 육체에 대해선 더 말할 필요 없어요. 그림이 다 그려지니까." "미안해." "사과하지 말아요." "미안."

칼릭사는 오늘 밤은 더 이상 얘기하고 싶지 않다고 고집을 부리며 돌아누웠어. 그녀는 어깨뼈와 등 쪽의 가는 허리를, 말하자면 마치 입을 삐죽거리듯 움직였고, 군살 없는 아담한 엉덩이를 단언컨대 토라진 듯 뾰로통하게 내밀었지.

"귀여운 젖가슴이니 군살 없는 아담한 엉덩이 얘기는 더 이상 계속할 필요 없다고요."*

미안, 내 사랑. 멋진 밤이야. 나는 즉시 후회가 되어 예의 그 귀여운 젖가슴과 군살 없는 엉덩이 등등을 애무하려고 손을 뻗었고, 페르세우스가 황금빛 피부를 가진 그리스의 유일한 영웅이 아니듯이, 또한 칼릭사의 종교가 일신교가 아니듯이, 그녀 또한 그녀 몸매의 군살 없는 아담한 부위들이 누군가가 유일하게 경탄하는 대상이 아님을 인정해도 되지 않겠느냐고(바라건대 너무 절박하지는 않은 어조로) 말해 주었지. 그러자 그녀는 기쁜 얼굴로 눈에 눈물을 가득 담은 채 내 쪽으로 휙 돌아눕더니 마침내 나를 완전한 길이로 세워 자신의 경내 안으로 데리고 들어갈 수 있을 만큼 격렬하게 키스했어. 뭐, 비록

---

* 이 이야기에는 전체적으로 보아 화자인 페르세우스의 이야기를 듣는 청자가 두 명 등장하는데, 하나는 칼릭사이고 다른 한 명은 이때 처음 목소리를 내는 메두사이다.

한순간이었지만 말이야. 나는 이번에도 역시 헌금대에 이르지 못하고 문간에서 봉헌을 하고 말았거든. 그래도 우리는 만족했어.

"점점 나아지고 있어요." 그녀가 말했어. "자, 이제 말해 줘요. 제2부 F벽화 제1쪽그림에서 메두사와 만나게 된다는 걸 당신이 어떻게 알죠?"

나는 그런 장면이 생각나는 것 같다고 대답했어. 하지만 일단 다음 날까지는 내가 추측한 것들을 밝히지 않겠다고 했지. 만약 내가 그리 많이 틀리지 않았다면, 바로 그날 II-D 벽화 (그녀의 분류 체계를 사용한 거야.)가 트리톤 호수에서 백발 노파들과 만나는 나의 불명예스러운 모습을 보여 줄 테니까 말이야.

칼릭사가 미소를 지었어. "두고 보자고요." 내 생각은 틀리지 않았고, 과연 우리는 그 장면을 보았어. 나는 페가수스가 사모스에서 트리톤 호수로 날 데려갔을 때처럼 재빨리 그녀를 그 장면에서 침상 쪽으로 데려갔어. 하지만 돌로 조각된 훌륭한 말이 갖고 있는 제어의 고삐를 나는 가지고 있지 않은 터라, 이번에도 확실히 분사하긴 했으되 너무 빨리 쏴 버리고 말았던 거지. 내 말이 맞지, 하고 나는 그녀에게 흥분해서 말했어. 벽화가 보여 준 대로, 두건을 쓴 여자의 조언을 듣고도 백발 노파들을 부당하게 괴롭힌 것은 내 잘못이었어. 하지만 몸에 밴 오랜 습관은 좀처럼 쉽게 사라지지 않는 법이지. 심지어 8000미터 고도로 북아프리카를 향해 가는 도중에 세리포스의 상공을 지나가면서, 불시에 들이닥쳐 안드로메다가 어떻게 지내고 있는지 확인해 볼까 하는 생각이 떠올랐을 때도, 나는 오히려 그러한 나의 충동을 억제하고*, 메두사에 의해 젊음을 되찾아 돌아옴으로써 그녀를 덜 직접적으로 놀라게 해 주자고 결심했을 정도니까. 그리고 페가수스가 트리톤 호수 근처에 착륙했을 때, 오래전 나로 인해 피해를 본 자들에게 내 정체를 솔직하게 밝힐 수가 없었어. 나이를 가늠할 수 없을 정도로 늙은 그들은 호숫가에서 목을 길게 빼고 얼간이처럼 앉아 욕설을 늘어놓으며 잇몸으로 아침 식사를 하고 있었어. 나는 목소리를 바꿔 경쾌하게 물었어. "제가 좀 도와드릴까요, 여러분?" 얼마나 요란하게 난리 법석을 떨어 대던지! "퉤!" 팜프레도가 말했어. "페르세우스지!" 에니오가 말했어. "저놈을 결딴내 버려!" 데이노가 말했어. 차례로 돌아가며 이를 끼워 넣고는 욕지거리를 퍼부었지.

내가 그들의 이를 피해 옆으로 물러서며 말했어. "아닙니다. 자기밖에 모르는 페르세우스는 여러분의 적일 뿐만 아니라 저의 적이기도 합니다. 제가 알기로는 그가 이 근처 어딘가에 여러분의 눈을 떨어뜨렸다죠? 만약 여러분이 제게 스틱스 강 님프들의 소재를 알려 주신다면 제가 그것을 찾아 드리지요."

나는 그들이 대가를 미리 치러 주길 바랐어. 호수가 비록 얕은 편이라 하나 넓어서, 이십 년 전에 잃어버린 눈 하나를 찾아내기란 여간 힘든 일이 아니었기 때문이지. 하지만 그들에

---

* "when it occurred to me to drop in unexpectedly and check on Andromeda, it had been my impulse I checked instead" 작가는 여기서 check(확인하다, 검사하다 ; 억제하다)라는 단어를 가지고 말장난을 하고 있다. 간접성과 에두름이라는 습관이 몸에 밴 페르세우스는 안드로메다를 불시에, 직접적으로 놀라게 하기보다는 간접적이고 우회적인 충격을 줄 계획을 세운다.

게서 들은 말은, 팜프레도의 "퉤!", 에니오의 "멍청이!", 데이노의 "먼저 찾으시지!"였어. 그렇게 해서 우리는 작은 배를 타고 호수를 온 방향으로 뒤지고 다녔어. 앞이 안 보이는 그라이아이들은 방향 없이 노를 저었고, 나는 고민했고, 페가수스는 호숫가에 남아 풀을 뜯고 있었어.

"보이나?" 팜프레도가 물었어. "저놈은 당연히 보이겠지!" 에니오였어. 그리고 데이노가 말했지. "뭐라고 말 좀 해 봐, 멍청아!"

"보입니다." 내가 말했어. "하지만 님프들이 있는 곳을 알려주지 않으면 그것을 찾으러 물속에 뛰어들지 않을 겁니다."

아, 나는 그 필사적인 속임수에만 너무 집중하느라 안타깝게도 목소리를 숨겨야 한다는 걸 잠시 잊고 말았어. "이를 훔쳐 간 놈이다!" 팜프레도가 단번에 외쳤어. "눈을 버린 놈이야!" 에니오가 거들었어. 이어서 들려오는 데이노의 목소리. "그놈을 처넣어!" 순식간에 그들은 나를 배 밖으로 던져 버렸어. 나는 공기의 파도를 타는 사람이지 물의 파도를 타는 사람이 아니었던지라 곧 돌처럼 가라앉고 말았지. 그리고 물에 빠지기 바로 직전에 분명히 보았어. 나의 어리석음뿐만 아니라 해초 투성이의 호수 바닥에서 섬뜩하게 앞을 응시하고 있는 세 개의 눈을 말이야. 그 가운데 하나는 (쓸모없는 기적이지!) 무언가의 몸에 붙어 있는 게 아니었는데, 바로 그라이아이의 눈이었어. 내가 오만의 정점에서 떨어뜨렸던 그것은 이제 저 밑 깊은 곳에서 깜박이고 있었지. 나는 그것을 움켜쥐었고, 내 눈을 감았고, 희망을 포기했어. 내 삶이 어떻게 될지 종잡을 수 없는 채로……

"다음 회에서 계속되죠." 칼릭사가 마무리했어. "그때 무슨 일이 벌어졌는지 이젠 기억이 나나요?"

내가 말했어. "사흘 전이었다면, 나는 II-D 벽화에 묘사된 대로 물에 빠진 내가 이곳으로 옮겨져 왔다고 말했을 거야. 내가 그 일을 기억하고 있기라도 한다면 말이지. 하지만 I-E 벽화를 보면 아무래도 그런 것 같지가 않아. 자, 이제 내 질문에 대답해 줘. 이 벽화들이 어디까지 계속되는 거지?" 왜냐하면 내가 이제 와서 뒤늦게 이해한 바로는, 두 번째 나선부의 벽화들은 각각 그 앞에 서 있는 첫 번째 나선부의 벽화들에 담긴 내용을 어떤 식으로든 반복하고 있거든. 그런데 첫 번째 나선부의 마지막 벽화들을 아무리 오랫동안 검토해 봐도 죽기 직전 내 마지막 모습을 전혀 떠올릴 수가 없었어. 하지만 칼릭사는 대답을 거부하더군. 나는 하룻밤 내내 나의 가설에 대해 생각했지. 그녀 역시 대답을 하려면 똑같은 시간이 필요하다고 요구했어.

그리고 그녀는 잠을 잤어. 아니, 그런 척했는지도 몰라. 하지만 나는 잠을 잘 수가 없었어. 마치 시인이 시를 지으면서 그날 지은 부분을 다음 날 이어 가기 위해 밤마다 그것을 검토하듯이, 나는 어둠 속에서 눈을 크게 뜬 채 (내가 그 고약한 냄새를 풍기는 님프들로부터 장비를 손에 넣는 부분인) I-E 벽화에 대한 기억을 열심히 되새기며 그것에 대응되는, 다음 날 아침에 보게 될 장면을 상상했어.

우리는 심각한 표정으로 II-E 벽화 앞에 섰어. 사막처럼 광대하고 거의 텅 비어 있는 부조는 황량한 호숫가를 보여 주고 있었어. 나선형의 비율이 거대한지라, 13미터 길이였던 I-E 벽화가 제2나선부에서는 거의 200미터에 달하는 길이로 늘어나 있었지만, 그 안에서 사람들의 시선을 끌 만한 것은, 심지어 그라이아이의 눈을 찾아냈던 내 눈을 잡아끌 만한 것도, 단 두 가지밖에 없었어. 목 위에는 팜프레도를 정면으로 태우고, 초록 이빨을 한 에니오를 옆으로, 엉덩이 위에는 데이노를 거꾸로 태운 채 좌측 상단 구석 쪽으로 날아 올라가는 페가수스, 그리고 그들이 날아가는 모습을 저 밑 호숫가에서 슬픔에 잠긴 눈으로 좇고 있는 나와 그 옆에서 젖은 옷을 입은 채로 말리고 있는, 고깔 모양의 두건을 쓴 여인.

"신전에서 본 여자랑 같은 사람인가요? 아니면 스틱스 강의 님프인가요?" 칼릭사가 물었어.

나는 그녀에게 어떻게 말해야 할지 모르겠더군. "그녀가 날 구해 주었을 때, 나야말로 바로 그 점이 궁금했어. 하지만 우리의 규칙을 잊지 말라고." 우리는 좀 더 오래 서로를 응시했는데, 마침내 칼릭사가 내 손을 놓으며 쌀쌀맞게 말하더군. "그리기는 쉬운 장면이었어요." 그러고는 다시 안으로 들어갔어. 나는 어깨 너머로 II-F-i의 초벌 그림 하나를 훔쳐보았어. 그것은 느리게 돌아가는 어떤 기억들의 속도를 높이더니 다른 기억들을 들춰 냈지. 나는 그녀를 따라 안으로 들어갔고, 그녀가 평소처럼 침상 가운데서 배꼽을 드러내 놓고 있는 것이 아니라 여전히 짧은 팬츠 차림으로 책상다리를 한 채 무릎 위에 게임 판을 얹어 놓고 있는 것을 발견했어.

"잠자리엔 질렸어요. 우리, 체스나 해요." 그녀가 선언했어.

"질투하는 건가, 칼릭사?"

"무엇을요?"

하지만 그녀는 곧장 내리 네 판이나 나를 이겼어. 내가 체스 말을 바보같이 움직였다는 촌평을 아주 대놓고, 그리고 자주 하면서 나를 루크와 퀸으로 무자비하게 몰아붙였지. 그렇게 몰리다 못해 나는 결국 체스 판과 말들을 치워 버린 뒤 그녀를 어깨로 단단히 받치고는 그녀에게 똑같이 되갚아 주었어. 의무를 수행하려는 듯 그녀는 몸을 열었지. 하지만 관계를 갖는 동안 눈길을 돌렸어. 평소 하나가 된 우리의 아랫도리를 노골적으로 살펴보던 것과는 전혀 다른 모습이었지. 아마도 그랬기 때문에 나는 그럭저럭 잘할 수 있었던 것 같아. 뭐, 여전히 좀 짧은 감은 있었지만, 그래도 쾌락의 절정에 다다를 무렵 그녀로부터 미약하나마 만족의 신음 소리를 이끌어 내기도 했지. 우리가 여전히 꼭 껴안은 상태로 몸을 굴려서는 옆구리에 땀을 흘리며 휴식을 취할 때, 그녀는 손가락으로 내 가슴털을 비비 꼬면서 말했어. "스틱스 강의 님프들에게선 악취가 난다고 말하지 않았던가요?"

나는 이렇게 응수했지. "다른 한편 바다의 님프들은 손을 놀릴 때마다 먹을 감지. 그대도 나일 강에서 아몬과 함께 있었을 때 그게 어땠는지 분명 기억할 텐데?"

그러자 그녀는 심통을 부린 것을 사과했고, 그저 자신이 짐작한 대로 그 여자가 나를 구해 준 메두사 본인이 맞는지 물었어. 앞으로 보게 될 쪽그림에서 나는 물에 빠져 의식을 잃은 채 그녀의 품에 안겨 있을 참이었지.

"비위에 거슬리는 그림이에요."

미안해라는 말은 내가 한 말이야. 그녀가 한 말이 아니라. 하지만 그녀가 무슨 뜻으로 그런 말을 했는지 우린 알고 있잖아. 더 이상 거짓된 긴장 상태를 유지할 필요는 없었지. 나는 그녀에게 말해 주었어. 그 여자는 원래, 혹은 나중에 알고 보니, 내가 찾던 사람이었다고.

"처음에 내가 아는 사실이라곤 그녀가 바다 님프라는 것뿐이었어. 그라이라이의 회색 눈과 함께 호수의 바닥에 있던 한 쌍의 녹색 눈동자 말이야. 그녀는 나를 호숫가로 끌어 올려 인공호흡을 해 준 게 틀림없어. 내가 정신이 들었을 때 우리는 그녀의 두건 밑으로 입과 입을 서로 마주 대고 있었어. 나는 아무것도 볼 수 없었지. 내가 눈을 뜨자 그녀는 손으로 내 눈을 가리더니 다른 곳으로 가서 자신의 얼굴을 가렸어. 요파의 여자들이 입는 그런 반쯤 가려지는 베일이 아니라 위에 고깔 모양의 두건이 달린 자루 같은 옷이었다고."

"흠."

"내가 그녀에게 감사 인사를 건네자, 그녀는 내가 아테네의 명령을 무시했으며 바로 그 때문에 물속에 빠졌다고 했어. 그리고 지금쯤 호숫가 어딘가에 배를 댔을 백발 노파들에게 즉시 그 눈을 아무런 조건 없이 돌려주라고 충고하더군. 나는 그렇게 했어. 내 목숨을 구해 준 인물이 물과 육지 모두에서 활동이 가능한 사람인지, 그리고 아테네 신전에서 내게 저간의 사정을 간략하게 알려 주고 신전 안마당에서는 내게 고삐를 맸던 바로 그 여자인지 궁금해하기 시작하면서 말이야."

"당신의 말과 관련된 은유는 거꾸로 되었어요. 말을 타고 있는 사람은 바로 당신이잖아요." 칼릭사가 건조하게 말했어.

나는 시인이 아니라 해야 할 이야기가 있는 남자일 뿐이라는 점을 그녀에게 상기시켰어. 그러니 그저 그렇게 이야기나 계속하는 게 어떨까? 내가 팜프레도에게 나를 제우스의 아들인 페르세우스라고 소개하면서 그녀의 손에 눈알을 탁 내려놓은 뒤 세 명 모두에게 예전처럼 삼각형 모양으로 앉아 달라고 간청한 것이며, 눈을 끼워 넣은 그녀가 나를 보더니 박수를 쳐 데이노에게서 이까지 받아 끼고는 으르렁대듯 "어림없어!"라는 말을 내뱉은 뒤 자신의 동료들과 함께 페가수스를 타고 순식간에 아틀라스 산 쪽으로 날아가 버렸다는 얘기 말이야.

"내 누이의 지혜라는 게 그렇지, 뭐." 나는 두건을 쓴 그 여자에게 이렇게 말하고 용서를 구한 뒤, 호수 속으로 힘겹게 걸어 들어가며 이번에는 내가 물에 빠져 죽는 걸 방해하지 말아 달라고 그녀에게 부탁했어. 지도가 없으면 스틱스 강의 님프들을 찾을 수 없고, 님프를 못 찾으면 전대를 구할 수 없고, 전대를 구하지 못하면 메두사를 만날 수 없고, 메두사를 만날 수 없으면 돌이 되는 걸 피할 수 없을 테니까.

그녀가 물살을 가르며 뒤따라왔어. "당신은 왜 다시 젊어지려 하는 거죠, 페르세우스? 정말로 안드로메다의 마음을 다시 얻을 수 있다고 생각하는 건가요?" 나는 이미 물속 깊은 곳에 들어와 있었어. 적절한 대답을 생각해 낼 수가 없었지. "아니면 그저 다시 영웅적인 과업을 할 수 있게 되기 위해선가요?" "그렇겠지, 대개는." "그렇다면 기다려요!" 그녀는 이제는 어깨 깊이까지 물에 들어와 있는 내 튜닉 윗부분을 움켜잡았어.

"저 역시 궁금해요." 칼릭사가 말했어. "다시 페르세우스가 되겠다는 당신의 목표에 도달하려면 애초에 당신은 페르세우스여야만 해요. 그런데 어떻게 그게 당신의 목표가 될 수 있죠?"

나는 이중으로 끌려 나왔어. 그 두건 쓴 처녀에 의해, 그리고 칼릭사의 질문에 의해. 그 점에 대해선 미처 생각해 본 적이 없었어. 나는 침상에서 몸을 일으켜 그녀를 찬찬히 주시했어. "칼릭사, 그대가 인간이었던 시절에 그 일곱 통의 편지를 쓴 건가?" 그녀가 입술을 깨무는 걸로 보아 그녀가 그 편지들을 쓴 것이 분명했지. 나는 좀처럼 말을 이을 수가 없었어. 너무나도 많은 편지 내용들이 앞다투어 떠올랐어. 나는 그 얼굴을 가린 여자가 전달한 아테네의 조언을 읊조렸지. "어떤 특정한 시점을 넘어서면 그 자리에 그대로 서서 차분히 사태를 관망하다가 장차 일어날 일을 맞아들이라." 그녀는 페가수스에 대해서는 안달하지 말라고 내게 조언했어. 이제 막 과업을 시작할 준비가 된 벨레로폰을 위해 아테네가 그 녀석을 다시 불러들였다는 거야. 나는 그날 밤 호숫가에서 야영을 해야 했어. 스틱스 처녀들의 소재는 원래 내 지식의 범위 밖이었고, 이제는 나 자신이 어디에 있는지도 몰랐으니까. 어쩌면 그들은 그리 멀지 않은 곳에 있을지도 모르고, 심지어 그들 쪽에서 날 찾으러 올지도 모르는 일이었어. 그녀는 적어도 동이 트기 전에 날 보러 돌아오겠다고 했어. 그러니 그저 내 코를 믿고 소식을 기다리면서 눈이나 좀 붙이는 게 어떠냐는 거야.

나는 그때 그녀가 아테네의 시녀이며, 내가 사모스에서 구애한 바로 그 여자임을 확신했어. 나는 호숫가에서 외투로 몸을 싸고, 밤하늘의 별들이 그들만의 조용한 몸짓과 언어로 이야기를 만들어 내며 운행하는 모습을 지켜보았어. 그때는 지금처럼 별이 많지는 않았지. 밤공기는 쌀쌀했고, 내 몸은 그 어느 때보다 경직된 상태였지.

"이보세요." 칼릭사가 말했어. "그녀가 왔잖아요."

"맞아. 그것은 한 야영자의 몽정 같은 거였어. 그녀는 호수로부터 별빛을 받으며 조용히 다가와 내 외투 밑으로 미끄러져 들어왔어. 그녀의 옷은 여전히 흠뻑 젖은 채였지. 그녀는 온몸을 떨고 있었어. 나는 그녀가 옷을 벗는 걸 도와주었어. 하지만 두건과 베일은 여전히 벗으려 하지 않더군. 하지만 내가 옳았어. 나는 그 육체를 어디에선가 본 적이 있었지……."

"팡파짐한 엉덩이에 아담한 젖가슴을 가진 풍만하고 부드러운 어쩌고저쩌고……."

"안드로메다처럼 구는군." 내가 칼릭사를 꾸짖었어. "미안해요." "사과하지는 마. 그녀는 자신이 스틱스 강의 님프이며 자신이 쓰고 있는 베일이 바로 그 마법의 전대라고 고백했어. 그리고 괜찮다면 그것을 아침까지 계속 쓰고 있겠다고 했지. 우리는 별로 한 일이 없어." "당신 말은 지금 그녀가 스틱스 강의 님프라는 건가요?" "그만 둬. 그녀는 순결한 여자야. 사내 경험이 딱 한 번 있을 뿐이라고. 포세이돈 말이야. 그는 흔적을 남겼을지는 몰라도 결코 오르가슴을 느끼게 해 주진 못했지." "전 남자를 알기 아주 오래전에도 오르가슴을 경험한 적이 있는걸요." "좋은 쪽으로든 나쁜 쪽으로든, 그녀는 그대와는 달라. 하지만 그녀는 곱디고운 내 생명의 은인이었어. 나는 고마운 마음이었고, 그녀는 성급하게 달려들면서도 조심스러웠지. 나는 괜히 우쭐해지는 기분이었어. 하지만 그녀는 경험이 거의 없던 터라 몸이 바짝 굳어 있었어. 그리고 나 역시 허둥거렸지……." "연습 부족이었겠죠." "그 편지를 쓴 건 정말 그대였군! 어쨌든 나는 그녀가 아프로디테가 아닌 아테네의 측근이라는 점을 기억하고 있었으니까. 나는 정말로 그녀의 얼굴이 보고 싶었어. 그녀는 적절한 때가 되면 얼굴을 드러내 보이 겠다고 약속했거든. 특히 내 마음에 든 그녀의 목에서 뭔가를 알아낼 수 있다면……."

칼릭사가 일어나 앉더니 화제를 바꾸자고 하더군. 그녀는 토라진 걸 넘어 심지어 골이 난 것처럼 보였지만, 다시 팽창한 내 남성이 자신을 건드리는 건 용납하지 않았어. 온전히 자기 때문에 그렇게 된 게 아니라면서 말이야. "그 여자가 새로운 메두사라는 거 우린 다 알고 있잖아요. 그래서 그녀가 머리 위에 온통 그 자루 같은 걸 쓰고 있었던 거 아닌가요?"

"유치하게 굴지 마. 내가 언제 그대에게 대체 아몬에겐 왜 뿔이 있는 건지, 누가 그의 머리 위에 뿔을 달아 놓은 건지 물은 적이 있던가?"

그녀는 진지해졌어. "전 내일이 두려워요, 페르세우스."

나는 몹시 놀랐어. 그리고 나의 스틱스 님프도 새벽녘에 똑같은 말을 했다고 설명했지. 사실 나는 아침에 그 얘길 해 줄 생각이었어. 나는 두 사람 모두를 위로했어. 그 바다 님프에게는 걱정할 일이라면 그녀보다 내가 더 많다고 말해 주었지. 히페르보레오이의 메두사에게 날 데려다 줄 페가수스가 없다면 마술 전대가 있어 봤자 소용없는 일이니까 말이야. 칼릭사의 경우에는 그녀가 페르세우스에게 쓴 편지들로 화제를 전환하려고 애썼어. 내가 지금껏 이 이야기를 하게 된 것도 사실 그녀의 편지들 때문이었으니, 그녀의 편지들은 이 이야기의 원천이자 중심이라고 말할 수 있지. 나는 그녀에게 물었어. 그대는 이집트의 케미스에서 죽은 건가? 아마도 나일 강에서 아몬과 함께 자맥질을 하다가 물에 빠져 죽은 거겠지? 아니면 사랑을 나누는 데 완전히 정신이 팔린 와중에 악어에게 잡아먹힌 건가? 그리고 사후에 승격된 거고? 아니면 그대가 하늘의 별이된 것은 그대의 글재주에 대한 일종의 포상인가? 포세이돈이감동적인 연설을 한 델피누스*를 별로 만들어 준 것처럼 말이야. 케미스 얘기가 나왔으니 말인데…….

하지만 그날 밤 그녀는 더 이상 이야기하려 하지 않고 그저 내게 꼭 붙어 있었어. 그와 마찬가지로 아침의 벽화는 호숫가에서 여전히 망토로 몸을 감싼 메두사가 내게 꼭 붙어 있는 모습을 보여 주었지. II-F는 그것과 짝이 되는 내부의 벽화와 마찬가지로 일곱 부분으로 나뉘어 있었지만, 너무도 규모가 컸던 지라 그 각각의 쪽그림이 내부의 벽화들에서 가장 폭이 넓은 것보다 더 넓었고, 그래서 하나씩 따로따로 감상할 수밖에 없었어. 나는 칼릭사에게 제우스의 시간표를 따를 경우 II-F 전체를 그날 다 볼 수 있는지, 아니면 각각의 쪽그림을 보기 위해 일주일을 투자해야 하는지를 물었어.

"그렇게 서둘러야 하나요?"

"아니, 아니, 아니야." 나는 그녀를 안심시켰어. "글쎄, 그렇군. 우선 나는 트리톤 호수에서 메두사와 함께 보낸 일주일 이후의 일이 하나도 기억나지 않아. 그리고 나는 내가 정확히 언제, 어떻게 죽었는지 알고 싶어. 하지만 정말로 관심이 가는 것은 나의 이 신전이 전개되는 방식이야." 나는 칼릭사와 함께 침대로 돌아와 그녀에게 내 말의 의미를 설명해 주었어. 한편

---

* 델피누스는 바다의 신 포세이돈의 심부름꾼으로 바다의 여왕 암피트리테를 설득하여 포세이돈과 결혼하게 한 공로로 하늘의 별자리(돌고래자리)가되었다.

으로 나에 관한 그림이 공개되는 비율과(말하자면, 하루에 벽화 하나 꼴이지.) 다른 한편으로 장면과 장면 사이에 시간이 훨씬 더 빠르게 경과되고 있다는 점을 고려해 볼 때, 우리는 황금 소나기를 받아 잉태된 그 순간부터 내가 기억하는 거의 마지막 장면까지의 삶을 엿새 만에 되짚어 보았어. 그것은 곧 (아마도 이제 어느 날이든) 대리석으로 조각된 역사가 내가 죽음을 맞이하는 순간에 도달하여 신으로 변화된 지금의 내 모습을 따라잡을 것임을 의미했지. 나는 칼릭사를 다그쳤어. 그녀가 현재 그리고 있는 게, 나선 모양의 하늘에서 그녀가 그리고 있는 바로 이 벽화들을 음미하는 그녀와 나의 모습이 아니라면 대체 뭐냐고 말이야.

잠시 말이 없더니 그녀가 대답했어. "오늘 밤은 그 질문에 대해 대답할 준비가 되어 있지 않아요." 그러나 그녀는 내게 두 가지를 숙고해 보라고 말했어. 첫째, 불멸성에는 끝이라는 게 있을 수 없듯이 우리의 침상으로부터 하늘을 통해 끝없이 펼쳐지는 신전 역시 그럴 거라고 추론할 수 있으며, 둘째로 부조(浮彫)의 폭은 점점 더 넓어지는 반면 각 장면 사이의 시간 간격은 점차 줄어들고 있다는 거야. 예를 들어 (딕티스가 조수에 밀려온 궤짝을 그물로 건져 올리는 장면을 묘사한) I-B에서 그것과 기둥 하나를 사이에 두고 이웃한 (내가 사모스의 아테네를 최초로 방문하는 장면을 묘사한) I-C까지는 무려 이십 년에 가까운 시간이 경과하는데, 외부 벽화들에서 그들과 상응하는 벽화들, 즉 II-B와 II-C 사이에는 약 이십 일 정도의 시차가 존재해. 그리고 II-E에서 II-F-i까지는 우리가 벽화를 감상하는 사이사이 잠을 자는 시간과 비슷한 고작 몇 시간 정도의 시차가 날 뿐이야. 그렇다면 마치 안쪽으로 구부러져 들어가는 나선처럼, 내 삶의 역사 또한 영원히 현재 시점에 가까워지면서도 결코 그것에 도달하지는 못할 수도 있지 않느냐는 거지. 어느 쪽이든, 그녀가 보기에 이 이야기는 영원히 끝이 나지 않을 것 같다는 거였어.

"하지만 그것은 모두 도입부(exposition)일 뿐이야! 실시간 드라마는 어디 있어? 절정(climax)은 어디에 있느냐고?"

칼릭사가 진지한 얼굴로 미소를 지었어. "제 생각엔 곧 그것*에 다다를 것 같은데요. 우리가 함께요."

"흥."

그대가 그런 소리를 내니까 꼭 칼릭사 같군. 제발 따지지 말아 줘. 내가 느끼기에 그날 저녁은 정말 중대한 때였어. 우선, 칼릭사가 당당하게, 태양이 사자자리에 들어선 지 아흐레째 되는 날인 다음 날은 자신의 스물다섯 번째 생일이자 자신의 삶의 달력에서 스무 번째의 경축일임을 밝혔어. 그녀는 그것을 내일쯤 말해 줄 생각이었다더군. 그러고는 자정이 되려면 어림잡아 약 한 시간 쯤 남아 있으니, 생일을 기념하는 의미에서 이번에는 순서를 바꿔 관계를 갖기 전에 이야기를 하자고 제안했어. 내 팔 안에서 인생의 사반세기 지점에 도달하고 싶다는 거야. 나는 몹시 감동을 받았어. 동시에 그녀의 소식이 암시하는 또 다른 사실 때문에 마음이 심란해졌지. 하지만 나는 그녀에게 말했어. 이 상황에서 II-F-i 벽화에 대해 설명하는 것

* 여기서 칼릭사는 절정(climax)이라는 말을 성적인 절정(orgasm)에 빗대어 말장난을 하고 있다.

은 시기적으로 적절하지도 않을뿐더러 괜히 성욕만 달아날 거야. 그대도 알다시피, 아침에 보게 될 그림에는 나와 메두사의 밀회 장면이 재현되어 있잖아. 우리 그냥 그걸 건너뛰는 게 어때? 주사위 놀이나 할까? 한 시간 정도 눈을 붙이는 건?

"아뇨. 이젠 괜찮아요. 듣고 싶어요." 칼릭사가 단호하게 말했어.

"좋아요, 아무래도 그녀는 정말 괜찮은 것 같군요. 난 여전히 질투가 나는데 말예요. 하지만 뭐, 더 이상 따지진 않겠어요."

좋아. 내가 그 이야기를 했을 때, 그날 밤엔 분명 그녀는 아무렇지도 않았어. 그녀가 지금도 괜찮길 바라. 나는 그녀에게 말했어. "메두사가 자신이 메두사임을 밝힌 건 그날 아침의 일이었어. 우리는 다시 시도했지만 그리 썩 나아지지는 않았지. 그녀는 여전히 혼자서 그 마술 전대를 뒤집어 쓴 채 내게 후배위를 제안했어.(제발 돌아눕지 마.) 그러고는 나더러 자신의 이야기를 다 마칠 때까지 돌려 눕히지 말라고 당부했지. 처음에 그녀는 자기가 살아온 이야기를 했어. 그 일부분은 그녀가 사모스에서 이미 내게 밝힌 것들이었지. 소녀 시절 어여뻤다는 것, 포세이돈의 강간, 아테네의 처벌, 자신이 고르곤이 된 사실을 알지 못했던 것, 그리고 나를 그녀의 처단자가 아니라 연인으로 착각했던 것." 이 부분은 말하기가 영 곤란하군. 특히 그대가 듣고 있는 상황에서는 말이야.

"하지만 제발 말해 줘요. 난 그 이야길 들을 권리가 있어요."

그렇다면 좋아. "그녀가 내게 말하길, 내 칼이 목에 닿는 순간 그녀는 눈을 떴다더군. 그런데 그녀가 죽기 전 마지막으로 본 광경이 내 방패에 비친 자신의 모습이었대. 아테네의 신전에서 그녀가 거울 삼아 머리를 매만졌던 바로 그 방패 말이야. 그 모습이 너무도 굴욕적이라 기꺼이 죽고 싶은 마음이었다나. 그녀는 그 후 아테네가 뱀으로 뒤덮인 그녀의 머리 가죽을 벗기고 머리를 몸통에 다시 붙인 뒤 그녀를 소생시키기 전까지 일어난 일에 대해서는 아는 바가 없었어. 그녀가 되살아나서 첫 번째로 바란 일은 만약 자신이 여전히 고르곤의 모습을 하고 있다면 그 즉시 다시 죽는 것이었대. 이상한 일은, 일단 되살아나자 그녀는 죽은 머리가 한 일들을 모두 기억할 수 있었다는 거야. 그러면서 복잡한 감정이 들었지. 정말 솔직하게 말하자면, 내가 자신을 죽인 장본인임에도 그녀는 여전히 나를 사랑했어. 또한 죽어 있는 동안에는 내 손에 머리칼을 잡힌 채 들어 올려져 시선 한 번으로 내 적들을 죽이는 순간을 보람으로 여기고 살아왔다더군. 이러한 고백에 나는 감동했어. 나는 그녀에게 자루를 벗어 던지고 이전 상태일 때 내가 너무나 악용했던 그 아름다운 머리에(그녀는 분명 자신의 머리가 아름답다고 말했지?) 입 맞추게 해 달라고 간청했지.

하지만 그녀는 아테네가 사면의 조건으로 내건 어려운 조항들을 거듭 말하며 내 손을 제지했어. 첫째, 만약 자기가 거울에 비친 자신의 모습을 보는 일이 생기면, 자기는 소녀의 모습이 아니라 고르곤의 모습을 보게 될 거래. 그리고 둘째, 만약 자신의 얼굴을 어느 누구에게라도 보인다면, 그 즉시 자기는 다시 고르곤이 될 거라더군.”

“그건 불공평해요.” 칼릭사가 말했어. “그녀의 말은 곧…….”

“바로 그거야. 하지만 한 가지 보상과 한 가지 면책 조항이 있었어. 아테네는 단 한 번에 한해서 누구든 두건을 벗은 그녀의 모습을 보거나 그녀가 두건을 벗은 채 시선을 준 사람을 젊어지게 만들거나 석화를 막는 힘을 그녀에게 부여해 주었어. 하지만 그녀를 본 사람에게 이러한 혜택이 주어지기 위해서는 그녀 자신이 대가를 치러야 했어. 아까 말했듯이, 누구에게라도 얼굴을 보이면 그녀는 다시 고르곤이 될 테니까.”

“그래요. 당신의 누이는 뭐든 공짜로 주는 법이 없죠.” 칼릭사가 말했어.

“그녀는 정의의 여신이 아니잖아. 나는 메두사에게 면책 조항이 뭐냐고 물었어. 하지만 잠시 동안 그녀는 말하려 하지 않았지. 그녀가 조심스러운 성격이라는 말을 내가 분명 한 적이 있을 거야. 내가 여기서 두 페이지에 걸쳐 말한걸 그녀를 구슬려 알아내는 데 며칠이나 걸렸으니까. 그녀가 고백하는 사이사이(그러한 고백을 이끌어 내려고 나는 내 고민들을 털어놓았어. 내가 일곱을 말하면 그녀가 하나를 말하는 정도로 말이야.) 우리는 호숫가를 거닐거나, 수영을 하고 낚시를 하거나, 인생 전반에 걸쳐 이야기를 나눴어.”

“사랑을 나누기도 하고요.” 칼릭사가 말했어.

“사랑을 나누려고 시도했지. 그녀는 충분히 만족했어. 그때 신전에서 포세이돈은 그녀를 거칠게 다뤘지. 그대도 신들이 어떤지 알고 있잖아.” “물론이죠.” “아무도 그녀에게 제대로 된 전희를 선사하거나 자신의 몸을 가지고 어떻게 즐기는지를 보여 준 적이 없었어…….”

“어떤 비난도 하지 않겠다고 약속할게요. 지금은 그녀가 조금 좋아졌거든요. 하지만 전 그런 것들은 대부분 본능적인 거라고 생각했는데요.” 칼릭사가 말했어. “아니야.” “글쎄요…….

아무것도 읽어 본 적 없대요? 알잖아요, 그런 거."

"독서야말로 그녀가 제일 많이 하는 일이었지." 내가 대답했어. "특히 오래된 신화나 전설 같은 거. 우리가 주로 이야기를 나눴던 주제도 바로 그거였고. 허나 그대도 이미 알아차렸겠지만 신화는 현실이 아니잖아. 그녀에게 사랑을 나누는 법을 가르쳐 주는 건 꽤 기분 좋은 일이었어. 하지만 그녀의 미숙함은 또 그것대로 그대의 능숙함만큼이나 당혹스러웠지. 게다가 아테네가 내건 조건을 알게 된 바에야 당연히 그게 신경이 쓰일 수밖에 없었고……"

"간단히 말해, 당신은 불능 상태였다 이 말이죠? 며칠 전에 저랑 할 때도 그랬던 것처럼." "그래." "설마, 줄곧 그랬던 건 아니겠죠? 전 이제 메두사 편이에요."

"그녀가 정말로 그렇게 말했나요, 페르세우스?"

정말 그랬어. "처음 몇 번만 그랬을 뿐이야." 내가 대답했어. "우리는 밤을 보낼수록 조금씩 나아졌어. 그대와 내가 그랬던 것처럼. 알고 보니 그녀는 자기가 과거에 고르곤이었고 포세이돈에게 강간당했으며 페가수스를 낳았다는 사실을 내가 알게 되면 자기를 원하지 않을까 봐 걱정했던 거야." "저 아무 말도 안 하고 있는 거 안 들려요?" "하지만 나는 그런 것들은 전혀 문제가 안 된다고 솔직하게 말했어. 사실은(일인칭 서사에서는 달리 말할 방법이 없군.) 메두사는 정말로 나를 사랑했어. 그녀가 그런 감정을 경험한 건 처음이었지. 그리고 나는 지난날 안드로메다와 함께한 시절 이후로 누군가의 사랑을 받아 본 적이 없다는 사실을 깨달았지. 게다가, 그녀는 진정 나와 마음이 맞는 여자였어. 우리는 즐겁게 대화를 나눴지……"

"괜히 변죽만 울리지 말아요." 칼릭사가 말했어. "당신은 그녀를 사랑했나요, 아니었나요?"

내 대답은…… 용서해 줘, 나는 우리 두 사람에 대해 확신이 없어서 괴로웠거든. 그래서 이렇게 대답했지. "그녀의 베일 뒤에 무엇이 있는지 내가 어떻게 확신할 수 있겠어? 그리고 내가 그녀에게 끌렸던 건 주로 내 고민을 모두 말하고 난 후에 찾아온 위안이랄까, 혹은 단순히 사랑받고 있다는 데 대한 허영심 때문이 아니었을까?"

"당신이 정말로 원했던 것은 다시 스무 살이 되어 안드로메다와 재결합하는 일이었겠죠. 이제 그만 그 면책 조항 얘기로 넘어가도 될까요?" 칼릭사가 말했어.

나는 그녀의 통찰력에 깜짝 놀랐어. "우리가 닷새째 밤에 나눈 이야기가 바로 그거야. 우리는 마침내 제대로 사랑을 나누는 데 성공했어. 그녀는 스스로에 대한 억압을 푸는 법을 조금은 배웠고, 심지어 처음으로 조금이나마 오르가슴을 느끼기도 했어. 우리가 계속 그런 식으로만 나가면 곧 모든 게 순조로워질 거라는 게 분명했지. 그대와 내가 그럴 것처럼 말이야. 우리가 절정 후 여운을 즐기면서 서로 꼭 안고 있을 때, 나는 그녀에게 사랑한다고 말하면서 아테네의 마지막 조건이 무엇이었느냐고 물었지. 왜냐하면 나는 그렇게 상냥한 목소리로 말하고, 그렇게 아름다운 목 위에 얹혀 있는 얼굴이 너무도 보고 싶었거든. 미안." 미안. "마침내 그녀는 그것을 털어놓았어. 만약 그녀의 두건을 벗긴 장본인이자 그녀가 유일하게 은혜를 베푼 그 남자가 그녀의 진정한 연인이라면, 그 두 사람은 별이 되어 불로의 삶을 얻게 되고 영원히 함께한다더군. 그러나 예전에 그녀는 자신이 고르곤이었다는 사실을 몰랐고 현재 자기 자신의 모습을 볼 수도 없으니, 어쩌면 그녀는 여전히 고르곤일 수도 있는 거고 그녀를 원래의 모습으로 회복시켜 주었다는 아테네의 말은 고약한 속임수일 수도 있다는 거지. 간단히 말해, 누구든 베일을 벗기고 그녀에게 키스하는 사람은 반드시 눈을 뜨고 그렇게 해야 하고, 고르곤의 품에서 영원히 돌이 되어 버릴 위험을 무릅쓸 각오를 해야 한다는 거야. 그녀가 자신의 얘기 말미에 그러더군. '난 기꺼이 그 위험을 감수하겠어요, 페르세우스. 하지만 당신은 잘 생각해 봐야 할 거예요.'"

칼릭사가 고개를 저었어. "그와 같은 이야기는 들어 본 적이 없는 것 같아요."

"나 역시 그랬어. 다음 날 그녀는 여느 때보다 더 말이 없었어. 그리고 그날 저녁 내게 아주 조용히, 그대가 얼마 전에 한 말과 똑같은 말을 하더군. 요컨대, 나는 그녀가 나를 사랑하는 것보다 그녀를 덜 사랑하고, 내 심장의 반은 여전히 안드로메다에게 매여 있다는 거였지. 나한테도 마법의 전대가 하나 있어서 부끄러움을 가렸으면 좋겠다는 생각이 들었어. 나는 그녀를 정말 사랑한다고 맹세했지. 만약 누군가 나만큼 사랑하는 사람이 있다 해도, 그는 그녀에 관한 일을 잘 모르는……."

"오, 이런, 페르세우스."

"그래, 그러게. 그녀는 조금 울었어. 내가 그저 알아차릴 수 있을 정도로만 조금. 마음이 찢어지는 것 같았지. 하지만 동시에 마음이 동하기도 했어. 이 이야기엔 성행위 이야기가 많이 나오지. 나는 그녀를 만졌고, 그녀는 대단히 여성스럽게 젖었어. 나는 거의 안드로메다와 할 때만큼이나 잘 해냈지. 메두사는 황홀경에 빠졌어. 허영심에서 이런 말 하는 거 아냐……."

"당신이 왜 그런 말을 하는지 알아요." 칼릭사가 말했어. "하지만 당신은 어땠나요, 페르세우스? 당신도 황홀경에 빠졌나요? 전 우리에 대해 생각해요. 지난밤 우리는 막……."

나는 그녀에게 다른 경우에 있어서도 진실인 것*에 대해 이야기했어. 그러니까, 내가 좀 더 나은 시절에 안드로메다와 할 때 익숙했던 그런 종류의 황홀감을 느끼기엔 내가 여전히 너무도 다른 생각에 빠져 있었다는 거였지. 그래, 쾌감은 느꼈어. 약간의 만족감도 느꼈지. 하지만 완전히 딴 세상에 온 것 같은 황홀경은 아직 아니었지. 또한 그럴 것 같지도 않았어. 우리가 어떠한 구속도 없이 똑같은 고도에 오를 때까지는 말이야.

"그런 일이 있다면 말이지요."

나는 어깨를 으쓱했어. "어쨌든 메두사는 마침내 절정에 다다랐고, 그녀의 진짜 얼굴을 볼 순간이 왔지." "그래요."

"그래요."

그래. "하지만 나는 그러지 않았어. 그저 그녀를 꼭 안고 있다가 결국엔 잠이 들었지. 다음 날 아침, 잠에서 깨어 보니 나는 혼자였고 그녀는 이미 가 버리고 없었어……."

"페르세우스?" "응?" "자정이 지났어요. 전 이제 스물다섯이고 겁이 나요. 저를 사랑해 주실래요?"

나는 그렇게 했고, 그녀도 그렇게 했어. 이 이야기에는 성행위 장면이 넘칠 만큼 많이 나오지. 어쩔 수가 없어. 우리는 경

---

* 페르세우스와 칼릭사의 경우만이 아니라 페르세우스와 메두사의 경우에도 해당되는 진실.

계에 많이 근접했지만, 그것을 넘지는 못했어. 칼릭사는 이제 더 이상 나의 유쾌한 신녀가 아니었어. 그녀는 엄숙한 얼굴로 일어나 앉아 제단 옆 램프 불빛에 내가 그녀의 몸에서부터 나선 문양의 침대 시트에 이르기까지 정액을 떨어뜨리는 모습을 지켜보았어.

"전 제 삶이 좋아요." 그녀는 마치 그 작은 정액 웅덩이에 말을 거는 것 같았어. "전 제가 내키는 대로 오고 가죠. 자유롭고 독립적인 삶이에요. 전 어떤 남자에게도 매이고 싶지 않아요. 당신과 전 사실 아무런 관계도 없어요. 당신은 제게 매력을 못 느끼죠. 만약 우리가 함께 있으면 아마 서로를 못 견디게 만들 거예요. 당신은 천국에 있지 않아요, 페르세우스. 우리 둘 다 마찬가지죠."

나는 겨우 손가락 하나를 그녀의 허벅지에 댈 수 있을 뿐이었어. "그럼 케미스에 있는 건가?"

그녀가 고개를 끄덕였어.

"그렇다면 살아 있는 거군." "그래요." "잠깐 숨 좀 돌리고. 난 그대에게 어떻게 생일이라는 게 있을 수 있는지 궁금했어."

잠시 침묵이 흘렀지. 우리 둘은 그녀가 자기 몸에서 내 정액이 흘러나오는 걸 막기 위해 다리를 꼬는 모습을 지켜보았어. 그녀가 아무리 훌륭한 근육을 가졌어도 소용없는 일이었지만. "당신이 요파로 가는 길에 처음 이곳에 들렀을 때, 그날은 제 다섯 번째 생일이었어요. 우리는 그 여름날 유치원 건물에서 나와, 고르곤의 목을 벤 황금빛 피부의 하늘을 나는 영웅을 봐도 된다는 허락을 받았죠. 당신은 그저 광장 분수에서 물 한 모금을 마시고는 날아가 버렸을 뿐이었지만, 학교에 다니는 내내 우리는 아몬과 사바지오스, 다른 토착 신들과 함께 당신 같은 그리스 영웅들을 공부했어요." 그녀는 정액이 떨어진 지점 위에 다리를 포갠 채 앉아 있었어. 그녀의 눈에선 눈물이 흘러내리고 있었지. "눈을 감고 다리를 오므리면 이걸 멈출 수 있을 거예요." 그녀가 단언했어. 하지만 그러진 않더군. "처음에는 시 의회가 그저 분수 위에 작은 기념 동판을 만들어 놓았을 뿐이었어요. 우리 지역의 인기 신은 아몬과 사바지오스였거든요. 나중에 제가 학자가 되면 어떨까 하고 생각했을 때, 전 제 영웅들, 당신들 세 명에 대해 논문을 썼죠." 그녀는 미소를 지었고, 코를 훌쩍였고, 그 작은 웅덩이를 손가락으로 저었어. "사실, 그것이 제 논문 주제였어요. 우리 고장의 영웅들 가운데 다른 두 명은 엄밀히 말해 신이며, 그것도 이급 신인데 반해 오직 페르세우스만이 엄밀히 말해 영웅이며, 그것도 최상급의 영웅이므로, 당신 역시 다른 두 명과 마찬가지로 신전을 가질 자격이 있다는 내용이었어요. 웃기는 글이었죠."

"글쎄."

그녀는 고개를 저었어. "전 학자가 될 순 없을 거예요. 글을 쓰거나 그림을 그리거나 어느 것도 할 수 없죠. 이렇게 훌륭한 지능을 가지고 태어났음에도 할 수 있는 게 아무것도 없어요. 저는 학비를 대기 위해 아몬 신전과 사바지오스 신전에서 일했어요. 그러다가 아몬이 절 겁탈했죠. 전 좋았어요. 그래서 사바지오스도 받아들였어요. 그러고는 얼마 안 있어 신전 세 개를 모두 맡게 되었죠. 일이 그리 나쁘진 않았어요. 사람들도 많이 만나고. 그저 때때로 제가 하는 일이 과연 어떤 의미 있는 결과를 낼 수 있을지 궁금할 뿐이에요. 당신들 셋은 모두

기혼자예요. 아몬과 사바지오스는 그 외에도 애인이 수도 없이 많죠. 어떤 면에선, 짐작건대 당신이 저의 마지막 희망이었어요. 메두사가 당신을 이곳으로 데려왔을 때, 전 바라지 않을 수가 없었죠……." 그녀는 아무 생각 없이 램프 불꽃에다 정액을 튕겼어. 빗나갔지만. "그런데 알고 보니 당신마저도 이미 여자 친구가 있더군요."

"이젠 아니지." 내가 말했어. "나조차도 세상에선 없는 사람이잖아." 하지만 만약 내가 살아 있다면 내겐 사실 아내가 있다는 얘기지.(나는 I-F-3 벽화에서 몸에 실오라기 하나 걸치지 않은 채 절벽에 묶여 있는 젊고 아름다운 그녀를 눈여겨보았어.) 그리고 그녀에게 돌아가는 편이 나았고. "그렇지 않아도 어째서 케미스 장면이 빠져 있나 궁금했어. 그러면 내일 보게 될 벽화는……."

"바로 그 사막이죠. 당신은 나가는 길에 그걸 보게 될 거예요. 하지만 페르세우스……." 놀랍게도, 왜냐하면 난 그녀가 짜증이 나 있거나 자기 연민에 빠져 있거나 혹은 그 둘 다일 거라고 생각했거든, 아무튼 놀랍게도 그녀는 미끄러지듯 다가오더니 내 머리를 자기 무릎 위에 얹더군. "차라리 제가 그 소식을 전하는 악역을 맡는 게 나을 것 같네요. 안드로메다는 당신을 버렸어요. 영구히."

나는 램프 불빛에 비친 그녀의 배꼽을 바로 가까이에서 눈으로 즐기고 있었어. 그런데 이 소식을 듣자, 내 심장은 마치 엉터리 시의 압운이 그렇듯 제멋대로 널을 뛰고, 내 의도와는 상관없이 그저 눈이 감기더군.

"메두사가 사막에서 당신을 이곳으로 데려왔을 때 전해 준 소식이에요. 당신의 아내는 다나오스와 함께 요파로 갔어요."

나는 그녀의 무릎에서 일어나 앉아 잃었던 목소리를 되찾았어. "그놈을 죽일 거야."

하지만 칼릭사는 조용한 목소리로, 다나오스를 죽인다고 해서 달라지는 건 아무 것도 없다고 말하더군. 그놈은 안드로메다에게 아무런 의미가 없으니까. 마치 자기가 내게 그런 것처럼 말이야. 그저 가볍게 즐기는 대상, 기분 전환용이라는 거지. 안드로메다는 그저 날 치워 버리고 싶어 했고, 또 그렇게 했어. 만약 내가 내 마음을 잘 들여다보면, 틀림없이 나 또한 그녀와 끝났다는 걸 알 수 있을 거라나. 그런 일들은 종종 일어나니까. 이것도 그런 경우 아니겠느냐는 거지.

나는 힘겹게 그녀의 배에 대고 말했어. "그럴 수도 있겠지." 어느덧 내 눈가도 젖어 있었어.

"메두사를 사랑하나요?"

"모르겠어."

칼릭사는 두 손가락 끝을 둥글게 모아 예전에 금빛 고수머리가 자라던 곳을 비볐어. "만약 당신이 이곳에서 머물고 싶다면…… 제 말은, 딱히 기한을 정하지 않고요……. 전 좋을 거예요."

나와 함께 삼십 분 간 달콤한 시간을 보낸 뒤, 그녀는 아기처럼 거리낄 것 없이 평온하게 잠을 잤어. 하지만 나는 II-B에 등장하는 바람처럼 여러 가지 복잡한 감정의 폭풍에 밤새도록 몸을 뒤척였지. 어느 순간 다나오스와 안드로메다가 한 침대에 있는 모습이 머릿속에 그려지면서 욕지기가 나고 분노로 땀을 흘렸어. 하지만 다음 순간 마침내 속박에서 벗어나 진정한 페르세우스가 될 수 있는 자유를 얻게 되었으며, 별이 될지 돌이 될지는 결과가 나와 봐야 알겠지만 어쨌든 주체적인 인간이 될 수 있다는 안도감에 한껏 기분이 고양되었지. 나의 잃어버린 과거, 내 젊은 시절에 대한 슬픔이 그 뒤를 잇는가 싶더니, 이제는 더 이상 내 것이 아닌 안드로메다에 대한 고통만큼이나 쓰라린 연민이 자리를 잡았어. 너무도 아름답고 우아한 그녀는 여전히 침대에 누워 있었지.(그 모습이 떠오르자 젊은 다나오스에게 다시금 화가 치밀었어! 새삼 분통이 터지더군!) 내가 다른 어디에 있다 해도 그건 참을 수 없는 광경이야. 새벽녘이 가까워졌을 때, 나는 램프를 들고 내 인생 이야기의 첫 번째 주기를 음미하며 둘러보았어. 램프 기름과 밤과 영웅적인 젊은 시절이 함께 잦아들었지. 나는 칼릭사가 자고 있는 곳으로 돌아와 꿈속에서 헤매는 그녀를 부드러운 애무로 깨워 잠에 취한 가운데 촉촉이 젖게 만들었고, 우리는 격렬한 쾌감과 더불어 처음으로 함께 완전한 절정에 올랐어. 우리가 가쁜 숨을 진정시키는 동안, 그녀는 내 얼굴을 가까이 쥐고 찬찬히 살피더군.

"당신이 이미 가 버렸을 거라고 생각했어요."

내가 대답을 하지 않자, 그녀는 잠시 내 얼굴을 꼭 쥐고 눈을 한 번 깜박이더니, 손을 놓고 고개를 돌렸어.

"어쩌면 다시 돌아올지도 몰라." 내가 말했어. 그리고 덧붙였어. "고마워, 칼릭사. 정말이지 모든 게 다 고마워." 목에 걸린 무언가가 마지막 서튼 말을 잡아 두지 않았다면 "진심이야."라는 말까지 얹을 뻔했지. 평범한 자주색 튜닉이 I-A 벽화 뒤 통로에 걸려 있었어. 난 그것을 입고, 아랫도리에서 여전히 사랑의 흔적을 흘리고 있는 내 신녀를 놓아둔 채 조용히 발끝으로 걸어 나와 (아직은 조각되지 않은) II-F의 두 번째 쪽그림을 위해 그녀가 그린 마지막 밑그림 앞에서 잠시 멈췄어. 그녀는 내가 써 놓은 광고 문구 PERSEUS LOVES……에다 그런 것처럼 조금이라도 확실하지 않은 부분은 가려 놓았더군. 일찌감치 신전에 들른 관광객들 몇 명이 머지않아 II-F-3에서 7에 이르는 쪽그림들과 II-G 벽화가 차지할 드넓은 빈 공간 쪽에서 다가왔어. 아직 내 이야기를 옮겨 놓은 벽화를 보기 전인지라 그들이 보게 될 벽화의 주인공을 알아보지 못하더군. 그리고 나 역시 그들 가운데 어떤 녀석이 그 벽화를 그린 예술가의 몸을 차지할 만한 자격이 있는지 미처 살펴보지 못했어.(그로부터 한 시간 후 배를 타고 연녹색 나일 강을 내려가던 도중에야 그 생각이 나지 뭐야.) 격렬하진 않지만 온 우주를 휘감을 듯한 질투심이 일더군.

"지금도 여전히 그런 기분인가요?"

영원히 그럴 거야. 어쩔 수 없어. 미안해.

"사과하라고 하지는 않았어요."

영원히 그럴 거야. 어쩔 수 없어.   .*"요파로 가지." 멤피스에서 잠시 멈춰 휴식을 취하고 강어귀 일곱 군데를 구경하는 게 어떻겠냐고 권하는 사공에게 나는 그렇게 말했어. 파로스의 강변에는 마치 수염 난 등대처럼 바다의 노인이 서 있었어. 하지만 항해를 위한 길잡이 따윈 필요 없었지. 별똥별 빛의 인도로 우리는 분명 동쪽으로 향하고 있었으니까. 이제 내 이야기의 삼분의 이가 끝났어. '어디에서부터'와 '어디에'는 이

---

* 원문에도 공란으로 처리됨.

야기가 된 셈이었지. '어디로'에 관해 내가 알고 있는 사실은 여하튼 안드로메다를 마지막으로 한 번 더 대면하게 되리라는 거였어. 그녀에게든 혹은 누구에게든 입을 맞출지 혹은 죽일지, 반갑게 인사할지 혹은 작별을 고할지는 내가 II-F-3에 이르렀을 때 알게 될 일이었지. 난 칼릭사를 남겨 두고 떠났고, 짐작건대 새로운 메두사 역시 떠난 게 분명했지. 그녀는 비록 내 목숨을 구해 줬지만, 서로 부둥켜안고 있는 상황에서도 마법의 전대가 그녀의 얼굴을 덮듯 의심이 사랑과 고마움을 덮어 버렸으니까. 말하지 마. 난 지금 사과하고 있는 게 아니니까. 나는 그것도 나름 괜찮다고 스스로에게 말했어. 내 두 번째 이야기가 단순히 첫 번째 이야기를 반복한 것이 아니라 진정으로 또 하나의 다른 이야기가 되게 하고, 새로운 대화에 앞서 한동안 독백의 시간을 갖는 거지……

"알았어요. 더 이상 말하지 않을게요."

맺음말을 할 때가 오기까지는 잠자코 있어 주길 바랄게. 그 시간이 빨리 오면 좋겠군. 다음 날 아침 우리가 요파의 해안을 눈앞에 두었을 때, 추레한 몰골의 사공이 절벽을 가리키면서 아름다운(fair) 안드로메다가 케토스의 먹이가 되기 위해 묶여 있던 곳인데 위대한 페르세우스가 나타나서 그녀를 구해 주었느니 어쨌느니 설명을 늘어놓더군. 그래서 내가 그녀의 피부는 희지(fair) 않다고 정정해 주었지. 그랬더니 그 사공은 배에 탔던 사람들 가운데 그렇게 말한 사람은 내가 유일하다고 대꾸하면서 내가 자기한테 야간 항해 삯을 미리 지불해 두었기에 하는 말인데 자기는 그 절벽에 가 보았지만 당신은 가 본 적이 있느냐고 묻더군. 나는 정체를 드러내고 싶지 않아서 그 지저분한 뱃놈이 계속 입을 놀리도록 내버려 두었어. 심지어 그놈이 온갖 음탕한 단어들을 동원해 가며 그 옛날 나의 신부가 될 여자의 알몸을 묘사했을 때도, 하늘을 날아가던 내가 뭍으로 내려왔던 이유도 바로 그 알몸을 훔쳐보기 위해서라고 주장했을 때도, 나는 그놈의 몸에 칼을 찔러 넣지 않았어. 그저 내 인생사에 등장하는, 그때까진 잊고 있었던 또 하나의 머리카락과 관련된 일화를 칼릭사에게 우편으로 알려 줘야겠다고 다짐할 뿐이었지. 사실 바닷바람이 안드로메다의 머리칼을 날리기 전까진 그녀가 대리석상인 줄 알았거든. 그 뱃놈은 내 미소를 자기 말에 동조하는 음흉한 웃음으로 착각했는지 자기가 말한 것은 연안에서는 모르는 사람들이 없는 사실이라고 귀띔했어. 그러고는 신이 나서 보고하기 시작했지. 바로 그 안드로메다가 지금 요파에서 새로운 연인과 놀아나는 중이고, 카시오페이아의 기둥서방으로 알려진 갈란티스라는 녀석 역시 호시탐탐 그녀의 몸에 올라탈 기회를 노리고 있으며, 이에 나이 많은 왕비 쪽은 질투심에 사로잡힌 나머지 아몬에게 황소들을 잡아 바치며 또 다른 케토스를 보내 자신의 헤픈 딸년을 다시 희생 제물로 바치게 해 달라고 빌고 있으며, 게다가…… 하지만 그것은 그놈의 마지막 말이 되고 말았어. 수동적인 태도는 개나 주라지. 나는 그놈을 단검으로 찌르고 상어에게 던져 준 후 혼자서 배를 저어 항구로 갔어.

그날은 그곳 형편을 살펴볼 생각에 내 사막의 연인처럼 두건을 뒤집어쓰고 시내를 배회했어. 하지만 밤이 가까워질 무렵 그녀의 조언이 기억났지. 나는 망토를 벗고 곧장 왕궁의 정문으로 가서 피부색이 검은 경비병에게 나는 페르세우스 왕이니

길을 비키라고 말한 후 궁전 안뜰로 들어섰어. 그러고는 그곳에 있던 가장 가까운 의자에 앉아 무엇이건 다음에 닥칠 일을 기다렸지. 그때 내 뒤에 있던 울타리 너머에서 케페우스의 나이 든 목소리가 들려왔어. 금방 알겠더라고.

"안녕하시오? 안녕하시겠지, 물론. 거기 누가 있는 것 같은데? 눈과 귀가 예전 같지 않아서 말이야……."

나는 울타리를 통과해 케페우스가 채소를 재배하고 있는 곳으로 들어갔어. "접니다, 장인." 고령으로 몸이 많이 쪼그라진 케페우스가 채소밭 위에 앉아 있었어. 딱히 내게 한 말은 아니었고, 오히려 채소의 싹을 향해 말하는 듯했어. 그리고 마치 내가 없는 것처럼 말을 이었지.

"이곳에 영원히 있었던 것 같은 기분이야. 아마도 늘 밭을 둘러보니까 그런 거겠지. 내 작물들처럼 돌아가면서 말이야. 시간이 흐르면 사람은 예전의 모습을 잃게 되지. 서글픈 일이야. 내가 잠을 자고 있는 틈을 타 누군가 습격하면……."

나는 그의 어깨를 두드렸어.

그가 말했어. "내가 잠이 든 틈에 자네가 갑자기 쳐들어왔다는 말을 하려던 참이었어. 언젠가 페르세우스도 밤에……."

"장인어른, 제가 페르세우스입니다. 페르세우스라고요." 내 눈에 눈물이 차올랐어. 그는 공허한 눈을 들어 나를 올려다보았어.

"하지만 진짜로 잠이 들어 있었던 건 아닐세. 그저 졸고 있었을 뿐이야. 늙은이는 잠이 없다네. 앞으로 끝없는 밤이 기다린다 생각하면 잠이 달아나거든. 나는, 나는 언제나 제일 먼저 일어나고, 침대에는 거의 누워 있지 않는 편일세. 밤새도록 집안과 정원을 배회하면서 졸거나 뭔가를 우물거리지. 오, 아내와 아이들 문제며, 국가적인 부채 문제며, 채소밭 문제로 속을 끓이기도 하고, 혼잣말도 하다가 빙빙 원을 그리며 돌기도 하다가……."

나는 그 앞에 쭈그리고 앉았어. "노인장, 눈도 멀고 귀도 먹은 겁니까?"

"미안하네." 나는 그의 팔을 꼭 잡았어. "전에는 그랬지." 그가 말했어. "내가 사람을 만날 때는, 이것저것 알려 주는 종복을 데리고 다녔어. 하지만 지금은 그럴 필요가 없다네. 어디에서든 이야기를 시작할 수 있어. 그것은 별자리처럼 잘 어울리고 조리가 맞지. 자네가 별자리를 알고 그걸 읽을 수 있다면 내 말이 무슨 말인지 알 거야. 내 이름은 케페우스일세. 에티오피아의 왕 말이야. 내 아내 카시오페이아도 곧 나타날 걸세. 그녀는 저기 밑에서 머리를 감고 있어. 안드로메다도, 페르세우스와 나머지 사람들도 곧 이리로 올 걸세. 자네도 그들을 보게 될 거야."

나는 움직임이 없는 그의 눈동자 앞에서 손을 움직여 보았어. "자네도 알다시피 에티오피아의 왕 노릇은 쉬운 일이 아닐세. 왕비의 남편, 공주의 아비 노릇은 더욱 어렵지. 하지만 가장 힘든 일은 황금 머리칼을 가진 정복자 영웅의 장인 노릇이라네. 평생 내가 바란 것이라곤 조용한 삶뿐이었어. 교역에 신경 쓰고, 책을 간수하고, 신들을 달래고, 딸에게 좋은 혼처를 찾아 주고, 심어 놓은 식물들을 잘 돌보고, 손자들이랑 놀아 주고, 에티오피아를 처음 세웠을 때보다는 더 나쁘지 않은 상태로 만들어 놓고 떠나는 일이었지. 말하다 보니 너무 길어졌군."

나는 옛 메두사를 마주한 것처럼 그 자리에서 굳어 버렸어. 다만 다른 점이 있다면, 그녀가 변신시킨 석상들과 달리 나는 눈물을 흘렸다는 거야.

케페우스가 말을 이었어. "하지만 나는 결코 왕이 아니었다네. 단지 카시오페이아 왕비 전하의 배우자였을 뿐이야. 사실은 그게 이 이야기의 요점일세. 좋건 나쁘건 우리가 모두 여기에 와 있는 것도 바로 그 때문이고. 세상에, 그녀는 아름답다네! 마치 어제의 일인 양 기억이 생생하다네. 처음 내가……. 잊어버렸군. 안드로메다? 그건 자네의 어머니였어! 잊어버렸네." 그는 머릿속을 맑게 하려는 듯 얼굴을 찡그렸어. "아니지, 기억이 나. 기억이 나! 제우스 아몬. 그건 하나야!"

"케페우스, 당신이 지금 어디에 있는지 알고 계십니까?"

"내 볼일을 보고 있지." 그가 말했어. 하지만 어딘가 정상이 아닌 듯한 말투였지. "정원 바깥에 말이야, 확실해, 지난 여름에, 포도와 토마토는 잘 심어 놓았는데, 콩이 제대로 자라려면 비가 한 차례 더 와야 해. 안드로메다 때문에 속이 상하네. 어째서 그 애는 페르세우스와 갈라섰을까? 지금껏 잘 살아 놓고선. 카시오페이아가 무슨 일을 꾸미는지도 걱정이야." 이번에는 그가 내 어깨를 잡았어. 하지만 여전히 공허한 눈빛으로 마치 왕실의 오래된 친구에게 하듯 마음을 털어놓았어. "여보게, 나는 정말이지 그 아이들이 마침내 자리를 잡았구나 하고 생각했다네. 한데 어느 날 난데없이 새로운 불행거리를 이고 집으로 돌아왔지 뭔가. 딸아이를 보게 된 게 기쁘지 않다는 건 아니야. 비록 그 애가 새로운 애인을 달고 왔어도 말일세……."

나는 신음하듯 말했어. "그들은 어디 있습니까, 케페우스?"

"아내는 못마땅해했지만, 안드로메다와 나는 언제나 사이가 좋았어. 나는 그 애가 아이들도 데려왔으면 했지. 그 녀석들은 지금 이 시기의 해안을 좋아할 거야. 잊지 말게. 그 아이는 내 외동딸이야. 페르세우스가 그 아이를 데려갔을 땐, 그 아이가 구출되는 걸 보았을 때처럼 행복하면서도 집안에 구멍이 하나 뚫린 것처럼 허전했다네. 이 커다란 왕궁에 나와 카시오페이아뿐이었지. 모르겠네."

손에 단검을 든 채 나는 자리를 뜨려 했어. 하지만 케페우스가 내 옷을 잡았고, 그 순간 나는 참아야 한다고 다시금 스스로를 타일렀어.

"내가 이렇게 괴로운 건 그 아이들이 갈라섰기 때문이 아니네." 그가 말했어.

"예?"

"그들은 이제 애가 아니야. 그들의 아이들조차 이제는 애라고 할 수 없지. 그걸 자꾸 잊어버린다네. 카시오페이아와 나는 종종 우리가 애초에 만나지 않았더라면 하고 바랐지⋯⋯. 우린 최악의 상황에서도 같이 살았지만, 요즘 결혼은 예전 같지 않아. 요즘 젊은 사람들도 우리와는 다르지. 쳇! 안드로메다는 마흔이 다 돼 가. 나이는 속일 수가 없지. 특히 근심이 가득 차 있는 눈가의 주름을 보게. 다 내게서 물려받은 거야. 내가 페르세우스에게 말했던 것 같은데⋯⋯."

"페르세우스에게 뭐라고 말씀하셨는데요, 아버님?"

그는 내 옆에서 다시 얼굴을 찌푸렸어. "이보게⋯⋯. 한 왕궁에 두 여자를 데리고 있으면 안 된다네." "저도 그렇게 생각합니다."

"나도 그래요."

내 사랑, 제발. 맺음말을 하려면 아직 멀었어. "내가 페르세우스에게 들려준 말이 바로 그거였네." 케페우스가 말했어. "결혼식 직후에 말일세. 그가 내 어깨를 툭툭 두드리더니 이게 다 어떻게 된 영문인지 묻더군.* 나는 그를 한쪽으로 데려가서 솔직하게 말해 주었네. '어떻게 된 일이냐고? 한 지붕 아래 두 여자가 있기 때문이지. 카시오페이아는 늘 자신의 머리칼을 자랑하지. 태어날 때부터 고수머리라는 둥, 여신의 머리칼만큼 아름답다는 둥, 안드로메다가 자신을 닮아 그런 머리칼을 갖고 있는 건 행운이라는 둥 말일세. 수백 번도 더 그녀를 타일렀어. 당신은 타고난 고수머리를 갖고 있으니 괜히 풍파를 일으키지 말라고. 아니나 다를까 신탁이 내리더군. 네레이스들이 노했으니 누군가가 대가를 치러야 하며, 그렇지 않으면 영원히 케토스에게 괴롭힘을 당할 거라고 말일세. 이보게, 페르세우스, 자네도 알다시피 우리 요파 같은 곳은 일단 어업이 망하면 나라 전체의 경제가 결딴나지 않나.' 뭐 그런 얘기였던 것 같군."

나는 그때 일을 떠올리고는 기회다 싶어서 젊었을 적 페르세우스의 말을 그대로 따라 했어. "그렇다면 아버님은 어째서 아버님의 아내가 아니라 안드로메다를 절벽에 묶었던 겁니까?'"

"거기서 딱 말문이 막히더군." 케페우스가 대답했어. "내가 겨우 했던 말이라곤, '그건 어떤 남자도 결코 강요받아서는 안 될 선택이지. 그래도 어쨌든 명령은 명령이니까.'라는 게 다였어. 하지만 페르세우스는 그리 만만히 속을 사람이 아니라네.

---

* 어째서 안드로메다가 절벽 위에 묶이게 되었는지 묻고 있다.

그 당시에는 특히……."

나는 다시 시도했어. "'누구의 명령 말입니까? 아몬이 아버님께 개인적으로 일러 준 말인가요, 아니면 아내의 말을 곧이곧대로 믿으신 겁니까?'"

케페우스의 얼굴에 희미한 미소가 떠올랐어. "바로 그때 피네우스와 일당들이 연회장에 난입해서 얼마나 다행이었는지! 그들이 돌이 되어 버렸을 때쯤엔, 자네도 무슨 질문을 하고 있었는지 까맣게 잊어버리고 말았으니까."

"기억납니다, 기억나요!" 나는 다시 쪼그려 앉아 그의 양쪽 어깨를 잡았어. "아버님도 이젠 기억나시죠?"

케페우스가 애매하게 고개를 저었어. "이십 년이 지난 지금도 그 일만 생각하면 비참한 기분이 든다네. 잡초를 뽑으며 역사가 반복되는 걸 지켜보고만 있는 나를 겁쟁이라고 저주하지……."

"당신은 결코 겁쟁이가 아니었습니다, 케페우스! I-F-5 벽화에 나와 있는 연회장의 전투, 기억하십니까?"

"그래, 제우스에 맹세코 그리 겁쟁이는 아니었어." 그도 동의를 하더군. "그저 지독히도 공처가였을 뿐이지. 그런데 자넨……."

"페르세우습니다! 페르세우스예요!"

"결국 남자의 싸움인 거야. 나도 늘 싸웠지." 그는 내 도움을 받아 일어섰어. 내 무릎 역시 멀쩡하다고는 못 하겠지만. "변명할 생각은 없네." 그가 말했어.

"사과할 필요 없습니다! 이제 절 알아보시겠어요?"

"자네는 상상하지 못할 거야. 어느 날 콩밭을 이리저리 거닐고 있는데, 마치 이십 년이 아니라 이십 분이 지난 것처럼 누군가가 또 내 어깨를 두드리고, 돌아보니 거기 페르세우스가 서서 내게 카시오페이아가 이번에는 어떤 이야기를 날조해 내고 있는지, 안드로메다는 어디서 무슨 일을 꾀하고 있는지 물었을 때 내가 어떤 기분이었는지 말일세!"

나는 그에게 바짝 다가섰어. "그게 바로 제가 묻고 싶은 질문입니다, 케페우스! 날 봐요!" 그의 눈에 움직임이 보였어. 장님이라기보다는 겁을 집어먹은 남자의 눈이었지. 나는 웃으면서 내 배와 머리를 두드렸어. "보입니까? 벌써 이십 년입니다. 당신의 딸보다 제가 더 마흔 살 같은 모습을 하고 있죠. 살이 찌고 근육이 굳어 반쯤은 돌이 되어 버린……."

케페우스가 눈을 감았어. "페르세우스로군…… 살이 찌거나 근육이 굳었거나 혹은 병이 들었다 해도……." 그가 희미하게 미소를 지었어. "페르세우스는 여전히 페르세우스지. 밤공기는 관절염에 좋지 않네. 어서 안으로 들어가세."

우리는 발을 절며 왕궁 쪽으로 천천히 걸어갔어. 이제는 완전히 눈이 맑아진 그는 다음과 같은 사실을 확인시켜 주더군. 안드로메다와 다나오스는 그곳에서 불륜 관계를 맺고 있고, 카시오페이아는 애인인 갈란티스가 딸과 새롱거리자 화가 머리끝까지 나서는 예전과 똑같이 수상한 아몬 신탁을 들먹이며 다시금 케페우스를 달달 볶고 있으며, (이것은 내가 전에 듣지 못했던 얘긴데) 애초에 피네우스를 쑤석여 내 결혼을 엉망으로 만들어 놓은 장본인도 바로 질투에 눈이 먼 그녀였다는 거야.

나는 차갑게 굳은 채 발을 멈췄어. "어째서 그녀를 그냥 두시는 겁니까, 케페우스?"

그는 귓불을 만지작거리며 곁눈으로 슬쩍 나를 보았어. 그러더니 하는 말이, 물론 지금도 여전히 감탄할 만큼 아름다운 여인의 사랑을 받지 못한다는 사실에 괴로워한 지 오래지만, 그는 한 번도 스스로를 딱히 사랑스럽다고 생각해 본 적이 없으며, 애초에 태어나기를 아름답게 태어난 자신의 아내와 같은 여자들이 지금 자기 아내처럼 되는 것에 이유가 없지는 않을 거라 짐작한다나. 그러면서 어깨를 한 번 추어올리더니 결론이랍시고 이렇게 말하더군. "자네도 알게 될 걸세."

"그럴 것 같지 않은데요. 안드로메다는 어디 있습니까?"

그는 턱 끝으로 앞에 있는 집을 가리켰어. "연회장에서 작별 인사를 하려고 기다리고 있네." 그의 설명에 의하면, (무슨 정보든 언제나 마지막에야 입수하는 자신의 개인 첩보 조직이나 굼벵이 기어가는 속도로 움직이는 에티오피아 왕실 우편 기관에서 알아낸 건 분명히 아니지만) 정체를 알 수 없는 어떤 수단에 의해 내가 도착한다는 보고가 나보다 앞서 요파에 당도했고, 그로 인해 대대적인 불안감이 왕궁을 휩쓸고 지나갔으며, 짐작건대 자신 역시 두려움으로 인해 몽환 상태에 빠져 있는 건지도 모른다는 거였어. "그건 잘못된 정보일 거야. 사람들은 자네가 실종된 지 십 년이 넘었다고 했으니까."

나는 그 잘못된 정보가 실은 옳았다고 대답했어. 나는 이십 년을 잃었고, 아내 역시 잃었으며, 그 상실감으로 인해 십 년은 더 늙은 것처럼 느껴진다고 말했어. 우리는 연회장에 도착했어. 케페우스는 땅이 질척인다는 둥 뼈가 노쇠했다는 둥 막연하게 불평을 하면서 나보다 몇 미터 뒤에서 꾸물거리고 있었지. 입구에서 나는 그 유명한 장면에 눈을 적응시키느라 잠시 멈춰 서 있었어. 삼차원으로 구현된 I-F-5, 설화 석고처럼 하얗게 굳어 버린 전투의 흔적들 말이야. 대리석 바닥 위에는 내가 메두사의 머리를 꺼내 들고 모든 사람들을 대리석으로 만들기 전에 해치운 사람들이 대리석 피 웅덩이 안에 누워 있었어. 나는 우선 로에투스를 창으로 해치웠어. 아시리아의 남색자 리카바스는 내 칼에 목이 달아났고, 그의 남색 상대인 미소년 아티스는 황홀경에 취해 그의 밑에 깔린 채로 죽었지. 나는 창 하나로 포르바스와 암피메돈을 한꺼번에 꿰뚫었고, 화강암처럼 단단한 에리투스를 물 마시는 사발로 텅 하고 내리쳐 하데스에게 보내 버렸어. 독설가인 에마티온 영감의 머리는 몸통을 잃은 지금도 여전히 저주를 퍼붓는 듯 변하지 않은 모습으로 제단 위에 있었지. 주로 결혼식과 장례식에 불려 다니는 음유시인 람페티데스는 하프 줄에 손가락을 얹고 하얗게 굳은 채 영원히 자신의 죽음을 연주하고 있었어. 산 채로 돌이 되어 버린 사람들도 그들 사이에 서 있었지. 나를 향해 창을 치켜 든 모양 그대로 굳어 버린 암픽스와 테스켈루스, 거짓말쟁이 닐레우스, 나의 조력자였으나 호기심이 지나쳐 뒤를 돌아보았다가 돌이 되어 버린 아콘테우스, 그리고 그 외에도 196명이 순식간에 석상이 되고 말았어. 그들 가운데서도 특히 안드로메다의 첫 번째 약혼자인 피네우스의 마지막 모습을 나는 잘 기억하고 있어. 그는 공포에 질려 식은땀으로 옷을 적신 채 내 아내에게 나 같은 남편을 얻게 된 것이 얼마나 행운인지를 강변하고 있었지. 그가 있는 곳의 위치를 다시 알아내는 데는 시간이 좀 걸리더군. 그가 그 많은 사람들 가운데 있었기 때문이기도 하지만, 내 쪽으로 등을 돌린 채 그의 앞에 서 있는 하얀 가운을 걸친 여자가 전시물 201호가 아닌 살아 있는 안드로메다였기 때문이었어. 나는 그녀가 머리를 매만지는 걸 보고서야 그걸 알았어.

"이 많은 석상의 먼지를 떨어내는 일은 참 성가신 일이야." 케페우스가 내 뒤에서 중얼거렸어. 나는 쉿 소리를 내며 그의 입을 막았어. 아내가 자기 삼촌의 석상을 앞에 두고 혼자 중얼거리는 기묘한 장면을 놓치고 싶지 않았거든.

"가엾은 피네우스. 저도 이제 당신만큼 나이를 먹었네요. 페르세우스는 저보다 더 나이가 들었고요. 당신을 돌로 만들어버린 남자는 이제 한창때를 지나 초라해졌어요. 저도 곧 그렇게 되겠죠. 당신이 그에게 했던 마지막 말을 더 이상 경멸하지 않아요." 무슨 말이냐면 그때 그 비겁자는 자신이 나보다 그녀를 먼저 알았다는 장점을 부각시켜 그녀를 설득하려 했거든. 그녀를 얻을 만한 가치 있는 일들은 내가 더 많이 했을지 몰라도, 그녀를 더 오랫동안 알고 지내온 사람은 자신이라는 거였지. 나는 분노를 터뜨릴까도 생각해 봤지만, 그보다는 호기심과 복잡한 질투심이 생기더군. 그녀의 목소리에서 느껴지는 분위기가 너무도 익숙해서 메두사의 부드럽고 약간 쉰 듯한 낮은 목소리나 칼릭사의 또랑또랑한 목소리와 비교해도 잘 구별이 안 될 정도였어. 그녀의 얼굴이 많이 상했다는 케페우스의 말은 어쩌면 맞는지도 몰라. 하지만 다나오스의 생각에 아찔했던 나는 몇 번의 임신과 세월에도 별로 영향을 받지 않은 것 같은 그녀의 다른 부분에 새삼 시선이 가더군. 수년 동안 안 하던 일인데 말이야. 그녀는 절벽에서 내가 구출했을 때와 별반 다르지 않은 균형 잡힌 몸매를 여전히 유지하고 있었어.

"꿈속 영웅의 평생 동반자가 된다는 건 결코 쉬운 일이 아니었어요." 그녀는 딱딱하게 굳어 버린 자신의 삼촌을 향해 말을 이었어. "하지만 깨고 보니 얼마나 끔찍한 꿈이었는지! 성긴 머리칼에 배는 불룩 나오고 나이보다 앞서 늙어서는 자신의 과거에 침잠하여 그것만 생각하느라 나와 가족 일은 점점 더 나 몰라라 하고……." 그녀의 목소리에 날이 서 있어서 나는 잠시 주춤했어. 그러나 그녀는 곧 누그러졌지. 그녀는 고개를 돌리고 있는 석상의 볼을 어루만졌어. 그녀가 내 볼을 저렇게 만진 적이 있었던가? "사려 깊은 피네우스, 다정한 피네우스, 심약한 피네우스! 당신과 결혼했더라면, 난 좀 더 내 뜻대로 살았을 거예요……. 그리고 아마도 누군가를 동경했겠죠……. 페르세우스 같은 사람을!"

이 마지막 말을 하면서 그녀는 울었어. 내 눈도 따끔거렸지. 나는 단검을 빼어 들고 홀 맞은편에 있는 그녀의 이름을 불렀어. 그녀가 비명을 지르자, 마치 석상들이 다시 살아 움직이는 듯했어. 아니, 죽은 껍데기 속에서 살아 있는 남자들이 떨어져 나왔다고나 할까? 그녀의 독백이 뭔가 자연스럽지가 않았다는 걸 미리 눈치챘어야 했는데. 무기와 방패를 든 다나오스가 피네우스의 뒤에서 나왔고, 세리포스 복색을 한 대여섯 명의 사내들이 아스티아게스, 에릭스 등 다른 석상들 뒤에서 모습을 드러냈어. 그리고 가까운 문을 통해 그보다 더 많은 숫자의 궁정 경비병들이 쥐처럼 생긴 젊은이의 지휘 아래 들이닥쳤고, 카시오페이아가 험악한 얼굴을 한 채 뒤이어 등장했지.

"오, 이런." 케페우스가 말했어. "저들이 자네에게 함정을 팠군. 미안하네, 페르세우스."

낡은 칼을 뽑으려는 그의 움직임을 포착하고, 나는 선수를 쳐 그를 찌르려고 했어. 하지만 고함을 지르며 무섭게 달려드는 다나오스를 막는 게 우선이었지. 다나오스가 내 주의를 돌려 준 게 얼마나 다행이었는지 몰라! 가책을 느끼고 있던 케페우스는 나를 공격하는 대신 궁정 경비병들에게 카시오페이아와 안드로메다를 제외한 다른 매복자들을 죽이라고 명령했거든. 한동안 모두가 명령과 또 그 반대 명령 때문에 우왕좌왕하는 상황이 벌어졌어. 카시오페이아는 경비병들에게 갈란티스를 따라 안드로메다와 케페우스를 포함해 우리 쪽 사람들을 모조리 죽이라고 고함을 질렀어. 갈란티스는 카시오페이아의 명령을 수정하여 안드로메다만은 살려 두라고 지시했지. 그와 동시에 다나오스는 세리포스인들과 합세해 나와 갈란티스와 그들의 왕과 왕비를 죽인 뒤 임시 정부를 세워 에티오피아를 함께 다스리자면서 그들을 부추겼어. 이 와중에 안드로메다는 딱히 누구에게랄 것도 없이 모두에게 아무도 죽이지 말라고 소리쳤고, 특히 나를 향해서는 자기는 이 음모에 전혀 가담한 바 없다고 연신 변명을 해 댔지. 그때 다나오스가 던진 창이 바람 소리를 내며 내 어깨 너머로 날아가더니 침상 모양의 의자에 꽂혔어. 이십 년 전 피네우스의 창이 박혔던 바로 그 의자였지. 그것으로 팽팽하던 긴장감이 깨졌어. 케페우스가 그 창을 뽑아내 갈란티스에게 맥없이 던졌고, 그 남창 녀석은 옆으로 몸을 비켜 그것을 피했어. 그런데 마침 그의 뒤에 있던 경비병이 아무 생각 없이 방패로 그것을 쳐 냈고, 그 창은 놀랍게도 드레스 위로 드러나 있는 왕비의 목을 꿰뚫고 말았지 뭐야. 그녀는 순간 망연자실하여 힘겹게 주저앉았고, 경련을 일으키며 발뒤꿈치로 바닥을 북처럼 두드리다가 죽고 말았어. 안드로메다가 비명을 질렀어. 케페우스는 괴로운 신음 소리를 내며 갈란티스에게 돌진했고, 다나오스는 씩 웃으며 내게 덤벼 들었고, 경비병과 세리포스인들은 닥치는 대로 아무에게나 달려들었어. 나도 방패와 칼로 무장을 하고는 있었지만 정말이지 힘에 부치더군. 연습 부족에 숨도 차고 살까지 쪄서 말이야. 아테네의 단검만 가지고는 내가 어떻게 해 볼 수가 없는 상황이었어. 그러니 다나오스가 굳이 짬을 내어 나를 비웃을밖에. "이봐 늙은이. 당신 마누라 썩 괜찮더군. 아직 쓸 만해. 그녀에겐 이제 침대가 뭘 하라고 있는지만 알려 주면 되겠어."

나는 미구(微軀)에 닥칠 죽음에 순간적으로 그 옛날 피네우스가 느꼈을 법한 공포를 느꼈어. 하지만 다음 순간 피가 거꾸로 솟는 듯한 분노가 그 자리를 대신했지. 하지만 내 무기력한 상황을 인식하고서 곧 감정을 추스를 수밖에 없었어. 다나오스의 조롱은 계속되었어. 그는 내 어머니 다나에를 금화 때문에 다리를 벌린 최초의 매춘부라고 매도했고, 자연히 나는 천하에 둘도 없는 사생아이자 누더기 지폐라며 비웃어 댔지. 나는 무기가 불평등한 상황인데도 그놈이 머뭇거리는 이유에는 나에 대한 두려움도 있을 것이라고 짐작했어. 어쩌면 페르세우스의 전설을 들으면서 그것을 모범으로 삼아 왔을 놈이니까 말이야. 하지만 그러한 짐작 또한 내가 마지막으로 느껴 보는 만족감이라는 것도 알고 있었어. 비록 문체는 다를지라도 그 황금의 책에 어울릴 만한 결말을 쓸 수 있는 마지막 기회가 칼릭사의 그림만큼이나 선명하게 떠올랐어. 나는 공정한 결투를 선호한다고 선언하면서(어떤 면에선 사실이었으니까.) 단검을 던져 버리고 맨손으로 그놈에게 천천히 접근했어.

"허세는 집어치워." 다나오스가 코웃음을 치고는 한 발짝 뒤로 물러났어. 내가 승리할 수 있는 가능성은 단 한 가지였어. 우리가 한 어머니에게서 나온 형제인 데다(내가 그 소란한 와중에도 침착하게 그 사실을 알려 주었거든.) 그는 지금껏 한 번도 영웅을 죽여 본 경험이 없기 때문에 막상 기회가 와도 멈칫할 거라는 점이었지. 사실 그의 얼굴이 한순간 창백해지긴 했어. 하지만 나는 그것이 얼마 가지 않을 걸 알았지. 내가 말을 하는 동안에 이미 그의 얼굴엔 다시 피가 돌았고, 그는 곧 칼을 치켜들었거든. "아, 안드로메다!(내가 큰 소리로 말했는지, 아니면 금방이라도 기절할 것 같은 나 자신에게 혼잣말을 했는지는 나도 잘 모르겠어.) 그는 괜찮은 사내야. 당신의 정부 말이야. 젊은 시절의 페르세우스 같은 녀석이지!" 바로 그때 혼전의 소용돌이 속에서 두 개의 물체가 동시에 날아들었어. 에마티온의 제단에서 육중한 은잔이 떨어져 내 발치에서 빙글 돌았고, 안드로메다가 우리 두 사람 사이로 뛰어 들어와 애인의 무릎을 부여잡았지. 보호하려 했던 걸까? 싸움을 말리려고? 포옹하려고? 간청하려고? 극도로 흥분한 다나오스는 그녀를 밀치면서 고함을 쳤고, 투구를 벗었고, 자유롭지 못하게 된 다리를 빼내려 몸을 돌렸어. 나는 그 짧은 순간을 틈타 그 거대한 잔을 집어 들었어. 내겐 오래전 에리투스의 머리를 박살 냈던 사발보다 더 반가운 무기였지. 내 이부동생이 반쯤 울다시피 하며 자신을 방해하는 아름다운 장애물에게 욕설을 퍼붓는 동안, 나는 그 은잔으로 '텅!' 소리가 날 정도로 힘껏 그의 머리를 가격했어.

그 소리가 신호라도 된 듯, 싸움이 멈췄어. 다나오스는 그대로 쓰러져 죽었지. 목숨을 보전했다는 사실에 얼떨떨해져서, 날 살려 준 도구를 손바닥 위에서 뒤집어 보았어. 에리투스의 목숨을 빼앗은 사발보다는 후대의 제품으로, 그 위에는 동일한 장소에서 벌어졌던 과거의 난투 장면이 돋을새김으로 장식되어 있더군. 또한 마치 칼릭사 본인이 그날의 상황을 그려 놓기라도 한 것처럼, 다나오스의 관자놀이 위에 오목새김된 상처는 그보다 이십 년 앞서 사발에 맞아 죽은 자의 머리에 난 상처의 모양을 닮아 있었어. 충격으로 얼이 빠진 내 아내는 죽은 애인의 머리를 다정하게 감싸 안고 그의 상처 위에 눈물을 흘렸어. 그러다 곧 눈에 울분을 가득 담은 채 일어서서 눈앞에서 벌어진 처참한 상황에 통곡하더군. 카시오페이아와 다나오스의 시체 옆에는 세리포스인 전체와 경비병 여럿이 살해된 채 누워 있었어. 그들 가운데에는 갈란티스도 있었어. 케페우스가 그를 죽인 뒤 거세까지 했으니 보기 좋게 복수를 한 셈이지. 하얗게 굳은 석상 사이로 갓 떨어져 나온 인간의 살점들이 여기저기 널려 있었어. 경미한 부상을 입은 케페우스는 카시오페이아의 시체 옆에서 울고 있었지. 경비병 하나가 내 어깨를 두드리더니 공손하게 자신과 자신의 살아남은 동료들에게 명령을 내려 달라고 했어. 그는 케페우스와 안드로메다를 즉시 처결할 것인지 아니면 일단 살려 두고 고문을 할 것인지 묻더군.

나는 이제부터 다른 누구도 아닌 그들의 옛 왕 케페우스의 명령만을 들어야 하며 이를 어기는 자는 호된 매질을 당할 것이라고 대답할 작정이었어. 하지만 내가 미처 입을 열기도 전에 케페우스가 먼저 딸의 목숨을 살려 달라고 간청했어. 또한 자신의 목숨 역시 에티오피아의 경비병 손에 맡기는 걸 거부했지. 경비병이 그를 어쩌하기도 전에 그의 영혼은 이미 죽은 왕비의 망령과 더불어 하데스에게로 날아갔거든. 그는 아테네의 단검을 집어 들더니(그의 은잔이 난투 와중에 내 쪽으로 굴러온 것처럼, 내가 조금 전 던져 버렸던 단검이 마침 그의 발치에 떨어져 있었지.) 자신의 심장에 깊숙이 찔러 넣었어. 그러고는 피를 토하고 눈알을 몇 번 굴리더니 죽고 말았어. 살아 있을 때도 늘 카시오페이아의 발아래 있더니, 죽을 때도 역시 그녀의 발치에서 죽더군. 그러자 정부의 곁을 지키던 안드로메다가 울부짖으며 죽은 아버지에게 달려갔고, 자신에게 한없이 무정했던 어머니의 머리칼, 우리가 겪은 불행의 뿌리이자 근원인 그 머리칼에도 눈물을 뿌렸어. 그러다 분연히 일어서더니 왕녀다운 당당한 모습으로 겁에 질린 피네우스의 석상을 노려보다가 이내 나를 정면으로 바라보았어. 그러고는 이미 자신이 아끼는 모든 것을 빼앗은 마당에 뭘 더 기다리느냐면서 자신도 죽여 달라고 청하더군.

"부모님 일은 유감이야. 다나오스 일도 그렇고." 내가 말했어.

하지만 그녀는 내 사과를 전혀 받아들이려 하지 않았어. 그녀의 말인즉슨, 나도 잘 알고 있겠지만 자기는 내 이부동생을 사랑한 적이 없고 그저 위안거리로 삼았을 뿐이라나. 자기가 사랑한 사람은 다름 아닌 나라는 사람, 그러니까 황금빛 피부를 가진 영웅 혹은 반신(半神)이 아니라 페르세우스라는 남자였다는 거지. 우리는 비록 결혼은 했지만, 내가 진심 어린 관심을 보여 주지 않고 결혼과 사랑을 한꺼번에 죽여 버린 순간 우리의 결혼 생활은 이미 파탄에 이르렀다는 거야. "당신은 단 한 번도 날 사랑한 적이 없어요." 그녀가 비난했어. "그저 신화적인 인물이 평범한 인간에게 관심을 좀 가진 것뿐이죠."

"그녀는 당신처럼 얘기하네요."

결말에 다다르려면 아직 두 페이지 정도 더 남았을 텐데? 그녀의 말에 내 마음이 움츠러들었어. 하지만 그렇다고 해서 사실이(내가 칼릭사 사당의 심장부에서 처음으로 심방 깊숙이 깨달았던 나에 관한 사실 말이야.) 변하지는 않으니까. 좋은 쪽으로든 나쁜 쪽으로든, 나는 어쩔 수 없는 제우스의 자식이며 뼛속까지 신화적인 영웅이거든.

"당신은 자유야, 안드로메다." 내가 그녀에게 말했어.

고맙지만 나도 이젠 됐어. "난 언제나 자유였어요!" 그녀가 외쳤어. "당신이라는 존재가 있었음에도! 그 바위 위에 묶여 있을 때조차도 나는 자유였어!" 나는 그녀의 말을 이해할 수 없었어. 그래서 그냥 듣고 넘겼지. 그녀는 자신을 찔러 죽이든 살려 두든 더 이상은 나와 함께 살지 않겠다고 공언했어. 만약 목숨을 부지한다면 요파에 남을 것이고, 아르고스에서 우리의 자식들을 데려와…….

"제2의 피네우스를 찾아보려고?" 괴물들을 처치하던 젊은 처단자와 새로운 메두사에 의해 젊음을 되찾은 남자 사이의 어정쩡한 위치에서 석화된 인생을 살고 있던 불행한 중년의 페르세우스가 그녀의 말을 가로채 이렇게 비꼬았어. 그리고 이것이 그의 마지막 말이었어. 나 자신이 이런 말을 하는 걸 듣는 순간 나는 내 안에 있던 그 중년의 페르세우스를 영원히 죽여버렸으니까. 그랬기에 이 말에 안드로메다가 맹렬한 분노를 터뜨렸을 때도 나는 굳이 사과하지 않았어. 그녀는 날 선 목소리로 내게 쏘아붙였어. 우선 자기 삼촌은 친절하고 재치 있는 사람이었으며, 확실히 영웅은 아닐지 몰라도 다른 면에서는 나보다 나은 사람이었다나. 둘째, 이 책에서 나는 신이 낳은 유일한 영웅이 아니라는 점을 명심하라더군. 자기가 마음만 먹는다면 나보다 더 신에 가까운 황금빛 피부의 영웅을 고를 수 있다는 거야. 하지만(그러니까 세 번째지. 이때 나는 그녀가 어머니에게서 물려받은 왕녀다운 당당한 눈빛을 번득이는 걸 봤어!) 영웅이든 평범하든 또 다른 남자에게 자신을 종속시키는 것이야말로 가장 하기 싫은 일이라고 했어. 자신은 카시오페이아가 아니며, 앞으로 살날이 얼마나 남았든지 간에 자신이 원하는 것은 그저 최선을 다해 자기만의 인생을 오롯이 구축하는 일이라나. 반면 그녀가 생각하건대 내가 갈망하는 것은 인생의 반려자가 아니라 신봉자나 맹목적인 숭배자라는 거야. 그러면서 나더러 그런 여자를 찾으라더군. 안정된 지위를 가진 중년 남자에게 열 올리는 젊은 여자들이 사해에 가득 차 있으니 말이야……. "저기 저 고깔 두건을 쓴 당신의 애인처럼요." 그녀는 내 뒤의 문 쪽을 가리키면서 쓰게 내뱉었어. "그러니 당신 맘대로 해요. 난 이미 관심 끊었으니까. 날 그냥 혼자 내버려 두라고요."

마지막 말까지 침착함을 유지하던 그녀가 '혼자'라는 단어에 평정을 잃고 말았어. 그녀는 피네우스의 목에 와락 팔을 두르고 그의 어깨 위에 소금기 어린 눈물을 다시금 쏟아 냈지. 내 눈에서도 눈물이 왈칵 쏟아졌어. 이 일화에는 안약이 필요하지가 않다니까. 나는 케페우스의 심장에 꽂혀 있던 단검을 빼내 우리 가운데 누구를 죽여야 할지를 고민했어. 그때 문간 바로 뒤에서 마치 케미스 벽화 속 한 장면처럼 미동도 없이 서 있는, 하지만 눈물이 가득 차 넘치는 내 눈에는 트리톤 호수 밑바닥에서 처음 보았을 때처럼 헤엄치고 있는 듯한 상냥한 메두사가 보였어. 내 심장에 있는 네 개의 방 가운데 절반이 벅차오르는 걸 느꼈어. 아마도 심실 하나는 내가 인간으로서 경험한 결혼과 지나간 청년기를 기억하며 죽은 아이의 의자처럼 영원히 비어 있겠지. 귓바퀴 모양의 심방 하나는, 아직 약속된 바가 아무것도 없는지라 바야흐로 선택의 순간에 직면하여 주저하고 있었어. 그녀가 손짓해 주기만 한다면, 이름을 불러 주기만 한다면, 의심을 덜어 주기만 한다면, 손을 뻗어 주기만 한다면! 하지만 물론 그녀는 그렇게 하지 않겠지, 영원히. 한순간 맥박도 없이 나는 이렇게 그 자리에 못 박혀 아무것도 결정하지 못한 채 서 있었어. 마치 그녀가 역설적으로 소중한* 새롭게 바뀐 메두사(New Revised Medusa)가 아니라 단순히 해롭기만 했던 옛 메두사이기라도 한 것처럼 말이야. 다음 순간 (괄호를 이용해 안드로메다와 나의 어리석은 회춘의 꿈을 어깨 너머로 일별하며 말할게. 이제는 죽고 없는 까다로운 내 한때의 사랑, 안녕! 안녕히! 안녕히!) 나는 단검을 내던지고 문지방 쪽으로 성큼 걸어가 눈을 감은 채 그 복잡한 서약의 단언들을 (어려운 선택! 부드러운 육체!) 포옹했고, 키스하는 도중에 문제의 그 고깔 두건을 뒤로 넘겼고, 눈을 떴지.

"이제 우리 얘기해도 되나요?"

---

* 과거에는 눈빛으로 사람을 죽였기 때문에 퇴치해야 할 괴물이었지만 지금은 그 눈빛으로 새 삶을 주는 존재가 되었음을 의미한다.

내 사랑. 밤새도록 얼마든지.

"밤도 이제 반이 지났어요."

말하자면 내 인생도 그랬어.

"좋아요. 우리에겐 밤이 아직 반절 남아 있어요."

그리고 그다음 밤도 그다음 밤도 그다음 밤도 마찬가지지. 우리의 별들이 타 없어질 때까지는. 밤의 반절이 지나갈 때마다 나는 내 이야기를 내 이야기가 곧 우리의 이야기인 곳에 풀어 놓을 것이고, 매일 밤 나머지 반 동안 우린 이야기를 나눌 거야. 할 말은 많이 있어.

"하지만 굳이 말하지 않아도 통하는 것들도 많이 있죠."

그리고 영원의 반은 영원이야. 내 사랑, 그대는 우리가 얼마나 오랫동안 이곳에 올라와 있었다고 생각하지? 사흘 밤? 삼천 년? 어째서 그대는…….

"당신 혼자 질문을 다 하기예요? 우리 교대로 하는 게 어때요? 난 물어 볼 게 일곱 개 있는데."

나도 마찬가지야. 하나.

"가장 중요하지 않은 것부터 할게요. 첫째, 나는 우리의 이야기와 함께 그걸 이야기하는 방식도 사랑해요. 하지만 한두 가지 정도 의아한 점이 있어요. 예를 들어, 두운(頭韻)?"

그건 어쩔 수가 없어. 나는 글자를 중요하게 생각하니까. II-F-2에서 내가 사하라 사막에다 끼적인 낙서를 봐. 아니면 II-A와 II-B 사이에 페르세우스가 부친 서신들이라든지…….

"그만 됐어요. 당신의 첫 번째 질문은요?"

우리만 있는 것 같지 않은데. 여기 다른 누가 또 있나?

"관련된 사람들은 다요. 그것 역시 어쩔 수 없었어요. 당신도 알다시피 내 눈은…… 그 마지막 문장에서 내가 시선을 주었던 모든 사람들은 별이 되었어요. 이미 돌이 되어 있었던 피네우스를 제외하고요. 그는 다시 피와 살을 가진 인간으로 변했거든요. 이유는 묻지 말아요."

나도 알 것 같아. 고마워.

"케페우스는 우리 머리 위에 있어요. 그가 처음으로 떠오르죠. 혼잣말을 하면서. 카시오페이아는 그와 함께 있어요. 나는 그녀를 약간 아래쪽에 박아 두었죠……"

멋지군. 내 옛 처가 식구들까지 올려놓을 필요는 없었는데. 난 그래도 케페우스는 정말 좋아했어. 그가 지금도 여전히 혼자서 중얼거리고 있는지 모르겠군.

"어쩌면 우리 모두가 그런지도 모르죠. 난 당신이 등장인물 전체가 출연하길 원할 거라고 생각했어요. 찾으려고만 하면 카시오페이아에게도 밝은 부분이 있어요. 페가수스는 그 위를 왼쪽으로 날아가고 있죠……"

당신이 보호하고 있어서 다행이야.

"페르세우스……"

우리의 별들은 어떤 모습일지 궁금하군. 이건 질문은 아니야.

"알아요. 그렇죠. 안드로메다는 그의 옆구리, 그러니까 내 머리 바로 위에서 그녀의 아버지나 혹은 어머니의 머리칼을 바라보고 있죠."

우리 위쪽이라……

"다시 사슬에 묶인 모습이에요. 하지만 내 의도를 오해하진 말아 줘요. 그녀는 밤의 전반부 때만 반짝이는데, 그녀의 사슬은 보석이에요. 당신이 알고 싶어 할까 봐 말해 주자면 이마,

젖꼭지, 허리, 그리고 정강이 부분에 박혀 있어요. 당신이 처음 그녀를 만났을 때 그녀가 보석을 달고 있던 곳이죠."

아.

"기분 나빠하지 말아요. 그녀가 증오했던 그 굴레들이야말로 당신 이야기의 관점에서 보자면 그녀를 정의하는 것이니까요. 나는 그녀의 불멸 부분을 의미하는 거예요. 그녀의 필멸 부분이 어떻게 느끼든 간에 불멸 부분은 결코 상처받지 않아요."

화나지 않았어. 그런 빛나는 이미지를 만들어 줘서 당신에게 감사해, 메두사. 요즘 그녀의 필멸 부분은 무얼 하고 있지?

"당신 차례가 아니잖아요. 마지막으로 케토스는 당신의 왼발 밑에 있어요. 그녀에게도 이야기는 있죠. 만약 누군가 그걸 이야기하고 싶어 한다면 말이에요. 짐승으로 태어난다는 것은 끔찍한 운명이에요.*"

이제 보니 누가 글자에 연연하는 거지? 이건 질문은 아니야.

"내가 연연하는 건 당신이에요. 당신의 별들이 얼마나 밝은지 알려 줄까요? 질문은 아니고요."

그냥 페르세우스 자리의 델타 별**만. 그것의 광도는?

"그건 중요하지 않아요."

그래도 대답해 줘. 칼릭사가 I-F-1에서 저지른 실수를 잊을 수가 없어. 그나저나 케미스의 석벽 부조 작업은 누가 한 거지?

---

* 메두사는 "to be born beastly"라고 두운을 사용하여 말하고 있다.

** 페르세우스 자리에서 세 번째로 광도가 높은 거대한 별로 페르세우스의 사타구니 부분에 위치해 있다. 즉, 페르세우스는 자신의 음경 크기가(magnitude는 별자리에서 '광도'를 의미하지만 원래 '크기'를 의미한다.) 어떤지를 묻고 있는 것이다.

"당신이 날 행복하게 해 주고 싶다면 제발 그 그림과 화가에 대해선 잊어 줘요. 당신에게 상기시켜 주건대, 그녀가 그린 그림의 주제는 어찌되었든 내게서 온 것이에요. 당신이 저속하게 문의한 그 별에 관해 말하자면, 그것의 광도는 충분히 높고 또 꽤 일정해요. 내 말 믿어도 돼요. 왜냐하면 내가 볼 때 그것은 우리의 시간이 끝날 때까지 밤새도록 곧추 서 있으니까요. 당신의 질문 취향은 그 이상으로 형편없네요. 왜냐하면 난 아마도 목 위쪽만 당신과 함께할 테니까.*"

당신을 볼 수도 없다니! 바로 내 눈에서 이따금 반짝이는 게 어렴풋이 보이는데……. 당신 저기 있는 누군가에게 윙크하는 건 아니겠지?**

"정말이지, 페르세우스, 이젠 내 차례예요! 참고삼아 말해 두는데(하지만 난 이걸 질문으로 칠 거예요. 그러니까 이번엔 내가 질문 두 개를 연달아 할래요.) 내 오른쪽 눈은 당신의 소중한 델타 별과는 달리 수시로 광도가 달라져요. 만약 내가 누군가에게 윙크를 하고 있다면, 그건 저 아래쪽 비참한 세상 전체를 대상으로 하는 거예요. 거기에서 벗어나서 난 기뻐요. 이제 당신이 하는 이야기하기(storytelling)로 다시 돌아가죠. 다른 질문들을 하고 싶은 마음은 간절하지만, 일단 이 말을 하죠. 당신의 문체는 지나치게 틀에 박혀 있는 거 아닌가요?"

훌륭한 메두사, 상냥한 구제자여. 그러한 질문들은 보류해 둬. 이따금 비평가들과 잠자리를 같이하는 건 개의치 않지만,

---

* 페르세우스 자리는 페르세우스가 메두사의 잘린 머리를 들고 있는 형상이므로 음경의 크기를 따지는 것은 무의미한 일.
** wink에는 '(별이) 반짝이다'라는 뜻과 '윙크하다'라는 뜻이 모두 있다.

비평가와 영원을 함께 보내고 싶진 않아. 자, 그게 두 번째 질문에 대한 답이야. 세 번째는?

"당신이야말로 이 가정(家庭)에서 괴물이에요! 곰곰이 생각해 봐요, 내 사랑. 만약 「페르세이드」가 내가 가장 좋아하는 이야기가 아니었다면 나는 우리에게 다른 역할을 맡겼을 거예요. 내겐 매력적인 역할을, 당신에게는 보다 덜 매력적인 역할을요. 문학적인 질문을 하나 더 하겠어요. 절정에 이르기 바로 전의 일, 그러니까 안드로메다가 당신과 다나오스 사이에 몸을 던지는 부분 말예요……. 그것이 통속적이라는 데 동의하나요?"

맙소사, 물론이지. 사실, 이 관점에서 보면 꼴사나울 정도로 진부해. 아마 요즘에 나오는 이야기들은 다 그럴걸. 하지만 상황이 그랬고, 그때 우리는 모두 정형이 아니라 전형이었어. 신화가 아니라 현실이었다고. 당신이 만든 석조 작품도 그 당시에는 너무도 사실적이었지. 장담컨대 요즘엔 그걸 전설로 치부할걸. 일이란 게 원래 그런 식으로 흘러가는 거야.

"그렇다고 해 두죠."

그리고 이번엔 난 넘어가겠어. 당신이 내 서사 기법에 대해 질문을 마칠 때까지.

"확실히 질문이 하나 더 있긴 해요. 이야기의 절정에서 심방이니 심실이니 하던 거 말이에요. 그 은유가 정확히 이해가 안 돼요."

나 역시 그때는 내 마음(heart)에 대해 확신이 없었어.

"그렇다면 지금은요?"

이제 내 차례야. 어디 보자. 카시오페이아는 어째서 밤의 절반 동안 머리를 바닷물 속에 담그고 있지?

"만약 당신이 그녀에게 물을 수 있다면, 그녀는 머리를 감고 있다고 말할 거예요. 아테네는 그녀를 이따금 머리를 적셔야 하는 곳에 놓으라고 지시했어요. 바다의 님프 네레이스들을 달래야 한다나요. 당신이 묻고 싶은 건 그게 아닐 텐데요."

글쎄. 사촌 벨레로폰은 어떻게 되었지?

"그런 별개의 이야기예요. 이봐요. 난 내키지 않는 질문 두 개를 하나로 치겠어요. 정말 묻고 싶은 걸 물어요. 이제 네 개밖에 안 남았으니까요."

칼릭사는?

"꼭 그래야 하나요, 페르세우스? 이건 질문이 아니에요."

칼릭사.

"내 사랑, 당신은 정말 잔인했어요! 내 품에서 그녀의 품으로 뛰어드는 건 잔인했죠. 방금 전 내가 당신을 구해 줬는데. 우리가 침대에서 어떤지 비교하는 것도 잔인했고요. 마치 나의 어색함이 결코 순진함이, 그러니까 당신이 소중히 여겼어야 할 애정 깊은 순진함이 아니라는 듯이! 대답하지 말아요. 마지막으로 잔인했던 건 당신이 그런 식으로 그녀를 깊이 생각한다는 거예요. 과거에 그랬고 지금도 그런 것처럼요. 나는 뭐 감정이란 게 없는 줄 알아요?"

그건 질문이 아닌 걸로 알겠어. 나도 조금은 뉘우치고 있어. 하지만 이봐, 우선 내가 당신을 잃은 줄로 알았다는 걸 잊지 마…….

"그건 당신 잘못이죠."

그렇긴 하지. 둘째, 비록 내 친구 칼릭사는 이야기의 중심에 있지 않지만, 그 배꼽에서 영원히 사는 것이 그녀의 운명이야.

그녀의 불멸 부분의 운명이지. 그 배꼽에서 이야기와 내가 모습을 드러내는 거고. 당신 혹 그녀에게 뭔가 끔찍한 짓을 저지른 건 아니지?

"내 사랑, 당신은 완벽하게 몹쓸 인간이에요!"

알. 에스. 브이. 피.*

"당신이 영원토록 절대 이 질문을 다시 하지 않겠다고 약속만 하면요. 당신이 반드시 알아야겠다면 말해 주죠. 안드로메다의 손목을 채운 족쇄에 박힌 그 보석들 가운데 하나 말이에요.(그것을 그녀의 배꼽으로 만들다니, 그러고 보면 당신도 참 이상한 데 집착하는 면이 있어요.) 그것이 공교롭게도 나선 성운이고, 그 성운이 당신의 작은 친구가 된 거죠. 그것은 또한, 이런 말을 하게 되어 유감이지만, 마치 금으로 만들어진 암모나이트 화석처럼 당신의 눈길을 끌었던 거예요. 사실 굉장하긴 하죠. 한데 나는 그녀를 우리로부터 수 광년 떨어뜨려 놓았어요. 우리의 은하에서 전혀 벗어나 있게요. 믿어도 좋아요."

고마워, 메두사.

"천만에요. 자, 이제 말해 봐요, 피피(P. P.)⋯⋯."

"페르세우스 왕자(Prince Perseus)를 말하는 건가?"

"재미있는 추측(pretty presumption)이군요. 아마 문학 평론가라면 누구나 이 질문을 준비해 왔을 텐데, 이 드라마는 겉으로 보기엔, 비록 뒤늦게 등장하고 4분의 3만의 진심**을 담은 거지만 당신이 영원의 후반부를 함께할 진정한 반려를 선

---

* "Répondez, s'il vous plaît."의 줄임말로 회답을 바란다는 뜻.
** 187쪽의 심방, 심실의 이미지가 사용된 부분 참조.

택하는 것으로 절정과 결말이 구성되어 있는데, 극을 이끄는 두 여자 주인공이 어떻게 안드로메다와 당신의 이집트 배꼽에서 보풀처럼 튀어나와 있다는 그 아무개*일 수 있는 거죠? 아무리 줄잡아 말해도 그것이 당신의 플롯에서 약점이라는 인상을 받았어요."

그 이야기는 안 하는 편이 나을걸. 내 이야기의 주제는 그들이었지만, 내가 선택한 사람은 바로 당신이니까.

"모든 제한을 취소하겠어요. 무엇이든 물어 봐요."

우리가 여기 얼마나 오랫동안 있었던 거지, 메두사?

"나도 몰라요. 당신이 진짜 내게 묻고 있는 것은……."

그래. 필멸과 불멸의 부분들에 관한 이 모든 것. 저기 밖에, 세상에서, 안드로메다와 피네우스는…….

"페르세우스, 정말이지 난 몰라요. 그리고 정말 미안하지만, 그건 우리가 상관할 바가 아니에요."

그 질문은 취소할게.

"미안해요. 당신이 그 문제를 건드렸어요. 그리고 내 직감에 따르면 내가 여섯 번째 질문을 하기 전에 당신이 일곱 번째 질문을 하는 게 낫겠는데요."

사랑스러운 목소리. 내가 안을 수 있고 볼 수 있었을 때에도 그렇게 하지 못했던 다정한 메두사. 방금 전 당신은 나일 강변에 있는 어느 신전 벽화의 쪽그림 I-F-1과 그것을 초안한 사람을 잊으라고 간곡히 권했지. 하지만 여기에서 우리의 합의는 (그것을 입안한 건 당신 혼자지만) 그 쪽그림과 같은 장면이 여

---

* 칼릭사.

전히 당신의 상상 속에 새겨져 있을지도 모른다는 것을 말해 줘. 우리에게 무슨 짓을 한 거야? 우리는 어떤 상태인 거지? 당신은 내 안에 있는 뒤틀리고 형언하기 어려운 허영심이라는 것을 만족시키기 위해 따라 죽을 생각이라도 했던 건가? 그 발상에 욕지기가 나, 토할 것 같다고! 아무것도 볼 수 없고, 왼손에 느껴지는 머리칼의 감촉 외엔 당신을 전혀 느낄 수가 없어! 어째서 나는 사랑하는 여자가 아니라 영원히 빈 공간, 빈 면을 봐야 하는 거지?

"당신이 사랑한다는 여자가 바로 나라고 짐작해도 되겠죠……."

나 지금 머리 굴리는 거 아니야, 메두사.

"나도 마찬가지예요. 연회장에서 그 마지막 순간에(이런 말 하는 거 내겐 쉽지 않아요, 페르세우스.) 당신이 나를 발견하고 눈을 뜬 채로 내게 키스했을 때…… 당신 눈동자에 비친 내 모습은 고르곤이었어요."

아테네의 이름으로, 내 사랑, 그녀의 조건을 잊지 마! 눈은 거울이야!

"난 아무것도 잊지 않았어요. 어쩌면 그것은 거짓된 영상이었을 수도 있어요. 아니면 당신의 교활한 누이가 애초에 날 고르곤의 모습 그대로 두었든지……."

그런 생각을 하고 있다니!

"당신에게 장담하건대 난 그것을 지독히 평온하게 받아들여요. 하지만 설사 당신이 회춘하고 싶다는 유치한 소망을 포기했다고 가정한다 해도……."

포기했다는 거 당신도 알잖아!

"⋯⋯그리고 당신이 나를 갖기 위해 모든 것을 포기할 만큼 날 사랑할 거라는 나 자신의 소망 속에는 어느 정도 허영심이 들어 있다는 점을 인정한다 해도⋯⋯."

제발, 제발, 제발, 제발, 제발, 제발, 제발.

"⋯⋯그럼에도 불구하고 당신의 키스가 완벽한 배신이었다는 또 다른, 그리고 의심할 나위 없이 불쾌한 세 번째 가능성이 남아 있어요. 그것이 사랑의 행위가 아니라 자살의 행위, 혹은 석화를 통해 불멸성을 획득하려는 필사적인 충동일 수도 있다는 거죠. 그런 경우라면 나는 내 '아름다움'을 드러내 보여 줄 남자를 잘못 선택했고 그래서 영원히 고르곤이 되었던 거죠."

침묵. 내가 얼마나 차분히, 얼마나 침착하게 대답하는지 들어 봐. 그 입에 담아선 안 될 가설에 영원 가운데 한 순간, 본래보다 더 가치 있는 한 순간을 주기 위해, 그것이 사실이라고 가정해 봐. 당신 기분은 어떻겠어?

"미안해요. 당신은 주어진 질문을 다 썼어요. 그리고 난 아직 내 질문을 하지도 않았죠. 당신이 눈을 떴을 때, 페르세우스, 당신이 날 봤을 때⋯⋯ 정확히 당신은 무엇을 봤나요?"

나의 메두사. 안드로메다를 아름답게 기억하게 해 줘서 고마워. 날 별로 만들어 준 것도, 밝게 빛나는 칼릭사부터 별 네 개로 똑같이 재현해 놓은 초승달 모양의 내 검까지 당신이 내게 듬뿍 주었던 사심 없는 여분의 선물들도 모두 고맙게 생각해. 심지어 돌이 되었던 피네우스를 다시 돌려놓은 것에 대해서도 고맙게 생각하고, 그와 그의 동료들이 잘 되길 빌어. 이제 내 말에 일말의 진실이 있거든 귀를 기울이고 그 말을 믿어 줘. 당신의 아름다움을 내게 드러내 보여 준 것은 당신이 아니라 마침내 당신을 가리고 있던 베일을 벗겨 낸 나였어. 그리고 내가 눈을 떴을 때 보았던 것은 정확히 당신의 눈 속에 순식간에 차례로 투영된 두 가지였지. 첫 번째 것은 꽤 건강한, 인생의 반 이상을 지나온 더 이상 영웅이 아닌 인간, 스무 살 때보다 기력도 자부심도 줄어든, 그러나 어쨌든 여전히 원기 왕성한(내 말을 마저 들어 봐.) 그리고 시간을 다시 되돌리고 싶어하기엔 너무도 현명해져 버린 인간이었어. 약 일 초 후에 나타난 두 번째 것은 당신의 눈 속에 있는 별들이었어. 내 눈에서 투영된, 그리고 영원으로 투영되는 별들. 눈에 보이는 모든 것들을 변모시키는, 정말 기적 같고, 그래, 눈부시도록 밝은 사랑의 별들. 어쩌면 당신은 그 심상을 진부하다고 여길지 모르지만, 그렇게 말하지는 않기를 바랄게.

"침묵. 오랜 침묵. 나는 아무 말도 할 수가 없어요."

당신에겐 마지막 질문이 남았어.

"그 질문을 하려면 시간이 조금 걸릴 거예요……. 나는 지금 황도십이궁의 절반 위에 비를 내리고 있거든요……. 가엾은 케토스, 할 수 있는 동안 다시 헤엄치려무나……."

내게 아직 질문이 하나 남아 있다면, 나는 당신과 나의 필멸 부분에 관해 묻겠어.

"소용없어요. 그 부분들은 안드로메다와 피네우스의 필멸 부분들처럼 사적인 영역이거든요. 공공연하게 논의할 만한 일은 아니죠. 극이 절정에 다다랐을 때, 우리는 저 아래서 죽어 넘어진 게 아니에요. 그건 말해 줄 수 있어요. 우리는 그저 우리가 함께 이야기하는 이곳에서 불멸의 삶을 시작한 것뿐이죠. 저기 아래에서는 우리의 필멸의 인생들이 그들 자신의 삶을 살아 나가고 있어요. 어쩌면 이미 오래전에 삶을 다했을지도 모르죠. 함께든 따로따로든, 희극으로든 비극으로든, 아릅답게든 추하게든. 그것은 또 다른 이야기예요, 별개의 이야기. 그러니 이 이야기 안의 등장인물들은 그걸 들을 수 없죠."

그렇다면 할 수 없지. 마지막 질문은?

"당신은 이 이야기가 이렇게 끝나 행복한가요, 페르세우스?"

무한의 침묵. 내 사랑, 이것은 맺음말이야. 항상 끝나고 있으면서도 결코 끝나지는 않지. 마치 우주의 시공간을 향해 굽이쳐 나가는 II-G처럼(난 사과하지 않겠어.) 말이야. 나의 운명은 내가 경험한 무한한 사랑으로부터 그저 무한한 아름다움을 상상하는 것뿐이야. 하지만 나는 상상이 아닌 비할 데 없이 소중한 흔적 한 조각을, 그리고 그것을 바탕으로 작업할 수 있는 대단한 상상력을 가지고 있어. 내가 페르세우스 베타 별 위로 들고 있는 것은 뱀이 아니라 사랑스러운 여인의 머리카락이야, 메두사. 나는 만족해. 이 결말, 우리의 마지막 상태에 대해서도. 마치 우리의 말들을 악보에 옮겨 놓기라도 한 것처럼 들을 순 없지만 볼 수 있는 별자리 음표들(signs)이 된 것, 볼 수 있는 눈과 해석할 수 있는 이해력을 가진 사람들에게 내가 들려주는 이야기가 된 것, 영원토록 당신을 불러낼 것이고 우리의 이야기는 남자와 여자 들이 별자리를 읽는 한 결코 중단되지 않을 것이며 밤마다 늘 되풀이되리라는 것을 아는 것도……. 나는 만족해. 그럼 내 사랑, 내일 밤까지 잘 있어.

"잘 자요(Good night)."

잘 자. 잘 자.

벨레로포니아드

1

"안녕(Good night)."

"안녕(Good night)."

어떤 이야기는 다른 이야기보다 오래 가는 법이다. 그런데 내 아내 필로노에는 기분이 좋지 않은 모양이었다. 놀랄 일도 아닌 것이, 이 특별한 날을 위해 손수 성찬을 준비한 뒤 일찌감치 하인들을 물리고는 가장 좋은 잠옷을 차려입었건만 으레 이어지던 일이 벌어지지 않았기 때문이다. 리키아의 왕 벨레로폰은 생일 전날 해 질 무렵에 왕궁 근처 습지에서 자신이 본보기로 삼아 왔던 영웅의 이야기가 담긴 「페르세이드」라는 제목의 그리스 노벨라가 떠다니는 것을 발견했다. 소설의 마지막 문장을 읽을 때쯤 그는 마흔 살이 되어 있었고, 너무 피곤했다.

신화적 영웅이자 별이 된 페르세우스의 사촌인 쌍둥이 벨레로폰에 관한 조수(潮水) 형식의 이야기를 이렇게 시작하나니, 뮤즈여 도와 다오. 그는 두 번에 걸쳐 날개 달린 천마 페가수스를 타고 날아갔고 세 부분으로 된 기형 괴물 키메라에게 두 번 죽음을 안겨 주었다. 그는 두 번 사랑했고 두 번 사랑을 잃었다. 불멸성을 열망했고 비상을 시도하여 그것에 두 번 도달했으나 결국 두 번 다 잃고 말았다. 간단히 말해, 그는 영웅적 삶의 주기를 답습했고 그 스스로 모방을 위한 주기가 되었다. 그는 사라지고 마는 말에서 마침내 해방되어 문자화된 글이 되었다. 문자화된 벨레로폰의 목소리는 두 세계 사이를 떠다닌다. 그 목소리가 영원히 묘사하는 남자를 조합과 재조합을 통해 영원히 배반하면서.

"당신은 불평하는 법이 없군." 나는 어두운 침실 천장을 올려다보며 짧게 트집을 잡는다. "여자가 불평을 하지 않는다는 건 뭔가 문제가 있다는 얘긴데."

잠시 후 내 옆에 누워 생각에 잠겨 있던 필로노에가 말했다. "저도 불평할 때가 있어요."

"아니, 그렇지 않아. 당신은 완벽해. 그게 당신의 문제야."

"그래요, 나도 기분이 좋지는 않아요." 여기서 필로노에는 이 글 서두에서 설명했던 대로 묘사된다. "하지만 화가 나 있는 사람을 비난해 봤자 뭘 어쩌겠어요? 당신이 왜 화가 났는지는 저도 알 수가 없지만."

"화나지, 화나고말고. 내 인생은 실패야. 난 신화적 영웅이 아니었어. 결코 그렇게 될 수 없을 거야."

"당신은 영웅이에요!" 그들의 대화는 우리가 보통 나누는 대화의 일반적인 내용을 담고 있다. 그러나 그 대화는 어떤 경우에도 부드러움을 잃지 않는 필로노에의 성정과 육체는 물론 남편의 피곤하기 짝이 없는 병적인 자기 집착을 확인시켜 주지도 못하고, 그 길이만큼 간결하게 주제를 제시하지도 못한다. 나는 이 노벨라의 말미에서 나를 벨레로폰의 삶의 한 이본(異本)으로 변신시켜 주겠다는 예언자 폴리이도스의 제안에 동의하게 된다. 하지만 어쩌면 내가 불완전하게, 심지어는 부적절하게 서술될 수도 있다는 사실을 그때 알았더라면, 나는 원래의 내 이야기(original program)*를 고수했을 것이다. 하늘에서 가시덤불 속으로 곤두박질쳐 눈멀고 다리 저는 예언자가 되어, 늪의 조수 위를 떠돌며 나의 달이자 뮤즈이자 인간으로서 마지막 사랑인 아마존의 멜라니페가 내게서 썰물처럼 떠나갔다 밀물처럼 돌아올 때마다 나 자신의 목소리로 그녀에게 내 이야기를 소리 높여 암송해 주는 것을. 그리고 예언자 폴리이도스 역시 문서로 변신하는 그의 방식에서 가장 장인적 솜씨를 발휘한 마지막 역작이 소위 자기비판으로 얼룩지고 더럽혀지리라는 것을 미리 알았더라면, 스틱스 강물 속에서 발버둥치고 있는 단테의 분노한 자들처럼** 벨레로폰이 진창에 처박혀 영원히 거품을 물도록 내버려 두었을 것이다. 늪의 아버지여, 늙은 변신자여. 그렇다면 그대는 여기 있겠군. 심지어 여기에도. 이야기나 계속하자.

---

* 이 노벨라의 후반부에 삽입되는 브레이의 편지에서 컴퓨터 프로그램이라는 개념은 중요한 모티프이다. 또한 원본과 이본은 이 작품 내에서 끊임없이 비교되고 있다.

** 단테의 『신곡』 지옥편에 나오는 내용. 스틱스 강에서는 분노한 자와 우울한 자가 처벌받고 있다. 분노한 자들은 발가벗은 채 분개하여 서로에게 악을 쓰며 달려들고 이로 상대를 조금씩 물어뜯는다. 우울한 자들은 느리고 음울하게 검은 진흙 속에 잠겨 들어 세상으로부터 숨어 있다. 그들이 암송하려는 슬픈 성가는 말로 나오지 못하고, 그 슬픔은 거품이 되어 수면 위로 떠오른다.

"아테네가 여전히 당신 편이라는 건 누가 봐도 분명해요." 필로노에가 말을 이었다. 그녀의 목소리는 그 나긋나긋한 육체만큼이나 부드러웠다. "카리아를 비롯해 그들의 새로운 동맹인 솔리미아, 아마존과의 성가신 무력 충돌이 계속되고 있지만 리키아 왕국은 상당히 번영하고 있고 정치적으로도 안정되어 있어요. 우리의 아이들 역시 대체로 만족스럽게 자라고 있고요. 프로이토스와 안테이아의 제멋대로인 딸들과는 다르죠. 당신의 추종자들이 보내는 편지로 보건대 키메라를 퇴치한 영웅으로서 당신의 명성은 확고해요. 심지어 그 「페르세이드」에서도(당신이 발췌해서 읽어 주었던 부분을 놓고 헤아려 볼 때) 당신이 두어 번 호의적으로 언급되고 있을 정도죠. 마지막으로 우리의 결혼 생활은(명심하세요. 그건 내게 신화적인 영웅으로서 당신의 이력이 당신에게 가지는 의미와 같다는 걸.) 이젠 더 이상 키메라가 내뿜는 불길처럼 활활 타오르진 않지만 대체로 애정이 깃들어 있고 편안하며 성적으로 안정되어 있어요. 분명히 우리는 이 정도 나이가 들었을 때 페르세우스와 안드로메다의 관계를 좀먹었던 그 적의는 면했어요. 우리를 두고 티 없이 깨끗하다고 말할 순 없겠지만 확실히 우리는 과실이 있다기보다는 경험이 풍부한 거라고 봐야겠죠.

　지금이야 당신이 이룬 가장 화려한 대업은 이미 지나간 것이라고 해도 무방하겠죠. 전 아직 「페르세이드」를 다 읽지는 못했지만, 신화적 영웅이라는 게 이를테면 마흔의 나이가 되었다고 해서 어디로 사라져 버리는 건 아니잖아요? 전 당신의 가장 화려한 업적이 당신의 최고 업적은 아닐 수도 있다는 생각이 들어요. 당신의 최고 업적이 지금 진행되고 있지는 않더라도 어쩌면 당신이 미래에 그걸 성취할지도 모르죠. 이를테면 비교적 오랜 세월에 걸쳐 당신의 나라와 당신의 가족과 당신 자신을 질서 정연하게 경영하는 것 말이에요. 끈기 있게 이해력을 수양하여 지혜로 성숙시키고, 다양한 경험들을 축적하여 그것을 혜안 있는 정책의 형태로 외교 문제와 국내 실정과 개인적인 일에서 재활용하는 것. 간단히 말해, 이 모든 것들은 남자를 단순히 유명하게 하기보다는 위대하게 하고 단순히 존경에 그치지 않고 사랑을 받게 만들죠." 어쩌고저쩌고.

나는 이것을 「페르세이드」의 풍부한 산문과 비교하고 절망한다. 멜라니페의 문체로 충분치 않다면 「페르세이드」의 작가랑 동침하든가요! 아니, 아니, 내 사랑. 그것은 당신의 문체가 아니야. 당신은 그저 떠오른 단어들을, 혹은 오래전에 떠올랐던 단어들을 받아 적은 것뿐이지. 한때 살아 있던 생물들도 진흙 속에 묻혀 화석이 돼. 뼛조각들이 정체 모를 무기질로 바뀌고 결정체가 되어 오랫동안 부식된 산화물의 색깔을 띠고 영겁의 썰물에 이리저리 옮겨 다니고 닳고 재배열되지. 사금파리 파편들. 흩어진 단편들. 그것으로부터 잠자는 용을 추론해 내기는 훨씬 더 힘들어. 당신 말이 맞아요. 어쨌든 나는 잠이 들었고, 이전과 마찬가지로 우울한 기분으로 눈을 떴다. 언제나 그랬듯 필로노에는 흔쾌히 용서해 주었고(멜라니페는 필로노에가 아니다. 그녀가 필로노에 같다고 암시할 의도도 없었다.) 날 애무했고 사랑을 나눴고 관계 후에는 내가 잠깐 눈을 붙이는 동안 시금치 파이와 페타 치즈로 손수 내 생일 아침상을 준비해 주었다. 폴리이도스는 의아해한다. 이런 여자랑 사는 남자가 어떻게 불행할 수 있다는 거지? 벨레로폰은 (한순간 어설프게나마 「페르세이드」의 거들먹거리는 듯한 리듬과 두운을 흉내 내어) 그가 의아해해서는 안 된다고 생각한다. 왜냐하면 소년 시절 벨레루스에게 신화적 영웅주의라는 패턴을 보여 준 것은 다름 아닌 폴리이도스였으니까. 그 패턴에 따르면 완전히 자리를 잡은 영웅이 패턴의 사사분기에 이르러 신과 인간의 호의로부터 갑작스럽고 불가사의하게 멀어진 뒤 자의든 타의든 자신이 이룩한 도시에서 떠나게 되며, 그가 성스럽게 잉태된 장소와 상징적으로 대응되는 언덕 꼭대기에서 신비스럽게 승천한다. 어쩌고저쩌고.

벨레로폰이 폴리이도스에게 이걸 얘기할까? 그 비극적인 역할이 대체 누구에게 어울리겠는가. 그가 열정을 바치고 있는 쾌활한 신녀 멜라니페에게도 다음의 사실을 굳이 일깨워 줄 필요는 없다. 여기서 필로노에로 그려지는 여성이 행하는 물러섬 없는 유순함, 절대적인 배려, 천사 같은 불굴의 헌신(우리들 가운데 삼분의 이는 이런 것에 아주 속이 울렁거리지.) 때문에 오래전부터 벨레로폰은 무척이나 절망할 수밖에 없었는데, 그것이 무엇보다도 특히 위에서 필로노에 본인이 안드로메다를 가장 인색하게 평가했던 그 이유* 때문이었다는 점 말이다. 한마디로 말해, 나는 (내 결혼에 대해, 내 아이들에 대해, 왕으로서 나의 이력에 대해) 피치 못하게 만족할 수밖에 없는 상태였다. 그런데 그 나이와 지위에 있는 신화적 영웅들은 만족과는 완전히 거리가 먼 상태가 되어야 하기 때문에 나의 만족감은 오히려 나를 비참하게 했던 것이다.

---

* 페르세우스와 안드로메다의 결혼 생활을 위태롭게 만든, 서로에 대한 적의.

침묵. 아마존인 멜라니페는, 뭐랄까, 자신이 이 궤변을 이해하고 있다고는 전혀 자신할 수가 없다. 그러니까 당신은 당신이 행복했기 때문에 불행했다는 말인가요?

그 궤변이 당신 비위에 거슬릴지도 모르지만 내 고통은 진짜였어. 저기, 불행을 떨치고 일어나 하늘에서 빛나고 있는 페르세우스가 있었어. 그리고 여기, 비참하게 만족한 채 그의 이야기책이나 들고 있는 벨레로폰이 있었지.

이것 때문에 아내와 가족을 떠난 건가요?

내 왕국도 떠났지. 그리고 내 제국도. 내 이야기는 바로 거기서 출발해. 내가 '내 영혼이 피폐해질 정도로 고민하며 인간의 발길이 닿지 않는' 알레이안 습지 등등을 방황할 때 말이야.

잠깐만요. 그걸 좀 평이하게 풀어 써야겠어요. 잘못된 것이 아무것도 없기 때문에 불행하다.

그렇지.

침묵. 이러한 정신적인 문제에 관한 상황(그러니까 어떤 구체적인 병인(病因)이 없는 전반적인 침체 상태)은 신화에서 흔히 객관적 상관물로 드러난다는 점이 주목된 바 있다. 사람들은 오이디푸스의 테베를 휘감은 오염*, 혹은 페르세우스의 상상 석화(石化)를 떠올린다. 벨레로폰의 경우에도 그와 비슷한 게 있을까?

얼마나 많은 목소리들이 내 이야기를 들려주고 있는지 궁금하다. 내가 처음 내 인생의 이야기로, 잘해 봐야 심하게 제한이 많은 불멸의 삶으로 변신해 들어갔을 때, 내 생각엔 화자의

---

* 당시 그리스인들은 '오염(miasma)'이 살인의 결과로 발생하는 초자연적인 현상이라고 이해했다.(임철규, 『그리스 비극』(한길사, 2007), 113쪽, 각주 19.)

목소리가 분명하고 객관적이었던 것 같다. 그 목소리는 단순하고 절도 있는 산문으로 내 중년의 고민을, 아주 적절하게도 페가수스가 비행 능력을 잃어버린 상황에 비유했다.(짜잔.) 또한 누가 내 뒤를 이어 리키아의 왕이 되어야 하느냐는 문제를 놓고 내 자식들이 역심을 품도록 유도하고, 친언니인 안테이아와의 치정 사건을 비롯해 내 젊은 시절의 모험담을 끝없이 반복해 들려줌으로써 아내가 내게서 정나미가 떨어지도록 만들고, 백성들의 지지를 받지 못하는 솔리미아 전쟁을 지속하고 확대함으로써 백성들의 반란을 조장해 보려 했던 내 헛된 시도들을 짧게 열거했다. 그런데 현실인즉슨 내 아이들은 효성이 지극했고, 아내는 나를 받들었으며, 침묵하는 다수의 리키아인들은 내 통치를 지지했다. 내 인생의 중간, 마흔 살 생일 전날에 시작되는 이 최초의 혹은 최고(最高)의 「벨레로포니아드」는 내 과거 시절의 다종다양한 모험을 제시하고 설명하는 동시에 별다른 요란스러운 기교 없이 현재의 드라마(문학적인 불멸성을 얻기 위한 나의 탐색)를 진행하기 시작했다. 여기서 생기는 서사의 어려움은 「페르세이드」의 선례를 따라 내 인생의 하반기에서 상반기를 반어적으로 되풀이하면서도, 이야기 구조의 수적 토대로 7이라는 숫자 대신 5라는 숫자(즉 3과 2)를 사용하고 대수적인 나선형보다는 원형에서 기하학적 모티프를 얻은, 단순하지만 영감을 받은 장치로 해결했다. 게다가 도입부는 「페르세이드」의 도입부는 물론 그것의 극적인 구성까지도 연상시켰다. 그러니까, 「페르세이드」처럼 영웅의 두 번째 모험이 시작될 즈음(젊음을 되찾기 위해 페르세우스가 고집스럽게 어기대는 안드로메다와 동행하여 젊은 시절 과업을 성취했던 장소들을 다시 방문하러 떠날 때, 그리고 초조하고 안달이 난 벨레로폰이 마법의 약초 히포마네스를 찾아 인내심 많은 필로노에와 동행하여 젊은 시절 과업을 성취했던 장소들을 다시 방문하러 떠날 때)이 아니라, 중간 부분에서 이야기를 시작한다는 것이다. 페르세우스는 언제나 궁극적으로는 하늘에서 독자들을 대상으로 말을 하면서 직접적으로는 이야기 대부분을 이집트에 있는 연인 칼릭사에게 들려준다. 벨레로폰은 언제나 궁극적으로는 미국 메릴랜드 주(州)의 도체스터카운티가 된 곳의 늪에서 떠다니는 종잇장들로부터 독자들에게 말을 걸면서도 스키티아의 테미스키라 근처에 있는 테르모돈 강 습지에서 아름다운 멜라니페에게 자신의 과거를 상세히 들려주는 것으로 이야기를 시작하곤 했다. 이야기하기(narration)는 매일 반복되었고 하루 종일 이어졌다. 정확히 말하자면 첫 번째 조석(潮汐) 현상이 내 인생과 저작의 상반기에, 두 번째 조석 현상이 하반기에 각각 해당했다. 제1밀물기는 이를테면 아버지와 형제의 죽음으로부터 키메라 퇴치를 거쳐 필로노에 공주와의 결혼에 이르는 모험으로 채워지는데*, 대략 내 나이 열아홉에서 스물일곱 살에 이르는 기간에 해당되었다. 제1썰물기는 내가 리키아를 통치하고 자식을 낳아 가정을 이루는 얘기로 시작하여 내 만족스러운 상황에 대한 불만감이 점점 쌓여 가는 얘기를 거쳐 페가수스가 비행 능력을 완전히 상실하는 내용까지를 드러내며, 스물여덟에서 서른여섯 살까지의 시기에 해당되었다. 제2밀

---

* 작가는 물이 해안으로 밀려 들어와 땅을 '채우는' 밀물 때에는 cover라는 단어를, 물이 빠져나가 땅이 '드러나는' 썰물 때에는 discover라는 단어를 의도적으로 사용하고 있다.

물기는 습지에 사는 노인(실제로는 예언자 폴리이도스)의 조언을 얻기 위해 리키아를 떠나는 시간부터 말먹이 약초 히포마네스를 찾는 여행을 거쳐 아마존 전사 멜라니페와의 전원생활에 이르는, 서른일곱에서 마흔다섯 살까지의 생애에 벌어진 일화로 채워졌다. 제2썰물기는 올림포스로 날아오르려는 시도에서부터 페가수스에서 떨어진 후 길고 긴 자유 낙하를 거쳐 내 삶의 연대기에서 마지막에 이르기까지를 드러내며, 내 나이 마흔여섯에서 쉰네 살까지의 시기에 해당되었다. 서른여섯 해*의 기간은 십팔 년 주기와 구 년 단위의 사분기로 나뉘는데, 내가 기억하기로 이것은 폴리이도스식의 '태양' 인생력과 멜라니페 혹은 아마존식의 '달' 인생력 사이의 절충안이었다. 한 달을 삼십 일, 한 해를 열두 달이자 삼백육십 일로 보는 폴리이도스의 '태양' 인생력은 인간의 수명을 일흔두 해라고 본다. 멜라니페식 '달' 인생력은 각각 대략 십사 년 단위의(비록 아마존들은 '년'이라는 단위를 인정하지 않지만) 사분기를 기초로 하는데, 이것은 달의 위상과 (출생에서 사춘기까지, 사춘기에서 성적 원숙기까지, 성적 원숙기에서 폐경까지, 폐경에서 죽음에 이르는) 여성 성징의 네 단계에 은유적으로 대응된다.(아마존의 수명은 폴리이도스식 용어로 계산하면 쉰여섯 '해'이다. 그들은 평균 '열네 살'에 월경을 시작하고 약 '마흔여섯 살'에 폐경을 맞는다.) 마지막으로, 이야기를 하는(narration) 길이와 주기는 일정한 반면, 서사(narrative)의 폭은 조수의 범위처럼 화자의 에너지에 따라 변화가 있었는데, 그것 자체가 화자의 집중력과 산만함

---

* 열아홉 살에서 쉰네 살에 이르는 기간.

의 정도를 드러내는 기능을 했다는 점이 이 이상적인 「벨레로
포니아드」가 지닌 두드러진 특징이었다. 그래, 그렇다. 나는 이
이야기를 음력으로 한 달에 두 번, 그것이 소위 폴리이도스와
멜라니페의* 인력이 완벽하게 일직선 상에 놓이는** 간조와 만
조에 도달할 때까지 했다. 내가 기억하는 바로는 특히 하지 보
름달 무렵에 하는 이야기가 굉장히 유창했는데, 의심할 여지없
이 메릴랜드 해안 저지대의 위도와 경도로밖에 설명할 수 없
는 현상이었다. 반대로 매달 두 번, 특히 주야 평분시*** 즈음의
이야기하기는 보통 단조롭고 깊이가 없으며 산만했다. 마치 순
수한 벨레로폰의 목소리가 어느 때는 폴리이도스에 의해, 어
느 때는 멜라니페에 의해 이리저리 끌려다니고 전용(轉用)되어,
결국에는 극적인 화합과 긴장감으로 이어지는 게 아니라 조화
없이 교착과 부진에 빠지는 것 같았다.

　이러한 질문****을 제기하고 보니, 나나 누군가가 이미 그것에
대해 답변했다는 것을 깨닫는다. 조수와 관련된 다섯 가지 '상
수'(지리적 위치, 평균 수심, 해안선의 지형, 자전 속도, 해상(海
床) 마찰)와 네 가지 주기적 변수들(태양과 달이 서로를 기준으

---

* 여기서 폴리이도스는 태양에, 멜라니페는 달에 해당된다.
** 지구에서 볼 때 태양과 달이 이루는 각은 0도에서 360도까지 연속적으로
변한다. 이처럼 달과 태양이 이루는 각을 달의 이각이라고 하는데 이각이 0도일
때 달은 태양과 같은 방향에 있으며 이때의 달을 삭(朔)이라 하며 이각이 90도,
180도, 270도가 될 때를 각각 상현, 망(望), 하현이라고 한다. 그러므로 태양과
달이 일직선 상에 놓이는 때는 달이 삭과 망이 될 때이다.
*** 적도에서 태양이 지표면과 수직을 이룰 때의 정오.
**** 벨레로폰의 경우에도 그의 정신적 상황을 드러내는 객관적 상관물이 존
재하는가?

로 했을 때의 상대적 위치, 지구를 기준으로 했을 때 그것들의 상대적 위치, 지구로부터 그들 각각까지의 거리, 적도를 기준으로 할 때 달의 공전 궤도의 경사도) 그리고 세 가지 비주기적 변수들(풍력, 풍향, 기압)을 완전히 인지하는 것이 「벨레로포니아드」의 서사적 진행을 완벽하게 이해하는 데 도움이 된다는 점은 틀림없는 사실이다. 그러나 그것을 모두 파악하는 것은 어려운 일이기도 하거니와 갈망하는 것 자체가 불가능하다. 내가 감지하는 거라곤 현재 소조(小潮)* 상태에 있다는 것뿐이다. 벨레로폰이 그저 방해 없이, 막힘없이 다시 시작할 수 있다면! 하지만 알다시피 세월은 그렇고 그러니까.**

멜라니페, 부디 이 말을 좀 적어 줬으면 해. 날개 달린 말이 날아오르려 하지 않았다! 날아오르려 하지를 않았어, 날아오르려 하지를 않았다고! 내 영광의 매개체. 청동기 시대부터 석기 시대로 거슬러 올라가, 전성기 때 나는 그의 등에 높이 올라앉아 솔리미아와 아마존을 쳐부쉈고, 카리아의 해적들을 수장했으며, 상상조차 할 수 없는 키메라에게 죽음을 안겨 주었다. 그런 페가수스가 땅 위로 날아오를 수 없다니! 날아오르질 못했다, 날아오르질 못했어! 주인이 결혼한 후로는 마치 가축처럼 풀밭에서 풀이나 뜯으며 살찌고 길들여졌으니까. 나의 멋진 이복형제***는 얼마 안 돼 달 모양의 발굽을 들어 올리는 것조차

---

* 간만의 차가 가장 적을 때의 조수.

** '세월은 사람을 기다려 주지 않는다.(Time and tide wait for no man.)'를 가리킨다.

*** 페가수스. 포세이돈의 씨를 받아 에우리데메에게서 태어난 벨레루스에게, 역시 포세이돈의 씨를 받아 메두사에게서 태어난 페가수스는 이복형제가 된다.

성가셔했고, 그 발굽들로 뮤즈를 위해 샘을 파 주는 일 따위는 더더욱 하지 않게 되었다. 이십 년 동안 매일 아침 식사 후 아테네의 선물인 그 황금 고삐(페르세우스의 부조 벽화 2부 3편)를 내 옥좌 위에 위치한 영광의 자리에서 가지고 내려오는 것이 내가 습관처럼 해 오던 일과였다. 그것 없이는 아무도 포세이돈이 메두사에게 잉태시키고 페르세우스가 그녀의 머리를 잘랐을 때 태어난 그 말 위에 올라탈 수 없다. 나는 아내를 안장 앞머리에 비스듬히 가로질러 태웠고, 우리는 공중에서 제국을 순회하며 백성들이 환호를 보내는 모습을 내려다보았다. 자, 나는 「페르세이드」를 내 허리띠 안에 끼워 넣은 채 목장을 향해 트림을 한 번 하고 하인들의 도움을 받아 말 위에 올라타서는, 발뒤꿈치로 말 옆구리 한 번 찔러 주고 채찍 한 번 휘두른 뒤 이랴 낄낄, 이랴 낄낄 죄어치고 휘파람을 불었다. 그러나 그 짐승은 더 이상 '이랴 낄낄' 따위로 움직이려 하지 않았고, 별을 향해 뛰어 오르는 일일랑은 더더욱 하려 하지 않았다. 그저 제자리를 맴돌며 풀을 뜯을 뿐이었다. 마치 배가 물에 처박힌 돛을 끌고 가듯 날개의 깃털을 질질 끌면서.

그 「페르세이드」라는 책이 그렇게 무거운가요? 아니, 아니, 내 사랑. 무거운 건 바로 나였어. 내 이야기 방식만큼이나 발굽을 질질 끌었지. 「페르세이드」는 그 주인공처럼 가볍게 비상하는데 말이야. 흠. 벨레로폰은 어느 한순간에 갑자기 날지 못하게 된 걸까, 아니면 결혼 생활이 이어지면서 서서히 그렇게 된걸까? 당신은 어떻게 된 일인지 알고 있잖아요. 차라리 죽었으면 좋겠어.

멜라니페는(여기서 그녀는 그렇게 불린다.) 아마존이기 때문에 결혼이나 서사적 구성의 미묘한 부분들까지는 알지 못한다. 하지만 벨레로폰의 연인이자 그의 인생을 기록하는 자로 알려진 위치에서, 그녀는 다음과 같은 제안을 한다. 이야기의 이 부분(당신은 분명 '제1썰물기'라는 용어를 사용했죠.)의 '현재' 행위는 세 개의 개별적인 관계들, 다시 말해 이제는 고인이 된 당신의 아이들과 아내, 그리고 신하들과의 관계를 악화시키기 위해 당신이 시도한 것들을 다뤄야 해요. 그와 동시에 임시적이나마 초반부에 '제1밀물기'의 일화들, 그러니까 당신의 어린 시절 삶에 관한 이야기를 가능한 한 많이 제시해 줘야 하죠. 그렇다면 당신의 아이들을 당신 자신의 어린 시절 일화들과 함께 묶고, 당신의 아내를 안테이아 일화와 함께 묶고, 시민들을 나중에 벌어지는 당신의 모험들에 대한 장황한 설명과 함께 묶어 보는 건 어떨까요? 당신이 그 신화적이고 '이상적인' 「벨레로포니아드」에서 사용되는 방식이라고 말했던 게 바로 이것 아닌가요? 제1밀물기를 제1썰물기의 '절정'(그러니까 당신이 결국 페가수스를 타고 날아오르는 데 실패하고 늪에 처박힌 그날 아침 말이에요.)에서 끝내는 걸 염두에 두고 이러한 내부 이야기들과 페가수스의 하강 고도를 서로 연관시켜 봐요. 그와 동시에 제1밀물기, 제1썰물기, 그리고 제2밀물기를 가지고 이곳 테르모돈에서 벌어지는 우리의 연애 이야기라는 틀 속의 내부 이야기를 구성하고 어디든 형편이 좋은 부분에서 벨레로폰과 멜라니페의 대화를 끼워 넣는 거죠. 가능하면 우리의 해안 저지대 목가에서도 어느 정도 극적인 전개를 진행하면서요. 그러니까 그건 극과 전개를 한편에 두고 목가와 불멸성을 다른 한편에 두는 것이 양립 가능한 개념 쌍일 때의 얘기지만요. 어떻게 생각해요?

아무래도 나는 죽은 것 같아. 뭔가 두려움에 사로잡힌 것 같아. 나는 목소리들로 가득 차 있어. 모두 내 목소리인데, 어느 것도 내가 아냐. 말하고 있는 사람이 누구인지 예전처럼 확실하게 단언할 수가 없어. 모호해지거나 어려워지는 건 내가 바라는 바가 아냐. 나는 영감을 주지는 못해도 적어도 즐겁게는 해 주고 싶었어. 하지만 사람들은 광기에 덧씌워진 질서에 대한 환상을 가졌다고나 할까. 때때로 페가수스를 타고 하늘 높이 날아올라 내려다보면 미로 같은 늪 길도 구도가 분명해 보여. 물이 어떻게 흐르고 왜 흐르는지, 그리고 어떤 짐을 지고 어디로 흘러가는지 알 수 있지. 하지만 지상으로 내려와 늪 사이로 들어가면 수렁에 처박히게 돼. 선박은 계속 나아가지만 항로는 제멋대로에다 비상식적인 것 같다고.

그러고 보니, 내 사랑. 당신은 날았군요. 필로노에랑 아이들하고 함께 날았나요?

그럼, 그랬지. 그래, 그래, 그렇고말고. 우리의 첫아이가 태어난 그때부터는 그 아이도 함께 날았어. 그 녀석은 어미 품에, 그녀는 내 품에 편안하게 자리를 잡았지. 녀석이 말 타는 걸 너무 좋아하니까 아내는 그 애에게 히폴로쿠스라는 이름을 지어 줬어. '암말에게서 태어나다'라는 뜻이었는데, 난 그 이름이 전혀 마음에 들지 않았어. 곧 어린 이산데르가 그 녀석의 자리를 차지했고 튼튼한 히폴로쿠스는 말 뒤쪽에 꼭 붙어서 탔어. 어미만큼이나 유순한 라오다미아가 태어나자, 여자들은 앞에 타고 사내아이들은 뒤에 탔지. 단 한 번도 누가 내 바로 다음에 앉을 것인지를 두고 다툰 적이 없었어. 왕실의 가족은 매일 하늘 높이 날았지.

하지만 아니었어.

이전만큼 그렇게 높이, 혹은 멀리, 혹은 빨리 날지는 못했거든. 이에 대해 필로노에는 아이들과 자신을 대표하여 내게 고맙다고 하더군. 내가 자기들의 안전을 위해 고삐를 늦췄다고 생각한 거지. 동시에 그녀는 그때부터 말을 타고 비행하는 일을 삼갔어. 최근 우리가 리키아의 국경 너머로 비행하는 횟수가 줄어든 일이 우리의 숙적 카리아와 솔리미아가 소문으로 돌던 동맹을 새롭게 맺는 계기가 될까 봐 그랬던 거지. 그러자 항속 거리와 고도가 얼마간 증가하기는 했어. 하지만 그녀를 태우지 않고도 페가수스는 결코 예전의 고도를 회복하지 못하더군. 아이들이 자라면서 우리는 다시 올리브 나무 꼭대기 정도의 고도로 내려오게 되었어. 말이 낮게 비행하면서 똥이라도 싸질러 백성들의 인심을 잃을까 봐 나는 히폴로쿠스와 이산데르, 라오다미아를 차례로 말에서 내쫓았어. 그때마다 페가수스는 조수가 빠져나갈 때 해변의 파도가 점점 더 낮게 들어오는 것처럼 한결 낮아진 고도로 다시 올라가곤 했지. 나는 저 멀리 머리 위로 페르세우스, 메두사, 안드로메다, 케페우스, 카시오페이아 같은 새로운 별자리가 궤도를 따라 움직이는 것을 지켜보았어. 비위가 상하더군.

"놀라워." 왕궁 내실에서, 친절하게도 날 달아오르게 하려고 애쓰는 필로노에에게 곧잘 이런 식으로 말하곤 했어. "임신이라는 게 치아의 건강과 근육의 탄력을 그렇게 많이 앗아 간다니 말이야." 이런 말에는 필로노에도 손놀림을 잠시 멈추기 마련이지.(멜라니페의 손놀림 역시 멈춘다.) 하지만 그녀는 곧 출산에 드는 생물학적 비용의 목록에다 정맥류와 처진 가슴, 헐거워진 질과 괄약근, 엉덩이와 허벅지의 튼 살, 윤기를 상실한 머리카락 등을 명랑한 어조로 덧붙이면서 내 말에 맞장구를 치곤 했어. 그녀는 이 모든 것을 대수롭지 않게 여겼어. 이렇게 어여쁜 공주와 왕자들을 위해서라면 세 번이라도 더 죽을 수 있다 하더군. 하지만 그녀는 이왕 말이 나온 김에 덧붙인다면서 자신과 내가 각각, 그리고 우리가 부부 관계에서 함께 치러야 할 심리학적 비용도 언급했어. 피로, 자발성의 상실, 열정의 감소, (노화가 가속화되고, 흘러가는 세월이 함께 영향을 미치며, 책임이 늘어나고, 익숙함이 쌓여 가는 것과 같은) 전반적인 부담 등 더욱 친밀해지는 것만으로는 결코 완전히 보상받을 수 없는 것들이지. 그녀로서는(그녀는 계속 말을 이었어. 정말 대단한 아내라니까!) 자신이 내키는 대로 명명한 '결혼과 어버이 됨에 대한 비극적 관점'이라는 입장을 취했다더군. 결혼과 어버이 됨의 기쁨과 슬픔을 함께 놓고 보면 불가피하게 순손실이 날 수밖에 없다는 거야. 그것들이 인생 그 자체처럼 꾸준하게 소모되고 기간도 한정되어 있기 때문이기만 하다면 말이야. 하지만 인간은 이것 말고도 다양한 방법으로 상실을 겪기 때문에 덜 진지한 관계들에서 즐거움을 얻기 위해 결혼과 출산을 피하는 것은, 그녀의 판단으로는 순손실을 훨씬 더 증가시키는 행위이지. 또한, 명심해, 그녀는 이런 관점을 정신적으로 부정적이거나 암울한 것으로 간주하지 않았어.(그녀는 휴가 여행에서 역사적인 운동들에 이르기까지 모든 것에 그것을 적용시켰지.) 이것을 긍정하는 것은 우주의 이율배반을 긍정하는 것이었어. 그녀는 그러한 이율배반을 부조리한 모순으로 생각하지 않고 값진 역설이자 인간의 영혼에 품위 있는 카타르시스를 유발하는 긍정의 연민과 공포로 보았지. 나도 할 수 있어. 확실히 나는 할 수 있어. 내가 할 수 있다는 걸 의심할 것도 없지. 나는 할 수 없다는 것, 나는 할 수 없다고 상상하기 시작할 수도 있다는 것, 내가 어쩌면 결국 할 수 없을 것인지를 놓고 궁금해하기 시작할 수도 있다는 것, 내가 할 수 없다고 확고하게 믿기 시작하기를 시작할 수도 있다는 것을, 나는 상상하기 시작할 수 없고 궁금해하기 시작할 수 없고 시작하기를 시작할 수 없어. 의문의 여지없이 나는 할 수 있어. 내가 할 수 있을까? 나는 할 수 없어.

해요.

페가수스와 나는 더욱 낮게 날았어. 나는 히폴로쿠스의 열세 번째 생일날 아이들에게 말했지. "너희들은 조상은 혼혈의 말 상인들이란다. 시시포스와 오톨리쿠스를 거쳐 변덕스러운 켄타우로스까지 거슬러 올라가지."

아이들은 눈을 동그랗게 뜨고 앉아 있었고, 가정 교사와 보모들은 필로노에를 부르러 달려갔어. 필로노에가 뜨갯거리를 들고 방으로 들어와 이야기를 듣는 아이들의 얼굴을 살펴보았어. 하지만 내 말에 이의를 제기하거나 방해하지는 않았지.

내가 아이들에게 말했어. "너희들의 할머니 에우리메데는 코린토스의 야생 암말 숭배 집단의 지도자 격이었단다. 내 어머니는 암말 숭배 집단에서 해마다 치르는 중추절 의식이 거행되던 어느 날 밤 파도 속에서 알몸으로 헤엄치고 있을 때 바다의 신이자 말의 신인 포세이돈이 자신을 종마처럼 범했다고 주장했지. 그러나 아버지는(그러니까 너희들의 할아버지 글라우코스 말이다.) 어머니가 설사 종마와 직접 관계한 건 아니라 하더라도 어쨌든 마구간지기와 간통한 거라고 힐난했어. 그리고 그 마구간지기를 자신의 경주용 전차 뒤에 매단 채 달려서 죽인 뒤 우리 땅에서 남자 조련사와 종마를 추방해 버렸지."

히폴로쿠스가 외쳤어. "만세!" 이산데르는 자신의 열세 번째 생일에 조랑말을 선물로 달라고 조르더군. 라오다미아는 내 무릎 위로 기어 올라와 엄지손가락을 빨았어. 바깥 방목장에서는 페가수스가 히힝 하고 울었어. 필로노에는 뜨개바늘로 가장자리 장식을 떴어.

나는 이렇게 말한 것 같아. "말은 내 일대기에서 특히 두드러지는 모티프란다. 내가 태어난 상황부터가 그래. 포세이돈을 내 아버지로 가정한다면, 나는 혈관에 진짜 말 피를 상당량 가지고 있는 셈이고, 그건 너희들 역시 마찬가지다. 우리가 인간인 한, 말의 특성은 열성 인자로 간주될 수 있겠지. 하지만 너희들 가운데 누군가가 켄타우로스를 낳거나 문자 그대로 망아지를 낳을 가능성이 분명 희박하기는 하긴 해도 아주 없는 건 아니란다. 내가 유전이라는 주제에 관심을 갖고 있다는 건 굳이 더 설명할 필요가 없겠지. 그래서 내가 그 분야의 연구를 후원하게 되었으니까. 연구를 통해 뭔가 발견해 내면 너희들이 결혼할 때 각자에게 알려 줄 참이다."

라오다미아가 아기는 어디에서 생기는 거냐고 물었어. 이산데르는 아들 둘과 딸 둘, 그리고 빠른 말과 보조 말을 각각 두 마리씩 낳겠다고 결심했지. 사춘기라 자신의 외모에 불만이 많은 히폴로쿠스는 후손들에게 적갈색 대신 검정색 갈기와 꼬리를 물려주는 데 내 연구를 이용하고 싶다고 했어. 필로노에가 미소를 지으며 말했지. "적갈색 말도 아름답단다." 내가 경험하고 있는 것을 정체성의 위기라고 부를 수는 없다. 정체성의 위기를 경험하기 위해서는 반드시 먼저 어떤 의미의 정체성이든 갖고 있어야 할 테니까. 문학에 있어 광기에 찬 천재의 전통. 문학에 있어 일인이역의 전통. 이야기 속 이야기의 전통, 미친 텍스트 편집자의 전통, 신뢰할 수 없는 화자의 전통. 「페르세이드」에서는 이것들이 모두 얼마나 훌륭하게 실현되었는지. "이제 쌍둥이 문제를 거론해야겠구나. 내가 아버지와 형을 거의 죽인 거나 다름없게 된 경위 말이다." 폴리이도스, 이 늙은 협잡꾼. 이게 당신의 최선이야? 무응답. 하지만 나는 당신이 여기 행간에, 둥글거나 각진 문자 획들 사이에 있으면서 이 습지를 통해 흐르는 물처럼 나를 통해 퍼지는 걸 알고 있어. 내가 최고도에 올라갔을 때 당신에게 시원하게 한 방 먹여 줄 수 있게 된다니 하늘에 고맙군!

"벨레루스와 델리아데스." 나는 다시 리키아 시절로 돌아가 내 아이들에게 말하고 있다. "벨레루스와 델리아데스 말이다. 우리가 태어난 그날부터 나라 전체에서 우리 가운데 누가 코린토스의 왕위를 계승해야 하는지를 두고 싸웠단다. 당사자인 내 형과 나도 그 문제를 놓고 싸웠지. 재미 삼아 그러기도 했지만 이득을 노린 점도 있었고. 너희들도 나를 도시에서 몰아내고 나면 꼭 그렇게 하겠지."

오, 벨레로폰! "그때는 벨레루스였어. 그리고 제발 소란 좀 그만 떨어라." 당신들 모두. "우리는 쌍둥이였어. 외모는 똑같고 내면은 정반대인 쌍둥이 형제였지. 그리고 폴리이도스는 우리의 가정 교사였단다. 벨레루스는 막 걸음마를 배우기 시작할 때부터 열정적이고 충동적이었으며 아프로디테의 열렬한 총아였어. 반면 델리아데스는 신중하고 분별력 있고 모든 면에서 절제력을 발휘했으며 아테네를 공경했지. 그리고 폴리이도스는 우리의 가정 교사였고. 모든 사람들은 글라우코스를 비롯한 선조들의 그 유명한 회녹색 눈을 가진 델리아데스에게 정통성이 있다고 생각했지. 그러나 내가 기억하는 가장 오래된 일이라곤 옆 침실에서 어머니와 아버지가 나를 두고 언쟁하던 거였어. 내가 포세이돈의 아들인지 그 마구간지기의 아들인지, 그러니까 내가 별이 될 운명을 타고 태어난 반신인지 아니면 언덕 중턱에 내다 버려야 할 사생아인지에 관해서 말이다."

비록 멜라니페는 자신의 애인을 사랑하고 그의 일대기를 충실하게 기록하고 있다고 생각되지만, 그가 아이들에게 이렇게 말하는 걸 들은 이 시점에서 그녀 본인은 사실 망설일지도 모른다. 그렇다, 글쎄, 벨레루스 본인도 뭔가 마음 한구석이 석연치가 않다. 우리들 가운데 누가 명백한 후계자인지에 대해서는 서로 괴롭히기도 하고 경쟁하기도 했지만, 오직 델리아데스만이 누가 인간인지에 대해서는 결코 의심하지 않았어. 나는 그 녀석을 꽤 좋아했어. 그 녀석은 나를 숭배했지.

"그리고 폴리이도스는 아버지의 가정 교사였죠." 아이들이 입을 모아 말했어. 나는 곧 저녁을 먹이지 않은 채 그들을 침실로 보내겠지. 이산데르는 이 이야기가 싫다고 선언했어. 너무 긴 데다 나오는 단어들도 너무 거창하기 때문이라더군. 히폴로쿠스가 이산데르에게 키스했고 낮잠 시간에 그것을 모두 쉬운 말로 바꿔서 이야기해 주겠다고 약속했어. 고수머리를 가진 사랑스러운 딸 라오다미아는 내 무릎 위에서 잠이 들었어. 필로노에가 능숙하게 엄지손가락 대신 고무젖꼭지를 물리는군. 이제는 죽고 없어. 그들 모두. 죽고, 죽고, 죽었지! 그렇다면 벨레로폰, 아이들을 아직 재우지 말고 폴리이도스 부분을 들려줘요.

"폴리이도스는 우리의 가정 교사가 되었단다. 폴리이도스가 코린토스 왕궁의 계관 예언자가 된 후의 일이지. 비록 다른 여러 신화에 등장했고 그 덕에 아버지가 그를 고용했지만, 그는 코린토스로 오기 전 자신의 과거나 젊은 시절에 대한 기억이 전혀 없다고 우리에게 단언했어. 그를 두고 프로테우스*의 도제였다고 말하는 사람들도 있었고, 육지판 바다의 노인이라고 말하는 사람도 있었지. 그러한 이야기들에 대해 폴리이도스는 그저 변신 능력자들은 모두 교활한 프로테우스의 변형에 불과하다고 말하면서 어깨를 으쓱할 뿐이었어. 하지만 그는 통상적으로 동물이나 식물 혹은 그와 비슷한 것으로 변신하는 것을 보드빌** 같은 오락거리에 지나지 않는 것이라며 무시했지. 그리고 우리가 아무리 졸라도 우리를 위해 이를테면 그리핀이나 유니콘으로 변신해 주지도 않았고 다음 날 날씨처럼 시시한 예언 따위는 체면이 안 선다며 하려 하지 않았어. 이러한 이유로 인해 다른 사람들 사이에서 그는 예언가라기보다 그저 가정 교사로 통했단다. 우리는 아직 어렸지만 그는 우리에게도 마법에 대해 좀 더 엄격한 시각을 갖도록 권했어. 그는 마법사라고 해서 반드시 자신의 기술을 이해하는 건 아니라고 주장하곤 했지. 비록 그의 경우 경험을 통해 두어 가지 보편적

---

* 그리스 신화에 나오는 바다의 신으로 예언과 변신술에 능하였다고 한다.
** 춤과 노래 따위를 곁들인 가볍고 풍자적인 통속 희극.

인 소견을 갖게 되었지만 말이야. 예를 들어 그가 자신의 능력에 대해 무언가 새로운 것을 알게 될 때마다 그러한 힘이 줄어들거나 어떤 식으로든 변질이 되었다나. 또한 그런 경우 그가 변신을 할 때 그가 '변해서 된' 어떤 것은 자기 마음대로 완전히 통제할 수가 없었다는 거야. 어떤 상황에서 그는 얼굴을 찌푸리고 끙끙거리는 소리를 내며 무언가로 변했어. 그것은 그가 마음속으로 의도했던 것(그런 게 있다면 말이지.)을 닮아 있을 수도 있고 닮지 않았을 수도 있지. 때로는 마법을 시도했지만 실패한 적도 있었어. 또 어떤 때는 마법을 부릴 필요가 없는데 느닷없이 마법에 사로잡히는 경우도 있었지. 그리고 이러한 예들은 그의 예언에도 똑같이 적용되었어. '누군가 나폴레옹이 1821년에 세인트헬레나에서 죽었다고 주장할 거다.'라고 그는 선언했어. 그가 이야기한 그 남자와 장소와 날짜, 혹은 그 소식의 중요성에 대해 우리보다 딱히 더 할 말이 있는 것도 아니면서 말이야. '하지만 그는 사실 메릴랜드의 동부 해안으로 탈출해서 제2혁명을 위한 기지를 설립했지.' 그가 변신을 하되, 일반적으로 그가 '미래의 역사적 인물들'이라고 부르게 된 것으로 변신한다는 걸 알고 텔리아데스와 나는 무척 실망했단다. 예를 들어, 위에서 언급된 나폴레옹이라든지 미국 버지니아 플랜테이션의 존 스미스 대위* 같은 인물들 말이야. 우리의 교육에는 전혀 쓸모가 없는 것들이었지. 그러나 그가 이러한 패턴을 이해하게 되자마자 그 능력은 사라지고 말았어. 그리

---

* 1580~1631. 영국의 군인, 탐험가, 작가. 미국 버지니아 주 제임스타운에 북아메리카 최초의 영국 식민지를 건설했다. 바스는 『연초도매상』에서 존 스미스와 포카혼타스 이야기를 패러디한 바 있다.

고 그때부터 그는 오직 문서들, 그중에서도 주로 편지로 변하기 시작했지. 테오도르 왕이 로버트 월폴 경에게 보내는 것으로 되어 있는 나폴레옹의 가상 편지(이건 황제가 항복한 후 작성된 거야.)와 플라톤의 일곱 번째 편지, 덴마크에 있던 햄릿이 로젠크랜츠와 길덴스턴 편으로 영국에 보내는 편지, 성 이지도르의 교서, 시온 원로들의 의정서, 스탈 부인의 「장 자크 루소에게 보내는 서간」, 1812년 전쟁을 선전하기 위해 매디슨 대통령 정부가 1811년에 사기꾼 콩트 드 크리용으로부터 5만 달러에 구매한 '헨리 서신들,' 핼리팩스에 주둔하던 영국 함대의 지휘자 알렉산더 코크런 부제독이 방금 언급된 대통령에게 미국이 캐나다의 뉴어크와 세인트데이비즈를 파괴한 것에 대해 배상하지 않으면 영국이 그에 대한 보복으로 워싱턴을 불바다로 만들어 버리겠다고 경고하는 편지(이 편지는 사건이 발생한 뒤에 쓰였거나 혹은 고의적으로 지연되었다고 알려져 있어. 수도*가 잿더미로 변한 뒤에야 주소지에 도착했거든.) 그리고 인디언과 캐나다 군대가 디트로이트를 공격하기 위해 대대적으로 이동하고 있다고 경고하는 거짓 편지(그것은 캐나다의 브록 장군이 고의로 심어 놓은 것인데, 미국의 헐 장군이 편지를 발견하고 공포에 질려 디트로이트를 포기하게끔 하기 위한 것이었지.) 또 1813년 9월 11일 날짜로 되어 있는 유사한 편지(그것은 버몬트의 포셋 대령이 플래츠버그 전투에서 캐나다의 프레보 장군과 교전 중인 맥컴 장군에게 보낸 것인데, 엄청난 수의 지원군이 맥컴을 돕기 위해 이동하고 있음을 알리는 내용이었어. 그런데 사실 그 편지를 작

---

* 워싱턴.

성한 건 미국의 비밀 기관이었고, 그들은 그것을 영국에게 충성하는 것으로 알려져 있던, 컴벌랜드헤드에 사는 아일랜드 여성에게 맡겼어. 예상대로 그녀는 그것을 프레보에게 전달했고, 그는 편지의 내용을 진짜라고 여기고 캐나다로 철수했지. 사실 지원병 따윈 존재하지도 않았는데 말이야.)* 등 그 외에도 조작된 편지들이 있었어. 형과 나는 그다지 흥미를 느끼지 않았지."

"할아버지랑 델리아데스 삼촌을 죽여요, 아빠." 이산데르가 졸랐어. 히폴로쿠스가 동생의 입을 막았지. 지금은 모두 죽고 없지만. 그리고 아이들은 저녁을 먹지 못한 채 침실로 쫓겨 갔어. 히폴로쿠스가 상상의 천마를 타고 상상의 용들과 전투를 치르기 위해 요란하게 말을 몰며 위층으로 올라가고 있어. 그는 자신의 옆에서 역시 상상의 말을 타고 질주하는 이산데르에게 자의적이고 과도한 형벌로 보일 수도 있는 것이 사실은 신화적 영웅이 되기 위한 엄격한 훈련이며, 폴리이도스가 내게 그랬던 것처럼 내가 애정을 가지고 그들에게 신화적 영웅의 도제 노릇을 시키고 있는 거라고 일러 주지. 그 애들의 어머니가 히폴로쿠스에게 바로 그렇게 설명해 주었기 때문이야. 지금은 죽고 없지만.

난 아들을 원해요, 벨레로폰. 배가 커다랗게 부풀어 오르길 바란다고요. 빼지 말아요. 아마존 노릇은 이제 지긋지긋해요.

인위적인 단편 형식으로 되어 있는 소설. 일기 형식, 서간문 형식, 비망록 형식, 주석 형식으로 되어 있는 소설. 원문에 주석이 달린 형식의 소설. 잡다한 문서 형식의 소설. 소설 형식의

---

* 이곳에 열거된 편지 혹은 문서들은 모두 실재하지 않는다.

소설. 스스로가 제정신이 아니라고 믿는 자는 사실은 제정신이 아닌 게 아니라는 전통. 자살하는 것에 대해 자주 언급하는 사람은 자살에 대해 이야기함으로써 자살을 방지하거나 혹은 감행하도록 유도한다는 전통. 글라우코스와 델리아데스를 죽여요.

"영웅 자격을 따내기 위한 우리의 수련 과정은 충분히 실제적이었어. 모두 델리아데스의 선동에 의한 것이었지. 벨레루스는 결코 그것을 심각하게 여기지 않았으니까. 형은 나를 사랑하는 마음에 폴리이도스를 꾀어 그 주제에 관해 털어놓게 했어. 그는 결코 주제넘게 영웅 역할을 자처하지는 않았지." 죽은 아들의 촛불들이 자르지 않은 케이크 위에서 가무러진다. 나는 어두운 왕궁 안에 앉아 있다. 아내는 조용히 뜨개질을 한다. 누가 내 이야기를 듣고 있는 건지 알 수가 없다.

"'야호!' 폴리이도스의 강의 하나가 끝나자 델리아데스가 외쳤어.(우리의 '만세'에 해당하는 코린토스 말이지.) '우리는 더 이상 아버지를 싫어하지 않아도 돼!' 폴리이도스는 평소와 마찬가지로 사촌 페르세우스를 예로 들어 영웅의 이력에서 몇 가지 우선적으로 필요한 조건과 특징 들을 명쾌하게 나열했어. 수태의 상황이 범상치 않아야 하고, 아이는 왕실의 부모에게서 태어나지만 신의 아들이라는 주장이 있어야 하며, 어린 시절에 그의 외할아버지 혹은 어머니의 배우자에 의해 목숨을 빼앗길 뻔해야 한다 등등. 언제나 평화를 지키고자 한 델리아데스에게 이것은 질투로 인한 에우리메데와 글라우코스 사이의 불화를 설명하고 변호하는 셈이었지. 형은 우리 모두를 사랑했기 때문에 어쩌다 부모님이 말다툼하는 소리를 듣기라도 하면 여간 괴로워하는 게 아니었어.

폴리이도스가 대답했어. '너희들은 아버지만 두려워하면 된다. 너희들 어머니의 아버지는 이미 죽어 망령이 되었으니까 말이다. 적어도 벨레루스는 그래야 한다. 만약 그가 정말 포세이돈의 아들이라고 가정한다면 말이야.' 내가 아무도 두려워하지 않는다고 명랑하게 어깨를 으쓱이며 대답했던 게 기억나는군. 우리는 젊었어. 델리아데스는 인간으로서 아름다웠지. 하지만 이스트미아 해변에서 내리쬐는 태양빛을 받으며 구릿빛 고수머리를 빛내며 서 있는 벨레루스는…… 신과 같았어!

델리아데스가 주장했어. '우리는 그분을 두려워할 필요가 없어요. 당신 입으로 말했잖아요. 누군가 영웅을 죽이려고 시도해 봤자 대개 넓적다리나 발에 어떤 흉터를 남기는 것 이상은 하지 못하고, 나중에는 오히려 사람들이 그 흉터를 보고 영웅임을 알아본다고요. 그리고 페르세우스는 그런 흉터 없이도 결국 성공한 것 같은데요. 우리가 우려해야 하는 것은 그러한 시도가 어긋났을 때 도리어 아버지 본인이 화를 입지 않을까 하는 것뿐이에요.' 페르세우스와 오이디푸스를 비롯해 무수한 다른 영웅들을 죽이려 했던 고대의 암살자들이 그렇게 되었던 것처럼 말이지. 그 영웅들 가운데 일부는 수 세대 후에나 태어날 예정이었는데, 폴리이도스는 그들의 전기를 예로 들어 자신의 관점을 증명했어.

우리의 가정 교사는 미소를 지었어. 매 학기마다 본 모습을 알아볼 수 없을 정도로 모습을 바꾸는 사람을 어떻게 묘사해야 할까? 당시의 그는 분명 대머리에다 턱에 북실북실 수염이 나 있고 몸에서 악취를 풍기는 염소 같은 사람이었어. 이전 시기의 그는 사자 같았지. 다음 시기는…… 그 얘기는 이제 곧

할게. 그는 영웅이 되는 필요조건들을 충족한다고 해서 반드시 영웅이 되지는 않는다는 점을 지적했어. 왜냐하면 궤짝에 담겨 바다에 띄워졌다가 구조된 어린 페르세우스와 어린 모세들이 나오기 위해서는, 다수의 후보자가 물 위를 떠다니는 관 안에서 죽어야 해. 그 관들은 바다 위를 지나다니는 선박의 입장에서 볼 땐 골칫거리고 연안 지역에서는 오염원에 불과하지. 내가 바다 신의 아들이라는 사실을 증명하지 못했으니 글라우코스가 내 목숨을 끊는 데 성공할 수도 있어. 만약 그가 성공하지 못하고 결국 내가 진짜 영웅이라면 신화의 특성상 그가 생존할 확률은 정말 낮다고 봐야겠지. 하지만 그는 다나에의 아버지 아크리시오스처럼 징벌이 그를 엄습하기 전까지 길고 유용한 삶을 살 수도 있어. 그 문제에 관해서는, 자식 살해라는 일화가 순수하게 상징일 가능성도 있었지. 다시 말해 그렇게 자식을 살해하려는 기도가 직접적으로 내 선조의 손에 의해 행해지는 것이 아니라 그와 함께 있을 때 겪는 위험한 순간 같은 것일 수도 있다는 거야. 어린 오디세우스가 외조부인 오톨리쿠스와 함께 사냥하던 중에 멧돼지의 습격을 받아 깊은 상처를 입은 것도 적절한 사례가 될 수 있겠지. 폴리이도스는 그래도 나와 같은 입장에 있는 사람은(글라우코스와 같은 입장에 있는 사람과 마찬가지로) 역시 조심하는 게 좋다고 말했어. 우리는 사춘기를 훌쩍 지나 있었어. 통계적으로 말해 이미 예정일이 지난 상태였지.*

* 주로 영웅 살해 기도는 어릴 때 이루어지는데, 이들은 이미 사춘기가 지난 나이였다는 의미.

'앞으로의 일이 어떻게 되는지 알려 줘요!' 델리아데스가 졸랐어. 여기까지 내 이야기를 들었을 때 어린 이산데르도 꼭 그렇게 말하곤 했지. 알려 줄 수 있다면 알려 줬을 거라고 폴리이도스가 대답했어. 하지만 아무리 집중을 해도 그가 생각해 낸 건 이상한 짐승 두 마리의 이미지뿐이었어. 바로 그 순간 세상 밖으로 나온, 하얀 날개가 달린 아름다운 종마. 그리고 자신이 내뿜는 연기가 더 선명하게 보이는 바람에 정작 몸뚱이는 흐릿해져 버린, 세 부분으로 된 정체를 알 수 없는 기형 동물. 하지만 그는 정작 이것들이 나랑 글라우코스와 어떤 관계가 있는지에 대해서는 말하지 못했어.

나는 아름다운 입술을 비죽거리며(그때 내 모습이 얼마나 생생한지!) 말했어. '종마가 우리 마구간에 들어오려면 날개가 있긴 있어야 할걸요!' 우리 마구간에는 내가 잉태된 이후 종마가 한 마리도 남아 있지 않다는 사실을 기억할 거야. 본성을 거스르기 때문에, 그리고 암말들의 신경질을 유발하기 때문에 내가 반대하는 정책이었지. 나만큼이나 말을 좋아하던 델리아데스는 날개 달린 말이라는 관념에 매혹되었어. 그는 아버지가 그 말을 갖게 되기를 바랐지. 아르고 선원들을 위한 장례 제전 때 있을 전차 경주 행사에서 그걸 타고 달리고 싶었던 거야. 여기서 나는 세 부분으로 된 딴 이야기를 좀 하려 하는데……."

내 눈에 흙이 들어가기 전에는 안 돼요. 될걸. 우리는 이미 세 부분으로 된 여담 안에 들어와 있는걸! 늪 속으로 가라앉듯이 도입부에 가라앉고 있지. 문학적 단위의 타락. 그래, 글쎄, 사물들은 예상한 대로 타락하고, 또 타락하고 있다. 모든 것이 타락했다. 타락 천지다. 내가 예전의 내가 아니라는 걸 하늘은 알고 있다. 그건 어쩔 수가 없다. 그러나 할 말이 없어서가 결코 아니다! 할 말은 너무도 많다. 오히려 그것이 나의 불만이다. 모든 것을, 그것도 즉시 말해 버려야 한다. 안 그러면 잊어버릴 테니까. 이미 내가 쓰려고 마음먹었던 내용의 반을 잊어버렸다. 펜이 따라와 주질 못한다. 나는 미친 듯이 여백에다 무언가를 써 넣는다. 주석에 대한 주석에 대한 주석. 각 어구마다 주석 두 개가 붙고 그것에 또 두 개씩 붙어 결국 네 개가 된다. 그것들 때문에 나는 잠을 이룰 수가 없다. 관절이 뻣뻣하다. 이곳은 춥고 습하다. 이 순간 나는 내 젊은 친구의 따뜻한 몸을 안고 함께 누워 있어야 한다. 그런데 그러는 대신 밤새도록 끼적이고, 끼적이고, 또 끼적인다. 눈은 벌게지고 현기증이 난다. 긴 썰물이 끝나 조수가 바뀔 즈음엔 나도 멀쩡한 상태가 될 것이다! 내가 무슨 말을 하고 있었더라? 거 보라지, 머릿속에서 사라졌잖아. 지류에서 비어져 나온 지류는 주류로 이어지지 않는다. 이래서는 늪에서 빠져나갈 수가 없다. "조수와 함께 떠나려요."라는 말이 들린다. 누구에게서? 나의 애인? 끔찍하다. 나는 누가 내 목소리를 가로채 끼어드는지 알고 있다.

"코린토스의 왕위 계승 문제." 나는 서둘러 말을 잇는다. "우리는, 벨레루스와 델리아데스는 그 문제를 놓고 폴리스 내에서 시민들이 갑론을박하는 내용이나 말투를 따라 하며 장난스럽게 논쟁했어. 델리아데스가 한 시간 가량 먼저 태어났지만, 우리는 쌍둥이였으므로 대부분의 사람들은 장자 상속권이 실질적으로는 아무런 의미가 없다고 여겼지. 코린토스의 주점과 길거리에서 좀 더 자주 논란이 되는 문제는 정통성의 문제였어. 모든 쌍둥이들이 으레 그런 법이라고 생각했거나, 우리의 행실이 너무나 상반되었다거나, 아니면 이런 문제로 인한 왕실의 분란이 흔히 접할 수 있는 뒷공론이어서 그랬는지는 모르지만, 우리의 아버지가 다르다는 점에 대해 아무도 부인하지 않았지. 소위 보수적인 입장이라고 한다면 글라우코스가 코린토스의 왕이므로 누가 먼저 태어났는지 상관없이 그의 아들이 적통 후계자라는 견해였어. 이 관점이 가지고 있는 유일한 문제는 우리들 가운데 누가 진짜 그의 아들이냐는 것이었는데, 몇 쪽 앞에서 확정된 대로 거의 모두가 델리아데스에게로 기울어졌지. 그가 아버지의 녹청색 눈을 물려받았으니까. 보다 과격한 입장은, 만약 우리 중 하나가 포세이돈의 씨를 받아 태어난 자식이라면 생물학적 정통성과 장자 상속권을 논하는 것이 아무 의미가 없으며 또 그렇게 되어야 한다는 것이었고, 이때 제기해야 할 타당한 문제는 우리 가운데 누가 반신인지를 어떻게 결정하느냐는 것이었어. 이 견해에서는 많은 사람들이 나를 더 지지했지. 비록 그때마다 글라우코스-델리아데스 파가 대중적인 인기는 증거가 될 수는 없다고 지적하곤 했지만 말이야. 게다가 그런 대부분의 경우들(예를 들어 헤라클레스와 이피클레스처럼)에서 사실이었던 것, 즉 쌍둥이 가운데 한쪽은 불사의 몸이고 다른 쪽은 그렇지 않다는 것이 항상 옳지는 않았어. 그러므로 폴리이도스가 농담 삼아 우리 둘을 이를테면 코린토스 만에 던져 놓은 뒤 누가 살아남는지 보자고 제안했을 때 덩달아 이 실험에 대해 진지하게 고려해 본 사람들도 꽤 있었지만, 이것은 결국 유쾌하지도 않을뿐더러 확실한 결론을 내지 못한다는 이유로 받아들여지지 않았지. 왜냐하면 그렇게 했을 경우 잘해 봐야 왕의 적법한 아들이 죽을 것이고, 최악의 경우 논쟁을 해결하지도 못한 채 왕실의 대가 끊길 테니까.

정치적, 역사적, 논리적인 고려가 이러한 입장들을 더욱 부추기고 복잡하게 만들었어. 예를 들어 암말 숭배만 봐도, 그것은 마법이 아닌 성교가 임신의 원인이라는 사실을 남자들이 깨닫기 이전부터 시작된, 과거 모계 사회 시대의 유물로 여겨졌어. 숭배 의식을 보다 호전적으로 신봉하는 자들은 글라우코스가 정당한 권리를 가진 왕이라는 사실조차 부인했고, 에우리메데가 무력 정변을 일으켜야 한다고 촉구했지. 쌍둥이의 철저한 양두 정치를 선호하는 사람은 거의 없었어. 하지만 몇몇 집단들은 평화적인 해결책으로 다양한 실제의 혹은 신화의 선례들을 인용하면서 우리가 일 년 단위로 번갈아 다스리는 연합 통치를 요구하기도 했어. 심지어 동전 던지기와 같이 명백히 불합리한 방편을 심각하게 주장하는 사람들까지 있었지. 왜냐하면 오직 신만이 우리 중 하나가 반신인지를 알 것이고, 만약 그렇다면 누가 코린토스를 통치할지를 신들이 결정해야 하네 어쩌네 하면서 말이야.

이러한 논쟁들은 매년 열기를 더해 갔어. 그리고 정치적인 세력들이 제휴하고 연대하면서 해결점을 찾는 일이 더욱 어려워졌지. 글라우코스는 비록 나에게 공공연하게 적대 조치를 취하지 않았을 뿐만 아니라 기회가 될 때마다 우리를 동등하게 대우하고 있음을 과시했지만, 경계심과 불안감을 숨길 수는 없었어. 특히 폴리이도스가 강요에 못 이겨 반신의 '아버지가 되는 것'과 관련된 위험을 인정한 이후론 더욱 그랬지. 에우리메데의 경우 두 아들을 모두 사랑했고 계승 문제에 대해서는 어떠한 입장도 표명하지 않았어. 심지어 내 아버지가 누구냐의 문제를 두고 사람들이 델리아데스와 비교를 하는데도 그녀는 별로 신경 쓰지 않을 정도였지. 그러나 그런 그녀도 한 가지 문제, 즉 파도 속에서 자신의 뒤에 올라탄 인물이 다른 누구도 아닌 포세이돈이라는 사실에 대해서는 어떠한 의문도 용납하지 않았어.

'여자는 알아요.' 어머닌 단호하게 말하곤 했어. 그리고 글라우코스는 자신의 머리를 쥐어뜯었지.

우리가 열세 번째 생일을 맞았을 때." (내 아들들의 망령이여, 날 용서해 다오!) "부모님께서는 우리에게 선물로 원하는 게 무엇이냐는 질문을 하셨고, 나는 평범한 사냥 장비와 경주용 암말과 새 튜닉을 부탁했어. 반면 비밀리에 폴리이도스의 훈수를 받은 델리아데스는 우리의 혈통 증명서를 요구해서 중신들을 놀라게 했지. 글라우코스는 얼굴을 붉혔어. '증명서는 비어 있다. 너도 이유는 알 것이다. 그것 말고 다른 것을 요구하거라.' 그러자 델리아데스가 말했어. '전 폴리이도스가 그 빈칸을 채웠으면 합니다. 증명서를 가져온 뒤 그에게 빈칸에 들어갈 답으로 변하라 명하십시오.' 글라우코스는 자신의 예언자를 성난 얼굴로 노려봤어. 에우리메데는 폴리이도스에게 날카롭게 물었어. 그가 정말로 그렇게 변신할 수 있는지, 만약 그렇다면 어째서 오래전에 답으로 변해 나라를 진정시키지 않았는지 말이야. 그러자 글라우코스는 그러한 곡예가 가능하다 해도 그것 역시 이 말썽 많은 문제에 대한 또 한 사람의 의견에 지나지 않을 것이며, 만약 폴리이도스가 어떤 의견을 갖고 있는 거라면 그가 경멸해 마지않는 그런 곡예 기술에 기댈 것 없이 그냥 솔직하게 말하는 게 좋을 것이라고 반박했어. 폴리이도스는 초조해하며 자신이 존재론적 변신의 원형 실존주의라고 부르는 관점에 관해 장황하게 설명을 늘어놓기 시작했어. 어떤 한계 안에서는 모든 사람이 정체성을 즉석에서 지어낼 수 있고 또 그것을 신뢰할 수 있다는 둥, 사람은 자유롭게 스스로를 창조할 수 있다는 둥, 어쩌고저쩌고. 고집 센 청년이었던 나는 칼을 뽑아 들었어. '빈칸을 채우든지 죽든지 양단 간에 결정하시오.' 폴리이도스는 눈을 깜박거렸고 변비에 걸린 사람처럼 끙 하고 힘을 한 번 쓰더니 사라지더군. 델리아데스가 내게 키스를 했고 어디선가 난데없이 자신의 손안에 나타난 두루마리를 기쁜 얼굴로 중신들에게 보여 주었어. 그의 이름 밑에는 '글라우코스와 에우리메데의 아들'이라고 쓰여 있었고, 내 이름 밑에는 '포세이돈의 씨를 받아 에우리메데가 낳음'이라고 적혀 있었지.

이렇게 해서 끝이 났어. 논쟁이 끝났다는 게 아니고(그때부터는 위조니 사기니 하는 비난이 추가되어 논쟁에 다시 불이 붙었으니까.) 왕궁에서 폴리이도스의 영향력이 끝났다는 말이야. 적어도 글라우코스에게는 그랬지. 그나마 우리의 가정 교사 노릇을 계속할 수 있었던 건 이번 사건에서 두 아들이 보여 준 태도에 마음이 흡족했던 에우리메데가 그의 뒤를 봐주었기 때문이었어. 또한 이 사건은 사람들이 아는 한 그가 생물로 변신하는 일을 그만두고 문서로 변신하기 시작한 첫 번째 사례이기도 했지. 하지만 일부 사람들이 주장하는 것처럼 그가 글쓰기를 발명했다고 말할 수는 없어. 비록 글쓰기가 결코 유행한 적이 없었던 코린토스에 몇 세대 더 일찍 그 문제적인 수단을 소개했다는 명성이 폴리이도스에게 돌아가는 건 정당하지만 말이야. 그는 그 행위 이후에 이어진 질문과 답변에서, 글쓰기는 몇 세대 뒤 버려진 에게 섬에서 오도 가도 못하게 된 어떤 음유시인*이 섬의 모래사장 위에 오줌을 누며 트로이 전쟁의 결말을 지어내는 와중에 발명하게 될 것이라고 우리에게 말해 주었어. 그 예언가는 제한적이나마 미래를 읽는 능력이 있었어. 그 능력 덕분에 어떤 발상들이 역사에 도입되기도 전에 미래로부터 빌려 올 수 있었지. 어째서 그가 이렇게 강력한 능력을 이용하여 세계를 접수하지 않았느냐고? 권력이 아니라 지식이 그의 천직이었기 때문이야. 그는 권력과 지식이 하나라고 주장한 프랜시스 베이컨의 생각에 동의하지 않았어. 오히려 그는 경험을 통해 더 많이 알게 될수록 더욱 힘을 잃는다는 것을 깨달았지. 더 깊이 볼 것도 없이 미래로부터 훔쳐 오는 것과 같은 재주가 가지는 의미론적이고 논리적인 문제들만 봐도, 제정신을 가진 사람이라면 결코 쓸데없이 휘젓지 않을, 벌레들이 우글우글한 깡통 같다는 거야. 어쩌고저쩌고. 아무도 그의 말을 이해하지 못하자 그가 부루퉁하게 말했어. '그렇다면 이런 식으로 생각해 보게. 내가 미래의 역사를 되돌아볼 때, 나는 폴리이도스가 사실은 결코 이러한 기술을 이용하지 않았다는 것을 알고 있네. 나는 그렇게 하지 않았기 때문에 현재 그렇게 할 수 없고, 그러므로 앞으로도 그렇게 하지 않을 걸세.' '선물 고마워.' 나는 형에게 말했고, 그는 '앞으로도 좋은 일 많이 있길 바랄게.**'라고 대답했어. 예언자처럼 앞일을 예견할 수 없었

---

* 호메로스.

** Many happy returns. 생일이나 축제 때 하는 '축하합니다.'라는 인사지만, 장수를 빈다는 뜻도 있다.

던 그는 자신의 삶이 오 년밖에 남지 않았다는 걸 알 수가 없었지."

멜라니페가 사랑하는 남자의 눈은 회녹색이다. 설명해 봐요. 당장. 죽은 히폴로쿠스야, 생일 축하한다. 생일 축하해. 딴 이야기로 샌다 해도 그들을 살리진 못해요, 벨레로폰. 당신의 열여덟 번째 생일 얘기나 곧장 해요. 시빌. 전차 경주 장면. 풀숲의 뱀 폴리이도스, 당신에게 신의 저주가 있기를. 몇십 년 후 이 이야기로 착한 필로노에를 지루하게 만들 때조차도 나는 그가 이 이야기 속의 악당이라는 것을 몰랐어!

"우리가 열여덟 살 때? 해변에서? 경마? 시빌. 폴리이도스에 겐 딸이 하나 있었어. 어미가 누군지는 알 수 없지만. 시빌. 우리보다 어렸지. 그 여름에 그녀는 우리의 친구였어. 델리아데스는 그녀에게 빠져 있었고, 그녀는 내게 빠져 있었지. 바닷가 작은 숲 속 아프로디테의 신성한 우물 옆에서, 나는 델리아데스가 지켜보는 가운데 그녀와 몸을 섞었어. 그곳에는 쥐엄나무가 자라고 있었고, 미로같이 난 길 사이로 퍼져 있는 울창한 양담쟁이와 야생포도가 쥐엄나무 밑동을 덮고 있었지. 그 부근에서는 악취가 강하게 났어. 남학생들이 죽여 놓은 회색 쥐와 찌르레기들이 썩어 가고 있었고, 그 냄새를 쫓는 교외의 야생 개들이 있었으며, 어느 나무든 밑동 주변의 덩굴을 갈라 보면 포식한 올빼미들이 토해 낸 새의 깃털이나 들쥐 뼈로 뒤덮여 있는 걸 볼 수 있었어. 그곳은 우리가 알고 있던 가장 자극적인 장소였어. 숨을 깊게 들이쉬면 그곳을 감싸고 있는 기묘한 냄새 때문에 구역질이 나기도 했지만, 적절히 들이마시면 뭔가 짜릿하고 마음을 동요시키는 냄새가 났지. 그곳에서 그들, 벨레루스와 시빌은 디디*가 지켜보는 가운데 한 몸이 되어 뒹굴었어. 무슨 악의가 있었던 건 아니지만, 그것은 그의 마음을 찢어 놓았지. 나는 그녀에게 그도 끼워 주자고 말했어. 그런다 해도 나는 상관없고 게다가 그 녀석은 동정(童貞)이라고 말해 줬지. 거절하더군. 나는 그가 그녀를 범할 수 있도록 그녀를 잡아 누르고 있었지만 그는 쳐다보려고도 하지 않았어. 그 무모한 녀석은 만약 그녀가 자신과 결혼해 준다면 나를 위해 코린토스의 왕위 계승권을 포기하겠다고 제안했어. 거래는 없었어. 그녀는 시뜻한 표정으로 말하곤 했지. '벨레루스는 그가 원할 때 나를 가졌던 것처럼 코린토스 역시 언제든 차지할 수 있어.' 나는 그날 밤 형에게 줄 생일 선물을 결정했어. 이제 오후야. 델리아데스는 위에서 폴리이도스를 졸라 영웅의 과업에 대해 말하게 했고, 그로 하여금 페가수스와 키메라의 초기 이미지를 생각해 내게 만들었고, 아르고 선원들의 장례 제전에 대해 언급했어. 자, 이제 시작할게. 글라우코스가 죽은 것이 이올키스 혹은 테베의 폰티에서 이아손이 펠리아스를 위해 연 장례 제전에서였다고 언급한 신화들은 무시해 버려. 글라우코스의 죽음은 정기 이스트미아 제전에서 발생한 일이야. 그 시절 우리는 그 기원이 된, 펠리아스를 위한 장례 제전을 기념하여 그것을 아르고 선원들의 장례 제전이라고 불렀어. 그날은 이스트무스에서 중대한 날이었어. 특히 델리아데스에겐 그랬지. 왕년의 아르고 선원들 가운데 올 수 있는 사람들은 다 참석했고, 다른 유명인들도 모습을 드러냈어. 탈의실을

---

* 델리아데스.

어슬렁거리고 있노라면 마치 명예의 전당을 둘러보는 것 같은 느낌이 들 정도였지. 디디는 완전히 도취된 채 행사 일정을 속속들이 암기했고 아카스투스에서 제테스에 이르기까지 모든 인물들을 들먹이며 마치 스포츠 아나운서라도 된 듯 그들의 약력과 전적을 속사포처럼 지껄였어. 그는 우리가 팀을 이뤄 출전할 이듬해 경기를 위해 날개 달린 말을 잡는 걸 도와 달라고 나를 졸랐고, 무제한 전차 경기에서 이기기 위해 사실상 승산이 별로 없는 글라우코스에게 그 달 용돈을 전부 걸었어.

'가망 없는 일이야.' 내가 말했지. '그래, 그 암말들은 미쳤지.' 델리아데스는 내 말에 동의를 하면서도 애초의 계획대로 자신의 돈을 걸었어. 그는 일정표에 있는 가장 큰 경기에서 지면 아버지가 대단히 실망할 거라고 말했지. 그는 지난 이 년간 그 경기에서 2위와 3위를 했던 터라 이번 시즌 내내 훈련을 했거든. 우리는 예언을 해 달라고 폴리이도스를 압박했어. '주제 넘게 굴지 말게.' 그가 대답했어. 그 시절 나는 툭하면 칼을 뽑곤 했지. 그러자 그가 볼멘소리로 알아서 대답했어. '약 50미터 차이로 자네들의 아버지가 이길 걸세. 히포마네스와 자네의 도움이 있다면 말이야. 난 자네가 오늘 밤 그 작은 숲에서 내 딸을 다시 만나리라는 걸 알아. 마침 결승선의 뒤편에서 벌어질 일이지.' 그가 단언했어. 우물 가장자리에 보름달의 빛을 받아 강력한 효능을 가진 풀이 자라는데, 그것은 오직 그 여신*의 신봉자만이 발견하고 뜯을 수 있다는 거야. 그것은 수컷들에

_____

* 아프로디테.

게는 순한 최음제이자 환각제이지만 암말들에게는 더욱 강력한 효과를 지니고 있었어. 그런 이유로 그것을 판매하거나 소유하거나 사용하는 것이 법으로 금지되어 있지만, 암말 처녀들은 비전(秘傳) 의식을 위해 그것을 많이 애용했지. 시빌은 어릴 때부터 그 풀의 냄새를 구별하는 데 재능이 있었기 때문에, 폴리이도스는 그녀를 아프로디테의 수습 신녀로 만들어 그 풀을 에우리메데에게 독점적으로 공급했어. 하지만 그 양이 너무나도 적었던 탓에 암말 숭배 집단의 수요에 맞추기 위해 그는 몇 년 동안 농축된 '힙'(그들은 히포마네스를 그렇게 불렀어.)으로 만든 부적으로 직접 변신해서 그 패거리들로 하여금 돌아가며 냄새를 맡게 했지. 그는 자신이 글라우코스의 환심을 사기 위해 그날 밤 자신이 그 부적으로 변신하겠다고 제안한 사실을 고백했어. 정말 대단한 이야기지. 출전할 시간에 아버진 말들에게 한 번씩 냄새를 맡게 하는 거야. 그 암말들은 오랫동안 사랑에 굶주린 터라 더 많이 맡고 싶어 환장을 하겠지. 시빌이 그 진귀한 작물이 싹을 틔우고 있다고 했던 작은 숲에서, 신호가 오면 내가 그것을 뽑아 앞으로 나서서 손으로 짓뭉개는 거야. 이제 막 뽑아 든 신선한 히포마네스의 냄새를 좇아 글라우코스의 암말들이 미친 듯이 달릴 거고 그리 되면 그가 첫 번째로 결승선을 통과한다는 거였지. '만세!' 델리아데스가 외쳤어. '어째서 나야?' 내가 물었지. 디디는 그것이 패턴을 만족시키는 데 필요한 자식 살해 기도를 상징적으로 대신하기 때문이라고 설명했어. 아버지가 고삐를 쥔 극도로 흥분한 암말들이 내가 있는 방향으로 미친 듯이 달려들 테지만, 내가 자기랑 시빌이랑 함께 작은 숲에 몸을 숨길 시간은 넉넉할 거라는 거야. 아무도 다치지 않을 거고, 글라우코스는 어렵지 않게 이길 것이며, 우리의 도움을 고맙게 여겨 자기 안에 남아있던 나에 대한 두려움이나 우리의 가정 교사에 대한 악감정을 극복할 게 틀림없다는 거였어. 얼굴이 창백해진 폴리이도스가 그 자리에서 형에게 그 학기 신화 I 과목에 A+ 점수를 주더군.

'난 조작된 경주는 싫어.' 내가 작은 숲에서 디디에게 불평했어. '나도 그래.' 시빌이 말했어. '그래, 뭐.' 델리아데스가 말했어. 보름달, 흩어진 구름, 은은한 향기. 달이 구름 뒤로 숨어 버리자 아르고 선원식 야외 요리를 즐기기 위해 해변에 피워 놓은 모닥불을 제외하고는 아무것도 보이지 않았지. 그때 구름 사이로 그 작은 숲에서 형광 초록빛이 났어. 나는 예비 생일 선물로 디디를 끌어들이려고 매번 사위가 어두워지는 때를 최대한 이용했어. 나는 한 손을 시빌의 한쪽 젖가슴 위에 올려놓은 채, 그의 손을 그녀의 다른 쪽 젖가슴 위에 얹어 놓거나 그녀가 아마존 방식으로 입은 키톤* 아래로 집어넣었지······."

그때에도! 멜라니페가 외친다. 벨레로폰은 이 몇 장이 지나가는 동안 그녀가 어디에 있었는지 궁금해한다. 안테이아가 아마존식 옷차림을 티린스에 들여오기 훨씬 전부터 우리 코린토스에는 글라우코스의 법령에 따라 말을 돌보는 진짜 아마존들이 있었고**, 그들의 옷차림은 젊은 여성들 사이에서 유행이 되었다. 벨레로폰이 안테이아의 남자 역을 하는 레즈비언들과 아마존 흉내를 내는 여자들 사이에서 멜라니페를 보았을 때 그

---

* 아래위가 잇달린 고대 그리스의 옷.
** 글라우코스는 종마와 남자 마부를 모조리 추방했다.

녀만이 진짜 아마존이라는 사실을 단번에 알아챈 것도 바로 그 때문이었다. 멜라니페 본인은 그렇게까지 확신하진 못하지만, 그냥 넘긴다. 그가 그녀에게 용서를 빌어야 할까? 아뇨, 제발, 그냥 넘어가요. 시빌에게 지분거리던 때로 돌아가죠. 당신이 얘길 지금 필로노에에게 하고 있는 건가요?

나는 혼잣말을 하고 있다. 미친 시빌은 죽었다. 상냥한 필로노에도……. 영원히 살도록 저주받은 우리들을 제외하고는 모두가 죽었다. 흠. 내가 말을 잇는다. "그럴 때마다 그녀는 감촉만으로 누구의 손인지 알았어. 디디에겐 너무도 안된 일이었지. 그게 그러니까, 그 경주용 전차들이 모여 해변으로 내려오고 있었어. 나는 어쨌든 우리가 글라우코스를 골탕 먹이고 경주를 조작하지 말아야 한다고 결정했어. 델리아데스는 반대했지. 시빌은 우물 주변을 무릎으로 기어 다니며 풀을 뜯었고, 우리는 헬리콘 산만큼이나 거나하게 취할 때까지 그것을 씹었어. 나는 그녀에게 풀을 좀 더 뜯으라고 말했어. 그녀가 풀을 다 뜯고 나면 애완동물들이 하는 방식으로 종마처럼 그녀의 뒤로 올라타겠다고 약속했지. 그런 다음 디디에게는 내 의도를 속삭였어. 일단 시빌이 듣도록 디디가 이렇게 말하는 거야. 내가 빈들거리는 동안 자기는 글라우코스와 자신의 내기 돈을 위해 폴리이도스의 계획에서 나를 대신해 히포마네스를 뭉개고 암말들을 유혹할 작정이라고 말이야. 하지만 달이 구름에 가려졌을 때 정작 그는 시빌의 몸뚱어리 위 내 자리를 대신 차지하는 거야. 그가 뒤에서 아주 격렬하게 그녀를 몰아붙이면 그녀도 정신을 못 차릴 거고 나중에야 자기 몸에 올라탄 사람이 누구인지 깨달을 테지. 하지만 그렇다 해도 이미 일은 다 치른 후일 거라고 했어. 그런데 비록 약에 취하고 사랑에 굶주려 있던 녀석이었지만 내 제안을 거절하더군. 나는 그가 내 선물로 그녀를 취해야만 경주를 조작하겠다고 말해 주었지. 그때 막 함성 소리와 함께 경주가 시작되었어. 그게 그러니까, 히포마네스는 강력했고, 일은 꼬였지. 글라우코스는 암말들에게 이미 부적의 냄새를 맡게 했고 말들은 잔뜩 흥분한 상태였어. 디디는, (폴리이도스, 지옥에나 가 버려!) 디디는, 글쎄, 우리는 약에 취해 있었고 키메라 산의 바위처럼 열이 후끈 달아오른 상태였어. 누가 누구인지도 분간하지 못했지. 우리의 아버지는, (뱀 같은 폴리이도스. 여기에 쓰인 말들은 그가 꿈틀거리며 기어간 흔적이야!) 그는, 그러니까, 그는 우리 모두를 속였어. 우리는 모두가 서로를 속였어. 폴리이도스는 암말이 히포마네스를 먹으면 육식성으로 변한다는 사실을 언급하지 않았어. 우리들 가운데 아무리 많은 사람들이 갔어도 그는 질 리가 없었어. (신이 그를 저주하기를.) 아버지의 말들은 미친 듯이 앞으로 돌진했어. 작은 숲을 향해 거품을 물며 달려들었지. 그 약을 손으로 뭉개는 일 어쩌고 한 건 속임수였어. 우리는 하늘을 향해 히포마네스의 연기를 피워 올렸지. 모두 우물 뒤에 숨어 있었어. 약에 취한 시빌은 여전히 무릎과 손을 땅에 짚고 엎드린 채 사랑을 애걸했지. 내 짐작에, 나는…… 글쎄, 내 짐작에 나는 그녀의 엉덩이를 발가벗겼던 것 같아. 그때 말들이 갑자기 글라우코스의 목에 걸린 부적을 노리고 그에게 달려들었어. 말들은 작은 숲의 가장자리에서 그를 내동댕이치고는 덮쳤지. 시빌은 글라우코스를 구출하기 위해 달려 나갈 태세였어.(미친 암말은 남자들만 먹거든.) 하지만 나는 그녀를 인동덩굴 위로 납작 엎드리게 해 놓고 밀어붙였지. 말에게 물린 글라우코스가 소리를 질렀어. 형이 나 대신 아버질 구하기 위해 튀어 나가더군. 달이 구름 뒤에서 나왔어. 나는 계속해서 밀어붙였어. 폴리이도스는 말에게 삼켜지지 않으려고 글라우코스의 목에 걸린 부적에서 시빌의 목에 걸린 부적으로 변신했어.(그리고 즉시 그 단순 공간 이동 능력을 잃었지.) 내가 마침내 절정에 이르렀을 때 시빌이 '벨레루스!'라고 날카롭게 비명을 질렀고 형은 말발굽 밑으로 뛰어들었어. 아무도 모르는 사이에 이미 글라우코스의 내장을 끄집어내고 형을 짓밟아 뭉개 버린 말들이 한꺼번에 양담쟁이 덩굴로 뛰어들었어. 말들이 형과 아버지를 죽이는 순간 미쳐 버린 시빌이 벌떡 일어나 작은 소리로 '벨레루스! 벨레루스!'라고 읊조리며 그들을 진정시켰어. 말들은 그녀의 젖가슴 사이에 있는 그 부적을 코로 비볐어. 나는 죽을 힘을 다해 우물 속으로 뛰어 들어갔어. 바로 그때 오래된 떡갈나무 두레박에 머리를 너무 세게 부딪힌 나머지 아직도 이마에 초승달 모양의 상처가 남아 있지. 덕분에 지금도 바람이 불듯, 시간이 지나가듯 두개골 속에서 거세게 윙윙거리는 소리가 들려. 그 타격으로 인해, 그게 그러니까, 내 눈은 회녹색으로 변했고 기억에 손상이 왔어. 내가 얼마나 뜸을 들이는지 들어 봐. 만약 이 이야기에 모순이나 빈틈이 있다면 당신 스스로 그 빈틈을 채워 넣어야 해. 밤새도록 나는 우물 속에서 개구리와 벼룩과 함께 떨었어. 두레박 밧줄이 없었다면 물 밑으로 가라앉았을 거야. 머리 위로 사람들이 소란스럽게 웅성거리는 소리가 들려왔어. 아침이 다가오면서 사위가 조용해지고, 별 하나가 메두사처럼 내가 숨어 있는 구멍을 내려다보며 반짝이는 걸* 내가 비참한 심정으로 지켜보고 있을 때, 폴리이도스가 도르래를 감아 돌처럼 뻣뻣해진 나를 위로 올렸어. 우리는 서로를 알아볼 수가 없었지.

'자넨 유망한 사람이거나 가망 없는 사람일세.' 그가 내게 충고했어. 그는 내가 시빌을 방해하고 범함으로써 사실상 내 아버지와 형을 살해한 거나 다름없다고 단언했지. 그나마 그가 나에게 원한을 품지 않은 것은 충격으로 인해 자신의 딸이 얼마간 정신이 이상해지긴 했지만 또한 그것을 계기로 그녀가 처음으로 예지력을 경험하게 된 것 같아서라는 거야. 그는 그것을 근거로 에우리메데에게 딸을 종신토록 그 작은 숲의 신녀로 삼아 달라고 추천할 생각이었어. 게다가 비록 자기가 이런 엄청난 실수를 세부적인 내용까지 정확하게 예언하지 못한 것은 말할 필요도 없지만, 그것을 또 전혀 예상치 못했던 일이라고 말할 수도 없다는 것이었어. 그것은 분명히 패턴에 들어맞고, 사물의 질서에 의해 미리 정해진 일을 바꾸는 건 제우스의 힘으로도 어찌할 수 없는 것인데 일개 예언자 따위가 그것에 반항해 보았자 헛일이라는 거였지. 그럼에도 도시에서는 우리 둘을 놓고 열띤 논쟁이 벌어졌어. 형의 지지자와 글라우코스의 지지자들(특히 그날 경기에서 튜닉을 잃어버린 사람들)은 국왕 살해이며 부정한 경기라고 외쳤고, 심지어 내가 왕위를 계승하도록 교묘한 공작을 꾸몄다며 폴리이도스까지 싸잡아 비난했지. 그는 짐작건대 나라면 영웅적인 본성을 발휘해 나에

---

* 「페르세이드」에서 페르세우스는 메두사가 다른 사람에게 윙크를 한다고 투덜댄 적이 있다.

게 사적인 처벌을 가하려고 하는 군중과 매복병 들에게 곧장 나아가 나의 권리를 주장하려 할 테지만, 그 일을 잠시 연기하는 것이 (약삭빠른 선택일 뿐만 아니라) 왕으로서의 권리를 공인하는 바로 그 패턴이 내게 요구하는 것이기도 하다고 했어. 지금 자기가 말하는 순간에도 미케네를 통치하러 돌아오기 전에 세리포스에서 이집트와 요파를 거쳐 고르곤을 죽이고 신부를 구하면서 망명 여행을 완성하고 있을 페르세우스와 마찬가지로, 내 가정 교사의 의견에 따르면 나 역시 당분간은 코린토스 밖에서 왕의 권리를 지녀야 한다는 것이었지. '나라를 진정시키고 자네 어머닐 돌보는 일은 내게 맡기게. 멀리 떠돌다 오는 거야. 노역을 몇 가지 이행하게. 괴물 한두 마리 정도 해치우는 거 말일세. 집으로 돌아올 때가 언제인지는 스스로 알게될 거야. 영웅들은 으레 그런 법이니까. 질문 있나?'

나는 앞으로 인생의 안내서로 사용할 요량으로 패턴 하나를 요청했어. 잠시 말이 없던 그는 지금은 몸에 지니고 있지 않다고 말했지. 하지만 자기가 내 다음 주소지를 마음속에 그려낼수 있게 되는 즉시 그것을 내게 보내 주겠다고 했어. 수신인의 이름을 뭐라고 해서 보낼 건가요? 그는 다시 멈칫했어. '물론 벨레로폰*이지. 무슨 시험이라도 해 보는 건가?' 우리는 어둠 속에서 어정쩡하게 헤어졌어. 그게 그러니까, 나는 길을 따라 떠났지. 벨레로폰은 살인자 벨레루스라는 뜻이야. 질문 있어?"

하지만 이미 죽고 없는 나의 소중한 아이들은 잠자리에 든지 오래다. 죽은 필로노에 역시 나른한 어스름 속에서 꾸벅꾸

---

* '벨레루스를 죽인 자'와 '살인자 벨레루스'라는 거의 정반대의 뜻이 내포된 말.

벅 졸고 있다. 이제 곧 나는 그녀를 깨워서 언니 이야기로 상처를 줄 것이다. 질문?

멜라니페에겐 몇 가지 질문할 거리가 있다. 많은 데다 심지어 모두 파장을 불러일으킬 것들이다. 만약 그녀가 질문하는 걸 잠시 미룬다면, 글쎄, 그건 그러니까 「페르세이드」에서도 메두사가 갖고 있던 질문을 맺음말까지 미루기 때문이라고 해 두자. 이 자존심 강한 아마존이 어떤 점에서든 그녀를 닮았다는 것이 아니라…… 하지만 그만두자. 그녀를 깨워야지.

그녀를 평안히 쉬게 해 줘요. 그들 모두. 오, 내가 바라는 것은…….

현재 벨레로폰과 페가수스가 어느 정도의 고도로 날고 있지? 가시금작화 덤불만큼 낮다. 물마루만큼이나 낮다. 거의 해수면 높이다.

그렇다면 그녀를 깨워요. 지금 상처를 줘요. 더 빨리 시작할수록, 어쩌고저쩌고.

"당신 언니와 함께한 성적 모험의 전말은 이래." 아내를 깨워 말해야겠어. 반대. 찬성. 오. 결정.

"저는." 계속. "저는 분명 몇 가지 표준적인 판에 익숙하긴 해요." 그녀가 눈을 비비며 말했다고 해 두자. "하지만 고전적인 신화는 (하 — 암. 미안해요.) 무한히 다시 이야기할 수 있어요. 그리고 전문가들은 서로 다른 해석들 사이에 반드시 존재하기 마련인 (하 — 암) 작은 변화, 불일치, 그리고 빈틈을 발견하면서 즐거워하죠. 당신의 이력에 관한 좀 더 포괄적인 서사 중에서 이 특정한 일화에 등장하는 주요 인물 둘 모두에 대한 저의 사랑을 거기에 덧붙이세요. 그러면 당신은 (하 — 암) 알게 될 거예요. 이러한 사건들 자체가 야기하는 고통이 내가 그 이야기를 듣는 데서 느끼는 즐거움을 완전히 망치지는 못하리라는 것을요. 커피를 좀 준비할게요."

오. 그런 대답을 듣고도 나는 이를 악물고 이야기를 계속했지. "코린토스를 떠난 뒤 일이 년 동안 나는 닥치는 대로 일을 하거나, 관광을 하거나, 기억할 수 있는 최대한 패턴을 재구성하며 펠로폰네소스 반도를 걸어서 여행했어. 나는 내가 대체로 그것의 일사분기, 즉 '출발'이라는 부분을 마쳤다고 느꼈어. 내 수태와 출생 증명은 규칙에 들어맞았고, 글라우코스가 죽었으며, 딱히 표준적인 위치에 있다고 할 순 없어도 나를 죽이기 위한 시도로 볼 만한 예의 그 흉터도 지니고 있었어. 나는 적절한 어둠 속에서 문턱을 하나 넘은 셈이었고, 신성한 작은 숲에 있는 우물에서 공인된 슈필만*으로부터 여행하라는 지시를 받았고, 이름을 바꾼 채 서쪽으로 출발했지. 샌디 필로스에 다다랐을 때, 해변에서 나는 서쪽으로 가는 다음 배에, 이를테면 노 젓는 사람으로 승선하여 밤바다 여행을 함으로써 이사분기, 즉 '입문' 부분을 시작하는 것이 내가 해야 할 일이라고 생각했어.

그런데 해변을 샅샅이 뒤지면 뒤질수록 내가 결국 순조롭게 출발을 한 것인지 더더욱 의문이 들더군. 패턴에 얼마간 융통성을 허락한다 해도, 과연 신화의 영웅이 소위 유혈의 죄를 손에 묻힌 채로 주요 과제를 시작할 수 있는 건지 의심스러웠던 거야. 폴리이도스가 언급한 적 있는 '미래의 유명 인물들' 가

---

* 공인된 편력 시인, 여기서는 폴리이도스를 가리킨다.

운데 두 사람, 즉 오디세우스와 아이네이아스*만 예로 들어 봐도, 그들은 단지 사고로 잃은 동료 선원들을 묻어 주기 위해서 과업을 하던 도중에 왔던 길을 고생고생하며 되돌아가야 하는 정도거든. 게다가 표면상으로도 내가 정확히 무엇을 목표로 삼고 있는지 분명하지가 않았어. 사실 분명해야 하는데 말이야. 내가 알고 있는 어떤 영웅도 단지 패턴에 맞추려고 서쪽으로 가지는 않았거든. 실제로 많은 경우 나중에 서쪽에 있는 집으로 돌아오기 위해 동쪽으로 가는 일부터 시작했어. 내가 아는 바로는 내겐 코린토스 외에는 집이 없으므로, 현재의 진로에서 성공하기 위해서는 지구를 일주해야 가능한 일이었지. 그런데 수년 전에 폴리이도스가 예언하기를, 향후 몇 세기 동안은 지구가 둥글다고 추측하는 사람이 없을 것이고 그것을 증명하는 일은 더더군다나 벌어지지 않을 거라고 했어. 마침내, 어느 날 오전 (폴리이도스가 언급했던 그 이름 없는 음유시인처럼) 해변에서 하릴없이 오줌을 누고 있을 때 날개 달린 하얀 말이 수평선 위로 날개를 퍼덕이며 지나가는 모습이 보인 것 같았어. 갈매기였을 수도 있어. 거리가 멀었으니까. 게다가 나는 상상의 문자들로 내 이름을 만드는 데 골몰해 있었거든. 하지만 그것은 마법과 같은 페가수스와 페르세우스의 마법 샌들을 연상시켰고, 그에 반해 나는 지금 나를 곤경으로 몰아가기만 하는, 손에 쥔 연장 외에는 아무런 장비도 없다는 사실을 다시금 인식할 수 있었지. 요컨대 나는 계속 영웅 경력을 쌓기에 앞서

---

* 고대 그리스 시대 트로이 전쟁의 영웅. 전설에 의하면 아프로디테와 트로이 사람 안키세스의 아들이라 한다.

세 가지 문제를 해결해야 한다는 걸 깨달았어. 우선 내 죄를 씻는 문제에 관해 보다 명쾌한 조언을 구할 필요가 있었고, 구체적인 적과 목표와 과제가 동반된 보다 명확한 영웅 과업, 그리고 마법의 무기나 이동 수단처럼 과업을 다루기 위한 비결도 필요했지. 세 가지를 모두 얻기 위해서는 예언자나 신에게 문의해야 했어. 나는 시간을 더 낭비하지 않기 위해 예언자와 신의 도움을 한꺼번에 구하기로 했지. 폴리이도스에게로 돌아가는 길에 있는 아테네 신전마다 전부 들러 기도를 하기로 했던 거야."

"아테네라고요?" 어째서 아프로디테가 아닌 거죠?

똑같은 이야기를 가지고 아내와 애인을 둘 다 즐겁게 하기란 어려운 일이다. "필로노에, 아테네가 총애하던 디디가 아프로디테의 작은 숲에서 죽었어, 그렇지?" "그렇죠." 그리고 나는 성(姓) 여왕의 구덩이* 속에서 밤새 절여졌잖아, 멜라니페. 그래서야. "벨레로폰에게 필요한 건 사랑이 아니라 충고였어. 티린스에 가서(코린토스와 가까워서 내가 안전하게 지낼 만한 곳이라고 느꼈거든). 나는 둘을 모두 얻었던 거지."

"음." 음.

벨레로폰은 이 이야기를 애초에 시작하지 말았으면 좋았을 거라고 생각한다. 그러나 그는 이야기를 시작했다. 그래서 그는 죽고 싶다고 생각한다. 그러나 그는 죽지 않았다. 그러므로 그는 자신의 사랑스러운 아마존을 위해 이야기를 고통스럽게 재구성한다. 한때 그 이야기로 인내심 많은 필로노에를 고통스럽

---

* 아프로디테의 우물 속에서 하룻밤을 지새운 일을 가리킨다.

게 했던 것처럼. 디디는(죽었다.) 암말들이 그를 갈기갈기 찢어 놓은 그날 밤까지도 그 하얀 말을 타는 공상을 했어. 그리고 그 말을 찾는 방법을 알아내기 위해 언젠가 폴리이도스의 충고에 따라 아테네의 코린토스 신전에서 꼬박 닷새 동안 금식한 적도 있었지. 닷새째가 되던 날(그가 내게 그렇게 말한 거야, 맞지?) 그는 여신이 이렇게 말하는 걸 들었다고 생각했어. "페가수스를 찾는 것은 쉽다. 그는 내 자매의 우물과 덤불 주변을 서성대지. 그가 저 아래에서 풀을 뜯고 있는 모습을 보지 못했다니 놀랍구나. 하지만 그를 잡아서 타는 건 또 다른 얘기다. 그러기 위해선 이것이 필요할 게야." 그녀는 자신의 튜닉에 두르고 있던 멋진 황금빛 고삐를 가져와 손수 그의 손에 쥐어 주기까지 했어. 그러나 잠에서 깨었을 때 그가 손에 쥐고 있었던 것은 나중에 내가 그러하듯이 아랫도리에 달린 무감각한 연장뿐이었어. 다음 날 저녁 그는 작은 숲에서 약에 취한 채 나와 시빌에게 그렇게 말했어. 그래. 그의 인생 마지막 날, 그가 아버지를 구하기 위해 자신도 모르는 사이에 달려 나가 말의 사료가 되어 버린 그날 말이야. 진짜 「벨레로포니아드」에서라면 이것은 초반부의 여담 정도로 취급되겠지.

그렇게 해서 티린스로 가는 길에 다시 한번 시도해 보자는 생각이 떠올랐어. 다시 말해 벨레로폰은 죽은 디디가 했던 일을 하기로 결심했던 거야. 처음 이틀 밤 동안은 아무 일도 일어나지 않았어. 그 신전들은 길가에 있는 사당이었고, 그곳에서 내가 얻을 수 있었던 것은 처음 폴리이도스의 머릿속에 그려졌던 것처럼 말의 희미한 흑백 이미지뿐이었어. 사흘째 되는 날에 나는 티린스로 왔어. 그곳에는 프로이토스 왕이 가장 큰 규모로 연회를 열 수 있을 만큼 넓은 아테네 신전(Nαῷ Ἀθήνης)이 있었거든. 프로이토스 왕과 안테이아 왕비는 나를 탄원자로 맞아들였어. 다섯 가지 요리가 나오는 식사를 하면서(그러나 나는 금식 중이었어.) 그들에게 내가 살아온 이야기를(제1밀물기, 1부) 해 주었고, 신전에서 사흘 동안 금식하면서 잠을 잘 수 있게 해 달라고 요청했지.

"공간은 충분할 걸세." 중년의 왕이 온화한 태도로 말했어. 그는 내가 말하는 동안 접시를 만지작거렸어. "해변에서 벌어진 그 엄청난 재앙이 정말로 자네 책임이라면 우리가 정화 의식을 준비해 줄 수도 있을 걸세. 나는 이미 코린토스에 건너가 있는 부하들로부터 보다 그럴 듯한 설명을 들은 바 있네만. 확실히 내가 상관할 바는 아니지. 하지만 자네는 다소 기꺼이 그 비난을 감수하려 하는 것 같은데?"

"전 제 형을 죽였습니다. 제 아버지도요. 그러니까, 제 양부 말입니다." 나는 고집했어.

프로이토스가 한숨을 쉬었어. "오, 그렇지. 그 반신 어쩌고 하는 얘기 말이군."

나는 얼굴을 붉히며 입을 다물었지. 안테이아(그녀의 남편보다는 어리고 나보다는 연상인 듯한 날카로운 인상의 여자)가 말했어. "나는 당신이 가고 있는 영웅의 길에서 많이 진전했다고 생각해요. 이곳 티린스에서 당신이 추구하는 것을 얻길 바라요. 모처럼 우리에게도 흥밋거리가 생길지 누가 알겠어요. 그리고 야망을 조금 갖는다고 해서 나쁠 건 전혀 없답니다."

"누가 야망을 두고 트집을 잡겠어?" 프로이토스가 동석한 사람들에게 물었어. "나 역시 그 나이 때는 야망으로 가득 차 있었는데 말이야. 내 형인 아크리시오스*에게 전쟁을 걸기도 하고 여기 있는 이 아름다운 리키아의 공주와 결혼도 하고, 뭐 그런 일들을 했어. 하지만 사람들에게 내가 별자리는 물론이고 별이 될 거라 말하고 다니지는 않았다고."

"당신에겐 신 포도였겠죠." 안테이아가 말했어.

"요즘엔 누구도 버젓한 남편이나 아버지, 통치자가 되는 것으론 만족하지를 않아." 왕이 말을 이었어. "영웅이 아니면 아무것도 아니라는 거지."

기분이 상한 나는 이렇게 대답했어. 단순하게 사실을 말하자면 야망은 내 목표보다는 정체성과 관련이 있다, 왕자들은 왕위에 오르기 마련이고 전투에 참여한 병사들은 전사하기 마련이며 평범한 인간들은 세월이 흐르면서 결국 잊히는 것처럼, 신화적 영웅들에게는(오리온과 헤라클레스와 카스토르와 폴룩스의 사례가 입증한 것처럼 혹은 앞으로 입증할 예정인 것처럼) 별이 되는 것이 자연스러운 운명이다, 포세이돈의 아들로 태어난 것은 내가 선택한 일이 아니고, 괴물 및 기타 적들을 해치우는 일 또한 나의 선택이 아니듯이 글라우코스와 내 형을 죽인 것도 내가 선택한 일이 아니다, 원래 패턴이라는 게······.

"아, 아." 프로이토스가 손가락을 들어올렸어. "그대가 부모를 선택하지 않은 건 분명하네. 그리고 그 암말과 관련된 사건이 어느 정도는 사고였다는 것을 그대가 인정하는 걸 들으니 기쁘군. 하지만 아무도 그대에게 이 날개 달린 말을 획득하라고 강요하진 않아, 그렇지? 게다가 자네는 그 말을 잡았을 때

---

* 프로이토스의 쌍둥이 형이자 페르세우스의 어머니인 다나에의 아버지.

무엇을 할 것인지 아직 확실히 결정하지 못했다는 점을 스스로 인정했네."

그 남자는 날 조롱한다기보다는 희롱하고 있었어. 그러나 나는 그의 말에 쉽사리 논박할 수가 없었지. 나는 그 문제에 관해 처음으로 곰곰이 생각해 보며 설명하기 시작했어. 패턴에 의해 미리 운명이 정해진 영웅들의 경우에는 전반적인 운명을 선택할 수 있지는 않은 것 같다, 그러나 영광을 위해 출격하는 대신 자기 천막 안에 틀어박혀 부루퉁해 있던 아킬레스처럼, 이를테면 영웅으로 태어난 사람이라도 짐작건대 어떤 지점에서든 자신의 운명을 저버리는 길을 선택할 수도 있다, 만약 그가 그렇듯 무책임한 행위를 고집한다면, 그는 정의(定義)상 영웅이 아니게 된다, 즉위를 거부하는 왕세자는 왕세자가 될 수 없는 것과 마찬가지의 이치이다, 의심할 여지 없이 그 점을 이런 식으로 표현하는 것이 나을지도……

"하지만 그것은 벨레로폰이 상관할 바가 아니지요." 안테이아가 그녀의 남편에게 냉랭하게 말했어. "논리는 당신과 같은 부류에게나 어울려요. 그가 할 일은 신화적 영웅이 되는 거고요. 그걸로 얘기는 끝나는 거죠."

말을 좀 아낄걸, 하는 생각을 하며 내가 동의했어. 프로이토스는 어깨를 으쓱했어. "이렇든 저렇든 그는 스스로 훌륭한 사례를 만들겠지. 좋은 꿈 꾸게, 젊은 친구. 자네가 하늘로 올라가는 과정에서 더 많은 사람들이 대가를 치르게 되지 않기를 바라자고."

좀처럼 잠을 이룰 수가 없었어. 페가수스가 신전 앞마당에서 풀을 뜯고 있는 모습이 선명한 흑백 이미지로 나타났어. 고깔 모양의 두건을 쓴 아테네가 그 유명한 고삐를 허리에 두른 채 나타나 무언가 말하려는 듯 입술을 달싹이는 것도 같았지. 그때 신전 안에서 나는 발소리에 그림이 사라졌고, 잠에서 깬 나는 회색 고깔 두건을 쓴 여인이 경내의 내 침상 근처에서 배회하는 것을 발견했어. 신과의 첫 번째 만남이라니! 나는 후다닥 일어났고, 내가 제대로 가고 있다는 이 증거에 현기증이 났어.

"아테네님?" "미안해요." 안테이아가 두건을 뒤로 넘겨 벗으며 미소를 지었어. "그저 당신이 편안한지 확인하러 왔어요. 뭐 필요한 거 없나요?" 나는 그녀에게 고맙다고 인사하고 필요한 건 없다고 말했어. 당신이 저녁 식사 때 한 이야기를 생각하느라 잠을 잘 수 있어야지요, 그녀가 말했어. 메탁사* 한잔할래요? 나는 꿈의 상황에서 더 나아가지 못한 것이 못내 아쉬웠어. 하지만 왕비는 왕비니까. 스트레이트로? 제 잔에는 물을 약간 넣어 주십시오. "내 남편은 겁쟁이에요." 그녀가 말머리 삼아 말했어. "아뇨, 겁쟁이는 아니죠. 그저 이류일 뿐." "오?" 우리는 대리석 의자 위에 앉아 술을 마셨어. "정말 뭔가 거창한 일을 하라고 몇 번이고 남편을 부추겼어요. 아크리시오스를 해치우라며 아버지가 그에게 군대를 반이나 빌려 주었죠. 당신들처럼 그들도 쌍둥이였거든요. 한데 그는 그걸 날려 버리더군요." "아." 그녀는 머리를 매만지고는 술잔을 빙글빙글 돌렸어. "빌어먹을 리키아 군대의 반이라고요. 내가 말했죠. 부디 그냥 들고 일어나서 그 개자식을 죽여요. 당신도 당신의 형

---

* 그리스 술.

을 그렇게 했겠죠? 그런데 그의 대답은 '고맙지만 됐소.'였어요. 발상이 지나치게 무모하다나요! 어차피 페르세우스가 영웅 과업의 일환으로 아크리시오스를 죽이게 되어 있다고 어떤 예언자가 알려 주었다더군요." "사실, 그게 타당하긴 합니다만." 나는 그녀의 말투에 놀라기도 하고 어떻게 해아 할지 확신이 안 서서 그렇게 대답했어. "흥. 그래서 내가 그들 간의 유명한 불화에 관해 사전 조사를 좀 했죠, 알겠어요? 내가 뭘 알아냈는지 맞춰 볼래요? 그것은 애초에 우리의 전하께서 아크리시오스의 딸을 범하셨을 때 시작된 거랍니다! 자신의 질녀를, 바로 여기 내 왕궁에서! 뭐 좋아요, 우리는 그때 결혼한 상태가 아니었으니까. 하지만 그래도 그렇지. 어떻게 그 조그만 계집애에게 물건을 세울 수 있었는지 내게는 불가사의예요. 엄밀히 말해 내겐 까무러칠 정도의 만족감을 준 적이 없는데 말이에요. 그랬다 하더라도 그는 패배자가 되죠. 아크리시오스는 신 말고는 아무도 볼 수 없는 탑에 다나에를 가둬 놓거든요. 그 계집앤 신들의 주목을 끌기 위해 하루 종일 엉덩이를 훤히 드러낸 채 빈둥거리죠. 그 그림들 본 적 있어요? 아무튼 그러다 그 누구도 아닌 제우스가 그녀의 몸속에 들어갔고, 마침내 짜잔 하고 페르세우스가 나온 거죠! 결국엔 그가 십중팔구 프로이토스와 아크리시오스를 둘 다 죽이고 나라를 접수할 거예요. 맹세해요. 당신이 영웅의 과업이니 어쩌니 하는 말을 꺼냈을 때 그가 짜증을 낸 건 바로 그 때문이죠. 그는 신화적 영웅 얘기만 나오면 돌처럼 굳어 버리거든요. 술 좀 더 할래요?"

나는 사양했어. 안테이아는 한쪽 눈을 찡긋하며 술잔을 비운 다음, 다나에같이 결과에 대해선 신경 쓰지 않고 신이든 영웅이든 관계를 가질 만큼 영리하거나 운이 좋은 여자들이 부럽다며 솔직한 심정을 토로하더군. 그저 왕비 노릇만 하는 것은, 특히 형편없는 원형 극장 하나에 식당은 여섯 개 밖에 없고 온통 그리스인들 천지인 티린스와 같은 손바닥만한 도시 국가에서의 왕비 노릇은 아주 빌어먹을 정도로 지루하다나. 그녀가 남편에 대해 비판하는 것이 부당하다고 생각되면서도 흥미가 생기는 건 어쩔 수가 없었어. 연상의 연인이 내게 관심을 가지고 접근하는 것은 처음 경험해 보는 일이었으니까.

"당신에겐 이런 종류의 일이 늘 벌어지겠죠." 그녀가 사뭇 다른 어조로 말했어.

"아닙니다, 부인." 차라리 무슨 말이냐고 물어볼걸.

"흠." 우리는 메탁사를 마시며 잠시 앉아 있었어. "요즘 뭐 좋은 책이라도 읽은 거 있나요, 살인자 양반?"

정말인가요, 벨레로폰? 적어도 그녀가 나를 살인자라고 부른 건 확실해. 비록 아리스토텔레스의 『니코마코스 윤리학』*이나 이 문제를 다룬 어떤 책도 읽은 적은 없지만(그것들이 저술되는 건 먼 미래에나 발생할 일이었고, 또 난 그 당시 글 읽는 법을 알지 못했지.) 그녀에게 글라우코스와 형의 죽음이 가진 도덕적 측면에 대해 내 입장을 상당히 자세하게 설명했으니까. 나는 폴리이도스를 통해 앞서 언급된 저작의 내용을 부분적으로 들어 알고 있었고, 코린토스에서 필로스로 이동하는 동

---

* 아리스토텔레스가 저술한 최초의 체계적인 윤리학서. 아들 니코마코스가 편집했기 때문에 이렇게 불린다.

안 그 책에 나오는 용어들을 이용해서 나의 입장을 추론해 냈어. 나는 이렇게 단언했지. "프로이토스는 제게 죄가 없다고 말하죠. 그들이 죽는 과정에서 제 역할이 프로아이레시스(이것은 먼저 숙고한 뒤에 저지르는 자발적인 행위를 의미하게 될 겁니다.*)의 예가 아니라는 데에는 저도 동의합니다. 실제로, 아리스토텔레스가 인간의 행위를 행위자가 지닌 의지력의 정도와 성격에 따라 분류한 것을 살펴보면,

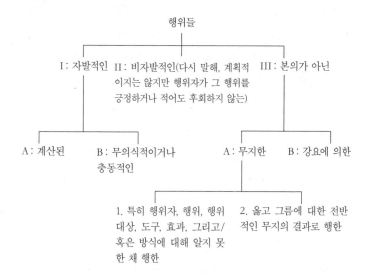

제가 당장 뛰쳐나가 혈족을 돕지 않은 것과 그들을 구조해야 할 시빌을 방해한 것은 언뜻 III-A-1과 III-B의 특징들을 모두 가지고 있는 것처럼 보일 겁니다. 한편으론 히포마네스가

---

* 벨레로폰이 인용하고 있는 『니코마코스 윤리학』은 그의 입장에서 볼 때 미래에 저술될 책이다.

암말을 육식성으로 만드는 특수한 효능을 지니고 있다는 것과 시빌에게 그들을 진정시킬 수 있는 능력이 있다는 사실을 알지 못했고, 다른 한편으론 제 생각에 그 당시 시빌의 목숨이나 저 자신의 목숨을 덧없이 희생하는 것 외에는 다른 대안이 없었다는 의미에서 '강요된' 것이라고 할 수 있죠. 그와 반대로 저는 당시 그곳에서 시빌을 품고 싶은 억제하기 힘든 정욕에 굴복했으므로 제 행위를 I-B의 범주에 둘 수도 있습니다. 심리적으로 자발적인 행위이나 도덕적으로는 책임이 있다는 거죠. 그러나 저 개인적으로는 오히려 그것을 범주 II의 특수한 변종으로 보고 싶습니다. 왜냐하면 그들의 죽음으로 인해, 특히 그와 관련된 저의 역할로 인해 저 또한 찢어지는 아픔을 겪은 사람이고 사건의 절반은 제 책임이라고 할 수도 없지만, 어쨌든 그것은 패턴을 충족하는 사건이기도 합니다. 그러므로 저는 그것을 긍정하고, 또한 그렇기 때문에 저는 아리스토텔레스적인 의미에서 죄가 있다고 결론을 내릴 수 있는 겁니다. 법적으로는 아니더라도 도덕적으로는 말이지요."

"당신은 평생 여자랑 뒹굴 일은 없겠군요."라는 말을 남긴 채 안테이아가 떠났어. 이윽고 수탉이 울었지…….

멜라니페도 낄낄거리며 웃는다!* 당신이 방금 말한 것들은 모두 책의 내용을 인용한 거잖아요. 그 분류 도식을 대체 어떤 식으로 설명해 준 거예요? 그 지혜의 신전 안에 무슨 칠판이라도 있었던 건가요?

---

* The cock crew — Melanippe too! crow는 닭에 적용되면 '울다'의 뜻이지만, 사람에게 적용되면 '웃다'의 뜻이 된다.

나는 글을 쓰고 있다. 멜라니페도 글을 쓰고 있다. 필로노에, 안테이아, 시빌은 모두 단지 폴리이도스식의 암시이자 기록된 말일 뿐이다.

　　"일은 어떻게 됐나?" 프로이토스가 아침 식사 때 물었어. 나는 굶고 그는 먹을 때 그의 아이들, 버릇없는 세 어린 딸들은 사방에서 우리 위로 기어올랐어. 지금은 죽고 없는 그들은 여기저기 까불면서 돌아다니는 어린 님프에서, 마치 쇠파리에게 쫓기는 이오*처럼 발가벗은 채 미친 듯이 언덕을 뛰어다니는 통제 불능의 음탕한 여자들로 자라났지. 그 얘긴 지금 꺼내지 말아요.** 프로이토스가 말했어. 왕비는 안에서 자고 있네. 하지만 그 말이 떨어지기가 무섭게 그녀가 실내복 차림에 머리를 만 채로 큼큼거리며 등장했어. 나는 그에게 운이 닿으면 며칠 내로 성공할 수 있을 거라고 말했지. 안테이아가 큼큼거렸어. 프로이토스가 말했어. "내가 듣기로 영웅들은 대부분 장도 (壯途)에 오를 때 마음속에 처치해야 할 괴물이나 구체적인 과제를 갖고 있다더군. 그런데 자네에게 그런 것이 없다는 것은 자네가 정말로 자네가 바라는 그런 사람인지를 의심하게 하지 않는가?" 안테이아가 "큼." 하고 소리 냈고, 크루아상에 버터를 발랐고, 아이 하나를 찰싹 때렸어. 나는 비록 불과 얼마 전에 내가 그의 말에 동의한 바 있지만 사실은 전혀 그렇지 않다고 말했어. 신화와 관련된 자료들을 전부 훑어보면 분명히 알게 되겠지만, 반신들 대부분이 방금 그가 기술했던 것에 들어

---

* 제우스의 사랑을 받다가 그의 아내 헤라가 질투하여 암소로 만든 미녀.
** 멜라니페의 말.

맞긴 하나 소수의, 그러나 아마도 더욱 흥미로운 집단은 그렇지가 않다. 예를 들어 아이네이아스는 수년 간에 걸친 고통스러운 시행착오를 통해 점진적으로 자신의 세세한 운명과 목적지를 분명히 인지하게 될 것이다. 그리고 만약 폴리이도스의 예언이 맞다면 다음의 은유들이 무엇을 의미하든 페르세우스는 나중에 이를테면 자신의 기록된 과거를 검토함으로써 자신의 현재 문단을 이해하려 애쓸 것이며, 그렇게 해서 방향이 잡히면 미래의 문장으로 잔잔히 나아갈 것이다. 큼.

안테이아가 푸념하듯 말했어. "소인배들은 말을 하죠. 대인들은 행동을 하고." 프로이토스가 우리를 보며 한쪽 눈썹을 치켜세우더군. 내가 단언했어. "저는 아직 젊고 배울 것이 많습니다. 그러나 제가 그것을 터득하리라는 것에 대해서는 결코 의심하지 않습니다." 전날 그랬던 것처럼 반쯤 놀리는 듯한 어조로 프로이토스가 지적했어. 내가 든 실례들은 미래로부터 끌어온 것이기 때문에 요즘의 신화적 영웅은 과거의 신화적 영웅들만 못하다는 그의 확신을 더욱 굳혀 준다더군. 현재의 수확물은 그들의 아버지 세대, 이를테면 청동의 시대에 앞선 황금의 시대와 비교하면 하찮기 짝이 없다나. 나는 이러한 명예훼손 발언을 단호하게 거부하면서, 나보다 불과 몇 살 많은 페르세우스만 봐도 최종 성적표가 입수되면 지금까지 존재했던 어떤 반신들 못지않은 눈부신 반신으로 여겨질 것이라고 주장했어. 괴물을 처치하고……

"혹은 공주에게 자신의 물건을 찔러 넣고." 안테이아가 아침 술잔을 들어 올리며 덧붙였어. "혹은 자신을 중상했던 사람들을 죽이고, 그렇죠?"

프로이토스의 얼굴이 창백해졌어. 잠시 후 그가 침착하게 말했어. "이 페르세우스라는 친구 얘기는 그만하고, 그렇다면 만약 자네가 며칠 내로 자네 가설에 나오는 그 날개 달린 말을 끌고 오지 못하면 자네를 사기꾼이라고 결론짓고 아테네 신전을 오용한 죄를 물어 자네를 처형해도 되겠나?"

안테이아가 술을 한 모금 마시며 씩 웃었어. 나는 식은땀을 흘리며 내가 아직 유혈의 죄를 씻지 못했음을 상기시켰지. 스승인 폴리이도스로부터(바로 어제가 되어서야 그에게 전령을 보냈는데) 해야 할 일에 관해 정확한 지침을 듣지 못한 상태이므로 단지 금식을 하면서 환영이 나타나기를 기다리는 것이 페가수스를 손에 넣기 위한 올바른 방법이며, 또한 내 죄를 고해하는 데 적절한 조언을 해 줄 여신이 아테네이며, 나는 그 두 가지 목표를 동시에 추구할 수 있다고 추측할 뿐이다, 지금까지의 증거로 보아 이러한 가정들이 어느 정도 타당한 것으로 보인다, 하지만 내가 아는 한 죄를 씻는 것이 신이 현현하기 위한 선행 조건일 수도 있다, 나는 아테네가 곧 말을 걸어 올 거라는 확신을 갖고 있는데, 그녀의 목소리가 마침내 내게 닿을 때 어쩌면 그녀는 그 날개 달린 말에 고삐를 매기 전에 우선 아프로디테나 내 아버지 포세이돈에게 죄를 씻으라고 지시할 수도 있다, 그런 이유로 나는 현재 특정한 어떤 시간표를 전적으로 따를 수는 없다, 어쩌고저쩌고.

"하." 안테이아가 말했어.

"오늘 아침에 이미 코린토스에서 소식이 왔네. 자네의 가정 교사가 사라졌다더군." 프로이토스가 말했어.

나는 당혹감을 애써 감추면서 변신 능력자들은 직업 특성상 주기적으로 모습을 감추곤 한다고 지적했어. 그리고 이 말을 덧붙였지. 폴리이도스는 틀림없이 문서 같은 것으로 변했을 것이다. 그것이 그의 최근 경향이니까. 아마도 그는 내게 보내 주겠다고 약속했던 그 패턴으로 변했을지도 모른다.

"그럴지도 모르지." 프로이토스가 냅킨으로 입 주위를 가볍게 두드리고 무릎에서 빵 부스러기와 딸들을 털어 내고는 식탁에서 일어났어. "비록 오늘 아침까지 코린토스의 우편을 통해서든 우리의 우편을 통해서든 자네에게 온 우편물은 없었지만 말일세. 그리고 사실 자네의 어머니는 우리 전령에게 자신의 두 아들은 이미 죽었다고 맹세했다네. 그리고 사라지기 직전까지 폴리이도스가 있던 곳은 다름 아닌 왕궁의 지하 감옥이었어. 에우리메데는 사기, 협잡, 거짓 조언, 불경죄로 그에게 사형을 선고했다더군. 그럼 좋은 아침 보내게."

왕비는 불안해하는 내 꼴을 보며 즐거워했어. 나는 벌떡 일어나 다음과 같이 단언했어. 어머니는 남편과 아들을 갑작스럽게 잃은 데다 누가 봐도 내가 도망을 친 것처럼 보이는 상황에서(어머니가 날 죽었다고 말한 것은 바로 그 때문이겠지.) 충격으로 인해 판단력에 손상을 입은 것이 틀림없다. 더욱이 폴리이도스의 경우, 픽션이 거짓말을 닮은 것처럼 진정한 변신은 사기로 오해받기 마련이라고 본인 스스로가 우리에게 종종 지적한 바 있다. 당분간 그의 충고 없이 일을 진행해야 한다면 까짓 그렇게 하면 된다.(하지만 사실 나도 확신이 안 서는 건 마찬가지였어.) 만약 내가 절차를 잘못 알고 있거나 폴리이도스를 믿은 것이 잘못이라면 아테네가 직접 나를 바로잡아 주고 내게 충고해 주고 죽은 이부형제 대신 살아 있는 이복형제를 보내 줄 거라고 믿는다,* 어쩌고저쩌고. 이 발상에 눈물이, 내 눈물이 흘러나오기 시작했어. 내가 소리 내어 이 말을 하기 전까지는 이런 생각을 한 번도 해 본 적이 없었거든. 그 멋진 날개 달린 페가수스가, 그러니까 디디와 마찬가지로 나와 형제 관계라니. 심지어 페가수스를 디디의 불멸하는 영혼이라고 일컬을 수도 있을 거야. 이렇게 갑자기 떠오른 그 신통한 생각이 나를 달변으로, 그리고 무모하게 만들었어. 나는 어떻게 해서든 최종 시한을 넘기기 전에 신화의 말을 타고 있을 것이며, 만약 그렇게 하지 못하면 그들이 적합하게 여기는 처분에 따를 것이라고(그리고 그 결과에 대해서는 그들이 책임져야 할 것이라고) 맹세했어. 프로이토스는 나를 떠본 것에 대해 사과하고 집무실로 퇴장했어. 안테이아는 큼큼거리며 커피를 마셨어. 나는 신전으로 물러나 하루 종일 금식하면서 프로이토스에게서 들은 나쁜 소식들을 곱씹어 생각했고, 더불어 나의 지나친 무모함을 반성했지.

굶주린 채 황혼을 맞이할 무렵, 깊은(sound) 잠과 소리 없는(soundless) 이미지들 사이로 무엇인가가 처음으로 생생한 빛깔로 나타났어. 석양에 장밋빛으로 물든 페가수스가 포석 위에서 비둘기들과 함께 먹이를 먹고 있었어. 연회색 의상을 입은 지혜의 여신이 허리에 두른 황금빛 고삐의 한쪽 끝을 엄숙하게 가리켰어. 그리고 입술을 달싹여 소리 없이 훈계했지. 나는 그녀를 와락 움켜쥐었어. 그러자 그녀가 잡히지 않은 손가락을 흔들었어. 나는 그녀의 의중을 알아내려고 애를 썼지. 꽉 움켜

---

* 델리아데스 대신 페가수스를 보내 줄 것이라는 의미.

쥐었지만 감히 매듭을 풀지는 못했어. "내가 할게요." 내 침상 가장자리에 올라앉아 있던 안테이아가 잠옷 차림으로 말했지. 그러고는 매듭을 풀었어. 나는 "꿈이라니!"라고 외치며 그녀를 놓았지.

"나의 영웅. 계속해요, 우리." 그녀가 건조하게 말했어.

뱃속이 으르렁거렸어. "당신은 이해 못 합니다!"

"그렇다면 가르쳐 줘요." 왕비가 한쪽 팔꿈치에 기대 누웠어. "우리는 지혜의 신전에 있잖아요, 안 그래요?"

"이보세요, 마마……." 머릿속이 복잡해서 현기증이 나더군.

"당신이나 여기 좀 봐요, 벨레로폰. 나는 이곳의 왕비예요, 기억해요? 이렇게 당신 뒤를 쫓아온 내 기분이 어떨 거라고 생각하나요?" 나는 초조함과 실망감을 억누르고, 나의 반응이 특별히 그녀 때문인 것은 결코 아니라고 설명하려 했어. 그렇지만 그녀가 말을 끊었어. "굳이 아픈 데 다시 건드릴 필요 없잖아요. 사실 내가 이곳에 온 것 역시 특별히 당신과 관련 있는 건 아니니까." 그녀가 일어나 앉아서 가운을 여몄어. "어떤 식으로든 나는 당신에 관해선 빌어먹을 관심 따위 요만큼도 없어요. 내가 원하는 건 당신의 튜닉 밑에 있는 물건이죠. 그리고 나는 그것을 지금 원해요."

나는 설사 프로이토스가 다나에에게 그랬던 것처럼 환대의 규칙을 기꺼이 어길 마음이 있다 해도 나는 물론이거니와 다른 어떤 남자도 명령에 의해 자기의 물건을 세울 수는 없다고 말했어.

"이런 미안할 데가. 아무래도 내가 당신에게 충분히 여성스럽지 않은가 보군요? 매력이 없나 봐? 글쎄, 여성스러운 건 개나 주라고 해요. 매력적인 것도 개나 주라지. 이리 와요."

나는 적어도 마음을 추스를 시간을 달라고 간청했어.

"정말 짜증나는군. 남자는 언제나 여자에게 강요할 수 있지만 여자는 결코 남자에게 강요할 수 없지. 빌어먹을 본성 따위. 빌어먹을 프로이토스. 빌어먹을 벨레로폰."

내가 물었어. "당신 스스로가 그렇게 느끼는데 대체 왜 우리가 사랑을 나눠야 합니까?"

사실 나는 그녀에게 설명을 요구함으로써 그 순간을 모면하려 했던 거야. 그런데 그녀 역시 설명을 요구한 걸 나만큼이나 오히려 다행으로 생각한 듯 방금 전보다는 차분해진 상태로 설명하기 시작했어. 그녀는 자신이 몸을 잘못 타고 태어났다고 단언했어. 영웅적인 기질이 여성이라는 틀 안에 갇혀 있다는 거야. 그녀가 말하기를, 자기는 소녀 시절 내내 아르테미스를 본보기로 삼아 사냥과 승마와 격투를 좋아했으며 반면 수동적인 여성의 일들은 경멸했다더군. 사실 그녀의 야망은 신화적 영웅이 되는 것이었어. 그녀는 우연히 지나가던 신과 사통하여 자신에게 올바른 아버지를 제공하지 않았던 어머니를 원망했어. 그러나 그녀는 아버지인 이오바테스 왕을 존경했고, 그가 어디를 가든 동행했어. 심지어 남자아이로 변장하여 연중 끊이지 않았던 솔리미아와의 전투를 위해 떠나는 원정군에 병사로 참전하기도 했지. 그녀가 속해 있던 군대는 작은 마을 하나를 점령했고, 늘 그래 왔듯 약탈과 방화를 서슴지 않았어. 마을 주민들을 모두 칼로 베어 죽였고, 비교적 젊은 여성들만 남겨서 강간하고 노예로 만들었어. 충격을 받은 안테이아는 탈영해 달아났고, 여전히 변장을 한 채 집으로 향했어. 그러다가 이오바테스에게 군사 원조를 요청하러 리키아로 가던 젊은 왕

자를 우연히 만났고, 그에게 길을 안내해 주기로 했지. 가던 길
에 월경이 시작되자 그녀는 복통에 시달리며 덤불 속으로 자
주 모습을 감출 수밖에 없었는데, 그럴 때마다 설사 핑계를 대
곤 했어. 동행한 왕자는 그녀가 모종의 함정을 팔까 두려워 뒤
를 밟았고, 안테이아가 여자라는 사실을 알아차리자 곧장 그
녀를 덮쳤어. 반시간 동안 그들은 드잡이를 했고, 결국 그가
그녀를 제압했어. 그는 그녀를 묶고 순결을 빼앗은 뒤 리키아
왕궁을 향해 가던 길을 갔지. 그녀는 다음 날 그곳에 나타났
고, 이오바테스는 그다음 날 나타났어. 탄원자인 프로이토스
는 자신이 강간한 여자를 알아보고 자기가 죽을 거라고 예상
했어. 그러나 안테이아는 그를 죽이는 대신 그와 결혼했지.

그녀가 내게 말했어. "내가 결국 영웅이 될 수 없다면 영웅
의 아내가 되자고 생각했어요. 프로이토스는 자격만 놓고 본다
면 충분히 전도유망해 보였거든요. 반신은 아니었지만 왕국에
대한 정당한 권리를 되찾기 위해 망명 중인 진짜 왕자였죠. 그
가 신화적 인물이 될 가망이 전혀 없다는 것이 확실해졌을 때
쯤엔 난 이미 그의 아이를 셋이나 낳은 후였고 무기가 될 만한
아름다움도 잃었어요. 다 팽개치고 다시 시작하기엔 너무 늦었
다는 거죠. 당신이 믿든 안 믿든 난 그를 사랑해요. 날 강간한
걸 경멸하는 만큼이나. 사람들이 말하는 것처럼, 내가 내 역할
에 갇혀 있듯 그도 그의 역할에 갇혀 있어요. 그렇고 그런 얘
기죠. 하지만 내가 영웅의 아내가 될 수 없다면, 그렇다면 빌어
먹을 영웅의 어머니라도 되어야겠어요. 게다가 프로이토스의
경우 정상적인 인간 아들도 생산해 내지 못하는 상태이니만큼
나는 주변에서 적당한 남자들을 물색하고 있어요. 제우스나

포세이돈과 하룻밤을 보내 보려고 내가 어떤 짓까지 했는지는 당신이 알 필요 없겠죠. 확실히 내겐 없는 무언가가 다나에와 그 무리에겐 있더군요. 하지만 나는 이제 올림포스보다 한 등급 낮은 것에 만족하기로 낙착을 봤어요. 내가 신을 유혹할 수 없다면 반신으로라도 만족해야지 어쩌겠어요. 자, 이리 와요."

나는 대답했어. "전 정말 당신의 이야기에 깊이 공감합니다, 부인. 정말이에요. 하지만 당신도 아시다시피 오직 신만이 항상 인간 여성에게 영웅을 낳게 할 수 있습니다. 당신은 반신의 어머니가 되고 싶다고 했는데, 저와 관계해서 반신이 태어날 확률은 반반이에요."

"난 그 확률에 기대겠어!" 안테이아가 외쳤어. "빌어먹을 반의반신 아기를 낳는 거야. 무슨 상관이야? 심지어 팔분의 일이라도 아예 신의 피가 섞이지 않는 것보다 낫지!" 그녀가 침상을 쾅쾅 두드렸어. "어째서 남자들은 여자들에게 강간당할 수 없죠? 날 불쌍히 여겨서라도, 날 가져요, 벨레로폰!"

하지만 나는 그저 반의반신은 유전학적으로 불가능하다고 지적할 수밖에 없었어. 언젠가 폴리이도스도 자신이 사분의 일 신에 해당할 수도 있지 않겠느냐고 묻던 죽은 디디에게 그렇게 설명한 적이 있었지. 내가 말했어. "신과 신이 교접하면 오직 신만을 낳습니다. 인간과 인간이 교접하면 오직 인간만을 낳죠. 신과 인간이 교접하면 오직 반신만을 낳습니다. 그런데 신과 반신이, 반신과 반신이, 그리고 반신과 인간이 교접할 경우 예상 가능한 결과들은 gg를 신으로, mm을 인간으로, gm(혹은 mg)를 반신으로 표현한 다음과 같은 도식으로 가장 잘 나타낼 수 있을 겁니다.

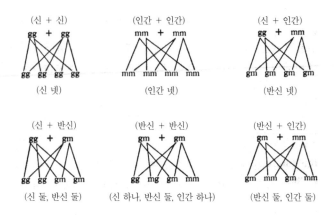

(신 + 신)	(인간 + 인간)	(신 + 인간)
gg + gg	mm + mm	gg + mm
gg gg gg gg	mm mm mm mm	gm gm gm gm
(신 넷)	(인간 넷)	(반신 넷)

(신 + 반신)	(반신 + 반신)	(반신 + 인간)
gg + gm	gm + gm	gm + mm
gg gg gm gm	gg mg gm mm	gm gm mm mm
(신 둘, 반신 둘)	(신 하나, 반신 둘, 인간 하나)	(반신 둘, 인간 둘)

보시다시피 반의반신이라는 건 발생하지 않습니다. 당신도
알아차렸겠지만, 첫 번째 혹은 상위 집단이 교접해 낳은 결과물
은 절대적으로 확실한 반면, 두 번째 혹은 하위 집단의 그것은
확률상의 예측입니다. 그 확률은 대부분 자연 법칙의 힘을 따르
지만 개별적인 경우에는 예상치가 보다 낮아지죠. 예를 들어 당
신이 가장 직접적으로 관심을 갖고 있는 결합을 놓고 보자면(그
러니까 반신과 인간의 결합이죠.) 그러한 결합에 의해 생산된 아
이가 반신이 될 가능성은 반반입니다. 그러나 반신은 전혀 없이
인간 넷만 태어날 가능성도 똑같이 반반입니다. 이를테면 당신
과 프로이토스가 아들 하나 없이 딸만 넷을 낳은 것과 똑같은
이치죠. 사실상 저 도식은 성별을 고려하지 않고 그린 것이므
로, 보다 사실성을 높이기 위해 gm이 비슷한 비율로 반신이 되
기도, 반여신이 되기도 한다고 수정한다면 당신이 나와 관계해
서 반신을 낳을 확률은 넷 가운데 하나로 줄어듭니다. 게다가
이것은 양쪽 모두 생식 능력이 있고, 반신도 신과 마찬가지로
관계를 가졌다 하면 백발백중 임신하며 분만도 성공적이라는

가정 하에서 그렇다는 겁니다. 그러나 이들 가운데 어느 것도 늘상 그런 것은 아니므로, 나와 관계를 가져서 당신이 원하는 것을 얻을 확률은 보다 정확하게 말하자면 팔분의 일, 혹은 십분의 일, 심지어 십이분의 일이 될 수도 있습니다. 그나저나 반신과 반여신이 함께하면 제우스조차 인간 여성을 대상으로는 불가능한 일을 할 수 있다는 점이 제 관심을 끄는군요. 다시 말해 순혈의 신을 생산한다는 겁니다. 사실 '순수한 이코르*만 흐르는 신'이라고 말해야겠지만요. 헤헤. 이것은 또한 이 도식에서 유일하게 유전적으로 품종이 상승된 경우입니다. 태생적으로 양쪽 부모보다 우월한 아이가 태어나는 경우죠. 그리고 한 단계 낮은 품종이 나올 가능성도 바로 그 동일한 결합만이 갖고 있죠. 제가 알기로는 이러한 가설 가운데 어떤 것도 신화의 역사에서 실현된 바는 없습니다. 그러나 이러한 가능성으로 볼 때 예를 들어 반신인 제가 반여신과 결합할 때 당신과 결합할 때보다 훨씬 더 극적이면서도 유전적으로도 훌륭한 결과가 도출될 겁니다. 그렇게 생각하지 않습니까?"

두 여자가 내장 깊숙한 곳에서부터 신음 소리를 내고는 뛰쳐나갔다. 안테이아는 티린스의 신전에서, 필로노에는 리키아의 왕궁 내실에서. 이 몇 페이지 내내 그들과 마찬가지로 괴로운 신음 소리를 내던 세 번째 여인은, 만약 자기가 원하는 것은 무엇이든 적을 수 있다면 그녀 역시 습지에 자리 잡은 이 '사랑'의 보금자리와 테르모돈에서 벌어지는 '서사'로부터 뛰쳐나갔다고 알려질 것이다. 벨레로폰, 당신은 개자식이었어요.

---

* 혈액처럼 신들의 몸속을 흐른다는 영액.

그건 이미 증명된 사실이야. 그러나 나는 내가 마지막으로 눕힌 여자*에게, 내가 첫 번째로 눕힌 여자**가 성가시게 졸라 댐으로써 인간으로서의 내 삶을 위태롭게 했다면, 내가 두 번째로 눕힌 여자***는 성가시게 조르지 않음으로써 내 불멸의 삶을 위태롭게 했다고 지적한다. 만약 내가 무슨 말이든 적고 싶은 말을 적을 수 있다면, 도식과 하이픈을 사용하여 말하게 될까?**** 동일한 시행(詩行)에서 혼자서는 아무것도 얻어 내질 못해서, 헤라클레스보다 더 투박한 손에, 리게이아보다 더 거슬리는 목소리에, 절름발이 오이디푸스보다 더 부은 발을 갖게될까? 죽어라, 폴리이도스. 아니면 나를 죽게 해 주든지!

멜라니페는 아직 여기 그대로 있어요, 내 사랑. 그녀를 기쁘게 해 줘요. 제발 계속해요.

"저 돌아왔어요, 여보." 얼마 후 필로노에도 이렇게 말하곤 했다. "내장 깊숙한 곳에서 뱉어낸 신음 소리를 용서해 줘요. 제 생각엔 그저 카타르시스의 기미가 있었던 것 같아요. 당신의 이야기를 들으며 생긴 연민과 공포의 감정들을 통해 영혼이 정화되는 것 말이에요. 이야기를 계속해요. 언니는 분명 다시 돌아와 한 번 더 요구하겠죠?"

"그녀는 돌아올 걸세." 프로이토스가 아침 식사 때 말했어. 안테이아가 밤새 왕궁에서 사라졌노라고 전한 뒤였지. "그녀는

---

* 멜라니페.

** 안테이아.

*** 필로노에.

**** 벨레로폰은 안테이아에게 도식을 사용해 자신의 입장을 설명했고, 바로 위의 문장을 비롯해 원문 여러 곳에서 하이픈을 사용했다.

이따금 광증이 들어서는 어울려 다니는 여자들과 더불어 언덕 위로 올라가 하루 정도 시간을 보내곤 한다네. 나는 아무것도 묻지 않아. 행복한 결혼 생활을 유지하는 방법 중 하나는 언제 호기심을 갖지 말아야 할지를 아는 것이지. 그 말(馬)에 대해선 무슨 좋은 조짐이라도 있나?" 그는 말을 하면서 달걀 반숙을 갈라 스푼으로 떠서 옆에 서 있던 딸의 빵 위에 얹어 놓았어. 다른 아이는 그의 무릎 위에 앉아서 구레나룻을 가지고 장난을 쳤지. 세 번째 아이는 테이블 아래 어딘가를 기어 다녔어. 음식을 가져오고 치우는 일은 하인들이 했지만, 아이들을 먹이는 일은 왕이 손수 하도록 내버려 두라는 지시를 받은 게 분명했어. 나는 빵을 조금 물어뜯고 물을 한 모금 마시고 하품을 하고 고개를 절레절레 흔들었어.

"잠을 잘 수가 없어서요."

프로이토스는 무릎 위에 있던 아이가 냅킨 대신 사용한 자신의 보라색 겉옷 소매에서 잼을 닦아 내며 이 말을 곰곰이 생각하는 듯했어. 그는 곧 한숨을 쉬더군. "우리 신전에서 밤을 조용히 보내지 못했다고 불평한 방문객은 자네가 처음이 아닐세. 내 자네에게 솔직하게 말해 줌세. 자네가 여기 왕궁의 객실에서 묵었다 해도 똑같은 일을 경험했을 거야. 나는 그런 일을 감수하고 살아가는 법을 배웠다네. 하지만 이보게. 만약 자네가 밤마다 잠을 잘 수 없다면 그 말 문제에 관한 최종 시한 같은 건 잊어버리게. 탄원자를 죽이는 건 좋은 방법이 아니야. 어제 그런 말을 꺼낸 것만으로도 미안하게 생각하네. 조언한마디 하자면, 이곳 말고 다른 도시에서 시도해 보는 게 좋을 걸세. 자네가 홀로 조용히 보낼 수 있는 곳 말일세. 아테네에

훌륭한 아크로폴리스가 하나 있어. 구미가 당긴다면, 내 부하들이 자네를 그곳에 데려다 줄 걸세."

프로이토스의 성격은 그리 분명한 편이 아니라서, 그가 어느 정도나 알고 있는지, 안테이아가 정말로 숲 속에서 흥청거리고 있는지 아니면 예를 들어 숙소에 갇혀 있는지, 혹은 그가 제의한 호위 병사라는 자들이 혹시 암살단은 아닌지를 정확히 가늠할 수가 없었어. 그렇다고 딱히 더 나은 방책이 있는 것도 아니어서, 나는 신전에서 하룻밤을 더 보낼 수 있게 해 달라고 요청했어. 다만 이번에는 내가 혼자 있을 수 있도록 보초 한 명을 세워 달라고 했어. 또한 만약 아테네에게서 좋은 결과를 얻는다면 페가수스와 더불어 일정 기간 동안 영웅적인 노역을 수행하는 방식으로 전하를 위해 봉사하겠으며, 일이 잘 안 될 경우 티린스에서든 다른 어떤 곳에서든 더 이상 아무런 볼일이 없고 내가 어떤 운명을 맞게 되든 상관없다는 말도 덧붙였지.

왕은 다시 생각에 잠겼어. 그러다 잠시 후 자신의 관례를 깨고 보모에게 아이들을 맡겼어. 아이들의 고함 소리가 충분히 멀어지자 그가 말했어. "이보게, 벨레로폰. 자넨 어쩌면 날 아주 시시한 남자라고 생각할지도 몰라. 하지만 난 둔한 남자는 아닐세. 요 며칠 밤마다 아내가 자네를 찾아갔다는 걸 아주 잘 알고 있어. 자네보다 먼저 이곳에 왔던 사람들에게도 그랬으니까. 그녀의 기분으로 판단해 볼 때, 나는 어떤 이유에서든 자네가 그녀를 거절했다고 짐작하네. 자, 순진하게 굴지 말자고. 자네가 탄원자이든 아니든, 나는 내가 원하면 언제라도 자넬 죽인 뒤 사고사로 공표할 수도 있어. 신들에 관해 말하자면, 나는 알 수 없다는 주의일세. 하지만 설사 신들이 정말 존재한다 해도, 그들이 불의에 베푸는 아량은 차고도 넘쳐서 내가 저지른 정도 가지고는 후환을 걱정해야 할 필요까진 없을 거야. 게다가 나는 그동안 제례나 신전 건축 같은 일들로 신용을 상당히 쌓아 놓았거든. 하지만 내가 전에도 언급했듯이, 나는 그대를 죽이는 일에 특별히 흥미를 가지고 있지는 않네. 그리고 설사 자네가 내 아내의 욕구를 채워 주었더라도 자넬 죽이지는 않았을 걸세. 안테이아가 누군가? 내가 수년 전에 강간했던 소녀야. 그리고 빠져나가기 어려운 상황에 처해 있던 날 구해 주기 위해 나와 결혼해 준 여자지. 나는 아이들을 위해서라도 그녀가 음주니 뭐니 그밖에 다른 습관들로 인해 걷잡을 수 없게 되어 결국 죽음에 이르기 전까지는 그녀를 곁에 둘 생각이네. 그렇게 되기 전까지는, 원한다면 마음껏 그녀와 즐기게. 나야 다른 곳에서 위안거리를 찾으면 되니까. 하지만 들키지는 말게. 만약 그렇게 되면 나는 사람들의 눈을 생각해서라도 자네를 죽여야 할 테니까 말일세. 사실 이건 프로이토스 부인의 성정을 고려해서 충고하는 말이네만, 그녀가 혹 다시 나타나거든 그녀에게 친절히 대하게. 왕비를 모욕하는 것은 장난삼아 할 수 있는 일이 아니야. 그녀는 그저 '강간이야!'라고 소리쳐 사람들을 불러 모으면 그만이고, 그렇게 되면 자넨 죽은 목숨이지. 나도 선택의 여지가 없거든."

나는 낙심한 채 앉아 있었다.

프로이토스가 말을 이었다. "또한 나는 특별히 양심의 가책을 느끼거나 하지도 않을 걸세. 자네가 죽든 살든 내가 콧방귀나 뀔 줄 아는가? 자, 이제 이 영웅 어쩌고 하는 일을 살펴보자고. 자네도 알다시피 나도 한때는 그쪽 분야에서 나름대로 포부가 있었다네. 내 형 역시 그랬지. 그리고 만약 우리 사이의 불화가 우리의 에너지를 먹어 치우지 않았더라면 둘 다 꽤 잘 해 냈을 거라고 생각해. 이제 와서 그것을 아쉬워하기엔 너무 늦었지. 하지만 나는 내 시대에서 진짜로 성공할 가능성이 있는 사람을 두어 명 만난 적이 있어. 내 생각이지만 자넨 그들과 비교할 때 그리 인상적이지가 않아. 확실히 자넨 젊고 균형 잡힌 몸을 갖고 있어. 그리고 나는 자네가 에우리메데의 아들이라는 말을 믿네.(반신 어쩌고 하는 건 은유적인 개소리에 불과하지만 말이야, 그렇지?) 하지만 자넨 말이 너무 많아. 스스로에 대한 확신도 부족하고. 자네는, 뭐랄까, 소위 카리스마라는 게 부족하단 말일세. 자네가 진짜 괴물을 해치우는 모습이 상상이 안 돼. 그런 게 진짜로 존재한다면 말이야.

신 문제에 관해서도 그렇지만, 그럼에도 나는 워낙 개방적인 사람이라 자네가 자네 본인이 희망하는 존재일 가능성을 완전히 배제하지는 않아. 자네에겐 유달리 깊이 뿌리박힌 것 같은 완고하고 외골수적인 면이 조금 있어. 때로는 완고함이 지성과 용기와 재능과 자신감이 결합된 것보다 더 많은 성과를 낳는 경우를 본 적이 있네. 어떤 사람들은 자신의 부족한 부분에서 영감을 받아 천직을 선택하는 것 같아, 알겠나? 말하자면 그것 말고는 다른 대안이 없어서 그것에 열정적으로 매달리는 거지. 나는 자네에게서 바로 그런 인상을 받았어. 완전히 아무것도 아닌 사람이 되기보다는 완전무결한 영웅 수련생이 되고자 한다고나 할까? 자네가 내 말 뜻을 이해하는지는 모르겠지만.

그러니 좋아. 나는 운명에 맡기겠네. 내가 잃을 게 뭐가 있겠나? 원하는 만큼 머무르게. 필요하다면 모든 신전들을 다 사용해도 좋아. 원한다면 내 아내와 뒹굴어도 돼. 아마도 그렇게 되면 한동안 그녀를 내 등에서 떼어 놓을 수 있겠지. 결국 아테네가 자넬 찾아오지 않더라도 처신은 똑바로 하게. 이곳에서 사라지고 입을 다물어. 만약 그녀가 정말 나타난다면, 괴물이니 공주니 보물이니 이런 헛소리는 집어치우고 그저 내게 작은 호의 하나만 베풀어 주게. 날 위해 누군가를 암살해 주는 거야, 알겠나?"

내 딴엔 그가 무엇을 염두에 두고 있는지 안다고 생각하고 이렇게 말했어. 설사 왕족이 시킨 일이라 해도 판에 박힌 살인 청부는 내가 아는 한 영웅이 이수해야 할 과정의 특징이 아니며, 어떤 경우든 아크리시오스를 죽이는 것은(나는 왕이 원하는 일이 바로 그것이라고 생각했거든.) 내가 아니라 페르세우스가 하기로 정해져 있는 일이라고 프로이토스 왕 스스로 주장한 바 있지 않느냐고.

왕이 손을 내저으며 이런 내 짐작을 경멸하듯 물리쳤어. "아크리시오스 따위를 누가 신경이나 쓰는 줄 아나? 그는 아버지의 왕국을 가로챘어. 나는 장인의 형편없는 용병들을 데리고 그 반을 다시 가로챘지. 그의 딸도 한 번 범한 적이 있고. 안테이아가 분명 그 일을 자네에게 말해 줬겠지. 그 역시 똑같은 짓을 내 딸에게 할 거야. 아이들이 어느 정도 나이를 먹었을 때쯤에도 그가 여전히 물건을 세울 수 있다면 말이지. 우리는 국경을 사이에 두고 서로의 양치기들을 기습하여 양들을 잽싸게 빼앗고 빼앗기고를 반복한다네. 이제는 그것이 하나의 삶의 방식이 되었어. 우리들 가운데 누구도 더 이상 그것을 심각하게 여기지 않아. 내 형에 대해선 신경 쓰지 말게. 내가 죽이고 싶은 것은 내 사생아 녀석이야." 그가 한쪽 눈을 찡긋했어. "믿든 안 믿든, 어린 다나에가 낳은 그 녀석 말일세. 청동 탑의 황금 빗물 어쩌고 하는 얘긴 곧이듣지 말게. 아크리시오스가 그녀를 가둔 것은 내가 그녀를 임신시켰기 때문이고, 그는 기자들에게 던져 줄 만한 머리기사를 조작해 내야 했던 것뿐이니까. 날 위해 페르세우스를 죽여 주게, 친구. 난 자네에게 아크리시오스의 왕국과 내 딸들 가운데 자네가 원하는 아이를 주겠어."

나는 오싹 소름이 끼쳐서, 그에게 페르세우스를 죽이고 싶어 하는 이유를 물었어.

"하데스의 이름을 걸고, 내가 왜 그런다고 생각하나?" 프로이토스가 초조하게 말했어. "자네는 스스로를 영웅이라 칭하면서 신탁에 대해 전혀 듣지 못했단 말인가? 그 사생아 녀석은 나와 아크리시오스를 모두 죽이기로 예정되어 있어! 그 빌어먹을 고르곤의 머리를 가지고! 자신의 아버지와 외조부를 말이야, 알겠나? 자네는 내가 빌어먹을 석상이 되고 싶어 한다고 생각하나?"

나는 신중하게 말했어. "전하의 염려를 이해합니다. 하지만 절 믿으세요. 저는 신탁 분야를 꽤 많이 연구했습니다. 만약 당신의 신탁이 통상적인 '너는 네 아들의 손에 죽을 것이다'라는 것이라면, 제가 보기에 전하께선 제 사촌을 두려워할 이유가 별로 없는 것 같습니다. 만약 그가 정말로 전하의 씨를 받아 다나에가 낳은 아들이라면, 그는 진짜 신화적 영웅이 아닐 것입니다. 하지만 그가 백발 노파들을 속이고 메두사를 죽이는 등등의 과업을 성취했다는 사실은 그가 정말로 신화적 영웅임을 증명합니다. 그러므로 그는 전하의 아들일 리가 없습니다. 그는 신의 아들이어야 하니까요. 그가 당신의 아들이 아니라면 그 신탁은 적용되지 않습니다. 사실 간단한 연쇄 삼단 논법이죠."

왕의 표정이 굳어지더군. "그래서 그를 죽이지 않겠다?"

"아네테가 제게 그렇게 하라고 명하지 않는 한, 그렇습니다. 하지만 그녀는 페르세우스의 조언자이기도 하니까, 그녀가 그런 일을 시키리라고는 전혀 생각지 않습니다."

"그런데도 자네가 내 신전을 이용하고 내 아내와 놀아나는 것을 내가 허용하리라 기대한단 말이지……."

나는 아무것도 기대하지 않는다고 대답했어. 하지만 페가수스가 내게 주어지기만 한다면 다섯 가지 정도는 그것이 적법한 것인 한 어떤 터무니없는 봉사라도 주인을 위해 실행할 준비가 되어 있다, 봉사의 대가로 그가 왕국의 반과 함께 결혼 적령기에 이른 딸 하나를 내게 넘겨주겠다고 한다면 사양하지는 않겠다, 영웅적인 과업에 대해선 그런 식으로 보상을 하는 게 일종의 관례이기도 하니까, 하지만 나의 진짜 목표이자 진정한 보상은 불멸성이며, 그것은 프로이토스가 수여할 수 있는 성질의 것은 아니다, 불행한 왕비에 대해 말하자면, 내가 신전에서 환영을 보는 일을 또다시 방해받지 않도록 예방 차원에서 보초를 세워 준다면 이중으로 감사하겠다, 마지막으로, 어떤 사람이 적자든 사생아든 혹은 추정상의 아들이든 자기 아들에 의해 죽임을 당할 운명이라는 걸 알게 되면 당연히 유쾌하지 않을 것이나, 불행하게도 일단 신탁으로 예언된 운명은 결코 피할 수가 없다는 점이 압도적인 증거로 입증되고 있다,

실제로(글라우코스를 보라.) 살인이든 다른 수단을 동원해서든 그러한 운명을 피하려는 시도가 운명의 실현을 지연시킬 수도 있지만 오히려 촉진할 수도 있다, 하지만 우리들 가운데에서 별이 될 운명을 타고 태어난 아주 극소수의 사람들을 제외하고 우리는 모두 어떤 경우든 종국에는 죽게 되어 있다, 그런데 페르세우스와 같은 위대한 사내의 손에 죽는다면 분명히 작게나마 보상이 따를 것이다, 그것은 그 자체로 불멸성을 띤다, 인간이든 괴물이든 위대한 영웅의 적들은 거의 영웅 본인만큼이나 세상에 알려지지 않았는가? 보통 죽음이라는 것이 상당히 오랜 세월에 걸쳐 인간을 잠식한다고 가정할 때 특히 석화는 내가 보기에 비참한 최후와는 거리가 먼 것 같다, 알려진 바에 따르면 그것은 빠르고 명백히 고통도 없다, 희생자를 꼴사납게 만들지도 않는다, 유족들은 방부 처리는 물론 화려한 분묘를 마련하는 데 드는 비용을 절약할 수 있으며 그들과 일반 시민들은 죽은 주인의 생생하고 감동적인 기념상을 공짜로 얻을 수 있다, 물론 이것은 재앙이 닥치는 순간 희생자가 공포에 질린 표정을 하고 있거나 먹거나 똥을 누거나 코를 파거나 등등의 일을 하고 있지 않을 때의 경우다, 하지만 그러한 당혹스러운 상황은 어느 정도 주의를 하고 있으면 벌어지지 않을 일이다, 내가 보기에 직접 별이 되는 것 다음으로는 대체로 따져 볼 때 명예로운 치세의 말년에 다다라 위엄 있는 자세로 고르곤의 응시를 받아 석화되는 것이 일개 축복 받은 인간 군주가 기대할 수 있는 불멸성에 가장 접근하는 길이다.

내 연설이 끝날 때까지, 프로이토스는 마치 메두사를 떠올린 것만으로도 그녀가 응시한 효과의 반이 나타난 것처럼 아무 말

없이 석상처럼 굳은 채 앉아 있었어. 나는 그 자리에서 물러나 시간을 죽이기 위해 도시를 어슬렁거렸고, 허기로 인한 현기증이 엄습해 오자 공원 벤치에 앉아 비둘기들에게 땅콩을 먹이다가, 저녁 식사를 하지 않은 채 일찌감치 잠자리에 들었지.

깜빡거리다가 초점이 맞는가 싶더니 이내 시야가 아주 뚜렷해지더군. 예의 지지직거리는 잡음도 조금 들리는가 싶었어. 그러고는 높게 윙 하는 소리가 들리더니 빛나는 아테네가 폴리이도스의 딸의 모습으로 또렷하게 나타났어. 하지만 그녀가 변장한 시빌은 조금 특이했어. 회색 눈에 조용하고 흠잡을 데 없으며 키가 큰 그녀가 내 침상에서 몇 미터 정도 떨어진 곳에 정숙하게 서서, 아프로디테의 작은 숲에서 대화를 나누던 때보다 더욱 또렷하게 말을 걸었어.

"오랜만이네요. 그래서 이제는 벨레로폰이라고 한다죠, 그런가요?"

나는 말을 하려고 애썼어. 왜냐하면 내 환영 속에서 시빌은 변장한 여신이라는 것이 꽤 분명함에도, 나는 또한 그러한 가면들이 그 나름대로 현실성을 갖는다고 이해했고(원고 형태의 폴리이도스는 읽을 수 있고, 교정할 수 있고, 각주를 달 수 있었다.) 내 과거 행위와 그것이 가져온 비참한 결과에 대해 사과하고 싶은 마음이 간절했거든. 그러나 아테네의 목소리가 또렷하게 나오는 것에 반해 내 목소리는 나오지가 않았어.

"가엾은 안테이아." 시빌이 말했어. "그녀는 자포자기 상태에 빠져 언덕 위에서 히포마네스를 먹고 있어요. 그녀가 그날 밤 내 대신 그 작은 숲에 있지 않았던 게 유감이에요. 하지만 당신은 분명 억제력을 발휘했죠. 인간적인 동정심은 아니더라도. 그리고 억제력은 이 특정한 장난감의 명칭이 될 것 같군요. 여기 고삐가 있어요." 그녀가 내게 그 가벼운 황금빛 사슬을 던졌어. "당신은 페가수스를 찾아낼 거예요. 앞으로 다가올 당신의 인생이 내 것이 아니라 다행이에요. 나라면 차라리 당신의 형제처럼 죽고 싶어 할 테니까. 언젠가는 당신도 그렇게 되기를 바라겠죠. 안녕히."

"안 돼!" 나는 목소리를 찾았고, 벌떡 일어나 앉아 그녀에게 머물러 달라고 간청했어. 그녀에게 묻고 싶은 것과 설명하고 싶은 것이 너무도 많았거든.

"히힝!" 육중한 알몸을 드러낸 안테이아가 보름달 빛 그림자로 얼룩진 침상 주변에서 미친 듯이 말 울음소리를 냈어. 마침내 몸을 앞으로 수그리고 뒤쪽을 내게 향한 채 엉덩이를 흔들며 내게 달려들더군. 채찍이 내 손 안에 있었어. 나는 뛰쳐나갔어.

어째서요? 뭐라고요? 왜죠. 왜요? 때때로 필로노에는 그렇게 물었어. 내가 여기까지의 이야기로 그녀의 마음을 아프게 했을 때 말이야. "당신은 필요한 것을 가졌어요. 그리고 나의 가엾은 언니는 약에 완전히 취해 있었고요. 그런데 어째서 당신은 도망친 거죠?" 그러고는 과연 그녀답게 그 이유를 짐작해 보곤 했어. 당신은 프로이토스와 환대의 규칙*을 존중했던 거예요. 아테네를 불쾌하게 만드는 것도 내키지 않았을뿐더러

---

* 모든 손님과 걸인은 제우스로부터 온 이들이기 때문에 누구에게나 이들을 환대해야 할 의무가 있었으며, 이러한 환대의 의무를 저버리는 주인, 반대로 의무로서 행한 주인의 환대를 배반하는 손님 모두가 제우스의 분노를 불러왔다.(임철규, 앞의 책, 113쪽, 각주 5.)

그사이 귀중한 페가수스가 다른 곳으로 날아가 버리지 않을까 염려도 되었겠죠. 게다가 작은 숲에서 경험했던 그 미친 암말들의 기억 때문에 순간 무척 당황했을 테고요……. 어때요? 글쎄, 당시 진행 중이던, 필로노에가 내게 정나미가 떨어지게 하려는 계획에 맞춰 나는 이렇게 말하곤 했어. "누가 오다가다 만난 마흔 살 먹은 상대와 일을 치를 수 있겠어? 특히 살이 쪄 가는 여자랑?" 이 말에 대해, 삼십 대 후반이었던 그녀는 이렇게 대답하곤 했지. "어떤 사람들은 명예로운 동기를 인정하지 못하죠. 당신은 처음엔 나에게도 수줍어했어요, 기억해요?"

아마존인 멜라니페는 애인의 죽은 아내가 보여 준 아량에 대한 존경심과 그녀의 순종적인 정강이 피부를 벗겨 버리고 싶은 강렬한 욕망 사이에서 갈등한다. 적어도 안테이아는 당신을 불깐 짐승이라고 부르고 강간이라고 외치고 당신을 죽이기 위해 최선을 다할 만큼 성깔이 있었군요. 그런 일이 아마조니아에서 벌어졌다면 당신은 필요한 자에게 성 제공을 거부한 죄로 거세당했을걸요. 그건 심각한 범죄예요.

벨레로폰에겐 나름의 이유가 있었어. 만약 내가 그것을 말하기 전에 무슨 일이 있었는지 당신이 안다면, 당신도 틀림없이 그것을 이해할 거야.

어째서 당신은 처음에 필로노에에게 소극적이었나요? 당신이 원기 왕성한 젊은이자 아프로디테의 총아였다고 당신 입으로 말해 놓고는 앞서 60쪽* 동안 요조숙녀인 양 굴고 있잖아요.

---

* 원문에는 36쪽으로 되어 있다.

그렇다면 당신은 깨닫지 못했군. 난 당신이 폴리이도스가 되어 가고 있을까 봐 두려웠어. 이 이야기에 나오는 사람들은 그런 경향이 있잖아. 필로노에가 짐작했던 이유들은 모두 적용이 돼. 다른 것들도 역시. 하지만 맹세컨대 그것이 내가 열중해 있던 일이 아니었다는 게 주된 이유였어. 내게 유일하게 중요한 일인 나의 영웅 과업에서 안테이아가 차지할 자리는 없었거든. 만약 그녀가 다름 아닌 멜라니페였다 해도, 나는 똑같이 행동했을 거야.

당신은 아마존을 무장 해제하는 방법을 알고 있잖아요. 그러면 몇 달 후 '멜라니페'를 강간했을 때, 그것은 뭐 영웅 과업이었나요?

그것은 어쨌든 진짜 아마존에 대한 진짜 강간이었어. 이 「벨레로포니아드」도 조만간 그 사건에 도달하게 되겠지. 그 가짜 아마존을 가짜로 강간한 얘길 하자면, 안테이아는 신전이 떠나가도록 "강간이야!"라고 외쳤어. 필요할 땐 털끝도 보이지 않던 왕궁 경비병들이 사방에서 모습을 드러냈어. 그들 가운데 몇 명은 왕비를 도우라는 나의 지시에 신전 안으로 들어왔고, 다른 사람들은 신전 뒤쪽으로 누군가 달아나는 광경을 목격했다는 내 말에 그쪽으로 몰려갔어. 또 몇 명은 프로이토스를 부르러 갔지. 이렇게 해서 나는 얼마간 대리석 신전 마당에서 콸콸 물을 내뿜고 있는 분수 옆에 홀로 남게 되었어. 이윽고 커다랗게 날갯짓하는 소리가 들려오더니 그 천마가 나타났어. 금방이라도 심장이 터질 것 같은 느낌이었지. 나는 내 형제에게 가볍게 고삐를 맨 뒤, 그의 거대한 날갯죽지를 붙잡고 훌쩍 뛰어 올라 앉았어. 그러고는 경비병들이 다시 모여들기 전에 날아올랐지.

난다는 것은 얼마나 멋진 일인지! 페가수스는 하얀 날개를 펼치고 순조롭게 방향을 잡은 뒤엔 다리를 끌어 올리더니 가로 등과 별들 사이를 날아갔어. 선상의 등불, 양치기의 모닥불, 왕궁, 신전들, 항구, 언덕 등 모든 것이 한눈에 들어왔어. 차가운 바람과 아찔한 고도와 밤의 외로움은 전혀 문제가 되지 않았어. 평생 처음으로 집에 있는 것같이 편안했어. 다시는 땅으로 내려가고 싶지 않다는 생각이 들 정도였지. 우리는 시운전 삼아 교외를 멋지게 순회한 후 아테네 신전 위에 가볍게 내려앉았어.

"프로이토스!" 나는 광장을 내려다보며 외쳤어. 횃불을 든 경비병들이 깜짝 놀라 뒤로 물러섰어. 왕이 담요로 몸을 두른 아내와 함께 나오더군. 내가 외쳤어. "안테이아는 미쳐서 엉덩이를 흔들어 댔소! 환각을 일으킨 겁니다! 그녀를 믿지 마세요! 자, 이봐, 이복형제! 날아가자고!"

"가엾은 언니!" 필로노에는 안타까워했지. "솔직히, 여보, 물론 당신이 다른 여자랑 함께 있는 모습을 상상하는 건 마음이 아프지만, 전 아무래도 이 이야기는 당신이 다르게 해석한 것이 더 좋아요." 왜냐하면 어떤 판본에서는 안테이아가 마치 낮에 항해를 하고 온 것처럼 태양빛을 머금은 피부와 바닷소금 냄새를 풍기는 머리칼을 가진 향기롭고 사랑스러운 여인으로 등장하기 때문이지. 내가 신전에 누워 그녀의 근사한 갈색 허벅지를 상상하며 음란한 꿈을 꾸고 있을 때 그녀가 그곳으로 몰래 들어와. 갑자기 그녀의 손이 내 배를 애무하자 속이 온통 격렬하게 수축하고 나는 후다닥 잠이 깨지. 그녀가 내 침상 가장자리에 앉자, 나는 "맙소사!" 하고 쉰 목소리로 외치며 그녀를(알몸이라니, 믿을 수가 없군!) 와락 움켜잡는 거야. 나는 너무도 놀라 그녀에게 내 얼굴을 묻고, 그녀를 끌어당겨 침상에 누이지. 내 피부에 짜릿한 충격을 주는 피부의 감촉. 그리고 이렇게 말하면 이상할지 모르겠지만, 나는 그 감촉 때문에 거대하고 순전한 정욕으로 정말이지 폭발해 버리는데, 그것은 내 몸 전체에서 벌어지는 일이어서 간, 비장, 창자, 폐, 심장, 뇌, 그리고 모든 것이 내 몸에서 터져 나갔다고 확신해. 그리고 그녀가 나를 회복시켜 거듭 사랑을 나눌 때까지, 나는 감각도 기력도 무엇도 없이 빈껍데기로 누워 있어. 고분고분한 프로이토스는 우리의 관계를 알고 미소를 짓지. 지금껏 동정이었다는 거짓말에 안테이아는 기뻐해. 하지만 나중에 우리가 밀회를 즐기지 않을 때 아마존 하나를 강간했다고 말하자 그녀는 발작적으로 질투심에 사로잡히고, 자신이 임신했다는 사실을 알게 되자 우리의 불륜 관계를 돌연 청산하지만, 몇 년 후, 이유는 기억이 나지 않으나 다시 관계를 시작하지. 그러나 그녀가 프로이토스와 함께 이탈리아로 휴가를 떠나고 어쩌고 하면서 마침내 관계에 종지부를 찍게 되는 거야. 또 다른 판본의 경우, 우리가 최초로 성관계를 맺게 되는 것은 불가피함을 가장해 이루어진 대표적인 사례야. 아내의 부정을 묵인하는 남편 프로이토스가 나랏일로 폴리스를 떠나면서 나더러 자리를 비우는 동안 안테이아의 말벗이 되어 달라고 당부하지. 나는 오후에는 그의 딸들과 왕궁에서 공놀이를 하며 시간을 보내고, 저녁에는 안테이아와 더불어 에일 맥주를 마셔. 우리는 개인적인 이야기보다는 그저 일반적이고 평범한 대화를 이따금씩 나눌 뿐이야. 상호 간에 침묵이 흘러도 그 여자에게는 이상하지도 불편하지도 않아. 외관상으로는 우리들 가운데 어느 한쪽에서도 욕망을 뚜렷하게 암시하는 공공연한 말이나 행동도 없어. 왕비의 태도는 기운이 다 빠져 나른한 모습이야. 나는 그것에 매력을 느끼지. 그날 오후 내내 그녀의 움직임은 두 번 연속으로 잠자리 시중을 든 고대 스파르타 노예처럼 무겁고 의도된 것처럼 보여. 또한 그녀는 눈을 깜박일 때 종종 삼십 초 정도 온전히 감고 있다가 어느 순간 깊게 내쉬는 숨과 함께 눈을 한껏 뜨고 응시하는데, 나는 이 모든 것에 감탄하지. 하지만 그것은 정말이지 다소 추상적인 감정이고, 내가 느끼는 성적인 욕망 또한 다소 추상적이야. 9시 반 무렵에 안테이아가 말하지. "씻고 잠을 좀 자야겠어요, 벨레로폰." 그러면 내가 이렇게 대답하는 거야. "그렇게 하시죠." 그녀가 왕궁 욕실로 가려면 우리가 맥주를 마시며 앉아 있던 방에서 조금 떨어진 작은 복도를 통과해야 해. 아테네 신전으로 가려면 나 역시 같은 복도를 지나가야 하지. 그러니 우리가 함께 복도로 가는 것에 대해 아직은 그리 의심스러운 눈초리를 보낼 필요가 없어. 그곳에서, 욕실로 꺾어지는 모퉁이에 다다라 그녀가 잠시 발걸음을 멈추고 나를 마주 본다 해도 내게 막 잘 자라는 인사를 할 참이었던 게 아니라고 누가 단정 지을 수 있겠어? 공교롭게도 우리는 각자 길을 가기 전에 포옹을 하는데, 더 나아가(나는 결과적으로라고는 말하지 않겠어.) 우리의 길이 하나의 침상으로 이어지게 되고, 그곳에서 우리는 아무 말도 없이 몸부림치고 뒹굴고 몸을 활처럼 구부리기도 하고 부르르 떨기도 하는, 경험하기엔 흥분되지만 묘사하자면 지루한 밤을 아주 요란하게 보내는 거야. 신하들의 눈에 띌까 봐 나는 날씨와 상관없이 해가 뜨기 전에 떠나. 양심의 가책을 느낀 안테이아는 곧 프로이토스에게 내가 그녀를 유혹했다고 선언해. 그는 도덕적인 정화에 대한 미친 갈망 같은 것이 있어서 그녀에게 간통을 반복하라고 당부하지. 얼마 안 되어 그녀는 임신을 하는데, 한쪽 부모를 죽이게 될 반신이 태어날까 두려워 자살과 낙태를 고려하게 돼. 나는 페가수스를 타고 도시를 떠나 그들을 다시는 보지 못해. 그러나 티린스에 심어둔 나의 정보원들로부터 그 불행한 일이 정상적인 아들의 출산으로 이어졌고 그들의 결혼 생활도 개선되었다는 사실을 알게 되지. 그러나 또 다른 판본에서는…….

대체 어느 쪽이 진실이에요?

"나는 충분히 이해해요." 필로노에는 말하곤 했어. "객관적인 진실이라는 개념, 특히 역사적 과거에 관한 객관적인 진실이라는 개념 자체가 문제를 담고 있죠. 또한 서사 예술은, 특히 신화 시학적 혹은 적어도 신화 예술적으로 변형된 서사 예술은 기록 문학이나 사료 편찬의 그것과는 구조와 리듬, 가치와 요구가 달라요. 마지막으로, 사람들은 어떤 신화의 이본들 사이의 모순 속에서 의미를 찾죠. 그렇다 해도(그러므로라고는 말 못 해도) 당신이 실제로 언니와 사랑을 나누고서 그것을 후회하는 건지 아니면 사랑을 나누지 않았는데 그것을 아쉬워하는 건지를 알고 싶긴 하네요."

"정말 대단한 말(馬)이었어!" 나는 늘 이렇게 대답했지. "나는 그날 밤새도록 그를 타고 날아다니는 법을 배웠고, 밤중엔 문을 연 음식점이란 음식점은 다 찾아가서 무사카*로 주린 배

---

* 그리스 및 터키의 요리로, 양 또는 소의 저민 고기와 얇게 썬 가지를 포개 넣어 치즈와 소스를 쳐서 구운 것.

를 채우며 보냈어. 그리고 아침 무렵, 왕실 사람들이 아침 식사를 하는 테라스에 세워져 있던, 프로이토스의 아버지 아바스 왕의 조각상 꼭대기에 완벽하게 착지할 수 있었지. 아이들은 즐거워했고, 프로이토스는 얼굴을 붉혔어. 얼굴이 화끈 달아오른 안테이아가 아이들을 조용히 시켰고 남편에게 마지막으로 날카로운 눈길을 건넨 뒤 그들을 데리고 큼큼거리며 식탁을 떠났어.

'우리는 당신의 명령을 기다립니다, 전하.' 내가 말했어. 그는 비둘기만으로도 충분히 성가시니 내 형제를 다른 곳에 두고 오라고 요구했어. 그런 다음 자신의 아내가 예정대로 내가 그녀를 강간했다는 주장을 고수하면서 내 목숨을 빼앗으라고 선동하고 있음을 솔직하게 알려 주었지. 자기 생각에 그건 의심할 여지없이 부분적으로는 그녀와 비슷한 나이, 비슷한 상황에 처한 여성들에게 이따금 찾아오는 마지막 충동에 의해 유발된 것으로, 남편에게 질투심을 바탕으로 분노를 유도하고 자신을 위해 영웅적인 행동까지는 아니더라도 극적인 행동을 취하도록 촉구하기 위해서라는 거야. 자신으로 말하자면, 이런 건 이미 졸업한 일이라더군. 만약 자기가 그녀의 비난을 믿고 요만큼이라도 신경을 썼다면, 소란을 최소화하여 조용히 나를 처리했을 거라나. 하지만 자기는 남의 이목 때문이 아니라면 그 일엔 전혀 관심도 없으니 나더러 그냥 조용히 사라져 달라더군. 그는 한숨을 쉬며 말했어. '아내는 자네의 목을 요구하며 사람을 불러 모으는 동시에 자기가 반의반신을 임신한 지 이미 여덟 시간이 되었다고 공표했다네.' 나는 그것이 이중으로 불가능하다고 말했지. 그는 귀찮다는 듯 손을 내저었어. 내가 자기를 위해 페르세우스를 암살해 주지 않을 거라면, 적어도 왕비가 망상에 빠져 있도록 내버려 둘 수는 있지 않겠느냐고 하더군. 사실을 말하자면 그녀는 정말로 임신한 지 몇 달된 사람의 징후를 보였다는 거야. 자신에 의한 것인지 다른 누구에 의한 것인지는 모르지만. 그리고 그 상태는 그녀의 나이등을 고려해 볼 때 폐경의 징후일 가능성도 있고, 어쩌면 그것이 최근에 그녀가 보여 준 비이성적 행태를 설명해 줄지도 모른다는 것이었어. 그의 홍보 담당관들은 이 추문을 최소화하기 위해 최선을 다할 것이나, 안테이아가 자신은 신에 의해 강간을 당했다고(반신에 의한 것이니 어쨌든 절반은 신에 의해 강간을 당했다고) 고집하고 있으니 내가 그를 위해 할 수 있는 최선은 그녀가 달이 차서 아이를 분만할 경우 아이의 아버지임을 부인하지 않는 일이라더군. 그리고 그동안에는 어디 다른 곳에 가서 신화적 영웅 노릇이나 하라는 거야.

나는 어깨를 으쓱했어. '과제를 주십시오.' '페르세우스를 죽이게!' 그가 속삭였어. '안 됩니다.' 그러자 그는 이오바테스에게 보내는 봉인된 편지를 주면서(외교적 용무라고 단언하더군.) 나더러 그것을 리키아까지 항공 우편으로 전달해 달라더군. '훔쳐봐서는 안 되네. 답장은 물론 다시 돌아올 필요도 없어. 알겠나?' '좋습니다.' 나는 날아올랐다가 다시 돌아왔어. '리키아로 가려면 어느 쪽으로 가야 합니까?' 그는 자신의 눈을 가리더니 약간 동쪽에서 동남동쪽을 가리켰어. 그렇게 해서 내가 여기 있게 된 거지." 일이 그렇게 된 거야. 필로노에는 이렇게 말하곤 했어. "이야기 고마워요. 당신의 이야기 실력은 매번 나아지는군요." 그때는 그랬지. 그리고 이 말도 덧붙였어. "우리는 언제 언니를 방문할 수 있을까요, 벨레로폰? 아이들이 지금껏 단 한 번도 사촌들을 만나지 못했다는 건 애석한 일이에요. 이제 강의하러 가시는 게 좋겠어요. 자, 당신 강의록 여기 있어요. 키스해 주셔야죠?" 나는 그때 머리털을 쥐어뜯곤 했어. 지금도 그래. 아직 해야 할 여담 하나가 더 있어. 전능하신 제우스여, 90쪽*이 지나갔는데 이제 막 시작이라니. 노벨라는 대체 어떻게 쓰는 거지? 이들 지류와 갈라진 틈 속에서 어리둥절한 상태로 어떻게 방향을 잡겠어? 이야기하기는 내 취미가 아닐뿐더러 다른 사람의 취미도 아닌데 말이야. 나의 플롯은 의미 있는 단계에서 고조되거나 하강하지 않고, 쇠고둥 껍질이나 헤르메스의 지팡이처럼 나선 모양을 한 채 탈선하고 후퇴하고 망설이다 내장 깊숙한 곳으로부터 신음 소리를 내뱉고는 와해되어 죽지.

문: "유혈의 죄를 씻기로 한 것은 어떻게 되었습니까?"

답: "페가수스를 부여받았으니, 아테네에게만큼은 죄를 씻은 거라고 판단했네. 델리아데스는 그녀의 특별한 신봉자였으므로 나는 그녀가 이 문제와 관련된 유일한 신이라고 추정했지."

문: "페가수스가 오늘 아침에는 얼마나 높이 날았습니까?"

답: "1미터를 못 넘겼어. 이 문제에 대한 연구는 계속될 걸세. 나의 통치 하에서는 그것이 언제나 일 순위니까. 지금 하는 여담이 마무리된 후, 그대들은 충실한 보고서를 기대해도 좋을 거야."

문: "신화 전기 패턴의 사사분기(통치와 죽음)를 부분적으

---

* 원문에는 50쪽으로 되어 있다.

로 이행하는 과정에서 벨레로폰 왕이 신하들로 하여금 자신을 이반하도록 만들고자 궁정 관료들 모두에게 출석을 요구한, 신화적 영웅 벨레로폰의 출중한 인생사의 제1밀물기에 관한 이 강좌의 초창기 모임 중에, 요 근래 전하의 어린 시절에 대해 장황하고 요령 없는 이야기를 반복해 들려줌으로써 필로노에 왕비와 히폴로쿠스 왕자, 이산데르 왕자, 라오다미아 공주를 계획적으로 학대한 일을 기술하는 와중에, 전하께서는 폴리이도스와 같은 예언가들이 미래로부터 사례를 고립된 형태로 빌려 오는 것을 제외하고 글쓰기가 마법의 한 유형과 대립하는 평범한 의사소통 수단으로서 그리스 문명에 도입되려면 아직은 몇 세기를 더 기다려야 한다는 점을 언급하신 바 있습니다. 그러나 프로이토스 왕이 전하께 부과한 '노역'은 편지 형식으로 된 외교 전언을 지금은 고인이 되신 전하의 장인께 전달하는 일이었습니다. 게다가 전하께서 방금 전 소개한 그 말씀을 언급하셨던 강의 또한(저희는 그것을 흥분된 마음을 가지고 상기합니다만) 이 감동적인 강좌의 모든 강의들이 그래왔듯 기록된 원전을 읽은 것이거나 적어도 기록된 주석을 참고하여 전달한 것입니다. 강의(lecture)라는 단어 자체도 제가 알기로는 '읽다'를 의미하는 고대어의 동사 어근에서 온 것이고, 읽기라는 것은 선험적으로 쓰기를 수반합니다. 마지막으로 저희가 이곳 리키아 대학의 신설 학과인 고전신화학과에서 공부하고 있다는 점, 전하께서는 저희더러 지금까지 전하의 삶에 관한 이야기를 주제로 학기말 보고서를 제출하라고 요구하신다는 점 등등은 모두 우리가 설사 문학적 교양이 있는 사회는 아니더라도 적어도 읽기와 쓰기가 전혀 낯설지는 않은 사회의 일원임을 암시합니다. 여기에 어떤 모순이 존재한다고 보시지 않습니까?

답: "존재하지."

문: "몇 가지 다른 문제들 역시 저희를 혼란스럽게 합니다. 저희는 진리를 추구하는 연구자로서, 비록 전하께서 카리아 및 솔리미아와의 전쟁을 오래 끌고 성군 이오바테스의 상냥한 막내딸을 부당하게 대우하고 자기 강화 그리고/혹은 자기 비하라는 목표를 위해 교수의 특권을 부적절하게 남용했음에도, 그런 이유로 우리의 나라, 우리의 왕, 우리의 대학에 대한 애정을 버리지는 않습니다. 저희는 그것들을 모두 앞서 언급된 바 있는 패턴을 전하께서 스스로에게 엄격히 부과한 결과라고 기꺼이 받아들입니다. 저희도 그렇지만 혹시 전하께서는 종종 저희가 오늘의 강의를 듣기도 전에 사실은 그 강의가 끝난 뒤에나 있을 이러한 문답이 먼저 제시되는 것에서 드러나는 작가의 통제력 상실, 나아가 서사적 일관성의 명백한 착오들에서 예언자의 영향력을, 아마도 폴리이도스의 영향력을 감지하고 계시진 않으십니까? 다음과 같은 내용의 불가사의한(저희들로서는 거의 이해하기 어려운 내용입니다만) 강의 교재 자체도 그렇습니다."

　안녕하십니까? 코린토스의 신화적 영웅 벨레로폰을 대신하여, 그의 삶과 업적에 대해 널리 알려진 이야기들에 나타난 수많은 모순과 미심쩍은 세부 사항을 바로잡고 그의 공적인 삶과 사적인 삶 모두에 관한 유쾌하지 않은 몇 가지 뒷공론들을 잠재울 뿐만 아니라 그의 굉장한 이력에 관해 여러분이 제기할 만한 질문에 답변할 수 있도록 이런 기회를 주신 것에 대해 〔대학 명, 출판사, 낭독회의 후원자 등등을 보충할 것〕에게 감사하고 싶습니다.

제가 방황하는 영웅에 대해 막연하게나마 관심을 갖기 시작한 것은 제 나이 서른 살 때였던 것 같습니다. 당시 제 소설 『연초 도매상』(The Sot-Weed Factor, 1960)의 평자들은 소설의 주인공인 메릴랜드의 계관시인, 신사 에브니저 쿠크의 굴곡 많은 인생사가 어떤 부분에서는 래글런 경, 조셉 캠벨 및 다른 비교신화학자들이 묘사했던 바와 같이 신화적 영웅의 모험이라는 패턴을 따르고 있다고 말했죠. 다시 말해 제가 그 소설의 플롯을 위한 토대로 이러한 패턴을 사용했다는 암시였습니다. 저는 사실 그 때까지만 해도 이 패턴의 존재를 모르고 있었습니다. 그런데 일단 그 점을 인지하고 나자 그 우연에 충격을 받았고(나중에는 그 우연을 특기할 만한 것이라기보다 불가피한 것으로 간주하게 되었습니다만) 제가 영향을 받았다고 사람들이 추정하는 그 작품들을 검토하기에 이르렀습니다. 그리고 저의 다음 소설인 『염소 소년 자일즈』(Giles Goat-Boy, 1966)는 좋든 싫든 간에 그것의 전작이 평가받은 것처럼 원형 신화를 의식적이고 반어적으로 편집한* 것이 되었습니다. 나의 이후 소설들 가운데 몇 권, 예를 들어 긴 단편 「메넬라이아드」와 노벨라 「페르세이드」는 방황하는 영웅의 신화가 특징적으로 발현되는 모습을 직접적으로 다루며, 작가의 관심사인 보다 현대적인 주제에 관해서도 많이 다루고 있습니다. 예를 들어 죽을 운명을 타고 난 인간이 갖는 불멸성에 대한 욕망과, 특히 신화적 영웅이 생애 후반부에 스스로 자기 자신의 목소리나 삶의 이야기 혹은 둘 다로 변신함으로써 아이러니하게도 불멸성을 제한적으로나마 성취하는 경우

---

* 각기 다른 요소들을 모아 하나의 교향곡을 이루도록 조화롭게 편성한다는 의미로 'orchestration'이라는 단어를 사용하고 있다.

입니다. 저는 마흔 살입니다.

다른 많은 것들 가운데서도 특히 신화는 우리의 일상적인 심적 경험의 정수이며 이 때문에 언제나 일상 현실을 암시하므로, 신화적 원형을 암시하는 사실주의적인 픽션을 쓴다는 것은(아무리 그러한 픽션들이 다른 측면에서는 가치 있다 해도) 제 생각엔 신화 시학에 관해 잘못 이해하고 있는 것으로 보입니다. 그 원형들을 직접 다루는 편이 낫습니다. 고전 신화는 성경과 마찬가지로 이제는 평균적인 독자들의 정규 교육에 포함되지 않으며, 결과적으로 오이디푸스와 안티고네는 동시대의 감수성에 별다른 영향을 주지 않는다며 반대하는 사람들에게 저는 이렇게 대답합니다. 흠, 무엇인지는 잊어버렸는데, 아무튼 희극과 자기설명적인 문맥에 관한 이야기였던 것 같아요. 어쨌든 제가「페르세이드」라는 노벨라를 완성한 뒤, 전술한 주제를 드러내 주는 고전의 실례를 더 깊이 파다 보니 다소 덜 알려진 신화적 영웅인 코린토스의 벨레로폰에게 관심을 갖게 되었습니다.

벨레로폰의 이야기가 저의 목적에 적합하다고 여긴 것은 다른 무엇보다도 그 이야기가 메넬라오스와 헬레네, 혹은 페르세우스와 안드로메다의 신화들에 정통한 사람들에게조차도 생소하기 때문인데, 그에 관해 간단히 서술하는 것이 아마도 도움이 될 겁니다. 다음에 소개하는 것은 로버트 그레이브스가『그리스 신화』에서 훌륭하게 설명해 놓은 부분입니다. 또한『그리스 신화』는 그 자체로 안토니누스 리베랄리스, 아폴로도로스, 유스타티우스, 헤시오도스, 호메로스, 히기누스, 오비디우스, 핀다로스, 플루타르크,『일리아드』의 주석자들, 그리고 체체스의 저서들을 대조 및 비교하여 정리해 놓은 결과물입니다.

a. 벨레로폰은 글라우코스의 아들로…… 처음에는 벨레루스라는 인물을 죽이고(이로 인해 그는 벨레로폰테스라는 별명을 얻게 되었고, 이것이 나중에 벨레로폰으로 줄어들었다.) 그런 다음 (보통 델리아데스라는 이름이 주어지는) 자신의 형을 죽이고 야음을 틈타 코린토스를 떠났다. 그는 티린스의 왕 프로이토스에게 탄원자로서 몸을 의탁했다. 그러나…… 프로이토스의 아내인 안테이아가…… 첫눈에 그에게 반했다. 구애를 거절당한 그녀는 그가 자신을 유혹하려 했다고 고발했고, 그 이야기를 믿은 프로이토스는 몹시 화가 났다. 그러나 복수의 여신들이 보복할까 두려워 그를 직접 죽일 수는 없었다. 그래서 그에게 봉인된 편지를 들려서 안테이아의 아버지인 리키아의 왕 이오바테스에게 보냈다. 편지에는 다음과 같은 내용이 적혀 있었다. "이 편지를 지니고 간 자를 이 세상에서 제거해 주십시오. 그 자는 제 아내이자 당신의 딸을 범하려 했습니다."

b. 이오바테스 또한 왕실의 손님을 냉대하는 일이 꺼림칙한 것은 마찬가지여서, 벨레로폰에게 자기를 위해 사자의 머리와 염소의 몸통과 뱀의 꼬리를 갖고 있는, 불을 내뿜는 암컷 괴물 키메라를 죽여 달라고 요청했다……. 벨레로폰은 과제에 착수하기 전에 예언자 폴리이도스의 조언을 구했고, 그는 벨레로폰에게 날개 달린 말인 페가수스를 잡아서 길들이라고 충고했다. 페가수스는 헬리콘 산의 뮤즈들이 귀여워하는 말이었는데, 이는 그가 달 모양의 발굽으로 땅을 파 뮤즈들을 위해 히포크레네라는 우물을 만들어 주었기 때문이다.

c. …… 벨레로폰은 (페가수스가) 그가 만든 또 다른 우물인…… 페이레네에서 물을 마시고 있는 것을 발견하고는 아테네

가 때맞춰 선물한 황금빛 고삐를 페가수스의 머리 위에 던져 씌웠다. 하지만 어떤 사람들은 아테네가 이미 고삐를 씌운 페가수스를 벨레로폰에게 주었다고도 말한다. 또한 벨레로폰의 진짜 아버지인 포세이돈이 그렇게 했다고 말하는 사람들도 있다. 그것이 어떻게 된 일이든 간에, 벨레로폰은 페가수스의 등에 올라타고 키메라 위로 날아다니면서 그 암괴물에게 화살 공세를 퍼부었고, 그런 다음 창끝에 고정해 놓은 납 덩어리를 턱 사이에 박아 넣어 키메라를 정복했다. 키메라가 내뿜는 불길이 납을 녹였고, 녹은 납 물이 목구멍을 타고 내려가 생명 중추를 태워 버린 것이다.

d. 그러나 이오바테스는 이러한 대담한 위업에 보상을 하기는커녕 호전적인 솔리미아 병사들과 그들의 동맹군인 아마존 병사들을 대적하라며 쉴 틈도 주지 않고 그를 내보냈다. 벨레로폰은 화살이 닿지 않는 곳까지 높이 날아올라 그들 위에 커다란 돌을 떨어뜨렸다. 솔리미아 및 아마존과의 전투를 승리로 이끈 뒤 크산토스의 리키아 평원으로 간 그는 성미가 불같고 허풍이 대단한 키마로스라는 자가 이끄는, 사자 모양의 이물 장식과 뱀 모양의 고물 장식을 장착한 배를 타고 다니는 카리아 해적 떼를 격퇴했다. 이렇게까지 봉사를 해 주었는데도 이오바테스가 고마움을 표시하기는커녕 돌아오는 길목에 근위병을 매복시켜 그를 암살하려 하자, 벨레로폰은 말에서 내려 성 쪽으로 걸어가면서 그의 뒤에 펼쳐진 크산티아 평원에 물이 범람하게 해달라고 포세이돈에게 기도했다. 그의 기도를 들은 포세이돈은 그가 이오바테스의 왕궁에 접근할 때 엄청난 파도가 그의 뒤를 따라 천천히 굴러가게 했다. 남자들은 그가 물러나도록 설득할 수 없었기

때문에, 크산티아의 여자들이 나서서 치마를 허리까지 걷고 엉덩이를 완전히 드러낸 채, 만약 그가 마음을 누그러뜨리기만 한다면 온몸을 바치겠다며 그를 향해 달려들었다. 정숙한 인물이었던 벨레로폰은 이 광경을 보고 몸을 돌려 달아났다. 그와 함께 파도도 물러났다.

e. 이오바테스는 그제야 벨레로폰이 안테이아의 정조를 유린하려 했다는 것은 프로이토스의 오해임이 틀림없다는 확신이 들어 편지를 내보이며 그 사건에 대해 정확한 설명을 요구했다. 진실을 알게 된 그는 벨레로폰의 용서를 구했고, 딸인 필로노에를 아내로 주어 그를 리키아 왕국의 후계자로 삼았다. 또한 크산티아 여인들의 지략을 칭송하며 차후 모든 크산티아인들은 아버지가 아닌 어머니로부터 혈통을 따져야 할 것이라고 명했다…….

제 소설에 익숙한 사람들은 이 이야기에서도 제가 애용하는 몇 가지 주제들을 알아챌 것입니다. 형제간의 경쟁, 주인공의 순진함, (여기서는 문자 그대로의*) 초월을 통해 노역을 성취한 것, 임무를 부과한 사람을 (여기서는 비유적으로) 끝장냄으로써 모든 임무를 최종적으로 종료한 것, 시시때때로 변신하는 조언자(폴리이도스는 '많은 형태들'을 의미합니다.) 그리고 삼각관계 같은 것들이지요. 하지만 저를 가장 깊이 사로잡은 것은 두 개의 중심 이미지, 즉 페가수스와 키메라였습니다. 저는 어쩌면 「페르세이드」의 자매편이 될 수 있는, 신화에 기초한 희극풍의 노벨라를 마음속에 그렸습니다. 이것을 창작하기 위해 저는 훨씬 더 규

---

* 키메라든, 솔리미아와 아마존 군대든, 카리아 해적이든 말을 타고 그들의 위를 날아다니며 대적한 것을 말한다.

모가 크고 더욱 복잡한 『편지들』이라는 기획을 잠시 미뤄 두었죠. 이것은 어쨌든 계획, 주석, 잘못된 시도 들의 거대한 늪이 되는 것 같았고, 여기에서 벗어나려고 시도할 때마다 저는 더욱 깊은 수렁에 빠졌습니다. 저는 희망을 가지고 좀 더 작은 기획으로 방향을 돌렸습니다. 그리고 꼬박 일 년 반 동안 쉬지 않고 부지런히 작업했죠. 하지만 아쉽게도 그것 역시 유사(流砂)로 변해 버렸습니다. 그것을 깨달은 건 이미 정신적으로 손해를 만회하려다 더 많은 손해를 보고 난 후였죠. 창작 부진 상태라는 유명한 질환은 저에게 처음으로 진짜 고통을 불러왔습니다. 이삼십대 때에는 자만심에 가득 차 나라면 그 병에 면역력이 있을 거라고 자부했는데 말입니다. 아무튼 저는 그것이 마치 악성 종양인 양 예리한 관심과 무딘 두려움을 가지고 검토했습니다. 오랫동안 저는 그 병을 이해할 수 없었습니다. 그러나 은총을 한번 부여받았다가 빼앗긴 신비주의자들의 비탄은 마음속 깊이 이해하게 되었죠. 어떤 특정한 예술가가 세월이 가면서 자신의 능력이 유지되고 있는지 혹은 고갈되었는지를 발견하는 것은 세상 사람들에게는 사소한 문제라고 말해야 옳을 겁니다. 그러나 아무리 하찮은 재능을 가지고 있는 예술가라 해도, 상상력은 성적 능력만큼이나 그 영혼의 일상에 대단히 중요합니다. 상상력은 (적어도 남성에게는) 은총의 힘만큼이나 저항할 수 없고, 또 위험하기도 한 성적 능력과 유사한 것이기 때문입니다.

마침내 무엇이 저를 괴롭히고 있는지를 이해하게 되었습니다. 저는 그렇게 믿습니다. 어쨌든 병은 지나갔고(세상의 관점에서 볼 때는 딱히 좋거나 나쁠 것도 없었지만, 제 자신에게는 참으로 다행한 일이 아닐 수 없었죠.) 어느덧 저는 전과 다름없이 바쁘게 글을 쓰고 있었습니다. 그때 제가 썼던 것은 지금 이곳에 있는 우리들과는 아무런 상관도 없는 또 다른 이야기였습니다. 제가 이 짧은 사담을 들려 드리는 이유는 문학적 미학이 가지는 철저히 비개인적인 원칙과 그것의 본질에 대한 이해라는 오늘 오후의 강의 주제를 소개하기 위해서입니다. 그것이야말로 제가 벨레로폰의 이야기를 다루면서 겪게 된 어려움을 보다 분명하게 드러내 주었고, 그 결과 제가 늪과 신화 모두에서 해방될 수 있었다고 생각합니다.

제 생각에 그 일반적인 원칙은 우리의 통상적인 비평 어휘 중에서는 찾을 수 없습니다. 저는 그것을 은유적 수단의 원칙이라고 봅니다. 말하자면 작가가 그의 픽션에서 가능한 한 많은 요소와 양상에 극적인 가치뿐만 아니라 상징적인 가치도 부여하는 것이죠. 이야기의 '형식,' 서사적 관점, 어조 같은 것들뿐만 아니라 (다룰 수 있는 곳이라면) 특정한 장르, 양식과 매개 수단, 서술 과정 자체, 심지어 그것이 소설가가 지어낸 이야기라는 사실에까지도. 예를 들어 볼까요?

답: "그렇다네."
문: "네?"
답: "나 역시 종종 그대들과 마찬가지로 이것에서 어떤 특정한 예언자의 낌새를 맡곤 하거든. 그의 배반의 역사와 범위 전체를 말이야. 그러나 나는 「벨레로포니아드」에 관한 이 해석본의 지금 시점에서는 아직 뭐라고 평가할 입장이 아닐세. 그 작가*의

---

* 존 바스.

언어는 그리스어가 아니야. 언급된 문학적 저작들 역시 존재하지 않지. 만약 「페르세이드」라는 책이 존재한다면 다른 사람들은 몰라도 나라면 그것을 알고 있지 않겠는가? 내 삶의 이야기라고 주장하는 그 오류투성이 글*의 첫 세 문단에 관해 가장 친절하게 말하자면, 그것은 허구일세. 형제들은 너무도 많고 배역도 잘못되어 있어. 내 이름의 유래(비록 '살인자 벨레루스'가 그것의 유일한 의미는 아니지만)와 내가 페가수스를 획득하는 시기와 장소 또한 잘못되어 있지. 게다가 벨레로폰의 서신에도 간단하게 '이 편지를 들고 가는 자를 이 세상에서 제거하시오.'라고만 적혀 있다고 했어. 이것들 외에도 여러 가지가 있네. d와 e의 경우는 어쩌면 불완전하긴 하지만 그렇게 틀린 얘긴 아닐 수도 있겠지. 사건들의 순서는 어긋나 있지만 말일세. 나는 진심으로 다섯 번째 문단 뒤에 이어지는 말줄임표에 그대들이 주의를 기울일 것을 요청하네. 그곳이 우리가 있고, 있어 왔고, 처음 '안녕'이라고 인사한 이후 우리가 번민해 온 곳이야. 그곳에 웅덩이가, 수렁이, 내 실망의 진흙 구렁이 있어. 나를 추방해 주게."

문: "안 됩니다."

답: "그건 질문이 아니지 않은가?" 그 문서는 내 학생들이 패턴을 따르는 일을 내켜 하지 않는다는 점만큼이나 나를 실망시켰다. 우리는 현재 내 마흔 번째 생일 전날, 즉 첫 장의 전장에 있다. 나는 이 특별한 강의 두루마리에 새롭게 큰 희망을

---

* 앞서 기술된 바스의 강의 원고 중간에 등장하는, 벨레로폰에 대한 로버트 그레이브스의 해설.

걸고 있었다. 그것은 키메라의 압인으로 봉인되어 있으며 'B를 위해 P로부터: 우리의 인생 여로의 중간에서 시작하라.'라고 새겨져 있었다. 나는 그것을 이십 년 전에 그것이 막 만들어지는 상황에서 우연히 발견했는데, 갓 결혼한 필로노에는 그 두루마리를 갓 죽은 폴리이도스가 보낸 사후(死後) 결혼 선물로 받아들였다. 그것이 나타나는 순간 폴리이도스가 종적을 감췄기 때문이다. 필로노에는 거기에 새겨진 글을 우리 인생의 중간 지점, 혹은 우리 결혼 생활의 중간쯤에 열어 보라는 뜻으로 해석했다. 어느 쪽이든 폴리이도스식의 달력으로 계산해 볼 때 그것은 서른여섯 살을 의미했다. 이미 사 년이나 늦은 셈이다! 나는 수년 전에 그것을 어딘가에 치워 두었고, 그것이 존재한다는 사실조차 잊고 있었다. 그러다 오늘 아침 그것이 제 1밀물기의 이 마지막 강의를 위한 텍스트를 대신하여 두루마리 상자에 불쑥 모습을 드러낸 건 까닭이 없지 않을 것이다. 그런데 그것이 너무나 뒤죽박죽인 것을 발견하고 나는 또다시 절망한다. "제군들, 그대들이 나를 사랑한다면 나를 몰아내게. 나를 이 도시에서 추방해 줘. 내가 영혼이 피폐해질 정도로 고민하며 인간의 발길이 닿지 않는 먼 곳에서 방황하도록 해 줘. 내가 현세 축(Axis Mundi)이나 세계의 배꼽에 해당되는 어떤 곳, 이를테면 이러저러한 언덕의 가장 높은 곳 위에 최근 발생한 홍수로 생긴 첫 번째 샘에 의해 갈라진 바위 사이에 떡갈나무 한 그루가 서 있는 갈라진 작은 숲 같은 곳 말일세." 이것이 그대가 할 수 있는 최선인가, 폴리이도스?

"어떻게 된 일인지 말해 주겠네. 내가 할리카르나소스 상공에서 리키아로 들어가는 활강 진로에 접어들자, 페가수스가 갑자기 방향을 바꾸더니 마치 촛불 옆에 있는 나방처럼, 작은 화산이 분출하는 연기로 보이는 것 주위를 원 모양으로 점점 가까이 돌면서 히힝 우는 것 아니겠나. 우리가 완전히 사라져 버리는 게 아닐까 겁이 다 나더군. 마침내 우리가 착륙하고 빙글빙글 돌던 세상이 멈췄을 때, 우리는 분화구 안으로 들어와 있었네. 분화구는 작은 동굴에서 나오는 연기를 제외하고는 휴면 상태였지. 뱀 가죽 외투를 입은 수염 없는 늙은이가(그래, 맞네.) 한 번에 한 장씩 종이에 불을 붙여 구멍 속에다 던져 넣자, 그 안에서 종이들이 불꽃에 비해 엄청난 연기를 내뿜으며 연소되었어. 페가수스를 본 사내가 깜짝 놀라더군. 그리 이상한 일도 아니었던 것이, 우리가 다짜고짜 달려든 데다가 페가수스가 그의 목덜미를 물어 올렸으니까. 두 손으로 고삐를 잡고 있어야 했던 나는 프로이토스의 편지를 내내 입에 물고 있었다네. 그런데 사내에게 달려든 페가수스를 제지하느라 워! 하고 입을 여는 순간 편지를 잃어버리고 말았지. 다음 순간 남자가 사라졌고, 말이 물고 있는 것은 사내가 아니라 그 편지였어. 내가 말의 주둥이에서 편지를 낚아챈 순간, 그 늙은이는 내게 마치 여자처럼 안겨 있었고, 편지는 어느새 그의 손에 가 있더군. 그가 조급하게 중얼거렸네. '나는 실패한 소설가요. 일생의 저작이라고 해 봤자 다섯 권짜리 대하소설뿐이지. 빌어먹을 대양(大洋)소설에 더 가깝지만. 출판사에서는 그걸 아예 건드리려 하지도 않소. 나는 그것을 야생 동물들에게 큰 소리로 읽어 주고는 한 번에 한 쪽씩 태우고 있소. 하지만 날개 달린 말을 매혹한 것은 이번이 처음이오. 이 정도 고도에서는 퓨마가 대부분이었고, 아주 간혹 저 밑에서 이상한 염소 같은 것들

이 올라올 때가 있었을 뿐이라오. 디 디 덤 디 디.'

　페가수스가 편지 대신 물고 있던 것, 그리고 내가 뺏을 때까지 조용히 씹고 있던 것은 바로 그 부적이었네. '지나가던 예언가가 내게 그것을 맡기고는 이렇게 말했다오.' 폴리이도스가 거짓말을 하더군. '신화와 관련된 노벨라 세 편을 책 한 권으로 엮어서 무언가를 시도해야 한다는 거요. 신화를 다루는 게 요즘 대세니까 말이지. 이를테면 페르세우스와 메두사에 관한 것 하나랑, 벨레로폰과 키메라에 관한 것 하나랑, 그리고…….' 나는 그를 꼭 껴안았다네. '폴리이도스!' '그게 그 사람 이름이었소, 그래요.' 폴리이도스가 말했어. '그에게는 이 벨레로폰이라는 친구에게 아주 열광하는 딸 하나가 있다더군. 그가 말하길 그녀는 온종일 벨레루스, 벨레루스, 하며 외치고 다닌다는 둥 뭐 그런 얘기를 하던데. 당신이 벨레로폰이군, 그렇지 않소? 나더러 그 장치를 목에 걸고 있으라고 했소. 그래야 더 좋은 발상이 떠오른다나. 당신의 어머니로부터는 무슨 소식 없소?' 내가 그에게 달려든 것이 기쁨 때문이라는 걸 깨닫자, 그는 자신이 폴리이도스임을 인정하고 내가 페가수스를 얻은 것을 축하했네. 페가수스야말로 자신이 나를 위해 아테네에게 탄원한 것이 효과가 없지는 않았다는 증거라며 기뻐하더군. 그 치명적인 부적은 사실상 존재했어.(페가수스를 유혹했던 것은 히포마네스라기보다는 그것에 밴 야생 암말들의 냄새였다네.) 그는 현재 이오바테스에게 고용되어 있는 상태였는데, 내가 그에게 리키아의 수도까지 태워서 데려다 주는 호의를 베풀면 나중에 비행하는 데 장애가 있을 때를 대비하여 기꺼이 부적을 버리겠다고 하더군.

'그러니까, 코린토스로부터 아무런 소식도 못 들었다는 건가?' '어머니가 당신을 체포했다는 소식만 들었소. 무엇 때문이지?' '꼴사나운 일이지, 뭐.' 폴리이도스가 대답하고는 그 부적을 동굴 속으로 던져 넣었네. 연기가 줄어들더군. '안타깝게도 그 가엾은 여인의 정신이 온전치가 못한 것 같네. 내가 그녀에게 언젠가는 자네가 돌아와 왕국에 대한 권리를 다시 주장할 거라고 말했지. 그 말을 듣고 그녀가 기운을 냈을 거라고 생각하나? 전혀! 그녀는 가부장적인 음모니 성 제국주의니 어쩌고 하면서 나를 성안에 처넣더군. 나는 옥방 자체로 변하기로 결심했네. 그러면 간수들이 내가 탈출했다고 여기고 옥문을 열어 둘 게 아닌가. 그때를 틈타 탈출할 생각이었지. 하지만 무언가가 잘못되었는지 여기 이 산의 흉포한 암컷 괴물로 변하고 말았다네. 내가 본래대로 돌아온 건 이미 주변에 있는 것들을 다 먹어 치워 버리고 난 후였어. 난 정말 이제 삼차원적인 방식으로는 부적을 갖고 있지 않네.' 그는 우리가 리키아의 수도로 날아가는 동안 말을 이었는데, 그 현상을 설명하려면 틀림없이 유명한 사기꾼이자 알파벳의 고안자인 헤르메스가 말장난과 못된 장난의 애호가이기도 하다고 말하는 게 최선이라고 했어. 최근 문서로 변신하던 경향에 따라, 폴리이도스는 자신이 갇혀 있던 감옥의 옥방으로 곧장 변한 것이 아니라, 일단 자신의 목표를 철자로 써 놓은 마법의 메시지, 즉 '나는 방이다.(I am a chamber.)'로 변하려고 했다더군. 그런데 자신이 그 메시지가 아니라 리키아와 카리아 국경 위, 키메라 산이라는 휴화산의 동굴 안에 살고 있는, 사자의 머리와 염소의 몸통과 뱀의 꼬리를 가진 불을 내뿜는 괴물이 되어 있는 것을 발견하고는 신이 카마라(kamara)*와 키메라(Chimera)라는 이름의 근접성을 가지고 장난을 쳤다고밖에는 생각할 수가 없었던 거지. 문제는 변형 과정에서 사라져 버릴 뻔한 것만이 아니었다네. 그 괴물과 너무도 무리하게 분리되는 바람에, 폴리이도스가 인간의 형태로 (머리카락과 몸무게 20킬로그램의 손실을 본 채) 회복된 뒤에도 그가 자신의 우발적인 창조물이라고 부르는 키메라는 손상 없이 그대로 남았던 거야. 변신 마술의 역사에서 그러한 경우는 그가 아는 한 처음이어서, 그는 복잡한 심정으로 그걸 두고 고심했네. 그는 한편으로는 카리아의 아미시도로스 왕이 오랫동안 분쟁 지역이었던 국경을 방어하기 위해 그 짐승을 비밀 병기로 활용할 작정이라는 것을 예견하여 이오바테스에게 미리 경고할 수 있었고, 그 덕에 리키아 궁정에서 특별 국방 장관으로 자리를 잡을 수 있었어. 하지만 다른 한편으론 키메라가 존재하게 된 것에는 자신의 책임이 있다는 사실을 감춰야 했을 뿐만 아니라 키메라를 무력화할 더 나은 방법을 고안할 때까지 그녀**에게 특별히 조제한 안정제를 먹이기 위해 비밀리에 그 분화구를 주기적으로 방문해야 했지.

'일이 그렇게 된 거라네. 자네도 내 비밀을 지켜 주어야 하네. 나도 자네의 비밀을 지켜 줄 터이니.' 자네들도 알고 있겠지만, 그건 글라우코스와 형의 죽음에 대한 책임을 말하는 거였어. '이제 보니 읽고 쓰는 법을 배운 것 같군?' 그가 편지를 가

---

* kamara는 '아치형 지붕이 있는 것'이라는 뜻이었는데, 라틴어의 camera(아치형 지붕)이 되면서 중세 라틴어에서는 '방'이라는 뜻으로 쓰이게 된다. 라틴어 camera는 다시 옛 프랑스어 chambre(방)를 통해 영어의 chamber(방)가 되었다.
** 암컷 괴물인 키메라는 이 작품 속에서 3인칭 여성형 she로 지칭된다.

리켰네. 나는 대략 여섯 개 정도의 알파벳 철자를 제외하고는 아는 게 없다고 고백했지. '상관없네. 문자라는 건 그저 말썽만 일으킬 뿐이니까. 그건 이미 증명된 사실이지! 그 출생 증명서 마법 때문에 우리가 어떤 지경에 이르렀는지 보게! 내가 자네 대신 이걸 전달해 주겠네. 편지 안에 무슨 내용이 적혀 있는지 뭐 알고 있는 거라도 있나?'

나는 고개를 저었어. 그리고 부끄럽지만 프로이토스 왕에게 속죄하는 의미로 노역을 하고 있는 중이며, 굳이 그럴 필요가 없을지는 몰라도 내 앞에 놓여 있을 진정한 노역들에 대비해 이번에 시험 삼아 한번 해 보는 것도 괜찮을 거라고 묻지도 않은 말에 대답했지. 그의 제안에 따라 우리는 최대한 극적인 효과를 내기 위해 여기 텔메소스의 중앙 광장에 착륙했다네. 군중들은 물론 대신들도 모여들어 감탄하며 페가수스를 구경하더군. 폴리이도스가 여러 번 고개 숙여 인사하더니 이오바테스에게 나를 자신의 예전 제자이자 유망한 신화적 영웅이라고 소개했어. 왕은 따뜻하게 환영하면서 안테이아와 외손녀들의 안부를 물었고, 편지에 대해 고마워하며 그것을 개봉하기 전 아흐레 동안 나를 대접하겠다고 고집했어. 그는 작은딸 필로노에에게 나를 소개했는데, 그해 나이 열여섯이었던 그녀는 이곳 대학에서 신화학을 전공하는 대학생이었지.(비록 당시엔 그저 두어 개의 강좌가 개설되어 있을 뿐 딱히 학과라고 칭할 만한 건 없었지만 말이야.) 그녀는 수줍게 자신의 강의 시간표에 서명해 달라고 부탁하더군. 나는 폴리이도스가 물건 위에 표시를 하라며 그녀에게 준, 끝에 납이 달린 막대기 모양의 신기한 필기도구로 할 수 있는 한 최선을 다해 꼼꼼하게 대문자 베타를 그려 주었다네. 참 매력적인 소녀였어. 새침하게 얌전을 빼다가도 대담해지곤 했지. 그녀는 저녁 식사 때 내 옆자리에 앉았고, 자신은 우편물이 도착하는 즉시 찢어 본다면서 자기 아버지의 아흐레 관습 때문에 미칠 지경이라고 불평했어. 그녀는 또한 내게 자신의 어린 조카들에 대해 상세하게 묘사해 달라고 부탁하면서 그들을 몹시 방문하고 싶다고도 했네. 신화 연구에 대해 절대적인 열정을 품고 있다고 고백하면서, 교수에게 양해를 구할 테니 나더러 자신의 4학년 세미나에 방문해 줄수 없겠느냐고 묻더군. 준비할 건 아무것도 없고 그저 아이들과 이런저런 얘기를 하면 된다면서 말이야. 특히 페르세우스에 관한 일화를 이야기해 달라고 졸랐어. 그녀는 이 분야의 동시대인들 가운데서 그를 가장 좋아했거든.

그 뒤 며칠을 보내면서 우리는 아주 좋은 친구가 되었다네. 그녀는 지적으로 나보다 우월했지만 그럼에도 (그녀의 말을 빌리자면) ‘단순히 지적인 개념들에 불과할 뻔한 것을 상상으로 구체화한 것’의 한 실례로서 나에게 경의를 표했어. 내가 다소 당혹스러워했던 것, 이를테면 내가 문맹이라는 사실도 내가 진짜임을 증명하는 표시라고 기쁘게 설명했지. 비록 내가 그녀에게 비행 수업을 해 준다면 그녀가 내 글쓰기 선생님이 되어 주겠다고 자원하긴 했지만 말일세. 실제로 그녀는 솔직히 영웅과 관련된 나의 면모 중 유일하게 마뜩지 않은 점은 조리 있는 언변과 눈에 띄게 예의 바른 태도라고 말하더군. 영웅들은 성격도 까칠하고 언변도 그리 좋지 않을 거라 상상했다나. 하지만 그녀는 곧 이 점에 관한 자신의 편견들은 틀림없이 신화가 생성되는 과정 자체가 가진, 양식화하려는 특징 때문일 거라고 추론했어. 신화가 만들어지는 과정에서 시간과 공간이 압축되는 것과 마찬가지로 인물의 성격과 동기 역시 단순해져서 사람들은 페르세우스가 피곤도 모르고 생각도 없이 거창한 행위들을 쉬지 않고 이어 간다고 상상한다는 거야. 사실 그는 몇 날 며칠을 빈둥거리거나 오랜 시간 동안 주저하기도 한 것이 틀림없는데도 말이지. 게다가 어느 누가 다른 누구도 아닌 황금빛 처단자와 함께 왕궁 정원을 거닐고, 공을 주고받으며 놀고, 이중창을 하고, 오랫동안 대화를 나눌 수 있겠나?

그녀가 부드럽게 설득하자 이오바테스 왕은 잔치 기간을 아흐레에서 이레로, 이레에서 닷새로 줄였다네. 그 편지에 혹시 안테이아의 소식이 담겨 있을지도 모르는 일이었으니까. 하지만 그것은 어쨌든 국가의 공무였으므로, 닷새째 저녁에 국사 관련 문서 공식 낭독자인(이오바테스는 문맹이라는 약점을 나와 공유하고 있었지.) 폴리이도스에게 그것을 대신 읽게 했어. 예언자는 그것을 개봉했고, 일순 창백해지더니 나를 날카롭게 일별했어. 그러고는 티린스 관용어에 해당하는 정확한 리키아식 표현을 몇 가지 숙고해야 하니 시간을 좀 달라고 청하더군. 그런 다음 편지에서 프로이토스가 나를 소개하는 부분을 낭독했어. '바라건대 이 편지를 지니고 있는 자를 살인죄의 굴레에서 벗어나게 해 주십시오. 그는 아버지와 형제의 죽음에 자기도 모르는 사이에 일조했다는 이유로 자신이 살인죄를 지었다고 생각합니다. 부디 그로 하여금 장인어른을 위해 영웅적인 봉사를 할 수 있도록 허락해 주십시오. 위험하면 위험할수록 더 좋습니다. 프로이토스 올림.' 사실 나는 편지에 필로노에의 언니와 나 사이에 벌어진 불행한 사건이 언급되어 있을까 봐 내심 걱정해 오던 참이었다네. 그러니 그 소식에 미소를 지을 수밖에 없었지. 나는 프로이토스를 다시 보게 되었고, 이오바테스가 무엇을 원하든 간에 기꺼이 시도하리라 다짐했어. 좌중은 나의 건강을 위해 건배했고 필로노에는 기쁨으로 눈을 빛냈어. 이제 사뭇 침착함을 되찾은 폴리이도스가 미소를 짓더니 이오바테스와 귓속말로 무언가를 의논하더군. 이오바테스는 처음에는 화가 난 듯 얼굴을 붉혔고 자리에서 일어나려는가 싶더니 다음 순간 (예언자의 귓속말을 더 듣고) 스스로를 진정시킨 뒤 차가운 목소리로 내게 요청했어. 괜찮다면 최근 해안 지역에 출몰해 노략질을 일삼는 카리아 해적 떼를 몰아내 달라는 거였지. 그것도 저녁 식사 후 곧장.

그가 갑작스럽게 기분이 달라져서 당황했지만, 나는 후식을 기다리지 않고 페가수스를 타고 떠났어. 그날 밤과 오전에는 어부와 상선 선장 들과 이야기를 나누고, 그들이 귀띔해 준 정보를 바탕으로 항공 정찰로 우두머리 해적선의 위치를 파악하고, 커다란 바위들을 떨어뜨려서 배와 일당을 수장시키고, 물에 빠져 헤엄치는 놈들은 저공비행을 하며 발굽으로 걷어차 해치운 뒤 칵테일을 마실 때쯤 왕궁으로 돌아왔지. 왕과 폴리이도스는 공훈에 찬사를 보내면서도 다소 놀란 눈치더군. 필로노에가 내게 키스했고 나는 고삐를 걸어 놓으며 말했어. '뭐 별 것도 아닌데요. 선장의 이름은 키마로스였습니다. 제가 알기로 그것은 염소를 의미한다죠? 빨간 턱수염을 기른 사내였어요. 그가 식식 소리를 내며 꼴딱거리면서 물 밑으로 가라앉는 모양을 보아, 진짜 불 같은 성정을 가진 사내였던 것 같아요. 그들이 타고 다니는 배의 이물에는 사자 머리 모양의 장식이 장착되어 있었고, 고물의 상부에는 뱀 모양의 장식이 달려 있었어요. 그야말로 바다의 괴물이었죠. 전 그들을 아주 말끔하게 해치웠습니다. 뭐 그리 대단한 일도 아니었죠.'

이오바테스는 큰딸 안테이아의 아버지답게 '큼' 하는 소리를 내며 폴리이도스를 노려보았어. 그러자 폴리이도스가 재빨리 끼어들어 설명하더군. 옛 카리아 해적선의 의장(艤裝)과 국경에 새로 등장한 괴물의 외양이 유사하다고 해서 그것을 나의 증언이 거짓이라는 증거로 받아들여서는 안 되며, 자기가 보기에 그것은 키메라가 산에서 구체적으로 모습을 드러내 리키아에 위협이 되기 시작한 건 비록 최근의 일이지만 사실은 그녀가 오래전부터 존재해 온 카리아의 전통적인 괴물이라는 자신의 견해를 확증한다는 거였지. 자신의 계보학적 통찰력과 연구를 참고할 때, 그 암컷 괴물이 티폰과 에키드나의 후손이라는 믿음이 생긴다나. 어스와 타르타로스의 아들인 티폰은 지금까지 존재했던 괴물 가운데 가장 커다란 괴물이었어. 허리 아래로는 뱀이었던 그것은 뱀 머리 모양의 손이 달린 500킬로미터에 달하는 팔, 별까지 닿는 당나귀 머리에, 태양 빛에 그을린 날개, 불꽃이 이는 눈을 가지고 있었고 숨을 쉴 때마다 용암을 분출하는 것이 특징이었지. 그래서 키메라가 화산에 거주하는 것이고. 눈이 백 개나 달린 아르고스가 죽인 식인 괴물 에키드나로 말하자면 반은 사랑스러운 여인이고 반은 반점이 있는 뱀이었는데, 포르키드 중 하나이자, 페르세우스 일화로 명성을 얻은 고르곤과 그라이아이의 언니뻘이었어. 그러브로 흥미롭게도 키메라는 사실 메두사의 조카이자 페가수스의 사촌인 셈인데, 날개 달린 말은 나의 이복형제이니만큼 나와 전혀 관련이 없다고 말할 수는 없다는 거였지.

　이오바테스가 예의 그 '큼' 하는 소리를 내더니 나에게 축하 인사조차 없이 자기는 이따금 사람들의 술에 무엇이 들어 있는지 궁금해진다고만 하더군. '나는 그대가 그대의 주장을 뒷받침할 수 있을 거라 여기는데?' 그가 내게 퉁명스럽게 물었어. 놀란 나는 내가 수장한 해적들의 시체로 포식한 셀 수 없이 많은 상어들만이 유일하게 나의 활약을 증명할 수 있을 거라고 응수했어. 필로노에는 원정에서 돌아올 때 전리품을 들고 오는 것은 충분히 영웅들의 일반적인 특징이라 할 만하지만, 반면 과업을 수행했다는 증명을 영웅 본인에게 지우는 것은 유례가 없을뿐더러 무례한 일이라며 자기 아버지에게 항의했지. 그러자 폴리이도스가 외교적인 수완을 발휘하여 이렇게 제안하더군. 내가 영웅의 과업을 이행하는 일에 있어서 신참자인 것처럼 왕께서도 과제를 내놓는 데 있어서 신참자이다, 우리 둘 다 다른 것을 시도해 보는 것이 어떤가, 자기가 이해하고 있는 바로는 솔리미아와 아마존 군이 파견한 부대가 다시 한 번 키메라 산의 반대편 쪽 경계선을 따라 야영 중이다, 이것은 우리의 영토 보전에 있어 분명하고도 당면한 위험이다, 두 군대를 단독으로 격퇴하는 이중의 경이를 보여 주는 건 어떠한가, 어쩌고저쩌고.

　이오바테스는 그의 집안 내력인 '큼' 하는 소리를 내면서도 자못 흥미를 느끼는 듯했어. 필로노에는 다소 놀란 눈치였지. '물론 그것이 자네의 능력을 넘어서는 일이라고 생각한다면…….' 폴리이도스가 짐짓 운을 떼었어. '내 능력을 넘어서는 일은 아무것도 없소.' 내가 말했다네. 그러자 왕이 만면에 미소를 띤 채 나더러 우선 양껏 식사를 하라고 권했고, 저녁 식사를 하는 동안에는 내가 전리품 격으로 가져와야 할 것을 구체적으로 명시하더군. 폴리이도스력으로 스물다섯을 넘지 않고, 중위 계급 이상에다, 후궁으로 들여도 될 만큼 다른 남자들의 손이 타지 않은 미모의 아마존 포로를 데려오라는 거야.

'구역질나요, 아빠!' 필로노에가 말했어. '게다가 아마존이라면 노예가 되느니 차라리 죽음을 택할걸요. 4학년 때 이미 배운 사실이라고요.' 이오바테스가 낄낄 웃더니 자기는 한번 운에 맡겨 보겠다고 단언했어. 나는 영웅들에게 연속적으로 노역을 맡기는 것이 딱히 이상하다 말할 순 없지만 그사이에 하룻밤도 재우지 않고 노역을 부과하는 것은 금시초문이라고 대답했지. 폴리이도스 역시 내 말에 동의를 하기는 했지만, 그러면서도 어떤 문학 고전도 다른 문학 고전과 꼭 같지는 않은 것처럼 어떤 고전 영웅도 다른 고전 영웅의 전기적 사실을 그대로 답습하지는 않는다는 점을 근거로 들며 왕의 시간표를 지지했어. 특수한 차이들은 충분히 무시해야만 패턴과 같은 보편성을 획득할 수 있다는 거였지. 이 관념은 나를 기묘하게 괴롭혔어. 공주가 내 이마에 키스하더니 말했어. '아빠는 당신을 제 주변에 두기가 걱정스러우신 거예요. 제가 당신에게 반한 걸 아시거든요. 많은 왕들이 그래요.' 이오바테스가 큼큼거렸어. 나는 수면 부족에 눈이 짓무른 상태였지만 대단히 고무된 채 출발했지.

명심하게. 나는 한창때의 건강한 사내였다네. 하지만 일에 너무 몰두하느라, 이따금씩 숙소로 불러들인 여자나 신전 매춘부를 제외하고는 작은 숲에서의 시빌 이후로 어떤 여자도

취한 적이 없었어. 꾸벅꾸벅 졸며 솔리미아인들을 결딴내는 내내(키메라 산에서 가져온 돌로 달빛의 도움을 받으며 그들의 야영지에 집중적으로 포격을 가했고 이따금 말똥을 투하하기도 했지. 그런데 이번에 키메라 산에 갔을 때 연기도 괴물도 보이지가 않더군.) 나는 필로노에에 대해 열렬한 환상을 품고 있었어. 안테이아나 폴리이도스의 정신 나간 딸보다 그녀에게 훨씬 더 많이 마음을 빼앗긴 상태였지. 새벽녘에 승리를 확인하느라 졸면서 착륙했을 때, 나는 그 쾌활한 공주가 나의 신전 침상 위에 혹은 신성한 작은 숲의 덩굴 식물 사이에 (제1체위로) 누워 있는 모습을 상상하느라 부상자들을 밟아 뭉개 버리는 일에 좀처럼 집중을 하지 못했어. 야영지는 비어 있더군. 실제로 내가 얼빠진 상태에서 말굽으로 차서 죽인 늙은이가 유일한 생존자였지. 필로노에에게 조금만 덜 정신이 팔려 있었더라면, 그의 항변을 제때 들을 수 있었을 걸세. 자기는 솔리미아 사람이 아니라 카리아의 염소지기인데 언덕 꼭대기에서 쏟아진 첫 번째 포격 때 솔리미아의 약탈 패거리가 자기를 리키아인으로 착각하고 자신의 양떼를 훔쳐서 급히 도망쳤다나. 그 늙은이는 만약 자신이 페가수스의 똥을 밟고 넘어져 발목을 삐지 않았다면 염소를 되찾아오리라는 희망으로 그들의 뒤를 쫓아갔을 거라고 단언하면서, 전사들에게, 특히 신화적 영웅들에게 저주를 퍼부었어. 신화적 영웅은 일용할 빵을 벌기 위해 누군가에게 고용되어 다른 사람들에게 해를 입힌다는 구실조차 댈 수 없는 데다, 단순히 자신의 명성을 드높이기 위해 치명적인 임무들을 실행한다는 점에서 용병보다 더 악질이라는 거야. 만약 그가 그 말을 내뱉고서 숨을 거두지 않았더라면, 나는 그 점에 대해 기꺼이 반론을 펼쳤을 걸세. 하지만 상관없어. 영웅이 지나치게 합리적으로 행동하는 것에 대해 필로노에가 어떤 태도를 보였는지 떠올렸네. 어쨌든 나는 그녀의 진지한 얼굴과 우아한 목을 생각하는 것만으로도 잔뜩 흥분해 버리는 통에 대화 따윌 나눌 수 있는 상태가 아니었으니까. 그러고는 한껏 발기된 채, 그녀의 모습을 떠올린 것만으로도 그녀가 기대하는 모습으로 변한 것에 놀라며 아마존들을 찾기 위해 날아갔어.

대단한 무용을 자랑하는 아마존이었지만, 그들을 제압하는 것은 그리 어렵지 않았네. 그들은 엄격하게 말해 기병이었고 그들이 탄 말들은 전통적인 전투에서라면 어떤 변수가 생겨도 물러나지 않도록 훈련받았을 거야. 하지만 그런 말들조차 공중에서 와락 덤벼드는 페가수스를 처음 보고는 놀란 나머지 제어할 수 없을 정도로 급작스럽게 내달리더군. 리키아의 정보원들이 보고한 바에 의하면 아마존의 전투 병력은 스물네 명이 채 넘지 않았고, 대부분 중년이었어. 나중에 멜라니페로부터 알게 된 사실이지만, 그들은 사실 키메라를 조사하기 위해 파견된 정찰병이었다네. 리키아의 첩자들이 테미스키라에 키메라의 존재와 유용성에 대해 왜곡된 정보들을 흘려 둔 상황이었거든. 그들은 가볍게 무장을 한 정도였고 본국에서 멀리 떨어져 있는 상태였기 때문에, 자기들이 괴물이라고 판단한 나와 전투를 하는 것보다는 말들을 보호하는 데 더 신경썼어. 몇 번 그들 위를 지나가며 비행을 하자 그들은 이내 뿔뿔이 흩어졌다네. 내가 자기들의 영토 안에 있었다면 그들은 조직을 재정비하고 말에 눈가리개를 한 후 다시 돌아와 어떤 희생을 치르고서라도 나를 해치우려 했을 거야. 하지만 나는 그들의 영토에 있지 않았으므로, 그들은 키메라가 아미시도로스를 위해 일하는 불을 내뿜는 용이 아니라 이오바테스를 위해 일하는 날아다니는 켄타우로스*라는 정보를 가지고 자신들의 기지로 돌아갔고(그들이 가지고 간 정보는 솔리미아 정찰병과 약탈 부대가 인정했고, 그 후 우리 쪽 정보원들이 확인해 주었지.) 솔리미아가 그랬듯 아마존도 카리아와의 동맹에서 발을 빼라고 권고했어. 나중에 밝혀진 일이지만 정작 아미시도로스 본인은 그 세 부분으로 된 짐승이 그의 애완동물이자 비밀 병기로 주장되고 있다는 사실을 까맣게 모르고 있었다더군.

하지만 가장 어려 보이던 한 명은 다른 아마존들과 함께 기지로 돌아가지 못했다네. 내가 다른 아마존들로부터 몇 킬로미터나 떨어진 곳까지 근접 비행을 하며 그녀를 괴롭혔거든. 결국 그녀는 말에서 떨어져 바위가 많은 땅 위에 심하게 나뒹굴었고, 그녀가 타고 있던 말은(검정색 암말이었는데) 펄쩍펄쩍 뛰다가 페가수스가 착륙하자 두려움이 좀 가셨는지 긴장한 상태로 옆에 멈춰 섰어. 아마존은 누운 채로 움직이지 않았어. 나는 혹시라도 그녀가 살아 있을 경우 그녀를 가격하기 위해 놋쇠로 만들어진 그녀의 활과 반달 모양의 방패를 집어 들었어. 그러고는 얼굴이 보이도록 발로 그녀를 뒤집었지. 그녀는 죽었다기보다는 얼이 빠져 있는 것처럼 보이더군. 하지만 더 이상 공격할 필요는 없었어. 그녀가 움직일 기미를 보이자, 나는 그녀의 활시위로 손목과 발목을 묶고, 그녀의 나이와 지위를

---

* 아마존들이 페가수스를 타고 날아다니는 벨레로폰을 반인반마의 괴물 켄타우로스로 착각한 것.

가늠해 보기 위해 상처를 충분히 지혈했어. 그녀는 매우 어렸다네. 기껏해야 필로노에의 나이였지. 가무잡잡한 피부에 머리칼은 짧고, 군살 없이 단단했지. 내가 본 아마존들 가운데 가장 매력적인 여자였을 거야. 과거 코린토스 시절에 나는 예의 그 흔한 아마존 이야기들을 들은 적이 있었어. 그들은 활시위를 당기는 데 용이하도록 왼쪽 젖가슴을 잘라 태운다는 둥, 실제로는 스파르타 남자들이 여장을 한 거라는 둥 하는 이야기였지. 확인 차 테미스키라 출신의 말 조련사를 형과 함께 집적거린 적도 있어. 어림도 없는 일이었지만 말이야. 포로가 의식을 되찾으려 하기에 이번엔 나 혼자서 사실 확인에 들어갔네. 웃옷을 벗겨 보니 양쪽 젖가슴이 모두 제자리에 붙어 있더군. 필로노에의 숙성한 배라든지 시빌의 단 멜론과 비교하면 작은 석류에 불과했지만 구미가 덜 당기는 건 아니었지. 나는 그녀의 키톤에 달린 쬠쇠를 끄르고 말에서 떨어지면서 찢어지고 더럽혀진 얼룩덜룩한 스타킹을 끌어 내렸어. 타박상과 찰과상을 입었지만 그녀의 허벅지는 가늘고 부드러웠고, 음부는 깨끗하고 섬세했으며 거웃이 엷게 자라 있는 등 완전히 여성의 그것이었지. 그녀가 여전히 처녀막을 지니고 있는지 알아보려고 손가락을 집어 넣었을 때, 그녀가 심하게 몸부림을 치며 군대식 욕설을 내뱉었어.

'그대는 혹시 장교인가?' 내가 그녀에게 물었다네.

'제5경기병 부대 하사 멜라니페다. 더러운 손 치워!' 격노한 그녀가 대답했어.

'그건 아마도 중위보다 계급이 낮겠지? 상관없어. 넌 숫처녀인가?'

비록 그녀는 나에게는 물론 자기 자신에게도 화가 나 있는 것처럼 보였지만, 아마존 전쟁 포로의 두 번째 수칙에 따라 자신의 이름과 지위와 소속 이상의 어떤 정보도 알려 줄 수 없다고 더욱 딱딱한 목소리로 대꾸하더군. 나는 내가 그 수칙에 대해 전혀 아는 바가 없었으므로 그것의 존재를 내게 알려 준 그녀는 이미 그것을 위반한 것임을 친절하게 지적해 주었지. 아마존은 울지 않네. 하지만 목소리가 떨리는 건 어쩔 수 없지. 그녀가 나더러 먼저 자기를 죽여 달라고 요구하더군.

'무엇을 하기 전에 말이지?' 그때 나는 페가수스(그 녀석은 그 검은 암말과 함께 태평하게 풀을 뜯으며 코를 비비고 있었어.)에서 내린 이후 줄곧 완전히 발기된 상태였을 뿐만 아니라 내가 정말로 그녀를 강제로 가질 작정임을 깨달았다네.(그제야 깨달았다는 게 내겐 오히려 놀라운 일이었지.) 그녀는 무섭게 저항했어. 특히 손발이 묶이고 낙마한 후 거의 의식이 없었던 사람치고는 말이야. 나중에 알게 된 사실인데 어떤 아마존들은, 특히 멜라니페나 껑충 뛰는 미리네라는 이름을 가진 사람들은 성적으로 극한 상황에서 제한적이나마 변신 능력을 가지고 있다더군. 나의 하사는 내가 그녀의 몸속에 물건을 삽입하기 전에 짧게, 하지만 실수 없이 왕게, 물뱀, 암사슴, 그리고 오징어 순서로 변했어. 그녀가 일을 그르치게 된 건 너무나도 격앙된 상태에서 자기가 생각하기에 무섭거나 재빠른 짐승들만 떠올렸고(그때 그녀는 마침 야생 암말은 생각해 내지 못했어. 만약 그랬다면 나는 망했겠지.) 무엇이든 팔다리가 있는 것으로 변하면 결박된 상태 그대로 있게 될 것임을 깨닫지 못했기 때문이었지. 나는 그 사실을 이미 폴리이도스에게 들어 알고 있었지만 말일세. 게다가 변신을 자유자재로 하는 사람이 내겐 전혀 낯설지 않은 탓에 그녀의 변신에 대해서도 어느 정도 면역력을 갖고 있었다는 점 역시 그녀에겐 패착이었어. 예를 들어 그녀가 구름이나 물줄기로 변한다고 가정해 보게. 그랬다면 그녀는 아마도 내게서 벗어날 수 있었을 걸세. 그런데 이를테면 나는 그저 뒤에 조금 떨어져 있다가 게가 다리를 움직여 황급히 달아나기 전에 뒷다리를 잡아 제지했고, 독사의 경우 머리 뒷부분을 안전하게 움켜쥐었고(어린 시절 형이랑 나는 작은 숲에서 뱀을 잡아다 여자애들을 엄청 놀래켜 주곤 했지.) 그리고 실제로 올가미에 걸린 암사슴의 뒤를 파고 들어갔어. 사슴이 곧 내가 욕정을 품은 대상으로 다시 변하리라는 걸 알았기 때문이지. 그러자 그것이 새된 비명을 지르며 오징어로 변하더군. 촉수 다섯 쌍 가운데 두 쌍만 묶여 있었어. 오징어가 나를 물 기미가 있었다면 나는 재빨리 내 걸 빼냈을 거야.(그대들도 알다시피 오징어의 주둥이는 아랫부분, 생식기 바로 옆에 있잖아.) 하지만 그것은 그때 내 음경을 물어뜯는 대신 먹물을 쏘아 댔고, 그것과 동일한 오징어로서의 본능에서 자유로운 여섯 개 촉수가 내 것에 흡착했지. 그 느낌은 실상 나쁘지가 않았어. 잠시 후 나는 내 밑에 깔려 울부짖는 그녀에게 아까의 먹물 분사를 정액 분사로 되갚아 주었고, 그녀는 어느새 처녀성을 잃은 멜라니페가 되어 있었지. 하지만 일단 절정에 이르고 나자, 내가 욕망에 그렇게 두 번이나 압도되었다는 사실에 이내 섬뜩해졌어. 작은 숲에서의 무정한 속임수가 이번엔 너무도 몰인정한 폭력으로 대체되었다고나 할까. 나는 가책을 느끼며 그녀에게서 몸을 일으켰어. 밝은 버찌 빛깔의 피가 섞인 오징어 먹물이

나의 오그라든 연장으로부터 스며 나와 여전히 격심하게 짓눌린 그녀의 넓적다리와 궁둥이에 떨어졌어. 고대 알파벳의 획과 분음 부호로 내 수치심을 그리기 시작하면서 말일세.

'돼지! 돼지!' 그녀가 분노로 목이 메어 욕을 퍼부었어. 나는 그녀가 돼지를 제때 생각해 냈더라도 그 변신체 역시 그녀의 엉덩이처럼 꼬치에 꿰어졌을 거라는 점*을 지적해 보았자 아무런 의미가 없음을 깨달았다네.

내가 숨을 헐떡이며 말했어. '정말 미안해. 여자를 안아 본 지 너무 오랜만이라 잠시 어떻게 됐나 봐. 이봐, 그 오징어는 정말이지 최고였어!'

'내 목을 잘라.' 그녀가 흙 속에 얼굴을 박은 상태로 말했다네.

'어리석게 굴지 마.'

'배를 갈라 줘.'

'말도 안 되는 소리.'

'할 수 있으면 널 죽이련만. 이 성차별주의자 돼지.'

우리는 거기에 누워 있었어. 내가 말했지. '널 탓할 순 없겠지. 그거 알아? 나는 지금껏 한 번도 처녀를 범한 적이 없어. 강간을 저지르는 일 따윈 더더군다나 없었지. 나는 정말이지 내 자신이 너무 부끄러워. 그대에게 보상하려면 어떻게 하면 좋을까?' 그녀의 제안들은 그다지 유쾌하지도 않은 데다 내가 영웅의 길을 중도에서 작파하지 않고는 실행할 수 없는 것들이었어. 우리는 잠시 가만히 있었어.

이윽고 그녀가 말했어. '우리 나라에서였더라면, 우리는 날

---

* 벨레로폰은 그녀를 후배위로 강간했다.

강간한 네 물건을 잘라 내고 그것을 네 입속에 처박아 널 질식시켜 죽였을 거야. 네 엉덩이에다 뜨거운 말뚝을 찔러 넣었을걸. 너에게 네 불알을 먹였을 거야. 오! 오! 오!'

나는 그녀를 강간한 것에 대해 세 번째로 사과했어. 그녀가 욕설을 퍼붓고 침을 뱉고 몸부림을 쳤지만 그녀를 닦아 주고 옷매무새를 정돈해 주었지. 청동 갑을 두른 키톤만은 이오바테스에게 갖다 줄 증거로 따로 갈무리해 두었어. 그러면서 위로하듯 안테이아의 강간 이야기며, 그녀가 강간이라는 분야에서 자연의 부당한 편향성에 좌절하더라는 이야기며, 코린토스 왕궁을 위해 일하던 아마존들의 뛰어난 승마술과 멜라니페 본인의 훌륭한 투지에 내가 무척이나 탄복한다는 이야기며, 그녀를 내가 결코 특별한 애정을 갖고 있지 않은 과제 부여자의 노예로 만들기보다는 그녀의 부대로 다시 돌려보내기로 한 결심 등을 들려주었다네. 그러자 멜라니페가 아까보다 차분하지만 여전히 차가운 분노를 담은 목소리로 내게 알려 주더군. 아마존 포로의 두 번째 수칙은 제쳐 두고라도, 첫 번째 수칙은 포로로 잡힐 경우 그들을 잡은 성차별주의자 돼지들에 의해 강간당할 것이 분명하므로 잡히기 전에 차라리 전투 중에 죽는 것이며, 세 번째 수칙은 만약 불시의 기습을 당했을 경우 예의 그 성차별주의자 돼지들에게 필요 이상의 만족감을 제공하지 않기 위해 가능한 한 빨리 자결하는 것이라고 말이야. 나는 그녀에 대해서나 나 자신의 보다 나은 본성에 대해서나 그 부끄러운 폭력을 또다시 행사할 의도가 없음을 그녀에게 상기시켰다네. 내 말이 전혀 감명을 주지 못했는지 그녀가 내게 침을 뱉으며 말하더군. 아마존의 명예를 위해, 일단 포로로 잡혀 성적으로 폭행당한 아마존은 그녀를 공격한 자의 성기를 잘라 밧줄에 매달지 않고는 결코 아마조니아로 되돌아가지 않는다나. 왜냐하면 비록 그녀의 민족은 통속적인 믿음과는 달리 동성애 관계뿐만 아니라 이성애 관계도 존중하며 남자들과 주도적으로, 정력적으로, 그리고 자유롭게 관계를 갖지만, 강요에 의한 관계는 다른 무엇보다도 혐오하기 때문이라더군. 그들의 도덕 교육, 예술, 심지어 역사와 신화도 강요에 의한 관계에 반기를 든다고 했어. 예를 들어 그들의 혈통을 추적해 보면 그들은 아시아의 한 전제 군주에 의해 강제로 처녀성을 빼앗긴 이천여 명에 이르는 처녀들의 후손이라네. 그 전제 군주는 숫처녀의 몸이었던 그들을 강간한 다음 스키티아로 집단 이주시키면서, 자신은 친절하게도 여자들을 매번 강간한 뒤 죽이겠다는 맹세를 누그러뜨렸다는 점을 기억해 달라고 그들에게 당부했지. 하지만 그의 기대와는 달리 그와의 관계로 인해 임신한 여자들은 자신들의 아이를 죽였다는 거야. 그들은 여성에 대한 강압적인 통치에 반대하는 호전적인 여인 정치 국가를 세웠어. 그녀는 아마존이 통속적인 의미보다 더 고귀한 의미를 지니고 있다고 말했어. 비록 어떤 열성적인 지도자는 상징적인 이유로 인해 문자 그대로 자신의 한쪽 젖가슴을 베어 내기도 했지만(멜라니페 본인도 그렇게 해 볼까 고민한 적이 있었다더군.) 그 이름이 암시하는 외젖가슴은 은유적이고 긍정적인 의미를 갖고 있다는 거야. 한쪽 반은 순수한 여성, 다른 한쪽 반은 순수한 전사를 상징하지. 이러한 점들을 모두 고려한 결과, 만약 강간당한 아마존이 탈출하기 전에 자신을 더럽힌 자에게 복수할 기회를 갖지 못하면, 그녀는 자살을 하기보다는 유배의 삶을 살아가야 한다네. 외국 여성들의 의식을 고양시켜 그들이 착취당하고 있다는 사실에 눈뜨게 만드는 게 추방당한 아마존의 임무지. 그렇게 해서 코린토스 같은 곳에서 멜라니페의 동향 여자들이 홀로 살아가게 된 거야. 그들은 허드렛일을 하면서 조용히 부권 사회를 전복시켰다네.

그러나 나의 희생자 본인으로 말하자면, 그녀도 나만큼이나 야심이 대단해서, 아주 어린 시절부터 자매들을 이끌고 그들의 전설적인 기원인 사마르칸트로 의기양양하게 돌아가 그운 없는 사내가 누가 되었든 성차별주의자이자 돼지 같은 전제 군주를 폐위시키고 거세한 뒤 선조의 모국을 모권 사회로 만들겠다는 원대한 포부를 갖고 있었다네. 일찌감치 하사 계급을 달아 이 운명을 향해 전도유망한 첫 걸음을 떼었는데, 말에서 한 번 떨어져 내 아랫도리에 달린 곤봉에 한 번 찔린 일로 그녀는 영원히 그 가능성에서 차단되고 말았던 거야. 그녀는 자신의 모든 마음과 정신과 영혼이 테미스키라에 있으므로 망명해서 살지는 않을 거라고 말했어. 만약 내가 겁쟁이라 자길 강간한 뒤에도 죽이지 않을 거면 자기 스스로 목숨을 끊겠다고 하더군.

나는 죄를 뉘우치고 있었어. 내 희생자의 너무도 감동적인 이야기를 듣고, 도덕적이고 역사적인 반향은 차치하고라도 만약 (예를 들어 내 형의 신상에 닥친 것과 같은) 어떤 호된 불운이 영웅으로서 나의 이력을, 그것이 채 싹을 틔우기도 전에 잘라내 버렸다면 내 기분은 어땠을까를 상상하니, 어떤 말로도 위로받지 못할 것 같은 기분이었어. 그렇다고 섣불리 그녀를 놓아줄 수도 없었네. 또한 그녀를 그 자리에 남겨 둘 수도, 테미스키라나 텔메소스(나의 위로는 소용이 없었다 해도 그곳에서 필로노에가 따뜻하게 위로한다면 그녀가 진정이 될지도 모르는 일이었으니까. 하지만 나는 이오바테스를 신뢰하지 않았어.)로 데려다 줄 수도 없는 노릇이었지. 다른 한편, 비록 내가 죄를 깊이 뉘우치고 있다고는 하나, 죄를 씻기 위해 스스로를 거세하고 싶은 마음은 없었어. 그래서 그녀가 고향으로 돌아가 자신을 능욕한 사람의 것으로 내놓을 수 있도록 저 언덕 위에서 죽은 염소지기의 성기를 제공하겠다고 제안했지만, 멜라니페는 화를 내며 거절하더군. 결국 나는 수면 부족으로 금방이라도 죽을 것 같았지만 그녀가 뛰어내리지 못하도록 페가수스의 등에 걸쳐 놓은 채 단단히 묶고는 스포라데스와 키클라데스를 가로질러 코린토스까지 날아갔다네. 딱히 더 나은 방안이 떠오르지 않았거든. 우리는 밤 무렵 왕궁 마구간 지붕 위에 내려앉았어. 그 바람에 올빼미 두 마리와 함께 망을 보던 아마존이 깜짝 놀랐지. 그 아마존이 내 어린 시절 친구 히폴리타라는 걸 알아채고 그녀의 이름을 부르며 인사했어.

나는 밑에 있는 그녀에게 소리쳤어. '아니, 이제 난 벨레루스 왕자가 아니야. 살인자 벨레로폰이라나? 여기 그대의 어린 자매를 데려왔어. 제5경기병 부대 소속 멜라니페 하사라고 해. 리키아에서 심하게 낙마한 후 의식이 없는 동안 치욕스럽게도 강간을 당한 용감한 군인이지. 일이 그렇게 되었어. 제발 그녀가 자해하지 않도록 지켜봐 주겠어? 그녀를 어머니와 그대의 동료들에게 맡겨 줘. 어머니껜 내가 잘 지내고 있으며 조만간 코린토스의 왕권을 주장하러 다시 올 거라는 말도 전해 주고. 참, 내 생각엔 어머니가 폴리이도스에 대해 오해하고 계신 것 같아. 그 말도 좀 전해 줘. 고마워.' 깜짝 놀란 히폴리타가 사다리와 그녀의 동료들을 찾으러 간 동안, 나는 말할 기운조차 없는 멜라니페를 부드럽게 지붕 위에 내려놓았고, 그녀의 머리칼에 키스하면서 다시 사과했어. '이게 내가 생각해 낼 수 있는 최선이야. 어쨌든 그대는 이제 친구들과 함께 있게 되었어. 자해하거나 자살할 생각은 더 이상 하지 마. 내가 그대를 위해 할 수 있는 일이 또 있을까?' 왜, 당연히 있지, 그녀가 대답했어. 그녀는 사실 자기를 강간해 주었을 뿐만 아니라 죽이지도 않은 것에 대한 보은의 차원에서 지붕 위 바로 그 자리에서 즉시 내게 펠라티오를 해 주고 싶다는 욕망이 절실하게 든다고 말했어. 목소리가 왠지 이상하더군. 게다가 자신의 동기를 그런 식으로 표현한 게……. 나는 당황해서 거절했어. 그리고 그녀의 손목을 풀어 주려고 그녀 쪽으로 몸을 숙였지. 그 순간 그녀가 내 다리를 와락 붙잡더니 내 가랑이를 맹렬하게 깨무는 거야. 나는 펄쩍 뛰었고, 그 바람에 지붕 기와 위에서 미끄러 넘어져서는 하마터면 밑으로 굴러 떨어질 뻔했지. 그녀는 여전히 발목이 묶인 채 내 아랫도리를 움켜쥐려고 손을 그악스럽게 뻗으면서 있는 힘껏 나를 쫓아 돌진했어. 나는 꼴사납게 페가수스 위로 허둥지둥 뛰어 올라 옆구리를 찼고 마룻대에서 날카로운 목소리로 내게 저주를 퍼부어 대는 그녀를 남겨 둔 채 그곳을 떠났지.

나는 몸을 부들부들 떨며 키메라 산 기슭으로 돌아와 휴식을 취하고 몸과 마음을 추스르며 사흘을 보냈다네. 멜라니페가 입었던 키톤의 안감에는 피와 먹물의 얼룩이 새겨져 지워지지 않았어. 암호화된 저주 같았지. 나는 악몽을 꾸었어. 매번 뱀을 볼 때마다(그곳 숲에는 뱀이 바글거렸거든.) 그것이 감정을 가진 아마존이라고 상상했네. 솔리미아나 카리아의 국경 정찰병들이 접근했을 때 나는 어치나 지빠귀들과 함께 날아올랐어. 아마존 순찰대를 찾아내 멜라니페의 용맹함과 현재 상황을 알려 주려고 애썼지만 그들의 화살이 닿지 않는 높이에서 맴돌아야 했기 때문에 내 목소리가 닿지 않았지. 마치 사생아로 태어난 매처럼 나에 대해 암울한 생각을 하면서 그저 사화산 위를 원을 그리듯 날아다니며 많은 시간을 보냈어. 그러다 마침내 크산토스의 평원과 이오바테스의 도시로 돌아왔지.

왕은 이전보다 훨씬 더 놀라더군. 얼굴에 불쾌한 표정이 역력했어. 폴리이도스 역시 아주 난감한 기색이더군. 필로노에는 이들과 달리 기쁨의 탄성을 울리더니 내 목을 껴안고는 키스를 퍼부었어. 하지만 내가 기분이 별로 좋지 않다는 걸 깨닫고는 이내 뒤로 물러났지.

이오바테스가 음울하게 말했어. '시간이 꽤 걸렸군. 내 아마존은 어디 있나?' 나는 그 엉망이 된 키톤을 꺼내 필로노에게 주었어. 그녀의 섬세한 아름다움과 소녀다운 태도가 내겐 갑자기 별스럽고 부자연스러워 보였어. 마치 그녀가 프리지아의 남창 흉내를 내고 있는 것 같았지. '아마존은 결코 노예가 되지 않습니다.' 내가 말했어. 이오바테스가 낄낄 웃더군. '하지만 포로인 동안은 아주 쓸 만하지, 응?' 필로노에가 키톤을 바닥에 내던지고는 방에서 달려 나갔어. 그녀가 나에게 불쾌감을 표현하자 왕은 기분이 좋아졌지. '유혹은 계집애에게나 어울리는 짓이지. 진짜 사내라면 강간을 원해. 헤헤. 우리는 그들을 강간한 뒤 그들이 자살하는 모습을 지켜보곤 했지. 나를 대신해 아미시도로스 왕을 해치우러 가기 전에 점심이나 드는 건 어떤가?' 그는 내가 솔리미아와 아마존 부대를 격퇴한 것은 그저 노역 하나로 계산된다고 단언했어. 특히 전자의 경우 증거를 전혀 가져오지 않았고 후자의 경우 오직 애매한 증거만을 가져왔기 때문이라더군. 게다가 카리아에 심어 놓은 첩자들의 보고에 의하면, 아미시도로스가 '날아다니는 켄타우로스'에 관한 소문과 그로 인해 솔리미아 — 아마존과의 동맹이 약화된 것 때문에 불안해하고 있고 어쩌면 그 때문에 국경 분쟁을 협상으로 타결 짓는 안을 흔쾌히 받아들일 수도 있으나, 항복을 전적으로 고려할 정도로 겁을 집어먹은 것은 아니라는 거야. 그러므로 있음 직하지 않은 일들이 일어나는 고전의 패턴에 발맞추어 폴리이도스가 제안한 나의 다음 과제는 카리아의 왕궁으로 곧장 날아가서 환한 대낮에 아미시도로스 앞에 내려선 뒤 카리아의 반을 리키아에 할양하지 않으면 수도를 파괴하고 그 안에 거주하는 백성들도 모조리 죽이겠다고 위협하는 일이었어.

그가 마무리했어. '필요하다면 온 주말을 다 사용해도 되네. 그리고 아미시도로스의 왕비는 산 채로 데려와 매음굴에 넘기도록. 그럼, 안녕히.'

'아니, 이제 한 가지 노역만 더 해 드리죠. 당신은 세 번째라고 하겠지만 프로이토스로부터의 특별 배달까지 계산에 넣으면 저의 장부상으론 이번이 다섯 번쨉니다. 하지만 이번엔 다른 것들과는 달리 무언가 비상한 것이어야 합니다. 해적이나 무법자 정도면 되겠지요. 그들이 사실은 리키아의 사회 경제 체제상의 불의에 대해 항의하고 있는 게 아니라면 말입니다.

그렇지 않아도 키마로스를 수장하기 전에 그 점에 관해 함께 이야기를 나누지 못한 걸 안타깝게 생각하고 있습니다. 권력을 쟁취하기 위해 다투는 단순한 모험가들이라면 반역자들 역시 처리해 드리죠. 군대를 공격하는 것도 물론 좋습니다. 그 외에도 여러 가지 일이 있을 수 있겠죠. 그러나 더 이상 제국주의적인 침략은 안 됩니다. 아시겠습니까? 당신은 무언가 더 나은 것을 생각해야 할 겁니다. 그렇지 않으면 저는 그만둘 겁니다. 제 의식 수준이 높아졌거든요.'

공식 알현실의 옆방에서 박수 소리가 들려왔어. 필로노에가 돌아와 나를 침착하게 바라보더니 그녀의 아버지에게 이제 변죽은 그만 울리고 나를 키메라나 잡으러 보내라고 말하더군.

나는 그녀의 기분을 가늠하려고 애썼어. '그 키메라(The Chimera) 말입니까?' 폴리이도스가 초조하게 정관사는 써도 되고 안 써도 된다고 덧붙였어.

그녀의 아버지가 말했어. '그 생각도 나쁘진 않구나, 필리. 전혀 나쁘지 않아. 그렇게 되면 우리는 여전히 날아다니는 켄타우로스를 보유하고 있는 반면 아미시도로스는 그것에 대적하는 자신의 괴물을 갖지 못하게 될 테니. 그대는 분명 이 키메라가 살인귀라고 했었지, 폴리이도스?'

'저는 그것이 누군가를 해친다는 말은 들어본 적이 없습니다.' 내가 말했지. '제가 아는 한 키메라는 그 분화구 안에서 그저 저 좋은 일을 하고 있을 뿐입니다. 그것이 단지 괴물이라는 이유로 제가 그것을 죽여야 합니까? 게다가 그것은 암컷입니다. 더 이상 이유 없는 성차별주의적 공격은 싫습니다.'

폴리이도스는 그 괴물의 양친은 수없이 많은 인간을 살해했다며 혈통적 근거를 들어 그것이 치명적이라는 주장을 폈어. 하지만 적어도 자기가 마법의 종이로 안정시킨 이후로는 그 생물이 아미시도로스의 치명적인 임무를 수행하기 위해 은신처를 떠난 적이 없다는 점은 인정하더군. 이제 그것은 그저 화산학자나 무지한 동굴 탐험가 들에게만 위협이 되는 정도이며, 그것도 보초 하나만 세워 두면 그것이 있는 곳에 가까이 가지 못하도록 쉽게 경고할 수 있다는 거였지. 그러므로 그는 그것을, 혹은 (내가 그것을 여성으로 지칭하는 걸 선호한다면) 그녀를 죽일 만한 특별한 이유가 없다는 내 의견에 동의했어.

그러자 이오바테스가 큼큼거리며 말했어. '그는 겁쟁이고 그대는 사기꾼이군. 만약 벨레로폰이 키메라를 해치우면 그대는 더 이상 우리를 보호해 준답시고 이득을 챙기지 못하게 될 테니까, 맞지?'

'그렇다면 죽이지 말아요.' 필로노에가 좀 더 상냥한 어조로 제안했다네. '그녀를 산 채로 데려와 대학의 동물학과에 기증하는 거예요. 알겠죠, 벨레로폰?' 그녀는 자기 발상에 점점 신이 났어. 키메라에게 석면으로 된 방화 우리를 지어 주자고 하더군. 그녀가 숨 쉴 때마다 내뿜는 열을 이용하면 아무런 비용 없이 동물원 전체를 덥힐 수도 있을 것이고, 어쩌면 폴리스 빈민 구역의 난방용으로 사용할 수도 있을 거라면서. '그녀를 굳이 해칠 필요는 없을 거예요.' 필로노에가 강조했어. 그리고 얼굴을 붉히며 덧붙였지. '하지만 당신도 다치지 말아요.'

이오바테스가 외쳤어. '훌륭한 발상이군! 아미시도로스의 비밀 병기를 훔쳐 와서 대중들에게 구경거리로 내놓아, 그들의 마음속에서 걱정거리를 몰아내다니. 잘해 보게, 벨레로폰! 만약 자네가 그녀를 제압하면 더 이상의 과제는 없을 걸세. 도리어 그녀가 자네를 제압한다 해도…… 더 이상의 과제는 없는 거지! 어떻게 해도 자네가 지는 경기가 아닐세. 혹시라도 그대가 두렵다면 물론……'

나는 잠시 곰곰이 생각한 후 키메라를 잡으러 가겠다고 말했어. 하지만 그것은 나로선 대단히 내키지 않는 일인데, 개인적인 안전이 염려되어서가 아니라 최근에 습득한 지식에 의하면 괴물들은 중요한 생태학적 기능을 갖고 있고 먹이 사슬에서 중대한 고리를 담당할 수도 있기 때문이야. 내가 그 일을 맡는 것은 오직 그 노역이 본질적으로 적합한(그것을 이천 단어 전에 인식하지 못했다는 사실에 오히려 깜짝 놀랐다네.) 일인데다, 패턴에 완전히 맞아떨어진다는 점 때문이었어. 그런데 그 패턴은 그녀를 포획하지 말고 죽여야 한다고 규정하고 있었지. 신화적 영웅들 가운데 어느 누구도 영광에 찬 본인과 이따금 곤경에 처해 있던 공주를 제외하고는 어떤 것도 산 채로 가져온 적이 없었거든.

필로노에는 이제 내 옆에 있었어. 아까 자기가 화를 냈다는 사실은 다 잊었는지, 모두가 알고 있듯 키메라가 불을 내뿜는 걸 고려할 때 그 괴물을 죽이는 건 환경 오염을 방지하는 한 방법이 될 수 있을 거라며 우리 두 사람을 위해 괴물 살해를 합리화하더군. 그러고는 폴리이도스의 의견을 물었어.

'그가 어떻게 생각하는지는 신경 쓰지 말거라.' 이오바테스가 기분 좋게 말했어. '아직 내가 이곳의 왕이고, 나는 잘해 보라고 할 테니까. 더 나은 투사가 승리를 거두고 나타나기를, 혹은 다른 방법도 있을 테고. 살아 있든 죽어 있든 내겐 매한가지야. 하지만 이번에는 소문이나 미봉책으로는 안 되네. 그것의 시체를 이곳으로 가져오게. 이 두 눈으로 직접 봐야겠어.'

'불가능합니다.' 폴리이도스가 끼어들었어.

'그렇다면 더더욱 좋지.'

하지만 예언자는 이번에는 더욱 자신 있는 어조로 다음과 같이 설명했어. 키메라를 해치우는 것은 나와 비슷한 능력을 가진 신화적 영웅에겐 적어도 생각할 수 있는 일이며 누가 봐도 대단히 적절한 과업이라 처음부터 그것을 내 노역 중의 절정으로 염두에 둔 바 있지만(심지어 과거 코린토스에서도 자신이 그것을 예견한 적이 있음을 나 또한 기억하고 있을 터인데) 불을 내뿜는 짐승은 죽을 때 연기가 되어 사라지는 것이 본성인지라 그 괴물의 유해가 무엇이 되었든 그것을 수습한다는 건 불가능할뿐더러 온전한 시체를 거두는 건 더더욱 그렇다, 과업 수행을 입증하기 위해 우리에게 필요한 것은 전문가의 증언이다, 그러나 일반적인 경우 그는 올림포스로부터 특수한 장비와 사전에 필요한 처방을 부여받은 키메라 살해자 본인보다 더욱 큰 위험에 처할 것이다. 스스로도 초인간적인 능력을 가진 증인만이 치명적인 공격을 받고 격노한 괴물이 내뿜는 불로부터 살아남을 가능성을 조금이나마 갖게 될 것이다…….

이오바테스가 말했어. '그대가 따라가는 게 좋겠군. 만약 자네 둘 모두가 결딴나면, 우리가 자네들을 위해 어딘가에 작은 기념 명판을 하나 세워 주겠네, 됐지?' 그가 얼굴을 찌푸렸다. '한데 자네 둘 다 멀쩡히 살아 돌아와 키메라를 처치했다고 주장한다면…… 그래도 내가 자네들의 말을 곧이 믿어야 하나?'

'제가 그걸 증명하겠어요. 저도 그 동굴에 들어갈래요.' 필로노에가 재빨리 말했어. 그녀의 아버지가 아무리 위협하고 타일러도 그녀를 단념시킬 수 없었지.

'돌아와서 그대와 긴 이야기를 나누고 싶소.' 내가 그녀에게 기쁜 어조로 말했고 저녁 먹을 시간 전까지는 돌아오겠다고 약속했어. 폴리이도스는 몇 가지 짐을 꾸리고 내가 키메라를 해치우는 데 필요한 특수한 창을 준비한다며 한 시간을 달라고 했어. 이오바테스는 여전히 못마땅한 표정으로 리키아 영토 방어 위원회 모임을 위해 자리를 떴지. 나는 공주와 함께 양고기 산적과 올리브를 먹으면서 그녀에게 아마존에 관해 알게 된 몇 가지 사실을 들려 주었고(그녀는 생각에 잠긴 채 "당신은 그들에게 대단히 탄복한 모양이군요."라며 열심히 듣더군.) 처음엔 나를 그리도 환영해 주었던 그녀의 아버지가 어째서 프로이토스의 악의 없는 편지를 읽고 난 뒤 돌변하여 그녀의 기분 좋은 친구 이상이 아니었던 나에게 그렇게 반감을 갖게 되었는지를 물었어. 이 말에 필로노에의 표정이 바로 환해지더니 그 편지를 확인해 보겠노라고 약속하더군. 특히 폴리이도스가 주변에 없을 때는 자기가 그 편지에 접근할 수 있을 거라고 했지. 나는 우리가 이미 내용을 분명하게 알고 있는 편지를 무엇 때문에 다시 확인하느냐고 물었어.

그녀가 미소를 지으며 말하더군. '여자의 직감이라고나 할까요?' 내겐 생소한 용어이자 현상이었지만 더 깊이 물어볼 시간은 없었네. 우리는 다정하게 작별 키스를 했고, 그녀는 내게 조심하라고 당부했지. 나는 아름다운 페가수스에 고삐를 맨 뒤 폴리이도스를 태우고는 북서쪽으로 기분 좋게 날아갔다네.

나는 날아가는 도중에 패턴에 따르면 틀림없이 내 이력에서 그 어떤 것보다 영광스러운 순간이 될 상황을 목전에 둔 흥분감에 대해 지껄여 댔어. 키메라가 제거된 사실을 증명하겠다고 자원했을 뿐만 아니라 자신의 아버지가 내게서 등을 돌린 원인을 찾아내겠노라고 결심한 필로노에의 용기와 신의를 칭찬했지. 내가 패턴을 제대로 기억하고 있다면, 노역을 완수한 후엔 분명히 나의 성스러운 결혼이 뒤를 이을 거다, 나는 그녀와 함께 할 운명임이 틀림없다, 나도 그렇게 되길 바란다, 지금 곰곰이 생각해 보니 그녀의 다정한 유순함은 이를테면 내가 며칠 전에 에우리메데에게 맡기고 온 아마존 하사의 적극적인 기질보다 '현세 축'에서의 '적대자 결합(conjunctio oppositorum)'이라는 관념에 훨씬 더 잘 어울린다, 어쩌고저쩌고. 폴리이도스, 당신도 동의하나?

'난 정말이지 비행이 싫어.' 예언자가 찌무룩하게 말했어. 그러고는 내게 다음과 같이 지시하더군. 우리는 그 괴물에게 몰래 다가가려고 해서는 안 된다. 절대로 속을 리 없으니까. 차라리 그 분화구의 가장자리로 직접 날아가야 한다. 키메라는 정오 때마다 규칙적으로 낮잠을 자기 위해 동굴 속으로 들어가는데 (내가 최근의 비행에서 그녀를 보지 못했던 건 틀림없이 그 때문일 것이다.) 우리의 작전은 바로 그곳에서 그녀를 함정에 빠뜨리는 거다. 그곳은 그녀가 어떤 수를 쓰기엔 턱없이 공간이 작으니까. 최근에 분화구에서 연기가 나오지 않았던 것은 (내가 그 점을 언급했거든.) 그녀의 숨에서 나오는 불길이 잠시 평소보다 약해졌음을 암시한다.(그런 일이 종종 일어나곤 하니까.) 그러나 그녀가 삼중으로 사납다는 것을 고려할 때, 이것은 우리 입장에선 그저 작은 이점에 불과하다. 페르세우스가 메두사를 상대하여 적의 무기를 자신의 조력자로 만들었던 것같이 나 역시 약삭빠른 씨름꾼처럼 적인 그녀의 힘을 그녀에게 대항하는 무기로 삼아야 한다. 자기가 특수한 창을 가져온 것은 바로 그 때문이다. 그것은 자기가 필로노에에게 주었던 필기도구를 크기 면에서 더 키운 것으로, 뾰족한 청동 촉 대신 납으로 된 무딘 촉이 달려 있다. 나는 분화구 가장자리에 있는 바위를 엄폐물 삼아 자기를 내려놓고 페가수스에게 눈가리개를 하고 예언자의 서류 가방 속에서 마법의 발열 성분을 함유한 종이를 몇 장 꺼내 창끝에 끼운 뒤, 그것을 동굴 깊숙이 던져 넣어야 한다. 키메라가 그것을 공격할 것이고, 그 발열성분이 그녀의 숨을 과열시켜(그때 나오는 유독한 연기를 들이마시지 않으려면 눈을 감고 숨을 참아야 한다.) 납을 녹일 것이다. 녹은 납은 그녀의 주요 내부 기관들을 흘러 내려가며 태울 것이고 그녀는 곧 죽게 될 것이다. '알겠나?'

'그러면 난 그녀를 보지 못하는 거요?'

폴리이도스가 약속했어. '그녀를 보게 될 걸세. 하지만 어쨌든 내 방식대로 하게. 그렇지 않으면 자넨 숯이 되고 말 거야. 첨언하자면 내일 자네의 여자 친구가 동굴을 확인할 필요도 없을 걸세. 다른 증거가 있을 테니.' 우리는 분화구 가장자리에 착륙했어. 시야에 괴물이라고 할 만한 건 들어오지 않았지. 그저 좀 작은 듯 싶은 구멍에서 증기가 약간 올라오고 있을 뿐이었다네. 폴리이도스는 그것을 그녀의 배기 구멍 가운데 하나라고 확인해 주었고, 그런 까닭에 그 구멍을 통해 그녀를 공격해도 괜찮을 거라고 했네. 창과 눈가리개가 준비되었을 때 그가 말했어. '그러면 잘 싸우게. 그리고 자네의 그 공주와 결혼하든지 하게. 자네가 얼마나 대단한 성공을 거뒀는지 안다면 자네의 형제*는 틀림없이 기뻐할 거야. 자네 장인을 지나치게 믿지 말도록 해. 내가 환대의 법칙 운운하며 그를 과제 부여자로 만들지 않았다면, 벌써 자넬 처치하고도 남았을 위인이니까. 곧 보자고, 영웅 나리.'

글쎄, 그렇게 해서 나는 그가 시킨 대로 다 했어. 그가 왜 그런 이상한 소리를 하는지 의아해하면서 말일세. 페가수스는 눈을 가린 채로는 날지 못했기 때문에, 그와 구멍까지 걸어가 예의 그 창을 휙 던졌고 어쨌든 무언가를 맞혔어. 쉭 하는 소리와 함께 검은 연기가 뭉게뭉게 피어올랐고 악취가 올라오면서 뿔피리 같은 소리가 들려왔어. 타격을 입은 기색도, 몸부림을 치는 기색도 없었지. 혹시 내가 빗맞힌 건 아닌가 하여 살짝 들여다보다가 끝이 반쯤 녹은 채 숯이 된 창을 거둬 올렸고, 불안해하며 다시 찔렀고 키메라가 그것을 덥석 물기를 기다렸어. 그런데 그 대신 무언가 퍼덕거리며 올라오더니, 주위를 장막처럼 덮고 있는 거무스레한 연기 속에서 무언가 커다랗고 형태를 제대로 알아볼 수 없는 것이 연기처럼 구르고 퍼지고 솟아나서는 분화구를 가로질러 내 예언자가 올라앉아 있는 곳을 향해 허우적거리며 나아가는 게 아니겠나. 나는 뒤로 펄쩍 뛰어 물러나다 미끄러져 하마터면 페가수스에서 떨어질 뻔했지만, 즉시 페가수스의 눈가리개를 벗겨내고 증기 때문에 눈물을 흘리며 뒤를 쫓았다네. 하지만 우리가 그 가장자리 부

---

* 폴리이도스는 단지 your brother라고 말하고 있다. brother는 형을 가리킬 수도, 동생을 가리킬 수도 있다.

분을 철저히 조사하기도 전에 쿵 하는 소리가 들려왔어. 산이 흔들리고 그 지점으로부터 검은 연기가 기둥 모양으로 솟아올랐어. 폴리이도스의 흔적은 어디에도 없었고, 오직 바위 표면에 그 짐승으로 여겨지는 것의 흐릿한 윤곽이 검댕으로 남아 있을 뿐이었지. 우리의 머리 위로 부드러운 재가(불완전하게 연소된 내 가정 교사의 것이 아니면 누구의 것이었겠나?) 떨어지기 시작했네. 나는 손에 들고 있던, 숯처럼 까맣게 그을린 창으로 사자의 머리로부터 뱀의 꼬리에 이르는 그 흔적을 슬프게 더듬었지. 그가 미리 볼 수 있었던 후세 사람들을 위해, 정말이지 그곳에 그의 이름자를 정확하게 써 놓고 싶었다네. 글자를 구분할 수 있었다면 그 동일한 독자들을 위해 내 이름을 새겨 놓는 일 또한 전혀 망설이지 않았을 걸세. 검댕으로 조금 더러워진 페가수스를 타고 왔던 길을 되잡아 돌아가며 필로노에로부터 글 쓰는 법을 배우리라 결심했지.

도시에서 멀지 않은 해변 위에서 그녀가 나를 향해 깃발을 흔들고 있었어. 그녀가 입고 있는 옷들 가운데 유독 멜라니페의 키톤이 눈에 들어오더군. 나는 착륙한 뒤 말에서 내려 그녀에게 키스하고 말했어. '안녕. 키메라를 죽였소. 하지만 그녀는 폴리이도스를 죽였지. 무슨 일이오? 어째서 그것을 입고 있지? 그대가 그걸 입고 있으니 이상해 보이는군.'

그녀가 대답하더군. '안녕. 잘됐군요. 별일 아니에요. 매복이 있어요. 지금은 사랑이 아니라 전쟁을 할 때니까요. 난 당신이 아마존들을 좋아한다고 생각했어요. 상관없어요. 전투 후엔 벗을 테니까요.' 그녀는 십 대의 나이에도 기억력이 훌륭했지. 전투라니, 무슨? 그녀는 재빨리 자신의 의견을 말했어. 폴리이도스가 내내 우리를 속여 왔던 거예요. 아버지에게 사실대로 털어놓지 않으면 당신과 사랑의 도피를 하겠다고 위협하며 당신을 그런 식으로 대접하는 이유가 뭐냐고 따졌더니 아버지의 대답인즉슨 프로이토스의 전언이 실은 '부디 이 편지를 지닌 자를 이 세상으로부터 제거해 주십시오. 그는 내 아내이자 당신의 딸을 범하려 했습니다.'였다는 거예요. 하지만 제가 비탄에 잠겨 편지를 검토해 보니 위의 두 문장 가운데 오직 첫 번째 문장만 편지에 있던 내용이었어요. 아무튼 죄를 씻기 위한 과제들에 대한 언급은 전혀 없었죠. 아버진 폴리이도스의 권고에 따라 당신을 제거하기 위해 과제를 마음대로 부과했다는 것을 인정했어요. 그가 자기에게 단언하기를 안테이아의 남편은 비록 영웅은 아니라 하더라도 아크리시오스와의 불화를 제외하고는 분별 있는 남자라더군요. 당신이 안테이아를 강간하려 했든 안 했든, 어떤 식으로든 프로이토스의 기분을 대단히 상하게 했을 거래요. 그러니 필로노에야, 넌 그놈을 다시 만나서는 안 된다. 혹시 그놈이 돌아오더라도, 그놈을 암살하기 위해 기다리고 있는 궁정 근위병들의 매복을 방해해서도 안 돼. 너도 분명히 자기 아버지와 형을 살해하고 어머니를 버리는 것으로 모자라 네 언니를 강간하려 한 데다 사실상 무기력한 상태인 아마존 전쟁 포로를 강간하고 살해한 남자를 상대하려 하지는 않겠지? 헤헤. 어쩌고저쩌고.

내가 인정했어. '폴리이도스에 대한 그대의 생각은 아마 옳을 거요. 나 역시 이따금 그를 의심한 적이 있으니까. 하지만 이 모든 일에서 그의 역할을 판단할 또 다른 방법이 있소. 프로이토스는 그의 아내와 나에 대한 진실을 알고 있소. 그 편지는 거짓이오! 그대는 내게 읽고 쓰는 법을 가르쳐 줘야 할 거요. 내게 매복에 대해 경고해 줘서 고맙소. 나는 그 아마존을 죽이지 않았소. 그녀를 집에 데려다가 어머니에게 맡겼지. 나머지는 사실과 별반 다르지 않소. 그리고 그것이 적어도 표면상으로는 사람들에게 좋지 않은 인상을 줄 거라는 것도 인정하오. 자, 당신은 어떻게 이곳에 오게 된 거요?'

필로노에가 대답했어. '왜냐하면 저는 제 온 마음과 정신과 영혼을 다해, 당신을 사랑하기 때문이에요. 제 몸도 당신에게 바칠 수 있어요. 언니는 언제나 신화적 영웅이 되기를 바랐어요. 저는 언제나 신화적 영웅에게 사랑받기를 원했죠.' 그녀는 키톤을 손가락으로 만지작거렸어. '당신은 정말 이 가련한 소녀를 강간했나요?'

'그렇소. 그 후 후회했지만, 내 행위가 비자발적인 것은 아니었으니 그 사실은 별로 중요하지 않지.' 그녀가 몸서리를 치더니 다듬어지지 않은 칼날에 대해 무언가를 중얼거렸어. 그러고는 우리가 아무도 없는 곳에 단 둘이 있는 데다 자기는 도움을 청할 수도 없으니 자기 역시 강제로 범하겠느냐고 묻더군.

'그렇진 않을 거요. 나는 차라리 함께 코린토스로 날아가 왕국을 접수하자고 말하겠소.'

필로노에는 곰곰이 생각했어. '전 당신이 제 언니를 겁탈하려 했을 거라고 생각하지 않아요. 아마 그럴 필요가 없었을 거예요. 전 언니가 어떤 사람인지 알아요. 그녀와 잠을 잤나요?' 내가 고개를 젓자 그녀는 나를 꼭 껴안더군. 그러고는 페가수스의 주둥이 부분에서 검댕을 닦아 내더니 자기는 어떤 경우든, 아내로서든 정부로서든, 비록 슬프겠지만, 설사 나의 사랑이 자기의 사랑에 못 미친다 해도 함께 떠났을 거라고 기쁘게 고백했다네. 필로노에는 상대방의 사랑이 자기의 사랑보다 부족하다면 그 사람과는 절대 결혼하지 말라던 죽은 어머니의 충고를, 만약 그것이 사랑은 평등해야 한다는 것을 의미한다면 충분히 사리에 맞는 얘기라고 본 반면 그것이 역차별을 의미한다면 저열한 자기만족이라고 여겼지. 두 경우 가운데 어느 경우든 비극적 차원이 결여되어 있는데, 그녀의 생각에 그것은……. 하지만 제 견해를 말하는 거라든지 당신의 강간 이야기, 혹은 코린토스로 날아가는 일 등을 논의하는 건 우리가 아버질 퇴위시키고 리키아를 접수하고 난 뒤에도 얼마든지 할 수 있을 거예요. 아마 저물녘엔 가능하겠죠. 우리가 갖고 있는 카드 패를 제대로 운용한다면 말이에요. 이게 그녀의 말이었어.

'카드라니, 무슨?'

'비유적인 표현이에요. 당신이 저 언덕 위에서 영웅의 과업을 수행하고 있는 동안 저 역시 두 손 놓고 앉아만 있었던 건 아니거든요. 리키아 대학에 다니는 제 룸메이트의 전공이 기상학이고 부전공이 화산학이에요. 그런데 그 애가 오늘 오후 키메라 산에서 발생한 진동이 최근 탁월풍인 남풍, 시간(간조에 가까운 때), 달(보름달), 그리고 역년(춘분)과 함께 작용해 지금부터 몇 쪽 후면 엄청난 밀물이 발생할 거라고 예측하더군요. 몇 시간 전에 그 애와 제가 크산티아 어부들을 취재한 바에 의하면(제가 그들과 접촉하게 된 경위는 곧 설명할게요.) 이 예측은 정확해요. 제 제안은 이거예요. 제가 지금 페가수스를 타고 집으로 가서(전시 효과를 노리는 거죠.) 아빠에게 선언하는 거예요. 만약 아빠가 허세일랑 집어 치우고 딸의 손과 왕국의 반을 주네 어쩌네 하는 절차를 밟지 않으면 당신이 포세이돈처럼 돌진해서 도시를 수장해 버릴 거라고요. 당신은 당신의 아버지에게(전 우리가 약혼한 후로 그분을 만나기를 고대하고 있어요.) (당신의 어머니도요.) 우리를 도와 달라고, 아니, 적어도 우리의 속임수를 너그러이 봐 달라고 기도하세요. 왕궁의 병사들은 아마 맥을 못 출 거예요. 대부분 고지대 출신이라 물을 극도로 무서워하거든요. 당신과 조수가 크산티아 평원까지 들이닥쳤을 때, 어느 시점에 그 어부 마을의 여성 대표가 아빠에게 접근해서 만약 아빠가 크산티아인들에게 모권 중심의 내정 자치를 허락한다면 자기들이 당신에게 성을 상납하여 당신이 도시를 멸하지 않도록 설득해 보겠다며 정치적인 제안을 할 거예요. 크산티아의 여성 단체들은 그걸 쟁취하기 위해 수년 간 투쟁하고 있는 상황이거든요. 아시겠죠? 제가 오늘 오후 이 키톤을 걸치고 왕궁을 나선 그 순간 그들의 로비스트 여럿이 저를 전향자로 여겨 제게 접근했고, 우리는 이미 계획을 다 세워 놓았어요. 아빠는 당신이라면 그 제안을 받아들일 거라고 판단하고 그것을 지지할 거예요. 왜냐하면 아빠 당신이 발정난 강간범이라고 생각하니까요, 알겠죠? 그리고 전 마치 제 약혼자가 그 모든 여자들과 뒹굴 거라 예상하고 매우 낙담한 것처럼 행동할 거예요. 사실 그러니까요. 하지만 당신은 내 언니에게 그랬던 것처럼 그들의 제안을 정숙하게 거절해야 해요. 그러면 전 아빠에게 이렇게 말할 거예요. 이것은 당신의 전임 교사가 모든 일을 꾸며냈다는 것을 증명하며 그는 어떤 알 수 없는 이유로 당신을 해치려 했고, 제가 생각하기에 그는 그럴 만한 사람이라고요. 당신은 달이 딱 머리 위로 올 때까지만 견디세요. 그때가 조수가 바뀔 시점이니까요. 그러고 나서 도시를 수장하지 않겠다고 약속한 뒤 포세이돈에게 큰 소리로 물을 물려 달라고 부탁하는 거예요. 참, 제가 잊고 말씀 안 드렸는데 페가수스를 타고 날아오지 말고 조수와 더불어 걸어와야 하는데 그것은 속도의 변화를 과시하기 위해서예요. 페르세우스가 고르곤의 머리를 사용하지 않고 안드로메다를 구출했을 때도 역시 그랬죠. 4학년 때 쓴 논문에서 저는 신화적 영웅들이 종종 이런 일을 해서 분실하거나 도둑맞거나 혹은 무력화될 수 있는 어떤 특수한 장비보다는 신들의 전반적인 호의야말로 자신에게 강력한 힘을 부여해 주는 것임을 보여 준다고 주장한 적이 있어요. 논쟁의 여지가 있는 일반화죠. 저도 알아요. 하지만 전 학기 중간까지 기획안을 내야 했어요. 당신이 제가 작성한 실례와 반례 목록을 한 번 검토해 주셨으면 해요. 이제 모두 정해진 거죠? 페가수스를 타고 비행하는 건 어떻게 하는 거죠? 하지만 혹시 당신이 이 모든 걸 원하지 않는다면……'

나는 그녀에게 청혼했고, 그녀는 '만세!' 하고 외친 후 받아들였다네. 우리는 계획을 모두 실행에 옮겼고, 적어도 효과는 있었지. 필로노에는 크산티아 여성 해방론자들이 야생 암말과 같은 부류라는 점을 언급하지 않았어. 나는 창을 곧추세우고 산골 주민들이 감쪽같이 속은 아름다운 파도를 이끌고 능숙하게 나아갔지. 그때 성벽 쪽에서 커다란 말 울음소리가 들려왔고 스러져 가는 빛 속에서 보름달 혹은 성난 해파리 떼처럼 보이는 것 열두 개가 평원을 가로질러 나를 향해 돌격해 오는 모습이 보였어. 텍스트 내 텍스트의 문단 d에 언급된, 치마를 걷어 올리고 엉덩이를 정면으로 향한 채 달려오는 어쩌고 하던 거 말일세. 코린토스와 티린스를 섞어 놓은 것 같았지. 나는 창을 떨어뜨리고 파도를 마주했네. 만약 통제력을 잃은 페가수스가 탁월풍인 남풍에 실려 온 히포마네스 냄새를 맡아 성 위 담장에서부터 고삐도 매지 않은 채 마치 다리가 다섯 개*인 용처럼 와락 덤벼들어 크산티아 어부 두 명에게 오쟁이를 지우지 않았다면 우리는 그날 저녁 승리하지 못했을 걸세. 녀석은 그 여자들이 그저 발정 난 암말을 흉내 내고 있을 뿐이라는 걸 미처 깨닫지 못했던 거지.

'내 딸과 코린토스까지의 안전한 호송을 보장하겠네.' 이오바테스가 내게 제안했어.

'말도 안 되는 소리 하지 마세요.' 필로노에가 말했지. '그가 저를 가진 것처럼, 그는 마음만 먹으면 언제든지 리키아 전체를 손에 넣을 수 있어요.'

'내 딸에다가 왕국의 반 정도면 되겠지? 이보다 더 나은 거래를 요구할 순 없을 걸세. 아니면 그 애에다 리키아 왕국 전체에 대한 상속권. 어느 것이든 자네가 원하는 대로.'

나는 '그걸로 되었습니다.(That's just fine.)'의 세타(th)를 발음하기 위해 이를 혀끝에 댔어. 하지만 필로노에의 말이 더 빨랐지. '둘 다 갖겠어요.'

'둘 다라고!' 이오바테스가 휘파람을 불어 물을 무서워하는 근위병들을 지붕 위로 불렀고, 나는 해변 아래에 있던 페가수스를 불렀고, 필로노에는 저기 밀려드는 파도 속에 있는 자신

---

* 발기한 상태.

의 장래 시아버지를 불렀어. '자넨 그러니까 세 가지를 모두 원한다고?' 왕이 딸의 손을 내 손에 포개 놓으며 힘없이 물었어. '그것들은 모두 건강히 잘 누리게.' 필로노에는 그에게 키스했고, 키톤을 내던졌고, 내 팔 위에 얌전히 머리를 기울였어. 우리의 약혼이 즉시 공표되었고(그와 함께 크산티아인들에게는 동요한 암말 숭배자들이 마지못해 받아들인, 혈통은 모계로 정하되 정치는 부계 중심으로 하는 타협안이 공표되었지.) 결혼식은 이오바테스와 영토 방어 위원회가 키메라 산으로 가서 키메라의 죽음을 확인하고 돌아오는 대로 치르기로 결정되었네. 그런데 참으로 안타깝게도 이오바테스 일행은 염소들이 지나다니는 비탈길을 내려오는 도중 복수심에 불타는 아마존 군대에 붙잡히고 말았어. 아마도 그들은 어부들이 누출한 정보에 따라 움직인 것 같아. 서로 맞붙어 싸우는 와중에 리키아의 고위 관리 여섯이 죽었고, 그 외에도 왕을 포함해 여섯 명이 포로로 잡혔어. 아마존은 포로들에게 칼을 주면서 목숨과 아랫도리에 달린 삽입 기구 가운데 하나를 제거할 수 있는 선택권을 주었지. 그리고 여섯 명의 포로들 가운데 두 번째 선택을 한 영토 방어 위원회 의장이 풀려나(눈에 눈물을 가득 담고 있었던 건 사실이지만, 몇몇 저속한 역사가들이 주장하듯 새된 소리로 말한 건 아니었다네.) 다음과 같이 증언했어. 리키아의 부인 열한 명이 남편을 잃었고, 필로노에는 이제 고아이자 왕비가 되었으며, 나로 말하자면 장인을 잃고 내각을 잃고 왕이 되었다고 말일세. 또한 키메라는 모습을 완전히 감추었으며 그것의 흔적에 대한 나의 설명은 바위 표면 위에 그을린 형상이 아니라 그을린 윤곽선만 남아 있었을 뿐이라는 점을 제외하고는 모두 옳았다고 확인해 주었지. 그런데 그 밑에서, 뒷발로 선 키메라 모양의 밀랍 날인으로 봉인되어 있고 겉에 (검댕으로) 'P가 B에게: 우리의 인생 여로의 중간에서 시작하라.'라고 새겨진 그을린 두루마리가 발견되었다고 하더군.(그 용감한 노대신에게서 그것을 건네받은 것은 바로 그때라네.) 나는 폴리이도스가 죽지 않고 단지 변신했을 뿐이라는 결론을 내리고 기뻐했어. 필로노에는 내게 읽고 쓰는 법을 가르쳐 주었네. 나는 그 두루마리를 어디 다른 곳에 치워 두고는 오늘 아침까지 그것에 대해 까맣게 잊어버리고 있었어. 날 몰아내 주게. 우리는 결혼했고 왕위에 올랐고 그 이후로 행복하게 살아왔네. 날 몰아내 주게. 이 도시에서 추방해 줘. 페가수스는 옛 기력을 모두 잃었고 이제는 토끼풀 높이조차도 뜨질 못해.

결론 삼아 말하네만, 나는 자네들이 나의 공식적인 신화 인생사가 지극히 모호하다는 점에 주목하길 바라네. 나는 글라우코스와 내 형의 문제에서 정식으로 내 죄를 씻은 적이 없어. 티린스에서의 내 행위는 잘해 봐야 의심스러운 정도일세. 카리아의 해적 키마로스와 그의 패거리를 수장한 일에 대해 말하자면 나를 제외하고는 어떤 목격자도 살아남지 못했네. 솔리미아와 아마존을 패주시킨 일에 대해서는 증언할 수 있는 목격자들이 나로 인해 말발굽에 채여 죽거나 강간당한 후 강제 이송되었어. 나는 심지어 코린토스에 있는 그 아마존 하사의 안부를 굳이 물어본 적도 없네. 그것은 또한 내가 모친과 모국의 안녕에 대해 명백히 무관심하다는 것을 반증하기도 하지. 게다가 예의 그 키톤마저 제시할 수 없네. 왜냐하면 필로노에가 그것을 가져가서 보관하고 있기 때문이야. 키메라의 경우 아무나 어떤 벽 위에다 복제해 놓을 수 있는, 내가 그려서 남겨 놓은 흔적을 제외하고는 그녀가 존재했다는 흔적이든 죽었다는 흔적이든 어느 것도 사실상 존재하지 않네. 그 괴물과 싸우는 걸 목격한 유일한 인물인 폴리이도스 역시 이 지루한 강의록을 제외하고는 그가 존재한다는 어떤 징후도 존재하지 않지. 내가 행한 경이로운 일들 가운데 유일하게 증명된, 조수가 솟아오른 일의 경우 기적이라기보다는 책략이었음을 내가 설명한 바 있고, 페가수스는 의심할 여지없이 경이라고 할 수 있겠지만 그의 산파 노릇을 한 것은 내가 아닌 사촌 페르세우스이며 나는 단지 그를 아테네로부터 빌린 것뿐이야. 게다가 그는 이제 더 이상 예전의 그가 아닐세. (만약 그래도 다른 것이 필요하다면) 내 신화적 인생이 본질적으로 사기라는 것을 증명하는 마지막 증거는, 그대들의 전형적인 진짜 신화적 영웅들이 마흔의 나이에 이르러 자신이 신과 인간의 총애를 갑자기 잃었음을 깨달을 시기에, 마흔 살 생일을 하루 앞둔 나는 아내의 헌신과 아이들의 존경과 백성들의 경의와 친구들의 찬탄과 적들의 두려움을 한 몸에 받고 있다는 점일세. 이 모든 것들은 올림포스의 가호를 입증하지. 날 내쳐 주게.”

문: “그것이 대답입니까?”

답: “뭐라고?”

문: “저희들은 특별히 이 훌륭한 강의들에 대한 답례로, 그리고 대학에 대한 전하의 후원과 영웅 유전학 및 자전적 신화 예술 분야에서의 탁월한 공로에 대한 감사의 표시로, 리키아 대학의 학생과 교수 및 관리자 위원회가 만장일치로, 필로노에 왕비가 새로이 설립하고 재정을 지원하는 지위이자 대학 내

모든 사람들이 가장 선망하는 직인 이오바테스 응용신화학 명예 왕위를 전하께 수여하기로 결정했음을 기쁘게 발표하는 바입니다. 축하드립니다.”

나는 습지로 달아났고, 아침에 먹은 것을 게워 냈고, 강의 두루마리를 스파르티나 풀숲에 내던졌고, 그런데 강의 두루마리 위에 있던 멋진 키메라 인장이 불현듯 생각났고, 썰물이 쓸어가기 전에 그것을 되찾기 위해 습지 안으로 어기적거리며 들어갔지만 찾을 수가 없었고, 저물녘까지 풀숲을 헤적이며 힘들게 찾아다녔고, 간조 때가 되었을 때 그것 대신 모래 위에 얹혀 있는 「페르세이드」를 발견했고, 우울한 기분으로 다시 첫 장으로 돌아가 “안녕.” “안녕.” 등등을 읽었고, 다음 날 오전 아침 식사 후 고삐를 내렸고, 마구간을 향해 트림을 했고, 종복들의 도움을 받아 말에 올라타네 어쩌네 했고, 이랴 낄낄 등등을 했다. 페가수스가 하늘에서 떨어진 황새처럼 떡갈나무 껍질이 깔린 바닥 위에서 날개를 퍼드덕거렸고, 우리는 지금 여기쯤 와 있다. 작은 방목장 옆에서 안쓰러워하며 앉아 있던 필로노에 왕비가 때맞춰 「페르세이드」를 읽고 제안했다.

“우리 여행을 해요! 당신이 그 유명한 일들을 했던 장소들을 모두 찾아가는 게 어때요? 일단 코린토스에서 시작하는 거예요. 에우리메데는 아이들이 이렇게 자랐다는 걸 믿지 않을 걸요. 그 다음엔 티린스로 가요. 옛날에 당신에게 홀딱 반했던 일을 들춰내며 언니를 놀려 줄 거예요. 그리고 벨레로폰식(Bellerophontic) 글자들을 가지고 꾸민 그 유쾌하지 못한 계략에 대해서도요. 당신이 벨레로폰적(Belloerophonic)이라고 부르는 거 말이에요. 키프로스의 살라미스 섬은 건너뛰어야 해요.

솔리미아의 준동(蠢動)이 다시 시작되었으니까요. 하지만 파르마쿠사에 있는 카리아 해적 박물관을 둘러볼 수 있고 테미스키라의 아마존들을 공식 방문할 수도 있어요. 전 여성 해방 운동에 대해 여전히 우호적이에요. 비록 불행하게도 예전엔 대단히 애착이 강했던 지적인 활동을 결혼 후에는 등한시해 온 사실이 입증하듯 저 스스로는 딱히 '해방되고' 싶은 욕구를 전혀 갖고 있지 않지만요. 마지막으로, 당신의 품에 안기는 것을 제외하고 제가 세상에서 다른 어떤 것보다 더 하고 싶은 일이 있어요. 당신이 키메라를 죽인 바로 그 지점에 당신과 둘이 함께 서 보는 거예요! 그 산에서 100킬로미터도 채 떨어지지 않은 곳에 살면서 이제는 리키아에서 손꼽히는 관광 명소가 된 산에 당신이 그려 놓은 그 유명한 흔적을 보러 단 한 번도 올라가지 않은 것은 정말이지 수치스러운 일이잖아요. 우리 여성들이 출산과 양육에 몰두하느라 다른 모든 것들을 도외시하는 경향이 있음을 증명하는 또 하나의 슬픈 예죠. 우리의 남편과 결혼 생활에 활기를 불어 넣는 일이 가장 필요한 바로 그 시점에 스스로가 얼마나 둔하고 따분한 사람들이 되었는지를 발견하고 나서야 그걸 깨닫는다니까요. 아무튼 그런 뒤 당신이 날아가다가 깃발을 흔드는 저를 보고 착륙했던 그 해변, 당신이 제게 청혼하고 제가 받아들였던(그때가 저의 사십 년 가까운 인생에서 가장 행복했던 순간이랍니다.) 그 해변을 경유하여 집으로 돌아오는 거예요. 그리고 잠자리에 드는 거죠.

자, 이것은 말할 필요도 없이 그저 제안일 뿐이에요. 감성적인 여행에 관해 일반적으로 떠올릴 수 있는 발상이자 제가 제안하는 구체적인 여행 일정이죠. 아마도 이것은 당신에게 「페르세이드」를 지나치게 직접적으로 모방했다는 인상을 주겠죠? 하지만 그렇다고 해도 제가 보기에 그런 여행이 별로 해가 될 건 없을 것 같아요. 어쩌면 정말 좋은 결과가 생길지도 모르죠. 언젠가 당신이 저의 4학년 신화학 세미나에서 비공식적으로 말씀하셨던 것처럼, 신화적 모험의 원형적 패턴은 그것 그대로이지 다른 식으로는 아니니까요. 우리는 그것을 이해하지 못할 수도 있지만, 부인할 순 없죠. 그리고 영웅들은 좋든 싫든 간에 그것을 따르기 마련이고요. 아마도 굳이 언급할 필요가 있는 거라면, 예를 들어 만약에 당신과 안테이아 사이에서 벌어졌던 일이 실제로는 공식적인 해석이 주장하는 것보다 덜 결백하지만 당신이 과거를 고스란히 되풀이할 필요가 있다고 느낀다면, 당신은 언제나 그렇듯 제가 당신의 결정을 이해하며 심지어 존중한다는 것을 믿어도 된다는 점이에요. 저는 당신에 대한 제 사랑과 신화적 영웅으로서 당신 이력의 중요성 등등과 비교할 때 제 자신의 기분 따윈 아무것도 아니라고 여기니까요."

벨레로폰은 마치 캐리커처처럼 부정확하고 왜곡된, 그의 망처(亡妻)에 대한 이러한 그림이 시샘 어린 펜에 의해 그려지고 있음을 느낀다. 그리고 누가 이렇게 그리고 있는지 궁금해진다. 예를 들어 어째서 예언자 폴리이도스가 필로노에를 질투해야 하는가? 그러나 이 이야기의 주인공은 폴리이도스가 이야기의 저자라는 점을 더 이상 확신하지 못한다. 폴리이도스는 자신이 결코 작가임을 가장한 적이 없다는 점을 그에게 상기시킨다. 폴리이도스는 어느 정도는 바로 그 이야기이며, 어쨌든 그것의 부호와 행간이다. 그것의 저자는 예를 들어 안토니누스

리베랄리스일 수도, 헤시오도스일 수도, 호메로스일 수도, 히기누스일 수도, 오비디우스일 수도, 핀다로스일 수도, 플루타르크일 수도, 『일리아드』의 주석자일 수도, 체체스일 수도, 로버트 그레이브스일 수도, 이디스 헤밀턴일 수도, 래글런 경일 수도, 조셉 캠벨일 수도, 「페르세이드」의 작가일 수도, 그 작가를 모방하는 누군가일 수도 있다. 간단히 말해, 벨레로폰과 키메라의 신화에 관해 쓴 적이 있거나 앞으로 쓰게 될 누구나일 수도 있다는 거다. 그것은 쉽게 이해되지도 마음에 들지도 않는다. 나는 당신을 향해 가고 있다. 이 독사 같은 놈. 그대를 향해 가고 있어. 이 각다귀 같은 놈. 그리고 어김없이 그대를 찰싹 때려잡을 것이다. 혹시 아마존 멜라니페일까?

이 많은, 이 무수한 면이 넘어가는 동안 아무런 논평 없이 조용히 기록을 하고 있는 멜라니페는 아무도 모방하지 않는다. 까마득한 옛날, 그녀가 자신의 이름을 따온 그 고귀한 몇 글자를 제외하고는. 그녀는 어떤 유형에 속하는 작가나 조각가나 화가가 아니고, 아니고, 아니며, 심지어 고전신화학 학생도 아니다. 부디 그 점을 이해해 줘요, 벨레로폰! 한 마디로 말해, 그녀는 페르세우스의 칼릭사가 아니다. 아니고, 아니고, 아니다. 그리고 그 이상하고 거만하고 상처 입기 쉬운 여자를 모방하지도 않을 것이다. 그녀는 기껏해야 아마존이다. 다시 말해 그녀는 고작 그러한 사칭에 일조하는 정도일 뿐일 것이다.

사칭이라니요! 귀여운 멜라니페는 왕궁 가득한 가짜들 사이에서 유일한 진짜 아마존이었다고요! 제2밀물기의 두 번째 위상(位相)을 보세요!

그녀가 사칭이라고 할 때 물론 그녀는 그녀가 사실 그렇다는 것을 의미한다. 그녀는 그것을 어떻게 말해야 하는지도 정확히 모르고 있다. 심지어 '인간, 여성'이라는 표현도 그녀를 이미 두 개의 범주들 속에 집어넣는데, 그녀의 자아(her self)는 그 두 범주와는 다소 구별된다고 느낀다. 그런데 그녀 자신(herself) 그 자체도 그녀를 하나의 범주에 집어넣는다. 여하튼 간에 그녀는 분명히 아마존이고 아마존임을 기꺼워하는 반면, 그 통칭으로는 자기 자신을 결코 파악할 수 없다고 느낀다. 성별 없이 살며 새로 태어난 여자아이에게 열두 개 남짓한 이름들 가운데 하나를 부여하는 아마존 관습이 주는 부차적인 급부는, 그 관습으로 생기는 외견상의 혼동 밑에(그녀가 추산하기에 어느 시대든 테미스키라에는 전 연령대에 육백 명의 멜라니페들이 있고 그들은 서로를 자매로 여긴다. 그리고 비슷한 숫자의 깡충 뛰는 미리네, 펜테실레아, 히폴리타 들이 있다.) 사실상 명백한 정체성이 존재하는 것이라고 그녀는 생각한다. 왜냐하면 비개인적이기 때문에 영원한 그녀의 '멜라니페-자아'로부터 구별되는, 그녀가 결코 멜라니페라는 이름과 혼동할 수 없는 사적이고 범주화할 수 없는 자아가 있다는 것을 알고 있기 때문이다. 그러나 페르세우스는 스스로를 신화 속의 등장인물인 페르세우스와 혼동했고 벨레로폰 역시 신화 속의 등장인물인 벨레로폰과 혼동했다고 그녀는 믿는다…….

벨레로폰은 이 현명하고 타당한 논지를 인정하고 그 논지를 취한 사람에게 키스한다. 그러나 미안하게도 그녀의 말에 반박할 수밖에 없는 것이, 비록 이 이야기의 명백한 무질서가 혼동이거나 혼동이었거나 혹은 상상할 수 있다시피 혼동일 수도 있지만, 내가 '벨레로폰'과 동일시하는 것은 혼동에 의한 것이 아니라 분명하고 체계적인 방침이며 그 이유는 제2썰물기의 세 번째 위상에서 밝혀질 것이다. 내 눈을 봐 봐. 그대는 내가 무슨 말을 하는지 알 거야.

그의 인생사 중 이 부분을 공식적으로 기록하고 있는 그의 애인 멜라니페는 이 이야기하기에서 마지막으로 끼어들어 상냥하게 잘못을 인정한다. 그리고 (그녀의) 이 말을 읽는 누구에게든 그것이 어디로 이어지고 또 어떻게 끝나든 자기는 자기 애인을 미치도록 사랑한다고 단언한다.

그 역시 그녀를 미치도록 사랑한다! 그리고 간악한 폴리이도스는 (불가능한 일도 아닌 것이 그가 다시 등장할 때가 가까워졌으므로) 이제 서사 경로에 덜 방해가 되는 것 같다. 나는 내 이야기(tale)의 조수가 이야기(story)의 바다로부터 강하게 흘러오는 것을 느낀다. 마법의 꼴망태가 걸려 있다. 날개 달린 내 이복형제가 마침내 다시 날 수 있다!

날 준비 됐나?

히힝. 조수를 멈춰 놓고 리키아 시절로 다시 돌아가면, 나는 비틀거리는 페가수스에서 내려 방목장 울타리 난간에 걸터앉은 아내의 눈을 들여다보았다. "좋아. 그렇게 합시다. 당신이 짐을 싸. 나는 늪에서 두루마리 하나를 건져 와 영혼이 피폐해질 정도로 고민을 좀 할 생각이야. 내가 닷새 내로 돌아오지 않으면, 나 없이 가도록 해요."

"알았어요, 초록색 눈." 필로노에가 대답했고 내 이마에 키스했다. "식사 중간 중간에 지루해질 수도 있으니 이걸 가져가세요." 그녀가 내 사촌의 전기를 돌려주며 말을 이었다. "제가 이 신화니 전설이니 하는 것들에 열중했던 시절, 우리 리키아의 민담에서 변신 능력자 모티프와 유사한 것을 발견했어요. 크산티아의 사향뒤쥐 덫사냥꾼과 홍합 캐는 어부 들이 습지의 노인에 대해 이야기하더군요. 말하자면 해안 저지대의 프로테우스라고 할 수 있는 인물이죠. 그는 습지대에 사는 동물 중 어떤 것으로 변해서 사냥꾼이나 어부 들이 사용하는 장비나 배를 못 쓰게 만들어 놓곤 해요. 그런데 만약 그가 어쩌다 가재나 조개를 잡으려 그물질이나 갈퀴질을 하던 어부들에게 잡힐 경우에는(백만분의 일의 가능성이지만) 조수가 바뀔 때까지 그들의 분부에 따른다는 거예요. 수세대 동안 이것은 유쾌하고 소박한 민간 신앙에 지나지 않았어요. 부모 세대들은 오직 손자들이나 관광객들이나 저와 같은 열성적인 학생들을 위해서 그저 믿는 척할 따름이었죠. 그러나 우리가 결혼한 이후 외딴 지역, 특히 알레이안 습지로부터 그 노인에 대한 보고들이 좀 더 자주 그리고 심각하게 들어왔어요. 그런데 그 분실되었던 강의 두루마리가 어제 기괴하게 재등장했다는 점과 어제 저녁 그것이 이 떠다니는 저작으로 변신한 게 분명해 보인다는 점을 고려해 볼 때, 그것을 폴리이도스와 연결 짓지 않을 수 없어요. 언젠가 당신이 모든 변신 능력자들은 바다의 노인이 변형된 형태라는 식으로 이야기하면서 그를 예로 들었죠? 그가 당신과 아버지 사이에서 벌인 이중 행각을 우리가 알아채리라는 걸 예견하고, 당신의 이력에 변화가 있기 전까지 몸을 숨기기 위해 키메라 일화를 이용하여 바위 위의 그 이미지로 변했다가, 그것에서 강의 두루마리로, 그러고는 수면 아래 잠겨 있던 늪지의 노인이라는 전통으로 변한다는 것이 내겐 적어도 있음 직한 일로 보여요. 요컨대, 그리고 비록 당신이 늘 언급하던 이 대문자 피(P) 패턴*을 두 눈으로 직접 본 적은 없지만, 저는 지난 며칠간 벌어진 일련의 사건들이 흥미로운 전조가 될 것 같아요. 그 두루마리, 「페르세이드」, 페가수스가 결국엔 완전히 날지 못하게 된 것, 당신이 아이들과 저에게 밉살스럽게 구는 정도가 절정에 이르렀다는 것, 그리고 당신이 청중에게 장황하고 과장되게 자기비판하는 열변을 토하는 것, 이것이 모두 당신이 인생의 중간 지점을 통과하고 있다는 사실에 부합하죠. 모든 상황이 지금이야말로 당신이 조언자와 다시 한 번 상의할 때이고(이미 좀 늦은 감이 있죠!) 폴리이도스가 곧 모습을 드러낼 때임을 웅변해요. 저는 개인적으로 당신이 이미 그를 손에 들고 있다고** 확신해요. 하지만 그의 최근 형태가 습지의 남자였던 것 같으니, 제 직감으론 만약 당신이 「페르세이드」를 알레이안 습지로 가져가서 달팽이와 게에 나타나는 움직임을 낱낱이 조사해 보면 그를 만날 수 있는 가능성이 더 커질 것 같아요. 차라리 그 원고를 물속에 던져 보는 게 어때요? 당신이 그가 문서로 변신하는 경향이 있다는 점을 자주 언급하셨던 것, 특히 그가 코린토스의 감옥에서 그 카마라라는 마법의 메시지를 경유하여 변신했던 것을 생각해 보면, 그를 설득해 패턴 자체로 변하게 해서 당신이 그것을 검토할 수도 있을 거라고 기대해요. 그가 당신을 위해 '인간의' 형태로 변신하기 전이나 후예요. 마지막으로, 그와 실제로 의논할 수 있게 되었을 때 그의 선의에 관해 제가 갖고 있는 의구

---

* 일반적인 패턴이 아니라 특정한 신화적 영웅의 패턴(Pattern).
** 벨레로폰이 손에 들고 있는 「페르세이드」.

심을 당신이 공유하게 되든 아니든, 적어도 그것을 인식은 하고 있으실 거라 믿어요. 여하튼 페가수스가 더 이상 하늘을 날 수 없게 된 것이 당신이 당신의 제1썰물기라고 부르는 시기의 주된 이미지였으므로, 그를 다시 하늘로 끌어 올리는 방법을 찾아내는 것이 당신이 폴리이도스와 처리해야 할 첫 번째 안건이라는 데에는 이견이 없을 거예요. 덧붙여, 저는 일단 그 은유적인 조수가 바뀌고 당신이 다시 하늘을 날 수 있게 되면 예전에 그랬던 것처럼 당신이 저와 아이들에게 상냥해져도 괜찮은지 여부에 관해 그의 의견을 듣고 싶어요. 정말 궁금해요. 당신이 그렇게 될 수 있다면 전 당장 죽어도 여한이 없을 거예요. 그간 많은 일이 있었음에도 저는 변함없이 당신을 사랑하니까요. 우리가 처음으로 함께 침대에 누웠던 그날 밤처럼, 숫처녀였던 저를 당신이 부드럽게 사랑해 주고, 우리가 서로의 품 안에서 해가 떠오를 때까지 단잠을 이루었던 그날 밤처럼요. 그에게 제 안부도 좀 전해 주세요. 안녕."

"안녕." 나는 그녀가 당부한 것을 모두 했다. 총알고둥이자 멜람푸스*, 추락한 달처럼 떠밀려 들어오는 해파리 사이를 힘겹게 헤집고 다녔고, 모기와 개구리, 농게에게는 내 인생의 폐쇄 회로를 열어 해변 위의 바다 달팽이나 내가 대답을 듣기 위해 귀에 갖다 댄 달 모양의 조개껍데기처럼 상승하는 나선으로 만들 수 있는지에 관해 조언을 구했다. 그러면서도 한쪽 눈

---

* 그리스 신화에 나오는 예언자. 그가 살려 준 뱀이 그의 귀를 핥아 모든 생물의 말을 이해하는 능력과 예언하는 능력을 얻었다고 한다. 벨레로폰은 자신의 예언자, 즉 폴리이도스가 총알고둥이나 해파리, 모기, 개구리 등 습지 생물로 변신해 있을 것이라 믿고 있다.

은 항상 손에 든 문서에 두고 있었다. 나는 작은 샛강 둘 사이에 위치한 둔덕에 서 있는 소나무 밑에 잠자리를 마련했다. 한 번인가 두 번 해가 졌다가 떴다. 나는 필로노에와 인생의 행로에 대해 숙고했고, 죽고 싶다는 생각을 조금 했다. 히폴로쿠스와 이산데르가 점심 도시락을 들고 찾아왔다. 그들은 집으로 쫓아 버렸지만 닭고기와 맵게 양념한 달걀과 그리스 샐러드는 받아 들고 생각에 잠긴 채 씹었다. 습지가 똑딱거렸고, 거품이 일었고, 윙윙거렸고, 삐악삐악 울었고, 콧노래를 불렀고, 쩍쩍 울었다. 폴리이도스는 근처에 있었다. 좋아. 나는 「페르세이드」를 도시락과 함께 온 포도주 주전자 안에 넣은 뒤, 잔뜩 의심을 하면서도 그것을 조수에 띄워 보냈다. 그로부터 열두 시간 오십 분 후, 이상하지만 명백히 폴리이도스의 것으로 보이는 편지와 함께 그와 비슷한 것이 다시 쓸려 왔다.

1971년 7월 14일, 뉴욕, 셔터쿼 호수, 개드플라이 호 선상에서

영국의 조지 3세 폐하께
메릴랜드 21612, 레드맨 지협, 타이드워터 농장

폐하,
1815년 6월 22일, 나는 제국의 토대를 새롭고도 더욱 견고하게 세우기 위해 프랑스 제국의 왕위를 포기하고 로슈포르 항구로 철수했습니다. 그곳에는 새롭고 빠르고 훌륭한 인력과 총기를 갖춘 나의 프리깃 군함 가운데 두 척이 폐하의 항구 봉쇄를 뚫고 나를 미국으로 수송하기 위해 정박해 있었지요. 메두사 호

의 포네 대령은 7월 10일 밤에 영국의 주력 함대인 H.M.S. 벨레로폰 호(일흔네 명의 사수를 태우고 있지만 낡고 느린 배죠.)와 교전할 계획이었습니다. 그는 우리 일행이 타고 있는 메두사 호의 자매선이 보다 작은 봉쇄선을 앞지르는 동안 메두사 호가 벨레로폰 호에 대항해 두 시간 정도는 시간을 벌어 줄 거라고 추산했지요. 그 계획은 대담했지만 성공할 가능성은 대단히 높았습니다. 하지만 메두사 호를 희생시키는 게 내키지 않았던 나는 그 대신 교활한 씨름꾼처럼 적의 힘을 내게 유리한 쪽으로 이용하기로 결심했지요. 즉, 폐하의 해군에도 '불구하고'라기보다는 차라리 폐하의 해군을 '이용하여' 목표를 달성하리라 생각했던 것입니다. 그래서 나는 폐하의 아들인 섭정 황태자에게 다음과 같은 편지를 보냈습니다.

1815년 7월 12일, 엑스 섬.

내 나라를 분열시키는 파벌들과 유럽 최강국들의 불화를 고려할 때 나의 정치적 이력은 이미 끝이 난 듯하니, 나는 테미스토클레스*처럼 영국의 평범한 백성이 되고자 하오. 내 신변을 영국 법의 보호 아래 맡길 테니, 가장 강력하고 가장 신뢰할 만하며 나의 적들 가운데 가장 아량 있는 전하의 보호를 요청하는 바이오.

---

* 고대 그리스의 장군이자 정치가. 아테네를 그리스 제일의 해군국으로 만들어 페르시아 해군을 격파하였다. 후에 점차 세력을 잃어 도편추방을 당하였는데, 추방 중 페르시아 왕과 내통하고 있다는 모함으로 사형 선고를 받자 소아시아로 탈출, 페르시아의 아르타크세르크세스 1세 밑에서 여생을 보냈다.

본인에 앞서 내 전속 부관에게 이 전언과 섭정 황태자에게 미국으로 가는 여권을 요청하는 지침들을 들려 보낸 후, 프랑스 혁명 기념일 날 본인과 수행원들은 메틀랑 중령의 보호 아래 벨레로폰 호를 타고 프랑스를 떠났습니다. 다른 누구도 아닌 폐하 본인이 배신을 당해 정신 이상이라는 악의적인 혐의로 감금되는 걸 보고도 폐하의 아들과 각료들이 결코 신뢰할 인물들이 아님을 내가 미처 깨닫지 못한 점이 참으로 애석할 따름입니다. 특히 현재 나아가야 할 방향을 판단하기 위해 늘 과거라는 뮤즈에게서 가르침을 얻어 왔던 나로선 더욱 뼈아픈 일이었지요. 그러므로 나의 목적지가 런던이나 볼티모어가 아니라 세인트헬레나라는 걸 알았을 때, 나는 마치 버려진 학생처럼 나의 옛 여교사에게 헛되이 해명을 요구했습니다.

바다, 벨레로폰 호의 선상에서.

……나는 역사에 호소한다. 역사는 이십 년 동안 영국 국민을 상대로 전쟁을 벌여 왔던 적이 불행한 처지에 이르러 그 자신의 자유 의지로 영국의 법 아래에 은신처를 구하기 위해 왔다고 말할 것이다. 그가 영국을 존경하고 신뢰하고 있음을 나타내는, 이보다 더욱 뚜렷한 증거가 어디 있겠는가? 그 적에 대해 우호적인 손을 뻗는 척하던 사람들이 있었다. 그런데 막상 그가 좋은 의도로 투항하자, 그들은 그를 버렸다.

그렇듯 오래, 그리고 훨씬 더 수치스럽게 감금된 사람에게 그 쓸쓸한 바위섬에서 나의 유배 생활이 어땠는지에 관해 설명할 필요는 없겠지요. 적어도 나는 나의 망명이 일시적이고 말하자면 자발적이었다는 위안을 가지고 있었으니 말입니다. 나는 나를 구해 줄 페르세우스 따윈 필요하지 않았습니다. 나는 어느 때든 탈출할 수 있었으니까요. 내가 군이 칠 년을 기다린 것은 나의 수난을 가장 유리한 방향으로 활용하고, 세인트헬레나에서 구술한 회상록에도 적혀 있는 내 정치 철학 중 그 단계를 완수하고, 1821년에 내가 죽는다는 허구를 설득력 있게 실행하기 위해서였습니다. 또한 뉴저지의 브리즈 곶에 있는 동생 조셉과 멕시코 만의 샹다질에 있는 내 장교들과 필라델피아, 볼티모어, 뉴올리언스, 블러즈워스아일랜드, 리우데자네이루에 있는 내 요원들이 미국 작전을 위한 기반을 완성할 때까지 시간을 벌기 위해서였습니다.

1822년에 나는, 여기서는 밝힐 수 없는 수단을 이용하여(그러나 그것은 틀림없이 폐하 본인이 윈저를 탈출할 때 사용했던 방법과 약간 유사할 겁니다.) 세인트헬레나를 출발해 나의 미국 본거지로 향했습니다. 처음엔 메릴랜드 습지에 있는 당신의 집에서 그리 멀지 않은, 그러니까 궁극적으로는 뉴욕 서부에 있는 집이었지요. 내가 첫 번째 영사직을 수행하는 동안 (세인트로렌스카운티에 2만 3000에이커의 땅을 소유하고 있던) 스탈 부인 때문에 주목을 하게 되었던 지역입니다. 그 여자가 마치 안테이아나 포티파의 아내*처럼 내게 등을 돌리기 전의 일입니다만. 이곳에서 지난 세기와 반세기 동안 나는 벨레로폰 호 선상에서 처음 떠올린 원대한 전략을 천천히 고심하여 만들어 가면서 나의 첩보

---

* 포티파(보디발)는 이집트의 왕실 친위대장으로, 그의 아내는 이집트에 노예로 팔려 온 요셉을 유혹했다가 거절당하자 그가 자신에게 추파를 던진다며 남편에게 일러바친다. 포티파는 요셉을 곧장 감옥에 처넣는다.

요원들을 지휘해 왔습니다. 그리고 이제 그것을 실행에 옮기는 일을 시작할 시기가 도래했어요. 예나, 아우스터리츠, 울름, 마렝고*, 브뤼메르 18일**, 심지어 원조 혁명(the original revolution)*** 조차도 이 계획과 비교하면 고릿적 18파운드 포(砲)를 우리의 수소 폭탄에 비교하거나, 나의 옛 쌍안경을 팔로마 산의 반사 망원경과 비교하는 것과 마찬가지지요. 나는 새로운 두 번째 혁명, 전적으로 참신한(novel) 혁명을 의미하는 겁니다.

"나의 시대에 혁신은 없을 것이다." 폐하는 엘든 대법관에게 이렇게 단언한 바 있지요. 하지만 '벨레로폰적'인 기획안(별도로 포장되어 폐하께 배달되고 있는 중입니다.)을 검토해 보면 아시겠지만, 내 계획에서 진정으로 혁명적인 성격은, 그것은 그 장르에서 최초로 진정한 과학적 모델로서, 필연적으로 독창적인 것은 아무것도 담고 있지 않을 것이나 정수(精髓)이자 절대적인 전형이 될 것입니다. 다시 말해 표현된 플라톤적 형식이 되리라는 것입니다.

계획은 대담하지만 '지금은 아무것도 재설정하지 마시오.(Reset Nothing Now.)'의 일정 부분은 그 첫째 단계를 즉시 이행할 것을 요구합니다. 그 밖에도 나의 릴리데일 본부에 보다 다양한 용도로 쓰일 수 있는 컴퓨터 시설을 구축하기 위해 충분한 자금을 조달해야 합니다. 물론 내겐 자금 지원을 얻어 낼 수

---

* 나폴레옹은 예나 전투, 아우스터리츠 전투, 울름 전투, 마렝고 전투에서 모두 승리한 바 있다.
** 1799년 11월 9, 10일 프랑스에서 나폴레옹 1세가 쿠데타를 일으켜 총재정부(總裁政府)를 뒤엎고 독재 체제를 구축한 사건.
*** 1789년 프랑스 혁명.

있는 공급원이 여러 개 있긴 하나, 역사의 목소리가 나를 나의 '재설정 적들(Reset Adversaries)' 가운데 가장 강력하고 가장 신뢰할 만하며 가장 관대한 전하께 인도합니다. 우리는 세상을 뒤흔든 바 있습니다. 우리가 손을 잡으면 누가 우리에게 저항할 수 있겠습니까? 우리가 성취하지 못할 일이 무에 있겠습니까?

1789년에 폐하께서는 첫 번째 '광기'의 속박으로부터 '회복되었고' 폐하의 아드님과 밀통하여 그를 섭정으로 세웠던 무리들을 몰아냈으며, 1811년에 바로 그 동일한 음모자들이 폐하를 두 번째이자 '마지막'으로 배반할 때까지 백성들 사이에서 유례없는 인기를 누렸습니다. 내가 엘바 섬을 탈출했다가 세인트헬레나에 다시 유배되기 전까지 그랬던 것처럼 말입니다. 그러니 우리 함께 두 번째 유배로부터 두 번째 귀환을 합시다. 멋지게 변신하고 싶어 안달이 난 세상이 더욱 오래 기다린 만큼 첫 번째보다 더욱 영광스러운 두 번째 귀환 말입니다. 한때 바다의 왕께, 한때 육지의 군주에게 다시 한 번 손을 뻗습니다. 그냥 붙잡기만 하십시오. 그러면 이 행성에서 유례없는 전우들이었던 우리가 세계의 황제들이 될 것입니다.

N.

이 모호하게 감동적인 편지 속의, 내가 처음 페가수스를 타고 비행할 때 내려다보았던 양치기의 모닥불들처럼 깜깜한 문맥 가운데서 반짝이는 여러 가지 익숙한 이름들에게 나는 (나는 누구인가? 등등의) 시험적인 질문을 몇 가지 던졌다. 그런데 답변을 듣지 못하자 복잡한 기분으로 그것을 다음 조수에 떠내려 보냈다. 나는 폴리이도스 스스로가 고전적인 패턴을, 다시 말해 점진적인 접근이라는 패턴을 따르고 있는 거라며 좋은 쪽으로 추정했다. 아테네가 나의(그러니까 델리아데스와 나의) 호소에 그랬고, 프로이토스의 편지를 개봉하면서 이오바테스가 그랬던 것처럼 말이다. 필로노에에게 기다리라고 당부했던 닷새 가운데 이미 사흘이 지났으므로, 나는 떠내려가는 암포라 항아리를 향해 제발 가능하면 앞으로 이를테면 넷이나 여섯, 혹은 여덟 단계가 아닌 두 단계 내로 조화를 부려 달라고 부탁했다. 그날 밤 내내 나는 빈대를 때려잡고, 별들을 관찰하고, 심장이 뛰는 소리를 듣고, 벨레로폰적 기획안이 무엇일까 궁금해했다. 내 이름은 끝없이 반복되면서 의미를 잃었다. 새벽이 가까워 올 무렵 내가 꿈을 꾼 게 아니라면 배 한 척이 지나가는 광경이 시야에 들어왔다. 얼마 안 있어 마치 오랜 항해로 그런 것처럼 조개나 굴이 다닥다닥 붙어 있는 붉은 항아리 하나가 물 위에 둥실둥실 떠서 밀려왔다. 나는 그것이 내 발밑으로 밀려올 때까지 무감각한 상태로 바라보다가 그것의 내용물, 여기저기 물이 묻은 원고를 꺼냈다.

수신: 사무국장, 토드 앤드루스* 씨.
　　　21612 메릴랜드 레드맨 지협
　　　마시호프 주립 대학,
　　　타워 홀 타이드워터 재단

발신: 제롬 B. 브레이

---

* 바스의 소설 『선상 악극단』(The Floating Opera, 1956)의 주인공.

14752 뉴욕 릴리데일

1974년 7월 4일

용건: 혁명적인 소설『기록들(NOTES)』저작의 두 번째 단계
에 필요한 릴리데일 컴퓨터 설비의 보수를 위한 타이드
워터 재단 보조금 재청구 건.

사무관님,

픽션과 필연성이라는 개념을 포함해 개념이란 얼마간 필연적
으로 픽션인 까닭에, 픽션은 얼마간 필수적입니다. 나비는 존재,
상상 및 그 밖에 여러 가지와 더불어 우리의 상상 속에 존재하
죠. 우리는 아르키메데스*라도 된 양 현실을 지레로 들어 올립니
다. 우리들 자신은 현실의 다른 것들과 별개이고 그 다른 것들도
서로서로 별개이며 전체는 비현실과 별개라고 생각함으로써 말
이지요. 그러므로 예술은 자연만큼이나 자연스러운 기교이고,
픽션의 진실은 사실이 환상이라는 것이며, 꾸며 낸 이야기는 세
상의 본보기입니다.

그러나 한때 프랑스와 영국을 합쳐 놓은 것보다 더 광대했던
소설의 제국은 이제 룩셈부르크나 산마리노 정도의 크기로 위
축된 상황입니다. 대중적 토대를 찬탈당한 소설은 시나 활쏘기
나 예배 참석처럼 특별한 취미에나 어울리는 즐거움이 되어 버
렸지요. 소설의 옛 지배권을 회복하기 위해서는 최소한 혁명이

---

* BC 287?~BC 212. 고대 그리스 최대의 수학자·물리학자. 그는 지렛대의 반비
례 법칙을 발견하고 시라쿠사 왕 히에론 앞에서 "긴 지렛대와 지렛목만 있으면
지구라도 움직여 보이겠다."라고 장담한 바 있다.

필요한 상황입니다. 실제로 혁명은 등장할 준비가 되어 있습니다. 두 번째 혁명이지요. 그리고 그것은 첫 번째 혁명의 이백 주년 기념일을 기다려 주지 않을 것입니다. 그것은 그것의 도래만큼이나 첫 번째 혁명보다 더욱 영광스러울 것입니다. 당장 '재설정'되고 싶어 안달이 나 있는 세상에게 '공상과학 소설(science fiction)'은 넘치도록 많지만, 과학적인 소설(scientific fiction)은 전무한 상황입니다…….

다시 공백. 그 종이 뭉치는 「페르세이드」보다도 부피가 컸다. 그 즈음엔 나의 독해 능력도 꽤 괜찮은 편이었지만 열심히 읽고 또 읽어 보아도 그것이 무엇을 의미하는지는 좀처럼 이해할 수가 없었고, 안타깝도록 궁금증을 일으키는 수많은 언급들이 있었음에도 내가 이해한 것들을 활용할 수가 없었다. 전체적으로 보아 그 문서는 때로는 어떤 비주류 영웅에 대해 쓰인 저작 같았고 때로는 정치적인 혁명으로 보이는 기획을 완수하기 위한 저자의 계획을 설명하는 것 같았다. 그러나 그 기획과 그것의 첫 삼 년 동안의 역사, 기획을 완수하기 위한 강령에 대해 브레이가 설명한 것에는 문학적인 논쟁, 정치적인 비방, 자전적인 일화와 불평들, 표절을 문제 삼아 동료 작가를 고소하겠다는 협박, 도표와 수학적 계산과 도형과 갖가지 유형의 주석들이 군데군데 끼워져 있었다. 주인공은 스스로를 '원래' 제롬 보나파르트(폴리이도스의 사건 속에서 수없이 되풀이해서 나타나는 황제의 동생)와 제롬이 짧은 기간 동안 혼인 관계를 유지했던 베시 패터슨이라는 '메릴랜드' 부인의 후손이며, 보다 가깝게는 제롬과 베시의 손자인 찰스 조셉 보나파르트와 그가 '1902년 시어도어

루즈벨트 정부 시절 미국의 인디언 책임자'로서 재직하고 있을 무렵 '신과 이로쿼이 인디언을 증인 삼아' 그와 결혼했음을 주장한 키-유-하-하 브레이라는 이름을 가진 공주의 후손으로 묘사했다. 이 기록을 남길 무렵에는 원조 나폴레옹(주인공은 이전의 편지에서와 마찬가지로 때때로 이 원조 나폴레옹의 이름과 꿀벌 휘장, 심지어 그의 신분까지도 가져다 쓰는 것처럼 보였다.)과 보다 가까운 혈연관계인 '진짜 보나파르트'가 생존해 있지 않았기 때문에, 브레이는 스스로를 '프랑스' 왕위에 대한 합법적인 후계자라고 간주했다. 그의 가명이 '왕위 요구자 J. B.*'인 것은 바로 그 때문이었다. 고귀한 혈통이라는 점을 제외한다면, 브레이의 운은 나만큼이나 좋지 못했다. 프랑스 국가의 통치자임을 사칭하는 자는 그의 주장을 무시하는 데다, 리키아 대학에서의 내 명예직보다 훨씬 더 변변찮은 직위를 가진 그는 폴리이도스처럼 선생 노릇이나 하며 대중적인 판매를 목적으로 하는 소설이라 불리는 일종의 신화를 쓰는 신세로 전락했던 것이다. 그의 정적들은 이 소설 가운데 적어도 두 권, 즉 『탐색자』와 『아마추어』의 출간을 막기 위해 음모를 꾸몄다. 더 나쁜 것은 (내가 아테네의 방문을 받았던 것처럼) 어떤 신(스토커 자일스** 혹은 자일스 스토커라는 이름의 이류 염소 신)이 그를 방문하여 날개 달린 말 대신 출판되었다면 그에게 불후의 명성을 가져다 주었을 『개정판 신 요목』이라는 성스러운 원고를 약속했을 때, 바로 아까의 그 적들이 그것을 완전히 표절할 궁리를 했

---

* John Barth와 머리글자가 같다.
** 바스의 소설 『염소 소년 자일스(Giles, The Goat-Boy)』의 주인공.

고, 그것의 진짜 편집자와 동일한 머리글자를 가진 이름으로 그것을 출판했으며 (무엇보다 가장 모욕적인 것은) 『개정판 신요목』을 '픽션'으로 표현했을 뿐만 아니라 그들이 단어 하나하나 표절해 놓은 브레이의 감동적인 머리말 역시 허구이며 실존하지 않는 저자의 작품이라고 주장했던 것이다!

브레이는 환멸을 느낀 채 강사직을 그만두었고 '다시 초심으로 돌아가' 이를테면 폴리이도스가 프로테우스에 해당되는 것처럼 우리의 판 신에 해당되는 염소 신 조지 자일스의 글에 대한 용어 색인을 만드는 고독한 작업에 에너지를 쏟아 붓기 위해 가족의 곁을 떠났다. 그는 얼마 되지 않은 소지품을 꾸려 딱정벌레 모양의 폭스바겐이라는 기계화된 페가수스 안에 넣고, 편지 윗부분에 적혀 있는 릴리데일 커뮤니티로 잠적했다. 온통 예언가와 무녀들 천지인 그곳에서, 그는 메릴랜드의 괴짜 백만장자 해리슨 맥 2세가 지원하는 재동원 농장이라 불리는 한 하부 집단에 자리를 잡았는데, 맥 2세는 또한 '영국의 미친 군주 조지 3세'이거나 혹은 때때로 스스로를 그렇게 상상하는 사람이었다.(맥 2세가 미친 상태에서 스스로를 제정신의 조지 3세가 아니라, 광기에 휩싸여 스스로를 제정신의 맥 2세라고 상상했던 미친 조지 3세라고 상상했다는 점을 주목하면서, 브레이는 패러독스라는 우리 말* 단어를 사용한다.) 나중에 그 집단이 '모든 예언가들이 그렇듯 정작 모국에서는 무시를 당하고' '캐나다'로 이주했을 때에도 브레이는 계속 머물렀다. 그는 그 표절 음

---

* '역설'이라는 뜻의 패러독스(paradox)는 그리스 어 para(벗어난)와 doxa(생각, 상식)의 합성어에서 유래하였다. 화자 벨레로폰은 그리스인이다.

모에 저열하게 이름을 빌려 준 일에 가책을 느낀 어떤 작가의
도움을 받기도 했고 스스로 염소지기, 퍼지 사탕 제조업자, 셔
터쿼 호수의 유람선 개드플라이 호의 선장 노릇 등 여러 가지
부업을 하여 생계를 유지하기도 했지만, 주로 맥 2세의 박애
단체인 타이드워터 재단을 통해서 조지 3세의 지원을 받아 생
활했다. 내가 최대한 이해한 바에 의하면, 그 모호한 '두 번째
혁명'을 위한 오 개년 계획은 브레이가 직접 착안한 게 아니라
브레이가 학문적인 작업을 할 때 사용하던 또 하나의 정교한
기계, 즉 컴퓨터라고 불리는 자동 폴리이도스가 착안한 것이
었다. 어느 날 그것은 그에게 그 지루한 용어 색인 작업 따위
는 집어치우고 혁명적인 소설을 써 내면 그가 세상을 향해 스
스로를 더욱 잘 변호할 수 있고 세상에 존재하는 불후의 명성
을 지닌 사람들 사이에 정당한 자리를 차지할 수 있을 것이라
고 제안했다. 혁명적인 소설(Revolutionary Novel)이란 맥 2세에
게 보내는 브레이의 편지들에서 언급된 바 있는 '과학적인 소
설'을 가리키는데, 어쩌면 그도 염두에 두고 있었을지도 모르는
그것은 새로운 혁명(Novel Revolution)과 헷갈린 것이거나 새로
운 혁명의 양상을 지니고 있었거나 둘 중에 하나일 것이다.

　1971/2 라고 암호화되어 있는 그 기획의 'N년도*'에, '(그의)
적(조지 3세)에게 도움을 청한 바 있었던' 브레이는 타이드워터
재단의 보조금을 사용해서 한번 특정한 작가의 수많은 저작들
을 입력하면 그 작가의 양식으로 가상의 새로운 작품들을 지

---

* N 년도를 비롯해 뒤에 각각 O, T, E, S 년도가 나오는데, 이것은 브레이의 컴
퓨터가 지어낸 작품인 NOTES의 머리글자들이다.

어내도록 그의 기계를 개조했다. 그의 첫 번째 실험의 결과물은 그 자체로 전술한 표절가의 작품들에 대한 다소 서투른 패러디로, 『계속된 여로의 끝』, 『다시 살아난 연초』, 『자일스의 아들』*, 『개정판 신 개정 신 요목』 등의 제목이 붙어 있었다. 이렇게 해서 브레이는 그자에게 교묘하게 복수했는데, 브레이 자신의 비밀 언어로 말하자면 이것은 '재설정의 역할을 흉내 내는 작가에 의한, 소설의 형식을 흉내 내는 소설들'이었다. 그러나 어쨌든 그 기계의 가능성은 만족스럽게 증명된 셈이었다. 브레이는 그의 적들이 호수 주변의 해충을 제거한다는 구실로 살포한 독가스 때문에 생긴 신경 장애에서 회복하는 데 그 해의 남은 기간 대부분을 보냈다. 그 와중에도 그는 정부(情婦)를 하나 얻은 것으로 보인다. 메로페**라는 이름의 '강인한 작은 아마존'이었는데(그 말에 얼마나 가슴이 뛰던지!) 그녀는 그의 작품이 지닌 혁명적 성격과 '반(反)디디티(DDT) 투쟁'과 같은 대의에 대한 그의 열정을 보고 '백인 앵글로색슨 프로테스탄트'인 그에게 처음에 가졌던 불신감을 극복했음이 틀림없다. 또한 O년도(암호 #1972/3)에 가설적인 픽션이 아니라 '완벽한,' '최종적인 픽션'을 지어내도록 그의 기계에 프로그램을 짜 넣기 시작한 것으로 보아, 그는 그 작품에 대한 구상 자체를 근본적으로 바꿨던 것으로 보인다. 그는 그것의 (키메라의 위장보다 덜 치명적일지는 몰라도 더욱 탐욕스러운) 위 속에 '톰슨의 『민속 문학 주제 색인』'

---

* 바스의 작품인 『여로의 끝』, 『연초 도매상』, 『염소 소년 자일스』를 패러디한 제목이다.
** 메로페는 벨레로폰의 할머니, 즉 글라우코스의 어머니이자 시시포스의 아내 이름이기도 하다.

에 나와 있는 등재물 오만여 개 전체, 릴리데일의 매리언 스키드모어 도서관에서 소장한 도서 전체와 『지배 플롯들』이라 불리는 참고 문헌, 황금 비율과 피보나치 수열 등과 같은 명칭들을 가진 마법의 수학 요소들, 그리고 (이유는 알 수 없지만 왠지 그의 애인이 제안한 것처럼 보였는데) 일곱 개로 이루어진 세상 모든 것의 목록을 입력시켰다. 이런 식으로 입력이 끝나면, 기계는 그것을 언어적으로 구현한 것을 조립해 내기에 앞서서 마치 아리스토텔레스 학파의 나비 연구가들이 세상에 존재하는 온갖 나비의 변종들을 연구하듯 존재하는 픽션의 총체적인 언어 자료를 분석하고 그것의 '자연스러운' 유사물로부터 완벽한 형태를 뽑아낸 뒤 그 이상적인 형태를 수학적인 모델로 단순화하기로 되어 있었다. 브레이의 비상한 재능이 그런 정도여서, 그의 기계는 극적인 행위의 전형적인 상승과 하강을 나타내는 아래의 도해와 같은 단순한 그림을 생산하는 것으로 그 해를 시작했고

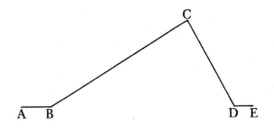

'프라이타크의 직각 삼각형'*과

---

* 프라이타크의 삼각형은 도입부, 상승부, 절정, 하강부, 결말 등 단편 소설의 극적 구성 요소를 설명할 때 사용하는 이론이다.

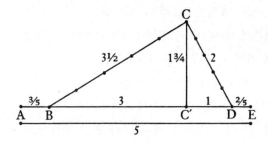

'프라이타크의 황금 삼각' 같은 '완성된' 대안들을 내놓는
것으로 그 해를 마쳤다.

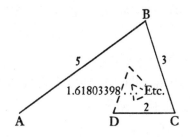

　프라이타크의 황금 삼각은 발단, 전개, 대단원의 상대적인
비율, 혼란과 절정의 정밀한 위치와 정도, 내부 서사와 틀 서
사의 관계 등을 정확히 규정했다. 가을엔 첫 번째 시험 인쇄를
할 수 있기를 간절히 바라며 그가 여름 내내 그 기계처럼 행
복하게 콧노래를 불렀다고 묘사한 것은 그리 놀랄 만한 일이
아니다. 나 자신도 이때쯤엔 그의 탐색이 마치 나의 것인 양
그의 심정에 동화되어 있었다. 만약 (그리 믿기 어려운 일만은
아닌데) 컴퓨터 자체가 내 예언자가 미래에 변형된 어떤 것이

아니라 해도, 폴리이도스가 그 영웅들을 위한 패턴이라는 것을 그에게서 표절한 것은 분명해 보였기 때문에, 나는 잔뜩 흥분한 채 그의 기술 부록과 카탈로그들 사이에 혹 그것이 포함되어 있는지 뒤져 보았지만 허사였다.

그러나 나의 실망감은 브레이가 '(그의) 인생의 중간 지점'인 T년도에 그토록 오래 기다려 왔던 출력물을 보고 느낀 실망감과 비교하면 아무것도 아니었다. 제목인 『숫자들 (NUMBERS)*』은 꽤 가망이 있어 보였다. 그의 머리글자(B)를 중심으로 앞뒤로 배열된 일곱 개의 대문자들은 브레이의 수학에 대한 집착, 그의 친구 메로페의 특별한 공헌(그녀의 부족에 전해 내려오는, 게마트리아와 노타리콘**이라 불리는 두 개의 '고대' 문학 – 수비학적 전통) 그리고 '카발라***주의자들의 주장에 의하면 원래 칠경(七經)이었는데 그 가운데 한 편은 완전히 소실되고 또 한 편은 두 개의 시련(詩聯), 즉 『민수기』의 10장 35절과 36절로 축소되었다는 오경(五經)****의 제4권*****과 같은 문학적인 선례'를 전도유망하게 반영했다. 그러나 안타깝게도 그 스

---

* 이것은 또한 구약의 민수기(民數記)와 같은 제목이기도 하다.
** 카발라 신비가들은 히브리 어의 문자 하나하나마다 숫자값과 의미를 부여하고 토라의 모든 문장을 마치 암호처럼 해독한다. '게마트리아'란 한 낱말을 구성하는 문자들의 숫자값을 모두 합쳤을 때 다른 낱말의 숫자값과 같게 된다면 그 두 낱말은 상호 관련이 있으며, 이를 통해 그 낱말들의 숨겨진 의미를 알 수 있다는 방법론이고, '노타리콘'은 아나그램과 비슷한 것으로 첫 철자와 마지막 철자를 합치거나 단어의 각 철자를 다른 단어의 시작되는 철자로 하여 새 낱말을 만드는 것이다.
*** 유대교의 신비주의적 교파.
**** 창세기, 출애굽기, 레위기, 민수기, 신명기.
***** 민수기.

스로도 인정할 수밖에 없었듯이, 그는 '(그의) 기계로부터 벌레*들을 모두 제거하지 못했고' 그 결과로 나온 것은 걸작이 아니라 알파벳의 무질서한 나열, 그저 엄청난 철자들이 뒤범벅된 것에 불과했다. 이렇듯 무의미한 철자들만 나열된 일련의 페이지들은 '(브레이를) 충격으로 마비시켰다.' 이것이 이 책 제목이 가진 또 다른 의미일까?** 설상가상으로, 바로 그날 저녁 메로페가 그의 기분을 전환시켜 주고자, 릴리데일이 거대한 혁명적 음모의 본거지라는 소문을 듣고 몰려든 투쟁적이고 과격한 학생 집단이 모여 있는 장소로 그를 데려간 것이 더욱 화근이 되고 말았다. 대화의 어느 지점에서 그들이 '아이비를 말려 죽일***' 계획이라며 화학 약품으로 가득 찬 분무기를 야단스레 흔들어 보였을 때, 브레이는 마음이 산란하고 괴로운 와중에 그들을 해로운 적들로 착각해서는 (이야기의 이 부분은 분명치 않은데) 소름 끼치는 변장을 하고 독 묻은 미늘로 '(그의) 아름다운 배신자'를 때려눕혀 일시적으로 마비시킨 뒤 딱정벌레 모양의 폭스바겐을 타고 미친 듯이 달아남으로써 '가까스로 탈출했다.' 메로페는 의식을 찾은 뒤 그를 떠나 조만간 '어떤 커다란 회사의 사무실 냉수 탱크를 이리 호(湖)의 물로 채운다는' 모호한 계획을 갖고 있는 혁명론자들과 합류했다. 이제 『숫자들』이 엄청난 실패로 끝나게 된 책임이 그녀에게 있다고 확신하게 된 브레이는 오랫동안 계획의 잔해 속에서 낙담한 채 앉아 있었

---

* bug. 기계적 결함.
** 책의 제목을 '숫자들'이라고 해석할 수도 있지만, numb(마비시키다)+er+s, 즉 '마비시키는 것들'로 해석할 여지도 있다.
*** '아이비(ivy)'는 '아이비리그'를 뜻하기도 하고 '담쟁이덩굴'을 뜻하기도 한다.

다. 오래지 않아 타이드워터 재단은 그 계획에 대한 지원을 철회했다. 그는 스스로를 '완벽하게 마무리된 배지만 정작 키가 없는'이라든지, '바람도 없이'라든지, '함정에 빠진' 등으로 묘사한다. "크리스마스는 개나 주라지!" 그는 릴리데일의 종교 축제에 참가하는 사람들에게 으르렁댄다. 그리고 T년도가 끝날 무렵('1974년 7월 3일')에는 놀랍게도 메두사를 연상시키는 표현으로 자신의 거대했던 야망의 파편을 개관하고 이렇게 쓴다. '뒤죽박죽이 된 나의 기록들이 돌로 변했다.'

그러나 바로 그다음 날, 증기선을 몰고 호수를 멍하니 배회하던 그는 컴퓨터에 의해서든 아니면 폭스바겐 딱정벌레에 의해서든 놀라운 통찰력을 부여받는다. 그는 메로페를 잃은 것을 슬퍼하다가, 그녀가 인쇄한 『숫자들』을 자신의 부족 최초의 법전과 비교했던 일을 기억해 낸다. 몇몇 주석자들에 의하면, 이 토라*는 원래 글자들이 마구 뒤섞인 혼란 상태였는데, 어떤 사건이 발생할 때만 글자들이 그 사건을 기술하는 단어와 문장으로 스스로를 배열했다고 한다. 동시에 그는 notes가 stone의 철자를 바꾼 것(anagram)이며 역으로도 그렇다는 점을 별뜻 없이 주목하면서 ('이 가벼운 게마트리아에 의해') 자신의 전애인을 다시금 떠올리게 된다. 그가 암호화된 형태로 컴퓨터에 입력할 수 있도록 그녀가 그 서사적 모티프 수천 개를 소리 내어 읽어 줄 때(폴리이도스가 키메라에게 그 마법의 주문들을 먹였던 것처럼) 이런 말을 한 적이 있다. "이봐요, 한 가지가 빠졌어요. 보물을 여는 열쇠요. 이 친구가 태어난 집안의 모

---

* 유대교 율법.

든 남자들은 수세기 동안 이 특정한 비밀의 보물을 찾느라 스스로를 좀먹어 왔어요, 알겠어요? 그래서 그는 성인이 되자 그들처럼 온 세상을 뒤지는 대신 도서관에 가서 탐색과 그 비슷한 주제들에 관한 책들을 모조리 찾아 읽어요. 그리고 보물은 아마도 자신의 집 어딘가에 있을 거라고 결론을 내려요. 마테를링크의 『파랑새』 같은 거죠. 바로 그날 밤 꿈을 꾸는데 바로 그의 지하실에 이 커다란 방이 있는 거예요. 그런 게 자기 집에 있으리라곤 한 번도 생각해 본 적이 없었지만 어떤 이유에서인지 꿈속에서 그는 이 사실에 딱히 놀라지 않죠. 잠에서 깬 그는 그러한 방 같은 건 존재하지 않지만, 그 아래에 그의 선조들이 남긴 잡동사니 더미로 문이 완전히 막혀 있어서 그가 한 번도 들여다 본 적이 없는 낡은 창고나 벽장 같은 것이 정말 있긴 하다는 걸 깨달아요. 그리고 그곳에 반드시 보물이 있을 거라고 확신하죠. 그렇게 해서 그는 땀 한 방울 흘리지 않고 다른 사람들이 수년 간의 모험과 위험과 그 비슷한 일들을 겪으며 이뤄 낸 것보다 더한 진전을 보게 되요. 하지만 보물의 위치를 알아내는 일과 그것을 실제로 얻는 일은 별개잖아요. 잡동사니를 다 치우고 보니 문이 마치 은행의 금고처럼 잠겨 있는 거예요. 자물쇠는 막혀 있지도 녹슬어 있지도 않죠. 사실 기름칠이 아주 잘 되어 있어요. 하지만 아무리 최고의 열쇠장이를 불러와도 열쇠가 없이는 절대로 열 수 없게 되어 있죠. 그래서 그는 결국 온 세계를 돌아다녀야 해요, 알았어요? 하지만 보물을 찾기 위해서가 아니라 열쇠를 찾기 위해서죠. 그는 통상적인 수수께끼와 전투와 괴물과 실마리와 거짓 흔적 같은 것들을 거쳐 마침내 공주를 구하고 어쩌고 하는 일들을 해요. 그런데 그의 결혼식 날 밤에 공주가 그의 바지 주머니에서 정말 예쁜 열쇠를 하나 발견하는 거예요. 그녀는 보물 찾기는 이제 그쯤 해 둬야 한다고 생각하지만 그는 그녀를 떠나 황급히 자신의 나라로, 옛집으로 돌아가요. 그리고 지하실로 돌진하여 그 문을 열고는 벽장 안이 비어 있는 걸 발견하죠. 한번 그 여자와 그녀의 나라를 떠난 이상 다시 돌아갈 수는 없어요. 이유는 잊어버렸지만요. 아무튼 절망한 그는 열쇠를 던져 버리고 여생을 심술궂은 늙은 은자로 살아가요. 죽음을 앞두고 자신의 모험과 잃어버린 여자 친구와 모든 것을 생각하며, 그는 보물을 여는 열쇠가 바로 보물이었음을 깨닫죠. 그것은 남성중심주의적 남근 숭배의 내용을 담고 있지만 그리 형편없는 이야기는 아니에요." 이 이야기를 기억해 내자마자, 브레이는 '셔터쿼 호수에 반사된 불꽃놀이 불빛처럼' 섬광처럼 차례로 생각이 떠오르면서 모든 것이 환해지는 것을 느낀다. 『숫자들(NUMBERS)』이 아니라 『기록들(NOTES)』이 그가 써야 할 소설의 진정한 제목이다. 7이 아니라 5가 그 소설의 올바른 수적 토대이다. 그가 엄청난 실패라고 생각했던 것은 적절하게도 그 기획, 즉 오 개년 계획의 첫 오분의 삼의 최고점이다. 그래서 그는 이제 그가 현재 그것의 '파이 지점*'에 서 있음을 깨닫는다.('NOT과 ES의 관계는 NOTES와 NOT의 관계와 같다.') 그 무수한 임의의 철자들은 혁명적인 소설을 위해 무시무시한 괴물 같은 철자 바꾸기를 거쳐야 하며, 그것을 해

---

* 파이(Φ)는 그리스 알파벳의 스물한 번째 글자로, 황금 비율 혹은 황금 분할을 나타내는 수학 기호이다. 황금 비율 혹은 황금 분할은 1.618:1의 비율이며, 숫자 1.618은 파이라 불린다.

독하기 위해서는 이 새로운 통찰력을 가지고 컴퓨터를 '다시 프로그램'하기만 하면 된다.

그의 이론을 시험하기 위해, 그는 즉석에서 컴퓨터에다 '5와 관련 있는 것들'의 단순한 목록을 입력한다. 손가락, 발가락, 감각, 인류의 오관(五官)*, 오보격(五步格) 시의 보조와 '엘리엇 박사의 고전 서가**', 5음계 음악의 음조,(이 말에 컴퓨터가 기분 좋게 딸꾹질을 했다.) '중국'의 오대기서***와 오복(五福), '아일랜드'의 혈통,**** '이로쿼이*****' 부족들과 '대영제국'의 구획, 앞서 언급한 바 있는 오경, 주중의 날짜 수, 알파벳의 모음, 인간의 연령대******, 오디세우스의 마지막 항해 개월 수, '셰헤라자데의 「짐꾼과 세 명의 바그다드 귀부인의 이야기」' 속에 등장하는 이야기들, novel이라는 단어의 철자 수(novel의 오분의 삼 어쩌고 하는 것들), 그리고 예를 들어 오점형, 오각형, 오분위수, 별표, 오년간, 다섯 쌍둥이, E선******* 등 기타 불연속적인 단어들 몇 개. 이것들은 이미 기계 안에 있는 '7과 관련 있는 것들' 백여 개와 비

---

* 시각, 청각, 후각, 미각, 촉각을 느끼는 다섯 가지 감각 기관.
** 찰스 윌리엄 엘리엇(1834~1926)은 미국의 학자로 하버드 대학의 총장으로 재직할 때 '하버드 고전문학 전집(Harvard Classics)'이라는 제호 아래 다방면의 명작들을 편집해서 출판했는데, 이것을 사람들은 통칭 '엘리엇 박사의 5피트 서가(Dr. Eliot's 5-foot shelf of books)'라고 불렀다.
*** 『삼국지연의』, 『서유기』, 『수호전』, 『금병매』, 『홍루몽』.
**** 아일랜드는 역사적으로 켈트족, 스칸디나비아인, 노르만족, 잉글랜드인, 스코틀랜드인이 모여 만들어졌다.
***** 북아메리카 동부 삼림지대에 거주하는 아메리카 인디언. 다섯 부족이 연합하여 이로쿼이 연맹을 이룬다.
****** 유년, 소년, 청년, 중년(장년), 노년.
******* E는 영어 알파벳의 다섯 번째 글자이다.

교하면 아무것도 아니다. 그러나 그 융합이 기폭제가 되어 용감한 컴퓨터가 주목할 만한 의견 두 가지를 토해 낸다. 한편으로는, '등장인물'과 '줄거리,' 그리고 줄거리에 관해서는 '내용'과 '주제'와 '의미'가 특정한 소설의 속성이므로 혁명적 소설인 『기록들』은 특수성의 한계들을 초월하기 위해 그 모든 것들을 사용하지 말아야 한다. 암호화된 『숫자들』처럼, 『기록들』은 그 자체 말고는 무엇도 재현하지 않을 것이고, 그 자체의 형식을 제외하고는 어떤 내용도 갖지 않을 것이고, 그 자체의 과정을 제외하고는 어떤 주제도 갖지 않을 것이다. 그것은 아마도 언어 자체를 피할 것이다.(그런데 언어 대신 무엇을 사용할지는 분명하지 않다.) 다른 한편, 그것의 '파이 지점'('인간 여성의 전체 신장에서 배꼽의 위치처럼 전체 길이에서 소수점 아래 618……')으로서 일화 하나가 발생하게 되어 있다. 즉, 텍스트 내 텍스트의 완벽한 본보기이자 한 전체로서 작품의 소우주 혹은 범례를 말하는데, (내가 예상했던 것인) '보물을 여는 열쇠' 이야기가 아니라 '그리스의 신화적 영웅 벨레로폰의 인생 이야기,(이 말에 나는 스파르티나 알테르니플로라* 속에서 펄쩍 뛰어올랐다.) 마치 아폴로 호의 승무원들이 달을 향해 날아가듯 그가 페가수스를 타고 올림포스로 날아 올라가려 했던 일, 말파리에 물린 일, 아폴로 호가 유에스에스 호넷**으로 낙하했던 것처럼 그가 땅으로 사정없이 추락한 일, 그가 자기 자신의 재설정이 피폐해지도록 고민하며 인간의 발길이 닿지 않는 습지에서 혼자 방황한 이야기'이다.

---

* 습지에서 자라는 키가 큰 다년생 식물.
** 미국의 항공모함 이름.

브레이가 이름 붙인 이 '전형적인 픽션' 속의 사건들이 마치 강의 두루마리의 개요에 있는 사건들처럼 순서가 맞지 않고 다소 공상적이라는 것은 아무래도 좋다. 그것은 폴리이도스가 현재 이곳에 있다는 증거였다. 폴리이도스, 나는 그의 이름을 부르고 또 불렀지만 아무런 효과가 없었다. 제롬 보나파르트 브레이는 본래 가지고 있던 확신이 회복되자 타이드워터 재단의 사무국장 앞으로 청원서를 보내 앞으로 할 과제의 기획안을 과감하게 마무리한다. E년도(#1974/5)에는 재단이 원조를 재개할 것이라 추정하고 「벨레로포니아드」를 지어내도록 컴퓨터를 개조하고 다시 프로그램을 짜 넣을 것이다. 그는 이번엔 그것을 『기록들』의 순수한 무(無) 위에 생긴 절묘한 얼룩이자, 영리한 쐐기벌레 나방의 애벌레가 (사실상 결코 발견된 적이 없는) 흠 없이 온전한 히커리 잎이 아니라 흠이 있고 벌레 문 자국이 있는 진짜 히커리 잎의 진실한 모습을 흠 잡을 데 없이 흉내 내는 것처럼, 그 불완전한 장르인 소설에 대한 모방을 완전하게 하는 결정적인 결함'으로 묘사한다. S년도에는, 컴퓨터가 소설을 완성해 인쇄한 최종본을 만들 것이다. 그것이 출간되는 즉시 제2의 미국 혁명이 뒤따를 것이고, 제1혁명이 그랬던 것처럼 다른 혁명들을 유발할 것이며 이번에는 전 세계적인 혁명이 이어질 것이다. J. B. 브레이와 H. 맥 2세는 그들의 정당한 이름과 왕위를(우선은 각각 프랑스와 영국 군주의 지위겠지만 결국에는 서양과 동양을 아우르는 황제의 지위를) 되찾을 것이다. 세상에 존재하는 모든 디디티, 피레트린, 로테논*, 그리

---

* 모두 살충제의 일종.

고 이와 유사한 야만스러운 독성 물질의 재고 물량은 모두 폐기될 것이고, 그것을 제조하는 일은 영원히 금지될 것이다. 그리고 세상은 새로운 황금시대로 복원될 것이다.

나는 인간 한 사람이 아닌 인류 전체를 구원한다는 점에서 나 자신의 것보다 더욱 고결한 그의 미래 구상에 대한 공감과 그 가엾고 불행한 공상가에 대한 연민으로 전율했다. 그의 꿈은 그 신청서에 붙어 있는, 손으로 휘갈겨 쓴 인수증에 의해, 그 인수증을 가지고 내가 찰싹 때려 죽인 각다귀만큼이나 허무하게 찌그러지고 말았기 때문이다.

철(綴)할 것. 잊어버릴 것. 강물에 다시 던져 버릴 것. 집행할 (혹은 답변할) 필요 없음. T. A.*

(그때 내가 생각한 것처럼) 영겁의 시간을 거슬러 J. B. B.를 도울 방법은 없었다. 어쩌면 그는 나를 도왔는지도 모르지만. 나는 안타까운 마음으로 브레이의 기획안을 조수에 다시 띄워 보내고 그 벌레로 들끓는 밤을 나의 인생사와 목표를 고찰하며 보냈다. 그리고 아침이 되자 햇볕에 바짝 마르고 바닷소금에 절은 채로 해변을 거닐고 조개로 물수제비를 뜨면서 밀물이 회신을 가져오기만을 초조하게 기다렸다. 출발 지점에 다시 도착했을 때, 나는 모래 벼룩이 뛰는 만조선을 따라 밀려온 해초 안에서 익숙한 항아리가 아니라 놀랍게도 지금껏 보아 온 어떤 것과도 다른 깨끗한 유리병을 하나 발견했다. 모래

---

* 브레이가 보낸 편지의 수신인인 토드 앤드루스.

와 조그마한 섭조개들이 다닥다닥 붙어 있는 거머리말이 그것을 온통 휘감고 있었다. 병 바깥쪽에는 유리 자체로 문자가 돋을새김되어 있었는데, 다음과 같은 비밀스러운 전언을 담고 있었다. '맡긴 게 없으면 돌려줄 것도 없다.' 내부에는 접힌 종이가 있었다. 나는 떨면서 뚜껑을 열고는 병을 아래로 기울였다. 쪽지는 병목을 통과하질 못했다. 주변을 뒤져 찾아낸 곧은 잔가지로 병 속의 쪽지를 끄집어내려 했지만 번번이 아슬아슬하게 실패하고 말았다. 입에서 불평이 절로 나왔다.

"제발 좀 깨져라!" 마음속에서 작은 목소리가 외쳤다. 나는 병목을 잡고 이끼와 조개가 덮인 바위 위에 내리쳤다. 힘이 충분하지 못했다. 얼굴에서 땀이 배어 나왔다. 세 번째 휘둘렀을 때 병이 박살나면서 쪽지가 떨어져 나왔다. 조악하게 줄이 그어진 반쪽짜리 종이였는데, 세 번 접혀 있었다. 접은 종이를 펴자, 첫 줄에 진한 빨간 잉크로 다음과 같이 쓰여 있었다.

관계자 제위께.

마지막 줄의 바로 위 줄에는

이만 총총.

결구의 아래 줄과 마찬가지로 그 사이의 줄들은 비어 있었다. 종이가 조악한 탓에 글자에서 잉크가 번져 여러 군데 섬유질의 얼룩이 져 있었다. 나는 낙담하여 빈 종이를 내던졌는데, 그 즉시 그것은 혐오감을 주는 작은 인간으로 변했다. 그는 이상한 옷차림을 하고 눈에는 다래끼가 나 있었으며 몸에서는 오줌과 상한 케이크 냄새가 났다.

폴리이도스가 코를 킁킁대며 자신을 이리저리 살펴보면서 말했다. "맹세컨대, 난 자네의 사촌 페르세우스로 변해 보려고 했어. 그게 적절할 거라고 생각했거든. 그런데 이것 보게. 내가 결국 무엇이 되었는지. 차라리 문자 형태를 고수할 걸 그랬네. 어떻게 지냈나? 아니, 됐네. 이미 알고 있으니까."

"내 인생은 실패요." 나는 그에게 사실을 있는 그대로 말했다. "난 신화의 영웅이 아니야. 결코 그렇게 되지 못하겠지. 내 나이 이미 마흔이오. 나는 죽을 테고 다른 모든 사람들처럼 잊히겠지."

"자네의 형제처럼 말인가?"

"그런 건 아무래도 좋아. 어떻게 하면 내가 빨리 불멸성을 획득할 수 있겠소?"

폴리이도스가 눈을 가늘게 떴다. "정말 날 믿는 건가? 자네 아내는 내가 마지막으로 자넬 해치려 했다고 생각하는 것 같던데."

"아마 그랬을지도 모르지. 하지만 당신은 그렇지 않았소."

"어째서 자네가 곤경에 빠져 있을 때마다 내가 계속 자넬 도와야 하지? 수년 동안 습지의 노인 노릇을 하는 게 재미있는 줄 아나?" 그가 자신의 팔을 찰싹 때렸다. "이 빌어먹을 모기들. 해산물 때문에 몸에 두드러기가 다 난다고."

내가 대답했다. "분명 당신에겐 다른 선택의 여지가 없을 텐데. 제우스가 당신에게 그 일을 맡겼을 거잖소, 안 그렇소? 그러니 날 페르세우스처럼 별자리로 올리는 것이 당신의 이익에도 부합하는 일이오. 영웅이 성공하지 못하면 그의 조력자를 누가 기억이나 하겠소?"

"논쟁은 건너뛰지. 난 이미 이야기의 결말을 알고 있으니까."

나는 그가 알고 있는 것을 내게도 알려 달라고 절박하게 졸랐다.

"잊어버리게. 이 부분에서 난 자네에게 조언하기로 되어 있네. 그것으로 충분하잖나. 자네가 신화적 영웅이 되고 싶다면, 패턴을 따라야 하네. 패턴을 따르고 싶다면 사사분기에 도시를 떠나 어쩌고저쩌고 하는 거지. 도시를 떠나 페르세우스처럼 영웅의 주기를 한 번 더 반복하고 싶다면 페가수스를 땅에서 띄우게. 페가수스를 예전처럼 날게 하고 싶은 거라면, 자넨 지금 나와 아테네에게 자네의 시간을 낭비하고 있는 거네." 그가 단언했다. 내가 알고 있든 모르고 있든, 날개 달린 말을 타는 데에는 언제나 하나가 아닌 두 여신들의 호의가 필요한데, 여신들의 호의는 각 여신에게 어울리는 시혜물로 증명된다, 아테네의 고삐는 페가수스를 제어하고 조종하는 것이다, 하지만 그를 날게 만드는 것은 아프로디테의 신성한 풀인

"히포마네스!"

"그것 말고 무엇이겠나? 젊은 시절의 자넨 그것에 대해 생각할 필요가 없었네. 고삐만 찾아내면 되었지. 지금 자네에겐 그저 고삐만 있을 뿐이고 히포마네스는 없네. 그리고 내 확실히 말해 두네만, 자네 나이에 그걸 찾기란 쉽지 않을 걸세."

어째서? 그것은 보름달 빛을 받으며 아프로디테 우물의 가장자리에서 자라지 않소?

폴리이도스가 한쪽 눈을 찡긋했다. "그런 시절이 있었지, 응?"

그렇다면 페르세우스가 도구를 얻었던 스틱스 습지에서 자라는 거요? 눈을 떠야 할 시점이 오기 전까진 눈을 감은 채 냄새만을 따라가야 하나?

"재설정. 순진하게 굴지 말게. 그건 바로 자네 코밑에 있네. 물론 그것의 냄새를 맡을 수 있을 거라는 뜻은 아니네만."

나는 갈대와 골풀을 헤적였다.

폴리이도스가 말했다. "오, 이런. 잘 듣게. 자네가 목표를 달성한 장소들을 다시 방문하는 일은 잊어버려, 알겠나? 이건 「페르세이드」가 아닐세. 대신 자네가 지금껏 사랑했던 여자들을 모두 찾아보게. 순서대로. 그런 것이 아프로디테가 좋아할 만한 일이니까. 그 길을 따라가다 보면 어딘가에서 커다란 히포마네스를 발견하게 될 걸세. 자네가 부럽군. 패턴을 얻게 되면 그것을 따르게. 하늘에서 보세."

내겐 물어보고 싶은 말이 더 있었다. 일단 히포마네스를 다시 얻고 나면 페가수스와 나는 어디로 날아가야 하지? 처음 탐색할 곳을 코린토스로 추정할 때, 필로노에와 동행을 해야 하나, 아니면 그 순서에서 그녀의 차례가 올 때까지 그녀를 피해야 하나? 그 문제를 놓고 볼 때 몇 명의 여자들이, 그리고 어떤 여자들이 거기에 해당하는 걸까? 지금 그냥 딱 떠오르는 여자라고 하면 폴리이도스의 딸인 시빌과 내 아내, 이렇게 둘뿐인데. 그들에 대해선 일정 기간 동안 열정을 꽤 많이 느꼈으니까. 하지만 다른 사람들도 있어. 예를 들어 그 아마존 하사는 아주 짧은 시간 동안 나를 강렬하게 매혹했지. 그 외에도 내가 한 시간이나 일주일 동안 데리고 놀았던 여자들도 있고. 어떤 것이 계산에 포함될까? 그러나 폴리이도스는 이미 불쾌한 외모

를 가진 작은 인간에서 귀중한 패턴

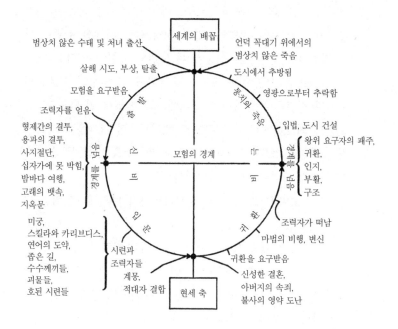

으로 변신한 후였다. 나는 아까 병 속에 들어 있던 종이와 같은 방식으로 접혀 있는 그것을 개펄에서 와락 집어 올린 뒤 집으로 가져갔다.

"자, 떠나지." 나는 필로노에에게 말했다. 그리고 아이들과 대신들을 부두 위에 열 지어 세워 놓고 선언했다. "우리가 어디로 갈지, 혹은 돌아올지 여부는 말할 수가 없다. 여기 내 결혼반지가 있다, 라오다미아. 이것을 줄에 끼워서 목에 걸고 있거라. 만약 내가 없는 동안 네 오빠들이 왕위를 두고 싸우기 시작하면 화살을 쏘아 이 반지를 통과시킬 수 있는지를 시험하여 문제를 해결하는 거다. 헤헤. 알겠소, 대신들?"

"저희는 바른 아이들이 되도록 노력하겠습니다." 나보다는 어미의 피를 물려받은 히폴로쿠스와 이산데르와 라오다미아가 앞서거니 뒤서거니 하며 똑같이 대답했다. "자제심 부족한 젊은 혈기가 본능적으로 기울기 쉬운 반역의 함정을 피하고, 문화적 전통과 현존하는 제도에 구현되어 있는 우리 선조들의 축적된 경험을 존중하면서, 동시에 젊은이로서 언제나 그러한 전통과 제도를 신선한 시각으로 재검토하되 그것을 파괴하는 것이 아니라 보다 생산적으로 발전시킬 것을 명심하겠습니다. 부디 즐겁게 여행하시길 바랍니다."

"반지 고마워요, 아버지." 라오다미아가 나의 볼에 입을 맞추며 덧붙였다.

"만약 왕실 여행 계좌에 예치된 금액이 전하의 경비를 충당하기에 부족하다면." 재무 대신이 눈치 빠르게 말했다. "대학에서 전하께 부여한 명예 왕위의 지출 기금도 있다는 걸 잊지 마십시오. 리키아의 경제는 탄탄합니다. 그것은 주로 카리아-솔리미아-아마존의 준동을 막는 방위 산업이 상당한 규모이면서도 그들과 실제로 부딪히는 일은 거의 혹은 전혀 없기 때문이지요. 키메라 산 국립 공원의 관광 산업 역시 해 될 게 전혀 없습니다. 고마움을 아는 시민들과 유복한 관료들은 이렇게 수지맞는 일에 대해 전하께 감사하고 있습니다. 무사히 잘 다녀오십시오."

편자 모양의 화환이 내 목에 걸렸고, 또 다른 화환이 페가수스의 목에 걸렸다. 페가수스는 뒤 갑판 위에서 나와 울고 있는 필로노에 사이에서 고개를 늘어뜨리고 있었다. 우리는 출발했다. 폴리이도스의 관측과는 반대로 나는 「페르세이드」의 그 주목할 만한 문장에서처럼 우리의 배를 침몰시켜 줄 태풍을 기다렸다. 임박한 폭풍(storm)의 t가 콧노래를 흥얼거리는 방심 상태(inattention)의 n을 발 걸어 넘어뜨리고 사납게 몰아치는 s와 결합하여 페르세우스가 안드로메다에게 손찌검을 했던 것처럼 배를 강타하는(strike) 부분 말이다. 그러나 바람은 스포라데스 제도와 키클라데스 제도를 통과하는 내내 잔잔했고, 필로노에는 처음으로 리키아와 아이들을 떠나온 터라 울적한 상태이긴 했어도 그렇다고 나와 말다툼을 할 만한 사람은 아니었다. 배 타기, 곧 이루어질 언니와의 재회, 내가 패턴과 폴리이도스의 지시를 확보한 것에 대한 흥분, 이 모든 것들이 그녀를 화창한 날씨만큼이나 기분 좋게 만드는 요인들이었다. 그녀는 사내아이들 사이의 내분을 막는 나의 전략을 칭찬하면서(그러나 그녀는 설사 우리에게 무슨 사고가 생긴다 해도 분명 둘이서 화목하게 협력하여 나라를 다스릴 뿐만 아니라 세 오누이가 서로를 몹시 사랑하는 만큼 그들의 누이와도 왕위를 나눌 거라고 확신했다.) 오랜 세월 금반지를 껴 온 탓에 생긴 내 손가락의 하얀 반지 자국 위에 입을 맞췄다. 그러고는 우리의 두 번째 신혼여행에(그녀는 들뜬 기분으로 이 여행을 그렇게 불렀다.) 남녀가 눈이 맞아 달아나는 분위기를 주기 위해 자신의 결혼반지를 뺐다.(하지만 조심스럽게 잘 보관해 두었다.) 왜냐하면 그녀는 내가 히포마네스를 찾게 되면 궁극적으로는 내가 분명 그녀를 다시 돌아보게 되어 우리의 사랑도 신혼의 열렬함을 되찾을 거라고 확신했고, 그 발상을 매혹적이라고 생각했기 때문이다. 얼마 안 되어 우리는 사로니코스 해에 들어섰고 그 유명한 이스트무스 해변에 상륙했다. 내가 말했다. "나는 여기서 당신을 떠나려고 해. 배가 당신을 이곳에서 다시 티린스의 곳에 데려다 줄 거야. 곧 안테이아를 만날 수 있겠지."

내 어머니를 간절히 만나고 싶었던 그녀는 실망해서 작은 목소리로 대답했다. "뭐, 알겠어요."

나는 안장을 올렸다. "정확히 언제 당신을 다시 만나게 될지 지금으로선 말할 수 없어, 필로노에. 당신은 매우 훌륭한 아내였고 엄마였어. 그리고 왕비였지. 친구이기도 했고. 나는 당신의 음악, 음식, 신화에 대한 취향을 좋아해. 의상과 가구 취향은 그저 그렇지만. 당신은 매우 영리하고, 물론 대단히 상냥하지. 또한 당신은 육체적인 젊음도 비교적 꽤 잘 유지해 왔어. 품성도 고결하지. 보자. 오. 내가 사람들을 사랑하는 데 능숙하면 좋겠다 싶지만 아쉽게도 그렇지 못한 것 같아. 그래. 덧붙여, 내가 이런 불멸성 어쩌고 하는 것 없는 평범한 왕도 남편도 아니었다는 게 참 유감이야. 내가 그랬다면 당신은 훨씬 더 많이 행복할 수 있었을 텐데. 당신은 그럴 자격이 있으니까. 안녕."

그녀는 다시 소리 죽여 울었다. 그리고 그녀의 입술이 내 입술까지 닿지는 않았으므로(나는 이미 페가수스를 타고 있었다.) 금빛 고삐를 쥐고 있는 내 손가락의 반지 자국에 다시 키스했다. 그리고 마흔 살 생일 전날 밤 내가 영웅이 아니라고 말했을 때 그랬던 것처럼 내 의견에 동의하지 않았다. 그녀는 내 마음이 내가 인정하고 싶어 하는 것보다 더 사랑으로 가득 차 있다고 단언했다. 즐거웠던 수년 간에 걸친 그녀와 아이들에 대한 사랑, 무엇보다 죽은 내 쌍둥이 형제에 대한 사랑으로. 비록 내가 그에 관해 언급한 적은 드물지만 그의 기억에 대한 강한 애착으로 내 감정이 그렇듯 북받쳐 오를 정도인 걸 보니, 그는 분명 대단히 범상치 않은 사람이었을 거라고도 했다.

어쩌면 나는 이 놀라운 발언에 이의를 제기했을지도 모르는 일이었다. 그러나 젊은 시절보다 집중력이 떨어지는 페가수스가 나의 불안한 헛기침을 움직이라는 기합 소리로 착각하고 배다리를 터벅터벅 내려가는 바람에 그럴 수가 없었다. 코린토스인들은 내가 말을 타고 옛 고향에 들어서자 호기심 어린 시선으로 쳐다보았다. 변한 건 그리 많지 않았다. 몇몇 상점들이 달라졌고, 새로운 학교가 두어 군데 더 생겼다. 왕궁은 더 작아 보였고, 여기저기 칠이 벗겨져 있었다. 마당의 관목 숲은 웃자라 있었다. 우리가 기어오르곤 하던 나무도 여전히 서 있었는데, 나는 그 나뭇가지 하나하나에 시선을 주며 눈으로 훑어 올라갔다. 털 난 벌레와 긴 고치가 많은 커다란 개오동나무. 우리는 그것을 말려 마구간 뒤에서 연기를 피우곤 했다. 내가 좋아하던 다른 한 가지는 사라지고 없었다. 내가 별채 가운데 가장 잘 기억하는 것으로 노예들의 숙소에 있는 나무 집과 변소 사이에 있는, 흰 도료를 칠한 헛간이자 고문실이었다. 열 살 때 나는 자로 내 손가락을 때린 음악 선생에게 벌을 주겠다며 협박한 적이 있었는데, 월계관을 쓰고 토가*를 헐렁하게 걸친 그 여자가 나를 그곳으로 데려가서 갈퀴와 먼지투성이 암포라 항아리 사이에 자신의 오현금(五絃琴)을 치워 놓고 무릎을 꿇은 채 땀을 흘리며 내 무릎을 껴안았고, 마치 평범한 여름 오후인 것처럼 벌들이 격자 창 사이로 붕붕대는 동안 스스로가 제시한 놀라운 가격으로 자비를 샀다. 나는 주위를 둘러보았다. 그

---

* 겉옷.

곳에 히포마네스의 흔적은 없었다. 여하튼 그 여잔 이미 죽었을 것이다. 늙은 개가 뒤쪽의 접시꽃과 함수초 사이에 있는 벌통 옆 거름더미에서 경고하듯 낮게 으르렁거렸다. 그것을 피하여 지나가다 젖가슴도 오그라들고 이도 없어진 쪼그라진 늙은 아마존을 발견했다. 나는 그녀를 내 어린 시절 친구이거나 옛 유모였던 히폴리타라고 생각했다. 어느 쪽이었는지는 잊어버렸지만. 나는 그녀에게 페가수스를 마구간에 넣어 달라고 부탁했고, 미소를 지으며 그녀가 그날 밤 지붕 위에서의 일을 기억하고 나를 알아보기를 기다렸다. 그러나 그녀는 페가수스의 커다란 하얀 날개조차 딱히 알아보지 못하고 그저 그를 마구간으로 끌고 갈 뿐이었다. 그녀가 돌아왔을 때 나는 멜라니페라는 이름의 전임 하사가 아직도 마구간에서 일하느냐고 물었고, 그녀는 툴툴거리듯 말했다. "요즘은 하인이 있어 봤자 별 값어치가 없어. 빌어먹을 일들을 모두 내 스스로 해야 하지." 나는 어머니의 목소리를 알아들었다.

"믿어지지가 않아!" 나는 그날 밤 작은 숲에서 시빌에게 말했다. "건강은 좋으셔. 하지만 어머닌 정말이지 완전히 쪼그라든 것 같아. 게다가 기억력도 형편없어서 어머니가 폴리스는 고사하고 왕궁을 꾸려 간다는 게 놀라울 정도야. 혜. 어머닌 나를 한참 동안 알아보질 못하셨어. 어떤 때는 당신에겐 아들이 아예 없다고 말씀하시다가, 또 어떤 때는 그들이 죽은 지 수년이 지났다고 했지. 나중에는 남자들에게 버림받은 후 자기가 코린토스에 모계 세습제를 확립했다고 말씀하시더라고. 그때 난 어머니가 뭔가 심적으로 뒤틀려 있거나, 아니면 충격으로 인해 이 특별한 주제에 관해시는 정신이 오락가락하게 된 것임을 깨달았지.(다른 문제들에 대해서는 충분히 멀쩡해 보였거든.) 그래서 내가 어떤 측면에서는 형편없는 아들이었음을 인정했어. 그리고 이십 년 동안 연락 한 번 하지 않은 걸 사죄했지. 나는 네 아버지가 그날 밤 여기 작은 숲에서 무슨 일이 벌어졌는지 어머니에게 설명했을 거라고 생각했어. 그가 어머니께 신화적 영웅의 과업이라든지 내가 해야 할 노역이라든지 적당한 신호를 받으면 왕국을 되찾기 위해 동쪽으로부터 오리라는 것 등에 대해 알려 주기로 했거든. 이 히포마네스를 찾기 위한 여행이 그 신호가 아니라면 나는 아직 그걸 감지하지 못한 셈이지만 말이야. 사실 나도 그게 궁금하긴 해. 그런데 아무래도 그 개자식이(미안.) 이것들 가운데 어떤 것도 하지 않은 것 같군. 그리고 나는 그에 대해 내 아내가 판단한 것이 정말로 옳을지도 모른다는 생각이 들기 시작했어. 왜냐하면, 와, 내가 그의 이름을 언급하자 어머니가 이런 황당한 이야기를 털어놓으셨거든. 글라우코스와 형을 위한 장례 제전이 끝나고, 폴리이도스가 어머닐 안쪽으로 불러내더니 결혼하자고 하더라는 거야. 그러면서 고백이랍시고 한다는 말이, 어머니에 대한 사랑과 코린토스 왕이 되려는 야심에서 그녀와 글라우코스, 글라우코스와 나, 나와 내 형 등등의 사이에 갈등을 조장했고, 우리들 가운데 일부 혹은 전부가 죽임을 당하도록 경마 사기를 계획했으며, 내가 (정말로) 신화적 영웅일 경우를 대비하여 나를 도시에서 내쫓을 요량으로 이 패턴 어쩌고 하는 것을 날조했다는 거였어. 그러면서 동시에 내가 사실은 자신의 아들이라고 주장했다더군. 그날 밤 파도 속에서 어머니를 범한 것은 말의 모습을 한 포세이돈이 아니라 말의 모습을 한 포세이돈의 모습을 한 폴리이도스였다는 거지. 이해하겠어? 그런데 내가 처음 폴리이도스를 키메라 산에서 데리고 나왔을 때 그는 그녀가 미쳤으며 그녀가 모든 걸 이런 식으로 상상하고 있기 때문에 자신이 체포되었던 거라고 말했지. 하지만 맹세해, 시브*. 어머닌 이 모든 것을 완전히 침착하게 말했어. 게다가 어머닌 네 아버지가 이런 얘기들을 해 주었을 때 못 미덥거나 화가 났던 게 아니라 단지 그를 경멸할 뿐이었고 그를 감금한 것도 그가 위험한 반역자나 살인자여서가 아니라 저속한 미치광이였기 때문이라고 하셨어. 그 말은 특히 설득력이 있었지. 어머니의 말은 또한 이후 그의 행보에 대해 많은 것을 설명해 주기도 하잖아, 안 그래? 한 손으로는 나를 죽이려 하면서 다른 손으로는 내 외투 뒷자락에 매달리는 짓 같은 것 말이야. 하지만 어머니 정신 상태가 완전히 멀쩡한 건 아니야. 예를 들어, 위의 말을 고려할 때 어머닌 자신에게 결국 아들이 있었다는 사실과 그들 가운데 오직 하나만이 남편과 더불어 죽었다는 사실을 인정해야 하는 거잖아. 하지만 어머닌 우리들 가운데 어느 하나가 죽었는지를 헷갈려하셔. 날 계속 잘못된 이름으로 부르셨지. 그러고는 이내 처음에 했던 말로 돌아가는 거야. 벨레루스는 세상 사람들에게 죽은 사람이고, 텔리아데스는 자신에게 죽은 사람이며(어머닌 거꾸로 알고 계신 거지.) 벨레루스를 죽인 자로 알려진(살인자 벨레루스라는 뜻으로 말씀하신 거지.) 벨레로폰이라는 인물은 완전히 모르는 사람이라는 거야. 신화적 영웅이 아니라 신화 속 가공인물이라는 거지. 글쎄,

---

* 시빌.

마음이 너무 아프더군. 내가 말했어. '제 목소리를 알아보지 못하시겠어요, 어머니?' 내 입장에서 볼 때 벨레로폰은 '벨레루스의 목소리'라고 설명했어. 내 말 이해하겠어? 그리고 어머니의 아들 벨레루스가 불후의 명성을 얻게 될 텐데 기쁘지 않느냐고 물었지. 어머닌 내 눈을 들여다보시더니 미안하다고 말씀하셨어. 가족이 모두 죽고 없으니 부디 자신을 그냥 내버려 두라고, 그러지 않으면 경비병을 부르겠다고 하셨지. 나는 어머니의 손자들 얘기를 꺼내 볼까 생각했지만, 어머닌 그 아이들을 본 적이 없고 또 내가 그 아이들을 리키아에 두고 온 터라 도움이 될 것 같지 않았어. 무슨 이런 날이 다 있을까. 사람이 늙어 간다는 건 애석한 일이야. 이봐, 안녕. 아마도 그대는 어린 시절 연인 벨레루스를 다시 만나 꽤 흥분될 테지, 안 그래? 여기 이 상처를 봐. 그 우물 두레박에 맞아서 내 눈이 초록색이 되었다고. 요즘 머리카락이 많이 빠져서 더욱 똑똑히 보일걸. 무당 노릇 하는 건 어때? 헤."

그녀는 달빛을 통해 나를 흐리멍덩한 눈으로 곁눈질하더니 주름진 머리를 흔들었다. "벨레루스, 오, 와." 시빌 역시 이십 년 동안 변해 있었다. 분명 좋은 쪽으로는 아니었다. 신성한 창녀이자 예언가라는 그녀의 직업이 적지 않은 난교 활동, 무녀다운 비밀스러운 언어, 월계수와 점술 약물의 사용, 다소 방종한 옷차림과 머리 장식을 수반한다 치더라도, 어째서 그녀가 옛 친구를 솔직하게 대하지 못하는지 합당한 이유를 알 수가 없었다. 특히 내가 그녀에게 그렇듯 격의 없이 솔직하게 속내를 털어놓는데 말이다. 아테네 신전에서 내가 환상으로 만났던 그녀와는 완전히 거리가 먼 모습인 그녀는 (내 판단으론)

단정치 못하다기보다는 약으로 몽롱해져 있는 상태였고, 봉두난발에 옷은 지저분하고 지금 사귀는 애인이 학대라도 했는지 그마저도 찢겨 있었다. 그녀의 애인은 심지어 남자도 아니었고 신이나 반신은 더더욱 아니었으며, 시빌에 의하면 '마구간 일을 감독하는 레즈비언'으로, 티린스로 '작전을 수행하러' 들어가지 않았던 우리의 얼마 되지 않는 아마존들 가운데 한 명이었다. 나는 이 사실을 알고 마음이 몹시 괴로웠다. 나의 청춘 시절 꿈의 여인은 나이 마흔에 살이 쪄 젖가슴은 비대해졌고, 씻지 않아 더러웠으며, 허벅지와 허리는 굵었고, 다리와 입술과 겨드랑이에는 털이 무성했다. 심지어 직업상 도취된 상태가 아닐 때에도 그녀는 잡다한 약초들을 다량 삼키거나 냄새를 맡거나 태워서 연기를 흡입했다. 그리고 반쯤은 알아들을 수 없는 말을 지껄이는 것 외에는 거의 말을 하지 않았다. 축제일이건 아니건 그녀는 수나 지위나 성별에 상관없이 아프로디테의 우물로 찾아오는 사람들을 모두 받았고, 도착적인 성행위도 가리지 않았으며 혼수상태가 아닐 때에는 방문객들이 오가는 틈틈이 수음을 했다. 그녀는 또한 트림을 자주 했다. 다른 한편 그녀는 자신의 얼마 되지 않은 수입에 관대했는데, 부랑자나 떠돌이 들과 침상을 나눠 썼을 뿐 아니라 포도 잎 피클도 나눠 먹었다. 취객들로부터 물건을 훔치는 일은 좀처럼 없었으며, 가난한 탄원자들에게 돈을 받지 않고 내게 들려주었던 것만큼 불가해한 신탁을 전하기도 했다.

나는 그녀에게 내가 찾고 있는 게 무엇인지 알려 주었다. 그녀는 이렇게 단언했다. "어떤 말에겐 히포마네스일 테지만 다른 말에겐 화약이 될 수도 있어요. 하지만 첫 일 회분은 공짜예요.

어디 요즘에는 토가 아래 뭘 가지고 다니는지 좀 봅시다."

그 풀의 시료를 얻는 대신 그녀와 성관계를 가져야 한다는 것이 (비교적) 명백해지자, 나는 마지못해 그렇게(그녀의 고집에 따라 '옛정을 생각하여' 종마가 하듯 후배위로) 했다. 비록 그녀의 외모와 옛 기억이 결합되어 나의 성적 욕구를 떨어뜨렸지만 말이다. 시빌은 거래를 할 줄 알았다. 히포마네스 자체는 보지 못했어도, 내가 절정에 다다랐을 때 내 머리 위로 말이 히히힝 하는 소리가 들리더니 페가수스가 작은 숲을 야릇하게 빙빙 도는 광경이 시야에 들어왔다. 오랜만에 보는 그의 첫 번째 진짜 비행이었다.

"만세!" 그가 양담쟁이 속으로 불시착할 때 내가 외쳤다.

시빌이 건조하게 주문처럼 뇌까렸다. "바꾸면 바꿀수록 오히려 변하는 건 없지. 벨레루스는 무슨 얼어 죽을.* 자, 한 번 더."

초대는 조악했지만, 잠시 후 나는 그럭저럭 그녀를 다시 올라타고 짧게 관계를 가졌다. 그리고 페가수스도 다시 짧게 날아올랐다. 나는 내가 찾던 것을 그렇게 빨리 찾아냈다는 사실이 너무도 기뻐서, 그리고 그것을 영구히 손에 넣고 사용 방법을 알고 싶다는 열망에 그날 밤새도록 시빌과 함께 머물렀다. 그리고 그다음 날에도 그다음 날에도 역시. 마치 II-F-i에서 페르세우스가 고깔 두건을 쓴 메두사와 함께 호숫가에서 머물렀던 것처럼. 하지만 그것은 반대의 효과를 냈다. 매번 우리가

---

* Bellerus my ass. 벨레로폰은 시빌의 이 빈정대는 말을 문자 그대로, 즉 "벨레루스, 내 엉덩이 위로 올라타요."라는 식으로 해석했다.

몸을 섞을 때마다 매번 더 높이, 더 멀리 나는 대신, 페가수스
는 나흘간 앞선 사 년 동안의 패턴을 반복했고 내 정력도 그
만큼 빠르게 줄어들었다.

"덤 디디. 영웅들도 예전 같지 않군요." 시빌이 닷새째 되는
날 말했다.

"히포마네스 역시 그렇군. 옛날 여기서 자라던 종류는 가지
고 있지 않나?"

"괜찮은 것 하나가 남아 있긴 한데." 변신을 잘하는 자기 아
버지가 사용하던 것과 같은 부적을 두드리면서 그녀가 말했다.
"창녀로서든 신탁으로서든 나의 성공 비밀은 이거죠. 이게 사
라지면 나도 일을 접어야 할 거예요."

"그것이 내가 가고자 하는 곳으로 날 데려갈 수 있을까, 시
브? 그나저나 그곳이 어디지?"

그녀는 그것이 아주 효과가 제대로여서 나 같은 남자는 낙
하 전에 별세계에 떨어뜨려 놓을 만큼 까마득히 높이 보내 버
릴 거라고 그녀의 방식으로 대답했다.

"올림포스인가? 올림포스야? 그것 참 굉장한 발상이군! 한
데 내가 그냥 그곳으로 날아가기만 하면 신이 될 수 있을까?"
나는 흥분해서 물었다.

시빌이 궁둥이를 긁으며 어깨를 으쓱했다. "내 고객들 가운
데 신은 그리 많지 않다는 거 당신도 알죠? 어쨌든 난 당신에
게 이 끝내주는 내 마지막 약을 주겠다는 말을 한 기억이 없
는데요. 당신이 이제껏 날 위해 해 준 게 뭐가 있죠?"

나는 내가 신이 된다고 해서 그녀에게 떨어질 것은 아무것
도 없다는 데 동의했다. 그래도 그 일에 일조했다는 것에서 어

떤 만족감을 얻을 수 있을 것이다, 그것은 분명 간접적인 영광이지만 결코 코웃음칠 만한 것은 아니다, 그것이 네 아버질 어떻게 만들었는지 보라, 이제는 죽고 없는 델리아데스가 과거에 그의 쌍둥이라는 예정된 운명의 빛 속에서 얼마나 성공했는지를 보라, 너는 또 어떻고. 우리 인생의 그 찬란했던 오전 나절에 우리 셋이서 그 작은 숲에서 즐겼을 때 넌 이렇게 말했지. "벨레루스는 언제든 그가 원할 때 나를 가졌던 것처럼 코린토스 역시 언제든 차지할 수 있어." "우리가 그걸 차지하는 거야, 시브." 내가 말했다.

"지금 장난해요?"

"뭐라고?"

그녀가 빈정거렸다. "당신은 적어도 영웅이 될 수 있을 만큼 자기중심적이긴 하네요! 내게 벌어질 일에 대해서는 눈곱만큼도 신경 안 쓰이나요? 당신이 하늘로 퍼덕거리며 올라갔을 때 아내나 아이들은 어떻게 될지 전혀 신경 안 쓰여요? 당신은 심지어 어머니의 이름이 에우리메데가 아니라 에우리노메라는 것도 기억 못 하죠! 그리고 맙소사, 그러면서 마치 자기가 인류를 이롭게 하는 줄 알고 있다니! 설사 당신이 다른 세상에 도달하는 데 성공한다 해도 그것이 이 세상의 누구에게 이득이되겠어요?"

"무녀는 너야. 그런 것들을 생각해 내는 것은 내 전문이 아니라고. 내 관심사는 신화적 영웅이 되는 거고 그걸로 얘긴 끝나는 거야. 그리고 그러기 위해선 그 부적 안에 있는 히포마네스가 필요해. 보아하니 아무래도 이 칼로 널 위협해야 할 것 같군. 네가 원한다면 패턴을 보여 줄 수도 있어. 그것을 만든 사람은 다름 아닌 네 아버지라고. 자, 이제 부디 선심을 베풀어 네 옛 남자 친구인 벨레루스가 불멸의 신이 되는 걸 도와주길 바라. 그로 인해 네가 어떤 희생을 치르게 되든 상관없어. 난 너에게 고마워할 거야. 그리고 어머니의 이름에 관해 말하자면, 어떤 곳에는 에우리메데라고 되어 있고, 어떤 곳에는 에우리노메라고 되어 있어. 신화에서 보조 인물들의 경우 그 정도 차이가 있는 일은 비일비재해. 이름 문제라면 영웅 자신도 종종 상이한 이름들을 갖곤 하지. 예를 들어 델리아데스는 알키메데스라고도 불렸어. 내가 알기로 그건 '커다란 생식기'를 의미하지. 알크메네스라고도 불렸어. '달처럼 거대한'의 뜻이라나? 또 페어렌이라고도 불렸는데 이건 우리의 아크로폴리스에 있는 뮤즈들의 우물 이름에서 따온 거야. 뭐다 그런 거지. 난 그녀를 그냥 어머니라고 부르겠어. 제발 부탁해."

"'제발'이라고 말하는 영웅이라." 시빌이 말했다. 하지만 하품과 함께 그 부적을 건넸다.

나는 (읽은 자국이 있는) 그녀의 볼에 입을 맞췄다. "정말 고마워. 진심이야."

"당연히 그렇겠죠. 여기 다음 정거장에 있는 당신의 여주인에게 보내는 특별 항공 우편이 있어요. 엿보기 없기예요. 자, 이제 내가 여자 친구랑 술꾼들과 재미 보도록 내버려 두고 썩꺼져 버려요."

정확히 말하자면 페르세우스는 메두사에게 그런 식으로 작별을 고하지는 않았다. 그러나 나는 그녀에게 다시 한 번 감사했고, 내가 하늘에 도달해서 편지를 배달할 때(그 편지의 수취

인은 단순히 대문자 알파*로 되어 있었다.) 그녀를 위해 아프로디테에게 좋게 말해 주겠다고 약속했다. 사실 아테네에게도 에우리메데/에우리노메와 필로노에를 위해 그녀가 할 수 있는 일을 해 달라고 부탁할 작정이었다고도 했다. 그렇게라도 그들에게 고마움을 표현하고 싶었으니까. "안녕."

시빌은 종종 자신의 머리 주변을 맴도는 과실파리 떼를 손을 휘저어 치워 버리며 말했다. "저리 꺼져서 죽고 또 죽어 버려.**" 나는 너무도 끔찍한 이 저주가 파리 떼를 향한 건지 나를 향한 건지는 궁금해하지 않기로 했고 영원히 그럴 것이다. 나는 부적을 찢어서 열고 페가수스 위에 올라타서 그것을 그의 코에 댔다. 그러자 그가 밀실에 갇힌 무모한 나방처럼 하늘의 둥근 천장 위로 한껏 튀어 올라갔고, 나는 귀중한 목숨을 부지하기 위해 고삐에 바짝 매달렸다. 처음이자 마지막으로 비행 멀미를 경험했다. 시빌이 그 풀을 어디서 구했는지는 제우스만이 알겠지. 나는 아침에 먹은 것을 모두 게워 냈고 방향 감각을 상실했으며 환각을 보기 시작했다. 와. 옛날 내가 날아다니던 젊은 시절의 어느 때에도 지금 페가수스가 히힝 하는 소리와 함께 도시 바로 외곽에 있는 레몬 과수원으로 급강하하는 그러한 추락은 경험해 본 적이 없었다.

올림포스가 아니었다. 나는 여기저기 멍이 들고 머리가 아

---

* 자신이 올림포스로 가게 될 것이라고 생각하는 벨레로폰은 이 대문자 알파가 아프로디테 혹은 아테네를 가리킨다고 믿고 있다.

** Drop dead twice. 'drop dead'는 문자 그대로 해석하면 '떨어져 죽어 버려.'라는 뜻인데, 이후 벨레로폰이 하늘에서 두 번 추락하는 것으로 보아 이것은 의미심장한 예언이자 저주이다.

프고 온몸이 욱신거리는 상태로 정신이 들었다. 페가수스의 모습은 어디에도 보이지 않았다. 사랑과 달걀 레몬 수프로 나를 보살펴 소생시켜 줄 귀여운 칼릭사는 더더군다나 보이지 않았다. 나는 늘 보던 똑같은 바위투성이의 작은 숲에 있었고, 상처 여섯 군데에서 인간의 피가 흐르고 있었다. 티린스의 성벽을 알아보기 전 오 분 동안에도 내가 지구 아닌 다른 장소에 추락했다고는 상상할 수가 없었다. 나는 괴로운 신음 소리를 냈고, 똑같은 간계에 의해 한 번 하고도 열에 여섯 이상은 속아 넘어가지 않기 위해 시빌의 편지를 찢어 개봉했다. '부디 이 편지를 지니고 있는 자를 소생시켜 주십시오.' 편지의 하잘 것없는 첫 번째 문장은 이렇게 되어 있었다. 두 번째 문장은 나의 제2썰물기에 다다를 때까진 신경 쓰지 않을 것이다. 그 때 계집애들이나 갖고 다닐 만한 짧은 칼과 최신 유행하는 갑옷을 입은 창백한 멋쟁이가 나무 뒤에서 나와 혀 짧은 소리로 말했다. "나는 반의반틴인 메가펜테트다. 트테네보이아 여왕과 반의반틴인 벨레로폰의 아들이자 가짜 틴화 영웅인 페르테우트를 둑인 타람이다. 나는 당틴이 둑고팁디 않으면 항복하기를 명하며, 부디 그 비밀 편디를 믿는 일을 그만두기를 명한다."

나는 다시 신음 소리를 냈다. "아이고, 이런!"

"그래. 너는 내가 단디 심하게 혀딸배기소리를 낸다는 이유로 날 동텅애다로 생각할 거야. 네게 말해 두디. 첫때, 특히 더 속한 농담 속에 등당하는 여다 구틸을 하는 일부 남다 동텅애자들이 이러한 언어 당애를 가당하기도 하디만, 내 경우 많은 경우들터럼 그 결함은 선턴덕이고 남성성과는 어느 똑이든 탕관없떠. 둘때, 언어 당애도 성덕인 경향도 내게는 뮈 그리 우스꽝스럽게 느껴디디 않아. 매우 더속한 감투성을 디닌 사람들에게는 그렇게 느껴디겠디만. 그리고 세때, 어떻게 하다 보니 나는 실데로 동텅애다디만, 호던덕인 트파르타인들도 역시 동텅애다들이다. 그러니 능글맞게 웃는 덧일랑 그만둬. 나는 동텅애다일지는 몰라도 이 딸막한 검을 다루는 덴 엄청 능툭하니까 말이야."

어쩌면 그의 말이 맞았는지도 모른다. 그러나 그것이 정당하든 그렇지 않든 내가 느끼는 좌절감에 대해 화풀이하기 위해 그를 덮쳐 눌렀을 때, 지금껏 방황하던 페가수스가 엉망인 모습으로 내게 비틀거리며 다가왔다. 그는 왼쪽 날개와 오른쪽 뒷다리를 보호하듯 조심스레 움직였고 어지러운 듯 머리를 흔들었다. 그것은 가장 흉포한 동성애자도 움찔할 만한 광경이었다. 그때 덤불마다 한 명씩 숨어 있던 아마존 소대가 메가펜테스를 구출하기 위해 완전 무장을 한 상태로 앞으로 나섰고, 나는 깜짝 놀라 벌떡 일어났다. 나는 아마존들이 강간범을 처리하는 방법을 기억하고 나의 옛 희생자가 그녀의 정당한 불평거리를 가지고 티린스로 이민했을지도 모른다고 두려워하며 칼을 뽑았다. 그리고 그들과 전투를 하거나 산 채로 잡히느니 차라리 칼끝 위에 몸을 던지리라, 하고 마음의 준비를 했다. 두 가지 선택 사항 가운데 어느 것도 결코 내키는 일이 아니었기 때문이다.

"그만둬!" 메가펜테스가 나는 물론 아마존 근위병들에게도 외쳤다. "그는 나의 아버디 벨레로폰이시다! 더기 있는 날개 달린 말을 보면 그가 누군디 판단할 투 있을 거야! 크산토스 던법을 써라!"

꽤 분명하게도 그리고 슬프게도, 크산토스 평원에서 어부의 아내들이 그랬던 것처럼 아마존들 가운데 한 명만을 제외하고는 모두 원을 만들어 돌면서 키톤을 걷어 올린 뒤 팬티스타킹을 내렸고 내 쪽으로 엉덩이를 보인 채 다가왔다. 그 한 사람은 단발머리를 한 젊은 여자였는데 칼을 칼집에 집어넣고는 욕지기가 난다는 표정으로 성큼성큼 가 버렸다. 욕지기가 나는 건 나 역시 마찬가지였다. 좀 더 자세히 보니 그들이 진짜 아마존인지도 의심이 갔다. 그들의 피부는 너무 하얗고 허벅지와 궁둥이는 너무 부드러워 보였으며 목소리는 지나치게 여성스러웠고 의상 역시 세련된 모습이었다. 심지어 페가수스도 한번 코를 킁킁대더니 흥미를 잃었다.

내가 선언했다. "포기한다. 모든 것이 엉망이군. 프로이토스 왕에게 친구가 왔다고 전하게. 그리고 만약 이게 내 아내가 재미 삼아 내놓은 발상이라면 난 하나도 즐거워하지 않더라고 전해 줘."

나중에 밝혀진 일이지만 그들 가운데 누구도 날 체포하라고 명한 사람은 아니었다. "조용히 해, 돼지." 그들의 우두머리가 말했다. 그러고는 일행에게 내 손목을 묶고 목에 밧줄을 감아 스테네보이아 여왕에게 끌고 가라고 명령하고는 내게 경고했다. "괜히 수상한 짓 하지 마. 여차하면 네 불알을 차 줄 테니까."

메가펜테스가 날 걱정하며 불평했다. "탈탈 다뤄. 그는 나의 아버디인 반틴이란 말이다. 안녕, 아버디."

"말도 안 되는 소리. 나는 심지어 스테네 어쩌고 하는 이름을 가진 여자가 누군지 알지도 못해. 게다가 반의반신 같은 건

생길 수가 없다고. 프로이토스는 어디 있나? 내 튜닉은 건들지 마, 빌어먹을!"

"우리가 받은 명령은 네가 도발하지 않는 한 네 불알을 까지는 말라는 거였어." 근위 대장이 말했다. 이제 확신컨대 그녀는 아마존이 아니었지만 충분히 무시무시했다. "솔직히, 널 거세하는 기쁨은 내가 누리고 말겠어. 자, 집으로 함께 가요, 왕자님. 그리고 어머니께 우리가 옛 남자 친구를 잡았다고 말씀드려요. 우리는 가는 길에 그에게 프로이토스를 보여 줄 테니."

메가펜테스가 입을 비죽였다. 어리둥절하고 마음이 어수선했지만 달리 어떻게 할 수가 없어, 나는 맨몸을 드러낸 채 도시 안으로 끌려갔다. 상점 주인과 보도에서 빈둥거리는 사람들은 모두 여자였는데, 나의 사내다운 부분을 보며 휘파람을 불고 저속한 말을 지껄였다. 남자들 몇 명이 창문 위에 반쯤 내려진 커튼 뒤에서 호기심에 가득 찬 얼굴로 수줍게 엿보았다. 젊고 두껍게 화장을 한 다른 몇몇은 중년의 여성 동반자 품 안에서 능글맞게 웃거나 혹은 당황스러움을 가장하며 자신들의 얼굴을 부채로 가렸다.

"안테이아는 어디 있지? 이 도시에 대체 무슨 일이 벌어진 거야?" 내가 물었다.

"여왕께서 그 질문들에 대답하실 거다." 나의 포획자가 자신의 칼날을 엄지손가락으로 만져 보며 말했다. "넌 입 닥치고 듣기나 해."

낯익은 공식 알현실로 끌려 들어간 나는 「페르세이드」에서 금방 툭 튀어 나온 것 같은 광경에 놀라 숨을 죽였다. 무장한 (남성) 궁정 근위병, 회의 탁자에 가득 둘러앉은 (남성) 대신과 고문, 식사 시중을 드는 (남성) 웨이터와 어린 조수 여러 명, 시종, 시동, 악사, 급사, 테이블 위에서 발가벗고 있는 (여성) 무희 세 명, 그리고 제일 상석에 앉은 프로이토스 왕 본인 등 모두가 우리 쪽을 응시한 채 막 공격하려 하거나 깜짝 놀란 표정과 자세로 얼어붙어 있었다. 나는 그것이 대단한 솜씨로 만들어진 조각상이라고 생각했다. 그러나 이것들은 (한 팔로는 자신의 젖가슴을 다른 한 팔로는 자신의 치부를 가리고 있는 소녀 무희 한 명을 제외하고는) 고전적인 조각상의 포즈가 아닌 데다, 우리의 훌륭한 그리스 조각들의 눈과는 달리 동공이 있었고, 영원을 응시하는 것이 아니라 내가 지금 서 있는 이 자리에 한때 서 있었음이 분명한 무시무시한 침입자를 응시하고 있었다. 불쌍한 프로이토스는 나의 조언을 무시했는지 이제는 돌이 되어 버린 냅킨으로 입을 닦는 한편 역시 화강암이 되어 버린 잔에서 설화 석고 같은 와인을 엎지르면서 왕좌에서 반쯤 일어난 자세로 굳은 채 후손에게 남겨지고 말았다.

"페르세우스가 여기 왔었나?" 내가 메가펜테스에게 물었다.

"그 돼지 같은 주둥이 닥치고 빨리 예를 표해라." 근위 대장이 말했다. "여왕께서 납신다."

메가펜테스가 내 옆에서 절을 하며(나는 그런 식으로 절을 해 본 적이 없어서 그의 팔꿈치를 붙들고서야 겨우 쓰러지는 것을 면했다.) 고개를 끄덕이고는 속삭였다. "데가 태어나던 해에 왔었어요. 그런 뒤 몇 년 던에 그가 다시 왔거든요. 아버디처럼요. 그때 데가 그를 둑였어요. 제가 반의반신이라는 걸 등명하기 위해서요."

"헛소리!" 근위병이 칼을 다시 뽑았다. 그러나 등장하는 여왕이 누구인지(이제 오십 줄에 들어선 나이에, 체격이 크고 엷게 콧수염을 기르고 갑옷으로 치장하고 있었으며 내가 붙잡히는 현장을 떠났던 그 젊은 아마존이 동행하고 있었다.) 알아보고, 나는 일어서서 외쳤다. "안테이아! 이 무슨 바보 같은 짓이지?"

"스테네보이아라고 불러. 안테이아는 내가 노예였을 때의 이름이다." 그녀가 돌이 된 옛 배우자 옆의 빈 왕좌에 앉으며 거만하게 말했다.

"저들에게 내 옷을 돌려주라고 해요, 안테이아!"

"우리가 제대로 구경을 하기 전까지 안 되지." 그녀가 경멸하듯 미소를 지으며 나를 샅샅이 훑어보았다. "이런, 이런, 우리가 정말 나이를 먹긴 먹었나 보군, 안 그래?"

"그대가 상관할 일이 아니오. 필로노에는 어디 있소?"

"그게 중요한가?"

"물론 중요하지. 언제나 중요해! 남자가 여자를 버렸다고 해서 그가 그녀를 많이 사랑하지 않는 건 아니오. 특히 만약 그가……."

"그의 물건을 잘라 버려." 그녀가 근위병들에게 심드렁하게 지시했다. "뻔뻔함의 죄를 물어야겠다. 헤. 이 유명한 회의 탁자를 도마로 사용하거라. 몇몇 회의에서는 탁자가 도마로 사용되곤 했으니까!" 그들은 그녀의 허락이 떨어지자 덜덜 떠는 나를 강제로 탁자 가장자리로 끌고 가서 내 날 없는 연장을 당겨 쥐고는 그들의 날 선 연장을 들어 올렸다. 그때 그녀가 그들에게 기다리라고 명령했다. 그 후 우리의 대화가 이어지는 내내 나는 이런 끔찍한 자세를 유지해야 했다. '스테네보이아'는 자신의 왕좌로 돌아가 차가운 목소리로 내게 다음과 같은 사실을 알려 주었다. 이십 년 전 내가 티린스에서 날아가 버린 지 오래지 않아 그녀는 자신이 임신한 사실을 알았다. 프로이 토스와 잠자리를 갖지 않은 지 오래였으므로, 그녀의 임신은 오직 내가 아테네 신전에서 그녀를 '반복적으로 강간'한 탓일 수밖에 없었다. '설사 반신에 의한 것이라도 이러한 유린은' 자신을 격분시켰고 내가 아마존의 방식으로 죗값을 치르게 만들 날을 고대했지만, 그럼에도 그녀는 '그것의 결과물인 반의 반신 메가펜테스'는 '그의 조부인 포세이돈'과 그가 '야만스럽게 수태된' 신전의 주인인 여신의 기분을 상하게 하지 않기 위해 살려 두었다. 그러나 프로이토스는 '성차별적이고 돼지 같은 방식으로' 마치 그 아이가 강간이 아니라 불륜으로 생긴 것인 양 그녀를 매도했다. 그런 까닭에 얼마 후 페르세우스가 자신의 운명을 완성하느라 신부인 안드로메다와 고르곤의 머리를 가지고 도시를 지나가던 도중 그녀의 남편이 벌인 '돼지 같은 주연'에 난입해서(그때 그녀는 마침 그들에게 넌더리가 나 자리를 비운 상태였다.) 그를 보고 당황해 공격 명령을 내린 프로이토스를 비롯하여 대신과 정예 근위병 들까지 모조리 돌로 만들어 버렸을 때에도 불만을 갖지 않았다.

그녀가 분명히 했다. "페르세우스가 너희들처럼 돼지가 아니었다는 말은 아니야. 거만스럽게 뻐기는 영웅과 젖내 나는 신부라니. 마치 자기가 아테네나 자신이 목을 자른 그 가엾은 여인에겐 아무런 빚도 안 진 것처럼 말이지! 그러나 돼지 영웅들이 으레 그렇듯, 그는 대부분의 남자들보다 정말 실한 물건을 달고 있더군. 게다가 상당한 가능성도 있었고. 그들은 몇 달간 계속 머물렀어. 나는 안드로메다의 의식에 결혼이 성차별주의적 제도임을 각인시켜 보려고 했지. 셋이서 재미도 좀 보고. 그는 내가 원하는 대로 폴리스를 다스리게 해 줬어. 물론 그가 나에게서 그것을 빼앗아 갈 어떤 권리라도 갖고 있다는 말은 아니지만. 돼지는 어쨌든 돼지야."

내가 나중에 알게 된 바에 의하면, 그녀가 한 일은 궁정 대신 모두가 돌로 변해 버린 것을 기회로 대신들의 아내를 죽은 남편의 자리에 앉히고, 아마존 군사 고문의 도움을 받아 여성 왕실 근위대를 훈련시키고, 법전에 나와 있는 법률 및 성별 관계와 관련된 도시 관습의 성 역할을 모두 전도하고, 티린스를 철저한 모계 사회로 전환하는 것이었다. 그녀는 자신의 성공이 (이제 짐작해 보니 코린토스에서 어머니가 세운 보다 온건한 계획들도 마찬가지겠지만) 아르골리스 만 전체를 지배하는 페르세우스의 너그러움에 빚지고 있다는 사실이 고맙기보다는 짜증이 났다. 그래서 그가 자신의 이전 모험들의 경로를 되밟아 가고 있다는 소식을 들었을 때, 그녀는 아들의 도움을 받아 그를 처치하기 위해 간단한 함정을 준비해 놓았다. 아무리 돼지 같다 해도 기사도를 갖춘 남자라면 여인에게 도전하지는 않으리라는 것을 알고, 그녀는 메가펜테스로 하여금 그에게 도전해서 그가 메두사의 머리와 아테네의 방패를 머리 위로 쳐들 때까지 기다렸다가 기회가 오면 자신이 들고 있던 거울로 된 방패로 맞서게끔 지시를 해 두었다. 이중 반사에 갇힌 페르세우스의 육체는 돌로 변했고, 그 돌은 다이아몬드로, 그 다이아몬드는 궁극적으로 별로 변했다. 티린스의 여인들은 밤마다 하늘에 박힌 그 별들의 모습을 보며 갈채를 보냈다. 페르세우스는 물론 메두사 본인(안드로메다, 카시오페이아, 그리고 다른 몇

몇 사람들도) 역시 함께 가야 했다는 건 안타까운 일이나, 양을 죽이지 않고는 수블라키*를 만들 수 없는 법이라나.

"정말 별 터무니없는 소리를 다 듣는군!" 내가 외쳤다. 근위병이 칼을 내리쳐도 되는지 허가를 구하듯 여왕을 보았고, 여왕이 고개를 젓자 칼을 멈추고 내 귀두를 사납게 꼬집었다. 그것도 손톱으로. 나는 페르세우스가 별이 된 경위에 대한 이런 더러운 설명과 내 인생 이야기의 본보기로 삼았던 책에서 읽은 영예로운 설명 사이에 모순이 있다고 지적했다.

"그 얘긴 해방되지 못한 하찮은 생쥐 신세인 내 동생한테 다 들었어." 안테이아가 대답했다.(나는 도저히 그녀를 스테네보이아라고 부를 수가 없었다.) "그건 거짓말이야. 완전한 허구지. 예를 들어 거기엔 페가수스가 메두사의 보호 아래 있는 성좌라고 나와 있는데, 그렇다면 네가 타고 날아다니는 그 신통치 않은 말은 뭐란 말이야?" 내가 이 지적에 당황하는 것을 보고, 그녀는 우리의 고전 신화 대부분에 등장하는 남성지상주의적 인물을 계속해서 조롱했다. 그녀는 고전 신화에 대해 상당히 해박한 지식을 드러냄과 동시에(그것은 물론 필로노에의 영향이리라.) 그것은 아주 오래전에 돼지 같은 남성 가부장들이 당시 세상에 존재하던 본래의 자연스러운 여가장제를 잔인하게 전복한 과정을 날조한 기록이라고 주장했다. "신화학은 승자들의 선전물이야." 그녀가 단언했다. 개개의 작은 신화들은 모두 영웅적 남성성이라는 거대한 신화를 뒷받침하고 있다, 야만적인 힘에 관해서만 그랬다는 것이 아니다, 그건 그리 중요한 문

---

* 어린 양고기에 꼬치를 꿰어 구워 만드는 그리스 요리.

제가 아니다, 힘으로 따지자면 남성이 여성보다 우월하다는 데에는 의문의 여지가 없지만, 그런 힘의 우위라는 것도 말 못하는 소가 인간에 대해 가지는 우위를 놓고 비교하자면 아무것도 아니니까. 문제는 용기, 지략, 그리고 성적인 능력과 같은 미덕에서도, 특히 위대함과 불멸성에 대한 신의 섭리라는 측면에서도 그랬다는 점이었다. "너희들은 다 거짓이야! 우리가 너희에 관해 다시 쓰겠어!" 그녀가 사납게 결론을 내렸다.

성기 걱정에 와들와들 떠는 와중에도, 나는 다음과 같은 점들을 언급하지 않을 수 없었다. 그녀는 이미 페르세우스의 이야기와 우리 자신의 이야기에 관해 많은 것을 고쳐 썼다, 나의 우상이 여기 왔었다는 사실에 대해서는 의심하지 않는다, 석화된 프로이토스가 그것을 증명하니까. 그리고 비록 사건의 구체적인 내막은 「페르세이드」에 기록되어 있지 않지만, 그 고귀한 화자가 '쌍둥이인 아크리시오스와 프로이토스를 모두 죽임으로써 그들 사이의 해묵은 원한을 그들 둘을 해결한' 것은 기억난다, 게다가 안테이아가 묘사한 별이 되는 과정의 물리적 현상은 그 이야기의 절정 부분에서 두 연인의 눈 사이에 발생한 것과 유사하다, 그러나 영웅성이라는 개념 자체에 맹목적으로 적대적이지 않은 사람이라면 누구나 틀림없이 인정하겠지만, 나의 이야기에는 진짜 신화 시학의 울림이 있고 그녀의 것에서는 단순히 우상을 파괴하는 상스러운 소음만 들려올 뿐이다, 페가수스에 관한 이야기들이 일치하지 않는 것에 관해선 내가 설명할 수 없고, 신화의 역사와 실제 역사에서 여성들의 역할이 종속적인 데 대해서도 내가 특별히 책임이 있다고 여기지 않으며, 고의든 아니든 그들에 대한 누적된 착취와 그들이 느끼는 굴욕감에 내가 기여한 게 있다면 나는 진심으로 미안하게 생각하는 바이나(혹시 그대는 아리스토텔레스의 도식을 아직 기억하고 있는지?) 성별과 기질의 문제에 있어서 천성과 양육의 대비라든지, 탁월함과 그 탁월함을 아는 것의 대비라든지, 관습의 역할과 개인적 성향의 대비라는지 하는 문제 및 기타 복잡한 문제들에 관해서는 약간의 호기심이라면 몰라도 확고한 의견을 갖고 있지는 않다, 그러나 사람들이 그것을 어떻게 생각하든 신화적 영웅이자 반신으로서 나의 천직에 관해서는 (메가펜테스가 그러한 천직을 추구하기엔 자질 부족이라는 점에 관해 전혀 의심하지 않듯이) 조금도 의심치 않으며, 나는 하늘을 날아다니던 나의 사촌과 마찬가지로 죽거나 불사의 상태가 될 때까지 그것을 추구할 것이다, 기타 등등.

"사람의 기억은 사물을 미화하기 마련이오, 안테이아. 프로이토스는 결국 자신이 다나에에게 페르세우스를 임신시켰다고 믿게 되었을 거요. 나의 옛 가정 교사인 폴리이도스는 에우리메데에게 나를 임신시킨 장본인이 포세이돈이 아니라 자기라고 주장하고 있지. 나는 단 한 번도 당신과 관계를 갖지 않았소. 그리고 당신도 그걸 알고 있어."

근위병이 확신을 갖고 칼을 들어 올렸다.

안테이아가 으르렁거렸다. "돼지가 말만 유창하군. 티린스에서는 남자가 '여자에게 아이를 배게' 하지 않아. 여자가 남자에게서 씨를 받아 내는 거지. 이 도시에서 제1체위는 남성 하위 체위다. 넌 네가 강간의 죄를 저질렀다는 걸 인정하겠지?"

"당신에게는 아니오. 이십 년 전 어느 아마존 하사에게 그랬지. 그리고 그 후 나는 나 자신을 증오했소. 그녀는 저기 당신 옆의 젊은 수행원과 똑같이 생긴 여성이었지. 놀라운 우연이야."

"그를 끌고 가라." 여왕이 명령했다. "넌 하늘로 올라가지 않을 거야, 벨레로폰. 그 거짓을 지껄이는 네 목구멍을 피 흘리는 음경으로 틀어막힌 채 지옥에 처박힐 거다."

그들이 나를 끌고 나갈 때 메가펜테스가 말했다. "되송해요, 아버디. 타라리 되를 인덩하고 영원히 어머니의 텅 노예가 되는 건 어때요? 만약 그것만이 아버디의 목숨을 구할 수 있다면 필로노에 이모도 탕관하디 않을 거예요. 우리는 이모의 의식 투둔을 높이고 있으니까요."

안테이아가 그에게 그만 나불거리고 얌전히 페드라나 한 잔 가져 오라고 말했다. 나는 지하 감옥으로 끌려 내려가 운명을 기다리는 신세가 되었다. 고문이나 성기 절단 혹은 죽음에 대한 예상도 예상이지만 내 야망이 좌절된 것 때문에 마음이 너무도 무거웠다. 옥방을 살펴보니 탈출하거나 자살하는 건 불가능해 보였다. 나는 나의 간수, 즉 안테이아를 수행하던 여자의 감시 아래서 끔찍한 하루를 보냈다. 그녀는 내가 한숨을 쉬거나 가구 없는 방을 서성이거나 낮잠을 청하거나 먹거나 마시거나 오줌 누거나 똥 쌀 때도 아무런 감정을 드러내지 않은 채 지켜보았다. 짧게 자른 검은 머리, 단단한 체격, 갈색 피부와 눈동자, 작은 젖가슴과 엉덩이, 그녀는 정말이지 놀라울 정도로 그 하사와 닮은 모습이었다. 나는 내가 곧 죽을 운명이 아니기를, 그래서 평온한 마음으로 그 우연을 탐구하고 그녀의 어머니가 혹시 코린토스에 망명 중인 아마존인지 물어볼 수 있기를 바랐다. 실제로 나는 그녀의 이름이 혹시 멜라니페가 아니냐고 물어보기는 했다. 그녀는 대답을 하지도 외면을 하지도 않았고, 그저 나를 꾸준히 응시했다. 그때 짐작건대 나의 사형 집행인의 것인 듯한 발소리가 계단을 통해 들려왔다.

그러나 안테이아는 특별히 눈에 띄는 거세 도구나 처형 도구 없이 그저 그 소녀에게 옥방 문을 열라고 명령했고, 이윽고 안으로 들어섰다.

"안녕." 그녀는 닫힌 문 바로 안에 서서 말했다. 그녀의 어조는 온화했다.

"안녕하시오." 나는 신중하게 대답했다. 그리고 바닥에서 일어났다. "앉아요."

그녀는 짧게 미소 지었고, 내가 서 있던 작은 창살이 박힌 창문 쪽으로 다가왔다. 그러나 바닥은 더러웠고 의자나 침상도 없었으므로 나의 권유는 거절했다. 그녀의 숨에서 포도주 냄새가 났다. 나는 상황을 가늠해 보고자 시선을 줄곧 그녀의 얼굴에 두고 있었다. 그녀는 마치 나의 늘어진 부위에 시선을 둔 듯 대개 아래를 내려다보았다.

"넌 단번에 모든 걸 이해해야 해. 난 지금 당장은 어떤 것도 얘기할 수가 없으니까." 그녀가 단언했다.

"나는 아무것도 이해하지 못하겠소. 필로노에는 어디 있소?"

"나는 이곳으로 내려오고 싶지 않았어." 그녀가 잘라 말했다. "다시는 널 보고 싶지 않았어. 벨레로폰."

"이쪽도 마찬가지요. 무슨 일이지?"

"넌 날 도와주질 않아. 해야 할 말들을 전혀 안 하고 있지." 그녀가 머리를 한쪽에서 다른 쪽으로 갑자기 움직이며 불평했다.

"메가펜테스는 내 아들이 아니오. 그리고 반의반신이라는 건 존재하지 않소. 내가 잘못을 했다면 당신이 원할 때 관계를 갖지 않은 것뿐이오. 그리고 그것은 테미스키라에서가 아니라면 법에 어긋나는 일이 아니지. 게다가 나는 과업을 성취하기 위해 아테네와 접촉하려 애쓰던 중이었소. 그런데 당신은 그 일을 계속 방해했지. 더욱이 아테네는 자신의 신전에서 사랑을 나누는 사람들을 좋아하지 않소. 메두사를 보시오. 만약 내가 당신의 유혹에 그냥 넘어가 주었다면 당신은 지금 이 순간 고르곤이 되어 있을지도 모르는 일이오."

"네가 나를 외면하던 그때, 넌 내가 정말 고르곤이라고 생각하는 듯했어." 그녀가 원망하듯 말했다.

나는 이 태도를 신중히 가늠해 보았다. "그건 그렇지 않소, 안테이아. 신전에서의 첫날 밤, 당신은 나를 정말로 흥분시켰소. 당신도 분명히 그걸 보았을걸. 하지만 나는 신화적 영웅이 되는 동시에 스스로의 죄를 씻고자 애쓰는 야심만만한 젊은이였고, 환대의 규칙 또한 염두에 두어야 했지. 그저 장소와 시간이 어긋났던 것뿐이야. 나도 그 일에 대해선 유감스럽게 생각하오."

"큼." 그러고는 그녀는 계속 말을 이었다. 공격적이라기보다는 여전히 상처 입은 듯한 목소리였다. "내 동생은 널 숭배해. 그 애가 미소를 띤 채 이중 잣대로 가득한 네 헛소리를 모두 받아들이는 건 한심한 일이야. 그 아인 네 그 불알을 차 버려야 해."

나는 대답하지 않았고, 나에게 뜻밖의 사실들이 점점 드러나는 양상에 대해 초조한 마음으로 궁금해하기 시작했다. 「페르세이드」에서처럼 한 여성과 며칠 밤을 계속 관계를 갖는 대신 여러 여성들과 차례로 성관계를 가져야 하는지, 그리고 그

대상에 안테이아를 포함시켜야 하는지 아니면 필로노에에게로 직행해야 하는지도 궁금했다. 그런데 이번엔 여왕의 어조가 점점 딱딱해지면서, 그녀는 자신이 아마존이 마지막 사분기라 부르는 시기를 앞두고 있다고 말했다. 월경을 하는 횟수가 급격히 줄어들었고, 어쩌다 시작한다 해도 곧 끝나고 만다는 것이었다. 자신의 딸들은 자라서 결국 창녀나 마약 중독자가 되었다. 하나는 약물 남용으로 죽었고, 나머지 두 명은 수년 간 광기와 수치로 점철된 인생을 살다가 형편없는 결혼을 했다. 프로이토스가 죽은 후 폴리스를 경영하는 것은 쉬운 일이 아니었다. 부유한 과부들이 대개 그렇듯이 그녀는 가짜 예언자와 각종 사기꾼의 먹잇감이 되었고, 결국 분노와 좌절로 인해 모권 사회를 설립했다. 그녀는 인생에서 즐거운 마음으로 회상할 만한 일이 거의 없었다. 남자들의 부당한 대우로 점철된 인생이었다. 그녀의 추잡한 아버지 이오바테스부터 강간범이자 난봉꾼인 남편을 거쳐 잔인하고 신의 없는 애인들까지. 그런데 그들 중 어느 누구도 나보다는 거짓되지 않았다는 것이다.

그녀가 쓰게 결론을 내렸다. "메가펜테스는 내게 남은 마지막 희망이었어. 그 애의 상태를 보고 네가 사기꾼이라는 걸 알았지. 하지만 자존심을 지키기 위해 반의반신 이야기는 포기하지 않았어. 그런데 너는 내게서 그것마저도 빼앗아 가려 하고 있어. 내 인생에 다시 발을 들여놓다니 지옥에나 떨어져!"

나는 그녀의 한탄 속에 존재하는 뒤틀린 모순들을 바로잡는 일을 단념하고, 그저 그 옛날 멜라니페가 자신의 이름과 소속만을 반복해서 말했던 것처럼 나는 사기꾼이 아니며 그녀와 나는 결코 연인이었던 적이 없다는 말만 되풀이했다.

안테이아의 태도는 노골적으로 교활해져 갔다. "우리 두 사람은 똑같은 부류야, 벨레로폰." 그녀가 낄낄거리며 웃었다. "너는 내가 그 키메라에 대한 헛소리를 믿었을 거라고 생각해? 필로노에조차도 그것이 너와 폴리이도스가 상상력을 동원해 조작해 낸 무언가가 아니라는 증거는 없다는 걸 인정하고 있어. 또 다른 돼지 같은 환상이지. 상상 속 암컷 괴물을 죽이는 것. 심지어 그녀를 본 사람은 아무도 없어! 너는 폴리이도스가 네 어미를 속이려 했던 방식으로 이오바테스를 속였어. 그렇게 속은 사람들 가운데 가장 최악은 필로노에지. 그 애는 네가 가짜라는 걸 내내 알고 있었으면서도 어쨌든 널 사랑했으니까."

"난 정말로 키메라를 죽였소. 그건 정말 실존해요, 안테이아. 나는 연기와 불꽃을 보았소……." 나는 몹시 당황하여 주장했다.

"누가 낡은 화산 속에 그깟 연기쯤 못 만들겠어?"

"나는 그것이 내 창을 무는 걸 느꼈소! 그것이 연기 속에서 날아가는 걸 보았다고!"

"어떤 부분에 날개가 달려 있었다는 거야? 사자야, 염소야, 아니면 뱀이야?" 안테이아가 몰아붙였다.

"그것은 바위 위에 완벽한 흔적을 남겼소!"

"그런데 그걸 본 사람은 너밖에 없지. 헛소리는 그만해, 벨레로폰. 필로노에가 그러더군. 너는 페르세우스처럼 네 첫 번째 성취들보다 더 나은 실적을 쌓고 싶어 한다고. 내 생각엔 넌 애초에 그것을 결코 성취한 적이 없어. 네가 리키아인들에게 널 내쫓아 달라고 말했던 건 이 엉터리 패턴 때문이 아니었어……." 그녀는 앞서 궁정 근위병들이 내게서 압류한 폴리이도스의 문서를 내던졌다. "떳떳치 못한 마음 때문이었지. 네 인생은 허구(fiction)야."

나는 덜덜 떨면서 고개를 가로저었다. "그것이 당신에게 그런 식으로 보일지도 모른다는 걸 이해하오. 하지만 내겐 필로노에조차도 모르는 비밀이 한 가지 있어……."

"그 애는 네가 생각하는 것보다 더 많이 알고 있어." 안테이아가 경멸하듯 말했다. "그 애는 최근에 키메라 산의 염소지기들로부터 그 괴물이 산 정상의 분화구 안으로 돌아왔다는 소식을 듣고 너의 과오를 숨기기 위해 그 이야기가 새 나가는 걸 막았어. 너는 어째서 그 애가 그렇듯 너를 도시 밖으로 나가게 하려고 안달했다고 생각해?"

"당신은 거짓말을 하고 있어! 당신은 계속해서 모순된 말을 하고 있어! 난 정말로 카리아 해적들을 수장시켰소. 난 정말로 솔리미아인과 아마존을 몰아냈고, 자신과 종족을 위해 그렇듯 높은 야망을 품고 있던 그 불쌍한 하사를 강간했소. 그리고 나는 정말로, 정말로, 정말로 키메라를 죽였소! 그 밀물과 관련된 것은 필로노에의 술책이었소. 그건 나도 인정해. 하지만 그것 역시 신들이 내게 호의를 베풀어 도움을 주었기 때문에 가능한 술책이었어. 내가 페가수스를 길들이는 걸 아테네가 도와주었던 것처럼 말이오. 내가 진짜라는 충분한 증거가 있소. 이를테면 페가수스는 어떻소?"

안테이아가 의기양양하게 미소를 지었다. "주인과 마찬가지로 엉터리지. 필로노에가 히포마네스에 관한 너의 그 황당무계한 이야기를 알려 주더군. 그 앤 심지어 그 말을 믿더라고! 글

를 가진 작은 인간에서 귀중한 패턴

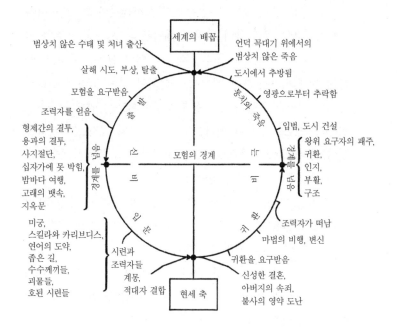

세계의 배꼽

범상치 않은 수태 및 처녀 출산
살해 시도, 부상, 탈출
모험을 요구받음
조력자를 얻음
형제간의 결투,
용과의 결투,
사지절단,
십자가에 못 박힘,
밤바다 여행,
고래의 뱃속,
지옥문
미궁,
스킬라와 카리브디스,
연어의 도약,
좁은 길,
수수께끼들,
괴물들,
호된 시련들
시련과
조력자들
계몽,
적대자 결합

언덕 꼭대기 위에서의
범상치 않은 죽음
도시에서 추방됨
영광으로부터 추락함
입법, 도시 건설
왕위 요구자의 패주,
귀환,
인지,
부활,
구조
조력자가 떠남
마법의 비행, 변신
귀환을 요구받음
신성한 결혼,
아버지의 속죄,
불사의 영약 도난

모험의 경계
현세 축

변신할지도 모르죠. 그녀가 그것(It)이 아닌지 한번 확인해 봐요. 그리고 만약 그녀가 아니라면 이번에는 그녀를 정말로 죽인 뒤 이 일이 당신이 가고 싶어 하는 곳으로 당신을 데려가는지 알아보라고요. 어쨌든 당신에게 있어 나는 그것이 아니라는 걸 알아요. 당신 역시 알아요. 단지 인정하고 싶지 않을 뿐이죠. 당신은 더 젊어지지 않았어요. 나 역시 그래요. 많은 아마존들이 실제보다 더 젊어 보이죠. 내 생각에 그것은 아마존이 나이를 헤아리지 않기 때문이고, 대개 두드러지는 것은 사람들이 인정하고 습관적으로 찾게 되는 그러한 특성들이기 때문이에요. 하지만 생각하면 생각할수록 나는 더더욱 확신하게 돼요. 오늘밤의 보름달로 내 인생의 일사분기가 끝날 것이고, 당신은 내가 하룻밤 사이에 열네 해의 나이를 먹었다고 생각하게 되리라는 것을요. 당신은 여전히 내가 '쾌활하네, 날씬하네, 탄력 있네 어쩌네.'라고 말할 건가요? 게다가 당신도 알다시피 난 지쳤어요. 완전히 지쳤어요. 때로는 내가 마지막 사분기에 들어선 것처럼 느껴지죠! 어쩌면 내가 계속 이런 식으로 나가면 안 되는지도 몰라요. 나도 알아요. 곧 월경 때가 가까워진다는 걸. 그리고 그런 때가 되면 내가 언제나 우울하고 성미가 약간 고약해진다는 것도 알아요. 하지만 맹세컨대 이건 불멸의 상태가 아니에요. 그저 활동이 정지한 상태일 뿐이죠. 말이 나온 김에 다시 당신이 만든 이야기로 넘어가면, 당신은 그 안에서 내게 그 재기 넘치는 말들을 모두 말하게 했지만, 사실난 글쓰기에 대해선 아무것도 몰라요. 하지만 만약 내가 해변 위로 밀려온 이것을 발견하고 그냥 평범한 이야기를 읽듯이 처음부터 끝까지 읽는다면, 나는 분명히 짜증이 날 거예요. 당신은 폴리이도스와 필로노에와 안테이아와 당신의 어머니와 당신의 아이들이 어떻게 되었는지, 특히 당신이 집을 떠난 후 그 반지 문제가 어떻게 해결되었는지 전혀 언급하지 않았죠. 시빌이 준 편지의 나머지 부분에 뭐라고 씌어 있는지도 알려 주지 않았고, 키메라와의 에피소드도 깔끔하게 마무리하지 않았죠. 그녀가 애초에 진짜로 존재했는지, 그녀가 다시 돌아왔는지 같은 거요. 당신 형제의 죽음 앞에서 보인 그 애매한 태도에 대한 설명도 없죠. 당신은 심지어 그것을 '1부'라고 부르지만, 2부는 보이지도 않잖아요. 일단 그 지루한 서두 부분을 지나 계속 읽어 가다 보면 그 안에는 분명 좋은 것들도 있어요. 많이 있죠. 하지만 만약 당신의 불멸성이 이 작품에 달려 있다면 당신은 가망이 없네요."

불쾌한 밤이었다. 나는 거짓말과 신화의 차이를 말로 설명할 수가 없었다. 나 자신도 그것을 이제 막 이해하기 시작했으니까. 내가 나 자신의 영웅이기를 그만두고, 존재하는 것조차 그만두고, 심지어 어떤 식으로든 지금껏 존재해 온 것까지 그만둘 만큼 신화가 특정한 사람보다 훨씬 더 진실에 가깝고 더 중요하다는 걸 말이다. 사실 나는 전혀 말을 입 밖에 낼 수가 없었다. 이미 할 말을 다 한 멜라니페도 마찬가지였다. 우리는 슬프고 격렬하게 사랑을 나눴다. 메두사가 우리를 내려다보며 눈을 찡긋했다. 페가수스가 코를 씨근거렸다. 내 애인은 일생 동안 한 번도 경험해 보지 못한 오르가슴에 이르렀다. 그녀가 다음 사분기로 넘어간다는 분명한 징후였다. 나 역시 그랬다. 그녀는 잠이 들었다. 나는 보름달 빛을 받으며 2부를 썼다. 동트기 직전, 페르세우스와 그 일행이 소아시아 너머로 가라앉을 때, 우리는 부드럽게 다시 사랑을 나눴다. 그녀는 감춰 두었던 마지막 일사분기 히포마네스를 내게 주었다. 엄청난 양이었다. 그러고는 내게 키메라를 진짜로 죽이러 가라고 당부했다.

"당신이 폴리이도스가 아닌 게 확실해?" 내가 그녀에게 물었다. 그리고 그녀가 대답했다. "당신이 벨레로폰인 게 확실한가요?"

헤. 나는 그 예언가의 패턴을 따라 이야기를 여기까지 마무리 짓고(비록 「페르세이드」보다 덜 완벽할지 모르나, 어쨌든 그것은 분명하고 솔직하며 그 당시에는 훼손되지 않았다.) 아직 잠이 덜 깬 페가수스 위에 올라타 그에게 히포마네스를 먹인 뒤 바람이 불어오는 서쪽으로 날아갔다.

3

폴리이도스는 여기 있다. 변신 능력이 있는 다방면의 예언가.

세상의 모든 영역과 온갖 다양한 모습을 보는 자라면 누구도 하나의 형태에 만족할 수 없다. 신과 예언가들은 그러한 시력을 갖고 있으며, 그래서 우리는 모습을 바꾸려는 경향이 있다. 그러나 어떠한 모습으로 가장하고 있든 제우스는 여전히 '고전 그리스 신화학을 관장하는 신' 제우스이다. 나 역시 어떠한 모습으로 가장하고 있는 폴리이도스일 뿐이며, 바로 그 신화적 총체의 한 귀퉁이에 있는 이류 영웅의 조언자이자 어쩌면 아버지일지도 모른다. 습지의 노인 노릇은 넌더리가 났다. 나는 벨레로폰과 함께 있는 것이 죽을 만큼 지루해졌다. 제우스가 무엇을 보는지 나는 모른다. 그러나 나는 (물론 정신이 오락가락하는 내 딸의 떡갈나무 잎들 위에 나타난 룬 문자나 위성 사진의 뒤섞인 조각들처럼 단편 단편이나마) 인류 역사라는 선박 전체의 이물에서 고물까지를 보았다. 그곳 알레이안 습지에서 거미들을 때려 죽이고 거머리들을 몸에서 떼어 낼 때, 나는 이해할 만하게도 그 특정한 늪에서뿐만이 아니라 (강간과 속좁은 질투심과 권력 투쟁의 지루한 목록이자 대리석 기둥이 세워진 신들의 거처인) 그리스 신화 전체에서 벗어나고 싶다고 소망하게 되었다. 나는 궁금했다. 내가 미래에서 온 (그저 불안을 야기하는 시대착오에 지나지 않는) 또 다른 인물이 아니라 셰헤라자데나 '헨리 벌링검 3세*', 혹은 그 시대 그 장소의 나폴레옹으로 변하지 못할 것은 또 뭔가? 벨레로폰의 두 번째 시도에서 내가 잠시 되었던 그 이상한 문서를 회상하면서(행운이었지. 내가 변해서 된 문서를 내가 늘 읽는 건 아니니까.) 나는 제우스 본인에게 (늘 하던 대로 그의 명성을 새로운 세계에 퍼뜨리는 것으로 보답하겠다고 약속하며) 날 도와 달라고 탄원했고 으레 그래야 하듯 하나의 단일한 이미지(나폴레옹의 깃발에도 등장하고, 그의 유해로 추정되는 것을 세인트헬레나에서 파리까지 수송한 관 위에 씌워진 보랏빛 덮개에 금실로 수놓아져 있는 꿀벌의 음성적, 시각적 동음이의어**)에 집중했고 다음 순간 요란하게 툴툴거렸다.

천상의 뒷문에서 깨어 보니, 요란스레 붕붕거리는 날개와 사악한 턱을 가진 커다랗고 불쾌한 곤충, 아마도 타바누스 아트라투스***가 되어 신들이 싸 놓은 똥 더미 주변을 부산스럽게

---

* 『연초도매상』에 등장하는 인물.
** 폴리이도스는 나폴레옹의 깃발 속 꿀벌과 발음과 철자가 비슷한 단어를 생각하여 나폴레옹으로 변신하고자 했지만 의도와는 달리 꿀벌과 시각적으로(곤충) 그리고 청각적으로(붕붕거리는 소리) 비슷한 말파리로 변신하고 말았다.
*** 검은 말파리.

배회하고 있었다. 거대한 제우스가(나의 시각에서 볼 때) 경멸하듯 내 위로 우뚝 솟아오르더니 천둥같이 큰 소리로 말했다. "너는 변신 능력을 가진 놈이구나. 그 똥 더미를 변형된 암브로시아라고 생각하렴. 헤헤."

올림포스 신들의 영향력이 미치는 한 우리는 그들의 변덕에 좌지우지될 수밖에 없다. 나는 벗어나 보려고 시도했지만 운이 없었다. 그래도 상관없다. 새로 생긴 나의 겹눈이 미래의 양상을 지금껏 보아 왔던 것보다 더 많이 보여 주었으니까. 나의 미래. 벨레로폰의 미래. 세계의 미래. 나는 신음 소리를 내려고 했고 제우스가 씩 웃었다.

"이제 알겠지, 응, 히에로니무스*? 너의 그 벨레로폰은 신화적 영웅주의의 패턴을 완벽하게 모방함으로써 신화적 영웅의 완벽한 모사품이 되었다. 그런 일을 구경하는 건 꽤 재미가 있지. 하지만 너의 그 훌륭한 패턴을 다시 살펴보거라. 그것은 신비이자 비극이다. 다른 세계로 떠나는 영웅의 여정, 그가 더 많이 깨달으며 범주마저 초월하는 것, 그에게 특별한 혜택이 부여된다는 점에서 신비이며, 일상 현실로의 회귀, 말로 표현할 수 없는 것들을 문장이며 도시로 번역할 때 발생하는 불가피한 손실, 신과 인간의 호의에서 추락하여 추방당하는 것 등이 그려진다는 점에서 비극이다. 자, 이번에는 벨레로폰의 이야기를 보아라. 그것은 신비도 비극도 아니고 혼란이자 대실패다. 동의하나?"

말파리는(그렇게 히에로니무스라 일컬어진 나는 우리의 알파

---

* 히에로니무스(Hieronymus)는 제롬(Jerome)의 라틴어 식 표기이다.

벳에는 머리글자가 존재하지 않는* 이름으로 다시 한 번 불완전한 마법에 걸린 것이다.) 우두머리 신과는 쓸데없는 의논을 하지 않는 법이다. 나는 중립적으로 붕붕거렸고, 딱히 어깨라고 할 것은 없지만 아무튼 어깨를 으쓱하는 것과 비슷한 동작을 했다.

제우스가 계속해서 우르릉거렸다. "그의 경우, 해야 할 일을 다 했어. 하지만 그 결과가 어떤지 봐라! 나도 한때 아마존들을 사귄 적이 있는데, 내 장담하건대 그 멜라니페라는 소녀의 히포마네스는 진짜다. 벨레로폰이 저 미친 말을 타고 일 분에 1킬로미터씩 하늘을 향해 곧장 날아오는 걸 봐라! 그는 이미 신비와 비극을 똑똑히 볼 수 있을 만한 높이에 있다. 그에게 몇 쪽을 더 주면 신비와 비극 위로 올라 이곳에서 영원히 별이 되어 살 것이다! 그렇게 되는 걸 우린 별로 반기지 않아. 그리고 그 일이 해결되기 전까진 넌 결코 여기서 벗어날 수 없을 거다."

붕—

그는 엄지손가락으로 지그재그 모양의 번개 날이 잘 서 있는지를 가늠해 보았다. "반면에 페가수스는 서출이긴 하나 나의 조카이자 훌륭한 말이며, 오만한 누군가를 징벌할 필요가 있을 때 요긴하게 부릴 수 있지. 키클롭스의 대장간으로부터 이 번개들을 운반해 와야 하니까 말이야. 하지만 만약 내가 이 귀여운 것들 가운데 하나로 너의 벨레로폰을 맞춰 떨어뜨리면, 저 날개 달린 말에서 남는 거라곤 몇백 킬로그램의 잘 구워진 말고기 요리 밖에 없을 거다. 무슨 말인지 알겠느냐?"

---

* 그리스어 알파벳에는 h 발음이 존재하지 않는다.

붕 ——

"좋다. 만약 네가 그 똥 더미에서 탈출하고 싶다면, 네 아들
이 이만큼 올 때까지 기다렸다가 페가수스의 궁둥이를 한 번
물어 주거라. 나머지는 저절로 알아서 해결될 게야. 새로운 나
라, 새로운 언어, 새로운 신화들……. 지금부터 삼천 년 후이
지만. 그렇게 하든지 아니면 여기서 영원히 똥이나 먹든지. 됐
나?"

나는 기꺼이 부웅 —— 했다.

"좋다. 그렇다면 기다릴 동안만 그걸 먹고 있거라. 필멸의 존
재들이여, 내 맹세하마."

나 역시 동원할 수 있는 콧소리를 이용하여 맹세했고, 그가
자리를 뜨자 뒷다리 두 개로 날개를 미친 듯이 문질렀고, 마치
교활한 씨름꾼이 자기 적의 재설정을 이용하듯이 갖고 있는
눈을 모두 동원하여 그가 정한 원칙의 자구(字句)를 내게 이로
운 방향으로 바꿀 방법을 찾아보았다 그러나 그런 것은 없었
고, 점심 시간이 되었고, 나는 배가 고팠다. 하지만 더 나은 운
명을 위해 문간을 벗어나 보려는 시도는 감히 할 수가 없었다.
이윽고 천상의 왕비가 왕실의 벼락 단지를 비운다는 구실로
문간에 등장했다. 나는 내가 낼 수 있는 붕 —— 과 웅 —— 을 동
원하여 동정을 갈구했다.

"걱정하지 말거라." 헤라가 입으로 숨을 쉬며* 말했다. 그녀
는 단지를 옆에 내려놓고 지상의 코린토스를 가리켰다. "네메
아 근처에서 풀을 뜯고 있는 저 요염하고 작은 하얀 암소가 보

---

* 똥 더미 때문에 코를 막고 있다.

이느냐? 그녀를 점심으로 먹는 것은 어떠냐?" 내가 보니 그것은 그녀의 남편이 최근에 사귄 정부이자 그가 변장을 시켜 놓은 이오였다. 당시 나의 상태로서는 (그리고 나의 문지방 식단과 대조되어) 구미가 당기는 맛난 음식이었다. 더욱이 나를 괴롭히는 대상에게 복수할 수 있다는 점이 풍미를 더하는 듯했다. 왕비가 말을 이었다. "너도 알다시피 벨레로폰이 이곳에 도달하려면 아직 한참 더 있어야 한다. 내가 뒤를 봐줄 테니, 가 보거라."

나는 그렇게 했고, 비명을 지르는 이오의 피로 길고 긴 점심 식사를 했다. 도도나에서부터 후에 그녀의 이름을 따라 이름 지어진 바다*까지, 역시 후에 그녀의 이름을 따라 이름 지어진 보스포루스** 해협을 건너, (제우스의 독수리들이 프로메테우스의 간으로 점심 식사를 해결하는) 코카서스까지 거슬러 올라갔다가 다시 콜키스로 돌아와, (황소가 도자기 상점을 뚫고 지나가듯이 「페르세이드」의 I-F-5를 요란한 소리와 함께 무너뜨리고 지나가며) 요파로 떠났다가, 동쪽으로는 박트리아와 인디아까지, 그런 다음 가는 도중 입수한 일단의 이야기와 함께 서쪽으로 아라비아 사막을 지나 에티오피아와 나일 강 하구에 이르는 긴 여정이었다. 배가 부를 대로 부른 나는 케미스에 와서야 그녀를 놓아주었고, 비어 있는 신전 근처의 음수대에 잠시 멈추어 턱을 씻은 뒤, 트림을 해 대며 올림포스로 잽싸게 날아갔다. 때마침 내 왼쪽 눈으로는 화가 난 제우스 본인이 직접

---

* 이오니아 해.

** 그리스어로 '보스(bos)'는 '암소', '포루스(phorus)'는 '운반자'라는 뜻을 가지고 있다.

던져 박살을 냈거나 따라잡힌 그의 아내가 두려움에 떨어뜨려 깨뜨린 것으로 보이는 천상의 침실용 변기 조각과 배설물 사이에서 번개를 손에 쥔 채 문지방 위에 앉아 있는 격노한 제우스의 모습이, 그리고 오른쪽 눈으로는 대담한 벨레로폰이 황금빛 고삐를 내던지고 페가수스에게 멜라니페가 준 약초의 마지막 잎사귀를 먹인 뒤 두루마리처럼 돌돌 만 패턴을 말채찍 삼아 휘두르며 이제 거리가 얼마 남지 않은 천상을 향해 그 거대한 짐승을 거세게 몰아붙이고 있는 모습이 들어왔다.

나는 둘 모두에게 외쳐 보려 했다. "딱 시간에 맞춰 왔군요! 여러분께 저기 저 작은 얼간이를 대접해도 될까요? 이봐, 사환! 헤! 제우스님, 이오 양에 대해선 죄송합니다. 당신의 부인께서 제게 이를테면 강요를 하신 일이라. 하지만 저는 그녀가 제시간에 안전하게 이집트에 도착하여 당신의 아이를 낳을 수 있도록 조처했습니다요. 그녀는 저 아래 케미스에 위치한 작고 쾌적한 나선형 신전에 있습니다. 벽 위에 예쁜 그림들이 있습지요. 그리 세게 물지도 않았답니다. 그저 조금 간지러운 정도였죠, 정말입니다. 제가 지금 여기 이 말에게 맛보여 주려는 방식으로 문 건 절대 아니었습죠. 당신을 위해 그가 결승선에 도달하는 걸 막으려면 아주 세게 물어얍죠! 헤. 자, 갑니다!"

나는 급강하했고, 제우스가 번개를, 벨레로폰이 그의 패턴 두루마리를 치켜드는 순간 페가수스의 꼬리 밑을 아주 힘껏 물어 주었다. 날개 달린 말이 갑자기 날뛰며 히힝 울자 신은 손을 멈췄지만, 영웅은 그러지 않았다. 그는 앉아 있던 자리에서 떨어져 영원히 곤두박질치기 직전에 나에게 제대로 손맛을 보여 주었고, 그런 다음 모든 것을 손에서 놓았다. 페가수스는 번개를 손에 쥔 그의 마지막 주인을 향해 내달렸다. 손으로 제대로 얻어맞은 후, 나는 곤두박질치는 아들과 함께 떨어져 죽는, 그리스의 예언가 폴리이도스의 희미해지는 모사품으로 변신했다. 제우스는 우리를 내려다보며 웃었다.(천상으로부터 낙하하는 데는 어느 정도 아찔한 시간이 걸린다.)

"눈이 백 개 있으면 맹점도 백 개 있는 법이다, 폴리이도스! 우리 신들은 우리의 맹세를 깰 수 없어. 하지만 우리는 그대로 하여금 우리가 맹세를 깼으면 하고 바라게 만들 수는 있지. 어찌 되었든, 너는 그 새로운 세상 속으로 떨어지고 있고, 너는 언제까지나 습지의 노인이 될 것이다. 그리고 너의 아들이 네가 친 장난을 용서하지 않는 한 너는 언제나 이런저런 방식으로 변형된 그의 이야기일 게야. 이유는 신만이 알겠지. 헤. 잘 가거라."

팔다리를 활짝 편 채 날면서 벨레로폰이 외쳤다. "내가 당신의 아들이라니, 대체 그가 나를 쌍둥이 중 누구로 착각한 거야, 이 빌어먹을 늙은이야?"

죽어 가는 와중에 폴리이도스의 형태는 영원히 잊고 내게 최대한 이익이 되도록 이 대단원을 구성할 음모까지 꾸미려니 너무 분주해서 나는 곧장 대답을 할 수가 없었다. 다시 말해 어떻게 하면 내가 다음에 이어지는 마지막 인터뷰가 되는 것으로 시작하여, 거기에서 3부 전체로 불어나 궁극적으로는(적어도 달이 내 편일 때는)「벨레로포니아드」전체로 스며들어, 내가 벨레로폰과 연관된 텍스트와 관련 문학 전체를 완전히 파악할 때까지 마치 머리카락이나 손톱처럼 죽어서도 서사적으로 계속 자라고, 아드메토스가 그의 아내 알케스티스를 속였던 것처럼* 나의 아들이자 모방 영웅을 속여, 죽음과 함께 그의 인생 이야기, 즉 벨레로폰의 신화가 됨으로써 나의 자리를 대신하거나 그것의 일부라도 대신하게 만들 수 있을까, 하는 것. 만약 어떤 식으로든 내가 습지의 노인이 되어야 한다면, 나는 세상을 내 이익 창출의 도구로 만들 것이다. 나는 마지막으로 툴툴거리면서 개시 삼아 '미국 말'로 쓰인(그러니 도와 다오, 뮤즈여.) 이렇게 펄럭이는 마지막 장들로 변했다.

폴리이도스: 아, 그렇군. 보다시피 우리의 운은 빠르게 전락하고 있네. 우리가 떨어지는 동안 「페르세이드」의 방식을 좇되 필요한 부분만 변경해서 후손들을 위해 질문 다섯 개에 답변하는 것으로 이 이야기를 끝내는 게 어떻겠나?

벨레로폰: 「페르세이드」가 당신에게는 본보기가 될 수도 있겠지. 난 더 이상 본보기 따위 갖고 있지 않소. 그걸로 당신은 질문 하나를 한 셈이야. 내 첫 번째 질문은 당신이 형체를 바꾸기 전에 내가 물었던 마지막 질문이오. 제우스가 날 당신의 아들이라고 불렀을 때, 그는 나를 대체 누구로 착각한 거지?

폴: 물론 벨레로폰이지. 다른 누가 있겠나? 이건 질문이 아닐세. 자네가 그 패턴으로 나를 납작 내려쳤을 때, 내가 파도 속에서 자네 어머니의 몸에 올라탔을 때 내게 처음 부과된 예언을 자네가 완성한 셈이야. 아들이 나를 대신하는 데 동의하

---

* 테살리아의 왕 아드메토스가 어느 날 중병에 걸려 빈사 상태가 되자, 마침 제우스의 벌을 받아 그의 밑에서 하인 노릇을 하던 아폴론이 운명의 신을 설득하여 다른 사람이 대신 죽기를 승낙할 것이니 아드메토스를 살려 달라고 간청하였다. 이에 아드메토스는 자신을 대신하여 죽을 사람을 찾았지만 아무도 나서지 않았고 오직 그의 아내 알케스티스만이 그를 대신하여 목숨을 내놓았다.

지 않으면 내가 그 아들의 손에 죽으리라 어쩌고 하는 것 말일세. 흔한 일이지. 그리고 나는 자네가 그렇게 해 주리라곤 별로 기대하지도 않았어. 그래 봤자 자넨 어차피 지금부터 질문 몇 개가 오간 뒤엔 착지할 때의 거센 충격으로 죽을 거니까. 반면 나처럼 쪽수가 매겨진 형태는 충격을 적게 받으니 여생을 기대할 수 있지만 말이야. 그래, 자넨 2부 말미에서 테미스키라를 떠난 이래 뭘 했나? 부디 자네의 말이 곧장 종이 위에 활자로 나타나게 해 주게.

벨: 키메라 산으로 가는 도중 웃기는 일이 발생했소. 멜라니페의 히포마네스 덕에 나는 이제껏 도달했던 고도보다 더 높이 날 수 있게 되었지. 덕분에 내 이야기에 등장하는 보조 인물들의 말로를 모두 보았어. 나는 코린토스에 있는 늙고 쇠약해진 어머니가 원망에 가득 차 자기가 씨 뿌린 사생아들을 더 잘 돌보지 않은 포세이돈을 저주하고 그녀를 더 잘 돌봐 주지 않은 벨레로폰을 욕하면서 글라우코스와 벨레루스의 무덤 옆에서 죽어 가는 모습을 보았소. 당신의 딸도 있었소. 완전이 술에 취한 채 그녀에게 영광을 주었어야 할 여신에 의해 만신창이가 되어 버린 모습이었어. 애인이 그녀의 추레한 몸뚱이를 겁에 질린 열네 살짜리 애들에게 각각 1드라크마에 파는 동안, 그녀는 작은 숲에서 신탁을 받을 때의 혼미한 상태로 "벨레루스! 벨레루스!"라고 외치고 있었소. 더 기가 막힌 것은, 시빌의 마지막 애인인 그 자가 바로 멜라니페였다는 점이오. 첫 번째 멜라니페 말이오. 요컨대 그녀는 자살한 것이 아니라 딸 멜라니페 2세를 키우기 위해 히폴리타의 이름과 지위를 취했고, 어느덧 막돼먹고 가차 없는 레즈비언 남자 역이 되어 있었소. 내

가 그 딸의 아버지인지 여부는 다행스럽게도 내 투시력으로는 알 수가 없었소. 내게 순결을 빼앗기고 야망의 싹이 잘리자, 엄마 멜라니페는 시빌처럼 난잡하게 변했소. 하지만 그건 스스로에 대한 원한에서였지. 냉혹한 심장을 가진 약탈자. 티린스에서는 그녀와 비슷한 부류이자 고약한 수소 같은 안테이아가 유순한 소녀들에게 동성애를 강요하는 동안 메가펜테스가 쿠데타를 일으켜 이중의 세타로 되어 있는 남성 동성애 사회를 세우려는 음모를 꾸미고 있었소. 필로노에도 보았소. 다른 남자들과의 짧은 로맨스와 뒤이은 자살 시도 후 깊이 상심했지만 여전히 온화한 모습이었지. 그녀는 쓸쓸한 리키아 요양원으로 들어가 남은 생애를 고독하게 책을 읽거나 드물게 자위행위를 하며 살고 있더군. 다행히 그녀는 내가 고공에서 그녀의 머리 위에 뿌린 키스는 물론 우리 아이들과 국가의 파멸에 대해서도 인지하지 못했소. 아이들은 반의반신이 아니라(그건 불가능한 일이니까) 아웅다웅하며 살다가 결국은 죽게 될 평범한 어른들로 자랐소. 사내 녀석들은 예정대로 반지라는 미끼를 물었고, 나를 계승할 인물을 결정하기 위해 누구의 아이가 반지를 통과한 화살을 맞을 것인가를 두고 싸웠고, 그들의 영리한 누이의 술책에 넘어갔지. 그 애는 자신의 아이인 사르페돈을 자청해 내놓았소. 이 아이는 제 어미가 고등학교 중퇴자로 가장한 제우스로 가장하여 그녀를 유혹한 고등학교 중퇴자와 관계를 맺어 낳은 아들이었지. 이 책에 나오는 가장 낡은 속임수였소. 그렇게 그 애는 오빠들을 속여 그들의 권리를 자기에게 양도하게 했소. 그 중퇴자가 똑같은 속임수를 가지고 그녀를 속여 몸을 허락하게 했던 것처럼 쉽게 말이오. 그 속임수에

속지도 않고 마뜩치도 않았던 제우스는 아르테미스와 아레스에게 이 사안을 처리하게 하는데, 아르테미스는 이러한 사기를 저지른 죄를 물어 나의 소중한 딸을 베어 죽였고 아레스는 (과잉 살육의 탓을 제우스에게 돌리며) 카리아와 솔리미아를 상대로 벌이는 우리의 끝없는 전쟁 가운데 천만 번째의 살벌한 전투에서 내 아들들을 해치웠소. 죽고, 죽고, 죽었지. 어린 사르페돈을 대신해 왕국을 다스린 자들은 예전에 나의 학생이었던 탐욕스러운 섭정 대신들이었소. 그리고 그 후 사르페돈은 성장하여 트로이 전쟁에서 패배한 측에서 싸우다 전사했소.

이 후반부의 환상은 내가 이제 단순히 파노라마 위를 날아다니는 걸 넘어 예지력을 갖게 되었다는 최초의 분명한 증거였소. 그래서 나는 두려움에 가득 차 테르모돈의 늪가로 시선을 돌렸소. 그리고 마지막으로 전율할 만한 광경을 보았지. 나의 용감한 애인은 언제나처럼 직설적으로 내가 사랑한 건 인간으로서의 그녀라기보다는 어떤 불멸성이라는 꿈이었고 나는 그녀를 그러한 불멸성의 귀여운 구현체라고 상상한 것이라는 자신의 확신을 시험하기 위해 나로 하여금 2부의 시련을 겪게 했소. 삶을 가지고든 죽음을 가지고든 노리개 삼아 노는 사람이 아니었던 그녀는 내가 날아가 버리자 얼굴과 손을 씻고 이를 닦고 머리를 빗고 침대를 정리한 뒤, 그 위에 누워 소녀 시절부터 기억할 수 있는 한 많은 아마존식 캠프파이어 노래들을 부르며 시간을 보냈소. 그러다 이른 오후가 되어 자기가 예상했던 대로 첫 번째 보름달 월경이 시작되자, 결국 내 아이를 임신하지 않았다는 그 증거에 아무런 표정도, 아무런 망설임도 없이 자신의 작고 완벽한 왼쪽 젖가슴에 칼을 손잡이만 보일 정

도로 깊숙이 찔러 넣더군. 그 즉시 여태껏 내 눈을 가리고 있
던 눈가리개가 떨어져 나갔고, 나는 내 인생의 키메라를 보았
소. 신화적 영웅주의의 패턴을 완벽하게 모방한 결과, 나는 신
화적 영웅이 아니라 완벽한 '재설정'이 되었소. 나는 페르세우
스가 아니었고 내 이야기는 「페르세이드」가 아니었소. 설사 우
리가, 나와 내 이야기가 그랬다 한들, 그래서 어쨌단 말인가?
필멸의 내가 아니라 불멸성이 신화였던 것을.

　폴: 자넨 지금 두 번째 질문을 묻고 답한 거야.

　벨: 알 게 뭐요?

　폴: 이봐, 이봐. 자네는 내 딸을 비롯해 선량한 여자들을 꽤
많이 망쳐 놓았어. 그런데 자네는 그들의 파멸을 보면서 영웅
적으로 괴로워하고 있어. 그들에겐 작은 위안이지! 하지만 자
네 스스로 인정하다시피 자네에겐 천리안이 아직 익숙지 않
아. 가장 선명한 게 육안보다 더 흐릿할 정도지. 만약 내가 지
금까지 자네가 본 것은 순전히 자네의 시각에 불과하다고 말
하면 어쩔 텐가? 필로노에의 경우 (「페르세이드」에 의하면) 적
어도 그녀의 '필멸의 부분'에서는 깊은 애정과 상냥한 즐거움
으로 자네를 진짜 첫사랑으로 기억하며 자네가 멜라니페 때문
에 자신을 버린 걸 아쉬워하지만(하지만 더 이상 씁쓸하게는 아
닐세.) 자신의 다소 고독한 삶을 즐기게 된 데다 심지어 그편
을 더 좋아하게 되었다면? 그리고 비교적 감정을 잘 드러내는
젊은 여성인 멜라니페가 스스로를 단검으로 찌른 건 사실이
지만, 지나가던 전도유망하고 잘생긴 가가렌시아족 왕진 의사
가 비명 소리를 듣고 뛰어 들어와 하데스의 손아귀에서 그녀
를 구하고 그녀의 기운을 북돋우기 위해 지중해 여행에 그녀

를 데려갔는데, 그 후 그녀와 결혼해 그녀를 아름다운 아이들을 열이나 둔 행복한 엄마로 만들어 주었으며 그 가운데 아홉이 아들이라면?

벨: 그러면 좋겠지, 이 망할 놈의 영감. 당신의 세 번째, 네 번째, 다섯 번째 질문은 이미 한 걸로 치지. 그게 사실이오?

폴: 누가 알겠나? 저 방향으로 나에게 보이는 것이라고는 그들의 (상대적으로) 불멸인 부분, 자네의 이 끝없는 이야기뿐이야. 그러니 수사적인 질문은 계산에 넣지 말기로 하지. 나의 가장 위대한 발명품인 키메라는 어떤가? 설마 자네는 "나는 내 인생의 키메라를 보았소."와 같은 대사로 그와 같은 이미지를 죽였다고 생각하는 건 아니겠지.

벨: 전혀 그렇지 않소. 내가 본 것은 그것이 위대한 발명품이 아니라는 거였소. 그 안에 독창적인 것이라곤 아무것도 없었어. 그것은 누구에게 해가 되지도 않았지만 도움이 되지도 않았지. 그것은 무시무시한 것이 아니라 터무니없는 것이고, 심지어 그것의 은유적인 힘도 예를 들어 메두사나 스핑크스와 비교하면 미미한 정도에 불과하지. 그것이 저 위 분화구 안에서 내 창끝에 달린 납을 녹임으로써 스스로를 파괴하는 일에 일조했던 것도 그 때문이오. 죽음만이 키메라의 유일한 신화시학적 요소니까 말이야. 말할 필요도 없겠지만, 내가 정말로 키메라를 죽인 순간 그것을 이해했소. 그렇다면 리키아로 갈 필요가 없었지. 나는 방향을 바꿨고 아테네의 고삐를 내팽개친 후 박차를 가하여 올림포스를 향해 곧장 날아갔소.

폴: 자네의 죽어 가는 아버지가 정중하게 묻겠는데, 그 불멸성이라는 것이 이미 불쾌한 환각 체험이라고 결론을 내린 자

네가 그렇게 한 이유는 무엇이었나? 과대망상인가? 부조리에 대한 거창한 긍정인가?

벨: 분명 나는 야심만만하긴 했어. 지금껏 죽 그랬지. 하지만 그런 서사시적 규모의 야망을 단순히 허영이라고 부르는 것은 이중 과실이오. 벨레로폰의 불멸성에 대한 열망이 이를테면 사회적으로 적절하지도 않았고 철저히 엘리트주의적이었던 건 사실이지만(사실상 스스로를 제외하곤 아무에게도 이득이 되지 않았지.) 그것이 '그에게도' 역시 영예가 되지는 않았다는 점에도 주목해야 해. 사람들이 부르는 그의 이름은 그의 실제 이름이 아니라 가공의 이름이니까. 그렇다면 사실 있었고, 있고, 있었을 수도 있는 그의 명성은 말하자면 익명의 것이오. 게다가 그는 추방된 폭군이나 도망자처럼 익명의 운명을 즐기지도 못했소. 설사 그의 무리한 비행이 성공했다 하더라도 그는 그것을 몰랐을 거요. 하늘에는 그가 사칭했던 이름을 지닌 또 다른 별자리가 있을 테니까. 하지만 「페르세이드」는 어쨌든 그와는 반대지. 우리가 '페르세우스,' '메두사,' '페가수스'(그가 저기 있군! 사랑스러운 말이여, 부디 나보다 더 나은 기수를 태우고 날아가렴!)라고 부르는 그러한 패턴들이 자신의 존재를 알고 있다고는 좀처럼 상상할 수가 없지. 종이 위에 글자로 표현된, 그것과 대응되는 인물들은 물론이고 말이오. 아니면, 설사 어떤 불가사의한 방법에 의해 그들이 알게 된다 해도, 자신의 고정되고 생기 없는 임무를 즐길 것 같진 않아. 알겠소, 아버지? 당신이 정말 내 아버지라는 것에 대해서는 (늙은 표범, 늙은 수사슴, 늙은 버러지!) 의문을 갖지 않아. 오직 폴리이도스의 아들만이 그렇게 잘, 그렇게 오랫동안 누군가의 인생을 흉내 낼 수 있었

을 테니까.

폴: 그렇지. 좋아. '그렇게 오래'는 맞아. 그러니 자네의 출생 증명서 위에 포세이돈의 이름이 적혀 있네 하는 얘긴 그만하자고.

벨: 거짓된 글자들이 내 인생을 처음부터 끝까지 명확히 설명하지. 하지만 벨레루스의 인생은 아니오.

폴: 또 그러는군. 저 밑으로 내려가면 정신 차리고 진상을 깨닫길 바라네.

벨: 우리가 떨어지는 곳이 무슨 습지라고 했지? 그 사람들이 우리 말로 말하나?

폴: 천만에. 현재 사람들은 붉은 피부에 알곤키안어로 말하지. 신화는 있지만 문학은 없어. 우리의 낙하 속도로 고려해 보아 우리가 착륙할 즈음에는 백인과 흑인이 거주할 것이고 대체로 영어를 사용할 거고, (아무도 읽지 않는) 문학은 있으나 신화는 없지. 이야기나 계속하게. 그리스어로 되어 있다 해도 이 이야긴 그다지 명료하지 않아. 하지만 나는 250쪽* 동안 무엇이 닥칠지는 알고 있었어. 어떤 언어로 되어 있든 간에, 그것은 시빌이 쓴 편지의 두 번째 문장이지.

벨: 맞아. '그는 포세이돈의 아들이 아닙니다.' 나는 별이 될 운명인 벨레루스가 아니라 별에게 반한 델리아데스요. 벨레루스는 그날 밤 나 대신 그 작은 숲에서 죽었소. 내가 그를 대신하여 (내 이복 누이인!) 시빌을 범하는 동안 말이오. 나는 그의 육신을 죽인 자였소. 그래서 나는 그의 불멸의 목소리가 되었

---

* 원문에는 200쪽으로 되어 있다.

지. 나는 델리아데스를 벨레로폰 안에 묻고, 그 시간부터 지금
껏 사심 없는 가짜로 반신인 내 동생의 삶을 살아왔소. 그것은
나의 이야기가 아니오. 나인 적이 없었소. 나는 키마로스나 키
메라를 죽이지 않았고, 혹은 날개 달린 말을 타지도 않았으며,
혹은 필로노에와 잠자리를 갖지 않았고, 혹은 내 머리를 멜라
니페의 허벅다리 사이에 놓은 적도 없소. 그 모든 밤마다 그들
에게 말했던 목소리는 벨레로폰의 목소리였소. 그리고 그 목
소리가 해 준 이야기는 거짓이 아니오. 사실보다 더 큰 무언가
지……

폴: 한 마디로 말해, 신화지. 자네도 알다시피, 필로노에는
이미 지난 제1썰물기 때 이것을 모두 짐작했네. 멜라니페 역시
그 마차 경주 일화를 쓰기 오래전에 짐작했지. 나로 말하자면,
이것도 자네가 말하는 다른 모든 것도 말할 필요가 없다는 걸
말할 필요도 없겠지. 나는 그것이 사실이 되기 이전부터 이미
알고 있었어. 그런데도 내가 지금 놀란다면, 그것은 예언가들
은 과거와 미래를 보지 기타 등등을 보지는 않기 때문일세. 모
든 것이 진정한 예언가를 깜짝 놀라게 하지. 그렇게 해서, 자
네는 자네의 중대한 장면을 망쳐 버렸어. 우리가 돌진해 들어
가는 곳은 어떤 이상향도 아니야. 그것은 웁실론 시그마 알파
(USA)의 메릴랜드 주 도체스터카운티지. 그리고 아직 몇 세대
더 있어야 해. 자네가 거기 부딪히면, 자넨 자네의 쌍둥이 동생
보다 더 깊은 지하로 파묻힐걸.

벨: 질문이 몇 개 남았지?

폴: 난 하나, 자넨 두 개. 그런데 지금 내가 자네에게 대답했
으니까, 우린 다 하나씩 남았어.

벨: 폴리이도스, 날 이 이야기로 변신시켜 줄 수 있소? 영원히 벨레루스의 목소리이자 불멸의 「벨레로포니아드」가 되게 해 줘.

폴: 말도 안 되는 소리.

벨: 그것이야말로 당신이 이 아홉 쪽* 동안 날 속여 변신시키려고 했던 거잖소! 난 지금 내가 당신의 자리를 대신하겠다고 제안하는 거라고! 그러니 불가능하다는 말은 하지 마시오!

폴: 정말로 불가능해……. 자네가 의미하는 순진한 방식으로는. 나는 나 아닌 어느 누구도 변신시킬 수 없네.

벨: 그렇다면 나는 죽은 목숨이군. 안녕, 벨레루스. 모두 안녕히.

폴: 혹 내가 그럭저럭 할 수 있는 게 있다면(내가 자네에게 뭔가 신세를 져서가 아니라 내 나름의 이유 때문에) 나 스스로를 이 인터뷰로부터 「벨레로포니아드」 형태를 한 자네로 바꾸는 거야. 그리스어의 영향을 받지 않았다고 할 수 없는 언어로 된 다량의 인쇄된 종잇장들 말일세. 제한된 숫자의 '미국인들'이 그걸 읽을 것이나 그들 모두가 끝까지 읽거나 즐기지는 않을 테지. 안타깝게도, 나는 그것에서도 어떤 특정한 역할을 맡아야만 해. 그 점에선 제우스를 이길 수가 없지. 하지만 말하자면 나는 자네의 한 양상으로 그곳에 있을 것이기 때문에, 나 자신의 몇 가지 양상들로 충분히 자유롭게 운신할 수 있을 걸세. 아마도 '해롤드 브레이'나 그에 대응하는 현실상의 인물인 프랑스 왕위의 합법적인 계승자이자 두 번째 혁명, 즉 완전

---

* 원문에는 여섯 쪽으로 되어 있다.

히 새로운 소설 「페르세이드」를 재설정하지 마시오(Reset No Perseid)'의 기획자 말일세. 내 장담하지. 하지만 그것이 우리에게 남은 시간 동안 내가 할 수 있는 최선이야.

벨: 별로 마음에 들지 않는군. 차라리 가시덤불 속으로 떨어져 눈멀고 다리 저는 예언자적 인물이 되어 인간의 발길이 닿는 곳을 피해 늪의 조수 위를 영원히 표류하는 게 낫겠소. 나의 재설정을 암송하며

폴: 그만 투덜대게. 받아들이든지 관두든지.

벨: 받아들이겠소.

폴: 좋아. 헤. 세상 사람들에게 마지막으로 할 말은? 빨리.

벨: 난 이게 싫어, 세상이! 그것은 내가 벨레로폰을 위해 염두에 두고 있던 게 전혀 아니야. 그것은 불쾌한 허구요. 균형도 엉망이고 장황한 대목과 돌출부와 빈틈과 일종의 어처구니없이 뒤섞인 비유들로 가득 찬

폴: 다섯 단어 남았네.

벨: 그것은 「벨레로포니아드」가 아니오. 그건 바로

『키메라』: 신화, 패러디, 이야기하기

이야기를 하지 못하면 죽을 운명에 처한 어느 이야기꾼이 마법의 주문을 통해 먼 미래에서 온 작가와 조우하는데, 마침 이야기꾼이 앞으로 하게 될 이야기들을 이미 책으로 읽어 알고 있던 작가가 미래로부터 이야기를 전달해 주어 이야기꾼이 위기에서 벗어난다면 그 이야기들은 이야기꾼의 것인가, 아니면 작가의 것인가.

이것은 이야기의 '기원'을 따지는 일이 무의미해지는 상황이다. 더욱이 이야기꾼은 이야기를 "지어낸" 것이 아니라 "들려 줄" 뿐이며, 애초에 그 이야기이라는 것이 "누구나 이야기하는" 옛날이야기인 바에야. 원래 옛날이야기라는 것은 누군가 이미 했던 이야기이고, 이야기할 때마다 조금씩 달라지기 마련 아닌가. 여기서 논의의 초점은 '무엇을'이 아니라 '어떻게'로, '이야기'가 아니라 '이야기하기'로 옮겨진다. 창작 부진에 시달리던 미래의 작가는 과거의 이야기꾼과 만나 교류하면서 다시 글을 쓸 수 있게 되는데, 그렇게 되기까지의 과정 자체가 곧 그의 새로운 이야기이며 따라서 그의 새로운 작품은 이야기하기에 관한 이야기가 된다. 그리고 이야기하기는 20세기의 대표적인 포스트모더니즘 작가인 존 바스의 주된 관심사이기도 하다.

바스는 셰헤라자데에게서 이야기꾼의 원형을 발견한다. 문학의 소재와 형식이 고갈된 불모의 현실에서 글을 써야만 하는 자신의 처지가 목숨을 잃지 않기 위해 이야기를 계속해야 하는 그녀와 다르지 않다고 보는 것이다. 20세기의 작가 바스가 이제는 더 이상 문학에 관심을 두지 않는 까다롭고 인내심 없는 독자를 상대해야 하는 것처럼, 셰헤라자데 역시 냉혹한 청자이자 냉정한 비평가인 샤리알 왕에게 생사여탈이 달려 있는 상태이다. 셰헤라자데는 그런 왕을 천 일 동안이나 충실하고 호기심 많은 청자로 잡아 둔 성공한 이야기꾼이다. 바스는 물론 다른 현대 작가들이 동경할 만한 과거의 전범(典範)인 셈이다.

바스는 상상력을 발휘하여 중세 아랍 이야기의 주인공과 자신의 페르소나라고 할 수 있는 20세기의 작가—마신을 만나게 한다. 이때 이들을 만나게 하는 마법의 주문은 "보물을 여는 열쇠가 바로 보물"이라는 것인데, 이것은 또한 이야기를 하는 과정이 곧 이야기가 되는 포스트모더니즘 문학의 자기 반영적인 특징을 압축적으로 보여 주는 문구이기도 하다. 이렇듯 보물의 열쇠가 곧 보물임을 아는 두 이야기꾼이 시공의 질서를 뒤엎어 상부상조한 결과인 『키메라』는 간단히 말해, 중세 아랍의 『천일야화』 속 틀 이야기와 그리스 신화의 페르세우스와 벨레로폰 이야기 등 세 개의 옛날이야기 혹은 원형 신화를

"플롯을 위한 토대"로 사용하되 그것을 "의식적이고 반어적으로" 편집하고 가공한 노벨라 세 편으로 이루어진 연작 소설이다. 그리고 이들은 모두 기본적으로 이야기하기에 관한 이야기들이다.

세 편의 노벨라에는 모두 길을 잃고 방황하는 인물이 등장한다. 창작 부진의 늪에 빠진 바스-마신과 자신의 목숨은 물론 자매들의 목숨을 구할 방법을 찾아야 하는 셰헤라자데, 점차 과거의 영광을 잃고 스스로 돌이 되어 가고 있다고 느끼는 중년의 페르세우스, 열심히 영웅 수업을 받으며 그 길을 걸어왔지만 현재의 삶이 영웅의 패턴에 어긋나자 고민에 빠진 벨레로폰이 그들이다.(공교롭게도 작가-마신과 페르세우스, 벨레로폰의 나이는 모두 마흔이다.) 바스-마신이 "마치 우기에 소달구지를 모든 사람이나 좌초된 배의 선장처럼 뒤로 물러남으로써 앞으로 나아가기" 위해 "이야기의 뿌리와 근원지"로 돌아가고 셰헤라자데가 자신의 "첫사랑"인 신화/전설/민담에 의지한 것처럼, 페르세우스와 벨레로폰도 자신의 정체성과 나아갈 방향을 찾기 위해 과거의 영웅적인 위업을 되밟는다. 그들은 자신들의 두 번째 이야기가 단순히 첫 번째 이야기를 반복하는 것이 아니라 진정으로 또 다른 이야기가 되기를 바란다. "비평적인 거리를 둔 확장된 반복이자 유사성보다 상이성이 강조되는 것"* 이것은 곧 패러디를 의미한다. 신화, 패러디, 이야기하기는 「두냐자디아드」, 「페르세이드」, 「벨레로포니아드」를 관통하는 공통 인자이다.

---

* 린다 허치언, 김상구·윤여복 옮김, 『패러디 이론』(문예출판사, 1998), 15쪽.

「두냐자디아드」

「두냐자디아드」는 『천일야화』의 화자인 셰헤라자데의 "이야기들에 대한 이야기에 대한 이야기"를 패러디한 이야기로, 『천일야화』의 탄생 비화에 관한 일련의 허구적인 틀 이야기로 구성되어 있다. 첫 번째 부분에서는 셰헤라자데가 온 나라의 처녀들을 하룻밤에 한 명씩 강간하고 죽이는 왕의 광기를 막기 위해 연구를 거듭하다가 우연히 만난 20세기의 작가-마신의 도움으로 왕에게 매일 밤 흥미로운 이야기를 들려줌으로써 왕의 분별력을 되찾아 주는 과정이 두냐자데의 입으로 전달된다. 말하자면 틀 이야기에 대한 틀 이야기인 셈인데, 이 안에서 바스는 '이야기하느냐 죽느냐.'라는 (셰헤라자데와 비슷한) 위기에 처한 20세기 작가, 즉 본인의 페르소나를 불러냄으로써 세 가지 층위의 대위법적 서사를 구성한다.

첫 번째 층위는 시점의 변화를 통한 『천일야화』 틀 이야기의 비틀기이다. 이야기로 죽음을 유예한다는 기본 주제음을 유지하면서도 아무도 (심지어 텍스트 속으로 들어간 바스-마신조차) 예상치 못했던 변주가 일어나는데, 셰헤라자데가 낳은 세 아이의 성별이 다르고 이름이 있다는 점과 셰헤라자데가 왕을 경멸하고 성적으로 배신한다는 점, 무엇보다 마신이 등장하며 두 결혼식에 이은 행복한 삶이 아닌 자매가 각각 남편이 된 왕들을 죽인 뒤 스스로 목숨을 끊는 비극적인 결말이 예고된다는 점 등이 그것이다.

두 번째 층위에서는 셰헤라자데와 마신의 이야기하기에 관한 토론을 통해 바스의 문학관이 전개된다. 두 사람은 양성 간의 화해 가능성에 대해서는 이견을 보이면서도 이야기는 "애정 관계이지 강간이 아니"라는 점에는 의견을 같이한다. 특히 마신은 "틀 속에 담긴 이야기의 문제가 해결되자 그것을 담고 있는 틀 이야기의 문제 역시 해결된다"는 점에서 『천일야화』의 서사 구조에 매력을 느끼며, "한 이야기가 내부로부터 틀 지어질 수 있는지, 그래서 담는 이야기와 담긴 이야기 사이의 통상적인 관계가 뒤집어졌다가 역설적으로 또다시 뒤집힐 수 있는지"에 대해서도 끊임없이 고찰한다. 바스는 『천일야화』의 이 복잡한 서사 구조를 「두냐자디아드」에서 적극적으로 패러디한다. 틀 속 셰헤라자데의 문제가 해결되는 과정이 곧 틀 밖 작가의 창작 부진 문제가 해결되는 과정이 되며, 텍스트를 자신의 삶 속에 담고 있는 텍스트 밖 작가의 삶이 거꾸로 텍스트 안에 담기는 등 틀 구조가 역전되거나 안과 밖의 경계가 해체된다.

세 번째 층위는 바스-마신이 신화/전설/민담 등의 과거 양식을 재활용함으로써 창작 부진에서 벗어나 새로운 작품을 창조하는 과정에 관한 이야기이다. 셰헤라자데가 마신의 도움으로 죽음의 위협에서 벗어나 아이 셋을 낳는 동안 마신은 세 편의 연작 노벨라를 구상하고 "진실이든 거짓이든 신화적 영웅들과 관련이 있는" 두 편을 완성한다. 세 번째 것은 이제 막 절반 정도를 쓴 상황인데, 그 이야기의 제목은 「두냐자디아드」이며 그것의 중심인물은 셰헤라자데가 아니라 두냐자데이다. 두냐자데가 마신을 인용 부호 안에 담고 있는 것인지, 마신이 그런 두냐자데를 인용 부호 안에 담고 있는 것인지 다시금 모호해지는 순간이다. 그리스의 신화적 영웅들과 관련이 있는 두 편의 노벨라와 「두냐자디아드」는 곧 바스의 소설 『키메라』를 구성하는 이야기들이며, 그러므로 「두냐자디아드」는 『키메라』 의 창작 과정을 기술한 틀 이야기가 된다.

두냐자데의 이야기가 마무리되자 바스는 이야기의 틀을 이 동하고, 독자는 두냐자데가 그녀와 막 결혼식을 치른 남편이 자 샤리알과 함께 하룻밤 한 처녀 정책을 실행해 온 샤 자만 에게 내내 이야기를 들려주고 있었음을 알게 된다. 이 지점에 서 이야기는 신원을 알 수 없는 화자의 목소리에 의해 서술 되는 2부로 옮겨 간다. 여기에서는 일련의 역할 전도가 일어난 다. 처음에는 화자인 두냐자데가 손에 칼을 쥐고 청자인 샤 자 만의 목숨을 노리는 형국이지만, 얼마 후 두냐자데는 자신이 그 서사적 상황을 통제하고 있는 것이 아니라 명령이 떨어지 면 언제라도 활을 쏠 수 있는 경비병들에게 둘러싸여 있음을 깨닫는다. 그러나 샤 자만은 경비병을 물리고 자발적으로 그녀 의 손에 자신을 내맡기고는 그녀가 자신에게 이야기를 들려주 었던 것처럼 자신도 그녀에게 이야기를 하게 해 달라고 간청한 다. 이렇듯 전도된 '죽느냐 이야기하느냐.'의 상황에서 샤 자만 의 시점으로 전달되는 이야기는 『천일야화』 틀 이야기의 또 다 른 이야기다. 그는 하룻밤 한 처녀 정책을 실행에 옮길 수도 그 렇다고 자신의 말을 철회할 수도 없게 되자, 자신의 첫 번째 희생자가 될 뻔한 처녀의 설득으로 자신의 말을 오직 겉으로 만 지키기로 결심하게 된 경위를 설명한다. 그는 처녀의 충고 로 '여인 국가'의 설립을 허락하고 제물로 바쳐진 여자들을 모 두 그곳으로 보내는데, 이 이상적인 여인 공동체의 설립 경위 는 「벨레로포니아드」에서 뒷받침된다. 그러나 이것은 셰헤라자데가 가장 좋아하는 이야기 속 정령과 납치된 처녀가 샤 자만의 이야기에 실제로 등장하는 것처럼 하나의 픽션이 다른 픽션의 리얼리티를 증명해 주는 형국이며, 바스는 이미 전작인 『연초 도매상』에서 가공의 문서 두 개가 서로의 존재를 증명해 주어 마치 그 문서들이 실존하고 있는 듯한 착각을 불러일으키는 상황을 그린 바 있다. 이야기의 리얼리티란 결국 서로 다른 관점들의 집합에 불과한 상황에서 무엇이 픽션이고 무엇이 실제인지를 구분하는 것은 무의미하다.

위기를 모면하려는 구실에 불과하다며 믿으려 하지 않는 두냐자데에게 샤 자만은 "거짓말이라기엔 너무나 중요한 얘기잖아. 어쩌면 픽션인지도 모르지. 하지만 사실보다 더욱 진실에 가깝"다고 말한다. 그의 말은 "어떤 픽션들은 사실보다 훨씬 더 가치가 있어서 드물지만 픽션이 지닌 아름다움이 픽션을 실재하는 것으로 만드는 경우가 있"다는 바스-마신의 생각과도 일맥상통한다. 만약 그의 이야기로 인해 두냐자데가 무모한 계획을 단념하고 네 사람 모두가 행복한 결말을 맞이할 수 있다면 그의 이야기가 사실이냐 허구냐는 중요하지 않다. 그들의 이야기는 결말이 지어지지 않은 채 끝난다. 다만 두냐자데에 대한 애정에 부합하는 결론을 찾아내기 위해 진심을 다해 노력할 것이라던 바스-마신의 말로 그리 비극적이지는 않은 결말을 조심스럽게 점쳐 볼 뿐이다.

「두냐자디아드」의 3부는 바스-마신이라 짐작되는 화자에 의해 전달된다. 그는 이 이야기의 첫 번째 두 부분이 『천일야화』의 천두 번째 밤에 이야기된다는 것을 밝히며, 마치 바스의 「두냐자디아드」가 아직 존재하지 않는 것처럼 이야기한다.

만약 내가 그만큼 아름다운 이야기를 지어낼 수 있다면, 그것은 어린 두냐자데와 그녀의 신랑에 관한 이야기가 될 것이다. (중략) 두냐자데의 이야기는 중간에서 시작한다. 그것은 내 이야기의 중간이기도 하다. 나는 이것의 결말을 쓸 수가 없다. 그러나 이이야기는 모든 좋은 아침들의 종착지인 밤 동안에 끝나야 한다.

이로써 「두냐자디아드」는 마지막에 다다라 다시 시작점에 서게 된다. 결국 이 모든 이야기는 곧 「두냐자디아드」의 창작 과정에 관한 이야기인 셈이다. 앞서 마신은 두냐자데의 운명을 두고 이렇게 물은 적이 있다.

"그를 즐겁게 하기 위해 당신은 무엇을 할 작정인가요, 작은 누이여? 더욱 흥미를 끄는 새로운 방식으로 사랑을 나누는 것? 그런 건 없어요! 셰헤라자데처럼 이야기를 들려주는 것? 그가 이미 다 들은 얘기죠! 두냐자데, 두냐자데! 누가 당신이 할 이야기를 알려 줄 수 있을까요?"

셰헤라자데의 처지가 모든 이야기꾼의 처지를 대변한다면 이야기의 소재와 형식이 모두 고갈된 상태에서 새로운 이야기를 해야 하는 두냐자데의 운명은 바스와 같은 포스트모던 시대 작가의 그것에 더욱 가깝다. 그리고 독자는 두냐자데가 샤자만에게 들려주는 (새로운) 이야기를 통해 바스-마신이 우려하던 문제에 대한 해결책을 본다.

「페르세이드」

「페르세이드」의 전반부는 기나긴 방황 끝에 영락한 모습으로 사막에서 정신을 잃고 쓰러졌다가 케미스의 신전에서 정신을 차린 중년의 페르세우스가 자신의 충실한 신녀 칼릭사에게 그간의 일을 자세히 들려주는 이야기이다. 이것이 "이십 년 동안 기나긴 전쟁과 방황을 겪은 후 집으로 돌아와 그의 충실한 아내와 사랑을 나눈 뒤, 침대에서 그녀에게 그간에 겪었던 모험을 자세히 들려"주는 오디세이 이야기를 패러디한 서사 구조라는 것은 쉽게 간파할 수 있다. 다만 케미스의 신전은 그의 집이 아니고 칼릭사 역시 그의 아내가 아니며, 그는 '성교 후 이야기하기'라는 칼릭사의 규칙을 따르고자 하지만 그녀와 성공적으로 사랑을 나누기에는 성적으로 무능한 상태이다. 성적인 무능은 그의 정신적인 위기를 대변한다. 그는 괴물을 퇴치하고 공주를 차지한 젊은 영웅 페르세우스가 아니라 "길을 잘못 들었고, 뭔가 요령을 잊어버린" 불행한 중년 남자다.

바스는 페르세우스의 이야기를 이중의 청자를 둔 중층적인 대화의 서사로 구성한다. 페르세우스는 그의 이야기를 메두사에게 들려주는데(메두사의 존재는 이야기의 중반에 가서야 드러난다.) 그 안에는 그가 칼릭사에게 이야기를 들려주는 일화가 포함된다. 그러나 「페르세이드」는 궁극적으로 별자리가 된 페르세우스가 독자에게 밤마다 「페르세이드」를 되풀이하여 들려주는 이야기이다. 그의 이야기는 별의 수명이 다할 때까지 계속되며, 이렇게 해서 시작은 끝이 되고 끝은 시작이 된다.

「페르세이드」의 첫 부분은 신녀 칼릭사의 신전 안을 배경으로 한다. 신전 안에는 페르세우스의 일대기를 "경이로울 만큼 충실하게 묘사"해 놓은 부조 벽화들이 나선형으로 길게 이어져 있다. 청동 탑에 갇힌 다나에의 몸에 제우스가 황금 빗물로 변신해 내려와 태어난 반신 페르세우스가 메두사를 처치하고 안드로메다를 구출하기까지의 영광스러운 모험 이야기는 우리에게도 익숙한 페르세우스의 원형 신화이다. 바스는 이 이야기들을 비틀어 페르세우스의 두 번째 모험 이야기들을 가공해 낸다. 벽화에 묘사된 자신의 개인사를 칼릭사에게 들려주는 페르세우스는 바로 이 두 번째 모험의 막바지에 다다른 중년의 페르세우스이다. 메두사의 목을 벤 지 이십 년의 세월이 흐르는 동안 안드로메다와의 결혼 생활은 위기를 맞고 그는 삶의 권태에 빠져 급기야는 자신이 돌처럼 굳어 가고 있다고 확신하게 된다. 여행을 해 보라는 의사의 충고에, 그는 현재 자신의 위치를 발견하고 신화적 영웅으로서의 정체성을 되찾기 위해 과거 자신의 영웅적인 노정을 되밟아 보기로 결심한다.

"어쩌면 좋았던 젊은 시절을 다시 한번 더듬어 보고 싶은 허영심이 내게 얼마간 있었는지도 몰라. 하지만 그건 단지 허영심만은 아니었어. (중략) 그 길 어디에선가, 나는 무언가를 잃어버렸던 거야. 길을 잘못 들었고, 뭔가 요령을 잊어버린 거지. 그게 뭔지는 나도 모르겠지만 말이야. 만약 그 길을 찬찬히 주의 깊게 되짚어 보면 뭔가 패턴을 발견할 수도, 열쇠를 찾을 수도 있을 것 같았어."

패턴을 발견하고 열쇠를 찾기 위한 페르세우스의 두 번째 모험은 첫 번째 모험을 "반어적으로 되풀이"한 것이다. 젊은 시절 메두사를 죽이고 안드로메다와 결혼했듯이, 영웅 페르세우스로 거듭나 안드로메다의 사랑을 되찾기 위해서는 메두사를 다시 죽여야 한다. 그러나 그에게는 방패도 견고 무비한 낫도 날개 달린 샌들도 투명 투구도 없다. 에두름의 전략을 취하기보다는 직접적이고 솔직해야 하며 능동적이기보다는 수동적으로 행동해야 한다. 무엇보다, 메두사는 아테네가 새로이 부활시킨 이래 육체를 돌로 변하게 하는 파괴적인 존재가 아니라 돌을 육체를 되돌리고 페르세우스에게 젊음을 되찾아 줄 "역설적으로 소중한" 존재가 되었다. 하지만 가능성은 제한적이다. 아테네는 단 한 번에 한해 그녀의 눈에서 상대방을 돌로 만드는 힘을 제거했다. 그러나 여기에는 엄격한 조건이 있다. 그녀의 두건을 벗긴 장본인이자 그녀가 단발성의 은혜를 베푼 그 남자가 그녀의 진정한 연인이어야 한다는 것이다. 만약 그렇다면 두 사람은 별이 되어 불로의 삶을 얻게 되고 영원히 함께할 수 있다.

아테네의 시녀로서 이 정보를 모두 제공하는 인물은 바로 메두사 본인이다. 원래 바다의 님프였던 그녀는 아테네의 신전에서 포세이돈에게 강간을 당한 죄로 뱀의 머리를 한 고르곤으로 변한다. 아이러니하게도 자신의 목을 벤 페르세우스를 사랑하게 된 그녀는 아테네에 의해 다시 부활한 이후에도 두건을 두른 채 페르세우스를 돕는다. 그러나 회춘과 안드로메다와의 재결합이라는 미망에 빠진 페르세우스는 그녀의 진실한 사랑을 받아들이지 못하고, 결국 그녀는 그의 곁을 떠난다.

페르세우스의 운명을 건 모험은 옛날 피네우스 일행을 돌로 만들었던 그곳에서 지난날을 재현하는 듯한 살육의 시간이 지나간 후, 그가 자기 안에 있던 중년의 페르세우스를 죽이고 안드로메다와 어리석은 회춘의 꿈을 버리는 순간 끝이 난다. 그는 새로운 메두사의 두건을 벗기고 그녀를 포옹하고, 다음 순간 별이 되어 불멸성을 획득함으로써 반신 영웅으로서의 운명을 성취한다.

「페르세이드」의 마지막 부분은 페르세우스와 메두사의 질문과 답으로 채워진다. 페르세우스는 메두사의 두건을 벗긴 이후에 벌어진 일에 대해 질문하고 메두사는 (마치 비평가처럼) 페르세우스의 이야기와 서사 구조에 관해 질문하고 논평한다. 「페르세우스」는 페르세우스의 이야기이다. 앞서 페르세우스는 칼릭사에게 자신이 이 이야기를 하게 된 계기는 칼릭사의 편지들 때문이며, 그러므로 그녀의 편지들은 이 이야기의 "원천이자 중심"이라고 말한 적이 있다. 그가 자신의 이야기를 끝없이 반복하고 있는 이유는 자신의 과거를 되돌아봄으로써 칼릭사가 언급한 "영웅적 모험에 걸맞은 원형적 패턴"이라는 게 무엇인지, 그리고 그 위에서 현재 그가 어디에 서 있는지를 알기 위해서이다.

나는 주인공이자 작가로서, 말하자면 내 지나간 인생의 페이지들을 검토한 뒤 이것을 바탕으로 현재 내가 위치한 문단을 따라잡을 생각이었어. 그리고 이렇게 방향이 잡히고 나면 침착하게 미래의 문장을 향해 나아갈 작정이었던 거야.

우리에게 이야기를 들려주는 페르세우스는 영웅적 패턴에 걸맞은 삶을 살아온 영웅인 동시에 영웅적 패턴에 관해 글을 쓰는(이야기를 하는) 작가이다. 「페르세이드」에서는 그의 모험 이야기와 그의 이야기하기가 중층적으로 전개된다. 그런데 주목할 것은 페르세우스가 들려주는 이야기의 토대가 되는 벽화 내용을 바로 메두사가 지시한다는 점이다. 페르세우스가 칼릭사에게 들려주는 이야기는 결국 메두사가 초안한 "도식처럼 반복되는 이야기(patterned tale)"인 셈이다. "드넓은 빈 공간"에 II-G 벽화가 채워지지 않는 한 페르세우스가 칼릭사에게 들려줄 이야기는 없다. 그러나 페르세우스가 신전을 떠난 후에도 메두사가 그의 행보를 칼릭사에게 전달해 주었으리라는 것은 충분히 상상할 수 있다. 페르세우스의 삶은 이야기가 된다. 그리하여 영원히 끝나지 않는 나선형의 벽화처럼 페르세우스도 그의 "도식처럼 반복되는 이야기"를 끝없이 반복한다.

「벨레로포니아드」

우리에게 익숙한 벨레로폰은 자신에게 불리한 내용이 담긴 편지를 전달한 뒤 사자의 머리와 염소의 몸통과 뱀의 꼬리를 가진 괴물 키메라를 죽이라는 임무를 받아 페가수스의 도움으로 그것을 처치하고 공주와 결혼해 왕위를 물려받은 그리스의 신화적 영웅이다. 그런데 그가 다른 신화적 영웅들과 다른 점은 보통 신화적 영웅들의 경우 사후에 별이 되어 불멸의 삶을 살아가는 반면 그는 페가수스를 타고 올림포스를 향해 날아오르다 제우스의 방해로 땅으로 추락하여 다리 절고 눈 먼 은둔자의 삶을 살아간다는 것이다. 그는 별이 되고자 열망했지만 결국 실패하고 말았다.

이러한 신화 속 벨레로폰의 "삶의 한 이본(異本)"으로 묘사되는 「벨레로포니아드」는 원래 벨레로폰(벨레루스을 죽인 자)이었지만 벨레로폰(살인자 벨레루스)으로 살다가 벨레로폰(벨레루스의 목소리)이 된 인물의 목소리이자 삶의 이야기이다. 「페르세이드」의 자매편으로 구상된 「벨레로포니아드」는 「페르세이드」에서처럼 필로노에와 멜라니페를 이중의 청자로 두지만, 벨레로폰과 외부 화자, 그리고 폴리이도스의 세 가지 서사적 목소리를 사용한다. 「페르세이드」의 페르세우스가 자신의 신화적 개인사가 조각된 신전 벽화를 토대로 이야기를 들려준다면 "미국 메릴랜드 주 도체스터카운티가 된 곳의 늪에서 떠다니는 종잇장들로부터 독자들에게 말을 거는" 벨레로폰의 이야기는 조석 현상의 패턴에 따라 매일 반복되며 하루 종일 이어진다. 이것은 대화, 독백, 인터뷰, 강의록, 연구 자료, 편지 등 여러 가지 형식이 혼재하며 패러디 전략이 여럿 동원된 변화무쌍한 텍스트이다. 벨레로폰의 원형 신화는 물론 3부작 가운데 앞선 노벨라 두 편도 각각 직간접적인 패러디의 대상이 된다. 미래에서 온 텍스트가 주인공 앞에 불쑥 나타나 그의 신화적 영웅 인생의 길잡이가 되는가 하면, 픽션이자 패러디인 텍스트 안에 삽입된 원형 신화 자료에 대해 픽션의 주인공이 그 진위를 논하고, 텍스트의 내부에서 텍스트 밖 작가의 또 다른 페르소나로 여겨지는 인물이 그 텍스트의 창작 의도와 과정을 기술하는 등 시간의 질서가 뒤바뀌고 안과 밖, 허구와 실제의 경계가 해체된다.

이야기가 시작되면 우리는 페르세우스와 마찬가지로 전직 신화적 영웅이자 불행한 중년인 벨레로폰을 만난다. 하지만 벨레로폰이 불행한 이유는 그가 본보기로 삼고 있는 페르세우스의 경우와 달리 "잘못된 것이 아무것도 없기" 때문이다. 중년이 된 페르세우스는 자신의 현재 위치를 파악하고 미래로 나아가기 위해 자기 자신의 개인사와 신화적 영웅으로서의 이력을 탐구했다. 그의 탐구는 성공적이었고 그는 반신이자 신화적 영웅으로서 적절한 운명에 따라 별이 되었다. 페르세우스가 (별이 되는 데) 성공한 것은 신화적 영웅으로서 그의 소명이 정당했기 때문이다. 그는 확실한 반신이었고, 타고난 신화적 영웅이었다. 이에 반해 젊은 벨레로폰은 신화적 영웅들의 패턴을 완벽하게 따름으로써, 말하자면 '신화학'에서 모두 A학점을 받음으로써 그의 사촌 페르세우스처럼 진짜 신화적 영웅이 되려고 한다. 그는 페르세우스가 그랬듯이 아테네라는 조력자를 만나 페가수스를 얻으며, 괴물 키메라를 처치하고 필로노에 공주와 결혼한다.

신화적 영웅의 패턴은 신화학의 우등생 벨레로폰이 일생을 바쳐 연구하는 주제이다. 그런 그가 마흔 살 생일을 앞두고 좌절하는 것은, 전형적인 진짜 신화적 영웅들이 마흔의 나이에 이르러 신과 인간의 호의를 잃고 추방당할 때 자신은 "아내의 헌신과 아이들의 존경과 백성들의 경의와 친구들의 찬탄과 적들의 두려움을 한몸에 받고 있"기 때문이다. 그는 생일 전날 우연히 입수한 「페르세이드」의 페르세우스와 마찬가지로 자신의 과거 영웅적 모험들을 되밟기로 결심한다. 그러나 키메라는 메두사가 아니며 벨레로폰을 별로 만들어 줄 '새로운 키메라' 역시 존재하지 않는다. 그는 충실한 아내 필로노에와 애인 멜라니페를 뒤로 한 채 페가수를 타고 올림포스를 향해 날아오른다. 그러나 그에게 주어진 운명은 천상의 문턱에서 추락하는 것뿐이다. 그는 "신화적 영웅주의의 패턴을 완벽하게 모방함으로써 신화적 영웅의 완벽한 모사품"이 되었다. 그는 황금빛 처단자 페르세우스가 아니었고 결코 그렇게 될 수도 없었던 것이다. 그는 사실 "별이 될 운명인 벨레루스가 아니라 별에게 반한 델리아데스"이며, 포세이돈의 아들이 아니라 변신 능력을 가진 예언가이자 바스의 또 다른 모습인 폴리이도스의 아들이다. 그의 정체는 '초록색 눈'으로 본문 곳곳에서 암시되었으며, 벨레로폰 스스로도 의식의 기저에서는 안테이아의 말처럼 그의 인생이 허구임을 감지했을 것이다. 그랬기 때문에 그로 하여금 자신의 자리를 대신하게 만들려는 폴리이도스의 속셈을 알면서도 기꺼이 벨레로폰의 목소리가 되고자 했는지도 모른다.

벨레로폰은 이 모든 이야기를 들려줄 수 있을 만큼 길고 긴 시간동안 추락한다. 그리고 미국 메릴랜드 주 도체스터카운티의 습지와 충돌하려는 찰나 「벨레로포니아드」라는 책의 글자와 문장과 페이지로 변한다. 우리는 이 사실을 이미 처음부터 벨레로폰에게 들어 알고 있다. 그래서 「벨레로포니아드」는 앞선 두 노벨라와 마찬가지로 순환 구조이다. 「벨레로포니아드」는 결국 가짜 영웅에 대한 가짜 텍스트임이 밝혀진다. 하지만 벨레로폰을 전적으로 가짜 영웅이라 말할 수 있을까? 그는 자신의 한계에도 불구하고 진정성을 가지고 신화적 영웅의 길을 걸었고 불멸성을 갈망했다. 그는 페가수스를 얻었고 키메라를 죽였다. 키메라가 진짜로 존재했든 아니면 그것이 폴리이도스의 변신 잔여물에 불과한 가공의 괴물이든, 그것을 죽인 벨레로폰의 행위는 진짜다. 어차피 죽음만이 키메라의 유일한 신화시학적 요소가 아니던가. 그리고 그는 자신이 일생동안 되고자 했던 신화적 영웅의 삶의 이야기이자 목소리가 되어 다른 방식으로나마 불멸성을 획득하지 않았는가. 「벨레로포니아드」라는 텍스트 속에 삽입된 강의 두루마리에서 바스─제롬 브레이는 자신의 이야기에 대해 이렇게 말한 바 있다.

죽을 운명을 타고 난 인간이 갖는 불멸성에 대한 욕망과, 특히 신화적 영웅이 생애 후반부에 스스로 자기 자신의 목소리나 삶의 이야기 혹은 둘 다로 변신함으로써 아이러니하게도 불멸성을 제한적으로나마 성취하는 경우입니다.

그러나 한편 이것은 폴리이도스가 의도한 바이기도 하다. 폴리이도스는 벨레로폰이 포세이돈이 아니라 자신의 아들임을 내내 알고 있었다. 소년 시절의 그에게 신화적 영웅주의의 패턴을 보여 준 것도 폴리이도스이며, 강의 두루마리로, (20세기 작가 바스가 쓴) 「페르세이드」라는 책으로, 나폴레옹의 가상 편지로, 제롬 브레이의 원고로, 그리고 마침내 신화적 영웅의 패턴으로 변신하여 벨레로폰의 탐색에서 길잡이 역할을 해 온 것도 폴리이도스다. 그는 벨레로폰 이야기의 가장 유력한 저자이지만, 유일한 저자는 아니다. 시공을 초월하고 허구와 실제를 넘나들며 패러디의 진수를 보여 주는 이 텍스트의 저자는 "간단히 말해, 벨레로폰과 키메라의 신화에 관해 쓴 적이 있거나 앞으로 쓰게 될 누구나일 수도" 있기 때문이다. 「벨레로포니아드」 역시 그들의 쓰게 될 유일한 텍스트가 아니다. "고전 신화는 무한히 다시 이야기할 수" 있기 때문이다. 제롬 브레이가 그의 컴퓨터 프로그램으로 하고자 했던 일도 바로 이런 것이었을 테다. 「두냐자디아드」가 이야기 속 등장인물인 마신의 창조물일 수도 있다면, 「벨레로포니아드」 역시 작중 폴리이도스가 변신한 미래의 문서 속에 등장하는 제롬 브레이가 컴퓨터 프로그램을 이용해 원형 신화를 조합하고 재조합해 낸 결과물일 수도 있지 않겠는가.

『천일야화』의 세계는 곧 무궁무진한 이야기의 세계이다. 그곳에서 이야기는 원한과 살의를 막고 죽음마저도 유예할 수 있는 엄청난 힘을 가진다. 현대의 토양은 이야기가 번성하기엔 너무도 척박하다. 이제 이야기는 "대중적인 토대를 찬탈"당한 채 "특별한 취미에나 어울리는 즐거움"이 되어 버렸다. 바스는 이야기의 옛 지배권을 회복하기 위해서 제2의, 새로운 혁명이자 "소설의 혁명(Novel Revolution)"이 필요하다고 본다. 바스가 이러한 혁명을 통해 꿈꾸는 세상이란 바로 『천일야화』의 세계에서처럼 이야기가 죽음마저도 유예하는 힘을 갖는 세상, 사람들이 괴물의 머리에 올올이 심긴 뱀마저도 "사랑스러운 여인의 머리카락"으로 여길 수 있는 상상력이 넘치는 그런 세상일 것이다. 바스는 이 혁명을 위해 과거의 양식을 재활용한 "혁명적인 소설(Revolutionary Novel)" 『키메라』를 내놓는다. 가공의 괴물 키메라처럼 세 편의 픽션으로 이루어진 『키메라』

는 무궁무진한 이야기의 가능성을 약속하는 새로운 신화이기
도 하다.

2010년 1월
이운경

작가 연보

1930년 5월 27일 존 시몬스 바스 2세(John Simons Barth, Jr.) 미국 메릴랜드 주의 케임브리지에서 쌍둥이로 출생. 후에 바스는 학계로, 쌍둥이 누이인 질은 사업계로 진출. 케임브리지는 이후 바스가 쓴 여러 소설의 배경이 됨.

1947년 케임브리지 고등학교를 졸업하고 뉴욕에 있는 명문 줄리아드 음악학교에서 재즈와 관현악을 공부하려 하였으나 학비가 너무 비싸 포기. 그해 가을, 볼티모어에 있는 존스홉킨스 대학교에 장학금을 받고 입학. 존스홉킨스 대학교 시절 동양과 중세 이야기에 관심을 갖게 되었고, 이것은 이후 그가 작가로서 글을 쓰는 데 많은 영향을 줌.

1950년 1월 11일 앤 스트릭랜드와 결혼.

1951년 존스홉킨스 대학교의 문학사 학위(창작 전공)를 받음. 장녀 크리스틴 출생. 존스홉킨스 대학원 진학.

1952년 대학원 재학 시절 「네서스의 셔츠(Shirt of Nessus)」라는 소설을 썼지만 출판되지 않음. 문학 석사 학위를 받고 박사 과정에 등록하지만 경제적인 이유로 중도에 그만둠. 장남 존 출생.

1953년 펜실베이니아 주립 대학에서 시간 강사로 창작 수업을 담당. 바스는 이 대학에서 조교수가 되며, 1965년 뉴욕 주립 대학으로 옮길 때까지 십이 년간 근무.

1954년 차남 대니얼 출생.

1956년 『선상 악극단(The Floating Opera)』 출간. 변호사인 주인공 토드 앤드루스가 살아갈 절대적인 이유가 없다면 마찬가지로 스스로를 파괴할 필요도 없다는 근거로 자살을 하지 않기로 결심하는 과정을 회상하는 내용으로, 바스의 특징적인 메타픽션적 글쓰기가 잘 나타나 있는 소설.

1958년 『여로의 끝(The End of the Road)』이 더블데이에서 출판됨. 이 소설은 주인공 제이콥 호너가 수많은 선택 가능성을 앞에 두고 선택 행위를 포기하면서 마비 상태에 빠진다는 내용으로, 낙태를 공개적으로 다뤘다는 점에서 논란을 일으킴. 바스가 이 책에 붙인 원제목은 '의사가 올 때까지 뭘 하지?(What to Do Until the Doctor Comes?)'였음.

1960년 『연초 도매상(The Sot-Weed Factor)』이 더블데이에서 출판됨.

1965년	버팔로 소재 뉴욕 주립 대학으로 자리를 옮김.
1966년	『염소 소년 자일스(The Giles, the Goat-Boy)』가 더블데이에서 출판됨.『연초 도매상』과 마찬가지로 이 소설 역시 800여 쪽이나 되는 거작.『연초 도매상』이 미국의 식민 역사를 우스꽝스럽게 비틀었다면, 이 소설은 인류 역사에 대한 패러디라고 할 수 있음. 이 소설에는 냉전 세계의 축소판인 대학 캠퍼스를 배경으로 염소 떼에 의해 길러진 반인반수의 영웅이 주인공으로 등장. 미국예술원상을 수상.
1967년	『선상 악극단』과『여로의 끝』의 개정판이 나옴. 이해 8월, 전통적인 소설의 기법과 형식으로는 새로운 시대의 변화와 시대정신에 적합한 소설을 더 이상 독자들에게 제시하기 어렵다고 주장한 논문「고갈의 문학(The Literature of Exhaustion)」을《애틀랜틱 먼슬리(The Atlantic Monthly)》지 제220호에 게재. '고갈'을 어떠한 가능성, 특히 리얼리즘적 전통에서의 가능성이 탕진된 상태로 정의하면서, 포스트모더니즘 작가란 "지적인 궁지에 직면하여 새로운 인간적인 작업을 성취하기 위해 그것을 역으로 사용하는 사람"이라고 얘기함.
1968년	『도깨비 집에서 길을 잃고(Lost in the Funhouse: Fiction for Print, Tape, Live Voice)』가 더블데이에서 출판됨. 소설 문학의 한계를 새롭게 실험한 이 단편 소설집에는 작가 자신의 육성 녹음도 내러티브 기법의 일부로 제시되고 있음. 이 책은 일반적이지 않

은 글쓰기에도 하드커버로 이만 부나 팔렸으며 전
미도서상(National Book Award) 후보에 올랐음.

1969년   첫 부인과 이혼. 메릴랜드 대학이 수여하는 명예 문
학 박사 학위를 받음.

1970년   셸리 로젠버그와 재혼.

1972년   『키메라(Chimera)』가 랜덤 하우스에서 출판됨. 중
편소설 세 개로 구성된 이 책은 바스 자신이 선호
하는 신화에 대한 재해석으로, 그리스 신화에 등장
하는 페르세우스와 벨레로폰, 『천일야화』에 등장하
는 셰헤라자데의 이야기를 새로운 실험 기법으로
표현. 전미도서상 수상.

1973년   모교 존스홉킨스 대학의 문예창작과 교수가 되면서
볼티모어로 거처를 옮김.

1974년   예술원과 미국예술아카데미의 회원으로 선임됨.

1979년   『편지(Letters: a Novel)』가 퍼트넘에서 출판됨. 대표
적인 자아 반영 소설로, 이전에 출판된 작품 속의
등장인물들과 소설 속의 작가로 등장한 바스가 편
지를 교환하는 형식으로 되어 있음.

1980년   1월, '포스트모더니즘이란 무엇인가?'를 대변하는
바스의 문학성을 집약한 논문인 「소생의 문학(The
Literature of Replenishment)」을 《애틀랜틱 먼슬리》
지에 발표. 그가 추구하는 포스트모더니즘은 전통
적인 현대성을 어떻게 유지할 것인가를 강조.

1983년   『안식년(Sabbatical: A Romance)』 발표. 로맨스라는
타이틀이 함께 붙어 있지만 로맨스와는 거리가 먼

정치 사회적인 문제들을 다룬 소설.

1984년   비평적 에세이 및 논픽션 모음집『금요일의 책(The Friday Book: Essays and Other Nonfiction)』출간.

1987년   『타이드워터 이야기(Tidewater Tales: a Novel)』발표. 이 소설은 피터 캐더린이 Story라는 보트를 타고 체서피크 만을 항해하는 소설이지만 이중 화자, 패스티시, 미니멀리즘, 뫼비우스의 띠, 독자와 저자의 새로운 역할 등 모더니즘 소설과는 전혀 다른 독특한 내러티브 기법을 보여 주고 있음.

1991년   『선원 아무개의 마지막 항해(The Last Voyage of Somebody the Sailor)』발표.『여로의 끝』이 출판된 이래로 가장 많은 독자층을 확보한 이 작품은『천일야화』를 기억과 실재, 그리고 이야기 기술에 대한 포스트모던적이고 반영적인 주석으로서 재해석하고 있음.

1994년   『옛날 옛날에(Once upon a Time)』발표.

1996년   『이야기와 함께 가다(On with the Story)』발표.

2001년   『개봉 박두!!!(Coming Soon!!!)』발표.

2004년   『십일야화(The Book of Ten Nights and a Night)』발표.

2005년   『세 갈래 길이 만나는 곳(Where Three Roads Meet)』발표.

2008년   『발달(The Development)』발표.

세계문학전집 **240**

키메라

1판 1쇄 펴냄 2010년 1월 29일
1판 15쇄 펴냄 2023년 6월 12일

지은이 존 바스
옮긴이 이운경
발행인 박근섭, 박상준
펴낸곳 (주)민음사

출판등록 1966. 5. 19. (제 16-490호)
서울특별시 강남구 도산대로1길 62(신사동) 강남출판문화센터 5층 (우편번호 06027)
대표전화 02-515-2000 팩시밀리 02-515-2007
www.minumsa.com

한국어 판 © (주)민음사, 2010. Printed in Seoul, Korea

ISBN 978-89-374-6240-5 04800
ISBN 978-89-374-6000-5 (세트)

* 잘못 만들어진 책은 구입처에서 교환해 드립니다.

세계문학전집 목록

세계문학전집은 계속 간행됩니다.